Marie Vareille wurde 1985 in Montbard, einer Kleinstadt im Burgund, geboren. Sie hat in New York und Paris Management studiert und arbeitet derzeit für ein kleines Start-up-Unternehmen. Neben dem Schreiben führt sie einen Blog über romantische Komödien. »Manchmal ist es schön, dass du mich liebst« ist ihr erster Roman, der auf Deutsch erscheint.

Besuchen Sie uns auf www.penguin-verlag.de
und Facebook.

Marie Vareille

Manchmal ist es schön, dass du mich liebst

Roman

Aus dem Französischen
von Gabriele Lefèvre

Penguin Verlag

Die französische Originalausgabe erschien 2015 unter dem Titel
»Je peux très bien me passer de toi« bei Éditions Charleston, Paris.

FSC www.fsc.org
MIX
Papier aus verantwortungsvollen Quellen
FSC® C014496

Verlagsgruppe Random House FSC® N001967

PENGUIN VERLAG

1. Auflage 2017

Neumarkter Straße 28, 81673 München
Covergestaltung: bürosüd
Covermotiv: Getty Images/Zack Blanton
Redaktion: Hanna Klimesch
Satz: Uhl + Massopust, Aalen
Druck und Bindung: GGP Media GmbH, Pößneck
Printed in Germany
ISBN 978-3-328-10144-4
www.penguin-verlag.de

Dieses Buch ist auch als E-Book erhältlich.

Für meine Großmutter, Marie-Françoise Vareille,
geborene Palangié

»Never love anyone who treats you like you're ordinary.«

Oscar Wilde

Tagebuch von Constance Delahaye

13. Februar 2013 – 20:45 Uhr

Gregs Geburtstag habe ich in letzter Minute wegen einer Supermigräne abgesagt. In fünfzehn Minuten werde ich mit *Stolz und Vorurteil* und meinem neuen Super-Antikater-Tee aus Eisenkraut-Minze und Betainzitrat im Bett liegen.

Das alles ist die Schuld meiner Schwester Anne-Marie, die mir zu Weihnachten eine Smartbox »Önologie-Workshop für zwei« geschenkt hat, und ich hatte die ausgezeichnete Idee, sie gestern einzulösen. Ich bin allein hingegangen, klar, weil ich nicht zwei bin.

Positiv: Ich habe die doppelte Menge Wein getrunken, auch weil ich mich geweigert habe, ihn wieder auszuspucken – das wäre Verschwendung gewesen.

Negativ: In diesem Zustand (volltrunken nach zwei Gläsern) konnte ich meinen Traumprinzen natürlich nicht finden, was die gerissene Anne-Marie eigentlich mit diesem Geschenk bezweckt hatte. Und da an diesem »Workshop für zwei« ausschließlich Paare teilnahmen, die sich über ihre mit Sancerre-Wein gefüllten Gläser hinweg mit verliebten Kuhaugen anglotzten, war es dann immer noch besser, betrunken zu sein.

Fazit: Auch wenn ich nicht meinen Traumpartner gefunden habe, liebe ich jetzt Wein, obwohl ich den früher so gut wie nie getrunken habe. Ich kann mir sogar vorstellen, eine echte Leidenschaft für Önologie zu entwickeln, denn der Leiter des Workshops meinte, ich habe einen ausgezeichneten Gaumen. Und schon bin ich für drei weitere Kurse eingeschrieben.

Anmerkung: nicht vergessen, mich bei Anne-Marie zu bedanken.

Chloé

Ich klingele nun zum dritten Mal in der Hoffnung, den Lärm in der Wohnung zu übertönen, und endlich öffnet sich die Tür. Charlotte und ich tauschen Küsschen aus, ihr Bauch ist noch runder als letzte Woche.

»Chloé, ich dachte, du hättest heute keine Zeit.«

»Das Meeting ist vertagt worden«, sage ich und trete ein.

Das ist natürlich gelogen, aber ich wollte sichergehen, dass Guillaume da sein würde, denn zusammen werden wir nirgends mehr eingeladen.

Sie schließt die Tür hinter mir.

»Deine Freundin Constance hat gerade angerufen, sie kann doch nicht kommen.«

»Ja, das hat sie mir auch gesagt.«

Ich gehe durch den Flur ins Wohnzimmer, wo ich die mitgebrachte Flasche J&B Whisky auf dem Buffet abstelle. Einen Augenblick lang bin ich sprachlos vor Bewunderung. War ich bei meinem letzten Geburtstag stolz auf den mit achtundzwanzig Kerzen gespickten Industrie-Marmorkuchen, so war mein Werk im Vergleich zu dem von Charlotte geradezu lächerlich. Im achten Monat schwanger zu sein, hat sie nicht daran gehindert, Servietten in komplizierte Origamiformen zu falten und eine bunte Vielfalt von Rohkostspießchen und Quiches mit Tomaten und Feta für den dreißigsten Geburtstag ihres Ehemannes herzustellen.

Sie ist mir ins Wohnzimmer gefolgt, und noch bevor ich ihr zu dem tollen Buffet gratulieren kann, beglückwünscht sie mich zu meiner neuen Frisur und beginnt sogleich, von ihren Terminen in der Entbindungsklinik zu erzählen. Jetzt hält sie mir das Foto ihrer letzten Ultraschalluntersuchung vor die Nase. Ich persönlich fand die Manie aller werdenden Mütter, ständig ihren Uterus als Panoramaaufnahme herumzuzeigen, schon immer sonderbar, wenn nicht sogar abwegig. Um ihr eine Freude zu machen, untersuche ich die krumme Bohne auf dem Bild eingehend, bevor ich verlauten lasse:

»Man kann sogar schon ein Profil erkennen. Er hat eine hohe Stirn und wird sicher sehr intelligent.«

Ihre Miene hellt sich auf, und sie scheint sich ihr Baby bereits als Nobelpreisträger vorzustellen. Ich frage ganz nebenbei:

»Kommt Guillaume nicht?«

Sie hebt ihre rechte Augenbraue, sodass sie drei Zentimeter höher steht als die linke, und ihr Lächeln erstirbt.

»Doch, er kommt«, sagt sie widerwillig und fügt hinzu: »Du tust dir doch nur weh!«

Ich zucke die Achseln. Charlotte kennt mich durch und durch. Ich halte ihrem fragenden Blick stand, aber ich ahne, sie weiß ganz genau, dass alles für ihn ist – der gleich nach Büroschluss frisch vom Frisör geschnittene Pony, der bis zu den Augen reicht, die Stilettos, die so wehtun, dass ich mir am liebsten beide Füße abhacken würde, und die enge Slim-Jeans, die aussehen soll, als käme ich direkt von der Arbeit. Bin ich nicht eine supercoole Frau? Wir sind schon so lange Freundinnen, dass ich Charlotte mit derartigen Tricks nicht hinters Licht führen kann – weder mit einem vertagten Meeting noch mit einer Jeans. Vermutlich errät sie auch meine neue, extra für diese Gelegenheit gekaufte Aubade-Spitzenunterwäsche. So ist es nun einmal, der Zufall begünstigt vor allem diejenigen, die gut vorbereitet sind.

Sie weiß alles, aber sie sagt nichts und fällt auch kein Urteil. Sie ist nur in Sorge um mich.

»Und ich wollte dir jemanden vorstellen«, seufzt sie, »einen Anwalt, der mit Greg arbeitet. Er ist dreißig, richtig nett und witzig, und er…«

Ich höre nicht mehr zu: Gerade ist Guillaume mit seinem ruhigen Lächeln eingetroffen. Er zieht die Hand aus der Tasche seines dunkelgrauen Anzugs und reicht sie Greg, Charlottes Mann, der kurz aus der Küche schaut, um Guillaume zu begrüßen. Sie klopfen sich gegenseitig auf die Schultern, und ich lese auf ihren Lippen: »Na, mein Alter, wie geht's?«

Mir ist es übrigens zu verdanken, dass Guillaume so geworden ist, wie er jetzt ist. Ich habe ihm die gerade Haltung beigebracht, habe ihm die Haare geschnitten, dafür gesorgt, dass er sich Anzüge in seiner Größe kauft und die Brille gegen Kontaktlinsen tauscht. Ich war der Grund für dieses ewige Lächeln auf seinen Lippen, das seine Praktikantinnen so verlegen macht. Ich habe ihm Selbstvertrauen gegeben. Und dabei habe ich ihn auch so geliebt, wie er vorher war, mit seinen schlecht sitzenden Anzügen, seiner Intellektuellenbrille, dem zu langen Haar und seiner schüchternen Art. Ich habe ihn geliebt, als er noch scheu durch das Büro geschlichen ist und ihn die anderen Mädels überhaupt nicht wahrgenommen haben.

Charlotte reißt mich aus meinen Gedanken, als sie mich fragt, was ich trinken will. Ich antworte, dass ich mir ein Bier aus dem Kühlschrank hole. Guillaumes Blick vermeide ich tunlichst. Allen schenke ich ein Lächeln, nur ihm nicht, alle schauen mich an, nur er nicht. Ich fühle mich selten dämlich. In der Küche treffe ich Greg an, der gerade eine hausgemachte Pizza aufschneidet.

»Herzlichen Glückwunsch zum Geburtstag, Greg!«

Er hebt den Kopf, schwingt voller Enthusiasmus ein Messer und spritzt schwungvoll Tomatensauce auf sein himmelblaues Hemd.

»Chloé, freut mich, dich zu sehen. Charlotte hat gesagt, du hast keine Zeit.«

»Doch, ich konnte mich freimachen, und ich habe dir, nicht gerade originell, wie jedes Jahr eine Flasche J&B mitgebracht.«

Er gibt mir ein Küsschen auf die Wange.

»Das war doch nicht nötig.«

Ich mag Greg. Er und Charlotte sind ein Bilderbuchpärchen, wie es sie heute kaum noch gibt – bis dass der Tod sie scheide. Seit zehn Jahren kennen sie sich nun, und auch wenn sie ständig streiten, lieben sie sich wie am ersten Tag. Würde ich – bleiben wir sachlich, das dürfte ausgeschlossen sein – morgen den Mann meines Lebens treffen, so könnte ich eine Beziehung wie ihre frühestens zustande bringen, wenn ich in den Wechseljahren bin.

Greg sieht mich etwas verschämt an, sodass er Marshall von *How I Met Your Mother* ähnelt, und sagt nach einem Räuspern:

»Chloé, es tut mir ja so leid, aber ich dachte, du kommst nicht, und … da habe ich Guillaume eingeladen.«

Hinter mir steht Charlotte und antwortet an meiner Stelle. Auch wenn ich ihr den Rücken kehre, weiß sie genau, dass ich die Augen verdrehe.

»Mach dir nichts draus, Schatz! Das stört Chloé nicht. Ganz im Gegenteil.«

Sie stützt die Hände in die Hüften und fährt fort: »Auf jeden Fall haben mich schon zwei Freunde von Greg gefragt, wer du bist. Falls dich das interessiert …«

Ich stopfe mir die Hälfte eines Stücks Pizza in den Mund. »Das interessiert mich brennend.«

Sie betrachtet mich voll Erstaunen, und ein Funke Hoffnung schimmert in ihren Augen. »Tatsächlich?«

»Ja, wirklich«, sage ich und schlucke den letzten Bissen herunter.

»Wie machst du das nur, so viel zu essen und dabei eine solche Linie zu behalten?«, fragt Charlotte seufzend.

»Ich treibe viel Sport«, antworte ich mit vollem Mund, »jogge, habe Sex mit Unbekannten und ernähre mich extrem gesund, in erster Linie von hellem Bier.«

Sie zieht mich lachend aus der Küche. Er ist nicht übel, ihr Rechtsanwalt. Charlotte kennt meinen Geschmack. Seit zehn Jahren stellt sie mir alle Freunde, Kollegen, Vettern, Kollegen von Freunden und die Freunde der Vettern der Kollegen von Greg vor. Mag ich auch ein hoffnungsloser Fall sein, sie wird mich nie aufgeben – zumindest so lange nicht, bis ich verheiratet bin und Mutter von vier Kindern. Sie wacht über mich.

Ich unterhalte mich ein bisschen mit dem Anwalt und erkläre ihm meinen Job als Strategy-Consultant in einer großen Kanzlei. Er scheint beeindruckt. Ich hole eine Zigarette raus und hätte gern Feuer. Er lächelt, nähert sich, um sie anzuzünden, schaut mir tief in die Augen, und ich lege die Hand auf seine, um das Feuerzeug zu führen. Etwas ängstlich fragt er, ob man hier denn rauchen darf, und ich reiche ihm meine brennende Zigarette mit dem Lippenstift am Filter und lasse ihn einmal ziehen. Er ist sexy, wenn er raucht, aber das ist jetzt nebensächlich. Guillaume kommt gerade mit leicht verkrampftem Grinsen auf uns zu. Nur das Datum von Neujahr ist auf dieser Welt noch leichter vorherzusagen als die Reaktion eines Mannes.

»Chloé?«

»Hallo, Guillaume! Ich habe dich gar nicht gesehen.«

Er fingert an seinem Krawattenknoten herum, seine blauen Augen tief in meine versenkt.

»Wie geht's? Kann ich mit dir sprechen?«

Der Anwalt hat begriffen, dass er stört, und geht, während ich vage Gewissensbisse hege, weil ich ihn angemacht habe.

»Neue Frisur?«

»Ja. Hat José gemacht, unter unserem Büro.«

Er entspannt sich, seine Augen funkeln und verengen sich ein wenig, wenn er lacht. Wir sprechen nicht lange miteinander. Zehn Minuten. Über das neue iPhone, das er sich geleistet hat. Es ist ausgesprochen schwer, mit jemandem über Banalitäten zu plauschen, wenn man jahrelang alles geteilt hat. Noch schlimmer, als überhaupt kein Wort mehr zu wechseln. Mein Körper hat die alten Reflexe bewahrt. Zum Beispiel den, zwei Finger in seinen Krawattenknoten zu schieben, um ihn zu lösen, meinen Kopf auf seine Schulter zu legen und mit seinen Locken im Nacken zu spielen. Das ist jetzt vorbei, ich darf es nicht mehr. Also halte ich mich zurück – meinen Kopf, meine Hände und mein Lächeln. Nach zehn weiteren Minuten sage ich seufzend:

»Komm, wir können hier nicht den ganzen Abend verplaudern, sonst denken die anderen noch, wir wären zusammen …«

Er lächelt mit seinen blauen Augen, doch ein trauriger Zug umspielt seine Lippen.

»Die Hälfte aller Männer hier wendet keinen Blick von dir, da dürftest du wohl ohne Schwierigkeiten einen Lover finden.«

Ich breche in Gelächter aus, ein wenig zu laut, und drehe mich um, ein wenig zu hastig. Ich könnte heulen.

Drei Stunden sind vergangen. Ich habe siebzehn Marlboro Lights geraucht, mit allen ein wenig geplaudert, habe zwei Typen meine Telefonnummer gegeben – einer davon war der Anwalt – und einem dritten eine falsche Nummer. Auf der Toilette kontrolliere ich die Wimperntusche, ziehe den Lidstrich schwarz nach und trinke Wasser aus der Leitung. In der Küche steckt Charlotte gerade die Kerzen in den Geburtstagskuchen und schimpft auf Freunde von Greg, die ihre Tochter Sophie geweckt haben. Sophie ist drei Jahre alt und steht gerade weinend und barfuß in der Küchentür, ihr Schmusetier schleift am Boden. Ich nehme sie in die Arme.

»Komm, meine Süße, wir gehen jetzt schlafen.«

»Du bist so hübsch wie eine Fee, Tante Chloé«, sagt sie schluchzend, und ihre Nase läuft. Ich bringe sie in ihr Zimmer, lege sie ins Bettchen. Sie riecht nach Vanille und ist wohlig warm wie alle kleinen Kinder. Sie verlangt eine Schmuseeinheit, und ich gebe ihrem Wunsch nach. Wäre es nicht wunderbar, könnte man mit der gleichen Selbstsicherheit Erwachsenen das Schmusen befehlen? Ich bedecke ihre runden, weichen Wangen mit Küssen, wickle sie in ihre Bettdecke ein und verkünde, dass ich jetzt aus ihr ein Sophie-Sushi rollen und dann essen werde, weil ich Sophie-Sushis so unendlich gern mag. Sie schreit, sie lacht, sie wehrt sich. Sie will nicht wie ein Sushi verspeist werden. Sie sabbert mir ins Gesicht. Meine Schminke muss wohl dran glauben, aber egal … Dann umschlingt sie meinen Hals mit ihren runden Ärmchen und möchte eine Geschichte hören.

Etwas zögerlich schließe ich die Zimmertür und knipse die kleine blaue Lampe an. Ich lese Sophie nie Geschichten vor, ich erfinde welche für sie. Davon habe ich so viele im Kopf, dass ich sie wohl aufschreiben sollte. Irgendwann tue ich's – vielleicht. Drüben im Wohnzimmer höre ich die anderen »Happy Birthday to You« singen, pfeifen und klatschen, als Greg die Kerzen auspustet. Ich sitze auf dem Teppich und erzähle Sushi-Sophie die Geschichte von der Prinzessin, der alle Prinzen zu Füßen liegen, aber die sich in den Traumhändler verliebt hat, der in der Sternstraße wohnt. Alle möglichen Wege geht der Lauf der Geschichte, bis Sophies Augenlider schwer werden und man von ihr nichts mehr hört als ihr leises schmatzendes Daumenlutschen.

Trotz des gedämpften Gelächters und der Stimmen im Hintergrund herrscht im Kinderzimmer mit den Miniaturmöbeln eine erstaunlich friedvolle Stimmung. Stofftiere bewachen den Schlaf des kleinen Mädchens, und die sich drehende Nachttischlampe wirft blaue Schattenbilder an Decke und Wände. Es muss wundervoll sein, Sophie und drei Jahre alt zu sein und Charlotte als Maman zu haben. Wundervoll, nicht zu wissen, was ein Smartphone ist, ein Tampax, ein Präservativ, ein Schnapsglas oder ein Leben, das einem jeden Tag ein bisschen schneller davonläuft und das man sich gerade vermasselt. Wundervoll, ganz fest daran zu glauben, dass der Traumhändler aus der Sternstraße auf uns wartet, um uns auf seinem fliegenden Motorrad davonzutragen… Ich schrecke auf, als mein iPhone vibriert und meine philosophischen Gedankengänge unterbricht.

23:57 – GUILLAUME FAVREAU
Ich gehe. Kommst du mit?

Ich bleibe auf dem rosafarbenen Teppichboden sitzen und warte zehn Minuten. Zehn Minuten, in denen ich zuschaue, wie Sophies Lampe blaue Einhörner auf die Wände zaubert. Zehn Minuten, um mir zu sagen, dass ich ablehnen und mit dem Unsinn aufhören sollte, weil ich meinen Traumhändler mit Sicherheit nicht finde, wenn ich wieder einmal mit Guillaume heimgehe. Zehn Minuten, in denen ich ihn warten lasse, während er mich sucht, sich sorgt und sich fragt, ob ich gegangen bin.

00:07 – CHLOE LACOMBE
Ok

Was soll's. Es ist einfach stärker als ich.

Als Antwort erhalte ich einen Smiley. Ich hasse Smileys, das ist Schleichwerbung, jeder Knallkopf wird damit liebenswert.

Als Charlotte sieht, dass ich gleich nach Guillaume meinen Mantel anziehe, stürzt sie sich mit gerunzelter Stirn auf mich und fragt, wo ich hinwill. Ich erkläre ihr, dass ich ein Taxi mit Guillaume teile, bis Pigalle, denn ich fahre nach Hause. Sie beäugt mich skeptisch. Ich küsse sie auf die Wange.

»Du bist eine wahre Mutter für mich«, sage ich.

Sie lacht nicht, seufzt nur.

»Ehrlich, Chloé, du baust Mist.«

Als die Haustür hinter uns ins Schloss fällt, nimmt Guillaume meine Hand. In diesem Augenblick fühle ich mich, als wäre ich fünfzehn. Im Taxi küsst er mich. Mit den Fingerspitzen streichle ich sein Handgelenk, dort wo die eintätowierten Buchstaben »C« und »G« ineinander verschlungen sind, eine Erinnerung an die Zeit, als ich noch dumm genug war zu glauben, dass wir unser ganzes Leben gemeinsam verbringen würden. Seine Hand gleitet unter meinen Pulli und schiebt die Aubade-Spitze beiseite. Wusste ich's doch: Das war ein gutes Investment. Während er das Taxi bezahlt, suche ich verzweifelt meinen Schlüssel in der Handtasche. Er fällt zu Boden. Im Fahrstuhl küssen wir uns wild, wie Pennäler.

»Madame Gomez wird wieder mit dir schimpfen, wenn du zu viel Krach machst, Chloé«, flüstert er, den Mund an meinem Hals.

Trotz der Februarkälte hat er warme Hände, und er lächelt wieder. Mit zitternden Fingern öffne ich die Tür.

Als sie sich hinter uns schließt, herrscht Ruhe. Endlich. Ruhe und Guillaume, sein Duft nach Seife und auch nach Alkohol, ich zerzause seine Frisur mit meinen Händen. Meine Kleidung landet auf der Erde, und er trägt mich auf den Küchentisch, als sei ich nicht schwerer als eine Einkaufstüte. Er hält einen Augenblick inne, gerade so lange, wie ich sein Hemd aufknöpfe. Zärtlich schiebt er eine Strähne hinter mein Ohr und flüstert:

»Ich mag den Pony, sehr sexy.«

Er lässt mir keine Zeit zu antworten, und ich will es auch gar nicht. Er soll jetzt die Dinge in die Hand nehmen. Ich stehe nicht auf Gentlemen oder Romantiker, weder auf Ashley Wilkes noch auf Marc Darcy. Ich bin weit entfernt von den vornehmen Wohnhäusern des 16. Arrondissements aufgewachsen, Wüstlinge sind mir lieber.

Ich will, dass wir im Flur auf dem Boden weitermachen, oder auf dem Küchentisch, das Bett ist zu weit weg, ich will das Ungezügelte eines Heathcliff während des Gewitters in *Sturmhöhe*, ich will die Leidenschaft eines Rhett Butler inmitten der Feuersbrunst von Atlanta. Alles oder nichts, ich hasse die goldene Mitte. Was soll's, ich habe zu viele Romane gelesen.

Hinterher drückt er mich an sich, ich lege meine Wange auf seinen schweißfeuchten Oberkörper. Die Fenster der Miniküche sind beschlagen und erinnern an die Kälte draußen.

Er nimmt mich in die Arme und trägt mich zu meinem Bett. Doch als ich nach der Zigarettenschachtel auf dem Nachttisch greife, murmelt er:

»Das ist nicht gut für dich, Chloé, du solltest aufhören.«

Ich lege sie wieder zurück, und er geht in die Küche. Als er wiederkommt, ist er angezogen und hält ein Glas Milch in der Hand. Ich schließe die Augen, kann es nicht ertragen, ihn gehen zu sehen. Er stellt das Glas auf den Nachttisch und drückt mir einen Kuss auf die Stirn. Ich fühle, wie er sich entfernt, die Eingangstür fällt ins Schloss, alles ist still, er ist nicht mehr da.

Sie sind praktisch, diese Exfreunde, wir alle sollten von Zeit zu Zeit mit einem Ex schlafen. Ich sollte überhaupt nur mit ihm schlafen, ich will nur ihn. Meinen Ex.

Mein Ex, der seit zwei Jahren mit einer anderen zusammen ist.

Mein Blödmann von Ex, der in vier Monaten heiraten wird.

Tagebuch von Constance Delahaye

14. Februar 2013 – 23:37 Uhr

Ich liebe den Valentinstag. Ich liebe ihn nicht nur, ich vergöttere ihn. Auch wenn ich Single bin, abstinent und seit neunundzwanzig Monaten irgendwo im *No-Sex-Land,* schaue ich trotzdem gern den Männern nach, die mit ihrer Rose in der Hand durch die kalten Straßen streifen. Ich liebe es, die speziell für diesen Tag zusammengestellten Speisekarten in den Pariser Restaurants zu studieren, die Blumen und Kerzen, das gedämpfte Licht und überhaupt diesen ganzen Valentins-Zirkus. Gut, ich liebe das alles, aber ich stehe nicht dazu. Maman hatte recht, ich bin nicht mehr zu retten, offiziell und unwiderruflich töricht! Zum Glück kann ich meinen Ruf aufrechterhalten, indem ich wie alle anderen vorgebe, dieses kommerzielle Fest zu hassen. Wo immer sich die Gelegenheit bietet, verkünde ich laut und deutlich, dass nichts lächerlicher ist als dieses fette Englein mit Pfeil und Bogen, bereit, auf alles zu schießen, was sich bewegt. In Wirklichkeit träume ich bereits ab dem 1. Februar heimlich vor dem Computer von meinem perfekten Valentinstag.

Wäre ich bei Verstand, täte ich allerdings besser daran, mich auf das zu konzentrieren, was eigentlich meine Prioritäten sein sollten.

Erstens: einen Marketingplan für das zweite Halbjahr 2014 und die neue Kollektion von Grable & Smith Damenbinden zu erstellen, damit ich eine brillante Managerin werde (wofür man mich – nebenbei bemerkt – bezahlt).

Zweitens: den Mann meines Lebens finden.

Valentinstag hin und her, ich bin wie jeden Donnerstag in meinen Leseclub gegangen. Ich hätte es vorgezogen, bei diesem Anlass einen Liebesroman zu lesen, aber ich war mit Vorschlägen nicht an der Reihe, sondern Chloé Lacombe. Ich versuchte ihr einen Text von Jane Austen einzuflüstern, ideal, um die Liebe zu feiern, aber sie hatte sich für *American Psycho* von Bret Easton Ellis entschieden. Das gefiel mir gar nicht. Als sie mich fragte, was ich darüber denke, schob ich meine Brille auf die Nasenspitze und antwortete hochtrabend:

»Zweifellos hat mir dieses Buch erhebliche Emotionen entlockt – insbesondere eine ungeheure Lust, mich umzubringen – und dazu unkontrollierbaren Ekel.«

Sie ist in Gelächter ausgebrochen. Ich habe Chloé vor etwas mehr als einem Jahr im Leseclub kennengelernt, aber ich glaube nicht, sie seither mehr als zwei- oder dreimal lachen gehört zu haben.

Nach unserer Sitzung sind wir einen trinken gegangen, um unsere Differenzen zu erörtern. Wie immer bestellte sie ein Bier, ich einen Mojito. Wir haben zehn Minuten über Bret Easton Ellis diskutiert – für sie die Gelegenheit, drei und eine halbe Zigarette zu rauchen –, und dann sind wir auf unser Stammthema zurückgekommen: das absolute Desaster unseres Liebeslebens. Sie kann sich beklagen, wie sie will, ich würde zehn Jahre meines Lebens und meinen rechten Busen hergeben, um Chloé Lacombe zu sein. Berichtigung: Ich würde zehn Jahre meines Lebens und meinen linken Busen hergeben (etwas größer als der rechte), um Chloé Lacombe zu sein. Chloé Lacombe, das ist Scarlett O'Hara. Übrigens hat sie in unserem Leseclub gar nichts zu suchen: Im Gegensatz zu meinem liegt ihr geistiges Alter unter neunzig, und sie scheint etwas Aufregendes zu besitzen – ein Leben. Und dennoch spricht sie von Bret Easton Ellis mit einer geradezu religiösen Bewunderung. Ich habe ihr von meinem neuesten Projekt erzählt: von dem Önologie-Workshop für zwei und von dem Kommentar des Leiters, was meinen feinen Gaumen betrifft, über den ich lange nachgedacht habe. Am liebsten würde ich eine Auszeit nehmen und ein Jahr in Marinzac leben, dort auf einem Weingut arbeiten, die Weinlese mitmachen und Önologie-Kurse belegen.

Chloé reagierte äußerst enthusiastisch. Dazu kennt sie auch noch Marinzac, das Dorf irgendwo im Sauternais, aus dem nicht nur meine, sondern auch ihre Großeltern stammen.

Es gibt fünfhundert Einwohner in Marinzac und neun Mitglieder in unserem Leseclub – statistisch waren die Chancen, uns ausgerechnet hier zu treffen, eher gering, und als wir herausfanden, dass wir beide regelmäßig nach Marinzac fahren, hat uns das einander sofort nähergebracht. Chloé findet mein Projekt großartig. Wirklich, ich sollte es machen, man darf seine Träume nie aufgeben, das ist wichtig, denn wie es ein großer zeitgenössischer Philosoph (Patrick Bruel) einst ausdrückte, lebt es sich leichter mit Reue als mit Bedauern.

Ich könnte ihr stundenlang zuschauen, wenn sie spricht. Chloé ist eine Romanheldin, schön, aber auch wehmütig, leidenschaftlich und überempfindlich, ihr Leben ist prickelnd und dramatisch. Chloé ist eine Künstlerin. Chloé schreibt Gedichte, seit sie acht Jahre alt ist. Ihr Leben fasziniert mich. Ich lebe es stellvertretend. Dazu muss ich gestehen, dass mein eigenes bei aller Objektivität erbärmlich ist. Chloé würde es nie in den Teufelskreis des *No-Sex-Lands* verschlagen, in dem ich seit neunundzwanzig Monaten gefangen bin. Wäre ich Chloé, könnte ich mit jedem ausgehen, den ich haben will. Sogar mit Tristan Grant. Würde Tristan ihr begegnen, wäre er sofort unsterblich in sie verliebt, in ihre großen blauen, melancholischen und zu stark geschminkten Augen, in ihre unglaublich helle Haut, obwohl sie brünett ist, und in ihre Stimme, so tief und warm wie ein Glas Sauternes. Sie hat ein besonderes Flair, allein, wie sie spricht, wie sie ihre Zigarette hält, den Rauch ausbläst und dabei an ihrem Daumennagel kaut, und wie sie einen anschaut mit ihrem träumerischen Kinderblick. Neben ihr fühle ich mich erst recht wie eine unbeholfene Gans, Ganswoman geht mit Catwoman ein Glas trinken.

Ich habe mit Chloé über mein Konzept des *No-Sex-Land* gesprochen. Ich spreche selten darüber, denn neunundzwanzig Monate ohne Sex ist heutzutage schlimmer als Cholera, nicht zu vergessen, dass Chloé reichlich One-Night-Stands hat und sicher nicht im Entferntesten ahnt, was es mit dem *No-Sex-Land* auf sich hat. Zunächst hatte sie mich angestarrt, als kündigte ich ihr meine bevorstehende Hochzeit mit Angela Merkel an, aber sie hat nicht laut losgelacht und schien auch nicht übermäßig erschrocken. Sie hat nur ein bisschen nachgedacht und dann gesagt, dass sie seit fünf Jahren nie länger als einen Monat ohne Sex war und dass ihr ein wenig Abstinenz vielleicht guttun würde. Schließlich lebe ich insgesamt gesünder als sie. Genau wegen solcher Bemerkungen mag ich Chloé richtig gern.

23:59 Uhr
Anmerkung: Vorsatz für das nächste Jahr – mit dem Rauchen anfangen.

Chloé

Nach dem vorhersehbaren Fiasko von Mittwochabend mit Guillaume war gestern Abend der Lesedonnerstag angesagt. Verrückt, am Valentinstag im Leseclub zu enden, oder? Aber speziell diesen hätte ich um nichts in der Welt verpassen wollen. Wir haben *American Psycho* gelesen, eines meiner Lieblingsbücher. Wie zu erwarten, mochte Constance den Text überhaupt nicht.

Ich habe sie vor etwas mehr als einem Jahr kennengelernt, und je mehr ich mit ihr rede, desto witziger finde ich sie, auch wenn sie neben der Spur läuft. Sie hat die falsche Epoche erwischt, sie gehört ins England des achtzehnten Jahrhunderts und nicht in den Pariser Dschungel des einundzwanzigsten.

Ich verrenke mich, um mein vibrierendes Handy aus der Tasche zu fischen, und lächle mit falschem Bedauern die Alte an, der ich mit dem Ellenbogen fast das Auge ausgestochen hätte. Warum müssen Rentner ausgerechnet in den Stoßzeiten mit der Metro fahren? Das will mir nicht in den Kopf.

Meine Mutter ist am Telefon, schon zum zweiten Mal in zehn Tagen, und das ist nicht normal. Ich zögere und lasse die Mailbox laufen.

Erst als ich aus der Bahn steige, höre ich ihre Nachricht ab. »Aus den Augen, aus dem Sinn«, sagt sie. Das ist ihre Art, mir Vorwürfe zu machen. Mamie Rose hatte wieder einen Infarkt. Sie ist aus dem Krankenhaus zurück, aber die Ärzte sorgen sich. Es ärgert mich, dass das Altenheim meine Mutter anruft und nicht mich. Meine Eltern waren seit sechs Monaten nicht mehr in Marinzac, während ich alle drei Wochen hinfahre.

Ich bin spät dran, bleibe aber vor dem Club Med Sportcenter an der Esplanade stehen, das Telefon immer noch in der Hand.

»Mademoiselle?«

Ein Junge mit einem Werbesweatshirt reicht mir einen lila Flyer, den ich mit abweisender Handbewegung ablehne, ich habe schlechte Laune. Er offenbar auch, denn er rempelt mich an und lässt die Tür vor mir zufallen.

»Arschloch!«

Es ist mir einfach so herausgerutscht. Ich beiße mir auf die Lippe. Wieder einmal habe ich meine Klappe nicht halten können. Er kommt mit bedrohlich vorgeschobenem Kinn auf mich zu.

»Hast du ein Problem?«

»Musst du mir die Tür vor der Nase zuknallen, nur weil ich deinen blöden Prospekt nicht haben will?«

Er zuckt die Achseln und wirft mir aus der Höhle seiner Sweatshirtkapuze einen verächtlichen Blick zu.

»Ihr wollt Gleichberechtigung und meckert, wenn man euch nicht mit einem Bückling die Tür aufhält. Blöde Kuh!«

Ich mache den Mund auf, um ihm gehörig die Meinung zu geigen. Er mustert mich mit verschränkten Armen von oben bis unten. Trotz meiner hohen Absätze ist er zwei Köpfe größer als ich. Eine Weile starren wir uns an. Auch er hat Probleme. Alle haben Probleme. Das Leben ist nichts als eine lange Reihe ungelöster Probleme. Es könnte schlimmer sein, ich könnte ja auch wie Constance seit neunundzwanzig Monaten im *No-Sex-Land* feststecken oder wie Mamie Rose ganz allein inmitten von mit Reif überzogenen Rebstöcken ‹en. Ich werde mich doch wohl nicht über einen Ben- .n Sweatshirt aufregen, der sich seit sieben Uhr morgens Hände abfriert, um am Metroausgang Werbeprospekte u verteilen. Ich schlucke die giftigen Worte hinunter und gehe achselzuckend davon.

Ausgerechnet jetzt laufe ich Guillaume im Großraumbüro über den Weg. Er spricht gerade mit einem Partner, der ihm unbedingt ein Dossier überlassen soll. Er sieht mich zwar, sagt aber nichts. Der Partner hingegen schaut auf die Uhr und zieht eine Braue hoch. Ich setze eine beschämte Miene auf, flüstere »Metroverspätung« und verschwinde hinter meinem Schreibtisch. Ich werfe den Computer an und verbringe erst mal fünf Minuten auf Facebook, bis ich genügend Energie getankt habe, um meine Mailbox zu öffnen. Ich überfliege die letzten Eingänge, klicke »Neue Nachricht« an und schreibe:

Kündigungsgründe:
Ich schlafe mit meinem Ex
Mein Ex ist mein Boss
Ich schlafe mit meinem Boss
Ich hasse meinen Job, meinen Ex und meinen Boss

Die Nachricht schicke ich Guillaume und beobachte ihn aus den Augenwinkeln. Das Blackberry vibriert in seiner Tasche. Ohne sein Gespräch zu unterbrechen, wirft er einen Blick auf das Display, und ich sehe den Schatten eines Lächelns in seinem zu ernsten Gesicht.

Die Unterhaltung ist beendet, und er nähert sich meinem Schreibtisch. Ich tue so, als konzentrierte ich mich auf eine Excel-Datei.

»Chloé, kannst du in mein Büro kommen, wenn du fünf Minuten Zeit hast?«

»Passt es dir in zehn Minuten?«

Er soll nicht glauben, dass ich ihm ständig zur Verfügung stehe.

»Okay.«

Ich lasse fünfzehn Minuten verstreichen.

Alle im Büro wissen, dass wir fast drei Jahre lang zusammen waren. Als wir uns vor zwei Jahren trennten, ging die Neuigkeit schneller herum als der Amtsantritt von François Hollande. Guillaume ließ sich für ein Jahr nach New York versetzen, und ich, depressiv, nahm drei Monate unbezahlten Urlaub und reiste durch Asien. Ich kam mit Durchfall nach Hause, er mit Manue. Ich dachte, schlimmer kann es nicht kommen. Da hatte ich mich schwer getäuscht. Kaum ein Jahr drauf hielt er um Manues Hand an, und ich musste ihm gemeinsam mit allen Kollegen auch noch gratulieren. Mein Leben ist absolut perfekt, oder?

Ich stoße die Glastür zu seinem Büro auf. Er hebt den Kopf, winkt mich herein und wartet, bis ich die Tür hinter mir geschlossen habe.

»Was ist los, Chloé?«

Sein Gesichtsausdruck ist unverändert ernst, die Stirn leicht gerunzelt, aber seine Stimme klingt besorgt und hüllt mich in sein warmes Mitgefühl. Ich lasse mich auf den Stuhl ihm gegenüber fallen.

»Mamie Rose hatte wieder einen Infarkt.«

Mamie Rose hatte wieder einen Infarkt, ich liebe dich, und du heiratest in vier Monaten eine andere. Aber das darf ich nicht sagen. Ich kenne die Spielregeln. Er hat mich nie angelogen, er hat auch nie gesagt, dass er seine Manue verlassen würde. Ich frage mich, ob er auch dann noch mit mir schlafen wird, wenn er erst mit ihr verheiratet ist.

Er beugt sich vor, will meine Hand nehmen, hält jedoch mitten in der Geste inne. Ihm fällt wohl wieder ein, dass wir im Büro sind. Ich bin Consultant in seinem Team, also eine Kollegin. Er hüstelt.

»Das tut mir leid.«

Er schlägt mir vor, einen Tag freizunehmen, damit ich zu Mamie Rose fahren kann. Seine Liebenswürdigkeit ist zum Verzweifeln. Alles wäre einfacher, wenn er ein Kotzbrocken wäre. Ich habe einen Frosch im Hals und schlucke.

»Willst du mit mir nach unten gehen, eine rauchen?«

Er schüttelt energisch den Kopf.

»Chloé, wirklich, du solltest endlich damit aufhören. Du tust dir nichts Gutes.«

Manue raucht bestimmt nicht, geht es mir durch den Kopf. Wie dumm von mir, ihn darum gebeten zu haben, dazu noch in diesem bettelnden Ton. Lächerlich, wusste ich doch, dass er ablehnen würde.

Wieder an meinem Schreibtisch, kann ich mich nicht auf die Arbeit konzentrieren. Ich schicke Charlotte eine SMS:

10:42 – CHLOÉ LACOMBE
Scheißtag.

10:44 – CHARLOTTE PERRIN-LAURENT
ICH WEISS, WAS DU MITTWOCHABEND GEMACHT HAST.

Es ist wie in einem Horrorfilm: *Ich weiß, was du letzten Sommer getan hast*. Mein größter Fehler in dieser Geschichte war zweifellos, Guillaume und Greg miteinander bekanntzumachen und begeistert zu beobachten, wie sie die besten Freunde wurden. Damals hatten Cha und ich uns so über die gemeinsamen Wochenenden, Abendessen und Urlaube gefreut. Wenn ich die Folgen geahnt hätte … Jetzt geht Guillaume mit Manue zum Abendessen bei ihnen. Meine Cha, meine beste Freundin seit Ewigkeiten, bewirtet die neue Freundin der Liebe meines Lebens. Mein Leben ist einfach perfekt.

10:44 – CHLOÉ LACOMBE
Ich auch. Alles blöd.

10:45 – CHARLOTTE PERRIN-LAURENT
OK … Mama Cha eilt zu deiner Rettung herbei :-).
Gehe mit dir Mittag essen.

10:45 – CHLOÉ LACOMBE
12:15 Uhr Esplanade?

10:48 – CHARLOTTE PERRIN-LAURENT
Yes. Bringe aber den Nachwuchs mit.
Ist erkältet, kann nicht in den Kindergarten :-(.

10:48 – CHLOÉ LACOMBE
Kein Problem. Danke.

Ich mache mich an die Arbeit. Das ist das Einzige, womit ich den gleichgültigen Guillaume hinter seiner Glastür vergessen kann. Einer meiner Vorzüge. Ich bin ein Arbeitstier. In der Eliteschule HEC war ich eine der wenigen, deren Vater nicht Professor oder leitender Angestellter in einer großen Firma war. Immer noch ruft mich mein ehemaliges Gymnasium an, damit ich den Abiturienten meinen Werdegang erläutere. Zum Totlachen. Ich habe mir alles versaut und soll jungen Leuten erklären, wie man es im Leben zu etwas bringt. Es gibt keine Entschuldigung. Abgesehen davon habe ich nie davon geträumt, Sängerin, Prinzessin, Schauspielerin oder Lehrerin zu werden, auch nicht als ich fünf war. Seit ich klein war und Mamie Rose mir ein erstes Buch in die Hand gedrückt hat, weiß ich, dass ich Geschichten erzählen will, die Kinder zum Lachen bringen und gut ausgehen. Romane, die einlullen und einen die Wirklichkeit vergessen lassen. Ich wollte die Leser in Traumländer entführen, wenn alle anderen schon schlafen und wenn in der nächtlichen Stille nur noch das Umblättern von Seiten zu hören ist, *noch ein Kapitel, nur noch eins, ein letztes*. Und heute? Das Einzige, was ich schreibe, sind die Namen der börsennotierten Firmen auf PowerPoint-Folien und die Formeln von Wachstumsraten in Excel-Zellen. Wie gesagt, mein Leben ist einfach perfekt.

Der Vormittag dauert etwa vier Jahrhunderte, doch dann ist die Mittagspause endlich da. Cha kommt um 12:38 Uhr mit rotem Gesicht und aus der Puste, mit dickem Bauch und Sophie im Buggy an. Da ich wie immer pünktlich bin, habe ich mir bereits die zweite Zigarette angezündet.

»Tut mir leid, ich bin spät dran. Soph ist ein Malheur passiert, gerade als wir loswollten. Seit sechs Monaten hat sie nicht mehr in die Hose gemacht. Kannst du dir das vorstellen?«

Kann ich leider nicht. Ich fühle mich ohnehin fehl am Platz, wenn junge Mütter Themen wie die Konsistenz von Kacke anschneiden (und das ist bei allen Freundinnen zwischen neunundzwanzig und fünfunddreißig unvermeidlich der Fall, irgendwann kommt diese Angelegenheit immer zur

Sprache), oder aber wenn sie über Beckenbodengymnastik, Dammriss und ständig Milch absondernde Brüste reden, und das stundenlang, möglichst bei Tisch. Übrigens schwöre ich mir jedes Mal: Sollte irgendjemand irgendwo so verrückt sein, mit mir eines Tages ein Kind zu machen, werde ich nie über so etwas sprechen (auch nicht über die Preise und Vorteile von Babywickeltischen, nur so nebenbei bemerkt).

Charlotte steuert gleich das nächste Bistro an. Wie sich unter Moses' Hand die Wellen am Roten Meer teilten, so teilen sich die Reihen leitender Angestellter in Anzug und Krawatte, die bereits seit zwanzig Minuten auf einen Tisch warten, und weichen anstandslos vor Cha, dem hochmodernen Maclaren-Buggy sowie ihrem runden Bauch zurück. Die Bedienung springt herbei und setzt uns an einen winzigen Tisch zwischen Bar und Küchentür, die alle dreißig Sekunden auf- oder zuschlägt. Mit Herrschermiene lässt Cha zwei Banker aufstehen, damit sie den Buggy in eine Ecke schieben kann. Sie murmelt irgendetwas, zieht die Bremse des Maclaren an und setzt sich hin, eine Hand auf dem Bauch und zufrieden wie eine Katze, die gerade einen halben Liter Milch ausgetrunken hat. Genau in diesem Augenblick hält Sophie die Zeit für gekommen loszubrüllen, weil sie Pipi machen muss. Kühn biete ich mich an, mit ihr auf die Toilette zu gehen, aber die Märtyrermutter erhebt sich, löst den Sicherheitsgurt, holt Sophie aus dem Wagen, nimmt sie auf den Arm, lässt die Banker wieder Stühle schieben und geht in die entgegengesetzte Richtung durch den Saal. Auf dem Weg fegt sie mit ihrem Bauch Karaffen und Gläser von den Tischen, während Sophie losheult wie eine Feuerwehrsirene. Sechs Minuten später ist Charlotte wieder da, schnallt Sophie in ihrem Maclaren fest und stopft ihr einen Schnuller in den Mund.

»Ich habe meine Meinung über verprügelte Kinder gründlich geändert«, sagt sie nachdenklich. »Die wahren Opfer sind nicht die Kinder, sondern die Eltern.«

Der Mann zu ihrer Rechten blickt entsetzt auf und beehrt sie mit einem Lächeln, das eher an einen Stinkefinger denken lässt. Dann wendet er sich ab. Sie indessen versucht ihr wirres aschblondes Haar zu richten. Auf ihrer zerknitterten Bluse hat sie einen grünlichen Fleck, unter den braunen Augen dunkle Ringe. Trotz allem ist sie die Erste, die mir zu Hilfe geeilt ist. Ich habe gute Lust, sie in die Arme zu schließen.

Ich wähle Tatar mit Salat, sie eine Ile Flottante und einen Apfelcrumble ohne Sahne. Ungerührt nimmt die Bedienung unsere Bestellung auf.

Ich erzähle von meinem Vormittag, sie lauscht aufmerksam, lässt hin und wieder Sophie-die-Gummigiraffe vor Sophie-in-Tränen-aufgelöst quietschen und droht, ihren Schnuller in Zyankali zu tunken, wenn sie nicht endlich still ist.

»Du musst jetzt wirklich mit Guillaume Schluss machen, Chloé.«

Schweigend breite ich meine Papierserviette aus.

»Ich habe mit ihm gesprochen«, sagt sie.

Verblüfft blicke ich auf.

»Wie das, du hast mit ihm gesprochen?«

»Er ist gestern vorbeigekommen und hat mit Greg das Match angeschaut. Ich habe ihm gesagt, es reicht jetzt und ...«

»Du hast nicht mit ihm darüber zu sprechen, Cha, das geht dich nichts an.«

»Er wird bald heiraten!«

Sie hat so laut gesprochen, dass sich alle Blicke auf uns richten. Ich senke den Kopf und drehe Kügelchen aus Brotteig. Cha fügt leiser hinzu:

»Er hat gesagt, dass er sie nicht verlassen wird. Er liebt sie.«

Mir wird das Herz gerade durch einen Fleischwolf gedreht, und ich zische:

»Es ist mein Leben, ich mache, was ich will.«

Charlotte seufzt, und Sophie in ihrem Buggy ist nun endlich still. Sie beobachtet uns und kaut auf dem Kopf ihrer Sophie-die-Giraffe – und ich habe große Lust, meine Nase in ihren Vanille-Babyhals zu stecken.

»Er wird sie *heiraten*, Chloé. Du musst diese Beziehung beenden – schon aus Selbstschutz.«

»Warum tust du mir das an? Beklage ich mich denn so oft?«

»Du brauchst dich nicht zu beklagen. Denkst du, ich bin blind? Du hast abgenommen und bist weiß wie ein Laken. Seit zwei Jahren interessiert dich kein anderer Mann, höchstens, um Guillaume eifersüchtig zu machen, und du bleibst in diesem verhassten Job, nur um ihn zu sehen. Das ist doch der reinste Schwachsinn!«

»Stimmt ja gar nicht. Er ist mir egal, ich kann aufhören, wann ich will.«

»Ach ja, wie mit dem Rauchen. Du hörst auf, wann du willst? Du hörst absolut nicht auf! Seit zwei Jahren pennst du mit irgendwelchen Typen, sagst, dass du dir einen neuen Job suchst und, oh Neuigkeit, endlich anfangen willst zu schreiben. Und …«

»Ich kann keine zweite Mutter gebrauchen, Charlotte, du musst mich nicht auch noch fertigmachen, okay?«

Die Bedienung bringt unsere Teller. Charlottes zwei Dessertteller haben kaum Platz auf dem Minitisch.

Ich würde gern ein Glas Wein bestellen.

Charlotte sieht richtig wild aus mit ihren Haarsträhnen, die in alle Richtungen abstehen, ihren roten Wangen und den vor Ärger blitzenden Augen.

»Weißt du was, Chloé, mir reicht's. Ich bin es leid, mich immer um alle zu kümmern. Du darfst einfach nicht mehr mit ihm schlafen. Er ist verlobt. Und denkst du auch manchmal an Manue?«

Das Tatar bleibt mir im Hals stecken. *Manue*. Die Verlobte von Guillaume ist ein Tabuthema. Man sagt nicht *Manue*. Man spricht im besten Fall von »seiner Freundin«, eher von »der Tussi« oder »dieser Ziege«. Manue, das ist *Voldemort*, die, deren Name nicht genannt werden darf. Sie hat meinen Platz eingenommen. Sie ist illegitim, nicht ich. Und Charlotte spricht von *Manue*. Ich steche wütend meine Gabel ins Tatar.

»Cool«, brumme ich, »erst klaut sie mir den Mann, jetzt meine Freundin.«

Charlotte verdreht die Augen und schiebt sich die Menge von drei Schöpflöffeln Crumble auf einmal in den Mund, bevor sie kauend wiederholt:

»Antworte! Denkst du auch mal an sie?«

»Es ist leicht, andere zu verurteilen, wenn man selbst ein schönes Leben führt.«

»Was würdest du denken, wenn sich eine andere Frau heimlich mit Greg vergnügen würde? Wäre das deiner Ansicht nach richtig?«

»Greg würde nie mit einer anderen schlafen«, sage ich entsetzt über einen solchen Vergleich.

Ich lege die Gabel hin, der Appetit ist mir vergangen.

»Weißt du was, Chloé? Die Hormone sind daran schuld, dass ich oft genug ungenießbar bin. Ich habe nicht mal die Zeit, mir die Haare zu waschen, und ich sehe aus wie eine Milchkuh. Greg könnte sich durchaus für eine niedliche Kollegin interessieren. Verständlich, oder?«

»Hör auf, Cha, das ist doch nicht dasselbe.«

Natürlich würde ich einer Frau, die sich an Greg ranmacht, die Augen auskratzen. Cha wirft ihren Löffel auf die Ile Flottante, und ein Tropfen Vanillesauce spritzt auf ihre Stillbluse. Nicht dass sie zurzeit stillen würde, doch für ihren Busen, augenblicklich Größe 95E, gibt es kein passenderes Kleidungsstück.

»Doch, das ist sehr wohl vergleichbar. Glaub mir, Chloé, es ist wirklich bedauerlich, dass es mit euch beiden nicht geklappt hat, aber du musst jetzt endlich Schluss machen! Das ist besser, als mit einem Mann zu schlafen, der einer anderen gehört.«

»Jetzt hör aber auf, das ist es ja gar nicht, es…«

»Aber natürlich ist es das, du Ahnungslose, genau das! Mach endlich die Augen auf! Nur du bist blind!«

Mir kommen die Tränen. Mit einem Mal ist Charlotte ganz ruhig.

So unglaublich es inmitten des Bistrokrachs auch erscheinen mag, Sophie ist in ihrem Buggy eingeschlafen, das Däumchen im Mund, die vollgesabberte Gummigiraffe an sich gedrückt. Chas Augen sind schwarz vor Ärger.

»Zu deiner Information, ich habe Greg gestern gesagt, dass Guillaume keinen Fuß mehr in unsere Wohnung setzen darf, solange er mit dir schläft. Ich will es nicht. Ich habe dich immer verteidigt, Chloé, jedes Mal!«

Mit der Gabel drücke ich das Tatar platt. Mir ist übel. Wie dumm von mir, rohes Fleisch bestellt zu haben.

»Ich habe dich nicht gebeten, dich einzumischen. So oder so, ich sehe ihn täglich im Büro.«

»Ich weiß, aber wenn du ihn bei uns triffst, habe ich wochenlang ein schlechtes Gewissen.«

»Ich bin erwachsen und trage die Konsequenzen meiner Entscheidungen allein. Ich brauche dich nicht, um meine Probleme zu lösen.«

»Ist das dein Ernst?«

»Ach, hör auf, Charlotte, ich will mich seinetwegen nicht mit dir streiten.«

Heute ist wirklich ein Scheißtag, alle machen mir Vorwürfe. Alle bis auf Guillaume, letztendlich.

»Du machst dir etwas vor. Wenn du tatsächlich zu deinen Entscheidungen stehen würdest, hättest du schon lange ein neues Leben begonnen. Wenn ich dich daran erinnern darf, ihr seid kein Paar mehr, und du kannst niemanden dafür verantwortlich machen. Du bist selbst schuld, und es …«

Mitten im Satz stockt sie, und ich beende ihn an ihrer Stelle:

»… geschieht dir recht. Ist es das, was du sagen wolltest? Das, was ihr alle heimlich denkt?«

»Soll ich aufrichtig sein? Willst du eine ganz ehrliche Antwort, Chloé?«

Das Essen ist mir jetzt ganz verleidet. Ich starre sie fassungslos an. Sie kann so nicht denken, jeder andere, aber nicht sie. Ich werfe zwanzig Euro auf den Tisch, stehe auf und ziehe meine Jacke an. Sie sagt, ich soll warten, sie entschuldigt sich, so habe sie es nicht gemeint. Aber sie hat es gesagt. Ich hätte Sophie gern noch einen Kuss gegeben, mache aber auf dem Absatz kehrt und gehe. Soll Charlotte sehen, wie sie klarkommt mit ihrem Kinderwagen, ihrem Bauch und ihrem Kind. Dass ich nicht lache! Diese seit zehn Jahren verheirateten Frauen mit ihren perfekten Partnern, perfekten Kindern und einem perfekten Leben. Seit Jahren teilen sie sich die Wohnungsmiete, haben seit Ewigkeiten keine Nacht allein zugebracht und keine Ahnung, was Einsamkeit, Leere, Sehnsucht und Enttäuschung bedeuten. Sie flennen wie kleine Mädchen am Telefon, wenn ihr Mann eine dreitägige Geschäftsreise unternimmt und sie seit einer vollen Stunde keine SMS von ihm erhalten haben. Und dann erlauben sie sich, Urteile zu fällen und die Empörten zu spielen. Manchmal überkommt es mich, und ich wünsche mir, dass zwei von drei geschlossenen Ehen wieder geschieden werden, natürlich nicht Chas Ehe, aber die der anderen. Ich würde gern mit ansehen, wie sie mit der Einsamkeit fertigwerden und ob sie ihren netten Prinzipien treu bleiben, wenn der Mann ihres Lebens mit einer zehn Jahre Jüngeren durchbrennt und wenn sie drei, sechs Monate, ein Jahr oder neunundzwanzig Monate mit niemandem mehr schlafen? Ich denke an Constance. Sie würde mich verstehen. Sie würde mich nicht verurteilen.

Rasch überquere ich die Esplanade, und schon tut mir alles leid. Mit Cha wollte ich mich nicht überwerfen. Das ist doch idiotisch. Mein Telefon vibriert, noch bevor ich das Bürogebäude erreiche. Ich gehe nicht ran. Cha versucht es noch zweimal, dann schickt sie eine SMS.

13:32 – CHARLOTTE PERRIN-LAURENT
Entschuldige, Chloé! Es sind die Hormone. Nie im Leben habe ich gedacht, dass es dir recht geschieht.

13:32 – CHARLOTTE PERRIN-LAURENT
Du weißt doch, dass ich es nicht so meine.

13:33 – CHARLOTTE PERRIN-LAURENT
Das schlechte Gewissen quält mich. Bitte melde dich.

Ich drücke auf den Knopf am Fahrstuhl. Sie soll mich in Ruhe lassen. Das alles hat mir gerade noch gefehlt.

13:36 – CHLOÉ LACOMBE

Im Zweifelsfall verstehe ich, was du denkst. Alle denken so, und es mag auch stimmen. Aber ich ertrage nicht, dass ausgerechnet du mir das heute an den Kopf wirfst.

13:36 – CHARLOTTE PERRIN-LAURENT

Tut mir ja so leid, leid, leid, meine Chloé! Ich bin eine grässliche Freundin. Sag mir, dass du mir verzeihst, sonst lege ich auf der Stelle eine Fehlgeburt hin. Und zwar mitten in dein Tatar.

13:37 – CHARLOTTE PERRIN-LAURENT

Du hast schon wieder nichts gegessen …

Fast hätte ich gelächelt und beginne, auf meinem Handy zu tippen, dass ich ihr nicht mehr böse bin, sie im Grunde die Lage richtig beurteilt und dass ich mich, wäre sie nicht da, direkt beim Tierschutzverein melden könnte. Gerade als ich meine SMS schreibe und sich die Fahrstuhltür hinter mir schließt, hält eine manikürte Hand sie im letzten Moment auf. Mir stockt der Atem. Da ist sie, weizenblond, mit dunkelblauen Augen, im tadellosen Kleid von Maje, mit gelben Pumps, deren Absätze farblich zu ihrer Tasche passen, und am Finger, so hell blitzend, dass mir die Augen wehtun, der in Weißgold gefasste Mauboussin-Diamant, den Guillaume ihr zur Verlobung ausgesucht hat.

»Guten Tag«, sagt Manue, ohne mich anzuschauen.

Es ist so weit. Jetzt ist mir wirklich speiübel.

Tagebuch von Constance Delahaye

15. Februar 2013 – 13:17 Uhr

Heute ist mir das Arbeiten besonders schwergefallen. Immerhin habe ich ich ein paar konstruktive Schritte (für mich, aber nicht wirklich für Grable & Smith, genannt G&B) unternommen. So habe ich im Internet beim Casting von Christian Grey für die Kinoversion von *Fifty Shades of Grey* mit abgestimmt. Wie gern hätte ich Ryan Gosling in der Rolle gesehen, doch das wird wohl nichts. Trotzdem wäre es einfach wunderbar, wenn er doch gewählt würde. Ich sollte vielleicht mal wieder eine Kerze in der Kathedrale von Notre-Dame anzünden, damit es klappt, auch wenn die letzten Kerzen für Johnny Depp und Vanessa nicht gerade zum erhofften Erfolg geführt haben.

Anschließend habe ich die Wunschliste zur Hochzeit meines Cousins Jonathan genauestens studiert. Er heiratet im Juni, und ich suche nach einem Geschenk zu einem vernünftigen Preis. Ein vernünftiger Preis wäre ein Betrag, der mich nicht als Geizhals erscheinen lässt, aber auch nicht meine Kreditkarte überstrapaziert. Nachdem ich meine Konten online geprüft und den Saldo in der ersten Zeile gute zehn Sekunden lang angestarrt hatte, befand sich mein Gehirn irgendwo zwischen Panikattacke und Aneurysma-Ruptur, und ich musste wohl oder übel begreifen, dass es einen vernünftigen Betrag nicht gibt. Es waren gerade noch siebenundachtzig Euro für den restlichen Monat übrig. Ich verdächtige meinen

Berater bei der Bank, sich auf meine Kosten zu bereichern. Was kann ich denn nur ausgegeben haben? Immer noch mit den Gedanken bei meiner dramatischen Finanzlage, hob ich den Kopf und stellte fest, dass mein Chef, Hans Schmidt, vermutlich bereits seit einiger Zeit neben meinem Schreibtisch stand. »Ja?«, stotterte ich, und er fragte mit tiefer und autoritärer Stimme, wie weit mein Marketingplan 2014 für G&B, Abteilung Damenbinden, sei.

Ich stammelte einen für Otto Normalverbraucher absolut unverständlichen Satz, ließ rasch die Webseite meines Bankkontos verschwinden, und auf dem Bildschirm erschien der nackte und herrliche Oberkörper von Ryan Gosling. Rot wie eine Tomate und in Katastrophenstimmung schloss ich alle aufgerufenen Seiten, bis endlich meine Grafik erschien, die das Verhältnis zwischen menstruierenden Frauen und der Verkaufsentwicklung von Damenbinden darstellte, mit meiner Anmerkung – *den steigenden Verkauf von Tampons 2012 berücksichtigen!* – als Beweis für meine unzweifelhaft professionelle Glaubwürdigkeit. Zu meiner allergrößten Überraschung begnügte sich Hans Schmidt damit, die Augen zu verdrehen und kommentarlos sein Büro aufzusuchen. Vielleicht ist er doch im Grunde seines Herzens dem Charme von Ryan Gosling erlegen, oder aber er war milde gestimmt, weil er um die Hand der unterkühlten Tussi angehalten hat, die seit vier Jahren als seine Freundin gilt: Bertha Kreidenberg, eine 1,78 Meter lange Bohnenstange, siebzehn Kilo leicht, Mannequin, sechsundzwanzig Jahre alt und wahrscheinlich ein hochgiftiges Miststück.

Mit Hochgenuss verpasse ich allen Pärchen in meiner Umgebung die Namen berühmter Paare. Zum Beispiel nenne ich meine Kollegin Julie und ihren Christophe aus der Buchhaltung – sie schlafen seit letztem Januar miteinander – Edward und Bella aus *Twilight*: Sie sehen aus, als seien sie gerade einem Sarg entstiegen oder als hätten sie zwei Wochen Urlaub in einer Salzgrotte verbracht, denn ihre Gesichtsfarbe verändert sich nie, egal welche Jahreszeit herrscht. Wären Tristan Grant und ich zusammen, so wären wir Elizabeth Bennet und Mister Darcy aus *Stolz und Vorurteil*. Meine Freundin Héloïse und ihren Schürzenjäger von Freund, der sie bei jeder Gelegenheit betrügt und in Tränen aufgelöst heimkehrt, wenn sie es erfährt, nenne ich Valmont und Madame de Tourvel aus *Gefährliche Liebschaften* und so weiter. Na, ich will keine schlechten Witze machen, aber Hans Schmidt und Bertha Kreidenberg sind für mich Adolf und Eva, Version schwedische Mannequins.

Chloé

Ich schwöre, dass während der fünf Jahre, die ich nun schon in der Firma arbeite, der Fahrstuhl noch nie so lange gebraucht hat, die zweiundzwanzig Stockwerke bis zu unserem Büro hinaufzufahren. Manue sagt kein Wort. Sie sortiert Papiere in ihrer Handtasche, zieht ein paar gebrauchte Metrotickets hervor, einen lilafarbenen Prospekt und eine leere Packung Kaugummi mit Chlorophyll.

Zu allem Überfluss riecht sie ungemein gut. Ich hasse sie. Wir begegnen uns praktisch nie, denn wenn sie hin und wieder herkommt, um mit Guillaume mittagessen zu gehen, wartet sie unten auf ihn. Ich beobachte sie heimlich. Gleichzeitig fallen mir Charlottes Worte wieder ein, und ich fühle vage Schuldgefühle, weil ich mit ihrem Verlobten schlafe. Ich vermute, sie weiß, dass wir zusammen waren. Nur noch drei Etagen. Ich fingere am Reißverschluss meiner Tasche. Der Lift hält, und ein Mann, das Telefon am Ohr, steigt ein. Eigentlich sieht sie nicht boshaft aus. Eher erinnert ihr Gesicht an einen blonden Engel, Stil Heilige Jungfrau. Guillaume hat sie in einer Bar in New York kennengelernt. Sie ist Tanzlehrerin, soweit ich weiß, was die hoheitsvolle Kopfhaltung erklärt. Doch abgesehen davon, habe ich keine Ahnung, wer sie ist. Guillaume spricht nie über sie.

Wortlos verlässt sie den Fahrstuhl und strebt hüftschwingend auf ihren Stilettos direkt auf Guillaumes Büro zu. Mit nonchalanter Geste wirft sie ihren aussortierten Abfall in meinen Papierkorb, und diese Geste macht mich vollends krank. Von allen Schreibtischen und allen Papierkörben unserer Etage wirft sie ihren Müll ausgerechnet in *meinen* Papierkorb neben *meinem* Schreibtisch. Sie betritt Guillaumes Büro. Ich setze mich und werfe den Computer an. Nur nicht in seine Richtung sehen! Ich öffne Excel, meine Hände zittern. Nur nicht den Kopf heben, nur nicht hinüberschauen!

Natürlich hebe ich den Kopf und werfe einen Blick auf die beiden. Guillaume betrachtet sie voller Bewunderung, so wie er früher mich betrachtet hat, wie jemand, der zum ersten Mal das Meer sieht. Er legt seine Hand auf ihre Wange. Zum ersten Mal sehe ich sie zusammen und wie sie vor Glück alles um sich herum vergessen. Endlich verstehe ich. Er wird sie heiraten. Cha hat recht. Er wird sie heiraten und mich hängen lassen, mutterseelenallein zurücklassen, oder aber ich werde die Mätresse eines verheirateten Mannes. In beiden Fällen würde ich bis an mein Lebensende unglücklich bleiben und selbst daran schuld sein.

13:42 – CHLOÉ LACOMBE

Bin soeben Manue im Fahrstuhl begegnet. Horror! Du hast auf der ganzen Linie recht.

13:42 – CHARLOTTE PERRIN-LAURENT

BRICH JETZT NICHT IN PANIK AUS! Habe dein Tatar gegessen, noch ein Schokoladeneis bestellt und Sophie an eine Roma verkauft, um die Rechnung zu bezahlen. Tu einfach so, als würdest du Manue gar nicht sehen!

13:43 – CHARLOTTE PERRIN-LAURENT

Siehst du, ich habe immer recht :-)

13:44 – CHLOÉ LACOMBE
Das alles bringt mich noch um.

13.46 – CHARLOTTE PERRIN-LAURENT
Du bist viel zu gut für ihn. Sei nicht traurig, du wirst bald Prinz Harry finden oder Barack Obama, sobald er sich von Michelle getrennt hat.

Ich seufze und lege das Handy hin. Von einer Männergeschichte werde ich mich doch nicht aus der Bahn werfen lassen. Bin ich eine unabhängige Frau, oder nicht? Auf der Stelle mache ich mich an die Arbeit und vergesse Guillaume und Manue, zeige Reife und Vernunft. Plötzlich streift mein Blick den Papierkorb, nur ein paar Zentimeter von meinen Füßen entfernt. Hochinteressant! Nein, ich wühle nicht in meinem eigenen Abfalleimer mitten im Großraumbüro, um den Müll meiner Rivalin zu durchsuchen. Nein, nein und nochmals nein! Ich wende den Blick von dem verführerischen Papierkorb und konzentriere mich verzweifelt auf die Excel-Tabelle.

Die Zahlen auf dem Bildschirm scheinen mir ein Schnippchen schlagen zu wollen. Nervös kaue ich auf der Unterlippe. Es sieht doch keiner! Verstohlen schaue ich nach links und nach rechts und ziehe mit den Füßen den Korb heran, bis er zwischen meinen Knien steht. Niemand hat etwas bemerkt. Als sei es ganz normal, beginne ich mit dem Inventar: drei Kreditkartenbelege, einer vom Sofitel in La Défense, datiert auf den 14. Februar, 14:07 Uhr. Ich werde blass. Dann haben sie die Mittagspause im Hotel verbracht – am Valentinstag! Genau an diesem Tag hatte mich Guillaume gebeten, um die Mittagszeit im Büro zu bleiben und an einer Akte zu arbeiten. Das ist doch wohl ein Witz! Und er vögelte derweil mit Manue im Sofitel. Jetzt ein Beleg der Boutique Claudie Pierlot, dann noch einer von dem Sandwichladen La Brioche Dorée, Metrotickets und …

Plötzlich öffnet sich die Tür von Guillaumes Büro, Manue tritt lachend über die Schwelle. Guillaume wirft einen erstaunten Blick auf den Papierkorb zwischen meinen Knien und den kleinen Stapel zerknittertes Papier auf der Tastatur des Computers. Ich raffe alles zusammen und schiebe es in meine Handtasche.

»Ich habe einen Beleg verloren. Ich mache gerade meine Spesenabrechnung«, murmele ich.

Mein herausfordernder Blick soll Manue davon abhalten zu widersprechen. Ich erröte nie, und ihr gegenüber fange ich damit heute sicher nicht an. Sie sieht mich belustigt an. Unser schweigender Blickaustausch dauert zwei lange Sekunden, in denen sie ruhig an meinem Schreibtisch vorbeischreitet. Der Ausdruck in ihren Augen ist so intensiv, dass ich darüber Guillaumes Gegenwart ganz vergesse. Plötzlich lächelt sie nicht mehr, und ich stelle fest, dass sie nicht wirklich schön ist. Ihr aufgestecktes California-Blondhaar ist perfekt frisiert und hebt ihre sorgfältig geschminkten Augen hervor. Die sind sicher das Hübscheste, denn ihr Gesicht ist nicht sonderlich fein geschnitten, die Nase zu groß. Und dennoch ist sie anziehend wie ein Magnet. Ihre Art zu gehen, ihre Stimme und ihre Haltung lassen eine Art wilde Sinnlichkeit erahnen. Die beiden entfernen sich. Ich wünsche mir, dass sich Guillaume zu mir umdreht. Aber nein, er legt seinen Arm um ihre Schultern. Sie hebt den Kopf und flüstert ihm etwas ins Ohr. Ich höre sie wieder lachen. Es ist noch nicht vierzehn Uhr, und das Großraumbüro fast menschenleer. Ich brauche eine gute Minute, um mich wieder zu fassen. Meine geballte Faust lockert sich, und überrascht stelle ich fest, dass meine Nägel im Handteller vier kleine rosa Halbmonde hinterlassen haben. Im Bürofenster mir gegenüber sehe ich mein Spiegelbild mit dem Papierkorb zwischen den Knien und mein hoffnungsloses und verkrampftes Gesicht. Ich bin einfach nur grotesk.

Aber jetzt endlich begreife ich voll und ganz, dass Charlotte mit ihrer Meinung richtigliegt. Ich muss den Job wechseln. Ich brauche eine neue Liebe, ein neues Leben.

Tagebuch von Constance Delahaye

16. Februar 2013 – 00:57 Uhr

Heute Abend gab es im zweiten Programm *Stolz und Vorurteil* (mit Keira Knightley). Also habe ich beschlossen, mir einen ganz privaten Abend mit Elizabeth Bennet, Mister Darcy und zwei Packungen Salzbutter-Sandgebäck zu gönnen, das ich in einem neu eröffneten bretonischen Laden an der Metro Saint-Paul gekauft hatte. Ich habe meinen Flanellpyjama angezogen, mir einen Gute-Nacht-Tee »Nuit Calme« mit Orangenblüten aufgebrüht und den Oma-Modus voll aktiviert, als plötzlich, um Viertel nach acht, das Telefon klingelte. Es war Chloé. Sie fragte, ob ich nicht Lust hätte, auszugehen und ein Glas zu trinken. Solche spontanen Angebote gehören nicht in ihr Register. Wenn ich sie mal für einen Abend gewinnen möchte, so muss ich mindestens eine Woche vorher anfragen, damit sie mir ein Plätzchen in ihrem Programm einräumt, das so vollgestopft ist wie das eines Ministers. Ich hatte ebenso wenig Lust, mich wieder anzuziehen und in dem eisigen Nieselregen auszugehen, wie bei einem *Body-Attack*-Kurs für Fortgeschrittene im Sportklub unten im Haus mitzumachen. Erst wollte ich so tun, als habe ich etwas anderes vor, aber sie schien so traurig, dass ich ihr vorschlug, zu mir zu kommen.

Sie ist noch nie bei mir gewesen. Ich lade nur selten Freunde ein, denn es ist nicht einfach, Besuch zu empfangen, wenn man über nur zwanzig Quadratmeter verfügt, die mit einem Bettsofa, das seit der Erfindung des Schälmessers nicht mehr als Sofa gedient hat, und mit Ikea-Regalen vollgestopft sind, in denen mein wertvollster Schatz, nämlich meine Büchersammlung, steht. Außerdem werfe ich nichts weg, was bei der Enge nicht gerade Vorteile bringt. Keine Einladung zu einer Hochzeit, keine staubige Postkarte aus dem Baskenland, die ich nicht in einem mit Liberty-Stoff bezogenen Schuhkarton aufbewahrt hätte, kein Werbeschlüsselanhänger, der je im Müll gelandet wäre.

Chloé hatte eine Flasche Weißwein mitgebracht, aber uns war nicht nach Alkohol zumute. Sie fragte, ob ich uns einen Kakao kochen könnte, und ich setzte Milch auf. Sie zog derweil ihre Pumps aus, machte es sich auf dem Bett bequem und ließ ihre hellblauen Augen durch den Raum streifen.

»Es ist klein, aber gemütlich bei dir.«

Sie wirkte sehr betrübt und erschöpft, und ich kannte sie jetzt gut genug, um zu wissen, dass sie nicht den ganzen Abend auf meinem Schoß weinen würde. Ablenkung war die beste Lösung, um sie aufzumuntern.

»Magst du *Stolz und Vorurteil* im Fernsehen anschauen?«, schlug ich vor.

Sie blies auf ihren heißen Kakao.

»Warum nicht … Ich mochte das Buch, das du im Leseclub vorgeschlagen hast.«

»Es ist doch gar nicht angenommen worden.«

»Aber ich habe es trotzdem gelesen.«

Ich öffnete den Mund, um ihr zu sagen, dass dieser Roman meine Pubertät umgekrempelt, ich mich hoffnungslos in Mister Darcy verliebt hatte und dass ich Jane Austen für mein verkorkstes Liebesleben verantwortlich machte. Nicht nur meines, sondern das aller ihrer Fans, denn diese Frauen suchen einen Mister Darcy fürs Leben, und kein Mann der Welt hat die leiseste Ahnung, wer dieser Mister Darcy ist. Aber Chloé war so blass und niedergeschlagen, dass ich gar nichts sagte, den Fernseher anstellte und ein zusätzliches Federbett aus dem Schrank holte. Ich kenne den Film in- und auswendig. Dass er im Fernsehen läuft, ist für mich nur eine faule Ausrede, ihn zum achtzehnten Mal zu sehen, denn ich besitze die DVD seit ihrem Erscheinen. Ich dachte, Chloé würde die altbackene Geschichte der Schwestern Bennet und ihrer Eltern, die im georgianischen England verzweifelt versuchen, ihre Töchter unter die Haube zu bringen, tödlich langweilen, aber sie verlor kein Wort über den Film. Als ich sie zum dritten Mal fragte, ob sie noch einen Kakao wolle, nickte sie nur vage und starrte auf den Bildschirm, als hinge ihr Leben davon ab. Ich glaube, sie hat sogar eine Träne weggewischt, als Mister Darcy sich Elizabeth im strömenden Regen erklärte und sie ihn, blind vor Stolz, eiskalt abwimmelte.

Nach dem Film war Chloé wie weggetreten und lange still. Ich fragte sie, wie denn ihr heutiger Tag verlaufen sei, und sie sah mich an, als bemerkte sie mich erst jetzt. Sie zog die Decke bis unters Kinn und erzählte: Ihre Großmutter habe einen Infarkt gehabt, Charlotte ihr die Leviten gelesen und die Verlobte ihres Liebhabers sei überraschend im Büro aufgetaucht. Stimmt, das war eine ganze Menge Mist für nur einen Tag.

Dann holte sie eine Handvoll Zettel und Kassenbons aus ihrer Handtasche. Die stammten aus ihrem Papierkorb, in den Manue sie geworfen hatte, die unheimlich-hübsche-sexy-mit-ihrem-Montboussin-Ring-angebende-Tanzlehrerin, wahrscheinlich mit der Absicht, Chloé zu ärgern. Ich kann

Chloés Aktion nur gutheißen. Was ist denn natürlicher, als im Papierkorb zu wühlen und die alten Papiere der neuen Freundin eines Ex zu untersuchen? Nur fand ich es strategisch nicht sehr schlau, es genau vor der Nase des Ex und der neuen Freundin zu tun. Aber das behielt ich für mich. Chloé zeigte mir einen Beleg, und ihre Augen sprühten vor Wut:

»Er hat am Valentinstag im Sofitel Esplanade mit ihr gebumst! Am Vorabend war er bei mir, und gleich am nächsten Mittag nimmt er sie mit ins Sofitel!«

Während ich diese immerhin dramatische Neuigkeit verdaute, stopfte ich den siebenundzwanzigsten bretonischen Butterkeks des Abends in mich hinein.

»Ein ganz schöner Blödmann, was?«, fragte ich mit vollem Mund.

Sie beugte sich über die Zettel und sah plötzlich noch niedergeschlagener aus.

»Nein, als ich mit ihm zusammen war, war er ein richtig guter Typ.«

»Ich weiß gar nicht, wie und warum ihr euch getrennt habt…«, stellte ich fest.

Damals hatte ich Chloé noch nicht gekannt, und dementsprechend kannte ich auch keine Details über ihre Geschichte mit Guillaume. Sie wandte sich ab und fragte, ob sie noch einmal Milch aufsetzen solle. Ich fragte nicht weiter nach.

Sie erhob sich und machte den Kühlschrank auf. Währenddessen fischte ich eine lila Karte aus dem Papierstapel.

»Was ist das denn?«

»Keine Ahnung«, sagte sie und goss Milch in den Topf.

Auf den ersten Blick sah das Ding wie ein Werbeflyer aus, war aber kartoniert wie die Einladung zu einer vornehmen Abendgesellschaft. Der Text war in goldenen Lettern geprägt. Neugierig las ich die kursiven Zeilen.

Fühlen Sie sich einsam? Träumen Sie von der großen Liebe?
Wecken Sie die Femme fatale, die in Ihnen schlummert!
Rendezvous in der Rue Ferdinand Duval Nr. 13
am 16. Februar, 13:00 Uhr.
Sie und Ihr Leben werden sich grundlegend ändern.

»Das ist ja lustig, es sieht aus, als ob man hier flirten lernen kann.«

Chloé stellte die dampfenden Tassen auf meinen Nachttisch und nahm stirnrunzelnd die Karte zur Hand.

»Meinst du, dass Guillaumes Freundin Unterricht im Flirten nimmt?«

Sie warf die Karte mit skeptischer Miene auf die Bettdecke.

»Nein, das ist einer der Werbeprospekte, die am Metroeingang verteilt worden sind. Heute morgen wollte mir ein Kerl auch so einen andrehen.«

»Das ist vielleicht etwas für mich. Wäre ich begehrenswerter, würde sich auch Tristan Grant für mich interessieren.«

Chloé verdrehte die Augen.

»Du wirst doch wohl keinen Kurs belegen wollen, um einen Mann aufzureißen, Constance … Wer ist dieser Tristan?«

Ich biss mir auf die Lippe, sein Name war mir dummerweise entwischt. Eigentlich spreche ich nie über Tristan, nicht einmal mit meinen Freundinnen. Tristan ist mein Geheimnis, meine platonische Liebe, und das kann ohnehin niemand verstehen.

»Er ist ein Freund meines Cousins Jonathan«, gestand ich widerwillig.

»Ist er noch zu haben? Woher kennst du ihn?«

»Ja, ich glaube. Ich habe ihn vor einem Jahr beim Geburtstag von Jonathan kennengelernt.«

Sie zog eine Augenbraue hoch und trank einen Schluck Kakao.

»Und? Was ist passiert?«

»Liebe auf den ersten Blick! Er ist einfach perfekt: Durch seine Mutter ist er halb Engländer, und er hat einen Akzent zum Dahinschmelzen. Er liest viel, und wir haben uns eine Stunde lang über Bücher unterhalten. Ein Romantiker!«

»Ich frage dich nicht, ob du dich auf der Stelle in ihn verliebt hast«, sagte Chloé lachend, »sondern ob du mit ihm geschlafen hast«.

Ich schnappte nach Luft wie ein gestrandeter Karpfen.

»Weißt du Chloé, bist du einmal im *No-Sex-Land* gefangen, wird es sehr schwierig, wenn nicht unmöglich, mit jemandem zu schlafen. Es ist ein Teufelskreis.«

»Hast du wenigstens seine Telefonnummer herausgefunden oder ihm auf Facebook geschrieben?«

»Ich sehe ihn bei Jonathans Hochzeit nächsten Juni in Marinzac wieder. Der ideale Moment zum Handeln.«

Sie stellte ihre Tasse wieder auf den Nachttisch und starrte mich entgeistert an.

»Es wird allmählich Zeit, dass du dir einen Tritt in den Hintern versetzt und aus deinem *No-Sex-Land* ausbrichst, oder nicht?«

Ich wurde rot. Für sie ist das natürlich einfach. Wie überreife Äpfel von den Bäumen fallen ihr die Männer zu Füßen, wenn sie auch nur das Vibrieren ihrer Stilettos wahrnehmen. Meine Geschichte von Tristan Grant muss ihr ja lächerlich vorkommen. Ich habe ihn zweimal zufällig getroffen und spioniere ihm seitdem fast täglich auf Facebook hinterher. Aber deshalb musste sie noch lange nicht so mit mir sprechen.

»Und du solltest dir auch einen Tritt in den Allerwertesten versetzen und dich von Guillaume und deinem Job trennen, statt dich andauernd nur zu beklagen, glaubst du nicht?«, entgegnete ich etwas schroff.

Sofort bedauerte ich meine Worte, ich wollte sie nicht verletzen. Sie hingegen schmunzelte geheimnisvoll.

»Weißt du was, Constance, du hast recht. Wir müssen uns alle beide einen Tritt versetzen. Wir sollten uns motivieren und tun, was zu tun ist, statt ins Blaue zu schwafeln.«

»Was meinst du damit?«

»Wir fordern uns gegenseitig heraus, dann erreichen wir vielleicht unsere Ziele.«

»Hallo, das ist ja wie bei einem Firmenseminar … Was für eine Herausforderung hast du dir denn für mich ausgedacht?«

Ihre Augen blitzten schelmisch.

»Gleich zwei: Erstens musst du mit einem Unbekannten gleich am ersten Abend schlafen, und zwar noch vor dem 30. Juni. Zweitens machst du dich bei der Hochzeit deines Cousins an Tristan Grant heran, auch wenn du dir den Korb des Jahrhunderts holst.«

Ich kicherte dümmlich, bis ich feststellte, dass Chloé es todernst meinte. Diese Challenge-Geschichte war selten blöde, aber vielleicht hatte Chloé ja nicht ganz unrecht. Kann gut sein, dass ich handeln muss, wenn ich kein spätes Mädchen werden will. Ich kaute auf meiner Unterlippe herum. Auch ich musste Herausforderungen für sie finden.

»Gut, jetzt bin ich dran. Erstens kündigst du innerhalb des nächsten Monats. Zweitens schreibst du den Roman, mit dem du uns ständig in den Ohren liegst. Und drittens …«

»Warte, kündigen geht nicht. Dann habe ich ja kein Einkommen mehr, ich muss aber meine Miete bezahlen. Erst brauche ich einen neuen Job.«

»Okay, ich gebe dir drei Monate, den Job zu wechseln. Das ist mein letztes Wort.«

»Drei Monate, das ist wenig. Ich muss ja auch …«

»Und drittens …«

Sie schaute mich erwartungsvoll mit ihren hellen Augen an, und ich ließ sie ein bisschen zappeln.

»Drittens?«

»Drittens: Du, Chloé, die Flirterin, machst Schluss mit den One-Night-Stands und wechselst bis nächsten Juni über ins *No-Sex-Land*!«

»Was? Nein! Unmöglich! Das kannst du mir nicht aufdrücken. Die Herausforderungen sollen uns weiterbringen, aber nur um dir eine Freude zu machen, werde ich doch nicht Nonne spielen.«

»Traust du dir das zu, oder nicht?«

»Sechs Monate? Geht nicht, das bekomme ich nie auf die Reihe.«

»Wenn ich neunundzwanzig Monate abstinent war, dann wirst du ja wohl sechs Monate aushalten. Willst du gar nicht wissen, wie das ist? So aus Neugier? Außerdem wäre das ein Thema für dein Buch, wenn du keinen Job mehr hast …«

Wir warfen uns herausfordernde Blicke zu, jede in ihrer Ecke des Schlafsofas unter einem Federbett mit Blümchenmuster. Ihre Wimperntusche war verlaufen, der Effekt von *Stolz und Vorurteil*. Ich hob meinen rosa Becher, in dem noch ein wenig Kakao übrig war.

»Chloé Lacombe, hast du nun die Traute, oder nicht?«

Jetzt leuchtete ein Funke in ihren Augen, wie der eines Bergsteigers, der sich urplötzlich entschlossen hat, den Mount Everest in Schlappen zu bezwingen. Sie hob ihre Tasse und stieß mit mir an.

»Ja!«

Chloé

Montagmorgen. Die Metro, das ist Paris. Sollte ich ein Buch über Paris schreiben, dann müsste die Hälfte der Handlung in der Metro spielen, sonst wäre es kein Pariser Roman.

Das Joggen am frühen Morgen hat mich nicht entspannt. Manchmal ist mir, als habe Guillaume mir vieles vergällt, als er mich verließ. Alles, was wir zuvor gemeinsam machten, muss ich jetzt lernen allein zu tun. Wenn ich renne, denke ich an unser Joggen an den Sonntagen. Ich kann nicht mehr in den Jardin du Luxembourg gehen, ohne an unsere Sonntagnachmittage zu denken. Wenn die Metro an der Station Blanche hält, suche ich ihn in der Menschenmenge, und wenn ich ihn nicht auf dem Bahnsteig sehe, versetzt es mir immer wieder einen Stich. Nur ihm gegenüber habe ich solche Gefühle, die anderen Männer haben keine Spuren hinterlassen. Das ist auch gut so, denn sonst müsste ich jedes Pariser Viertel meiden, in dem ein Ex wohnt, und in einen Vorort ziehen.

Constance hat mich mit ihrer Challenge ganz schön aufs Kreuz gelegt. Sechs Monate Abstinenz! Nie im Leben wäre ich auf die Idee gekommen, dass sie mich auf diese Wette festnageln würde. Vielleicht ist es gar nicht so schlimm, und die in der Wüste des *No-Sex-Lands* verlorenen Seelen sind möglicherweise wertvoller als andere, nehmen wir nur Mutter Teresa, den Dalai Lama oder die sieben Zwerge …

Dieses Wochenende bin ich überhaupt nicht ausgegangen und habe niemanden in meine Wohnung geholt, und entgegen allen Erwartungen bin ich nicht daran gestorben. Mein Durchhänger hat sich sogar erst um 13:30 Uhr eingestellt und nicht, wie im Normalfall, um zehn Uhr morgens. Tatsache ist, dass ich besonders dann an Guillaume denke, wenn ich neben einem halb fremden Typen aufwache. Nur Guillaume ist schuld an meinen grauen Liebesnächten ohne Zukunft. Ich sollte sauer auf ihn sein, statt ihm nachzulaufen. Vor Guillaume war ich fast romantisch. Vor Guillaume habe ich nie gleich am ersten Abend mit jemandem geschlafen. Vor Guillaume hatte ich nur drei Lover.

Im Grunde wäre ich gern wie Constance, denn dann könnte ich wie sie in den Romanen von Jane Austen leben und auf meinen Mister Darcy warten, während ich Tee aus geblümten Tassen trinke. Es reicht, ihre Wohnung zu betrachten, um sie zu begreifen: überall unordentlich gestapelte Bücher, Schränke voller Zucker, Schokolade und Kekse von Marks & Spencer, ein halbes Regal mit Karten, Plänen und Reiseführern von London und England, obwohl sie noch nie den Ärmelkanal überquert hat. Das Problem von Constance drückt sich in diesem Stapel von Reiseführern mit Eselsohren und tausend Anmerkungen bestens aus. Sie wartet ab und trinkt Earl-Grey-Tee in der Hoffnung, auf einem Wanderweg in Yorkshire, so wie Jane Eyre, ihrem Traummann zu begegnen. Und wie Jane Eyre steckt sie die Nase nicht vor die Tür. Möglicherweise streift die Liebe ihres Lebens gerade durch die englische Landschaft, seit zehn Jahren auf der Suche nach Constance, und trifft nichts und niemanden, außer einer Herde Schafe.

Mein Handy vibriert.

Guillaume?

09:07 – CONSTANCE DELAHAYE

War Samstag bei dem Verführungskurs!!!!
Muss dir unbedingt alles erzählen :-)
Operation T. G. eingeleitet :-)

09:07 – CHLOÉ LACOMBE

Verführungskurs? TG?

09:08 – CONSTANCE DELAHAYE

TG = Tristan Grant!!!! :-). Der lila Flyer aus deinem Papierkorb! :-). Bin hingegangen!!!!

Trotz ihrer nervigen Tendenz, Interpunktion und Smileys übergroßzügig zu verteilen, ist dieses Mädchen genial. Wenn auch objektiv völlig verrückt, so ist da doch Glanz in ihrem Delirium. Ich hingegen versuche rein gar nichts, nicht einmal, Guillaume zu vergessen, ganz im Gegenteil. Ich versuche auch nicht, einen Roman zu schreiben, wie ich es seit Jahren vorhabe. Ich warte darauf, dass das Leben an meiner Stelle entscheidet, und dann beschwere ich mich auch noch.

Heute habe ich überhaupt keine Lust, zur Arbeit zu gehen. Wie täglich seit fünf Jahren steige ich an der Metrostation Esplanade aus und fahre mit den Rolltreppen nach oben. Cha hat recht, ich bleibe nur in dem Job, um Guillaume zu sehen. Seit er mir am ersten Tag meines Praktikums die Hand geschüttelt und der Personalchef zu mir gesagt hat: »Du wirst mit Guillaume Favreau zusammenarbeiten«, gab es für mich überhaupt keinen anderen Grund, zur Arbeit zu gehen. Kein sehr überzeugender Karriereplan, nicht wahr? Ich bin und bleibe ein bedauernswertes dummes Luder.

Und wenn ich heute einfach mal blaumache? Wenn ich wieder auf den Bahnsteig zurückgehe und die Metro in die entgegengesetzte Richtung nehme? Warum nicht nach Montmartre fahren und mein Porträt zeichnen lassen? Oder im Kasino von Enghien-les-Bains meine gesamten Ersparnisse auf die Nummer dreizehn setzen?

Das Leben ist eben kein Roman. Wie immer betrete ich das Bürohaus, und wie immer fahre ich in den zweiundzwanzigsten Stock. Guillaume spricht wieder mit demselben Partner. Seine Hände sind in den Taschen vergraben, und zwischen seinen Augenbrauen steht eine steile Falte. Er hat schlechte Laune. Ich lausche den beiden im Vorübergehen.

»Tut mir leid«, sagt der Partner, »letztendlich haben wir die Akte Louis Courtin übertragen. Ich weiß, dass Sie Wert darauf gelegt haben …«

Ich verlangsame den Schritt und suche Guillaumes Blick. Er hebt den Kopf und sieht mich. Als ich ihm gerade zulächeln will, fährt er mich an:

»Chloé, du solltest endlich mal deine Arbeitszeiten einhalten! Wir sind hier nicht im Club Med.«

Wäre mir eine Ladung Dünger ins Gesicht gekippt worden, ich würde nicht anders aus der Wäsche schauen. Wortlos gehe ich zu meinem Schreibtisch. Unnötig zu erwähnen, dass mir das Lächeln vollständig vergangen ist. Alle haben es gehört, und eine Grabesstille liegt über dem Großraumbüro. Guillaume spart normalerweise mit Zurechtweisungen. Wenn, dann äußert er sie auf freundliche Art, unter vier Augen und nur, wenn man ihn wirklich auf die Palme gebracht hat. Mich hat er noch nie so behandelt, seit er mich am Ende meines Praktikums, nach zehn Monaten, zum ersten Mal an Weihnachten in der Kanzlei geküsst hat. Nie hat er meine Arbeit oder mein Verhalten kritisiert.

Mit zusammengebissenen Zähnen schalte ich den Computer ein. Guillaume geht schnell an meinem Schreibtisch vorbei, während ich auf die Tasten starre. Er wirft die Tür zu seinem Büro hinter sich ins Schloss, und ich zucke zusammen. Dann fällt mein Blick auf zwei Praktikanten zu meiner Rechten, die sich ins Fäustchen lachen. Sobald sie sehen, dass ich sie bemerkt habe, verschwindet ihr Grinsen, und sie senken die Köpfe. Ihr Schulterschluss, auch das Werturteil und die ungesunde Neugier in ihren Augen beschämen mich noch mehr als Guillaumes Worte.

Wir sind hier nicht im Club Med? Also wirklich, für wen hält er sich. Ich brauche Zuspruch.

09:47 – CHLOÉ LACOMBE
G. hat mich soeben vor versammelter Mannschaft zur Sau gemacht, weil ich zehn Minuten zu spät gekommen bin.

09:48 – CONSTANCE DELAHAYE
So ein Flegel!!! Kündige und jag ihn zum Teufel!!! Ich arbeite bereits an meiner Herausforderung! Aber du gerätst in Verzug!

09:49 – CHARLOTTE PERRIN-LAURENT
JETZT MUSST DU DEN JOB WECHSELN.

Mir ist nicht ganz klar, ob Charlotte den Sinn von Großbuchstaben erfasst hat oder ob sie auf ihrem iPhone keine anderen schreiben kann. Auf alle Fälle haben die Geister meiner Freundinnen zusammengefunden und sind sich darüber einig, wie ich mein Leben zu gestalten habe.

Nervös klopfe ich mit den Fingernägeln auf die Holzimitation meiner Schreibtischplatte. Die Praktikanten beobachten mich aus den Augenwinkeln. Ich schenke ihnen mein bezauberndstes Lächeln, und wieder senken sie verlegen den Blick.

Ich kann mir das nicht gefallen lassen. Guillaume hat mich behandelt, als wäre ich irgendeine unscheinbare Nummer. Ich lasse mich nicht öffentlich beleidigen und schon gar nicht von ihm.

Ohne anzuklopfen, stoße ich die Glastür auf. Guillaume blickt auf, die steile Falte steht immer noch zwischen den Brauen.

»Ja?«

Ich schließe die Tür hinter mir.

»Du hast so nicht mit mir zu sprechen! Und schon gar nicht vor allen Leuten.«

Er seufzt.

»Du wirst mir hier doch wohl jetzt keine Szene machen!«

Ich fühle die Blicke aller Mitarbeiter hinter der Glastür in meinem Nacken. Im Gegensatz zu Guillaume war ich nie der ruhige, geduldige Typ. Meine Nägel drücken sich tief in die Handteller, und ich habe gute Lust, ihm die Tastatur seines Computers ins Gesicht zu schleudern.

»Du kannst mich so nicht in aller Öffentlichkeit bloßstellen. Ich kann schließlich nichts für deine beruflichen Misserfolge.«

»Dich öffentlich bloßstellen? Meinst du nicht, dass du etwas übertreibst? Du tauchst seelenruhig um Viertel vor zehn hier auf, und ich gehe als der Typ durch, der sein Team nicht im Griff hat, und …«

»Weil du seit fünf Jahren das Lob für meine Arbeit einheimst, die ich übrigens besser mache als du, bin ich noch lange nicht *dein Team*.«

Er wird so weiß wie der Kragen seines makellosen Oberhemdes, das des kleinen, akkuraten Abteilungsleiters.

»Du vergreifst dich im Ton, Chloé!«

Ich kann mein nervöses Gelächter nicht unterdrücken. Warum, weiß ich nicht, aber ausgerechnet jetzt muss ich an Manue denken, die hier einfach, ohne zu klopfen, aufkreuzen und ihren Diamanten blitzen lassen kann, während Guillaume mir einen anderen Ton befiehlt und mich anschnauzt, als wäre ich eine Zwölfjährige. Wir starren uns eine Weile an. Seine Augen sind dunkler als sonst. Ich lache noch lauter.

Dann verschränke ich die Arme vor der Brust und sage böse grinsend:

»Weißt du was? Du kannst mich mal!«

Er wird puterrot, springt auf, stützt die Fäuste auf den Tisch und zittert vor Wut.

»Ich bin dein Vorgesetzter und …«

»Du bist vielleicht mein Vorgesetzter, aber du kannst mich trotzdem mal! Vor allem bist du verlobt, was dich nicht hindert, mich einmal die Woche zu vögeln. Und zu allem Überfluss stauchst du mich vor dem ganzen Team zusammen, als wäre ich eine unartige Pennälerin, nur weil ich zehn Minuten zu spät gekommen bin.«

»Du willst ja, dass ich es dir jede Woche besorge.«

Wieder lache ich hämisch.

»Armer Schatz, habe ich dich vergewaltigt?«

Er antwortet nicht sofort. Er lässt sich auf seinen Sessel fallen und vergräbt den Kopf in den Händen. Keine Spur mehr von Wut, jegliche Energie scheint ihn verlassen zu haben. Er wirkt zermürbt.

»Du weißt ganz genau, was ich meine«, flüstert er, »du kommst mit deinen Miniröckchen und mit deinem aufreizenden Blick daher und lässt nicht locker, bis ich nachgebe … Chloé, ich werde heiraten, und du lässt mich nicht in Ruhe.

Greg und Charlotte haben mir ihr Haus verboten, als ob ich dein Henker wäre, und in der Firma habe ich deinetwegen einen katastrophalen Ruf. Du bist mir nicht gleichgültig, ganz und gar nicht, aber so kann es nicht weitergehen. Ich bin am Ende. Wirklich am Ende!«

Sein Blick ist verzweifelt. Nur einmal habe ich ihn so gesehen, das war ... Kurzum, er spricht leise weiter. Mein Herz liegt in Scherben, meine Wut ist verraucht. Ich konnte nie ertragen, wenn er unglücklich war. Er sieht mich mit traurigen Augen an.

»Es tut mir leid, Chloé.«

Ich spiele mit dem Knopf an meiner Jacke, und er löst sich langsam. Wir schweigen uns an. Wie eine Marionette schüttele ich hin und wieder den Kopf. Alles zu seiner Zeit. Es gibt Zeiten, in denen man Blödsinn macht, und andere, in denen man vorwärtskommen muss. Letztendlich sage ich ihm, was er hören will, nicht weil es mir guttut, sondern weil ich trotz allem nicht für seine sichtbare Niedergeschlagenheit verantwortlich sein will. Ich trage die Schuld am Scheitern unserer Beziehung und hindere ihn jetzt, eine neue mit einer Frau aufzubauen, die mehr für ihn taugt als ich. Ich blicke auf. Den Knopf habe ich abgedreht und drei hässliche Fädchen hängen an meiner Jacke von Mango.

»Ich muss kündigen.«

Er reagiert nicht. Und als er endlich antwortet, scheint ihn jedes Wort große Mühe zu kosten.

»Ich will ja nicht, dass du sofort gehst, du musst erst etwas anderes finden und ...«

»Nein. Ich gehe heute ... jetzt. Ich weiß nicht, was ich schreiben oder unterzeichnen soll, das musst du mit der Personaldirektion ausmachen, aber bis Mittag möchte ich weg sein.«

Ich war noch nie so ruhig, noch nie so selbstsicher. Ich zähle bis fünf. Wird er mich zurückhalten? Er sagt nichts. Schade. Oder umso besser. Ich verlasse sein Büro und schließe die Tür. Im Großraumbüro stoppt augenblicklich jedes Getuschel. Ich fühle eine sonderbare Erleichterung, als sei eine Last von mir genommen. Ich verdränge die kleine Stimme, die mir zuflüstert, dass Guillaume gleich aus seinem Büro kommen und mich anflehen wird, doch zu bleiben, dass er alles bedauert und das Ganze doch lächerlich sei, er nur schlechte Laune habe, weil er sich nicht mehr sicher ist, ob er Manue wirklich heiraten möchte.

Bis Mittag sitze ich aufrecht und reglos an meinem Schreibtisch. Zahlen laufen langsam unten rechts über den Bildschirm meines Computers. Zwei Stunden und dreizehn Minuten später breche ich auf. Ich habe mein Kündigungsschreiben redigiert, und mein Vorgesetzter, Guillaume Favreau, hat eine Kündigungsfrist von null Tagen durchgedrückt. Schnell packe ich ein paar Sachen zusammen, denn ich gehöre nicht zu denen, die Souvenirs oder Fotos an ihrem Arbeitsplatz horten. Mein Schreibtisch ist immer leer und aufgeräumt. Genau das Gegenteil von meinem Leben. Als ich an der Glastür seines Büros vorbeigehe, sieht Guillaume unglücklich aus. Er wendet den Blick ab. Ich verabschiede mich von den Kollegen. Sie fragen entsetzt, was denn vorgefallen sei. Ich lächle und antworte:

»Nichts ist passiert. Ich habe nur endlich die Entscheidung getroffen, die ich schon vor zwei Jahren hätte treffen sollen.«

Nicht in Panik geraten, lächeln, einfach gehen! Morgen kann ich immer noch nachdenken.

Tagebuch von Constance Delahaye

19. Februar 2013 – 18:34 Uhr

Hatte keine Zeit, früher zu schreiben. Bin völlig überlastet mit einem neuen Projekt von internationalen Ausmaßen, wie mein Boss Hans Schmidt der Erste, genannt »der Schreckliche«, sagen würde.

AB JETZT NEHME ICH MEIN LEBEN IN DIE HAND.

Die erste Etappe meiner neuen Persönlichkeitsentfaltung war die Anschaffung folgender Bücher über Amazon: *Wie man sein Selbstvertrauen im Alltag steigert*, *Das Leben meistern* und *Den richtigen Partner in 26 Tagen finden*.

Anmerkung: Meine Aktion hatte sofortige Folgen, denn von der Bank erhielt ich postwendend eine E-Mail mit der Nachricht, dass mein Konto überzogen sei. Dieses kleine Problem des finanziellen Ruins wird mittelfristig mit meinem bevorstehenden beruflichen Durchbruch beseitigt.

Ziel Nummer 1: eine neue Person werden! Schön, intelligent, mit großartiger Karriere und traumhaften Schuhen.

Ziele müssen messbar, kalkulierbar und realisierbar sein! (Quelle: *Das Leben meistern*, Seite 67)

Berichtigung von Ziel Nummer 1: eine neue Person werden! Weniger hässlich, weniger dumm, aber vor allem muss ich vermeiden, gefeuert zu werden.

Zweite Etappe meiner Wandlung: Letzten Samstag war ich bei dem Kurs über die Kunst des Verführens. Wie gut, dass Chloé diesen Flyer aus ihrem Papierkorb gerettet hat. Mit der Metro fuhr ich bis Saint-Paul und landete nach ein paar Minuten zu Fuß bei der genannten Adresse in einer engen Gasse des Marais. Ein lilafarbenes Pappschild klebte auf dem Briefkasten:

Lektion Nr. 1 Die Kunst des Verführens
Hinterhof rechts
4. Stock.

Das schwere Tor knallte hinter mir ins Schloss, und der Straßenlärm war wie durch Zauberei auf der Stelle verschwunden. Man konnte nur noch das Gurren der Tauben hören, die in der verwahrlosten Fassade nisteten. Ich überquerte den menschenleeren Hof und stieg dann rechts die schmale und ramponierte Treppe hinauf zur vierten und letzten Etage. Es gab weder eine Klingel noch ein Geräusch hinter der Tür. Ich klopfte. Das Mädchen, das die Tür aufmachte und mich mit verklemmtem Lächeln hereinbat, trug eine riesige karierte Brille im runden Gesicht und sah aus wie eine Eule.

Wir befanden uns in einem praktisch leeren, noch nach frischer Farbe riechenden Loft mit gebohnerten Holzdielen. Eine ganze Wand war durch eine Fensterfront ersetzt worden. In der Mitte des Raums standen im Kreis aufgebaute Stühle, ein Tisch, eine Tafel, ein Projektor und eine Kamera. Drei Mädchen hatten sich dort schon niedergelassen. Eulengesicht schlich zu ihrem Stuhl, setzte sich kerzengerade hin und wirkte sehr gestresst. Eines der Mädels lächelte mir verlegen zu, während die anderen mit Ausdauer das Parkett studierten.

So blieben wir ein paar Minuten im Kreis sitzen und beobachteten uns mit verstohlenen Blicken. Ich hätte gern nach den Namen der Mädchen gefragt, hielt aber den Mund wie alle anderen. In der Stille war nur das Ticktack einer Uhr zu hören. Sie zeigte ein Uhr an.

Draußen flatterten plötzlich die Tauben auf, das enorme Tor war wieder geräuschvoll ins Schloss gefallen. Durch den Hof schallte das Klappern von Absätzen, dann im gleichen rasenden Tempo durch das Treppenhaus, bevor es in unserem Stockwerk hielt. Wir alle richteten den Blick gebannt auf die Tür, wie kleine Kinder, die sich vor dem großen bösen Wolf fürchten. Ich stand kurz vor einem nervösen Lachanfall, doch am liebsten hätte ich mich sofort aus dem Staub gemacht. Die Tür ging auf, und unseren halb offenen Mündern entwich ein bewunderndes Seufzen.

Sobald ich sie sah, wusste ich, dass es kein Fehler war, hergekommen zu sein. Die Frau auf der Schwelle hatte langes, sahnebonbonblondes Haar, das ihr glänzend und wellig auf die Schultern fiel. Auch ich bin blond, aber die Farbe meiner Haare erinnert eher an vertrocknetes Stroh nach einem Mähdrescherdurchgang. Neben dieser Dame musste selbst Barbie das dringende Bedürfnis verspüren, schnellstens zum Frisör zu laufen. Sie trug einen dunkelblauen Mantel über einem engen, kurzen, hellgrauen Kleid, das oberhalb ihrer Knie endete, ohne ordinär zu wirken, dazu sehr hohe, dottergelbe Lackpumps und eine farblich passende Handtasche. Keine Augenringe, keine Pickel, keine Flecke im Gesicht, eine Haut, als wäre sie mit Photoshop retuschiert worden, glatt und klar wie eine Hochglanzseite in *ELLE*. Außerdem trug sie ultrafeine Seidenstrümpfe mit Naht, wie in einem Film aus den Fünfzigerjahren.

Als sie die Tür schloss, drehte sie uns den Rücken zu. Ich betrachtete die Nähte und dachte mir, dass die Strümpfe direkt zu Strapsen führen mussten. Vielleicht kam ich wegen ihrer geschmeidigen Art zu gehen auf diesen Gedanken. Wie gern wäre ich diese Frau!

»Guten Tag, ich bin Emma«, sagte sie und hängte ihren Mantel auf den Garderobenständer.

Emma. Sie sprach den Namen mit einer etwas rauen Stimme aus, die wie in eine warme, süße Wolke gehüllt klang. *Emma*, wie die Emma von Jane Austen. Aber diese Frau hier wirkte nicht so, als lebte sie in deren Geschichten so wie ich, sie lebte in der Wirklichkeit. Erst jetzt betrachtete ich ihr Gesicht. Ihre blauen Augen über den hohen Backenknochen waren sorgfältig geschminkt, und ein kaum merkliches Lächeln lag auf ihren schmalen Lippen.

Auch sie setzte sich auf einen der Stühle, die Beine lässig übereinandergeschlagen und die Hände auf den Knien. Ich schwöre, dass ich in diesem Augenblick fast lesbisch geworden bin.

»Bist du diejenige, die ich nicht am Telefon hatte?«

Offenbar sprach sie mit mir. Ich wurde rot, brach schier in Panik aus und antwortete:

»Ich … Ich weiß nicht, ich wusste nicht, ich habe einen Flyer gefunden, ich …«

Sie lächelte mich an, und schon fühlte ich mich besser.

»Das macht nichts, überhaupt kein Problem!«

Dann wandte sie sich an das Mädchen zu ihrer Rechten, der Eule, die sich vor Schreck räusperte.

»Guten Tag, ich heiße Anne-Marie, ich bin Single, und das ist meine eigene Schuld.«

»Guten Tag, Anne-Marie«, antwortete Emma.

»Guten Tag, ich heiße Adelaïde, ich bin Single, und es ist meine Schuld.«

»Guten Tag, Adelaïde!«, riefen alle im Chor.

Das Gleiche wiederholte sich mit Pauline und Sophia.

Ich litt an ernster Kieferverkrampfung, als sich alle Augenpaare freundlich auf mich richteten, und ich spürte, wie mir der Schweiß die Wirbelsäule hinabtropfte.

»Guten Tag, ich heiße Constance, ich bin Single, und …«

Ich zögerte. Ehrlich gesagt, habe ich keine Ahnung, ob es meine Schuld ist. Ich hatte acht Jahre lang eine stinknormale Beziehung. Es ist doch wohl nicht meine Schuld, wenn mein einziger Ex, Anthony, plötzlich mit der Nachbarin von nebenan durchgebrannt ist, einer Vegetarierin, total verrückt nach Grünzeug. Meine Mutter meint natürlich, dass es nur meine Schuld war, ehrlich gesagt, die ganze Familie denkt so, meine Kollegen auch, und sogar ein paar Freundinnen. Sie haben überhaupt nichts verstanden. So *schwierig* bin ich nun auch wieder nicht, aber ich kann mich nicht an einen Typen hängen, in den ich nicht verliebt bin. Ich bin auch nicht zu *selbstständig*, allerdings habe ich das Alleinleben gelernt. Ich schreibe mich nicht bei Meetic ein, weil ich nicht an Liebe auf Bestellung glaube und noch weniger an Liebe übers Internet. Ich suche niemanden, denn ich vertraue dem Schicksal.

Und auch das ist nicht meine Schuld.

Die Eule stupste mich mit dem Ellenbogen an, und ich schreckte auf.

»… und es ist meine eigene Schuld«, stieß ich hervor.

»Guten Tag, Constance«, säuselte der Chor.

Oder ist es vielleicht doch meine Schuld?

Emma warf mir einen aufmunternden Blick zu, dann zog sie eine Fernsteuerung aus der Tasche, und auf einer Wand erschien das Bild eines aschblonden Mädchens, sehr durchschnittlich, etwas rundlich und mit trister Miene.

»Wisst ihr, was Marilyn Monroe, Kleopatra und Mata Hari gemeinsam haben?«

Wir schüttelten sprachlos den Kopf, und sie fuhr ungemein sanft fort:

»Sie waren dunkelhaarig und hässlich. Aber sie hatten alles begriffen.«

Ohne sich weiter mit der Abbildung der Frau an der Wand zu befassen, stand sie auf, ging mit auf dem Rücken verschränkten Händen durch den Raum und begann eine Art Vortrag zu halten, wie er ernsthafter nicht sein konnte.

Es war das erste und das letzte Mal, dass wir unsere wahren Vornamen im Rahmen des Kurses nennen durften. Emma erklärte, dass wir uns neu erfinden müssten, und dazu sei es notwendig, den Namen einer Femme fatale zu tragen, die in uns allen schlummere und die nur darauf warte, geweckt zu werden. Bla, bla, bla ... Die Femme fatale in mir liegt seit 1870 im Koma, und nur ein Atomkrieg oder die Wiedergeburt von Mister Darcy könnten sie erwecken. Pauline meldete sich eilig zu Wort und fragte, ob sie »Marilyn« sein dürfe. Adelaïde wählte rasch »Lolita«, Anne-Marie, alias Eule, piepste: »Ich möchte ›Prinzessin Sarah‹ sein.« (Es gibt also Schlimmere als mich.) Nur Sophia und ich schwiegen.

Emma nickte zu allen Vorschlägen mit leicht gerunzelter Stirn und betrachtete Sophia und mich aufmerksam.

»Du heißt ›La Traviata‹ und fühlst dich ab jetzt zur Hälfte als Florentinerin«, bestimmte sie für Sophia.

Dann ruhte ihr Blick auf mir, und alle starrten mich wieder an. Sie legte ihren Zeigefinger auf die Lippen, machte ein nachdenkliches Gesicht und sagte schließlich:

»Du, Constance, hebst dein Lächeln für besondere Gelegenheiten auf und wirst ›Icequeen‹«.

Mein Lächeln erstarb. *Icequeen*, wie bitte? Ich bin alles, nur nicht Icequeen, ich bin Panik-Queen, Versager-Queen, Ich-rede-ohne-nachzudenken-Queen, aber bestimmt nicht Icequeen.

Emma ließ mir nicht die Zeit, meine Meinung zu diesem Thema auszubreiten. Sie wandte sich wieder an Anne-Marie, alias Prinzessin Sarah, alias Eule, und sagte zu ihr, sie könne nicht im Kurs bleiben, wenn sie sich keinen anderen Namen aussuche, sie habe nicht die Zeit, sich mit hoffnungslosen Fällen zu befassen. Ich dachte, Prinzessin Sarah würde nun in Tränen ausbrechen, stattdessen riss sie sich zusammen und fragte, ob sie sich dann vielleicht *Scarlett* nennen dürfe. Emma verdrehte die Augen.

»Du wirst mir viel Arbeit machen, aber gut, meinetwegen Scarlett.« Und sie fuhr fort: »Ich bin ›Baby-Doll‹ oder ›Baby-D‹ (natürlich *Bebidi* ausgesprochen). Ihr werdet an zehn Kursen teilnehmen. Dieser hier ist gratis, die folgenden kosten hundertfünfzig Euro pro Kurs und …«

Mir war ein erschrockenes Gurgeln entwischt, und sie verschränkte die Arme.

»Ein Problem, Icequeen?«

Die anderen betrachteten mich mit ängstlicher Missbilligung, und ich verstand, dass sie mich nicht unterstützen würden, deshalb öffnete ich den Mund wie Martin Luther King, bevor er *I Have a Dream* sagte, und stotterte:

»Nein, nein … gar nicht, nur, eigentlich … hundertfünfzig Euro … Wow, ich weiß nicht recht, aber … Das ist ganz schön teuer, oder?«

Sie lächelte wie eine Erzieherin, die ein zurückgebliebenes Kind belehrt. Mit mir in der Rolle des Dummerchens.

»Du findest also, dass hundertfünfzig Euro zu viel sind, um so zu werden wie ich?«

Ich kicherte blöde.

»Nein, natürlich nicht …, aber, ehrlich, ich sehe nicht, wie ich du – Sie – werden soll, und wirklich, im Moment …«

Sie näherte sich meinem Stuhl und baute sich vor mir auf. Sie duftete gut.

»Wann hattest du deine letzte Liebesbeziehung, Icequeen?«

Wieder richteten sich alle Augen auf mich. Nein, mit diesem Spitznamen konnte ich nichts anfangen, und schon gar nichts mit dieser Frage.

»Hm … Das hängt davon ab, was Sie unter einer Liebesbeziehung verstehen. Ich weiß nicht … Will sagen … Da ist dieser Typ in meinem Job, der mich zu einem Drink eingeladen hat, aber ich habe Nein gesagt, weil ich immerzu an Trist …«

»Gut, dann drücke ich mich klarer aus. Wann hast du das letzte Mal mit jemandem geschlafen, Icequeen?«

Todesstille. So schnell ich konnte, überlegte ich mir eine plausible Antwort. Die Wahrheit zu sagen, war nicht drin, neunundzwanzig Monate ohne Sex, das gibt es nicht. Das passiert niemandem, nur extrem bizarren Menschen wie mir, Verrückten, Priestern oder Kindern. Neunundzwanzig Monate, das sind fast drei Jahre, und die stellen in meinem Erwachsenendasein einen nicht zu unterschätzenden Prozentsatz dar. Zählt der Speichelaustausch mit einem sturzbetrunkenen Kollegen anlässlich der Weihnachtsfeier bei Grable & Smith? Oder die Brustuntersuchung durch meinen Gynäkologen vor einem Jahr? Neunundzwanzig Monate und alle Blicke auf mir! Ich konnte nicht antworten.

Sie wartete, bis ich total rot angelaufen war, und setzte sich wieder.

»Hundertfünfzig Euro pro Kurs, Icequeen, zehn Kurse. Du hörst auf, wann du willst. Alles oder nichts.«

Ich senkte beschämt den Blick. Sie hatte recht. Ich bin Single, und das aus eigener Schuld. Neunundzwanzig Monate … Eigentlich sollte ich dreimal so viel bezahlen, damit sich ein Mann für mich interessiert.

Zu meiner großen Erleichterung kam sie wieder auf das Foto an der Wand zu sprechen. Unglaubliche Spannung, Trommelwirbel … Es war zu erwarten gewesen, und sie bestätigte es: Ja, das Mädchen auf der Abbildung, das war sie. Aber das war, bevor sie nach Manhattan versetzt wurde und dreieinhalb Jahre in völliger Abstinenz lebte, und das ausgerechnet in der Stadt der Serial Datings. Dreieinhalb Jahre Abstinenz nach einer schwierigen Trennung! Ich konnte zwischen den Zeilen ihren Hinweis erraten: »Siehst du, es gibt ärgere Fälle als dich.« Sie war weder hässlicher noch dümmer als andere, und dennoch …

Ihr Leben hatte sich an dem Tag verändert, als sie in einer Bar in Soho Kleopatra traf, Kleopatra, die Geburtshelferin von Baby-Doll. Denn heute ist Emma, genannt Baby-Doll, der gefeierte Star auf den Foren der Verführerinnen … Hätte ich geahnt, dass ich nur »Wie man eine Femme fatale wird« bei Google einzugeben brauchte, um die Lösung all meiner Probleme zu finden, hätte ich mich schon eher damit befasst. Was Baby-Doll betrifft, so gibt sie an, innerhalb von sieben Minuten egal welchen Mann verführen zu können, ob gebunden, verheiratet, in eine andere verliebt, homosexuell oder alles gleichzeitig.

Zum Abschluss dieses ersten Zusammentreffens hat uns Emma ihre eigene Erfahrung und ihre Rekordleistung verklickert: 117 Liebhaber in drei Monaten. Dann sagte sie noch, dass nächsten Samstag der Kurs hier weitergehe. Wer Lust habe, könne wiederkommen, aber dann sei ein Vertrag mit Geheimhaltungsklausel zu unterzeichnen und ein Scheck über tausendfünfhundert Euro abzuliefern.

Mein Ziel ist es nicht, irgendjemanden zu bezirzen. Ich will nur Tristan Grant verführen. Aber wenn ich recht nachdenke, abgesehen von meinem Stolz und sämtlichen Ersparnissen der nächsten zehn Jahre, was habe ich schon zu verlieren?

Chloé

Constance hat es tatsächlich geschafft, mich zu ihrem Yogakurs zu schleifen. Seit achtundvierzig Stunden arbeite ich nicht mehr und war noch nie so gestresst. Ich langweile mich zu Tode und drehe mich seitdem in meiner Zweizimmerwohnung im Kreis wie eine ins Glas gesperrte Fliege.

Die Yogalehrerin ist ziemlich ausgeflippt, und Constance betet sie natürlich an. Die Art Frau, deren Erleuchtung sich darin zeigt, dass sie den ganzen Tag Quinoa und angekeimte Körnchen isst. Sie gibt vor, Abhilasha Srinivasan zu heißen (wir sollen sie Abhi nennen), dabei steht auf ihrer Lizenz am Eingang »Marie Favin«, doch ahne ich, dass es sehr unwillkommen wäre, darauf aufmerksam zu machen. Alle sind weiß gekleidet, aber ich bin in kreischend blauen Leggings und quietschgelbem Top aufgetaucht. Ich dachte, ich gehe zum Sport, nicht zu einer Beerdigung in Tokyo. Unschuldig frage ich Abhilasha Srinivasan:

»Hätte ich besser in Weiß kommen sollen? Tut mir leid. Constance hat mir nicht gesagt …«

Sie legt ihre Hände zusammen, und ihre Augen funkeln wie die Weihnachtsgirlanden in den Galeries Lafayette.

»Hier ist ein Bereich der Freiheit, lassen Sie Ihre eingesperrte Seele solchen konformistischen Denkweisen entfliehen, kommen Sie in der Farbe, die Ihrem Lebensodem am besten entspricht.«

»Na, dann ist ja alles gut, denn ich habe praktisch keine weiße Kleidung, und da ist es mir nur recht …«

»Allerdings muss ich gestehen, dass die Harmonie der Körper, wenn sie in eine einzige und reine Farbe wie Weiß gekleidet sind, unser inneres Gleichgewicht unterstützt und damit der kollektiven Kommunikation unserer Seelen zuträglich ist«, unterbricht sie mich trocken.

Also hat man in Weiß zu erscheinen. Danke, Constance! Ich seufze, setze mich wortlos hin und spüre, dass die kollektive Kommunikation unserer Seelen schwierig werden wird.

In diesem Augenblick trifft Constance ein. Zwar sehen ihre Haare aus, als hätte sie gerade die Finger in eine Steckdose gesteckt, aber dafür ist sie weiß gekleidet. Sie rollt ihre Yogamatte neben meiner aus und erzählt von ihrem Verführungskurs.

Tausendfünfhundert Euro! Tausendfünfhundert Euro, um zu lernen, einen Typen aus einer Disco mit nach Hause zu nehmen, wobei die Hälfte der Typen dieselbe Summe hinlegen würde, um aus der Disco abgeschleppt zu werden. Das übersteigt mein Vorstellungsvermögen. Constance ist eigentlich niedlich. Würde sie fünf Kilo abnehmen, sich ein wenig schminken und vor allem mit dem sehr nützlichen Gerät, Bürste genannt, Bekanntschaft machen, dann wäre sie sogar hübsch. Es dürfte wohl keinen heterosexuellen Mann geben, Single und am Samstagabend in einer Disco, der sie abblitzen lassen würde. Aber wegen ihrer Theorie über den Teufelskreis des *No-Sex-Lands* versucht sie gar nicht erst ihr Glück.

Mit Mühe ahme ich die unglaubliche Stellung nach, die Abhilasha Srinivasan uns vormacht, nämlich einen Fuß hinter dem Kopf zu ergreifen und *die königliche Taube auf einem Bein* zu mimen. Da ich Constance versprochen habe, keine dummen Bemerkungen zu machen, presse ich die Lippen zusammen, um nicht laut loszuprusten. *Die königliche Taube auf einem Bein*, also wirklich! Meine lächerliche Verdrehung hat nichts mit der graziösen Pose von Abhi zu tun. Ich flüstere Constance zu:

»Wenn du willst, bringe ich für hundert Euro einen Kerl mit, mache das Licht aus und überlasse dir den Platz, der merkt bestimmt nichts. Aber dein Verführungskurs ist Betrug, glaub es mir!«

»Nein, wenn du Emma, die Lehrerin, gesehen hättest, vorher und hinterher, dann würdest du den Kurs auch gar nicht so teuer finden …«

Abhilasha wirft uns ein ausgeglichen heiteres Lächeln zu, bereits zum zweiten Mal, aber es bedeutet wahrscheinlich, dass wir doch bitte endlich den Mund halten sollen. Wir müssen uns auf winzige Holzbänkchen, Shogis, setzen, denn nun wollen wir den Friedenskreis schließen. Machen wir sofort. Sie legt die Handflächen aneinander, und alle tun es ihr gleich. Ich rutsche auf dem kleinen Höckerchen herum. Bei einem ersten Yogakurs ist von einem Spitzenstring, selbst wenn er weiß ist, unbedingt abzusehen, da er dem inneren Gleichgewicht im Augenblick der kollektiven Kommunikation unserer Seelen *absolut nicht* förderlich ist.

»Zunächst möchte ich jenen danken, die mich vor langer Zeit diese Übungen gelehrt haben, Therese Rocher und Marc-Antoine Fréla. Friede ihrer Asche.«

Schweigen. Ich öffne ein Auge, dann das zweite und schaue in die Runde des Friedenskreises. Alle sehen sehr ernst aus, sogar Constance. Abhilasha hebt ein Lid und bedenkt mich mit einem erheblich weniger ausgeglichen heiteren Blick als vorhin. Schnell mache ich die Augen wieder zu.

»Jetzt kehren wir fünf Minuten lang zu uns selbst zurück. Konzentriert euch auf eure Haltung!«

Ohnehin schwierig, mich auf etwas anderes zu konzentrieren als die Haltung, das Bänkchen ist noch unbequemer als die Stellung der *königlichen Taube auf einem Bein.*

»Leert euren Geist …«

Leer? Ich habe keinen Job, keinen Guillaume, keine Einnahmen und dementsprechend bald auch keine Wohnung mehr. Nicht in meinem Geist herrscht Leere, dafür aber in meiner gesamten Existenz.

Constance macht ein Auge auf, schaut, ob die von Abhilasha geschlossen sind, und beugt sich zu mir.

»Ich habe eine Superidee für dein Buch, jetzt wo du doch Zeit zu schreiben hast …«

»Stellen sich jetzt Gedanken ein, so spinnt sie nicht fort, lasst sie vorüberziehen. Euer Geist muss leer sein, ihr dürft in eurem Gehirn nur noch den Wind hören.«

Ich brauche wohl nicht weiter anzumerken, dass ich keinen Wind in meinem Gehirn höre, dafür aber das Flüstern von Constance.

»Was für eine Idee?«

»Habe ich dir schon von meinem Tonton Gonz in Marinzac erzählt?«

»Tonton Gonz?«

»Ja, mein Onkel Gonzague Delahaye, wir nennen ihn Tonton Gonz.«

»Jetzt spürt ihr, wie der Friede in euren Herzen einkehrt …«

»Er will dich gern für sechs Monate auf seinem Weingut beherbergen.«

Ich habe größte Mühe, mein Gelächter zurückzuhalten.

»Wie bitte? Was soll ich den auf dem Weingut von deinem Tonton Gonz?«

»Hör mal, das ist doch perfekt«, murmelt Constance, »du bist auf dem Land, kein Mann weit und breit, der deine

Abstinenz stört, keine Miete zu bezahlen, Natur und die Ruhe zum Schreiben …«

Es ist stärker als ich – ich muss lachen und fange mir ein ärgerliches »Pst« von Abhilasha ein.

»Stellt eure Shogis hinter euch, setzt euch mit aufrechtem Rücken hin, euer Kinn ruht auf der Brust.«

»Mich kriegen keine zehn Pferde in die Wildnis! Ich bin keine Landpomeranze.«

»Jetzt seid ihr drei Atemzyklen lang eine sprudelnde Fontäne.«

Constance wirft ihren Shogi um, als sie sich aufrichtet, um zur sprudelnden Fontäne zu werden, und der gesamte Friedenskreis fährt erschrocken auf.

»Das ist doch großartig, du bist ganz in der Nähe deiner Großmutter und kannst deine Pariser Wohnung aufgeben.«

»Sprudelt, sprudelt, sprudelt!«

Abhi wirft uns wütende Blicke zu.

»Ich ertrage das Landleben nicht«, flüstere ich.

»Konzentriert euch auf eure Bewegungen! Stille ist der erste Schritt zur harmonischen Besinnung.«

Dieser Satz ist definitiv an uns gerichtet, aber Constance scheint nicht gerade den Weg zur harmonischen Besinnung beschreiten zu wollen.

»Bleibst du lieber in Paris und schaust zu, wie Guillaume seine Hochzeit vorbereitet?«

Das ist ein Argument, aber was soll ich in der Pampa? Lächerlich!

»Constance, du machst ja wohl Witze. Wie viele Einwohner hat Marinzac? Fünfzig?«

»Fast fünfhundert«, antwortet Constance.

»RUHE!«, brüllt Abhilasha plötzlich. Ihr ist jegliche heitere Harmonie abhandengekommen.

So gut ich kann, mime ich die sprudelnde Fontäne. Constance ist knallrot geworden, sprudelt aber mit erstaunlichem Eifer. Wir sind jetzt ganz still, denn wir wollen ja nicht zweitausend Jahre schlechtes Karma um die Ohren geschleudert bekommen. Der restliche Kurs verläuft ohne Zwischenfälle. Nachdem wir das Dreieck, den Lebensbaum, das Schiff, die Kriegerin, die Pose von Janu Sirsasana und die des weisen Marichy ausgeführt haben, dürfen wir uns auf unsere Matte legen und fünf Minuten lang zu uns selbst finden. Ich schließe die Augen und atme tief durch, um das Körnchen Friede keimen zu lassen, das ich auf Anraten von Abhi in mein Herz gesetzt habe. Und warum eigentlich nicht Marinzac? Mamie Rose ist krank und ganz allein. Wenn ich wirklich schreiben will, so hat es wenig Sinn, in Paris zu bleiben, wo ich meine Ersparnisse in ein paar Monaten verschleudert haben werde. Guillaume heiratet, ob ich da bin oder nicht, und ich weiß, dass Cha und Greg zur Hochzeit gehen, und mit Sicherheit würde ich sie ausfragen wollen. In Marinzac hätte ich meine Ruhe und wäre von allem abgeschottet. Keine Gerüchte, keine Typen, keine Probleme … Constance gibt mir einen Fußtritt, und ich stelle fest, dass ich die Einzige bin, die noch auf dem Boden liegt, die anderen knien mit betenden Händen.

»Namaste«, sagt Abhilasha und verbeugt sich mit aneinandergelegten Handflächen.

Sie sieht nicht aus, als habe sie der Kurs großartig entspannt. Im Gegenteil, sie wirkt erschöpft. Ich wende mich an Constance.

»Wie ist es denn so bei Tonton Gonz?«

Tagebuch von Icequeen

24. Februar 2013 – 12:45 Uhr

Ich habe meinem zweiten Verführungskursus mit dem Titel »Basistechnik« beigewohnt. Ich dachte, ich sei die einzige Verzweifelte, die dumm genug ist, ihr Bankkonto in die roten Zahlen zu manövrieren, nur um sich einen Mann zu angeln. Aber alle anderen sind auch zurückgekommen: Marilyn, Lolita, La Traviata und sogar Scarlett, alias Eule, die in meinem Herzen immer Prinzessin Sarah bleiben wird, denn manchmal tut es gut, jemandem zu begegnen und festzustellen, dass es Leute gibt, die noch schlechter dran sind als man selbst.

Baby-Doll schien nicht erstaunt. Sie hat sich lediglich bedankt und unsere Schecks eingesammelt. Immerhin tausendfünfhundert Euro pro Person. Bei diesem Preis hat Tristan Grant mich gefälligst auf einem weißen Ross zu entführen, mit mir im ersten Jahr vier Kinder zu zeugen und mich in den fünf folgenden täglich mit Frühstück am Bett zu verwöhnen.

Baby-Doll hat uns einen Vertrag mit einer Vertraulichkeitsklausel unterzeichnen lassen. Ich fand das ein wenig übertrieben, gleichzeitig auch zum Lachen. Ab heute haben wir nicht mehr das Recht, unsere eigenen Namen zu verwenden, nur noch die Pseudonyme. Begegnen wir uns außerhalb der Versammlungen, müssen wir so tun, als würden wir uns nicht kennen. Wenn die zehn Sitzungen hinter uns liegen, dürfen wir nie mehr mit jemandem aus unserer Gruppe Kontakt aufnehmen oder überhaupt über den Kurs sprechen. Ich musste mir wohl oder übel die Frage stellen, worauf ich mich da einlasse und ob Baby-Doll nicht schlicht eine gewiefte Betrügerin ist, habe aber trotzdem unterzeichnet.

Wir haben die sechs Etappen der Verführung gelernt. Ich notierte alles in ein hübsches Büchlein mit rotem Ledereinband, das ich extra gekauft hatte, und schreibe es jetzt ab:

1. Das Zielobjekt ködern:
Annäherungsversuche der Situation anpassen:
»Hallo, wie geht's? Was trinkst du denn da?«
»Kannst du mir einen Cocktail empfehlen?«
»Könntest du bitte dem Barmann ein Zeichen machen? Ich bin zu klein, er sieht mich nicht.«
»Hast du mal ne Zigarette für mich?«
Natürlich sind diese Beispiele nur in einer Bar oder auf einem Fest angemessen, denn trifft man sein Zielobjekt beim Taekwondo oder auf einer Beerdigung, muss man es natürlich ganz anders anfangen.
Annäherungsversuche, die wir besser lassen sollten:
»Weißt du, wo die Toiletten sind?«
»Kannst du mir deinen Freund vorstellen, er ist zum Anbeißen.«
(Eine unpassende, da beleidigende Weise, Eifersucht zu schüren, sagte Prinzessin Sarah dazu.)
»Hast du deinen Pullover in der Mülltonne gefunden?«
(Man sollte sich nicht über jemanden lustig machen, mit dem man anbandeln möchte, und auch nicht versuchen witzig zu sein, um die eigene Unsicherheit zu überspielen. Nicht einmal, wenn man wirklich witzig und ganz besonders unsicher ist.)

2. Interesse zeigen: Männer lieben Komplimente, sie wollen sich stark und wichtig fühlen. Man muss ihnen zu verstehen geben, dass man sich für sie interessiert: »Ich heiße Constance, und du?« oder »Wie findest du die Farbe von meinem T-Shirt?«, damit der Erwählte glaubt, dass man etwas auf sein Urteil gibt.

3. Einen Körperkontakt herstellen: die Hand auf seinen Unterarm legen oder sein Handgelenk umfassen, vorgeblich, um die Uhrzeit herauszufinden, oder, wenn man sitzt, den Schenkel an seinen pressen. Ein erster Kontakt dieser Art darf auf keinen Fall drei Sekunden überschreiten, will man nicht als Flittchen durchgehen.

4. Aufmerksamkeit auf sich ziehen: einfach lächeln und unter irgendeinem Vorwand verschwinden.

   Beispiele für Erfolg versprechende Vorwände: »Ich muss meinen New Yorker Agenten wegen meines Jobs als Mannequin / den Arzt wegen meiner Sexsucht anrufen.«

5. Hat das Zielobjekt den Raum verlassen, soll man auf seine Rückkehr warten, doch sich in der Zwischenzeit angeregt mit anderen Personen unterhalten, mal mit männlichen, mal mit weiblichen, dabei viel lachen, wie es eben ein sympathisches, ausgeglichenes und unabhängiges Mädchen tut. Ist in ihm auch nur das geringste Interesse erwacht, kommt er bald zurück.

   Während dieser wichtigen Etappe bloß nicht folgende typische Anfängerfehler machen:

   IHN INTENSIV ANSTARREN, mit dem Blick eines Serialkillers, der einer Schülerin nachstellt,

IHM NACHLAUFEN wie eine dumme Gans,

MIT SEINEN FREUNDINNEN HERUMKICHERN und mit dem Finger auf ihn zeigen,

ALLE MÄNNER IN DER BAR AUFREISSEN, um ihn eifersüchtig zu machen,

PLÖTZLICH EINEN POLEDANCE HINLEGEN, weil man sich auf einmal selbstsicher fühlt oder zu viel getrunken hat, es sei denn, man ist Christina Aguilera.

6. Wenn er wiederkommt: lächeln, normal und ausgeglichen wirken. Darauf warten, dass er unsere Telefonnummer erfragt / uns küsst / einen Heiratsantrag macht. Tunlichst zu vermeiden sind Schwitzen, Erröten, Stottern, Herzinfarkt oder ihn anzusehen, als sei er George Clooney und von Kopf bis Fuß mit Nutella bestrichen.

   Bilanz: Ich mache grundsätzlich alles, was ich nicht soll, und würde nie wagen, das zu tun, was ich soll. Nun gut.

Baby-Doll hat mich in die Kategorie »echte Herausforderung, Meilenstein einer Karriere« eingeordnet. Das ist weniger dramatisch als ihre Meinung über Prinzessin Sarah, die sie »meinen Mount Everest« nennt.

Schlussfolgerung: Noch bin ich nicht aus dem Schneider, die Evakuation aus dem *No-Sex-Land* dürfte langwieriger ausfallen als vorgesehen, doch ich bleibe optimistisch. Ich werde es schaffen, weil ich glaube, dass ich es schaffe (*Das Leben meistern*, S. 54).

Es hat damit zwar nichts zu tun, aber Chloé ist gestern nach Marinzac gefahren. Ich habe nichts mehr von ihr gehört, sonderbar.

Chloé

Mit dem letzten Zug hätte ich eigentlich um 21:20 Uhr am Bahnhof Langon eintreffen sollen, doch wegen eines technischen Problems (mein verflixtes Karma) komme ich dort erst um 23:18 Uhr an. Die Nacht ist finster, und es regnet in Strömen. Ich könnte Constance und ihre irrwitzigen Pläne auf den Mond schießen. Ich verwünsche Charlotte, die diese Idee, mich aufs Land abzusetzen, einfach fantastisch findet. Ich verdamme Abhilasha und ihre Ansicht, ich müsse unbedingt zur Natur zurückkehren und meine angeknackste Aura aufmöbeln.

Durchnässt, ohne Regenschirm und mit meinen beiden je eine Tonne wiegenden Koffern vor mir in einer Pfütze stehe ich herum und warte. Mein Handy ist leer. Dieser Tonton Gonz, den ich vor meiner Ankunft nur einmal am Telefon hatte, wollte mich ganz bestimmt abholen, aber ich bin zwei Stunden zu spät dran, und die wenigen Reisenden, die ebenfalls hier aus dem Zug gestiegen sind, dürften jetzt irgendwo im Warmen sitzen. Nichts zwingt mich hierzubleiben. Wenn ich will, fahre ich morgen schon wieder zurück. Allerdings habe ich finanziell nicht mehr die Mittel, in Paris zu leben. Lieber denke ich an Mamie Rose und ihre riesige Freude, wenn ich sie sechs Monate lang täglich besuchen komme. Das ist der einzige Grund, weshalb ich mir nicht so schnell wie möglich einen Wagen miete und direkt nach Paris zurückfahre.

Der Bahnhof ist kaum größer als ein Einfamilienhaus. Hier draußen riecht es nach Feuchtigkeit und durchweichter Erde. Neben mir flackert eine Laterne, und ich fühle mich wie in einem schlechten Horrorfilm. Die Absätze meiner Lackschuhe versinken im morastigen Boden, und jetzt hat sich auch noch etwas Spitzes in meinen rechten Pumps verirrt. Auf einem Fuß balancierend, ziehe ich den Schuh aus. Zwei Steinchen fallen in die Pfütze. Meinen Strumpf ziert nun eine Laufmasche, von der Ferse aufwärts. Im Regenrauschen höre ich einen Motor. Ich drehe mich um, und ein zittriges gelbes Licht taucht hinter dichten Regenvorhängen auf: Ein alter, einäugiger Renault Kangoo rast mit wild ausschlagenden Scheibenwischern auf mich zu. Meinen Schuh in der Hand, will ich einen Schritt zurücktreten, aber der Wagen hält genau in der Pfütze, und ein schlammiger Wasserstrahl duscht mich vom Scheitel bis zur Sohle ab. Ich verliere das Gleichgewicht und mein unbeschuhter Fuß landet direkt im Wasser. Das Fenster auf der Fahrerseite wird heruntergekurbelt, und zu meinem Entsetzen beugt sich der Fahrer heraus und sagt:

»Besser, ich nehme Sie gleich mit!«

Ich blitze ihn wütend an und würde ihm am liebsten meinen Absatz ins rechte Nasenloch rammen.

»Sie könnten sich wenigstens entschuldigen. Nein, Sie nehmen mich nirgendwohin mit, ich erwarte jemanden.«

Im Halbdunkel des Wagens kann ich den unteren bärtigen Teil seines Gesichts kaum erkennen, aber mir fällt ein belustigtes Funkeln in seinen dunklen Augen auf.

»Sind Sie sicher? Es ist schon fast Mitternacht, und Sie sind völlig durchnässt …«

Das hat mir gerade noch gefehlt, mich von einem Dorftrottel im Kangoo aufreißen zu lassen, der außerdem die Schuld am Ruin meiner Zweihundert-Euro-Pumps trägt.

»Ich weiß selbst, wie spät es ist. Ich werde erwartet.«

»Offenbar ist niemand außer mir hier, und was machen Sie überhaupt barfuß in der Pfütze?«

Geduld gehört leider nicht zu meinen guten Eigenschaften. Ich ziehe meinen Schuh wieder an und antworte böse grinsend:

»Sei so lieb, vergiss es, okay? Hast du mich gesehen? Guck mal in den Spiegel! Bei mir hast du absolut keine Chance!«

Einen Augenblick lang meine ich, sein Lächeln im Dunkeln wahrzunehmen. Er wird mich gleich Schlampe nennen, quer durch die Pfütze nageln und mich nochmals abduschen, doch er zuckt lediglich mit den Achseln.

»Wie du wünschst, Aschenputtel, aber wir sind hier nicht auf den Champs-Élysées, und du wirst einige Mühe haben, eine Kutsche aufzutun.«

Er kurbelt das Fenster hoch, fährt langsam, ohne sich zu verabschieden, an, aber meidet die Pfütze.

Nun stehe ich wie eine dumme Gans wieder allein im Regen und bedaure fast, ihn abgewimmelt zu haben. Zwanzig Minuten brauche ich, um eine Telefonkabine zu finden und herauszubekommen, wie so ein Ding funktioniert. Dann muss ich drei Taxizentralen anrufen, bis sich endlich jemand bereit erklärt, mich nach Château-Lyran zu bringen. Ich warte eine Viertelstunde in der Kabine, so lange, bis sich der Taxifahrer wohl wieder angezogen hat und zum Bahnhof kommt.

Constance hat mir Château-Lyran wie ein Paradies auf Erden beschrieben, aber sie dürfte hier nie bei Nacht und einem solchen Mistwetter eingetroffen sein. Das Taxi setzt mich vor einem verrosteten Gittertor ab, und ich sehe in der Finsternis ein langes schwarzes Gebäude mit nur einem erleuchteten

Fenster. Die Absurdität der Situation suggeriert mir, ein paar Ideen für mein Buch zu notieren, über den Regen, der mich bis in die Eingeweide frieren lässt, den Matsch, den bedrohlichen Schatten des isolierten Landhauses … Gut, das hört sich sehr nach Klischee an, aber ich sehe schon den Klappentext: *Eine junge, von unglücklicher Kindheit geprägte und vom Leben enttäuschte Frau gerät nach einer furchtbaren beruflichen und emotionalen Schlappe rein zufällig in ein geheimnisvolles Haus inmitten von Weinbergen …* Stimmung wie bei den Geschwistern Brontë. Und wer weiß, vielleicht beobachtet ein Mister Rochester hinter dunklen Fenstern meine Ankunft. Ich klopfe, aber niemand öffnet die Eingangstür, und ich schleife meine Rollkoffer durch den Morast bis zum erleuchteten Fenster und klopfe an die Scheibe. Eine kleine Tür daneben öffnet sich. Statt des finsteren Edward Rochester erscheint im Rahmen das faltige Gesicht einer alten Dame mit besorgtem Lächeln.

»Sie sind die Schriftstellerin?«

Ich fühle mich ebenso wenig als Schriftstellerin wie als Botanikerin, aber alles zu seiner Zeit, jetzt wird nicht diskutiert, sondern schlafen gegangen.

»Guten Abend, Chloé Lacombe. Es tut mir ja so leid …«

»Kommen Sie schnell herein, Sie sind ja ganz nass.«

Sie zieht mich ins Haus und hilft mir, die Koffer hineinzuschleppen.

Sorgfältig putze ich mir die Schuhe auf der Fußmatte vor der riesigen Küche ab. Still betrachte ich den ellenlangen Tisch mit der rot-weiß karierten Plastikdecke, den monumentalen Kamin aus grauem Stein, in dem noch ein paar Funken leuchten, und die alten Kupferkessel, die über der Feuerstelle hängen. Jetzt ist mir bewusst, dass ich in die Welt von *Jane Eyre* gebeamt worden bin.

»Ich heiße Jacqueline. Monsieur Delahaye ist schon schlafen gegangen. Ich bringe Sie in Ihr Zimmer.«

»Es tut mir aufrichtig leid, so spät zu kommen, aber ich fand kein Taxi ...«

Auch sie entschuldigt sich und sagt, der Wagen habe eine Panne, der Nachbar hätte mich abholen sollen, aber bei diesem Unwetter sei die Telefonleitung sicher gestört, und er habe die Nachricht wahrscheinlich nicht erhalten.

Ich zucke mit den Achseln.

»Der Zug hatte zwei Stunden Verspätung, da ist der Nachbar wohl umgekehrt.«

»Sonderbar«, murmelt sie.

Ich müsse erschöpft sein, findet sie, arme Kleine, bis auf die Haut durchnässt, ob ich vielleicht etwas essen und trinken oder lieber gleich in mein Zimmer möchte?

Ihre äußere Erscheinung erinnert an ein junges, etwas zu mageres Mädchen, bis auf den seitlich gekrümmten Rücken. Sie trägt ein beigefarbenes Kleid mit hellblauen Punkten und eine altmodische schwarze Jacke mit Goldknöpfen. Ein sonderbarer Aufzug, um eine schlammbedeckte Unbekannte mitten in der Nacht zu empfangen. Ihr spärliches Haar ist zu einem dünnen Knoten frisiert, und ihre braunen Augen glänzen vor Liebenswürdigkeit und Intelligenz. Ich danke ihr, habe weder Hunger noch Durst. Jetzt erwarte ich fast, dass sie zu einem Kandelaber greift und mich durch das dunkle Haus führt, doch entgegen allen Erwartungen gibt es hier elektrisches Licht in jedem der aufeinanderfolgenden Räume, die wir nun durchqueren. Hinter uns löscht sie jeweils die Lampe und schließt die Tür.

»Vergessen Sie nicht, immer schön die Türen zuzumachen. Das Haus ist schlecht isoliert und der Winter in diesem Jahr besonders streng.«

Wir kommen durch die Bibliothek mit sehr hoher Decke, das Kindheitsparadies von Constance, das sie mir in allen Einzelheiten beschrieben hat, nur dass sie vergessen hat, vom eisigen Durchzug und dem Regen zu erzählen, der in den Kamin tropft. Wir durchqueren den Bridge-Salon, das Schreibzimmer, den kleinen Salon mit der Textiltapete und dem verblichenen Blumenmotiv, den großen Salon mit abgewetzten Sesseln, das Esszimmer, in dem der riesige, ovale, staubige Tisch nach ranzigem Bohnerwachs riecht, bevor wir schließlich in der Eingangshalle landen. Ich lasse sie mir nicht helfen, die Koffer die majestätische Steintreppe in das erste und einzige Stockwerk zu tragen. Von dem breiten ockerfarben gefliesten Flur gehen Zimmer ab, deren Türen verschlossen sind, abgetretene Teppiche dämpfen den Lärm meiner Rollkoffer. Der Regen prasselt gegen die Fenster, das Gemäuer ächzt. Ein Paradies auf Erden? Constance hat mich zum Besten gehalten. Lieber nicht daran denken, dass ich in diesem Augenblick in meiner Zweizimmerwohnung an der Place de Clichy wie ein Baby unter meiner Ikea-Steppdecke schlafen könnte! Jacqueline öffnet eine Tür und drückt auf den Lichtschalter.

»Das hier ist Ihr Zimmer.«

Ich erwarte das Schlimmste. Ich trete in den kleinen Raum, und meine Absätze versinken in einem dicken Perserteppich mit rosa- und cremefarbenen Arabesken. Neben dem Fenster steht ein Sessel mit breiten beigen und weinroten Streifen, die zum Überwurf des schmiedeeisernen und sehr einladenden Betts passen. Ich betrachte eingehend die Hirtenfiguren aus Porzellan, die auf den polierten Holzmöbeln drapiert sind, sowie die Bäuerinnen auf den Jouy-Leinenstoffen, die lächelnd auf ihre Schäfer warten. Ich seufze, und Jacqueline wirft mir einen erstaunten Blick zu:

»Gefällt es Ihnen nicht? Das ist Constances Zimmer.«

Ach wirklich.

Eigentlich mag ich lieber kühle Farben, Weiß und Schwarz, gerade und klare Linien, eher leere Räume. Vielleicht ist es das Feuer, das im Kamin knistert, oder die Müdigkeit, die meine Denkfähigkeit einschränkt, aber ich fühle mich in diesem rosa- und cremefarbenen Überfluss wohl, wenn er auch auf der Kitschskala sieben von zehn Punkten erreicht.

»Doch, es ist sehr hübsch.«

»Das Badezimmer ist genau gegenüber, die Handtücher liegen im Schrank neben der Wanne. Aber ich warne Sie, heißes Wasser gibt es leider nicht täglich.«

Sie wartet ein Weilchen, bevor sie sich zum Gehen wendet:

»Wenn Sie sonst nichts brauchen, lasse ich Sie jetzt schlafen, Sie müssen sehr müde sein.«

Sie steht lächelnd auf der Schwelle, und ich würde ihr so gern etwas sagen. Ich möchte nicht, dass sie mich in diesem Schloss ganz allein lässt, in dem es mit Sicherheit spukt, aber mir fehlen die Worte, und ich lächle zurück.

»Nein wirklich, ich brauche nichts, und vielen Dank für alles.«

Sie wünscht mir eine gute Nacht und schließt leise die Tür. Jetzt bin ich allein mit meinen beiden Koffern in dem nur spärlich vom zartrosa Lampenschein erleuchteten Raum. Der Regen klopft weiterhin an die Fensterscheiben. Ich öffne einen Koffer am Boden und packe meine Zahnbürste aus. Dann ziehe ich die Schuhe aus und stelle fest, dass sie reif für die Mülltonne sind, und gehe über den Flur. Gute drei Minuten brauche ich, bis ich verstanden habe, dass das Licht angeht, wenn man an einer Strippe neben der Glühbirne an der Decke zieht. Der eiskalte Boden unter meinen nackten

Füßen vertreibt jede Lust, noch schnell zu duschen. In Windeseile putze ich mir die Zähne und wasche mein Gesicht. Offenbar bin ich an einen Tag ohne warmes Wasser geraten. Wieder in meinem Zimmer, ziehe ich mich vor dem flackernden Kaminfeuer schnell bis auf die Unterwäsche aus und gleite unter die voluminöse Decke, lösche das Licht, räkele mich in der wohligen Tiefe der Matratze und bette mein Haupt auf ein enormes Federkissen. Ich muss mir dringend einen Schlafanzug aus dickem Flanell bei Leclerc in Langon kaufen. Sonst halte ich es hier keine Woche aus.

Sehr viel später wache ich mit Kälteschauern auf. Das Feuer im Kamin ist erloschen und das Federbett zu Boden gerutscht. Ich stehe auf, krame Jogginghose und Sweatshirt aus meinem Koffer und ziehe sie schnell über. Dann öffne ich die Vorhänge und das Fenster. Ich zünde eine Zigarette an. Der Regen hat in der Nacht aufgehört. Blasses Licht erhellt vage ein hügeliges Weingebiet, soweit das Auge reicht. Die Rebstöcke ragen schwarz, in regelmäßigen, dichten Reihen aus dem vereisten Boden und sehen unter dem weißlichen Himmel wie eine ganze Armee von verkrüppelten Händen aus. Ich setze die Kapuze auf und blase den Rauch in den kalten Morgen. Auf einem Hügel gegenüber liegt inmitten der Weinberge ein mächtiges Schloss aus grauem Gestein. Eine Hälfte des Gebäudes, mit nagelneuen, orangefarbenen Ziegeln gedeckt, wurde offenbar restauriert und kontrastiert mit dem anderen Teil des Schlosses, dessen schwarzes Dach völlig durchlöchert zu sein scheint. Zwei Türme mit geschlossenen Fensterläden und ein verfallenes Taubenhaus flankieren den Bau. Das ist genau die Umgebung, die zu einer fantastischen Geschichte inspirieren könnte … wenn ich hierbleiben würde, was aber nicht der Fall ist. Auf dem Nachttisch tickt ein vorsintflutlicher Wecker und zeigt ein paar Minuten nach zehn Uhr an. Ob er überhaupt richtig geht? Seit gestern habe ich mein Telefon nicht mehr konsultiert. Ich stöpsele das Ladegerät ein und warte, bis mich der Akku die Nachrichten wieder ablesen lässt. Nichts von Guillaume, hingegen eine Mail von Charlotte, die fragt, ob ich gut angekommen bin, und eine SMS von Constance, die mehr über meinen Umzug wissen will.

Die Kälte der Bodenfliesen dringt durch meine wollenen Skisocken, ich laufe die Gänge entlang, steige dann die Steintreppe hinunter und streife nur sporadisch die tiefgekühlte Rampe aus Schmiedeeisen. Die Wände sind von Familien- und Hochzeitsfotos aus verschiedenen Epochen bedeckt. Ich suche Constance unter den Blondschöpfen, sie ist immer irgendwo im Hintergrund, mit acht, zehn, fünfzehn und zwanzig Jahren, die Hände hinter dem Rücken verschränkt und mit erhobenem Kopf, als sei sie eine Ballettratte der Pariser Oper. Ihr nettes Lächeln ist das eines verträumten Kindes, aber ihre Augen sind auf fast allen Fotos geschlossen.

Ich finde den Weg zur Küche wieder und rieche Kaffeeduft. Jacqueline ist mit einem kahlköpfigen, dickbäuchigen Mann in ein Gespräch vertieft. Er dreht sich zu mir um, und ich schäme mich ein wenig wegen der Jogginghose und dem viel zu großen Sweatshirt. Er reicht mir eine kräftige Hand und sagt mit freundlichem Lächeln:

»Gonzague Delahaye. Seien Sie herzlich willkommen in meinem bescheidenen Heim, Mademoiselle!«

Auch ich lächle, er hat etwas Beruhigendes.

»Chloé Lacombe. Ich danke Ihnen, mich so freundlich aufzunehmen.«

Jacqueline bietet mir einen Platz an und stellt Kaffee und Brotscheiben vor mich hin, die für das Frühstück des großen Hulk zugeschnitten zu sein scheinen, dazu einen Berg Butter und hausgemachte Marmelade. Ich will lieber bis zum Ende des Frühstücks warten, bevor ich ihnen ankündige, dass ich voraussichtlich nicht bleiben werde. Währenddessen schrubbt Jacqueline eine Art Silbervase mit einem übel riechenden Putzmittel, und Tonton Gonz setzt sich mit einem Milchkaffee mir gegenüber. Kaum hat er Platz genommen, springt ihm eine helle Katze auf die Knie, und er streichelt mechanisch ihren Hals. Er trägt zwei dicke Siegelringe, einen am kleinen und einen am Mittelfinger, aber keinen Trauring.

»Mademoiselle Lacombe, darf ich Ihnen Champagne vorstellen, eine enge Freundin von Constance.«

Ich grinse höflich. Ich mag keine Katzen, nur Hunde. Hunde sind anhänglich und aufrichtig, Katzen unterwürfig und hinterhältig. Er fährt fort:

»Wir freuen uns sehr, Sie bei uns zu haben. Hat Ihnen Constance erzählt, dass ich Ihre Großmutter kannte? Die Welt ist klein. Rose Lacombe. Eine zauberhafte Frau, damals das hübscheste Mädchen von Marinzac. Übrigens sind Sie ihr wie aus dem Gesicht geschnitten, aber das wissen Sie sicher selbst.«

»Danke«, sage ich, weiterhin höflich lächelnd.

»Ja, die gleichen himmelblauen Augen, eine charmante Frau, wie schade, dass wir uns nicht mehr wiedergesehen haben.«

Die erste Tasse Kaffee hat mich aufgewärmt, und jetzt, noch ein wenig schläfrig, zögere ich zwischen der gelben Butter und der Brombeermarmelade.

»Nehmen Sie doch beides«, sagt Tonton Gonz lachend, »Sie können es vertragen, gertenschlank wie Sie sind. Woher kennen Sie Constance? Jacqueline, Champagne und ich sind so froh, Gesellschaft zu haben, dazu noch die einer Schriftstellerin.«

Ich streiche die Butter einen halben Zentimeter dick auf das Brot und kleckse, den guten Ratschlag meines Gastgebers befolgend, noch ordentlich Konfitüre drauf. Mit vollem Mund erzähle ich die Geschichte vom Leseclub und Constance, aber weise auch drauf hin, dass ich keine Schriftstellerin bin, jedoch liebend gern ein Buch schreiben würde. Er nickt.

»Sie sind eine Künstlerin. Das erstaunt mich nicht, ich sehe Ihnen eine gewisse Melancholie an. Schon als Sie den Raum betreten haben, dachte ich mir, Sie sind … poetisch.«

Am liebsten würde ich laut auflachen, halte mich aber zurück. Tonton Gonz streichelt Champagne und schaut mir beim Essen zu. Das stört mich nicht. Ich habe bereits zwei Scheiben Brot verdrückt und schneide mir eine dritte ab. Seit Ewigkeiten hatte ich keinen solchen Hunger mehr.

»Wissen Sie schon, worüber Sie schreiben werden?«

»Nicht wirklich, aber die Landschaft inspiriert mich, zunächst werde ich mich ein wenig umschauen.«

»Sehr gute Idee, ja, sehr gut, sehr spannend. Ich wäre selbst gern ein Künstler geworden. Ich habe ein wenig gemalt, ein wenig Geige gespielt, habe auch ein Jahr an der Kunsthochschule studiert, aber ich hatte einfach kein Talent. Einen gewissen Blick für Moden, das ja, aber sonst nichts. Vincent kann Ihnen die Gegend zeigen, er kennt sie wie seine Westentasche, und Weinanbau ist seine Leidenschaft.«

Ich blicke von meinem Kaffee auf.

»Vincent?«

»Wo wir gerade von Vincent sprechen, er hat sie gestern nicht mal abgeholt«, unterbricht Jacqueline, ohne ihn antworten zu lassen, »sie hat im Regen warten und ein Taxi nehmen müssen.«

Tonton Gonz drückt ein Küsschen auf den Kopf von Champagne, die vor Begeisterung schnurrt.

»Gestern war der dreiundzwanzigste Februar, nicht wahr?«, fragt er plötzlich. Jacqueline lässt das Putztuch sinken, und ihr ärgerlicher Gesichtsausdruck wird mild.

»Ach, stimmt ja, das hatte ich ganz vergessen, als ich ihn bat, die Kleine abzuholen.«

Ich blicke mit aufgerissenen Augen von der einen zum anderen. So lange, bis mein vom Milchkaffee aufgeweichtes Stippebrot zerkrümelt in die Tasse fällt. Es lässt sich nicht länger leugnen. Ich bin fürs Landleben einfach nicht geschaffen.

»Wer ist Vincent?«

»Vincent Laborde, unser Nachbar, Ihr Zimmer liegt seinem Anwesen gegenüber.«

»Das halb verfallene graue Schloss?«

»Ja, die Domäne heißt Laneyronie und ist eines der besten Weingebiete der Region, ausgezeichneter Wein! Nur hat die Familie leider vor ein paar Jahren Schlimmes durchgemacht. Hagel hat praktisch alle Rebstöcke zertrümmert, und seitdem gab es große Verluste. Und wegen gestern: Venus hatte eine Panne.«

»Venus!«

»Ja, Venus, ein Citroën DS, mein Auto. Alle zwei Tage beschert sie uns ein Problem. Jedenfalls hatten wir deshalb Vincent Laborde gebeten, Sie vom Bahnhof abzuholen. Er muss es vergessen haben. Ein sehr sympathischer Junge, wenn auch zugegebenermaßen manchmal ein wenig ungehobelt. Aber manche Leute werden vom Schicksal nicht verschont …«

Schnell stopfe ich ein Stück von meinem aufgeweichten

Butterbrot in den Mund, bevor es wieder in die Tasse fällt. Mir kommt der Gedanke, Tonton Gonz würde besser in eine Bar im Pariser Marais passen als nach Marinzac. Ich mag die beiden, ihn und Jacqueline.

»Was haben Sie heute vor, meine hübsche Chloé?«

»Ich gehe meine Großmutter besuchen«, antworte ich mit vollem Mund.

»Nehmen Sie Jacquelines Auto, bis Venus repariert ist.«

Ich nicke zustimmend. Er schaut mich so warm an, dass ich es nicht übers Herz bringe, ihm zu sagen, dass ich nicht hierbleiben werde, und sage besser gar nichts. Nun bin ich einmal da und kann auch gern eine Woche bleiben.

Ich bin eine hundertprozentige Großstadtpflanze. Außerdem besitze ich ausschließlich hochhackige Schuhe, enge Jeans und kleine Winterkleidchen, nichts, was sich für einen längeren Aufenthalt auf dem Lande, noch dazu im tiefsten Winter, eignet. Heute ziehe ich ein graues Wollkleid an. Es versetzt mir einen Stich ins Herz, wenn ich daran denke, wie Guillaume bei dem Anblick schier verrückt wurde, als ich es im Büro trug.

Jacquelines Wagen ist ein alter anthrazitfarbener Renault Espace, der beim Anlassen ein wenig hustet. Ich drehe die Heizung auf, stelle das Radio an – *Sud Radio* – und lege mein Handy mit eingeschaltetem Navi auf das Armaturenbrett. Mein eingegebenes Ziel ist das *Foyer des Pervenches*, wo Mamie Rose jetzt seit zwei Jahren lebt. Auch wenn ich regelmäßig zu ihr fahre, sind es immer nur Tagestouren, schnell vom Flughafen oder Bahnhof zu ihr und zurück.

Die Fahrt dauert knapp fünfzehn Minuten. Ich parke auf dem zu drei Vierteln leeren Parkplatz, stelle das Radio aus und lege eine Schweigeminute ein. Seit ich klein bin, hasse ich Krankenhäuser. Seit jenen Mittwochnachmittagen, an denen ich meine Mutter besuchen ging und Stunden an ihrem Bett zubrachte, Selbstgespräche führte und von der Schule erzählte, während sie mit glasigem Blick und ohne zuzuhören aus dem Fenster starrte, von Antidepressiva völlig zugedröhnt. Der Tod hat einen Geruch. Einen Geruch, den man in Krankenhäusern und Altenheimen wahrnimmt. Ein scheußlicher Geruch, grau und kalt! Mamie Rose braucht leuchtende Farben und Gelächter, keine trostlosen Gedanken. Ich greife nach der Tüte auf dem Beifahrersitz, die ich aus Paris mitgebracht habe, alle *People*-Magazine dieser Woche, eine Packung Mi-Cho-Ko-Bonbons, Primavera-Erdbeeren und einen hellblauen Pulli von Mango, der ihre Augenfarbe zur Geltung bringt. Sie liebt blaue Pullis. Ich steige aus dem Wagen und prüfe mein Make-up im Rückspiegel. Dann gehe ich den immer noch vom Regen glänzenden Kiesweg entlang. Angenehmer wäre es mit Turnschuhen gewesen, aber Mamie Rose mag keine schlecht gekleideten Frauen. Sie sagt immer, eine Frau in Hosen und ohne hohe Absätze sei wie ein Mann ohne Bartwuchs und im Glockenrock.

Die Glastür öffnet sich vor mir mit einem leisen Zischen selbsttätig. Ein Mann lehnt am Empfangstresen und belegt die Angestellte dahinter voll mit Beschlag. Er hat die Statur eines Holzfällers. Ich stelle mich an und betrachte zum Zeitvertreib das leere Display meines Handys. Guillaume hat immer noch nicht geschrieben. Nach einer Minute beginne ich nervös, mit meinem Absatz geräuschvoll den Boden zu bearbeiten. Der Mann hat sich auf seinen Motorradhelm auf dem Tresen gestützt und flüstert irgendwas ins Ohr des etwa zwanzigjährigen Mädchens. Sie kichert wie eine Idiotin und hält die Hand vor den Mund, beugt sich vor, sodass sie vor ihrem Gegenüber ein Dekolleté mit einem verdächtig großen Busen ausbreitet. Ich räuspere mich, keine Reaktion. Das Mädel bricht in Gelächter aus, der Mann beugt sich noch tiefer zu dieser Idiotin, und ihre kleine, helle, rundliche Hand verschwindet unter seiner mächtigen dunklen Pranke. Mein zweites Räuspern geht in ein heftiges Seufzen über, etwa in der Lautstärke eines anspringenden Laubbläsers. Das Mädchen hört auf zu kichern, und der Mann dreht sich um. Zum ersten Mal sehe ich sein Gesicht ganz. Er muss um die fünfunddreißig sein, hat einen kurz geschorenen Bart und grinst mit schlohweißen Zähnen. Sein schwarz-rot-kariertes Hemd dürfte 1995 beim Fotoshooting für einen Versandkatalog Modell gestanden haben, dazu trägt er nicht fashiongebleichte, sondern im Clochard-Stil verwaschene Jeans. Er lehnt locker an der Rezeption und mustert mich seelenruhig von Kopf bis Fuß. Im Allgemeinen sind mir die Blicke der Leute egal, jetzt aber bin ich mir plötzlich der Absurdität des grauen Kleides und der hochhackigen Stiefel in einem Altenheim mitten in der Pampa bewusst. Seine schwarzen Augen verraten Scharfsinn. Er deutet ein Lächeln an und lässt mir den Vortritt. Seine Hemdsärmel sind bis zum Ellenbogen aufgerollt, und auf einem Vorderarm ist ein Stück Tattoo sichtbar. Einem solchen Typen möchte ich im Barbes-Viertel nicht begegnen, wenn ich gerade noch die letzte Metro erwischen will. Ich gehe vor, und er nähert sich kaum merklich. Sein Duft nach Kernseife belegt, dass er zwar denkbar hässliche Kleidung trägt, sie aber sauber sein dürfte, jedoch überdeckt der Seifenduft seine Pastisfahne nicht.

»Nach dir, Aschenputtel«, sagt er.

Natürlich erinnere ich mich an die Stimme und den

Namen, den er mir gegeben hat, und bin nur froh, dass ich nicht zu diesem Typen ins Auto gestiegen bin, und wenn er schon morgens gegen elf mit Pastis anfängt, fragt man sich, in welchem Zustand er gestern Abend gegen Mitternacht war.

»Ich möchte zu Rose Lacombe«, sage ich zu dem Mädchen.

Sie tippt etwas in den Computer.

»Sie sind Chloé? Chloé Lacombe?«

»Ja.«

In der Datei scheint nur mein Name zu stehen. Dann sind meine Eltern Mamie Rose doch nicht besuchen gekommen, obwohl sie es versprochen hatten. Der Form halber frage ich:

»Ist seit meinem letzten Besuch niemand hergekommen?«

»Nein.«

Wie kam ich nur dazu, Mamie Rose überzeugen zu wollen, dass ihre Kinder sie besuchen würden? Wie viele Backpfeifen muss ich noch kassieren, bis ich endlich einsehe, dass auf die Leute kein Verlass ist, und schon gar nicht auf die eigene Familie? Ich beiße mir auf die Lippe, nicke ein wenig zu hastig und sage:

»Danke.«

Ich drehe mich um und erschrecke. Der düstere Mann starrt mich immer noch an. Der Blick seiner schwarzen Augen ist so intensiv, dass ich einen Moment lang fürchte, laut gedacht zu haben. Ich gehe schweigend an ihm vorüber, mit klappernden und auf dem Linoleum widerhallenden Absätzen, um zu beweisen, dass ich zu meinem übereleganten Outfit stehe, selbst hier in diesem entlegenen Altenheim in der Gironde. Kaum bin ich am Lift angelangt, geht das Getuschel am Tresen weiter. Gerade als sich die Fahrstuhltür hinter mir schließt, höre ich erneut das kristallklare Gelächter des Mädchens.

Mamie Rose sitzt in ihrem Zimmer vor dem Fenster auf einem Klappstuhl aus Plastik. Ihre blauen Augen blicken verloren nach draußen auf die Kiefernwälder. Auf dem Plaid, das ihre Knie bedeckt, liegt das Buch *Natterngezücht* von François Mauriac. Ohne Mamie Rose hätte ich wahrscheinlich nie ein Buch geöffnet.

»Du hast ja kurze Haare!«

Sie dreht sich um, lächelt mir zu und greift verwundert in ihr weißes Haar. An manchen Tagen finde ich die scharfzüngig witzige und intellektuell streitbare Mamie Rose meiner Kindheit vor, an anderen scheint ihre Seele davongeflogen zu sein, und sie ist eine fremde Frau. Eine, die denkt, dass sie vier Kinder hat, wir das Jahr 1944 schreiben und dass ich, je nachdem, mal die Frau meines Vaters, mal eine Krankenschwester, mal eine Unbekannte bin, die ihr etwas antun will.

»Ja«, murmelt sie, »ich habe mir die Haare schneiden lassen. Wie geht es dir, meine liebe Chloé?«

Sie betätschelt lächelnd ihre Perlenkette.

Die Verspannung in meinem Rücken löst sich. Sie erkennt mich heute, ist geistig anwesend. Ich setze mich neben sie und drücke ihr einen Kuss auf die Wange. Dann erzähle ich ein wenig aus meinem Leben und zeige ihr auf dem iPad, das ich letztes Jahr für sie gekauft habe, die neuesten Fotos von ihren Großnichten und -neffen. Sie stellt Fragen und ist erstaunlich klar im Kopf.

»Wann heiratet ihr denn nun, Guillaume und du?«

»Bald, Mamie Rose.«

Es ist ja nur eine halbe Lüge, denn zumindest Guillaume heiratet bald. Schade nur, dass ich nicht die Braut bin. Mamie Rose wollte ich von unserer Trennung nichts erzählen. Sie mochte Guillaume sehr und würde es nicht ertragen, mich unglücklich zu sehen. Sie zieht die Brauen zusammen.

»Immer sagst du bald … Worauf wartet ihr denn noch? Darauf, dass ihr euch nicht mehr liebt? Oder verheimlichst du mir etwas?«

»Nein, liebe Mamie Rose, was soll ich dir denn verheimlichen wollen?«

»Du musst ja nicht unbedingt heiraten, weißt du, nicht wenn du dich mit ihm langweilst. Ich war meinem Mann immer treu, aber ich hatte sehr viele Liebhaber vor der Hochzeit.«

Ich kichere leise.

»Auch ich habe unzählige Liebhaber, Mamie Rose.«

Sie legt die Hand auf meine Wange und studiert mich, als wolle sie meine Gedanken lesen.

»Aber Liebhaber dürfen dich nicht traurig stimmen, Chloé, im Gegenteil, sie sind dazu da, uns glücklich zu machen und damit wir uns begehrt fühlen.«

Ich antworte nicht. Stattdessen ziehe ich das Plaid über ihre Knie und schlage vor, Kaffee zu holen. Sie möchte Schokolade. Ich öffne die Tüte mit den Primavera-Erdbeerbonbons.

Als ich mit den Getränken zurückkomme, sitzt sie über ihr iPad gebeugt und deutet mit dem Finger auf einen Artikel.

»Chloé, dieses Buch würde ich gern lesen. Kannst du es von der Amazone schicken lassen?«

Ich werfe einen Blick auf den Artikel und breche in Gelächter aus.

»*Fifty Shades of Grey?* Bist du sicher, dass du das lesen willst, Mamie Rose? Es ist nicht gerade Mauriac, weißt du …«

»Ja, das weiß ich, aber ich möchte es lesen. Ich langweile mich mit all diesen verklemmten Alten, man kann ja nicht einmal über Sex sprechen. Hast du das Buch gelesen?«

»Nein, und das habe ich eigentlich auch nicht vor, aber ich lasse es dir schicken.«

»Von der Amazone?«

»Ja, von der Amazone, so bekommst du es ganz schnell, versprochen! Gleich alle drei Bände, wenn du willst.«

»Und ELLE, ich erhalte meine ELLE nicht mehr«, seufzt sie.

Mist, ich habe vergessen, ihr Abonnement zu erneuern.

»Auch die ELLE bekommst du nächsten Freitag.«

Sie lächelt.

»Du hast abgenommen, meine Chloé, du musst mehr essen. Aber erzähle mir von deinem Projekt, worüber willst du denn dein Buch schreiben?«

»Das weiß ich noch nicht, Mamie Rose, vielleicht über die Gegend, ich meine … wo ich nun mal hier bin …«

Sie schaut mich zweifelnd an.

»Du willst über die *Landes* schreiben? Das ist doch lächerlich! Das wäre ja so, als wollte Victor Hugo über den Vietnamkrieg berichten. Man muss von Dingen erzählen, die man kennt, mein Liebling. Mauriac schrieb über die *Landes*, weil er sie gut kannte …«

»Aber ich kann sie ja kennenlernen und …«

»Mit einer Touristenrundreise wirst du ein paar Weingüter besichtigen und zwei Sauternes-Weine kosten, und damit meinst du, über die Gegend Bescheid zu wissen? Chloé, du musst Dinge beschreiben, die dir geläufig sind, auch deine eigenen Gefühle. Und glaube mir, ich habe genügend Bücher gelesen, um zu wissen, wie wichtig das ist.«

Ich könnte Mamie Rose darüber aufklären, dass ich von nichts Ahnung habe, höchstens was den Ausverkauf von Kleidung angeht. Stimmt, ich kenne mich auch gut mit Männern aus, insbesondere mit Mistkerlen, in dieser Sparte habe ich das Niveau eines Bachelors, wenn nicht gar eines Masters. Die Theorie bereitet mir keine Schwierigkeiten, die Praxis schon gar nicht, da bin ich Klassenbeste. Mamie Rose betrachtet mich mit gerunzelter Stirn.

»Warum kommt mich Guillaume nicht mehr besuchen?«

Das ist das Problem mit ihren hellen Tagen, sie erinnert sich an alles.

»Er hat viel Arbeit. Mamie Rose, wollen wir beide ausgehen, vielleicht in ein Restaurant?«

Es folgt Schweigen. Sie richtet ihre hellblauen Augen auf die Weinberge und legt die Hand auf ihr Buch.

»Ich bin müde, meine liebe Chloé«, murmelt sie. »Morgen gehen wir ins Restaurant. Jetzt ruhe ich mich ein wenig aus und lese Mauriac.«

»Dann komme ich morgen wieder.«

»Es ist schön, dich in der Nähe zu wissen, meine Chloé. Ich habe den Krieg und den Hunger erlebt, und ich kannte die Welt vor all diesen neuen Errungenschaften.«

»Ich weiß, Mamie Rose.«

»Was mich wundert, ist, dass sich im Grunde nichts verändert, vor allem die Menschen nicht, und unterm Strich sind sie immer enttäuschend.«

Ich flechte kleine Zöpfchen in die Fransen ihres Plaids und finde keine Antwort.

»Ich rufe Gérard und Benoît an, Mamie Rose. Sie sind weit weg und haben auch ihre Sorgen, aber sie kommen dich bestimmt bald besuchen.«

»Nenne deinen Vater nicht bei seinem Vornamen, Chloé«, sagt sie in autoritärem Ton, »das tut mir weh.«

Ich halte ihre Hand, mit der anderen nimmt sie sich eine Primavera-Erdbeere nach der anderen, bis ihre Lippen rot gefärbt sind. Zehn Minuten später sinkt ihr Kopf nach vorn, schaukelt sanft hin und her, und ihre Augenlider fallen zu. Ich drücke ihr einen Kuss auf die Wange und verlasse lautlos das Zimmer. Auf dem Flur treffe ich eine Krankenschwester, und sie fragt:

»Wie wirkt sie heute auf Sie?«

Ich knöpfe meinen Mantel zu.

»Sehr klar im Kopf.«

»Morgens ist sie in Form, deshalb ist es besser, sie am Vormittag zu besuchen. Sie sagte, Sie bleiben eine Weile in der Gegend?«

Ich öffne den Mund, um zu antworten, zögere, erinnere mich an die schlafende Mamie Rose und ihr zärtliches Gesicht, ihre Hände so vertrauensvoll auf dem Plaid gefaltet, und antworte leise:

»Ja, sechs Monate, ich nehme mir Zeit für ein Projekt und komme ab jetzt jeden Morgen.«

»Sie ahnen ja nicht, wie froh sie ist, Sie hier in der Nähe zu haben.«

Ich nicke. Jetzt weiß ich, dass ich nicht nach Paris zurückfahre, jedenfalls jetzt noch nicht. Mir hat Paris nichts mehr zu bieten. Nur hier bin ich für etwas oder besser für jemanden nützlich.

Im Fahrstuhl ziehe ich mein iPhone hervor und bestelle – die Kreditkarte zwischen die Zähne geklemmt – die drei Bände von *Fifty Shades of Grey*. Mamie Rose hält doch immer wieder eine Überraschung für mich parat.

Tagebuch von Icequeen

2. März 2013 – 00:45 Uhr

Ich bin ein Trampel. So hätte mein Name als Verführerin lauten sollen: THE Trampel. Heute hat uns Emma, *alias* Baby-Doll, in eine Bar mitgenommen, um die behandelten Themen der letzten Woche in die Tat umzusetzen. Bevor wir ausgingen, hat sie noch einmal den vorigen Kurs zusammengefasst. Im Grunde war es ganz simpel:

Ihm irgendetwas sagen
Ihm schmeicheln
Sein Handgelenk berühren
Gehen
Warten, dass er wiederkommt, dabei eine supercoole Haltung wahren
Versuchen, normal zu wirken

Liste der Dinge, die gut über die Bühne gegangen sind: nichts
Liste der Dinge, die nicht gut über die Bühne gegangen sind: alles

Wir sind ins Rosa Bonheur gegangen. Das Rosa Bonheur ist am anderen Ende von Paris und schwer zu erreichen (man muss den halben Park von Buttes-Chaumont durchqueren). Es schließt um Mitternacht, und sobald die Temperatur auf über acht Grad steigt, was heute nicht der Fall war, muss man eine Stunde lang Schlange stehen. Aber es ist in Mode, sagte Baby-Doll, und vor allem ideal, um gut aussehende junge Männer auf Frauenfang zu treffen. Außer Sonntag, dann ist Gay-Abend. Baby-Doll hatte mir aufgetragen, mich wie eine Frau anzuziehen, nicht wie ein zwölfjähriges Mädchen. Insbesondere waren hohe Hacken Pflicht. Nur Prinzessin Sarah, die einen Meter einundachtzig misst, bekam Order, Ballerina-Schuhe zu tragen und den Praxiskurs im Sitzen zu verfolgen.

Baby-Doll ließ uns an einer der Tonnen, die als Tische dienen, in einer Ecke der Bar warten und ging eine Flasche Wein holen. Mit gemischten Gefühlen betrachteten wir die Kundschaft an den Tischen um uns herum und versuchten geeignete Zielobjekte auszumachen.

Wir alle haben uns große Mühe mit unserem Outfit gegeben. Ich hatte fünf verschiedene ausprobiert und dann, am Vortag, noch schnell in einen hellgrauen Plisseerock von Comptoir des Cotonniers investiert, für meinen Geschmack etwas kurz, aber er erntete Baby-Dolls beifälligen Blick.

Letzte Woche meinte Baby-Doll, wir sollten uns überlegen, welche Art Frau wir sein wollen: die Femme fatale, die Kindfrau, die coole junge Dame, die Nervensäge, die Intellektuelle und so weiter, und wir sollten das Modell der Frauen unserer Wahlkategorie studieren, ihre Art sich auszudrücken, ihre Kleidung, ihre Blicke … Ihr zufolge müsse man, will man einem modernen Mann gefallen, entweder ein echtes Dummchen oder eine echte Nervensäge sein. Es bringe nichts, sich irgendwo dazwischen befinden zu wollen. Einem Halbdummchen oder einer halben Nervensäge würde kein Wert beigemessen. Ich habe mich nicht überschätzt, denn ich bin von Natur aus zu naiv, um eine gute Nervensäge abzugeben, also musste ich auf meine Dummchen-Seite setzen. Deshalb wählte ich den sexy-romantischen Stil, Modell Audrey Hepburn in *Frühstück bei Tiffany*. Nun bin ich blond, entsprechend kann ich nicht haargenau wie Audrey Hepburn in *Frühstück bei Tiffany* aussehen, abgesehen davon bin ich nicht sicher, mich im langen Kleid und mit Zigarettenspitze im Büro glaubwürdig darstellen zu können. Immerhin hatte ich zehn Jahre lang Ballettunterricht, und wenn ich auch nicht die Gestalt von Audrey Hepburn besitze, so ist meine Kopfhaltung ihrer ähnlich, also schon ein guter Anfang. Übrigens habe ich mich entschlossen, wieder Sport zu treiben oder, um genau zu sein, damit anzufangen. Wie in der Fabel von der Schildkröte war ich immer der Ansicht, dass Rennen nichts nützt, aber auch die Idee, rechtzeitig aufzubrechen, hat mich nie überzeugt, denn man kann ja auch die Metro nehmen und trotzdem zu spät kommen.

Baby-Doll ist mit einer Flasche Bourgogne und sechs Gläsern zurückgekommen. Sie fragte, ob wir uns Zielobjekte ausgesucht hätten. Als gute Schülerin wies ich auf einen Blonden, der an die Bar gelehnt mit seinem Kumpel sprach.

»Der ist doch mindestens fünfunddreißig«, sagte sie.

Ich sah nicht ein, was daran störend sein sollte. Mit einem älteren Mann auszugehen, bringt viele Vorteile mit sich, besonders, wenn seine Mutter bereits verstorben ist.

»Nicht übel«, meinte Marilyn und füllte ihr Glas bis zum Rand, »aber ich finde seinen Kumpel besser.«

»Dann geht beide zusammen«, schlug Baby-Doll vor, »ihr setzt euch neben die beiden und bestellt ein Glas.«

»Aber wir haben doch schon eins«, meinte Scarlett und umklammerte verschreckt ihr Weinglas.

Ich schaute Marilyn an, und sie warf mir ein panisches Lächeln zu. Baby-Doll verdrehte die Augen und schlug vor:

»Okay, ich gehe mit dir, Icequeen, aber nur diesmal.«

Ich habe nicht gewagt, Nein zu sagen, und mein Glas Wein auf ex getrunken, was mir allerdings keinen Mut verlieh, sondern stattdessen das Bedürfnis hervorrief, mich zu übergeben.

»Mir ist schlecht.«

Baby-Doll packte mich am Arm.

»Denk dir, du bist in einem Videospiel, und jedes Mal, wenn du dich an jemanden ranmachst, gewinnst du hundert Punkte und bekommst einen Bonus von fünf Punkten dazu, wenn du dir einen Korb holst.«

Also sind wir zur Bar gegangen, Baby-Doll mit erhobenem Haupt und schön wie eine Madonna, während ich mit jedem Schritt kleiner wurde. Ich gab jedoch den verzweifelten Versuch nicht auf, mich in die Person Audrey Hepburns zu versetzen, Version Super-Mario. Nie habe ich mich so fehl am Platz gefühlt wie hier, abgesehen vielleicht von dem einen Mal, als ich in Luxemburg plötzlich in den Jahreskongress der Transsexuellen geraten war, weil ich deren Saal mit dem von unserem Jobseminar verwechselt hatte. Als ich Chloé und Charlotte diese Geschichte erzählte, lachten sie sich scheckig, im Gegensatz zu meinem Chef, Hans Schmidt, der die Situation gar nicht lustig gefunden hatte.

Dann haben wir uns also an die Bar gelehnt, gleich neben unsere Zielpersonen, und so getan, als studierten wir die Karte. Baby-Doll seufzte, wandte sich an ihren Nachbarn und beäugte mit Interesse den Cocktail des dunkelhaarigen Typen, den Marilyn so anziehend fand. Sie hob die Augen zu ihm auf, lächelte, und mit einem kaum merklichen Flattern der Wimpern fragte sie:

»Entschuldige, was trinkst du da?«

Ich hätte Baby-Doll nicht mehr bewundert, hätte sie den Palästinakonflikt mit drei Worten gelöst.

Hinten im Saal konnte ich sehen, wie uns die anderen Mädchen mit der gleichen Faszination anstarrten.

»Das ist ein *Long Island Iced Tea*«, antwortete der Dunkelhaarige.

»Ist er gut?«

»Nicht schlecht.«

Sie warf ihm ein dankbares Lächeln zu und drehte sich halb zur Bar. Nicht so, dass sie ihm den Rücken zukehrte, aber so, dass er denken konnte, die Konversation sei beendet. Dann rief sie die Kellnerin:

»Bitte zwei Long Island Iced Tea für meine Freundin und mich!«

Ich konnte sehen, wie unser Mann zögerte. Sie hatte ihn effektvoll überrascht, und schon hörte er seinem blonden Freund gar nicht mehr zu. Er warf einen Blick auf Baby-Dolls Hinterteil, das sich in aller Unschuld sehr vorteilhaft genau in seinem Blickfeld befand. Sie tat so, als suche sie ihr Portemonnaie in der Handtasche, und sofort legte er seine Kreditkarte auf den Tresen.

»Den bezahle ich«, sagte er.

»Oh, wie nett! Das ist ja ganz reizend!«, schnurrte sie und strahlte wie ein Kind am Weihnachtsabend.

Dieses Lächeln nennt sie ihren Geheimtrick, denn dann kehrt sie das kleine Mädchen hinter der Sexbombe hervor.

Auch ich wollte meinen Geheimtrick finden. Stundenlang hatte ich vor dem Spiegel verschiedene Gesichtsausdrücke geprobt: an meinen Lippen knabbern, sehnsüchtig aufschauen, mit offenem oder geschlossenem Mund lächeln, mit und ohne Lippenstift, Augenbrauen hochziehen, Wimpernklimpern … Auch wenn ich keinen Geheimtrick fand, fiel mir ein leichter Silberblick auf, dessen Existenz ich bis dahin ignorierte, sowie ein unzweifelhaftes Talent zum lustigen Grimassenschneiden.

Baby-Doll begann eine Unterhaltung mit dem Dunkelhaarigen. Ich stand neben ihr, etwa so selbstsicher wie eine Vogelscheuche auf dem Laufsteg bei der *Fashion Week*, und genau in diesem Augenblick wurde mir klar, dass die Dinge auf der Stelle anders werden mussten. In Wirklichkeit ist Baby-Doll nicht hübscher als ich. Jetzt war ich es leid, ständig als die Dumme durchzugehen. Die Lösung drängte sich von selbst und glasklar auf: Ich musste einfach aufhören, ich selbst zu sein. Schluss mit *Stolz und Vorurteil*, Kakao und Sandgebäck. Ich darf nicht länger darauf warten, dass mich ein Mister Darcy verführt, der ja doch nicht kommt. Ich gehe ab jetzt in die Offensive und nehme mir jeden Mann, bis ich den Richtigen zum Heiraten finde. Adios, Constance Delahaye, hi, Icequeen! Die Würfel sind gefallen, mein Leben muss sich ändern – nicht morgen, auch nicht nächste Woche, sondern hier, jetzt und sofort. Heute ist der erste Tag meines restlichen Lebens!

Dann habe ich einen Blick auf den Blonden geworfen. Er schien sich zu langweilen, denn sein Freund hatte ihn wie eine heiße Kartoffel fallen lassen, um Baby-Doll wie ein verliebter Gockel anzuglotzen. Bald werde ich an der Reihe sein und gefallene Männer werden meinen Weg pflastern. Ich atmete tief durch, stürzte mich auf ihn und fragte autoritär:

»Hast du mal 'ne Zigarette?«

Trocken antwortete er:

»Ich rauche nicht, tut mir leid.«

Was sollte ich darauf erwidern? Diesen Annäherungsversuch hatte ich lange vorbereitet und nicht eine Minute daran gedacht, dass ich an einen Nichtraucher geraten könnte. Alle unnützen Anstrengungen stiegen in meiner Erinnerung auf, alle Versuche, vor dem Badezimmerspiegel zu rauchen und Audrey nachzuahmen. Ich dachte an meine armen Lungen und meine Einzimmerwohnung voller Teer und Nikotin. Und ich fühlte mich ebenso am Boden zerstört wie ein Vierhundertmeterläufer, der sich am Vortag der Olympischen Spiele beide Beine bricht.

In der Folge hat der Blonde nichts mehr gesagt. Constance Delahaye hätte sich entmutigen lassen, nicht so Icequeen. Ich vergaß meine sexgeladenen Grimassen und saugte die Hälfte des Long Island Iced Tea mit dem Strohhalm in mich hinein. Nun waren meine Hände feucht, und an eine körperliche Annäherung war nicht zu denken, wahrscheinlich sah ich aus wie eine Verrückte und riskierte, des Grapschens beschuldigt zu werden. Der Blonde kramte sein Handy heraus und zeigte damit deutlich, dass er mit dieser Unterhaltung nicht fortzufahren gedachte. Also musste ich zu einem unglaublichen Bravourakt übergehen, an die Grenze von Kamikaze. Ich fragte:

»Wie heißt du?«

Im Geist wiederholte ich: »Bekomme ich einen Korb, ist es auch egal, es gibt genügend Fische im Ozean und genügend andere bedürftige Männer in Bars.« Und – erstaunlich, aber wahr – er schob sein Handy in die Tasche, hob den Kopf und antwortete:

»Bertrand.«

Eigentlich wollte ich ihn fragen, was er denn so im Alltag macht, aber wie eine Schülerin, die am ersten Tag in der Ferienkolonie Bekanntschaften sucht, fiel mir nichts Besseres ein als die Frage:

»Wie alt bist du?«

Ein stechender Schmerz auf der rechten Seite. Baby-Dolls Ellenbogen in den Rippen. Sie warf mir einen derart wütenden Blick zu, dass ich mich beschämt wieder über meinen Strohhalm hermachte.

»Fünfunddreißig.«

Und dann hat er mich fast angelächelt. Und wieder wollte ich fragen, was er sonst so macht. Ich weiß nicht, warum, aber ich antwortete:

»Ich auch!«

Dabei bin ich siebenundzwanzig und sehe aus wie fünfundzwanzig. Ich muss wirklich zum Psychiater. Ich hatte Lust, mir selbst eine Backpfeife zu verpassen, eine Lust, die sicher von Baby-Doll geteilt wurde, denn sie bohrte mir ihren Absatz in den Fuß. Ich biss die Zähne zusammen, um nicht vor Schmerz aufzuheulen. Bertrand brach in schallendes Gelächter aus. Er deutete mit dem Kinn auf mein Glas, in dem nur noch die Eiswürfel schwammen und sagte:

»So siehst du aber nicht aus. Willst du noch einen?«

Er hatte dunkelblaue Augen. Ich mochte seine tiefe Stimme und seinen belustigten Tonfall, und insbesondere mochte ich den Long Island Iced Tea.

»Ich weiß nicht so recht …«

Es folgte Baby-Dolls ärgerlicher Blick und ein erstauntes Stirnrunzeln von Bertrand. Also habe ich so schnell wie möglich hinzugefügt (nicht so einfach, mit einem vereisten Gehirn):

»Das wäre nicht vernünftig. Den letzten habe ich in weniger als vier Minuten getrunken, und ich vertrage keinen Alkohol, aber wenn ich zu Ihnen Nein sage …«

»Du kannst mich duzen.«

Er verschränkte die Arme, betrachtete mich und hatte offenbar Lust, laut loszulachen, und ich fühlte mich total albern (zu

Recht, nebenbei bemerkt). Ich glaube sogar, dass Baby-Doll und ihre Zielperson die Unterhaltung abgebrochen hatten, um meine brillante, aber ungewollte One-Woman-Show zu verfolgen, während sich Bertrand an die Bedienung wandte:

»Zwei Long Island, einen leichten für Mademoiselle. Wie heißt du?«

»Constance Delahaye.«

Das war mein einziger fehlerfreier Satz des Abends, aber im Nachhinein denke ich, dass ich gern auf meinen Familiennamen hätte verzichten können, es handelte sich schließlich nicht um ein Vorstellungsgespräch in einer Firma.

»Und was machst du so, Constance Delahaye, wenn du nicht gerade Unbekannte in Bars aufreißt?«

Unnötig, darauf hinzuweisen, dass mein Gesicht nun nicht mehr gerötet, sondern fast violett war. Wieder saugte ich am Strohhalm, um mir Mut zu machen, aber das Glas war leer. Bertrand nahm es mir aus der Hand und ersetzte es gegen ein neues. Dabei berührte er meine Finger, und ich fand seine Hände warm und trocken, während meine ebenso feucht wie kalt waren. Verzweifelt versuchte ich, ein positives Bild meiner Person zu vermitteln, wie es Baby-Doll geraten hatte, und ich brachte tatsächlich eine Antwort zustande, ohne in Ohnmacht zu fallen:

»Marketing. Ich bin Produktchefin.«

Er ließ mich nicht aus den Augen. Ich fühlte mich unbehaglich und zerpflückte eine Papierserviette, die auf dem Tresen herumlag. Wahrscheinlich erwartete er, dass ich nun mehr erzählte, aber das ging nicht. Ich konnte ihm unmöglich sagen, dass ich Marketing für die Abteilung Damenbinden bei Grable & Smith mache, was mich zweifellos so sexy erscheinen lassen würde wie eine Auster.

»Marketing für wen?«

Jetzt brach ich in Panik aus und musste doch unbedingt eine intelligente Ausrede erfinden. Mir fielen Baby-Dolls Worte ein, man müsse seinen Gesprächspartner überraschen und mit den eingefahrenen Unterhaltungsklischees brechen, um einen bleibenden Eindruck zu hinterlassen. Ich musste etwas für mich Typisches finden, etwas, das mich positiv definiert, und ich sprudelte heraus:

»Willst du eine lustige Anekdote hören? Ich bin am dritten Montag im Januar geboren worden, offiziell der deprimierendste Tag des Jahres, man nennt ihn *Blue Monday* in England.«

Zu meiner Entschuldigung: Ich bin wirklich an einem Blue Monday geboren worden. Er trank einen Schluck und sah nachdenklich aus.

»Ah.«

»Das ist der Tag, an dem die meisten Selbstmorde begangen werden«, erklärte ich, »man führt es auf das im Allgemeinen schlechte Wetter zurück. Die frohen Feste sind vorüber und der Frühling liegt noch in weiter Ferne …«

Zu diesem Zeitpunkt hatte mich Baby-Doll aufgegeben und versetzte mir keine Stöße und Tritte mehr. Bertrand zögerte, warf einen Blick auf seinen Freund, der immer noch von Baby-Doll hypnotisiert war, schaute auf seine Uhr und sagte:

»Tut mir leid, ich muss jetzt telefonieren.«

Game over.

Kaum war er einen Schritt an Baby-Doll vorbeigegangen, schleppte sie mich auch schon am Arm ab und überließ den Dunkelhaarigen seiner Enttäuschung. Ich dachte, sie würde mich nun ausschimpfen, mich aus dem Kurs werfen, mir sagen, ich sei die schlechteste Schülerin ihres Lebens, stattdessen flüsterte sie:

»Mach dir nichts draus. Das erste Mal ist am schlimmsten.« Und sie zog mich zur Tonne, wo die anderen warteten.

»Ich bin am Tag der meisten Selbstmorde geboren worden … Also wirklich. Hattest du nichts Besseres auf Lager?«

Dann brach sie in Gelächter aus, und ein paar Sekunden lang sah ich die Frau, die sie wirklich war, hinter ihrer Schminke und den kalkulierten Gesten der Femme fatale.

»Ich habe gesagt, was mir gerade durch den Kopf ging«, murmelte ich.

Als wir wieder bei den anderen waren, legte sie den Arm um meine Schulter.

»Ihr schuldet Icequeen einen Drink. Sie hat sich ohne Netz und doppelten Boden an ihre Nummer gewagt. Wer meldet sich freiwillig?«

Endlich wagte ich, den Kopf wieder zu heben. Die Mädels taxierten mich nicht von oben herab, sondern wie einen Ninja, der von einer Suizidmission zurückgekehrt ist.

Marilyn hob schüchtern die Hand:

»Dann gehe ich jetzt mal.«

Baby-Doll zwinkerte mir zu.

Liste der Dinge, die gut über die Bühne gegangen sind: nichts

Liste der Dinge, die nicht gut über die Bühne gegangen sind: alles

Positive Punkte: Ich habe mir einen Korb geholt, habe überlebt und liebe Long Island Iced Tea.

02:37 Uhr

Gerade kam mir eine großartige Idee, um Chloé zu helfen, ihren Teil des Pakts einzuhalten. Eine absolut geniale Idee! Habe eben Tonton Gonz eine Nachricht hinterlassen. Ich muss in einem früheren Leben Machiavelli geheißen haben. Brauche jetzt dringend eine Aspirin! Ich hasse Long Island Iced Tea.

Chloé

Diese ganze Woche habe ich überhaupt nicht geschrieben. Kein einziges Wort. Morgens stehe ich gegen acht Uhr auf. Ich jogge fünfundvierzig Minuten die Feldwege entlang, wie sie sich gerade vor mir auftun, manchmal länger, wenn ich mich verlaufe. In der Folge verbringe ich den Vormittag im *Foyer des Pervenches*. Mamie Rose erzähle ich, dass Guillaume mich täglich anruft. Sie wiederum erzählt mir von den *Fifty Shades of Grey*. Sie findet, das Buch sei schlecht geschrieben, aber sie mag es trotzdem. Ich weiß nicht, wer von uns beiden mehr in der Fiktion lebt. Ich esse mit Jacqueline Mittag und mit Tonton Gonz Abendbrot. Mein soziales Umfeld ist auf drei Personen geschrumpft. Das Pariser Leben und der Kontakt zu anderen Menschen fehlen mir nicht. Guillaume hat mir auch nicht einmal geschrieben. Erstaunt betrachte ich meine abgenagten und von Nikotin gelblichen Nägel. Ich habe sie sonst immer dunkelrot lackiert, jetzt sehen sie nach nichts mehr aus. Ich sehe überhaupt nach nichts mehr aus.

Tonton Gonz hat mir ein kleines Büro im ersten Stock zur Verfügung gestellt. Am Nachmittag setze ich mich an den Holzsekretär vor dem Fenster, werfe mein MacBook an, und schaue hinaus. In einer Schublade habe ich ein Fernglas entdeckt und verbringe Stunden damit, das Schloss gegenüber zu beobachten. *La-ney-ro-nie*, ich betone die vier Silben einzeln. Ein hübscher Name. Hin und wieder parkt ein Lieferwagen vor dem Hofeingang, und das rostige Gitter bleibt für ein paar Stunden offen. Manchmal werden einzelne Fensterläden des Westflügels geöffnet und abends wieder geschlossen. Es sind immer die gleichen. Jacqueline geht jeden Tag hin und bringt dem geheimnisvollen Besitzer Konfitüren oder Steinpilze in einem Leclerc-Einkaufsbeutel. Aus Neugier bat ich, den Herrn des Hauses, Vincent Laborde, kennenlernen zu dürfen, fasziniert von der Idee, dass er ganz allein in diesem halb verfallenen Schloss haust. Aber Tonton Gonz sagte, der Nachbar sei ein exzentrischer Mann, besonders zu dieser Jahreszeit, und dass es besser sei, den Sommer abzuwarten. Natürlich erscheint mir diese Begründung eher absurd und hat mich erst recht neugierig gemacht, doch Tonton Gonz, der mir für gewöhnlich mit Genuss den neuesten Dorfklatsch erzählt, bleibt erstaunlich zurückhaltend.

Täglich rufe ich Charlotte und Constance an. Erstere beklagt sich über die Schwangerschaft, Letztere erzählt mir bis ins kleinste Detail von ihren Kursen über die Kunst des Verführens und wie sie von ihrem Chef gequält wird, den sie als herzlosen Neonazi beschreibt. Ich selbst habe den beiden nichts zu berichten. Ja, mir geht es gut, ja, ich schreibe, nein, ich denke nicht an Guillaume. Dann hänge ich auf, drücke meine Zigarette aus und nehme wieder das Fernglas zur Hand. Ich betrachte die Weinberge, lausche der Stille und warte auf Inspiration.

Momentan rauche ich eine Schachtel Zigaretten täglich. Die Inspiration bleibt aus. Ich kann nicht einmal mehr lesen. Die Zigaretten häufen sich im Aschenbecher. Ideen streifen wie ein Luftzug kurz durch mein Gehirn. Wenn ich versuche, eine zu fassen, verfliegt sie gleich wieder. Nichts als Wind. Es gibt bestimmt eine Geschichte über das Schloss in den Weinbergen zu erzählen, da bin ich ganz sicher, aber mein Geist ist ebenso leer wie die weiße Seite auf dem Computerbildschirm mit dem einsam flackernden Cursor. Mein Hirn ist geschrumpft, meine Fantasie eingeschläfert. Selbst wenn die kleine Sophie da wäre, könnte ich ihr keine Geschichten erzählen. Ich habe kein Leben mehr, aber zwei Dinge, von denen ich besessen bin: das Schloss von Vincent Laborde und Guillaume. Das eine beobachte ich mit einem Feldstecher, den anderen über Facebook. Stundenlang gehe ich auf die Suche, um etwas über Manue zu erfahren, wozu ich mich zuvor nie erniedrigt hätte. Sie hat ihre Tanzschule im Marais eröffnet und sogar einen Preis für ihre Unternehmensinitiative erhalten. Allerdings ist ihre Facebook-Seite privat, und ich kann nichts von ihr sehen, nicht einmal ein Foto. Guillaume hingegen erscheint auf Fotos von Feten, sie aber ist praktisch nie zu sehen, höchstens im Schatten, mit gesenktem Kopf oder hinter einem Schleier von Goldhaar verborgen. Ich wage nicht, Charlotte zu fragen, wie es Guillaume geht. Ich dachte, er würde mich vermissen, wenn er mich nicht mehr im Büro sieht. Offenbar ist genau das Gegenteil der Fall, er hat mich vergessen.

Ich zähle die Tage bis zu seiner Hochzeit und warte auf seinen Anruf. Ob ich auf die gleiche Weise die Tage bis zu seiner Scheidung zählen werde, wenn er erst einmal verheiratet ist? Hoffentlich bin ich nicht so dumm, mein Leben seinetwegen zu zerstören, denn er liebt mich nicht oder nicht mehr, jedenfalls nicht genug, um mit mir zusammen sein zu wollen. Ich weiß, dass ich mich wie die letzte Idiotin verhalte, aber es ist einfach stärker als ich.

Eines muss ich gestehen, und täte ich es nicht, müsste ich den Eindruck erwecken, manipulieren zu wollen. Guillaume hat mich verlassen. Er hat mir das Herz gebrochen. »Ein gebrochenes Herz«, was für ein unsinniger Ausdruck … Passender wären diese Worte: Er hat mein Herz klein gehackt, durchgemixt, mit einem Flammenwerfer verbrannt, bevor er in die Asche gepinkelt hat. Und es ist meine eigene Schuld, es geschieht mir recht. Ich habe mit einem anderen geschlafen. Ich habe ihn betrogen. Meinen Guillaume, der jeden Sonntagmorgen Croissants holte, aber nicht bei dem Bäcker unten, den ich nicht gut fand, sondern bei einem ziemlich weit entfernten. Guillaume, der einkaufen ging und meine Haarspülung mitbrachte, noch bevor ich selbst gemerkt hatte, dass die Flasche leer war. Guillaume, der einmal im Monat mit mir Mamie Rose besuchen fuhr, obwohl er siebzig Stunden pro Woche arbeitete.

Ich bin nichts als eine Zicke, dazu noch saudumm, blöd genug, den Mann meines Lebens zu betrügen.

Dann wieder liste ich meine Entschuldigungen auf. Er arbeitete zu viel, meine Mutter musste wieder ins Krankenhaus, Mamie Rose begann das Gedächtnis zu verlieren. Mein Vater hatte zwanzig Jahre lang eine Mätresse. Und ich dachte, das sei normal. Für mich war Treue nur eine hübsche Theorie, ein anzustrebendes Ideal, ein schier unmögliches Ziel, wie man es sich beim Marathon steckt, um das Bestmögliche aus sich selbst herauszuholen, auch wenn man es nie ganz erreicht. Guillaume hat niemanden betrogen, und mich schon gar nicht. Das Gleichnis mit dem Marathon fand er überhaupt nicht witzig. Jetzt bin ich allein, er wird Manue heiraten, die er allerdings oft genug mit mir betrogen hat. Alle lügen sich in die Tasche und sind unglücklich. Sie, er und ich. Und das wegen ein paar Stunden schlechtem Sex mit einem Typen, den ich höchstwahrscheinlich nicht einmal wiedererkenne, wenn ich ihn im Supermarkt treffe! Alles mache ich kaputt, ich besitze ein echtes Zerstörungstalent.

Mechanisch spiele ich mit meinem Feuerzeug. Die Nacht senkt sich auf die verkrüppelten Rebstöcke, die im grauen Abendnebel verblassen. Ich schrecke auf, als jemand an die Tür klopft. Jacqueline steckt den Kopf herein und drückt auf den Lichtschalter.

»Bleiben Sie nicht im Dunkeln, Chloé! Sie verderben sich ja die Augen.«

»Danke.«

»Haben Sie viel zu tun? Oder möchten Sie nach unten in die Bibliothek kommen? Vincent Laborde ist gerade hier. Wo Sie doch sein Anwesen besichtigen wollten… Aber wenn Sie schreiben, lassen Sie sich nicht stören, ich möchte auf keinen Fall…«

Ich lege das Feuerzeug auf den Schreibtisch und bin froh über diese Unterbrechung.

»Ich komme sofort.«

»Wann Sie wollen. Er bleibt ohnehin zum Abendessen.«

Ganz leise schließt sie die Tür. Tonton Gonz und Jacqueline hüten mit geradezu religiöser Ehrfurcht meine »Schreibstunden«. Sie gehen auf Zehenspitzen an meinem Büro vorbei und flüstern im Flur, versuchen es zumindest. Einmal am Tag, wenn ich gerade jogge, wagt sich Jacqueline in das Heiligtum der Künstlerin, um den Aschenbecher und den mit Cola-Light-Dosen gefüllten Papierkorb zu leeren. Sie sind von meiner Disziplin beeindruckt und halten mich für Marguerite Duras. Sie trauen sich nicht, Fragen zu stellen, und das ist mir nur recht, denn da ich nicht eine Silbe schreibe, wüsste ich nicht, was ich ihnen antworten sollte. Ich bin keine Autorin, sondern eine Hochstaplerin.

Vielleicht sollte ich mich umziehen. Ich werfe einen Blick in den Spiegel. Mir ist, als hätte ich mich seit Wochen nicht mehr gesehen. Über schwarzen Leggings trage ich ein viel zu großes, altes, weinrotes Sweatshirt. Es gehörte Guillaume. Ich habe Augenringe. Ohne Schminke und Nagellack, ohne hohe Hacken sehe ich nicht älter aus, als ich bin. Im Allgemeinen spricht man mich mit »Madame« an und schätzt mich auf dreißig. Es dürfte die Zigaretten-Wodka-Redbull-durchgemachte-Nächte-Mischung sein, die etwas zu viel Reife in mein Gesicht gezaubert hat.

Im Flur ist es finster, aber jetzt kenne ich den Weg und brauche kein Licht mehr. Ich gehe noch einmal kurz in mein Zimmer und ziehe ein dickes Paar Wollsocken an. Mamie Rose würde sich meiner schämen, könnte sie mich in diesem Aufzug sehen. Immer noch in der Dunkelheit, tappe ich die Steintreppen hinunter und gehe in Richtung Bibliothek. Ein heller Lichtschein fällt durch die offene Tür auf die ockergelben Fliesen. Ich höre das Gelächter einer tiefen Stimme, die nicht Tonton Gonz gehört, und das Geräusch von Eiswürfeln in Kristallgläsern. Hierzulande ist die Rebe heilig. Man trinkt nur Bordeaux oder eventuell *Lillet*, einen örtlichen Aperitifwein. Nur selten hört man hier Eiswürfel klirren. Die Tür knarrt, aber die beiden Männer bemerken mich nicht. Sie sitzen vor dem Kamin und sind von den hohen Lehnen der abgewetzten Ledersessel verdeckt. Im orangen Feuerschein erkenne ich undeutlich das Profil von Tonton Gonz und sehe seine vom Alkohol gerötete Wange. Champagne liegt auf dem abgenützten Teppich, erhebt sich und kommt auf mich zu. Sie reibt sich an meinen Socken, und ich beuge mich herunter, um sie aufzuheben und an mich zu drücken, mehr weil ich friere, weniger weil ich sie mag. Sie schmiegt sich an mich, mehr aus Langeweile als aus Liebe zu mir.

Ich gehe ein paar Schritte nach vorne und sehe den Arm des zweiten Mannes auf der Sessellehne. Ich stöhne leise auf. Ich hatte mir schon gedacht, dass er es ist. Anscheinend hätte Vincent Laborde trotz aller persönlichen Probleme, die an einem dreiundzwanzigsten Februar ihren Höhepunkt erreicht hatten, nie ein Mädchen vor dem Bahnhof von Langon mitten in der Nacht stehen lassen, ohne jemandem Bescheid zu geben.

Ich hatte lange genug das Schloss mit dem Fernglas beobachtet, um den Kangoo und die massive Gestalt seines Besitzers in den Weinbergen wiederzuerkennen.

Das karierte Hemd mit den aufgerollten Ärmeln, das Tattoo und die Holzfällerhand, die ein Whiskyglas umschließt, überraschen mich also nicht weiter. Er dreht sich um und mustert mich in meinem Grunge-Aufzug ebenso neugierig, wie er es im *Foyer des Pervenches* getan hatte.

»Guten Abend, Aschenputtel!«

Ich verkneife mir ein Lächeln. Auch er ist nicht erstaunt. Offenbar wusste er, dass er mich hier antreffen würde.

»Chloé, meine Schöne, Sie kennen Vincent Laborde noch nicht, unseren lieben Nachbarn«, sagt Tonton Gonz und erhebt sich vom Sessel, um mir seinen Platz zu überlassen. Ich lasse mich im Schneidersitz nieder, und Champagne rollt sich auf meinem Schoß zusammen.

»Wir sind uns schon begegnet«, sage ich.

Vincent Laborde hebt sein Glas an den Mund, nimmt einen Schluck und fährt mit der Zunge über seine Lippen im dunklen Bart. Er wendet den Blick nicht von mir ab, und es kommt mir vor, als seien wir Schulkinder. Der Erste, der wegguckt, hat verloren.

»Es tut mir leid, dass ich dich nicht vom Bahnhof abgeholt habe.«

Er hat den gleichen Blick wie die Typen in der Disko, die ein Mädchen für die Nacht suchen, der Blick, der das Mädel an der Rezeption im *Foyer des Pervenches* hat erröten und albern kichern lassen. Kerle wie ihn treffe ich seit zwei Jahren jeden Samstagabend. Ich zucke die Achseln.

»Kein Problem, ich bin erwachsen und habe auch allein hierher gefunden.«

Er öffnet ein Päckchen Marlboro, klemmt sich eine Zigarette zwischen die Zähne, dann hält er mir die Schachtel hin. Wortlos nehme ich eine. Er zieht ein Metallfeuerzeug aus der Tasche und beugt sich zu mir, um meine Zigarette anzuzünden. Dabei streift sein Zeigefinger mein Kinn. Ich sollte jetzt etwas wie *nicht einmal im Traum* sagen, aber wie gewohnt beuge ich mich ein wenig zu weit vor und lege meine Hand auf seine, um die Flamme zu stabilisieren, wie ich es immer tue, wenn mir ein Mann Feuer gibt. Ich dachte immer, Khol und Stilettos seien das Erfolgsrezept, aber das dunkle Glimmen in seinen Augen, als sich unsere Hände berühren, belehrt mich, dass bei diesem Kontakt etwas Zweideutiges mitschwingt, auch wenn ich wie eine Landstreicherin aussehe. Ich ziehe meine Hand weg und senke den Blick. Schweigend erhebt er sich, wirft drei Eisstücke in ein Glas und füllt es mit Whisky. Als er sich umdreht, um es mir zu reichen, bleibe ich über die schnurrende Champagne gebeugt und kraule ihren Hals. Ohne mich zu bedanken, nehme ich das Glas. Ich will nicht, dass er mich anmacht. Ich mag ihn nicht. Wann ist Flirten bei mir eigentlich ein automatisches Verhalten geworden? Ich denke an Guillaume und meinen Pakt mit Constance. Ich habe etwas versprochen, und dieser Mann hier dürfte der Typ sein, der sämtliche Mädels der Region durchprobiert hat.

»Du bist die Enkelin von Rose Lacombe?«

Tonton Gonz antwortet an meiner Stelle:

»Ja, ich kannte Rose, als sie in Chloés Alter war. Die Ähnlichkeit ist verblüffend. Die Augen vor allem, ein so klares Blau vergisst man nicht.« Und mir zugewandt fügt er hinzu: »Und zu Ihrem Glück haben Sie diese Augen geerbt.«

Ich trinke einen Schluck, der Whisky brennt in meinem Rachen.

»Deine Großmutter ist eine richtige Nummer. Ich spreche im Foyer hin und wieder mit ihr.«

Ich begnüge mich zu nicken und kippe den Inhalt meines Glases hinunter. Tonton Gonz schaut uns nacheinander an und scheint über mein Schweigen erstaunt.

»Dann lasst uns essen gehen. Ich bin sicher, Ihr kreativer Eifer hat Sie hungrig gemacht, meine schöne Chloé.«

Mein kreativer Eifer hätte jemanden mit Schlafstörungen selbst bei einem Konzert von AC/DC betäubt, aber ich lächle höflich und erhebe mich erleichtert. Mir wäre es recht, würde Vincent Laborde endlich aufhören, mich anzustarren, als wäre ich der größte Rum-Baba in einer Konditorei. Champagne folgt mir, sie hat sich offenbar in meine Socken verliebt. Als ich gerade den Raum verlasse, höre ich, wie sich Tonton Gonz räuspert und Vincent Laborde etwas ins Ohr flüstert. Zwar habe ich nichts verstanden, aber deutlich meinen Namen und den von Constance gehört. Ich drehe mich um und sehe, wie sich Vincents Gesichtsausdruck auf einen Schlag verändert. Er mustert mich höchst verwundert.

»Sind Sie sicher?«, fragt er.

»Absolut sicher«, antwortet Tonton Gonz.

Ich horche auf.

»Sicher worüber?«, will ich wissen.

Tonton Gonz erschrickt. Er hatte nicht bemerkt, dass ich stehen geblieben bin, und errötet.

»Nichts, gar nichts, mein Kind. Gehen wir zu Tisch.«

Vincents Blick ist definitiv nicht mehr derselbe, seine Verwunderung ist einem belustigten Lächeln gewichen, wenn auch einem ehrlichen.

Für diese besondere Gelegenheit hat Jacqueline den Tisch im Esszimmer gedeckt, mit einem weißen Tischtuch, Limoges-Porzellan und zwei Flaschen St. Emilion.

»Vincent hat den Wein mitgebracht. Es ist sein Geburtstag.«

»Herzlichen Glückwunsch«, murmele ich.

Vincent zieht einen Stuhl zurück und bietet ihn mir an, seine Geste verblüfft mich, aber ich setze mich gehorsam. Er zieht die Brauen zusammen, als er nur drei Teller auf dem Tisch sieht, und besteht darauf, dass Jacqueline mit uns isst, was sie jedoch ablehnt. Sie müsse schleunigst nach Hause und sich um ihren kranken Mann kümmern. Er fragt sie, ob der Gips ihres Enkels schon entfernt worden sei und ob ihre Enkeltochter immer noch Albträume habe. Jacqueline antwortet auf alle Fragen und ist sichtlich gerührt, dass man nach den Kleinen fragt. Mir fällt auf, dass ich ihr nie Fragen gestellt habe, ich wusste nicht einmal, dass sie Kinder hat, geschweige denn Enkelkinder. Ich schäme mich ein wenig, denn sie ist so liebenswert. Nachdem sie ein Enten-Confit aufgetragen hat, lässt sie uns allein. Tonton Gonz tut uns Berge von Püree mit Trüffeln und frisch gesammelten Steinpilzen auf.

Vincent öffnet die Flasche, gießt ein wenig Wein in ein Glas und schwenkt es mit Kennermiene im Licht. Er kostet ihn, bevor er uns einschenkt.

»Der braucht noch ein wenig Luft.«

»Chloé möchte gern deine Weinberge besichtigen«, sagt Tonton Gonz und breitet seine Serviette aus. »Sie schreibt ein Buch über unsere Gegend.«

»Ich habe nicht genug Zeit, um allen durchreisenden Parisern mein Weingut zu zeigen«, entgegnet Vincent gelangweilt.

Seine Unhöflichkeit beweist, dass er nicht mehr mit mir flirtet, und das ungute Gefühl, das mich in der Bibliothek beschlichen hat, ist verschwunden. Was immer Tonton Gonz ihm ins Ohr geflüstert haben mag, Vincent Laborde hat daraus geschlossen, dass ich für ihn nicht mehr interessant bin. Umso besser. Ich koste das Essen, lasse das Fleisch auf der Zunge zergehen und trinke einen Schluck Wein. Meistens ernähre ich mich von Fastfood und sonntags von Domino-Pizza vor dem Fernseher bei *Game of Thrones*, und ich muss zugeben, dass ich noch nie so gut gegessen habe wie hier und seit ich in Marinzac wohne.

Wir konzentrieren uns mindestens eine Minute lang auf das Enten-Confit, und nur Kaugeräusche sind noch zu hören. Ich unterbreche das stille Genießen, denn ich möchte wirklich Vincents Schloss sehen.

»Und wenn ich dir helfe, kann ich dann das Gut sehen? Ich könnte bei der Weinernte helfen, oder? Wenigstens ein paar Tage lang. Du brauchst mich nicht zu bezahlen, und ich käme zu meiner Inspiration …«

Vincent hebt ironisch eine Augenbraue.

»Weinlese im März?«

»Oder später, wenn die Erntezeit kommt, was weiß ich …«

Auch wenn ich keine Doktorarbeit über den Reifungsprozess von Weintrauben geschrieben habe, darf er mich nicht derart von oben herab behandeln.

Er isst seinen Happen zu Ende, bevor er antwortet:

»Bist du denn im Herbst noch da?«

»Hoffentlich nicht«, entgegne ich mit vollem Mund.

Tonton Gonz lächelt und tupft mit der Serviette seinen Mund ab, bevor er einen Schluck Wein trinkt.

»Chloé ist eine waschechte Pariserin und nicht an das Landleben gewöhnt.«

»Das ist mir bereits aufgefallen«, sagt Vincent. »Wo wir bei Paris sind: Geht es unserer kleinen Constance gut?«

Seine fast zärtliche Art, nach ihr zu fragen, erstaunt mich. Constance hat mir nie von ihm erzählt, und ich kann sie mir als die Freundin dieses ungehobelten Klotzes gar nicht vorstellen.

»Es geht. Ich glaube, sie möchte den Job wechseln.«

»Hat sie einen Freund?«

Ich zögere und halte meine Gabel in der Schwebe. Details über das Sexleben meiner Freundinnen gebe ich nicht zum Besten und schon gar nicht gegenüber einem windigen Unbekannten wie ihm.

»Das weiß ich nicht, ich glaube nicht …«

Ich muss Constance fragen, was für eine Beziehung sie zu Vincent Laborde hat.

Das Abendessen dauert nicht lange. Nach der Käseplatte verlässt uns Vincent plötzlich mit einer knappen Handbewegung als Abschiedsgruß.

Später, als ich nicht einschlafen kann, wälze ich mich im Bett. Ich stelle mein Handy an, schreibe eine SMS, lösche sie wieder und schreibe sie neu. Schließlich schicke ich sie ab.

00:04 – CHLOÉ LACOMBE
Miss you.

Ich warte, wie ein Vollidiot, mit dem Telefon in der Hand. Es ist nach Mitternacht. Es vibriert. Meine Hände sind fiebrig.

00:17 – GUILLAUME FAVREAU
Du fehlst mir auch, meine Chloé.

Tagebuch von Constance Delahaye

5. März 2013 – 21:56 Uhr

Super Tag! Heute bekam ich die Bestätigung, dass eine positive Einstellung das Schicksal wunschgemäß beeinflussen kann. Ganz zweifellos werde ich gerade zu einer Göttin der Verführung, gepaart mit einer vollendeten Geschäftsfrau. Es finden derzeit extrem wichtige Veränderungen in meinem Leben statt.

Negativ: meine Gesichtsfarbe.
(knallrot bis weinrot, ziemlich hässlich)
Positiv: alles andere.

Ich glaube, mit gutem Gewissen sagen zu können, dass sich meine Verwandlung in eine Femme fatale auf dem besten Weg befindet. Ich habe sogar mit Poledance-Kursen begonnen, da Baby-Doll auch diese Spezialität unterrichtet. Zwar nehme ich nicht sichtbar ab, dafür ist mein Körper mit blauen Flecken übersät, was ja bekanntlich Speckröllchen ein wenig verbirgt.

Gestern habe ich zum ersten Mal im Leben die Arbeit geschwänzt und mich, wieder auf Anraten von Baby-Doll, bei einer Kosmetikerin auf die Sonnenbank gelegt. Um mir Scherereien zu ersparen, musste ich jedoch Hans Schmidt informieren (*Mein Führer,* für Eingeweihte). Wenn er nicht so unausstehlich wäre, hätte ich es sehr lustig gefunden, dass Hans Schmidt Hans Schmidt heißt und dass er im Open Space autoritär mit seinem deutschen Akzent Befehle bellt, denn das ist ebenso absurd, wie E. T. zu heißen und den ganzen Tag lang einen Finger in die Höhe zu halten und nach einem Telefon zu verlangen.

Also habe ich Hans Schmidt angerufen, nicht um ihm mitzuteilen, dass ich zur Kosmetikerin gehe, sondern dass ich mit Grippe und hohem Fieber im Bett läge. Am Telefon stieß er einen Seufzer aus und fragte mit seinem unglaublichen Akzent, ob ich sicher sei, nicht ins Büro kommen zu können. Ich übertreibe, Hans Schmidt spricht ein fast akzentfreies, einwandfreies Französisch, besser als ich. Jedenfalls musste ich ihn vom Ernst der Lage überzeugen und sagte, ich müsse eventuell für weitere Untersuchungen ins Krankenhaus, denn laut den Informationen auf einer medizinischen Webseite sei zu befürchten, dass ich an einer neuen, mutierenden Variante von Cholera leide. Er fragte mich, ob ich am nächsten Tag wiederzukommen gedenke, also heute, und ich habe stöhnend geantwortet, dass ich es in Anbetracht meiner Berufsehre versuchen wolle, auch wenn ich möglicherweise in Schutzkleidung erscheinen müsse, um meine Kollegen nicht anzustecken. Er hängte auf, noch bevor ich meinen Satz beendet hatte. Ich habe keine Vorurteile, aber dass Hans Schmidt, als guter Deutscher, keinen Humor besitzt, liegt auf der Hand.

Anmerkung: versuchen, den deutschen Humor zu verstehen, um mein berufliches Fortkommen zu sichern, und einen typischen Witz über Würstchen zu finden!

Von Natur aus blass, sah ich nach der Höhensonnenbehandlung aus wie jemand, der eine ganze Schüssel Tabasco auf ex ausgetrunken hat, und jetzt, vierundzwanzig Stunden später und trotz größerer Mengen Brandsalbe, hat sich die Lage nicht verbessert. Doch wie es meine neue Persönlichkeit der ausgeglichenen und rationalen Frau verlangt, habe ich mich entschlossen, nicht in Panik auszubrechen und die verschiedenen Optionen zu notieren, die auf Seite 49 des Buchs *Das Leben meistern* aufgeführt sind.

Option Nummer 1:
Einen sterilen Schutzanzug kaufen, der zum einen meinen krebsroten Teint verbirgt, zum anderen alle Zweifel, die Hans Schmidt bezüglich meiner Krankheit hegen mag, zerstreut.

Machbarkeit errechnen: online den Preis eines solchen Anzugs herausfinden sowie den Zustand meines Bankkontos prüfen – möge es in Frieden ruhen –, was eventuell zur Streichung von Option Nummer 1 führt.

Option Nummer 2:
Meine Mutter bitten, Hans Schmidt mit dem gebührenden Pathos davon in Kenntnis zu setzen, dass ich an den Folgen der Ansteckung mit einem unbekannten Cholera-Virus verstorben sei.

Konsequenzen für die Zukunft einschätzen: Ich habe absolut nichts dagegen, nie mehr einen Fuß ins Büro zu setzen, habe jedoch augenblicklich noch nicht die finanziellen Mittel, um meine wahre Bestimmung zu verwirklichen (Rentner zu werden), und ich bin nicht sicher, ob man eine Rente erhält, wenn man tot ist. Abgesehen davon ist es so gut wie ausgeschlossen, meine Mutter für ein solches Vorhaben zu gewinnen, und ich habe auch keine Lust, ihre Kritik eine Stunde lang über mich ergehen zu lassen. Also: Option Nummer 2 wird gestrichen.

Option Nummer 3:
Mir das Gesicht mit hellbeigefarbener Schminke zukleistern und – wenn auch mit bröckelndem Fassadenanstrich – dennoch wie eine Erwachsene stolz der Gefahr ins Auge sehen.

Ich habe Option Nummer 3 gewählt, weil ich eine mutige und entschlossene Macherin geworden bin, abgesehen davon handelt es sich leider zweifelsohne um die einzig mögliche Option. Also habe ich mich so diskret wie irgend möglich an meinen Schreibtisch gesetzt. Als ich meinen Computer hochgefahren, meine Mails gelesen und überaus professionell meine heutigen Aufgaben aufgelistet hatte, ist gegen zehn Uhr Hans Schmidt zum ersten Mal an meinem Schreibtisch vorbeigekommen. Ich habe mich tief über die Tastatur gebeugt, damit er meine verbrannte Visage nicht bemerkt, und »Guten Tag« gemurmelt. Er hat kaum geantwortet und sich dann wieder in seinem Büro eingeschlossen. Ich wagte erst dann wieder zu atmen. Erneut öffnete sich seine Tür.

»Constance. In mein Büro. Sofort.«

Genau deshalb nervt er mich. Immer wenn ich gerade einen Kaffee trinken, eine Pause machen oder private E-Mails schreiben will, steckt er den Kopf durch die kaum geöffnete Tür und beordert mich in sein Büro, ohne sich darum zu kümmern, ob ich Zeit habe oder nicht. Ich hätte gern mein eigenes Büro, würde gern den Kopf durch die Tür stecken und befehlen:

»Hans. In mein Büro. Sofort.«

Selbstredend wird ein Mädchen wie ich nie eine solche Machtposition besitzen.

Ich habe mich ihm gegenübergesetzt. Er tippte mit gerunzelter Stirn etwas in seinen Computer, was mir erlaubte, das

Foto seiner Verlobten auf dem Schreibtisch zu betrachten. Dieses Mädchen scheint mit allen Vorzügen ausgestattet zu sein. Sie ist blond, blauäugig, viersprachig und magersüchtig. Die Art Frau, die dir auseinandersetzt, dass sie als Mannequin für Etam-Wäsche gearbeitet hat, um ihr Studium am Polytechnikum zu finanzieren, wenn du sie bei einer Party triffst. Du selbst hast hingegen bei McDonald's gearbeitet, um dein kleines Literaturstudium zu bezahlen, das du nach einem Jahr geschmissen hast, weil du mit dem Diplom ja doch keine Jobaussichten gehabt hättest. Sie gehört zu den Personen der Kategorie, die man meiden muss, wenn man normal ist und keine Selbstmordtendenzen entwickeln will, siehe Seite 132 im Buch *Wie man sein Selbstvertrauen im Alltag hebt*.

»Constance, heute findet Ihre Jahresbewertung statt. Haben Sie das vergessen?«

Mist. Irgendwie wusste ich doch, dass diese Woche wichtig war. Normalerweise folge ich bereits eine Woche vor der Bewertung einem bestimmten Manipulationsprogramm: Ich bleibe bis um zwanzig Uhr im Büro, schicke ständig E-Mails an Hans Schmidt mit der Liste aller bewältigten Arbeiten und laufe geschäftig vor seinem Büro auf und ab, das Telefon am Ohr, einen Aktenstapel unter dem Arm und schleudere Sätze hervor wie: »Ein Verzug ist bei diesem Projekt ausgeschlossen. Ich erwarte das Modell der neuen absorbierenden Damenbinde mit Dreifachaktion bis allerspätestens heute Abend!«

Dahinter steckt nicht viel, aber das bemerkt er gar nicht. Diesmal ist mir wegen der Höhensonne das Bewertungsgespräch völlig entfallen. Wirklich zu dumm, dass ich Cholera vorgeschützt habe, anstatt meine Bitte um eine Gehaltserhöhung vorzubereiten. Irgendwann hatte ich in der *Grazia* gelesen, dass der hauptsächliche Grund dafür, dass männliche

Arbeitskräfte besser bezahlt werden als weibliche, darin liegt, dass Männer systematisch eine Gehaltserhöhung einfordern, während Frauen nicht wagen, um etwas zu bitten. Und seitdem übe ich vor dem Badezimmerspiegel meine Opferrolle für die Jahresbewertung ein und wiederhole mir, wie arm ich dran bin, denn ich habe niemanden, der mit mir die Miete oder die Kosten fürs Internet teilt, und auch niemanden, der Pannen reparieren könnte. Denn wie jedermann weiß, reicht es noch lange nicht, fürs Internet zu bezahlen, um auch eine funktionstüchtige Verbindung zu besitzen. Ich muss ganz allein gegen das Schicksal (Steuern) und die Versuchung (Vente-privé.com) ankämpfen, um bis zum Monatsende auszukommen. Will ich eines Tages mit Louboutin-Schuhen herumlaufen wie Hans Schmidts Verlobte, die übrigens aussieht, als würde sie Gretel heißen, muss ich mich erst recht ins Zeug legen. Normalerweise erscheine ich bei dem Jahresgespräch voll mit Argumenten hochgepowert, und Hans, beeindruckt von meinen Handelstalenten und meinem Arbeitseifer, gewährt mir fast immer eine Gehaltserhöhung. Ich muss zugeben, dass er nicht geizig ist.

Nun brauchte ich eine passende Antwort. Hans Schmidt ist im Alltag nicht übermäßig scharfsinnig, und bekanntlich muss man etwas wagen, will man etwas gewinnen (*Das Leben meistern*, welche Seite weiß ich nicht mehr), und im Brustton der Überzeugung sagte ich:

»Aber selbstverständlich erinnere ich mich!«

Er lehnte sich zurück, legte die Hände aneinander und die Zeigefinger auf die schmalen Lippen, und die Temperatur sackte plötzlich um zehn Grad ab:

»Sie haben es vergessen, Constance, sonst hätten Sie mich zunächst mit E-Mails bombardiert und mir jede Ihrer Leistungen mitgeteilt. Sie wären mit fiktiven Akten unter dem Arm vor meinem Büro auf- und abgelaufen, um mich zu überzeugen, dass Sie arbeiten. Auf alle Fälle haben Sie sich von der Cholera erholt, und Sie haben sogar Farbe bekommen.«

Anmerkung: nie mehr die vom Personal programmierte Intensität der Höhensonne verstellen, auch wenn eine Sitzung sehr teuer ist und man meint, dass sie bei diesem Preis voll aufgedreht werden sollte.

Hätte er lächelnd mit mir gesprochen, so hätte ich seine Worte witzig gefunden, aber angesichts seines Gesichtsausdrucks verlor ich die Haltung und flüsterte etwas wie:

»Hm … Untersuchungen … Irrtum … gesund … ich …«

»Das ist ja hochinteressant, vor allem weil Mylène gestern auf Ihrer Facebook-Seite war und uns Folgendes vorlas: *Nichts ist besser als ein sonniger Urlaubstag, um die Ankunft des Frühlings zu begrüßen.*«

Anmerkung: nicht vergessen, dieser Knalltüte Mylène den Zugang zu meiner Facebook-Seite zu sperren.

Der naive Versuch, sich vor Hans Schmidt, der auf eine Erklärung wartet, aus der Affäre ziehen zu wollen, ist genau so, wie in weiser Voraussicht der bald abgenommenen drei Kilo eine Hose in Größe 38 zu kaufen. Jetzt war ich sprachlos und geriet wirklich in Panik. Wir schwiegen uns an, und er musterte mich mit seinem eiskalten Gestapo-Blick. Hätte mich doch nur der Erdboden verschluckt! Und dann erinnerte ich mich auf einmal an den Spruch, man müsse den Mut haben, sich auch manchmal geschlagen zu geben und seine Fehler einzusehen (*Das Leben meistern*, Seite 3). Statt mich für meine Abwesenheit zu entschuldigen und einen Todesfall in der

Familie vorzuschützen, wie es jeder vernünftige Mensch getan hätte, packte ich ehrlich aus. Einmal damit angefangen, konnte ich nicht mehr aufhören. Ich erklärte ihm, ich sei mir bewusst, dass meine Karriere in einen Engpass geraten sei. Als ich mich vor vier Jahren für den Job bei Grable & Smith, G&B genannt, beworben hatte, wollte ich absolut nicht Marketing für Damenbinden machen, sondern hatte gehofft, nach sechs Monaten in die Londoner Filiale BTPTD (British Traditional Pastries, Tea and Desserts) versetzt zu werden, und habe deshalb sogar Abendkurse in Englisch belegt und Backen gelernt. Sicher, Schwindeln sei nicht sehr professionell, aber da ich praktisch nie einen freien Tag nehme und sicher war, er würde ihn mir so kurzfristig auch nicht gewähren, schon gar nicht, um mich auf eine Sonnenbank zu legen … Alles ginge hier ja immer ein wenig bürokratisch zu, wie bei den Nazis … pardon … etwas kleinlich … Deshalb habe ich keine andere Wahl gehabt. Es tue mir aufrichtig leid, und ich würde den verlorenen Tag aufholen. Er unterbrach mich immer noch nicht, und das Schweigen, das folgte, war einfach unerträglich. Also legte ich erneut los und sagte, dass mein Liebesleben ebenso im Keller sei wie mein berufliches, und das liege nur daran, dass ich zu viele Liebesromane gelesen habe. (Zu allem Überfluss brachte ich – großartig, Flaubert ist einfach unvergleichlich – den Satz an: »Ich bin Madame Bovary«, wobei ich mir im Nachhinein nicht sicher bin, ob ich wirklich dazu stehen kann.) Außerdem sagte ich, dass ich nur dreimal mit Tristan Grant, dem Mann meines Lebens, gesprochen habe, eine Null sei, seinetwegen Lehrgänge über die Kunst des Verführens belege, um ihn in drei Monaten zu erobern. Meine Lehrerin habe für mich, ein wenig kurzfristig, den Termin für die Sonnenbank vereinbart, dazu noch mitten am Tag, aber das alles könne er natürlich nicht verstehen, weil er ja eine Gretel mit allem Drum und Dran habe. Meine Zukunft sei davon abhängig, wie ich mich Tristan gegenüber bei der Hochzeit meines Cousins Jonathan verhalten würde. Zudem litte ich derartig unter Stress, dass es nicht verwunderlich wäre, würde ich demnächst ausrasten, weil …

»Bertha«, warf er ein.

Ich schwieg mit offenem Mund. War er verrückt geworden?

»Wie bitte?«

»Meine Verlobte heißt Bertha, nicht Gretel.«

Ein paar Sekunden lang fiel mir nichts mehr ein. Dafür aber wurde mir plötzlich bewusst, wie ungeheuerlich meine Ausführungen waren. Ich muss in einen Kessel Wodka gefallen sein, als ich klein war. Er massierte sich mit geschlossenen Augen die Stirn, als habe er Kopfschmerzen. Sicher würde er mir jetzt kündigen. Wer konnte schon mit mir zusammenarbeiten? Ich senkte den Blick und wartete auf meine Verurteilung.

»Constance, wenn Sie in letzter Minute einen Tag freinehmen wollen, brauchen Sie nicht Cholera als Grund anzugeben. Ich glaube nicht, Ihnen je Urlaub verweigert zu haben.«

»Nein, aber im Intranet, da …«

»In Sonderfällen kann man *im Nachhinein* den Antrag in unserem System eingeben.«

»Oh, das wusste ich nicht, denn beim letzten Mal …«

»In Sonderfällen, Constance. Besser, wir schließen jetzt mit der erbaulichen Geschichte Ihres Lebens ab und kümmern uns um Ihre Beförderung.«

Noch eine hassenswerte Seite von Hans Schmidt: Er ist vor sechs Jahren nach Frankreich gekommen und spricht Französisch mit Redewendungen, die der Academie Française würdig wären. Das ist geradezu unverschämt. Schreibe ich mich denn vielleicht in Spanien bei einer Corrida ein, um einem waschechten Torero zu beweisen, dass ich einen Stier zweimal so schnell abmurksen kann wie er? Das ist doch die Höhe! Moment mal … Was war das?

»Beförderung?«

»Ja, Beförderung. Agnes hat gekündigt, Sie werden Senior-Produktchefin mit einer Gehaltserhöhung von hundertdreiundvierzig Euro brutto im Monat und übernehmen die Verantwortung für die Praktikantin des Teams.«

Ich stieß einen ungläubigen Jubelschrei aus und verkniff mir gerade noch einen kleinen Freudentanz.

»Super! Eine Praktikantin! Das ist wie ein ganzes Team zu befehligen, ich bin Managerin, meine Karriere hebt nun endlich ab.«

»Sehr richtig. Herzlichen Glückwunsch. Constance, darf ich mir trotzdem eine persönliche Bemerkung erlauben?«

»Aber selbstverständlich!«, antwortete ich mit einem albernen Grinsen, weil ich mein Glück nicht fassen konnte.

»Sie sind ein intelligentes Mädchen, wenn auch ein wenig … exzentrisch. Sie lernen schnell und zeigen, offenbar versehentlich, eine Leistung, die ich fast deutsch nennen könnte, wäre sie auf Ihre Motivation zurückzuführen und nicht auf Ihre Ungeduld, Ihren Posten zu verlassen, sobald …«

»Nein, nein, ganz bestimmt nicht! Ich liebe meine Ar…«

»Lassen Sie mich ausreden. In der Firma gibt es sicher Arbeitsplätze, die für Ihre … hm … sagen wir … sehr kreative Persönlichkeit besser geeignet wären.«

Mein albernes Grinsen verschwand ebenso schnell, wie es aufgetaucht war.

»Soll das heißen, dass Sie mich rauswerfen?«

Er seufzte leicht genervt.

»Ach was, ich werde Sie doch nicht befördern, um Sie drei Minuten später zu entlassen. Und solange Ihre Arbeit korrekt ausfällt, was der Fall ist, bin ich zufrieden. Allerdings kann ich mich des Eindrucks nicht erwehren, dass Sie sich vielleicht in anderen Bereichen noch besser entfalten könnten.«

Ich protestierte vehement und beteuerte, dass mich nichts glücklicher mache, als Damenbinden zu verkaufen, insbesondere seit sie eine Dreifachaktion besäßen, und ich um nichts in der Welt den Job wechseln wolle. Er nickte mit einem zweifelnden Gesichtsausdruck und setzte unserer Unterhaltung mit einer abwehrenden Geste ein Ende:

»Dann wünsche ich Ihnen einen schönen Tag, Constance.«

Also stand ich auf, um zu gehen, und bedankte mich für die Beförderung. In dem Augenblick, als ich die Hand auf die Klinke legte, räusperte er sich.

»Noch ein letzter Punkt, Constance.«

»Ja?«

»Standen die Unmengen harter oder verbrannter Kekse, die Sie hier im ersten Jahr täglich verteilt haben, in einem Zusammenhang mit Ihrem Wunsch, in unsere Filiale BTPTD nach London versetzt zu werden?«

Was antworten? Ich hätte wieder einmal schwindeln können, aber war das nun noch notwendig?

»Ja, ich hatte mich damals bei BTPTD beworben, aber es hat nicht geklappt … Gut möglich, dass ich in dieser Zeit Plätzchen gebacken habe.«

Er entgegnete nichts, doch als ich die Tür schloss, meinte ich, eine Art Verkrampfung seines Unterkiefers wahrzunehmen, die fast einem Lächeln ähnelte.

Chloé

Ich muss hier raus. Kühe, Weinberge, Pampa und *No-Sex-Land,* das ist nur kurze Zeit auszuhalten! Es ist nicht einmal die Abstinenz, die am schwersten wiegt. Eher erstickt mich schier die frische Luft, das Grünzeug bereitet mir Angstzustände, und die Stille zertrümmert mein Gehör. Ich gehe ein. Ich muss dringend Auspuffgase einatmen, mich mit Kohlendioxyd vergiften, die Lautsprecher in meinen Ohren säuseln hören, dass wieder einmal der Metroverkehr auf der Linie eins gestört ist. Ich brauche die Rolltreppen, die ich wie eine Gestörte rauf- beziehungsweise runterrenne, um noch eine Bahn zu erreichen, obwohl die nächste in weniger als einer Minute und dreißig Sekunden kommt. Ich kann mir schon denken, was andere davon halten, aber es ist mir egal. Ich gehöre einfach in die Großstadt.

Heute hat mich Mamie Rose nicht wiedererkannt. Eine Stunde lang sprach sie mit mir und dachte, ich sei ihre Schwester, die vor acht Jahren verstorben ist. Natürlich habe ich sie nicht aufgeklärt, wozu auch?

Wie gewohnt sitze ich seit dem frühen Nachmittag vor meinem Bildschirm und bin nicht in der Lage, auch nur eine einzige vernünftige Zeile zu schreiben. Der Glockenschlag der Standuhr in der Eingangshalle lässt mich aufschrecken, in Château-Lyran isst man pünktlich um neunzehn Uhr dreißig zu Abend, das heißt, in einer halben Stunde, aber ich habe keinen Hunger. Dafür aber bräuchte ich jetzt einen Drink und würde gern etwas anderes hören als die Gemüsebeet-Geschichten von Jacqueline oder die Vorträge von Tonton Gonz über die Ahnentafel der Delahayes seit Erscheinen des Homo sapiens. Ich laufe die Treppe hinunter auf der Suche nach meinen Gastgebern und finde Jacqueline hoch oben auf einer wackligen Leiter in der Bibliothek, wo sie jedes Buch einzeln abstaubt. Sie hört mich nicht kommen, und ich räuspere mich.

»Guten Abend, Jacqueline.«

»Chloé, in einer halben Stunde essen wir Abendbrot.«

»Ich glaube, ich werde heute nicht mit Ihnen essen, aber ich habe eine Frage … Gibt es hier irgendwo eine Bar?«

Sie legt einen Augenblick ihr Staubtuch beiseite und denkt nach, die Hand am Holzregal.

»Ich weiß zwar nicht, ob Ihnen dieser Ort zusagt, aber es gibt das Café de la Poste in Marinzac, gegenüber der Post.«

Sie lächelt mir freundlich zu, und ich danke ihr für den Tipp. Dann jage ich in mein Zimmer, habe aber nicht die Zeit, mich in Schale zu schmeißen, und schminke mich nur wenig. Wie Mamie Rose sagen würde, zählt vor allem die innere Schönheit, aber ein bisschen Lippenstift hat noch nie geschadet, und ein Paar gut gewählte Schuhe kann ein Leben verändern (siehe Aschenputtel). Als ich die Treppe wieder hinabsteige, sehe ich Tonton Gonz dort stehen, die Hände auf dem Rücken verschränkt und die Brille auf der Nasenspitze. Er betrachtet die verstaubten Fotos in den Glasrahmen und spricht mit sich selbst, was mir beweist, dass ich nichts erfunden habe: Das Landleben lässt die Leute eigenartig werden.

»Sie machen einen angespannten Eindruck, Chloé«, sagt er.

»Ich gehe aus, ein wenig Luft schnappen.«

Mein Lächeln ist verkrampft, und er legt eine beruhigende Hand auf meinen Arm.

»Es regnet Bindfäden. Nehmen Sie Venus, sie ist endlich repariert.«

Ich bedanke mich und breche auf zum Licht am Ende des Tunnels oder besser gesagt zum Funken in der Raumzeit eines schwarzen Lochs, zumindest zur Bar von Marinzac. Man muss halt nehmen, was sich anbietet, und ich male mir die Bar von Marinzac mit Tischfußball, Pinball und vier angetrunkenen Stammgästen aus, aber in meinem Einsiedlerdasein erscheint sie mir dennoch wie ein Hafen der Zivilisation.

Venus röchelt unzufrieden und will sich zunächst nicht anwerfen lassen, dann fährt sie doch, und ich parke sie genau vor dem Café de la Poste, was – das muss ich zugeben – in Paris unmöglich wäre. Ich setze mich auf einen hohen Barhocker am Tresen und bestelle ein Bier, benetze meine Lippen mit dem Schaum und schließe die Augen, um diesen Augenblick richtig zu genießen. Endlich! Ich mag Wein, besonders den aus dieser Gegend, aber in Krisenzeiten gibt es nichts Besseres als ein kühles Bier.

»Hallo!«

Ich blicke auf. Ein dunkelhaariges Mädchen mit Locken steht neben mir und lächelt mich schüchtern an. Meint sie mich? Ein Blick auf die fünf anderen Kunden des Lokals bestätigt es. Zwar wäre es mir lieber, von einem gut aussehenden Weingutbesitzer angesprochen zu werden, zum Beispiel von einem Bernard-Arnault-Erben, aber sie wirkt sympathisch und ist die erste Person unter dreißig, die ich in diesem Dorf treffe. Also frage ich, ob sie in Marinzac wohnt.

»Ja. Ich bin Fotografin, du hast meinen Laden sicher schon gesehen, er ist genau neben der Post.«

»Interessant. Was für Fotos machst du?«

»Alles Mögliche, Landschaften, Abbildungen von den Betrieben der Weinbauern, Klassen-, Familien- und eine ganze Menge Hochzeitsfotos.«

»Ich bin hier, um …«

»Ich weiß, wer du bist«, unterbricht sie mich mit leuchtenden Augen. »Du bist die Schriftstellerin, die bei den Delahayes wohnt. Ich wollte schon in Château-Lyran vorbeikommen, um dich zu besuchen, aber ich habe mich nicht getraut. Endlich ist mal jemand Jüngeres in der Gegend und dazu noch eine Künstlerin …«

Erstaunt über ihre Begeisterung trinke ich einen Schluck Bier. Sie streckt mir, von ihrer eigenen Courage errötend, die Hand entgegen.

»Virginie.«

»Chloé«, sage ich und reiche ihr meine.

»Freut mich, dich kennenzulernen.«

»Mich auch.«

Sie bleibt stehen, und ich deute auf den Hocker neben mir, auf den sie sich nun hievt und einen roten Lillet bestellt. Ihre Schüchternheit schwindet im selben Tempo, wie sie ihr Glas leert. Ich stelle ihr ein paar Fragen und erfahre, dass sie aus Marseille stammt, ihre Eltern dort immer noch wohnen. Sie hat sich hier niedergelassen, als sie das Geschäft ihres vor zwei Jahren verstorbenen Onkels erbte. Und sie habe damals alles einer spontanen Eingebung folgend hingeworfen. Darüber scheint sie nicht weiter sprechen zu wollen, und ich hake nicht nach. Hat sie zunächst nur auf meine Fragen geantwortet, erkundigt sie sich nun nach meinem Leben hier und in Paris. Ihr Kleinmädchengehabe bringt mich zum Lachen. Sie taut auf, wenn sie von ihren Fotos spricht. Mit funkelnden Augen beugt sie sich zu mir vor und legt beide

Hände auf meine Schenkel, als wollte sie damit ihren Worten Nachdruck verleihen, wird dann plötzlich wieder scheu, zieht die Hände weg und senkt den Blick.

Ich achte nicht auf die sich gerade öffnende Tür, und erst als sie ihren Satz abbricht, um jemanden hinter mir zu begrüßen, drehe ich mich um und stelle fest, dass Vincent Laborde eingetreten ist.

»Hi, Vincent«, sagt meine neue Freundin mit einem strahlenden Lächeln.

Er nickt ihr höflich zu, aber ohne ihr Lächeln zu erwidern. Die Blonde an seinem Arm mustert Virginie verächtlich von oben bis unten, was mich nervt. Dieser Typ hat offenbar eine Schwäche für große Busen, sicherlich der Grund für sein Interesse an Constance. Im Gegensatz zu der Rezeptionistin im Foyer dürfte das Mädchen neben ihm immerhin seit mehr als drei Tagen volljährig sein.

»Hallo«, sage ich mit gekünsteltem Lächeln. »Es trifft sich gut, dass du da bist … Um deinen Betrieb besichtigen zu können, dachte ich …«

»Na, habt ihr Bekanntschaft geschlossen?«, unterbricht er mich. »Ich hatte Virginie gesagt, sie soll dich mal besuchen kommen, weil ihr euch sicher gut verstehen würdet.«

Das Mädchen mit dem Riesenbusen neben Vincent schaut endlos gelangweilt weg. Vincent zwinkert Virginie zu, und sie wird wieder rot. Erstaunt über ihr Verhalten blicke ich von der einen zum anderen. Gab es eine Affäre zwischen diesem Urwaldmenschen von Laneyronie und der hübschen Fotografin? Das würde ins Bild passen, denn anscheinend muss er es mit sämtlichen Frauen der Gironde treiben. Die Blonde wird ungeduldig und zieht ihn am Arm weg.

»Guten Abend«, sagt er und folgt ihr überraschend artig.

Verstohlen beobachte ich die beiden. Er spricht mir ihr,

ohne seinen finsteren und intensiven Blick von ihr abzuwenden, Stil Pirat mit zweifelhafter Vergangenheit. Ich an der Stelle des Mädchens hätte Angst, er könnte mich umbringen und meine Leiche in den nächsten Straßengraben werfen, sie jedoch errötet, streicht mit der Hand affektiert über seinen dunklen Bart, neigt sich zu ihm und lässt die Wimpern flattern, als leide sie an einem Zwangssyndrom. Ich komme mir wie in einem schlechten Film mit Laienschauspielern vor. Er streichelt ihre Handfläche. Jedes Mädel mit einem IQ von achtundsiebzig Punkten würde sofort erkennen, dass er es nur auf das eine abgesehen hat, und dieses eine hat mit ihrer Meinung über die europäische Verfassung mit Sicherheit nichts zu tun. Ich unterhalte mich mit Virginie und beachte die beiden nicht weiter. Dann werde ich das Weingut von Laneyronie wohl nie zu sehen bekommen. Na, dann eben nicht! Heutzutage kann man einen Roman über die Slums von Kalkutta schreiben, ohne auch nur einen Fuß über die Stadtgrenzen von Paris zu setzen. Also bitte, wozu soll ich dann die Domäne von Vincent Laborde besichtigen, wenn ich doch nur über Weinberge schreiben will? Ich werde es wie alle anderen auch machen und meine Kenntnisse über Wikipedia beziehen.

Meine Neugier nimmt Oberhand, und mitten in unserer Unterhaltung frage ich mit einem Nicken in Richtung Vincent:

»Hast du mal was mit ihm gehabt?«

Virginie schaut mich verblüfft an, als sei sie über meine Frage schockiert.

»Aber nein, warum fragst du?«

»Ich weiß nicht recht, ich möchte auch nicht indiskret sein, aber ich hatte das Gefühl, dass da eine gewisse Spannung in der Luft hängt.«

»Nein, wirklich nicht. Wir sind Freunde … Es hängt von seiner Tageslaune ab. Vincent ist zu allem fähig. Manchmal hilft er mir, auch wenn ich ihn um nichts bitte, und kümmert sich wie ein großer Bruder um mich, dann wieder lässt er mich abblitzen, auch wenn ich seine Hilfe bräuchte. Aber zwischen uns war nie etwas.«

Ich frage nicht weiter, denn offenbar ist ihr das Thema unangenehm. Vielleicht sagt sie mir nicht die Wahrheit, aber was gehen mich die Geschichten der anderen an, ich habe schließlich genug in meinem eigenen Leben aufzuräumen. Ich bestelle mir noch ein Bier, und meine Nervosität lässt nach. In diese Bar zu kommen, war die beste Idee der letzten Woche. Die einzige Kellnerin im Lokal beschert uns Hits der Neunzigerjahre und dreht die Lautstärke auf. Verstohlen beobachte ich Vincent, der gerade seiner heutigen Begleiterin Tischfußballspielen beibringt und sie unter diesem Vorwand von hinten umschlingt und seine Gorillahände auf die ihren legt. Das Mädel erstickt schier vor Lachen, und man hört es in der ganzen Bar. Er fängt meinen Blick auf und zwinkert mir zu. Ich werfe ihm ein knappes, hochmütiges Lächeln zu. Sein Verhalten widert mich an, aber wie oft habe ich aus Verzweiflung Unbekannte aus Diskos zu mir nach Hause abgeschleppt und danach nie auf ihre Anrufe reagiert, weil ich sie gar nicht erst kennenlernen wollte. Bin ich ehrlich, so ist Vincent Laborde nicht schlimmer als ich. Wenn er ein fieser Typ ist, bin ich sein weibliches Gegenstück. Überlege ich es mir recht, so sind wir Schlampen. Ich verfüge über Gründe und kann mich rechtfertigen, aber wer kann das nicht?

Um zweiundzwanzig Uhr fünfundvierzig erhebe ich Virginie offiziell zu meiner hiesigen Freundin. Das Café de la Poste hat seinen Besucherrekord mit acht Kunden aufgestellt – Virginie, Vincent und seine Blonde, ein Stammgast, der über seinem Ricard-Glas einnickt und drei auf ihre Mopedhelme geflegelte Halbstarke –, als die Kellnerin ankündigt, dass sie gleich das Lokal schließt. Die drei Jungen gehen als Erste, nachdem sie versucht haben, noch eine Freirunde herauszuschlagen, und die Kellnerin jedem von ihnen ein Gläschen spendiert hat. Auch uns bietet sie eins an, Virginie lehnt ab, und so muss ich leider ebenfalls Nein sagen.

Jetzt stehen wir auf dem nassen Bürgersteig. Es regnet nicht mehr. Ich hole eine Zigarette hervor, zünde sie an und reiche meine Schachtel Virginie, die den Kopf schüttelt.

»Wohnst du weit von hier? Ich kann dich im Auto nach Hause fahren.«

»Nein, ich wohne gegenüber«, sagt sie und weist auf das Haus mit ihrem Geschäft zwei Häuser weiter neben der Post.

Ich puste eine Rauchwolke aus, die sich in die feuchte Nacht verflüchtigt.

»Gibst du mir deine Telefonnummer? Wir können uns ja wieder treffen, oder?«

Sie zieht ihr Handy aus der Tasche und gibt es mir, damit ich dort meine Nummer eintrage.

»Ja, selbstverständlich … Ich … Kann ich dir eine Frage stellen?«

Ich nicke und tippe meine Telefonnummer ein.

»Würdest du mir eventuell … hm, kann ich vielleicht Fotos von dir machen?«

»Was für Fotos?«, frage ich verständnislos.

»Porträts für mein Schaufenster, um zu zeigen, was ich kann. Die, die jetzt dort stehen, stammen noch aus der Zeit meines Onkels, und die sind mehr als altmodisch.«

Dümmlich geschmeichelt akzeptiere ich mit Freuden, und wir geben uns ein Küsschen und versprechen einander, uns bald wiederzusehen.

Sie geht über die Straße, und ich schaue der zarten, leicht schlingernden Gestalt nach, die nun ihr Haus betritt.

»Hast du mal Feuer, Aschenputtel?«

Ich schrecke auf, denn ich hatte nicht bemerkt, dass Vincent noch hier ist, und reiche ihm mein Feuerzeug. Er nimmt es und zündet seine Zigarette im Windschutz seiner Hand an.

»Na, war der Abend gelungen? Bei acht Kunden immerhin eine Telefonnummer. Kein schlechtes Ergebnis.«

Ich verdrehe die Augen.

»Sehr witzig.«

Das Mädchen neben ihm schaut mich misstrauisch an und hängt sich mit Besitzermiene an seinen Arm. Meine Güte, sie riskiert doch nichts! Bei dem Wind und wegen der an seinen Arm gekrallten Tussi brennt seine Zigarette erst nach dem dritten Anlauf. Er gibt mir das Feuerzeug zurück und stößt weißen Rauch durch die Nase aus.

»Kannst du überhaupt noch fahren?«

Ich antworte etwas schroff:

»Ja, ich habe nicht viel getrunken.«

Zwar ist mir schwindlig, doch das hindert mich nicht, fünf Kilometer zu fahren.

»Einen Liter!«, sagt er und zieht eine Augenbraue hoch. »Das ist bei deiner Statur nicht gerade wenig… Wenn du willst, fahre ich uns alle mit deinem Auto zurück und hole mein Motorrad morgen ab.«

Ich denke an Virginies Worte über den beschützenden Bruder und den großen bösen Wolf, Doktor Jekyll und Mister Hyde, und schiebe das Feuerzeug in meine Handtasche.

»Mach dir keine Sorgen, ich brauche keine Hilfe.«

Das Mädchen scheint erleichtert zu sein und lächelt mir zum ersten Mal vage zu. Vincent zuckt die Achseln.

»Wie du willst. Gute Nacht!«

»Gute Nacht«, sage ich und zögere, ein *trotzdem vielen Dank* hinzuzufügen.

Er geht wortlos, steigt auf sein Motorrad, das er ein paar Schritte weiter geparkt hat, und reicht der Blonden seinen Helm. Hat er nur einen? Dann war es vielleicht nicht vorgesehen, sie mitzunehmen. Ich bleibe an die Wand gelehnt stehen und genieße trotz der Kälte meine Dosis Nikotin. Eigentlich bin ich eine Nachteule und würde jetzt gern ausgehen, tanzen, Cocktails trinken. Ich hätte Virginie vorschlagen sollen, bei ihr noch ein Glas zu trinken. Ich habe so wenig Lust, nach Hause zu fahren, dass ich am liebsten Vincent vorgeschlagen hätte, mit ihm ein Glas zu trinken. Aber er ist schon losgefahren, und in den Gassen von Marinzac kehrt völlige Stille ein. Guillaume und ich sind oft nachts durch die Pariser Straßen geschlendert. Lieber sind wir zu Fuß oder mit einem Mietfahrrad heimgekehrt, als uns ein Taxi zu nehmen. Selbst mitten in der Nacht knistert, rauscht und schnurrt das Pariser Leben. Überdeckt von Motorgeräuschen hört man Gespräche, Lachen, Schritte, das Rattern der Metros unter den Gittern im Asphalt, auf denen sich die Clochards wärmen, und das Hupen der Autos an den Ampeln, wenn der Vordermann nicht schnell genug anfährt … Selbst in den kleinsten Gassen reißt der Verkehr nicht ab, und die Grands Boulevards sind um zwei Uhr morgens belebter als tagsüber die kleine Landstraße, die durch Marinzac führt. Es ist erst dreiundzwanzig Uhr, aber bereits Schlafenszeit. Nur wenige Fenster sind noch erleuchtet. Die Fernseher im Erdgeschoss mancher Häuser werfen ihre blauen Lichtbündel lautlos durch die Wohnzimmerfenster. Ich höre nur noch meine eigenen Schritte auf dem Trottoir und das leise Jaulen der feuchten Brise, die mir kalt in den Kragen bläst. Ich würde jetzt gern zu Fuß heimgehen, aber bei dieser Kälte und mitten in der Nacht wären fünf Kilometer auf hochhackigen Schuhen glatter Selbstmord. Mit Bedauern kehre ich um, steige ins Auto, drehe die Heizung voll auf und fahre brav zum Schlafen nach Hause, und das um dreiundzwanzig Uhr dreißig!

Tagebuch von Constance Delahaye

21. März 2013 – 21:56 Uhr

In letzter Zeit habe ich mein Tagebuch nicht mit der üblichen Disziplin geführt. Wie gut, dass Anne Frank da zuverlässiger war, denn, abgesehen von meiner Metamorphose in eine Femme fatale, kann ich der Nachwelt keinen historischen Beitrag hinterlassen.

Job: Ich habe eine wichtige Entscheidung getroffen und mich vor drei Tagen für einen Posten als Produktmanagerin bei BTPTD (British Traditional Pastries, Tea and Desserts), der Filiale von Grable & Smith in London, beworben. Hans Schmidt hatte mir den Ausdruck eines Stellenangebots mit einem Post-it »Constance zur Information« auf den Schreibtisch gelegt. Damit dürfte sicher sein, dass er mich loswerden will.

Mein Befinden: Ich habe vier Kilo dank einer genialen Kur abgenommen. Vier Stunden Poledance pro Woche und totaler Verzicht auf Nahrung jeder Art, abgesehen von Wasser, Kaffee und Selleriestangen. Etwas deprimierend, aber extrem wirksam.

Heute Styling im Kaufhaus Galeries Lafayette. Ich habe Hans Schmidt gesagt, ich hätte einen Termin beim Gynäkologen. Er war wieder mal besonders schlechter Laune. Mylène behauptet, er habe sich von der grausamen Gretel getrennt, und ich dachte mir, das sei der richtige Zeitpunkt, meinen Joker Gynäkologe für dieses Jahr auszuspielen. Ein solcher Termin ist für Hans Schmidt die einzig gültige Entschuldigung für meine Abwesenheit, und er zeigt dann kaum eine Reaktion, höchstens eine gewisse Scham. Übrigens war er ähnlich verlegen, als ich ihn davon in Kenntnis setzte, dass ich ab jetzt jeden Montag, Mittwoch und Freitag um Punkt achtzehn Uhr gehen müsse, um meinen Poledance-Kurs nicht zu versäumen.

Anmerkung: Ich dachte immer, Poledance wäre gleichbedeutend mit Stilettos, Strings und Pailletten für Latino-Sexbomben mit Silikonbusen. Ganz falsch! Unseren Kurs besuchen ganz normale Mädchen in Boxershorts und Sportbüstenhaltern. Poledance ist eher akrobatische Übung als Striptease und macht viel Spaß. Zwar habe ich davon immer noch überall blaue Flecke und sehe im Badeanzug eher wie eine Profi-Catcherin aus, aber dafür lerne ich schnell. Meine ehemaligen Ballettkurse sind hier eine gute Hilfe, und selbst Baby-Doll sagte, ich mache meine Sache für eine Anfängerin gut. Sollte es mit meiner Bewerbung bei BTPTD nicht klappen, kann ich immer noch eine Karriere als Stripperin der unteren Kategorie ins Auge fassen.

Baby-Doll erwartete mich am Eingang des Kaufhauses. Ich kam vor Hunger schier um und träumte von einem Bohneneintopf. Als hätte sie meine Gedanken erraten, reichte sie mir eine hundertprozentig vegetarische Kürbis-Vanille-Suppe mit Sojacreme, ohne Gluten und Milchzucker, die sie bei Cojean am Boulevard Haussmann erstanden hatte.

»Iss das schnell, wir haben nicht viel Zeit!«

»Ich muss spätestens um halb drei wieder im Büro sein«, sagte ich, den Mund voller Kürbis-Vanille-Suppe.

Sie verdrehte die Augen, ging ohne Antwort ins Kaufhaus und tippte irgendetwas in ihr Blackberry. Ich hatte Bedenken wegen meiner Sitzung über Marketing und Produktstrategie 2014. (Zu Recht, ich kam erst um 15:45 Uhr ins Büro zurück.) Ich gehe nie in die Galeries Lafayette. Die Kundschaft, die verschnörkelten Balkone und die Jugendstil-Kuppel schüchtern mich ein. Außerdem ist hier alles sündhaft teuer. Da ich völlig willenlos bin, wäre ich in der Lage, am dritten des Monats mein Konto vollständig zu leeren und mir rote Lackschuhe mit fünfzehn Zentimeter hohen Absätzen zu kaufen, die ich ohnehin nie anziehen würde.

Baby-Doll wusste genau, wo es langging, und schlängelte sich selbstsicher durch das um die Mittagszeit riesige Kundengedränge. Sie nahm keine Notiz von den anderen, doch alle Leute schienen ihren graziösen Gang und ihre elegante Kleidung zu bewundern. Sie steuerte direkt auf die Privatsalons im dritten Stock zu. Eine Frau um die vierzig in grauem Kostüm streckte mir mit autoritärer Geste die Hand entgegen.

»Cindy Smart, Stilberaterin.«

»Guten Tag, Constance Delahaye, stillos.«

Sie warf mir einen eiskalten Blick zu, und ich wurde rot.

»Hallo, Cindy«, sagte Baby-Doll, »hast du die Sachen vorbereitet, über die wir gesprochen haben?«

»Ja. Kaffee?«

»Für mich einen Espresso ohne Zucker, und du, Constance?«

»Hm … Falls möglich, für mich lieber einen Tee, bitte.«

Mit einem manikürten Finger schubste Cindy ihre grüne Brille aus dem Haarschopf auf die Nase.

»Grüner Tee mit Jasmin? Pfefferminz? Earl Grey? Etwas zum Anregen, zum Entgiften, zum Entschlacken? Ingwer-

Zitrone? Mischung Happy-Zen mit Pfefferminz und Lakritz? Räuchertee mit Guarana?«

Nach einem kurzen Panikanfall stammelte ich:

»Happy-Zen, Lakritz-Minze?«

Ich hasse Lakritz, aber die uncoole Cindy schien dringend eine Tasse Happy-Zen zu benötigen. Wenn sie den Tee für mich aufbrühte, würde sie sich vielleicht auch einen dieser Sorte zubereiten. Falsch getippt, sie kam drei Minuten später mit meinem Tee und zwei Tassen Kaffee zurück. Baby-Doll ließ sich auf einem Stuhl nieder, Cindy auch. Als ich mich zu ihnen setzen wollte, drohte sie mit dem Zeigefinger.

»Nein, nein, du nicht!«

Jetzt stand ich da wie eine Kuh. Cindy und Baby-Doll diskutierten über meinen Körperbau, ob ich eher einer Sanduhr ähnele oder einer umgedrehten Pyramide. Ich hätte mich nicht schlechter gefühlt, wenn ich nackt und mit Mickymausohren im Fernsehstudio bei der Endausscheidung von *Wer wird der neue Star?* gestanden hätte. Bis jetzt hatte ich immer geglaubt, ich sei korrekt gekleidet, oder zumindest normal. Ich trug eine dunkelblaue Hose, sehr praktisch für den Job, weder Tuch noch Jeansstoff, eine beigefarbene Jacke und ein blau-weiß gestreiftes Matrosenshirt. Solche T-Shirts sind groß in Mode. Fährt man mit der Metro, sind da derart viele Streifenshirts, dass man sich entweder wie auf der *Titanic* oder wie bei der letzten Modenschau von Jean-Paul Gaultier fühlt.

Dann haben die beiden über meinen Geschmack und meine Persönlichkeit diskutiert, um zu einem Ergebnis zu kommen, das Cindy *Debriefing* nannte. Baby-Doll war der Ansicht, es sei überflüssig, meine Meinung zum Thema einzuholen, und schlug eine Zusammenfassung in drei Worten vor, aber Cindy wollte mich formgerecht aushorchen. Sie fragte, für welche Anlässe ich Kleidung suche. In sieben Minuten war klar, dass ich drei Garderoben brauchte, eine für die Arbeit (*business-casual*), eine, um mit meinen Freundinnen was trinken zu gehen (*casual-chic*), und eine (*sexy-smart*) zum Ausgehen. In der Zwischenzeit durfte ich mich doch ein wenig setzen und an meinem Happy-Zen-Lakritz-Minze-Tee nippen, der mich allerdings weder happy noch Zen-cool stimmte.

»Budget?«, fragte Cindy.

Wieder brach ich in Panik aus und überlegte blitzschnell. Auf meinem Konto waren gerade noch sechsundachtzig Euro, aber ich ahnte, dass Cindy und Baby-Doll an einen solchen Betrag bestimmt nicht dachten.

»Vierhundert Euro?«

Egal. Ich würde um Vorschuss bitten, um meine Steuern für das nächste Vierteljahr zu bezahlen. Letztes Jahr musste ich unbedingt für zweihundertneunzig Euro die erste Ausgabe von *Stolz und Vorurteil* kaufen (okay, vielleicht war es nicht die Erstausgabe – aber angesichts des desolaten Zustands des Werks sicher eine der ersten –, die mir ein Buchhändler am Seine-Ufer verkauft hatte), und die Angestellten des französischen Finanzamts zeigten sich verständnisvoll, als ich sie in Tränen aufgelöst anrief. Wie auch immer, wenn alles wie vorgesehen läuft, kann ich vielleicht bis zum Jahresende mit Tristan Grant zusammenziehen und die Hälfte der Miete sparen. Und in diesem Fall handelt es sich nicht wirklich um eine Ausgabe, sondern um ein langfristiges Investment.

»Okay«, meinte Cindy, »ich kann jeden einkleiden, egal wen und egal mit welchem Budget. Ich lasse mich auf jede Herausforderung ein.«

Das Einkleiden, Frisieren und Schminken dauerte insgesamt drei Stunden. Alles an mir wurde ausgemessen und meine Gestalt als Sanduhr definiert (Übersetzung: großer Busen, dicker Hintern). Ich soll die Taille betonen und die Bauchmuskeln trainieren. Das Beste an mir sei mein Busen, den ich vorzuzeigen lernen müsse. Cindy hielt mir nun ein paar Dutzend Stofffetzen ans Gesicht, um die Farben auszukundschaften, die am besten zu meinem Teint und meinen Augen passen. Und das waren natürlich nicht meine Lieblingsfarben Blau und Hellgrau. Dann zeigte sie mir Schmuck. Ich sollte mir aussuchen, was mir am besten gefällt. Das tat ich auch, aber sie behielt von meiner Auswahl nur eine Kette zurück mit dem Argument, ich sei kein Weihnachtsbaum, womit sie zweifelsohne recht hatte. In der Folge probierte ich Hosen, Röcke, Blusen, Leggings und so weiter an …

»Du solltest nur Kleider tragen, vergiss Hosen! Gerade geschnittene, in der Taille eng, dazu hochhackige Schuhe. Ich denke da an Marilyn, Catherine Zeta-Jones, Monica Bellucci. Keine flachen Schuhe und Trapez- oder Faltenröcke! Für Mädchen über zwölf sollten die überhaupt generell verboten werden.«

Der Frisör hieß Jean-Eudes:

»My love, wir werden Struktur und Form in dein Haar bringen, denn jetzt ist das Ganze platt, platt, platt. Da steckt keine Persönlichkeit drin. Wenn du das Haar lang tragen willst, muss Schwung hinein. Zwischen Wangen und Kinn gehört mehr Volumen, um das Gold in deinen Augen hervorzuheben, verstehst du? Ich werde dem Haaransatz folgen und deine doppelte Haarmaterie herausfordern! Wir färben dir die Wurzeln dunkler, für den Rest der Haare finden wir ein Blond, das wirklich nur dir gehört, denn im Moment ist es stumpf, stumpf, stumpf! Dein natürliches Blond ist nicht wirklich *dein* Blond, und dazu sage ich Nein, Nein, Nein! Das kommt weg, und wir bringen da Licht rein.«

Ich dachte: »Hilfe, Hilfe, Hilfe!«

Sagte aber: »Okay.«

Er hatte ohnehin schon angefangen.

Dann kam eine Frau zum Schminken (*Ich bin keine Visagistin, sondern eine Make-up-Künstlerin*). Ich versuchte ihr die Ansicht meiner Mutter nahezubringen, die mir immer vorgebetet hatte, man müsse natürlich wirken. Bei meinen seltenen Versuchen, ein wenig mehr aufzutragen als nur Mascara, sah ich hinterher aus wie der Joker in *Batman*. »Aber in jedem Fall muss man sich schminken, Darling, auch wenn du natürlich aussehen willst, VOR ALLEM GERADE DANN! Das ist das Geheimnis, Darling, entweder du hebst die Augen oder den Mund hervor. Kohlenschwarz gemalte Augen und einen knallroten Mund kann man nur in zwei Fällen entschuldigen. Fall eins, du bist Penélope Cruz, Fall zwei, du gehst im Bois de Boulogne anschaffen. Bist du Penélope Cruz, Darling, oder willst du wie eine Nutte aussehen?«

»Hm, lieber nicht.«

»Bei dir müssen die Lippen betont werden, an den Augen machen wir nicht viel, nur, diese grässlichen Augenringe, die müssen natürlich weg, ein wenig Lidschatten, Eye-Liner und Mascara, dann noch etwas die Augenbrauen nachziehen, seit Delavingne zupft man nicht mehr, Darling, aber mehr machen wir nicht. Bei den Augen bleiben wir ganz natürlich.«

Wie schon gesagt, bin ich nach der Behandlung wieder ins Büro gegangen:

1. Um 15:45 Uhr!

2. Neu gestylt in eine Sexbombe! Ich weiß auch nicht, wie sie das fertiggebracht haben, aber als ich das Ergebnis sah, hätte ich – ganz ehrlich – direkt mit

mir selbst schlafen mögen. Ich habe mein Bild in allen Spiegeln und Glastüren der Etage bewundert, als ich ins Büro zurückkam. Und der Typ am Empfang hat mir nachgepfiffen.

3. Ruiniert!

Wieder geriet ich in helle Panik, als ich mir die Reaktion von Hans Schmidt vorstellte, würde er plötzlich einer Femme fatale gegenüberstehen und nicht mir, die ich doch offiziell beim Gynäkologen war. Ich habe ihn im Flur getroffen, aber er hat mich gar nicht gesehen. Er stürzte gerade mit zusammengezogenen Brauen und gesenktem Kopf auf Mylènes Schreibtisch zu und fragte mit arktischer Kälte, wieso seine sämtlichen Termine aus der Outlook-Datei verschwunden seien. Am Rande eines Tränenausbruchs erklärte Mylène ihm, dass sie leider eine falsche Eingabe gemacht habe, der Irrtum jedoch in kürzester Zeit behoben sein werde, was mir die Zeit ließ, ungesehen zu meinem Schreibtisch zu schleichen und eifrig irgendetwas in die Tasten zu hauen.

»Constance?«

Ich schaute nach links und rechts, bevor ich Hans Schmidt einen überraschten und unschuldigen Blick zuwarf, wie jemand, den man aus tiefster Konzentration gerissen hat, wobei ich bei dem Gedanken zitterte, was er nun über meine neue Kleidung, meine neue Frisur, mein neues Gesicht und meine dreistündige Mittagspause sagen würde.

»Ja?«

»Hätten Sie vielleicht auch mich davon in Kenntnis setzen können, dass Sie sich für den Posten in London bei BTPTD beworben haben?«

»Hm, weiß nicht, habe mich ja nur online beworben, ich …«

»Ich habe mit dem Marketingchef UK telefoniert, und er hat mich über Ihre Bewerbung informiert. Sie haben demnächst dort ein Vorstellungsgespräch. Es wäre nett, wenn Sie mich wenigstens einmal vorwarnen könnten, bevor Sie abwesend zu sein gedenken, damit wir uns vorbereiten und das Datum nach den Tarifen des Eurostars aussuchen können. Denn ich möchte nicht, dass uns Ihre Kündigung ein Vermögen kostet.

Meine Hände schwebten über der Tastatur in der Luft wie Spinnen an ihren Fäden.

Ich dachte: OH MY GOD, ICH FAHRE NACH LONDON, ICH FAHRE NACH LONDON, ICH FAHRE NACH LONDON!

Aber ich sagte:

»In Ordnung.«

In der Kunst, etwas zu verbergen, bringe ich es bald zur absoluten Meisterschaft. Er betrachtete mich eine Weile mit gerunzelter Stirn, als wollte er herausfinden, ob sich etwas in meinem Gesicht verändert habe, seit ich beim Gynäkologen war. Dann trabte er in sein Büro zurück und knallte die Tür zu.

Wichtige Lehre des Tages: Ich bin weder ein Weihnachtsbaum noch Penélope Cruz. Ich bin eine Sanduhr und muss mir nie wieder die Augenbrauen zupfen (juhu).

Chloé

Eine Woche später treffe ich Virginie wieder. Sie hat mich zum Abendessen bei sich zu Hause eingeladen. Für das Fotoshooting habe ich mich wie zu meinen besten Zeiten geschminkt und Stilettos angezogen. Es ist ein angenehmes Gefühl, sich wieder als Frau zu fühlen.

Ich wollte den Nachtisch mitbringen, aber die Konditorei neben der Post ist geschlossen. Also kaufe ich Rosen, das ist übrigens der einzige Blumenname, den ich mir merken kann.

Eine Flasche mitzubringen, fasse ich gar nicht erst ins Auge, denn hierzulande, wo sich jede Unterhaltung schon beim Aperitif zu einer Diskussion unter professionellen Weinkennern entpuppt, wäre ich überhaupt nicht in der Lage, etwas Adäquates auszusuchen.

Mit meinem Strauß in der Hand verlasse ich den Blumenladen und laufe Vincent Laborde direkt in die Arme. Solche Situationen sind in Orten dieser Größenordnung unvermeidbar, habe ich mir sagen lassen. Jeder kennt jeden, und man trifft einen Bekannten, sobald man aus dem Haus geht. Daraus habe ich den Schluss gezogen, dass Untreue in Großstädten nur deshalb häufiger vorkommt als auf dem Land, weil hier die kleinste Lüge in einer komplizierten logistischen Operation endet.

Vincent mustert meine Kleidung und den Rosenstrauß belustigt.

»Na, Aschenputtel, hast du eine Verabredung auf dem Traktor des Traumprinzen?«

Er wirkt aufgeräumt.

»Gar nicht, ich gehe zu Virginie zum Abendessen.«

»Wer hätte das gedacht«, sagt er und bricht wider Erwarten in Gelächter aus.

»Aha ... Dann wünsche ich dir einen netten Abend. Du brauchst dich nicht bei mir zu bedanken ...«

Er geht feixend in den Laden, und man kann noch seine grottentiefe Lache hören, die allen Kindern des Dorfs Angst machen würde, wenn es hier Kinder gäbe. Ich frage mich, wem er wohl Blumen schenken mag. Vincent Laborde ist eigentlich nicht unangenehm, wenn er einen guten Tag erwischt hat, nur stört es mich ungemein, dass er immer in meinen Gedanken wie in einem offenen Buch zu lesen scheint, während ich bei ihm gar nichts entziffern kann. Er ist für mich so unzugänglich wie eine Pergamentrolle, auf der man mit unsichtbarer Tinte einen Text in kyrillischer Schrift verewigt hat.

Virginie öffnet mir mit einem strahlenden Lächeln die Tür.

»Oh, die sind ja wirklich wundervoll«, ruft sie begeistert und nimmt mir die Blumen aus der Hand.

Ich lege Mantel und Schal auf einen Stuhl und betrachte die gerahmten Bilder in der kleinen Boutique mit den Konterfeis von Personen, die aus Schwarz-Weiß-Fotos lächeln, Klassenfotos wie aus einem Roman von Marcel Pagnol und andere Bilder mit den verkniffenen Gesichtern frisch verheirateter Paare der Nachkriegszeit. Virginie weist auf ein Foto auf dem Tresen.

»Das wollte ich dir zeigen.«

Ich gehe nah heran, das Bild ist etwas unscharf. Das junge Mädchen darauf sieht pfiffig aus, ein geradezu freches Lächeln liegt auf ihren Lippen, doch wegen der Schüleruniform wirkt es weniger provokant. Dunkle Strähnen lugen aus ihren locker geflochtenen Zöpfen. Die Nase ist von Sommersprossen übersät, und die Augen sind so hell, dass sie das gesamte Schwarz-Weiß-Foto förmlich erleuchten.

»Die sieht ja aus wie ich früher, nur hübscher …«, flüstere ich und streichle über das Gesicht auf der Abbildung.

Es ist völlig idiotisch, aber ich konnte mir Mamie Rose nie als Jugendliche vorstellen. Wenn sie von ihrer Kindheit erzählte, sah ich sie mit weißem Haar, Falten und mit den vortretenden Venen auf ihren Händen vor mir, aber in einem gepunkteten Kinderkleidchen.

Natürlich ist nicht Mamie Rose auf dem Foto, noch nicht, es ist Rose Lacombe.

»Das Foto stammt aus dem Jahr 1947«, sagt Virginie, »ich glaube, sie hatte gerade ihr Abi gemacht, es gibt da eine ganze Reihe solcher Fotos von Jugendlichen in Uniform.«

Meine Großmutter. Meine Mamie Rose jünger, als ich es jetzt bin, die Augen voller Sternchen und das Leben vor sich. Diese Jahre hat sie nie vergessen. Selbst wenn ihr Gedächtnis versagt, erinnert sie sich stets an diese Zeit. An solchen Tagen erzählt sie immer wieder die gleichen Anekdoten, von ihrer Schwester, die ihren blauen Pullover geklaut hat, vom Großvater, der sie, als sie in der Abiturklasse war, zum ersten Mal in ihrem Leben zu einer Pfefferminz-Diabolo-Limonade eingeladen hatte, weil sie ihm das Buch *Les Pardaillan* von Zévaco geliehen hatte. Ich blicke zu Virginie auf.

»Danke …«

»Nichts zu danken, du kannst es behalten. Hier findet sich ein richtiggehendes Archivlager. Als ich angekommen bin, habe ich jedes Wochenende damit verbracht, Stapel alter Fotos zu sortieren.«

Noch einmal untersuche ich die gerahmten Bilder an der Wand und stelle fest, dass sie nach Datum sortiert sind. Die auf der rechten Seite sind farbig und aus jüngerer Zeit. Im Laufe der Zeit hatte sich der Fotograf offenbar auf Hochzeitsfotos spezialisiert.

»Die Hälfte der Hochzeiten dieser Gegend zeigen die Familie Delahaye. Letztes Jahr war ich die Fotografin bei der Hochzeit von Evelyne, und bin es auch dieses Jahr, im kommenden Juni, bei der vom Cousin deiner Freundin Constance.«

»Ich komme vielleicht auch. Tonton Gonz und Constance haben mich eingeladen.«

Mit gerunzelter Stirn nähere ich mich einem großen Familienfoto und sehe die lächelnde Constance, gerade der Pubertät entwachsen, wie meistens mit geschlossenen Augen. In der ersten Reihe steht Tonton Gonz, der versucht das Doppelkinn und den dicken Bauch zu verbergen – beide Hände voller Ringe und auf einen Spazierstock im Stil Ludwigs XIV. gestützt. Mein Blick fällt auf das Bild daneben. Wieder eine Hochzeit, und nicht gerade eine kleine. Dutzende von Hochzeitsgästen posieren vor den Rebstöcken, und ich erkenne im Hintergrund das zweifarbige Dach von Laneyronie wieder. Weiße und rosa Blumen schmücken alle Fenster, und ein gigantisches cremefarbenes Zelt steht für das Fest vor dem Taubenhaus. Das Hochzeitspaar muss um die zwanzig sein und scheint sich wenig um die Gäste zu scheren, als seien die beiden allein auf der Welt. Die Braut, in einem Prinzessinnenkleid mit Rüschen und Spitze, hält mit beiden Händen den Arm des Bräutigams fest und strahlt verliebt zu ihm auf. Er, riesengroß, etwas eingezwängt in einem schwarzen Anzug, neigt den Kopf zu ihr hinab, und trotz der in dieser Menschenmenge auf dem Foto kleinen Gesichter sieht man in seinen Zügen, die mir irgendwie bekannt vorkommen, wie sehr er sie anbetet.

»Erkennst du ihn?«, fragt Virginie.

Ich zögere einen Augenblick, denn der naive Gesichtsausdruck passt so wenig zu der Person, die ich kenne, dass ich es kaum glauben kann.

»Vincent Laborde?«

»Ja. Vincent ohne Bart und als Dreiundzwanzigjähriger.«

Unten rechts auf dem Bild hat jemand mit Kugelschreiber *Hochzeit Laborde/Meunier, 23.2.2003* hinzugefügt. Ich verstehe jetzt, weshalb er an etwas anderes dachte, als er mich am dreiundzwanzigsten Februar vom Bahnhof abholte, denn es war sein Hochzeitstag. Ich trete einen Schritt zurück und kann es immer noch nicht fassen.

»So gut wie unkenntlich … geschieden?«

»Ja, kurz bevor ich hier einzog. Ich glaube, ihre Ehe hat sieben Jahre gehalten.«

»In Paris werden zwei von drei Ehen geschieden …«

»Stell dir vor, auch auf dem Land gibt es Scheidungen. Die ganze Geschichte war übrigens furchtbar.«

»Erzähl! Ich mag solche Geschichten.«

Virginie beginnt nachdenklich, Fotos wegzuräumen.

»Niemand weiß Genaues, aber kennst du Catherine, die im Zeitungsladen hinter der Post arbeitet?«

»Nein …«

»Deren Cousine ist Hebamme in einer Klinik in Bordeaux. Es heißt, Vincents Frau ist eines Abends in Tränen aufgelöst dort aufgetaucht und wollte einen Schwangerschaftsabbruch, knapp eine Woche vor Ablauf der legalen Frist, und alles ist im Schnellverfahren über die Bühne gegangen. Niemand hier wusste, dass sie schwanger war. Unglaublich, wenn man bedenkt, wie schnell hier Gerüchte die Runde machen. Auf die Frage, warum sie sich nicht früher dazu entschlossen hatte, hat sie geantwortet, dass ihr Mann keine Kinder wolle und sie bis zum Schluss gehofft hatte, dass er seine Meinung ändert.«

»Autsch! Und schon finde ich ihn überhaupt nicht mehr nett …«

Virginie lächelt traurig und räumt sorgfältig einen kleinen Stapel Fotos in einen Schuhkarton mit der Aufschrift »2012«.

»Er hat sie nicht einmal begleitet. Er war bei einer Weinmesse im Elsass. Damals war er noch nicht so launisch wie heute.«

»Zumindest kann ich verstehen, dass an einer solchen Unstimmigkeit eine Ehe zerbrechen kann … Und dann?«

»Sie ist nie wieder hergekommen. Als er von seiner Weinmesse zurück war, ist er anscheinend ausgerastet. Er hat sie überall gesucht, an jeder Tür von Marinzac geklingelt, die Polizei alarmiert, und er konnte nicht mehr schlafen. Sie muss ihn kontaktiert haben, denn von heute auf morgen hat er sie dann nicht mehr gesucht und die Leute mit der Geschichte in Ruhe gelassen. Er soll eine Woche im Bistro verbracht haben. Morgens um zehn hat er anscheinend zu trinken angefangen und aufgehört, wenn Sperrstunde war, ohne ein Wort zu sprechen, höchstens um eine Bestellung aufzugeben.«

»Vielleicht war das Kind nicht von ihm, und er hat seine Frau ermordet, um sich zu rächen, nachdem er sie zum Schwangerschaftsabbruch gezwungen hatte … Oder sie hat sich selbst umgebracht.«

Virginie lacht auf.

»Du hast zu viel Fantasie. Der Rechtsanwalt von Marinzac hat sich ein paar Monate später um ihre Scheidung gekümmert, und das Expaar hat anscheinend oft zusammen telefoniert. Nein, sie war absolut lebendig, aber sie ist dann nach Paris gezogen. So einfach ist die Geschichte.«

Ich finde sie ziemlich traurig. Vor allem, wenn man sieht, wie sehr Vincent seine Braut angehimmelt hat. Nur einmal habe ich bei jemandem einen derart verliebten Ausdruck gesehen, und der lag auf Gregs Gesicht an dem Tag, als Cha von Sophie entbunden hatte.

Virginie zuckt die Achseln und erhebt sich.

»Lassen wir das. Wir machen jetzt das Shooting, und dann essen wir. Diese ganzen Geschichten sind zu deprimierend.«

Sie schraubt ein Objektiv auf ihre Kamera, und ich schaue ihr interessiert dabei zu.

»Weißt du, ich freue mich, dass du Fotos von mir machst. Es hat etwas Befriedigendes zu wissen, dass es ein Bild von mir in einer Schuhschachtel in Marinzac geben wird. Und wenn ich erst mal alt bin, gibt es hier eine Spur von mir.«

Sie lächelt, richtet das Objektiv auf mich und knipst mehrmals hintereinander. Dann legt sie die Kamera hin und fragt stirnrunzelnd:

»Magst du ein Glas trinken, bevor wir anfangen?«

Ich nicke. Sie verschwindet für ein paar Minuten und kommt mit Weinflasche und Korkenzieher zurück. Sie schenkt mir ein Glas ein und bittet mich in den hinteren Raum des Ladens, wo ein alter Lehnsessel vor einer hellen Leinwand steht. Sie schaltet Spots ein, installiert einen weißen Schirm oberhalb des Sessels und sagt, ich soll mich setzen.

Aus Neugier frage ich, was sie da alles macht, und sie spricht über Bridgekameras, Fokus, Blende, Lichtmesser und Verschluss. Liegt es am Alkohol oder am technischen Vokabular? Wie eine alberne Gymnasiastin kann ich mir das Lachen nicht verkneifen. Das Shooting dauert eine Stunde. Es muss am Wein liegen. Alles dreht sich. Jetzt nehme ich die

Kamera zur Hand und knipse Serienaufnahmen von Virginie, so wie sie mich zuvor fotografiert hat. Auch sie kichert, offenbar angeheitert.

Sie wohnt genau über dem Laden. Eine mit braunem Teppichboden belegte Treppe führt in die Wohnung, deren Wände mit Tapeten beklebt sind, die große gelbe Blumen zieren. Virginie wärmt Tagliatelle mit Stopfleber auf, macht trotz meines Protests eine weitere Weinflasche auf und stellt eine Kerze auf den Tisch.

»Die Dekoration hier stammt noch von meinem Onkel. Und weil ich keinen roten Heller habe, ändere ich auch nichts«, sagt sie und kostet ihre Soße mit einem Holzlöffel.

»Konnten dir deine Eltern nicht helfen, als du das Geschäft übernommen hast?«

Sie senkt den Blick, wirkt plötzlich missmutig und wendet sich ab, um die dampfenden Nudeln in eine Salatschüssel zu kippen.

»Nein. Meine Eltern sind Rentner.«

»Fährst du hin und wieder nach Marseille?«

»Selten.«

Am Klang ihrer Stimme merke ich, dass ihr dieses Thema unangenehm ist, und ich bin still. Ich verstehe mich mit meinen Eltern auch nicht gut und hasse es, darüber zu sprechen. Dieses Mädchen ist wirklich sympathisch. Sie erzählt von ihrem Leben, als sei es eine lustige Geschichte, und lacht mit weit offenem Mund. In ihrer Gegenwart fühle ich mich wohl und natürlich. Es gibt hier keine Anzeichen von der Gegenwart eines Mannes, kein Familienfoto, nur ein Foto von ihr und einem dunkelhaarigen, etwas älteren Mädchen, ihre Schwester oder eine Freundin, denke ich mir.

Zwei Gläser Wein und zwei Kilo Pasta später blättere

ich in einem alten Album mit Bildern von Bordeaux, dann werde ich müde und schaue auf meine Armbanduhr.

»Schon Mitternacht! Ich muss jetzt los.«

»So spät! Du kannst hier schlafen, wenn du möchtest«, sagt Virginie, die es sich neben mir gemütlich gemacht hat.

Ich habe schon immer gehasst, woanders als bei mir zu Hause zu schlafen, und mein Zuhause ist jetzt das rosa Zimmer in Château-Lyran.

»Nein, ich fahre zurück. Morgen muss ich wieder in das Foyer.«

»Dann bringe ich dich runter«, sagt Virginie und gähnt.

Sie küsst mich mit Elan und nimmt mich in die Arme, bevor sie die Tür hinter mir schließt.

Wieder im Auto von Tonton Gonz, hole ich, heute Abend zum ersten Mal, mein Handy aus der Handtasche.

Ich habe zwei SMS erhalten:

20:57 – CHARLOTTE PERRIN-LAURENT
BIN AUF DEM WEG ZUR KLINIK!!!!!!

23:54 – GUILLAUME FAVREAU
Paris ist leer ohne dich …

Mir verschlägt es die Sprache. Cha entbindet. Cha bekommt ihr Baby, und ich bin 653 Kilometer von Paris entfernt, von ihr und Guillaume. Ich versuche sie anzurufen, aber sie antwortet natürlich nicht. Ich zögere, es ist nach Mitternacht, und Guillaume wird sicher nicht ans Telefon gehen.

00:17 – CHLOÉ LACOMBE
Ich komme, muss unbedingt den neuen Perrin-Laurent sehen!

00:17 – CHLOÉ LACOMBE

Du fehlst mir auch. Ich komme nach Paris wegen Chas Entbindung. Sehen wir uns?

Und dann, im vor der Post von Marinzac geparkten Auto muss ich plötzlich heulen. Ich weiß nicht, warum.

Tagebuch von Constance Delahaye

22. März 2013 – 22:32 Uhr

Habe soeben meine Fahrkarten für den Eurostar nach London gekauft! Am 2. April, 2 pm, wie sie auf der anderen Seite des Ärmelkanals sagen, findet das Vorstellungsgespräch statt. Erstaunlicherweise hat Hans Schmidt eingewilligt, dass ich bereits Samstagmorgen fahre, obwohl er gerade eine schwere Zeit durchmacht. Er hat sich offiziell von der grausamen Gretel getrennt (Quelle: Mylène, die ich im Gegenzug zu dieser wichtigen Information wieder auf meiner Facebook-Seite akzeptiert habe).

Außerdem habe ich ein Bed and Breakfast über Internet gefunden, *very lovely*, mit dem vielversprechenden Namen: *The Austen Bed & Breakfast*, zum lächerlichen Preis von hundertzwanzig Euro pro Nacht. Ein guter Preis für London, vor allem, da mir Grable & Smith die Nacht von Montag auf Dienstag bezahlt. Täglich wird dort um siebzehn Uhr Tee mit Scones und Sandwiches in einem Rahmen serviert, der mit dem Begriff »Austen-like« beschrieben wird. Hans Schmidt hat die Spesenrechnung abgesegnet, aber die Augen verdreht. Er fragte, warum ich zum Teufel nicht im Ibis im Viertel von Blackfriars gebucht habe, genau neben den Büros der Filiale BTPTD, wie er es mir geraten hatte. Ich erzählte von den Scones und dem Austen-like-Dekor, was ihn aber, glaube ich, nicht wirklich überzeugte.

TO-DO-LIST LONDON BABY!

Vor der Reise nach London:

Englisch üben (*Spielend sein Englisch auffrischen* bei Amazon bestellen).

Alle Bücher von Jane Austen und den Brontë-Schwestern nochmals lesen.

Passende Garderobe mitnehmen, um gut aussehenden Engländer zu verführen, vorzugshalber Jude Law (Iren, auch rothaarige, willkommen).

Programm in London:

London besichtigen (1 Tag): Big Ben, Buckingham Palace (erkundigen, ob man die Queen sehen kann, lustiges Foto mit den als Nussknacker verkleideten *Guards* aufnehmen für mein Facebook-Profil), London-Tour, Tower Bridge, Trafalgar Square (mit Foto von der Fontäne), Piccadilly Circus (Shopping, Foto mit den Werbeschildern), mit der *Tube* fahren (Foto von einem Eingang mit dem Logo), das Riesenrad (Foto mit dem Riesenrad), Hyde Park (Foto mit Enten), Harrods (Foto mit unbezahlbaren Handtaschen), Tee trinken, Scones und Muffins bei Fortnum & Mason kosten (ohne all die Wochen Diät über den Haufen zu werfen), Instagram-Foto mit hübscher Teekanne aus Porzellan und meiner Originalversion von *Stolz und Vorurteil* daneben *(so typical!)*, Westminster Abbey, British Museum? Natural History Museum? (Fotos mit Sarkophag und Skelett von Denver, dem letzten Dinosaurier), das Wachsfigurenkabinett von Madame Tussaud (aber nur wenn ein Ryan Gosling aus Wachs dort steht, dann Selfie mit ihm).

Wenn die Zeit reicht, in Hampshire spazieren reiten und das Dorf besuchen, in dem Jane Austen geboren wurde.

T-Shirt kaufen: »Good girls go to Heaven, bad girls go to London« (für Facebook-Profil).

Ein typisch englisches Geschenk für Hans Schmidt kaufen, der mir erstens den Posten angeraten – höchstwahrscheinlich, um mich loszuwerden, aber nett war es trotzdem – und mir zweitens in letzter Minute Urlaub gewährt hat. Und das trotz der riesigen Enttäuschung, die er aufgrund der Annullierung seiner Hochzeit mit Gretel überwinden muss.

Nebenbei: Das Vorstellungsgespräch für den potenziellen Traumjob und damit ein neues Leben nicht in den Sand setzen!

01:14 Uhr
Erhalte gerade eine SMS von Chloé! Charlotte bekommt ihr Baby!!!!!

Chloé

Chas Baby heißt Raphaël und wiegt 3,7 Kilo. Er ist wunderhübsch und so perfekt wie seine Patentante: ich.

Guillaume hat auf meine SMS zu spät geantwortet, zweifellos wegen der Zeitverschiebung zwischen dem 12. und dem 9. Arrondissement – sie scheint dann wohl vierundzwanzig Stunden zu betragen.

21:51 – GUILLAUME FAVREAU

Extrem viel Arbeit bis zum Wochenende. Treffen nicht möglich, tut mir leid.

Das habe ich gern! Du willst nichts von einem Typen, und er schickt dir mitten in der Nacht eine schwülstige SMS, um dir zu sagen, dass du ihm fehlst – und wimmelt dich ab, wenn du antwortest …

Cha sieht erschöpft aus, aber sie und Greg strahlen eine Glückseligkeit aus wie Maria und Josef vor dem Jesuskind, wenn nicht gar, boshafter ausgedrückt, wie Ochs und Esel. Ich will nicht lange bleiben, um Cha keinesfalls noch mehr zu ermüden, und trete den Rückzug an.

»Wann fährst du wieder nach Marinzac?«, fragt Charlotte und gibt mir einen Kuss.

»In drei Tagen. Ich wäre gern länger geblieben, aber ich kann bei Constance nicht ewig wohnen. Abgesehen davon geht es Mamie Rose eher schlecht …

»Wollen wir hoffen, dass sich ihr Zustand bessert. Aber

du kommst doch von Zeit zu Zeit dein Patenkind besuchen, oder?«

Ich verspreche es, umarme Greg und Sophie, der ich schwören muss, dass, auch wenn ich Raphaëls Patentante bin, sie doch immer mein Liebling bleiben wird. Charlotte soll sich jetzt erholen. Morgen komme ich wieder.

Als ich das Krankenhaus Trousseau verlasse, stelle ich verärgert fest, dass ich meinen Mantel wegen des emotionalen Ausnahmezustands im Zimmer vergessen habe. Gerade will ich umkehren, als mein Handy klingelt. Eine unbekannte Nummer. Guillaume?

»Chloé, wie geht es in Paris?«

Tonton Gonz …

»Ja, hallo! Hier geht alles gut, und bei Ihnen?«

»Hören Sie, ich will Sie nicht beunruhigen, aber ich hatte das *Foyer des Pervenches* am Telefon …

»Mamie Rose? Was ist passiert?«

»Es ging ihr heute Nacht gesundheitlich sehr schlecht, und man hat sie am Morgen ins Krankenhaus gebracht. Sie fragt nach Ihnen … Ich glaube, es wäre besser, Sie kämen sofort zurück.«

Wie angenagelt bleibe ich an der Ampel stehen, die auf Grün geschaltet hat, aber ich kann mich nicht bewegen und auch keine Entscheidung fällen. *Ich glaube, es wäre besser, Sie kämen sofort zurück*. Ich weiß sehr wohl, was das bedeutet. Aber ich muss meinen Mantel abholen.

»Chloé, sind Sie noch da?«

»Ja … ich … nehme den nächsten Zug … Komme heute Abend … So schnell ich kann.«

»Sagen Sie mir die Ankunftszeit, und wir holen Sie ab. Sorgen Sie sich nicht, mein Kind, es wird schon gehen.«

»Ich halte Sie auf dem Laufenden«, murmele ich ins Telefon. Nach fünf Sekunden habe ich mich wieder gefasst. Auf meinem iPhone und der Applikation SNCF suche ich nach einer Fahrkarte. Es gibt einen Zug, der in siebenunddreißig Minuten vom Bahnhof Montparnasse abfährt. Von hier, der Metrostation Bel-Air, bis Montparnasse müsste ich es in siebenunddreißig Minuten schaffen können. Das ist eng, aber ich will es versuchen. Den Mantel lasse ich sausen. Wie ein geölter Blitz rase ich zur Metro. Keine Probleme beim Umsteigen, und ich erreiche den Bahnsteig eine Minute vor Abfahrt des TGV und renne mit hochgehaltenem iPhone zur Bahn. Der Zugbegleiter nickt etwas vorwurfsvoll und nimmt sich Zeit, mit gerunzelter Stirn den Touchscreen zu untersuchen, auf dem das E-Ticket erscheint, das ich vor ein paar Minuten zu einem horrenden Preis erstanden habe. Als ich mich endlich auf meinen Platz setze, bin ich in Schweiß gebadet, und der Zug ist bereits angefahren. Mein Koffer steht noch bei Constance. Durch das Fenster betrachte ich die vorbeifliegende Landschaft, die Sonne sinkt, die Bäume werden schemenhaft, und das Grün wird zu Grau. *Ich glaube, es wäre besser, Sie kämen sofort zurück.*

In Bordeaux steige ich um, die Nacht ist angebrochen. Ich fühle mich nicht gut, als ich auf dem Bahnsteig stehe und auf den Nahverkehrszug warte. Das Krankenhaus wird geschlossen sein, und man wird mich kaum zu Mamie Rose vorlassen. Mein Handy klingelt. Guillaume?

Nein, meine Mutter.

»Chloé? Bist du in Bordeaux? Hast du von Mamie Rose gehört?«

»Ich war in Paris und fahre gerade zurück, ich werde noch heute Abend in Marinzac eintreffen.«

Schweigen am anderen Ende. Ein Schweigen, das bedeutet: »Du warst in Paris und bist nicht mal vorbeigekommen.

Du hältst uns über nichts mehr auf dem Laufenden.« Und so weiter.

»Ich komme mit deinem Vater nach.«

»Ich will ihn nicht sehen.«

»Chloé, ich denke, dass …«

»Nein, wirklich, nicht jetzt, ich bin nicht in der richtigen Stimmung.«

Sie seufzt, und ich spüre ihre Müdigkeit. Plötzlich habe ich einen Kloß im Hals. Ich möchte sagen, dass ich sie gern sehen würde, mir alles leidtut und dass ich ihr ein leichteres Leben wünsche. Ein Leben mit einem monogamen Ehemann. Ich habe Lust zu heulen, denn auch ich bin müde, auch ich habe alles satt.

»Bis dann, Maman.«

Sie zögert, und ich weiß, dass sie wissen will, wie es mir geht, und nicht wagt, danach zu fragen, es nicht mehr wagt.

»Pass gut auf dich auf, Chloé!«

Ich hänge auf und weine.

In Langon steige ich aus dem Zug. Es regnet.

Auf dem Bahnsteig halte ich Ausschau nach Tonton Gonz. Niemand. Ich verlasse den Bahnhof. Draußen auch keine Spur von Tonton Gonz, doch an eine Mauer gelehnt steht Vincent Laborde mit zwei Helmen in der Hand. Er kratzt seinen Bart, als er mich kommen sieht, und stutzt beim Anblick meiner Wimperntusche, die bis zum Kinn verlaufen ist, und meiner Haare, die sich jetzt kräuseln dürften wie Algengeflecht.

»Venus hat eine Panne«, sagt er.

Ich nicke. Ich kann nicht reden. Allein bei dem Versuch würde ich sofort wieder in Tränen ausbrechen, und ich will nicht vor ihm heulen.

»Hast du keinen Mantel, kein Gepäck?«

Ich schüttele den Kopf. Stillschweigend führt er mich ins Trockene, unter das Vordach, entledigt sich seiner Jacke und hilft mir, sie überzuziehen. Er muss den Reißverschluss hochziehen, ich kann es nicht, meine Hände zittern zu sehr. Dann sucht er in seinen Taschen nach einer Schachtel Zigaretten, nimmt eine zwischen die Zähne, zündet sie an und reicht sie mir. Ich habe seit heute Morgen nicht geraucht, und sobald sich das Nikotin in meinen Lungen ausbreitet, schließe ich erleichtert die Augen. Das war genau das, was ich brauchte. Irgendwas läuft in meinem Leben schief. Warum muss das, was ich am dringendsten benötige, immer giftig sein?

Mein Handy vibriert. Guillaume?

20:57 – GUILLAUME FAVREAU

Chloé, ich weiß nicht, wie ich es dir sagen soll. Ich hätte dir letztendlich die SMS nicht schicken sollen. Ich glaube, es ist besser, wir brechen den Kontakt ab, zumindest eine Zeit lang. Es ist zu kompliziert.

Alkohol, Kaffee, Zigaretten, Guillaume. Giftig und unentbehrlich. Für ein paar Minuten Glück in der Gegenwart baue ich meine Zukunft auf marodes Material und wundere mich, wenn alles einstürzt.

»Schlechte Nachrichten?«, fragt Vincent.

Ich schüttele den Kopf und schalte mein Handy aus. Ich habe weder die Zeit noch den Mut, das alles zu überdenken. Meine kaum angerauchte Zigarette drücke ich an der Wand aus.

»Ist es jetzt zu spät, um ins Krankenhaus zu fahren?«

Er schweigt eine Weile und sagt dann:

»Dich lassen sie bestimmt ein.«

Er hat freundlich zu mir gesprochen und mir in die Augen

geschaut. Er weiß, dass er mir eine schlechte Botschaft überbringt. Wenn es nicht so schlecht um sie stehen würde, würde man mich nicht außerhalb der Besuchszeiten zu ihr lassen. Ich nicke und stelle den Kragen der Jacke auf, dann gehe ich ihm voran zum Parkplatz. Sosehr ich auch die Zähne zusammenbeiße, mein Kinn bebt trotzdem. Ich setze den Helm auf und steige nach ihm auf das Motorrad. Endlich kann ich hinter der Sichtblende ungestört weinen. Es ist nicht sehr kalt. Wir fahren mit großer Geschwindigkeit durch den Regen, und innerhalb einer Minute bin ich durchnässt. Eine halbe Stunde Weg liegt noch vor uns. Wir verlassen die Nationalstraße, aber Vincent bremst nicht ab. Er fährt viel zu schnell. In jeder Kurve der Hauptstraße schlägt mein Herz schneller, und ich fürchte, dass wir gegen einen der schwarzen Pinienstämme im Wald rasen. Doch gleichzeitig ist es mir völlig einerlei. Die Gefahr zu spüren, beruhigt mich sogar. Ich klammere mich mehr als notwendig an Vincent und stelle mir mit Erfolg vor, dass ich mich an Guillaume festhalte, der wenigstens diesmal für mich da ist.

Als ich der Frau am Empfang sage, dass ich zu Rose Lacombe möchte, setzt sie eine mitleidige Miene auf und erlaubt uns, ins Krankenzimmer zu gehen. Im bläulichen Licht der Neonlampen laufen wir durch den Korridor. Das Quietschen unserer feuchten Sohlen auf dem Kunststoffboden macht mich nervös. Vincents Pullover ist durchnässt, aber er scheint nicht zu frieren. Mir ist, als könnte mir nie wieder warm werden. Er stoppt vor der Tür zum Zimmer von Mamie Rose und legt eine Hand auf meine Schulter:

»Ich warte unten auf dich.«

Ich hätte ihm gern gedankt und möchte, dass er bleibt, aber ich kann nicht sprechen, drücke stattdessen die Klinke hinunter und öffne die Tür.

Der Mond erhellt ein wenig den dunklen, sanft in tiefblaues Licht getauchten Raum. In einem Metallbett sehe ich den kleinen Körper von Mamie Rose, und ihr weißes Haar leuchtet in der Finsternis. Ihre beiden Hände sind auf dem Bauch gefaltet, sie atmet schwer. Lautlos trage ich den Plastikstuhl neben ihr Bett. Ich setze mich und lege meine Hand auf ihre faltigen Hände mit den blauen Venen und sehe mich vor, dabei nicht die Infusionsnadel zu berühren. Mamie Rose reagiert nicht. Auf ihren Fingernägeln beginnt der dunkelrote Lack abzublättern. Ich küsse ihre lauwarmen Hände, die nach Krankenhaus riechen. Früher waren sie immer in Bewegung und dufteten nach Geschirrspülmittel oder Mandelgebäck. Ihre rauen Hände flochten meine Zöpfe, verarzteten Schürfwunden und trockneten Tränen, während sich meine Eltern im Nebenzimmer ihre Schlachten lieferten. Ich lege meine Wange auf die kratzende Bettdecke. Unter dem Fernseher zeigt ein Leuchtzifferblatt 23:02 Uhr an.

Als ich die Augen öffne, wird es draußen schon hell. Es ist 6:05 Uhr, und ich fühle, wie sie zart über mein zerwühltes Haar streichelt. Rücken und Hals tun mir weh, weil ich in dieser zusammengekauerten Position am Bett von Mamie Rose eingeschlafen bin. Ich bewege mich nicht und mache die Augen wieder zu.

»Ich bin froh, dass du gekommen bist.«

»Ich auch, Mamie Rose.«

»Stell dir vor, diese kleine Pest von Simone hat mir schon wieder meinen Pulli geklaut. Den hellblauen, weißt du? Den mit den Elfenbeinknöpfen.«

»Wie albern! Er steht nur dir, Mamie Rose. Du hast die schönsten Augen der Gironde …«

Meine Stimme zittert, ihre nicht.

»Ja. Sie ist eifersüchtig, das ist alles. Gestern hat sie tatsächlich in meiner Anwesenheit zu Madame Latte gesagt, dass ich zu dumm bin, das Abitur zu schaffen. Wie findest du das? Das verzeihe ich ihr nie!«

»Seiner kleinen Schwester verzeiht man immer, Mamie Rose. Seit ich klein bin, hast du mir immer wiederholt, dass die Familie das Wichtigste ist.«

»Dummes, eifersüchtiges Biest. Ich hasse sie!«

Ich richte mich auf und lege die Hand auf ihre Stirn.

»Natürlich schaffst du das Abitur, Mamie Rose, und mit einer guten Note obendrein.«

Sie wird ruhig und richtet ihren klaren Blick zum Fenster.

In diesem Augenblick entdecke ich einen Zettel auf der Bettdecke, auf dem geschrieben steht: »Ruf mich an, wenn ich dich abholen soll. V.« Ich habe ganz vergessen, dass der durchnässte Vincent in der Halle auf mich gewartet hat. Ich frage mich, wie lange er dortgeblieben ist, bevor er gewagt hat, das Krankenzimmer zu betreten. Er muss mich zusammengekrümmt schlafend zwischen Bett und Stuhl neben Mamie Rose und ihrem Infusionsbeutel vorgefunden haben. Ich habe mich nicht einmal bei ihm bedankt.

»Machst du bitte das Fenster auf?«, fragt Mamie Rose plötzlich.

Bis in die Zehenspitzen tut mir alles weh.

In der Nacht hat der Regen aufgehört, und ein morgendlicher Sonnenstrahl versucht die weißen Wolken zu durchdringen. Mamie Rose schließt die Augen, um den feuchten Duft der Pinien einzuatmen.

»So ist es besser«, murmelt sie.

Ich setze mich wieder zu ihr und nehme ihre Hand. Sie schaut mich unsicher an, und ein spitzbübisches Lächeln huscht über ihr Gesicht.

»Glaubst du wirklich, dass die Familie so wichtig ist, Chloé?«

Ich streichle ihre Wange und würde ihr gern sagen, wie schön ich sie finde.

»Ja, das hast du immer gesagt.«

»Du musst mir zwei Dinge versprechen.«

»Natürlich, alles was du möchtest, Mamie Rose.«

Sie zieht die Augenbrauen zusammen.

»Chloé Lacombe, sprich nicht mit mir, als sei ich völlig gaga. Wenn du mich nicht für voll nimmst, sterbe ich auf der Stelle.«

Ich zucke zusammen. Sie ist wieder klar im Kopf und dazu noch verärgert. Ich richte mich auf.

»Natürlich nehme ich dich ernst, Mamie Rose.«

»Gut. Ich möchte, dass du dich mit deinem Vater aussöhnst.«

»Mamie Rose, ich …«

»Still! Nicht seinetwegen, aber für deine Mutter. Denn solange du dich weigerst, ihm zu begegnen, siehst du auch sie nicht, dabei braucht sie dich. Willst du denn, dass sie wieder depressiv wird? Meinst du nicht, dass es damals schon schlimm genug war?«

Ich kaue auf meiner Unterlippe. Sie wird mir doch jetzt nicht ihren letzten Willen aufdrängen.

»Nun sei nicht dickköpfig. Versprich es! Du hast versprochen, dass du es versprichst.«

»Darum kannst du mich nicht bitten.«

»Ich liege auf meinem Sterbebett, und du willst mir den letzten Wunsch verweigern, Chloé?«

Ich verdrehe die Augen.

»Du siehst aber wirklich nicht so aus, als würdest du bald sterben.«

Sie scheint beleidigt zu sein.

»Ich bringe meine letzten Kräfte auf, um mit dir zu sprechen. Schwöre, dass du mit ihm redest!«

»Vielleicht«, stoße ich hervor, sauer, weil ich mich habe reinlegen lassen.

»Nein! Nicht vielleicht! Schwöre! Es ist mein Ernst, verstehst du?«

»Na gut«, murmele ich.

»Versprich nicht irgendetwas ins Blaue! Sonst komme ich zurück und spuke bei dir.«

Ich zucke die Achseln, und sie spricht weiter, aber wie mir scheint, mit zunehmend rasselndem Atem.

»Noch etwas … Hörst du mir zu, Chloé? Setz nicht diese gereizte Miene auf. Du bist unausstehlich. Du warst schon immer unausstehlich und hast immer nur gemacht, was du wolltest, und …«

»Gut, ich höre, was möchtest du?«

Sie blickt mich streng an und überlegt ein paar Sekunden. Einen Augenblick lang habe ich Angst, dass sie den Kopf verliert, aber sie greift ihren Gedanken wieder auf, diesmal behutsamer.

»Ich weiß nicht, was zwischen dir und dem kleinen Guillaume los ist, aber er macht dich nicht glücklich.«

Ohne zu antworten, lasse ich den Kopf hängen, und sie fährt fort:

»Mach es nicht wie deine Mutter, Chloé, Gott weiß, dass sie nie meinen Sohn hätte heiraten dürfen, und du hast ihr oft genug vorgeworfen, den Falschen gewählt zu haben. Du sollst natürlich heiraten, aber nicht Guillaume. Er ist lieb, aber er ist nur da, wenn es dir gut geht, und er verschwindet, sobald du ihn brauchst.«

»Es ist meine Schuld, ich …«

»Darum geht es nicht. Seit zwei Jahren bist du traurig wie Maria Magdalena. Was immer du auch getan haben magst – wenn es zwischen euch nicht läuft, dann läuft es eben nicht.

So ist es nun einmal. Man kann nicht alles reparieren. Oft reicht es nicht, sich zu lieben oder etwas zu bedauern. Du musst mit einem vernünftigen Mann deine Familie gründen. Du darfst auch nicht allein bleiben. Einsamkeit ist gefährlich. Man muss es wagen, sich von anderen abhängig zu machen und sie zu brauchen. Nur das macht uns glücklich.«

»Aber ich …«

»Unterbrich mich nicht ständig! Wenn du nicht mit ihm glücklich bist, musst du die nötige Entscheidung treffen.«

Plötzlich ist sie blass geworden, und ihr Kopf versinkt im Kissen. Vielleicht hat sie wirklich ihre letzten Kräfte aufgewendet, um mir die Leviten zu lesen. Mamie Rose! Meine Mamie Rose! Ich nehme ihre Hand. Ihre Augen senden keine blauen Blitze mehr aus, sondern gleichen eher einem ruhigen See im Sommer.

»Soll ich dir etwas bringen?«, frage ich flüsternd. »Einen Kaffee oder einen Kakao?«

Sie lächelt.

»Ja, gern einen Kakao.«

Ich küsse ihre faltige Wange und gehe aus dem Raum. Es ist gerade einmal halb sieben, und ich höre keinen Laut hinter den vielen Türen im grauen Flur. Meine Hände zittern erneut. Ich habe ihr nie von Guillaumes und meiner Trennung erzählt, damit sie sich keine Sorgen macht. Wie oft habe ich sie angelogen, aber sie hat sich im Endeffekt nie täuschen lassen. Ich beeile mich, ihren Kakao zu holen, vor lauter Angst, dass sie bei meiner Rückkehr nicht mehr sie selbst sein könnte. Mir ist es lieber, sie beschimpft mich, als dass sie mich nicht mehr erkennt. Natürlich ist das egoistisch. Wahrscheinlich ist sie glücklicher, wenn sie glaubt, dass sie sechzehn Jahre alt ist und ihr einziges Problem darin besteht, ihren blauen Pulli wiederzubekommen, statt sich dem Tod nahe zu fühlen und selbst zu spüren, wie ihr Gehirn sie nach und nach im Stich lässt.

Sie schläft, als ich zurückkomme. Ich stelle den Kakao auf den Nachttisch, setze mich neben sie und hole mein Handy raus. Noch einmal lese ich die SMS von Guillaume, zweimal, dreimal. Bis ich sie auswendig kann.

Triff die nötige Entscheidung!

Ich zögere und schreibe:

06:34 – CHLOÉ LACOMBE
Danke für gestern. Tut mir leid, ich hätte dich bitten sollen, nach Hause zu fahren. Hoffentlich hast du nicht zu lange gewartet.

06:34 – CHLOÉ LACOMBE
Ich konnte nicht ahnen, dass ich einschlafen würde …

06:35 – CHLOÉ LACOMBE
Und für die Jacke.

06:45 – CHLOÉ LACOMBE
Soll heißen: danke auch für die Jacke.

Mein Blick fällt auf das Schild an der Tür: »Bitte stellen Sie Ihr Handy aus!« Ich schalte es ab. Neben Mamie Rose bleibe ich sitzen und warte. Ich wage nicht, noch einmal aus dem Raum zu gehen, um mir ein Buch oder eine Zeitschrift zu holen, auch nicht, zum Empfang zu gehen und zu fragen, ob man mir ein Feldbett im Zimmer aufstellen kann. Meine Angst ist zu groß, Mamie Rose nicht mehr lebend anzutreffen, wenn ich zurückkomme.

Als die Krankenschwester mit dem Frühstück eintritt,

schläft Mamie Rose immer noch. Später kommt eine andere, das unberührte Tablett wieder abzuholen. Ich würde gern darum bitten, es dazulassen, traue mich aber nicht, obwohl ich vor Hunger schier umkomme. Nun trifft der Arzt ein. Wir gehen auf den Flur. Wir müssen etwas besprechen. Mamie Rose wird das Krankenhaus nicht lebend verlassen. Das sagt er so freundlich wie möglich und legt mir die Hand auf die Schulter. Er ist ein netter Arzt. Aber er sagt die Wahrheit, das ist sein Job. Doch dann lässt er mich allein.

Tagebuch von Constance Delahaye

2. April 2013 – 23:47 Uhr

Bin aus London zurück. Nichts ist gelaufen wie geplant, aber ich hatte ein komisches Erlebnis.

Samstag

Dummerweise konnte ich Freitagmorgen im Eurostar aus Zeitmangel kaum die ersten beiden Drittel von *Verstand und Gefühl* wieder lesen. Am Bahnhof St Pancras habe ich mir eine Wochenkarte für uneingeschränkte Fahrten (Oyster Card für 36 £) gekauft, die trotz dieses unerhörten Preises *a priori* günstiger sein soll als ein Zehnerstreifen, und dann habe ich Geld am Automaten gezogen. Mit zweihundert Pfund für das Wochenende in der Tasche bin ich mit der U-Bahn zum Austen Bed & Breakfast in Camden Town gefahren. Kein leichtes Unterfangen, mit meinem zwei Tonnen schweren Koffer. In weiser Voraussicht hatte ich nämlich meine gesamte neue Garderobe mitgeschleppt, für den Fall, dass ich einem gut aussehenden, romantischen Engländer begegne. Den Plan der Londoner *Underground* hatte ich bereits im Büro ausgedruckt, ebenso wie die achtundsiebzig Seiten des Reiseführers *Was in London unternehmen?*, den ich dann im Drucker vergessen hatte. Natürlich stand Hans Schmidt gerade in dem Augenblick mit dem Guide vor meinem Schreibtisch, als ich mir neue E-Mail-Adressen erfand, um dank mehrfacher Stimmabgabe bei der Wahl des Hauptdarstellers für die Verfilmung von *Fifty Shades of Grey* Ryan Gosling auf die Sprünge zu helfen.

»Constance, ich vermute, Sie sind es, die auf Firmenkosten dieses Dokument von achtundsiebzig Seiten ausgedruckt hat.«

Diesmal begriff ich gleich, dass es sich hier nur um eine rein rhetorische Bemerkung handelte, und antwortete nicht, was beweist: Ich bin lernfähig und reifer geworden. Außerdem hatte er den Reiseführer nur eben mal auf den Schreibtisch gelegt und sofort auf dem Absatz kehrtgemacht, noch bevor mir eine plausible Lüge einfiel, wie zum Beispiel, dass Mylène dieses Wochenende mit ihren beiden Katzen und ihrer Tochter nach London fahren würde.

Ja, warum nicht auch mal ganz ehrlich sein? Selbst wenn es mir schwerfällt, so muss ich gestehen, dass Hans Schmidt recht hatte, denn dieses Austen Bed & Breakfast war lange nicht so *lovely* wie erwartet. Zunächst hat der Name schon mal nichts mit Jane Austen zu tun, sondern mit Imogen Austen, der Besitzerin. Vielleicht hatte sie nach diesbezüglichen Bemerkungen ihrer Gäste die Idee, ihrer Internetseite einen Touch von Jane Austen hinzuzufügen, ein Trick, um Trottel wie mich anzulocken. Ihr B&B befindet sich genau über einem Pub, in dem Fish and Chips ab acht Uhr morgens serviert werden, und der Empfang stank nach Frittüre. Sie hingegen, Imogen Austen, roch nach Alkohol und Schweiß. Nachdem sie sich in die Finger geschnäuzt hatte, führte sie mich in ein Zimmer mit winzigem Fenster. Der lila Teppich war voller Flecke und biss sich farblich mit einem wackligen rosa Lampenschirm auf dem Nachttisch. Ich meinte, ihr mitteilen zu müssen, dass mich diese *Austen-like decoration* doch ein wenig überraschte. Mir erschien sie eher *Stundenhotel-like*. Imogen allerdings betonte, das Dekor sei *absolutely typical* für das neunzehnte Jahrhundert. Und davon habe sie Ahnung, denn sie sei eine Urenkelin von Jane Austen, und manche Möbel im Haus hätten sogar Jane gehört. Ich wollte nicht länger diskutieren, dachte jedoch, dass ich wieder einmal über den Tisch gezogen worden war.

Kaum hatte ich das Hotel mit meinem Guide unter dem Arm verlassen, um die Stadt meiner Träume zu erkunden, begann es wie aus Kübeln zu schütten. Also entschloss ich mich, unten im Pub Fish and Chips zu essen und ein Bier zu trinken (12 £), um ganz in die Londoner Atmosphäre einzutauchen. Dann machte ich ein hübsches Foto von meinem Teller und verschickte es über Facebook und Instagram (38 Likes, nicht übel). Ein paar Kilo Fett später, der Regen wollte nicht aufhören, habe ich in einen Regenschirm investiert (9,99 £) und bin trotz der Sintflut auf Entdeckungsreise gegangen.

Der Tag war insgesamt ereignisreich. Zwar konnte ich nicht bei der Queen vorsprechen, dafür aber einen unerschütterlichen Guard vor dem Buckingham Palace fotografieren (32 Likes auf Facebook, ein neuer Follower auf Instagram). Von der Londoner *Tube* konnte ich besonders ausgiebig profitieren, da ich während der Stoßzeit fünfunddreißig Minuten lang in der Station Hyde Park festsaß (Selfie vor dem Underground-Logo, 22 Likes). Bei Fortnum & Mason habe ich mir dann Tee mit Sandwiches und Scones gegönnt, und damit wahrscheinlich gleich zwei Kilo mehr für die Waage (28 Likes, 39 £). Dieser Nachmittagsschmaus sah erheblich appetitlicher aus als der von meiner Wirtin servierte Afternoon Tea im Austen Bed & Breakfast, den ich lieber gar nicht erst probierte. Dann habe ich noch zwei Schachteln Chocolate Piccadilly Biscuits (35 £) gekauft, eine für meine Mutter und eine für Hans Schmidt, ohne den ich niemals dieses traumhafte Wochenende in London hätte verleben können. Minuspunkt: Ich habe meine Originalausgabe von *Stolz und Vorurteil* hinter der Sandwich-Pyramide bei Fortnum & Mason vergessen (Realkosten des Nachmittags: 249 £, also mehr als 125 % meines Gesamtbudgets).

Gegen zwanzig Uhr bin ich in das B&B zurückgekehrt, und jetzt begann die Geschichte spannend zu werden. Ich hatte keinen Hunger und überhaupt keine Lust, allein in einem Restaurant zu essen. Ich bat am Empfang um meinen Schlüssel. Aus einem an der Wand befestigten Fernseher dröhnte das Gebrüll eines Fußballkommentators. *Very Austen-like!*

Ich konnte meine Zimmertür nicht öffnen. Über das Schloss gebeugt, probierte ich alles Mögliche aus, bis plötzlich die Tür brutal von innen aufgerissen wurde und ich auf dem lila Teppichboden eine ungemcin elegante Bauchlandung hinlegte, die eines See-Elefanten bei seiner ersten Stunde Ballettunterricht würdig gewesen wäre. Vor meiner Nase standen nun zwei große, nackte, behaarte Füße.

Ich glaube an Gott, denn ich stamme aus einer Versailler Katholikenfamilie, aber hätte ich nicht schon zu ihrer Gemeinde gezählt, wäre ich spätestens jetzt gläubig geworden, als nämlich James Cunningham (oben ohne) die Tür öffnete. Er muss gedacht haben, ein Mörder (ich) habe versucht, das Schloss seiner Zimmertür zu knacken.

»What is it?«, fragte der Mann eisig, während ich noch am Boden lag.

Ich habe mich aufgerappelt und den Mund aufgemacht, um zu antworten, doch die einzigen Worte, die mir bei seinem Anblick auf Englisch einfielen, waren: *I love you, will you marry me?* So stand ich dumm im Türrahmen herum, wortlos und mit offenem Mund. Was wieder einmal beweist, dass ich lernfähig und reifer geworden bin. Selbst achtundvierzig Stunden später ist es nicht einfach, James Cunningham zu beschreiben. Man stelle sich vor, Jude Law hätte mit Hugh Grant ein Kind gezeugt und Ryan Gosling, in der Rolle der guten Fee, dem Sprössling sein Sixpack in die Wiege gelegt. Das Ergebnis wäre dann James Cunningham.

Mit fast übermenschlichem Aufwand konnte ich schließlich artikulieren:

»Sorry, wrong room.«

Seine hellblauen Augen musterten mein krebsrotes Gesicht.

»No worries, darling, where are you from?«

Allein aufgrund seines Atombombeneffekts auf meine Person bin ich der Ansicht, man sollte schlicht und ergreifend den britischen Akzent weltweit verbieten, vor allem wenn er dazu dient, das Wort *Darling* auszusprechen. Dank Baby-Doll und ihrem Ratschlag, sich jemanden, der uns beeindruckt, auf dem Klo vorzustellen, konnte ich gerade noch rechtzeitig die Fassung wiedergewinnen. Ich erzählte ihm, dass ich aus Frankreich komme, um London zu besichtigen, da ich mich bald wegen meiner Arbeit hier niederlassen würde (man weiß ja nie – ich wollte nicht, dass eine zu große geografische Entfernung unsere möglicherweise heiße Geschichte zunichte machte). Er wiederum erzählte, dass er hier wohne, weil er sich von seiner Freundin getrennt habe, fügte hinzu, dass er gerade Abendessen gehen wollte, und lud mich ein, ihn nach unten zu Fish and Chips zu begleiten. Ich bin ganz offensichtlich blöd genug, systematisch die falschen Entscheidungen zu treffen, und ich akzeptierte. Nur bat ich mir fünf Minuten in meinem Zimmer aus – im Stockwerk drüber –, um mir etwas Bequemeres anzuziehen. Real übersetzt: Ich war fünfundvierzig Minuten lang verschwunden, weil ich meinte, meinen Fassadenanstrich rundum erneuern zu müssen. Für James Cunningham wollte ich schwere Geschütze auffahren und war entschlossen, nun das *No-Sex-Land* zu verlassen.

Das Abendessen verlief einwandfrei, ich hatte es sogar geschafft, einigermaßen normal zu wirken, und zugleich erregte ich im Pub – da so aufgebrezelt, als wolle ich den roten Teppich von Cannes beschreiten – großes Aufsehen.

James Cunningham bezahlte als echter Gentleman das Abendessen. Dank der Geschichten über sein Leben und der ausweichenden Antworten auf meine Fragen erriet ich, dass er sehr wahrscheinlich ein Geheimagent und kein Geschäftsbanker ist, wie er mir weismachen wollte. Jedenfalls fragte ich mich, was ein Geschäftsbanker, selbst wenn er Literatur und Fish and Chips vergöttert, im Austen Bed & Breakfast in Camden Town zu suchen hat.

Er begleitete mich bis zur Tür meines Zimmers, und ich spielte mit meinem Schlüssel herum, wie es uns Baby-Doll beigebracht hatte, um Zeit für den ersten Kuss herauszuschlagen. Er legte die Hand auf meine Wange, und ich war der Ohnmacht nahe, doch konnte ich nicht unterscheiden, ob es an seinem stahlblauen Blick lag, der sich bis ins Tiefste meiner Seele bohrte, oder an der Overdose Fish and Chips. Denn die circa achtzehn Kilo gesättigte Fette, die ich mir im Laufe des Tages angefressen hatte, lassen sich nicht so leicht wieder abbauen. James beugte sich zu mir hinab, ich schloss die Augen, erwartete die Berührung seiner Lippen, bereit, wohlig die Besinnung zu verlieren, als ich eine zitternde Stimme am anderen Ende des Flurs vernahm, die ungläubig fragte:

»*Henry?*«

James brach sofort alles ab und drehte sich zu der Stimme um. Verärgert über diese Störung, öffnete ich die Augen.

Imogen Austen stand, sichtlich den Tränen nahe, im Flur und starrte James verzweifelt und mit einem Ausdruck des totalen Unverständnisses an. Natürlich ahnte ich nicht, worum es ging. Mit wem sprach sie da überhaupt? James wich panikartig von meiner Seite.

»Henry?«, wiederholte die Hotelbesitzerin mit bebender Stimme.

(Und jetzt begriff ich, dass James Henry hieß.)

»Es ist wirklich nicht, was du denkst!«, beschwor er sie auf Englisch, und warf sich auf Imogen Austen, um sie in seine Arme zu nehmen.

»Es ist sehr wohl genau das, was Sie denken«, rief ich aus, sauer darüber, wie eine alte Socke entsorgt zu werden, selbst wenn es für das Wohl der Urenkelin von Jane Austen war.

Imogen Austen schubste Henry-James erbost zur Seite, und ihre Verzweiflung wich offener Rage. Sie begann auf Englisch zu kreischen. Was sie da von sich gab, war mir nicht ganz klar, denn jeder Satz war angefüllt mit kreativen Obszönitäten, deren Sinn mir mangels einschlägigen Vokabulars entging, doch glaube ich, verstanden zu haben, dass James alias Henry, so unwahrscheinlich es auch schien, der Lover von Imogen Austen war. Eine Beziehung, die nun offenbar zu Bruch ging. Henry sollte sofort seine Sachen zusammenpacken und sich eine andere Dumme suchen, die ihn aushalten würde. Und ich musste diese Verzweiflungsszene über mich ergehen lassen. Henry-James hatte komplett jegliche Glaubwürdigkeit verloren, trotz der gestählten Bauchmuskeln. Ich wollte mich der armen Imogen Austen gegenüber entschuldigen, doch gerade als ich zu sprechen begann, schaute sie aus der Wäsche, als sei das Jüngste Gericht angebrochen, und schien mir an die Gurgel zu wollen. Schnell flüchtete ich in mein Zimmer und verriegelte die Tür. Sie hämmerte gegen dieselbe, schimpfte und nannte mich Flittchen, bis sie ihre Wut wieder an James ausließ, der nicht von der kurzen Ablenkung Gebrauch gemacht und die Flucht ergriffen hatte. Auch wenn die ganze Geschichte romanhaft klingt, so rechte Lust hatte ich dann doch nicht, mich mitten in der Nacht von Jane Austens Ururenkelin erstechen zu lassen. So rollte ich mein Sandro-Kleid zusammen, zog eine Jeans an und packte, von gesundem Menschenverstand getrieben, meinen Koffer. Dann wartete ich – das Auge am Schlüsselloch –, bis das Geschrei verstummte, die Tür im Stockwerk unter mir zweimal zugeknallt worden war, die eiligen Schritte von James Cunningham und der ihn verfolgenden Exfreundin im Treppenhaus verklungen waren. Fünf Minuten später schlich ich hinab. Mein Zimmer hatte ich über Internet bezahlt. Nachdem ich mit einem diskreten Blick auf den Empfang festgestellt hatte, dass dort niemand war – die arme Imogen Austen war nach dieser Trennung sicher nicht mehr in der Lage, Kunden zu empfangen –, verließ ich fluchtartig diesen grässlichen Ort.

Auf der Straße winkte ich wild einem vorüberfahrenden Taxi zu, das zu meiner Erleichterung auch hielt.

Kaum hatte ich die Hand auf den Türgriff gelegt, als ich jemanden rufen hörte:

»Caroline!«

Ich drehte mich um und sah James Cunningham auf mich zulaufen. Mit der einen Hand winkte er, mit der anderen zog er einen dicken Koffer hinter sich her.

Ganz schnell öffnete ich die schwarze Tür und stieg ins Taxi.

»Caroline!«

Er klopfte ans Fenster. Seufzend kurbelte ich es runter. Er sah verstört aus:

»Where are you going to sleep? We should spend the night together!«

Ich machte dem Fahrer ein Zeichen und hörte James-Henry nicht mehr zu. Er hielt mich wirklich für bescheuert, und sein System hätte auch in gewissen Zeiten funktioniert (noch vor einer Woche), aber nach dem Kurs von Baby-Doll über die vierunddreißig Typen von Aufreißern, die pures Gift sind, erwies sich James Cunningham als typischer Fall von HEL (Hübscher Egozentrischer Lügner: absolut zu meiden).

»My name is not Caroline«, sagte ich unfreundlich, als der Wagen anfuhr.

Und dann kurbelte ich das Fenster wieder hoch und war stolz, in dieser lächerlichen Situation die Grandezza einer Elizabeth Bennet bewahrt zu haben. Dann öffnete ich es doch noch einmal, um ihm den Stinkefinger zu zeigen, erheblich weniger würdig, aber viel befriedigender.

Der Taxifahrer fragte unbeeindruckt, wohin die Reise gehen solle, und ich sagte:

»Zum Ibis von Blackfriars.«

Gesamtkosten der Operation James Cunningham: 354,70 £ (Taxi 35,70 £, Ibis 319 £). Investitionsertrag: 0 £.

Mein Leben gleicht manchmal doch einem Roman.

Sonntag

Ich muss endlich aufhören, ständig Blödsinn zu machen. Meinen Wecker hatte ich auf eine frühe Uhrzeit gestellt, um direkt zum Parlament zu fahren, einen *Chai Latte* von Starbucks, nicht sehr typisch, in der Hand. Von Westminster Abbey wollte ich eine Aufnahme machen, in der Hoffnung, einen Effekt à la Monet bei Sonnenaufgang zu erzielen, aber es ging ehrlich gesagt daneben (17 Likes, 1 Follower auf Instagram verloren).

Mein Programm erwies sich als etwas zu ehrgeizig, und ich gab das Wachsfigurenkabinett von Madame Tussauds auf, als man mir an der Kasse sagte, dass es dort keine Nachbildung von Ryan Gosling gab, nur die von Ryan Reynolds, was völlig absurd ist. Wer interessiert sich schon für Ryan Reynolds? Abgesehen davon habe ich die Suche nach meinem Traum-Engländer aufgegeben. Dank dieses untreuen Henry-James Cunningham war ich nun gegen jeglichen Verführer in London gefeit.

Es war wie ein Wunder. Es regnete nicht, und am Nachmittag flanierte ich durch den Hyde Park, Green Park und St. James's Park (19 Fotos von Eichhörnchen, 0 Likes, 8 Followers auf Instagram verloren).

Montag: Nichts Besonderes.
Am Morgen war ich in Notting Hill, aber die blaue Tür aus dem gleichnamigen Film habe ich nicht gefunden. Ohnehin bestand wohl kaum eine Chance, dahinter Hugh Grant vorzufinden.

In einem Vintage-Laden fand ich ein T-Shirt (»Good girls go to Heaven, bad girls go to London«). Ich habe gleich vier davon gekauft, eins für mich, eins für Chloé, eins für Charlotte und eins für den Fall der Fälle (36 £. Und ich habe ein neues Foto für mein Facebook-Profil gemacht, 57 Likes).

Den Nachmittag verbrachte ich in der National Gallery. Sehr schöne Sammlung.

Dienstag
Das Bewerbungsgespräch für den potenziellen Traumjob meines neuen Lebens (ohne Stress) ist insgesamt gut verlaufen. Ich habe weder völlig Unsinniges noch Übergescheites von mir gegeben. Zumindest vermute ich das. Allerdings

hatte ich meine Meistertat für den guten Schluss aufgehoben: In einer wunderhübschen Teestube namens Ottolenghi hatte ich *homemade* Gebäck (18 £) und bei Marks & Spencer eine Tupperware-Dose (3,90 £) erstanden, Ersteres in Letztere gepackt und so getan, als hätte ich der Belegschaft meine eigene Kreation aus Paris mitgebracht. Sie war begeistert.

Das musste ich feiern und habe die Schachtel mit den für meine Mutter gedachten Chocolate Piccadilly Biscuits im Eurostar aufgefuttert. Das hat sie nun davon, dass sie mir am Telefon gesagt hat: »Mein Liebling, ich hoffe, du hast nicht vor, dieses scheußliche lila Kleid bei der Hochzeit von Jonathan zu tragen. Damit siehst du schwanger aus, und so findest du bestimmt keinen Mann.«

Bilanz meiner Londonreise: Ich habe Mister Darcy nicht getroffen, dafür beinahe mit einem HEL-Psychopathen geschlafen und wäre fast von dessen Mätresse erdrosselt worden. Ich werde einen Verbraucherkredit bei Cetelem aufnehmen müssen, um meine Schulden zu bezahlen, aber trotz allem liegt ein unvergessliches Wochenende hinter mir, und ich habe nicht einmal Zeit gehabt, an Tristan Grant zu denken.

22:56 Uhr

Per E-Mail erhalte ich soeben meine Telefonrechnung: 286,38 Euro (hatte zu viele Fotos auf Facebook/Instagram gestellt). Aus Verzweiflung habe ich die zweite Schachtel Chocolate Piccadilly Biscuits verschlungen, schade für Hans Schmidt. Er kriegt dafür ein T-Shirt »Good girls go to Heaven, bad girls go to London«.

Chloé

Mamie Rose wacht von Zeit zu Zeit auf. Sie spricht mit mir und lächelt. Manchmal erkennt sie mich, manchmal nicht. Ich bleibe bei ihr, reglos, und denke an nichts weiter. Am späten Nachmittag klopft es plötzlich an der Tür, und vor mir stehen … meine Eltern.

Noch bevor ich die Situation umrissen habe, küsst mich meine nervöse Mutter auf beide Wangen und streicht über mein Haar.

»Du hast abgenommen, Chloé, du isst nicht genug.«

Sie sorgt sich um mich. Alle Mütter sorgen sich um ihre Kinder. Meine auch, so erstaunlich das auch klingen mag, aber nur, wenn sie keine Depression hat. Dann ängstigt sie sich noch mehr als andere Mütter, vielleicht aus Nachholbedarf. Und sicher auch deshalb, das muss ich gestehen, weil ich mich so selten melde, dass sie möglicherweise meinen Tod erst zwei Wochen nach der Beerdigung erfahren würde.

Ich trete zur Seite, um die beiden vorbeizulassen. Mein Vater begrüßt mich ohne Kuss, und ich grüße zurück, ohne ihn anzusehen. Ich habe seine Augen, sein Haar, sein Kinn, seinen Humor, sein Lächeln, dennoch tauschen wir seit vier Jahren zwei- bis dreimal jährlich nichts weiter aus als ein *Guten Tag*. Als ich Guillaume betrogen habe, meinte ich in meinem Unglück und meiner Verzweiflung, mit meiner Mutter darüber sprechen zu müssen. Ich hatte sie schwören lassen, es nicht weiterzuerzählen, und schon gar nicht meinem Vater. Seit Jahren hatte ich auf meine Mutter eingeredet, sie solle ihn endlich verlassen, er liebe eine andere, was sie doch offenbar krank machte. Als sie ihm weitergab, dass ich nicht treuer sei als er, verhöhnte er mich.

Wie der Herr, so das Gescherr.

Ich hätte ihn am liebsten umgebracht, als er das sagte. Das war mein Albtraum und war es schon immer gewesen. Ich fürchtete weitaus mehr, so zu sein wie er, als meiner Mutter ähnlich zu werden. Allein, weil sich zu viele Männer für mich interessieren, so wie sich zu viele Frauen für ihn interessierten. Natürlich sollte ich mich darüber nicht beklagen, aber alle wollen mit mir schlafen. Ich Arme! Ehrlich, hätte ich die Wahl gehabt, wäre ich lieber wie Constance. Hübsch, ohne schön zu sein, charmant, aber nicht sexy. *Wie der Herr, so das Gescherr.* Traurig, aber wahr, eine schlimmere Beleidigung hätte er sich nicht ausdenken können. Nach meiner Trennung von Guillaume konnte ich weder schlafen noch essen. Würde ich sagen, dass ich mit den Nerven runter war, so wäre dies eine Untertreibung – ich rastete schlicht total aus. Ich schrie meinen Vater an, dass es keinen Menschen auf der Welt gebe, den ich mehr verachtete als ihn, dass es mich anwidere, seine Tochter zu sein, und dass ich nur eines hoffte, nämlich dass ihn Maman endlich rauswirft. Der Tag, an dem er wie ein armes Schwein allein sein würde, wäre für mich ein Freudentag.

Er erwiderte nichts, ließ mich zetern und blieb unergründlich, und als ich fertig war, ging ich türenknallend aus dem Haus. Danach haben wir nie mehr wirklich miteinander gesprochen. Im Endeffekt ist es ihr Leben, was geht mich das an? Ich bin nicht mehr wert als er, wie kann ich mir überhaupt ein Urteil erlauben? Eigentlich würde ich gern wieder mit ihm sprechen, aber zum ersten Schritt bin ich absolut nicht bereit, und nach vier Jahren Schweigen ist es sicher ohnehin zu spät. Ich glaube, man vergibt seinen Eltern nie, dass sie nicht perfekt sind, es ist zwar ungerecht, aber so ist es nun einmal.

Die beiden gehen an Mamie Roses Bett, und sie öffnet die Augen. Sie spricht nur mit Mühe. Ihre ganze Energie hat sie anscheinend verbraucht, um mir heute Morgen die Leviten zu lesen. Jetzt begnügt sie sich damit, die Hände meiner Eltern zu halten und zu lächeln. Sobald ihr Blick auf meinen Vater fällt, leuchten ihre Augen. Hin und wieder flüstert sie etwas und schaut ins Leere.

»Ich habe einen Sohn. Er hat gute Noten in der Schule und im Leben etwas erreicht. Es ist gut zu wissen, dass mein Kind Erfolg hat.«

Rose Lacombe hat zwei Söhne, doch wenn sie das Gedächtnis verliert, erinnert sie sich nur an den älteren. Mein Vater hatte nie gute Noten in der Schule und verdient kaum mehr als den Mindestlohn. Trotzdem beglückwünscht sie ihn zu seiner Laufbahn und lächelt glückselig. Sie sagt zu ihm: »Danke, mein Herr«, und er nimmt ihre Hand. Ich muss hier raus, sonst fange ich an zu heulen.

»Ich gehe ein wenig Luft schnappen.«

»Soll ich mitkommen?«, fragt meine Mutter.

Ich schüttele den Kopf und verlasse leise den Raum. Auf dem Hof vor dem Krankenhaus rauche ich drei Zigaretten hintereinander, schalte mein Handy ein und rufe Charlotte und Constance zurück, die mir Nachrichten hinterlassen haben. Constance kommt gerade aus London zurück, hat offenbar ein traumhaftes Wochenende verlebt und will sich dort niederlassen. Ihr Bewerbungsgespräch ist gut verlaufen. Sie fragt, warum mein Koffer bei ihr steht. Sie bringt mich fast wieder zum Lächeln. Nichts Besonderes bei Charlotte, alles läuft gut. Ich würde gern über Vincent sprechen, aber lieber höre ich den beiden zu, wie sie von ihrem Leben berichten. Das entspannt. Als ich auflege, sehe ich, dass Vincent geantwortet hat. Ich muss gestehen, dass ich überrascht bin, denn normalerweise bekommt man nie mehr eine Antwort, wenn man einem Typen vier SMS hintereinander schickt, und garantiert nimmt er auch nicht mehr ab, wenn man ihn anruft.

19:04 – VINCENT LABORDE
Zu deinen Diensten, Aschenputtel.

Dann eine zweite, eine Minute später.

19:05 – VINCENT LABORDE
Man merkt selber nicht, wenn man einschläft. Das ist halt so.

Zum ersten Mal an diesem Tag lächle ich wirklich.

Seit gestern habe ich nichts gegessen, und der Hunger ist quälend. Mit geschlossenen Augen nehme ich einen letzten, tiefen Zug aus der Zigarette. Meinen ganzen Mut muss ich aufwenden, um wieder in den zweiten Stock hinaufzusteigen. Der Arzt spricht gerade mit meinen Eltern im Flur und erklärt ihnen zweifellos das Gleiche, was er mir heute Morgen gesagt hat. Die beiden stehen aneinandergeschmiegt da, mein Vater nickt und starrt auf den Linoleumboden. Meine Mutter erschrickt, als sie mich kommen sieht.

»Sie schläft«, sagt sie, »wir fahren ins Hotel zurück.«

Ich spüre ihr Zögern. Sie sieht traurig und müde aus. Guten Willens fragt sie mit matter Stimme, denn sie kennt bereits die Antwort:

»Magst du … möchtest du vielleicht mit uns abendessen gehen?«

Ich öffne den Mund, um meinen üblichen Spruch herunterzuleiern: Gern, nur, ich habe etwas vor, das hat sich in letzter Minute entschieden, ich kann leider nicht … vielleicht nächstes Mal? Allerdings habe ich einen solchen Hunger, und die beiden sehen so unglücklich aus, zudem habe ich es auch versprochen … also zucke ich die Achseln.

»Wir können auf dem Rückweg ja im McDonald's von Langon halten, wenn ihr wollt.«

Sie sehen mich an, als hätte ich sie zu einem Tanzvergnügen in Cordoba eingeladen. Ich beiße mir auf die Zunge und bedaure meinen Vorschlag schon wieder, doch meine Mutter antwortet wie aus der Pistole geschossen:

»Oh ja, sehr gute Idee! Ausgerechnet jetzt habe ich richtig Appetit auf einen Hamburger.«

Tagebuch von Constance Delahaye

14. April 2013 – 19:56 Uhr

Donnerstagabend bin ich mit den Mädels ausgegangen. Meine Freundinnen beklagen sich, weil sie mich seit meinem Verführungskurs nicht mehr zu Gesicht bekommen. Ja, ich weiß, dass ich darüber unter Androhung der Todesstrafe usw. zu niemandem sprechen darf, aber ich habe gegenüber zwei oder drei Freundinnen die Gruppe erwähnt. Vielleicht waren es auch fünf oder sechs, wenn ich Anne-Sopie und Albane mitzähle. Aber die beiden sind fast Cousinen, die zählen nicht wirklich, weil sie die Schwestern eines Freundes meines Cousins Jonathan sind.

In gewisser Hinsicht war der Abend ein Flop, obwohl er ein voller Erfolg war. (Manchmal, wenn ich meine Einträge wieder lese, verstehe ich, warum Hans Schmidt der Ansicht ist, meine E-Mails seien nicht klar.)

Wir sind zu einem *Afterwork* gegangen. Baby-Doll meint, es gibt nur drei Orte in Paris, an denen man seinen Zukünftigen kennenlernen kann. Das sind die *Afterworks* im 8. Arrondissement, die Önologie-Workshops und die Heimwerkerkurse im Kaufhaus BHV-Rivoli. In den Diskos laufen nur Flaschen herum, und die, die keine sind, werden durch den Nachahmeffekt auch welche. Bei Bars muss ausgesiebt werden, es gibt nur drei in Paris, in denen man wirklich jemanden Gescheites treffen kann, und das sind nicht die Bars, für die in *My Little Paris* geworben wird, wie ich naiv und fälschlicherweise annahm. Aus dem einfachen und guten Grund – sie ziehen keine Männer an, dafür aber Scharen schlanker und eleganter Pariserinnen, die auch diesen Newsletter gelesen haben.

Als ich uns so betrachtete, Marilyn, Lolita, La Traviata, Scarlett und mich, wurde mir bewusst, dass wir Baby-Doll ganz zu Recht teuer bezahlt haben. Wir alle waren neu gestylt, überhaupt gestylt, denn vorher hatten wir gar keinen Stil. Aber vor allem wirkten wir alle erheblich selbstsicherer. Ich bat einen Unbekannten, mit meinem Handy diskret ein Foto von uns zu machen, was ich natürlich nicht durfte, aber ich hätte es schade gefunden, wenn wir gar kein Souvenir von unserer Gruppe hätten, und Baby-Doll hat nichts gemerkt. Ich frage mich, ob wir am Ende unserer Kurse mit der Herkules-Arbeit an uns weitermachen, uns schminken, aufeinander abgestimmte Dessous tragen, uns zwingen, mit dem Nachbarn im Zug zu plaudern, und eine Party nicht verlassen, ohne mindestens drei unbekannte Personen angesprochen zu haben …

Kurzum, wie ich bereits sagte, war der Abend in einer Hinsicht ein Erfolg (halleluja), und zwar hat mich ein Mann angesprochen, der normal wirkte.

Ich habe mir einen Drink an der Bar geholt, allein, denn eine Gruppe von kichernden Weibern flößt Männern noch mehr Angst ein als der Anblick eines Bügeleisens. Ich bestellte eine Cola light, weil ich meinen Alkoholkonsum etwas bremsen wollte, denn ich war gerade dabei, zwar nicht die Verführungskünste von Marilyn Monroe zu übernehmen, dafür aber ihren Alkoholismus.

Ganz wie Maria, als ihr der aus dem Nichts aufgetauchte Erzengel Gabriel verkündete: *Fürchte dich nicht, Maria, denn du hast bei Gott Gnade gefunden* –, hörte ich plötzlich eine Stimme sagen:

»Guten Abend, darf ich dich zur Cola einladen?«

Posaunen, Trompeten und Harfen spielten in meiner Vorstellungswelt, mit dem Gospelchor der Kellnerinnen im Hintergrund. Baby-Doll hatte mich auf diese Eventualität vorbereitet, nämlich dass mich irgendwann, irgendwo ein Mann – mit einiger Wahrscheinlichkeit blind, masochistisch und/oder verrückt – ansprechen würde, ohne dass ich ihn mit einem überraschenden Trick ködern musste, was ich jedoch nicht glaubte. In diesem Fall war die Verhaltensregel simpel: sich ihm zuwenden, lächeln und das Angebot annehmen. Also das komplette Gegenteil von dem, was mir mein Instinkt diktiert hätte, nämlich in Panik zu geraten, rot zu werden und abzulehnen, doch beflügelt von der Hoffnung, dass er insistiert. Althergebrachter Riesenirrtum der Frauen, denen man dummerweise seit Jahrhunderten eingetrichtert hat, dass man sich rarmachen muss. Genau das Gegenteil ist richtig. Der Mann des einundzwanzigsten Jahrhunderts ist ein fantasieloser, ungeduldiger Mensch mit einem hochsensiblen Ego. Lässt man ihn abblitzen, ist er beleidigt und geht zur nächsten Frau über. Es ist ja schon schwer genug für ihn, einer Unbekannten einen Drink anzubieten. Das hat uns Baby-Doll eingebläut, bis selbst ich es verstanden habe. In nur drei Sekunden hatte ich mich wieder gefasst, und mit geradezu übermenschlicher Anstrengung habe ich sogar lächelnd geantwortet:

»Aber gern.«

Das war dann gar nicht so kompliziert. Wir haben uns unterhalten, er heißt Antoine, ist etwa so alt wie ich und arbeitet bei der Bank BNP. Er stammt aus Paris, wo er aber nicht sein ganzes Leben verbringen möchte. Er ist groß, ziemlich dünn, hat dunkelblondes Haar und lustige braune Augen. Drei- oder viermal hat er mich zum Lachen gebracht. Unsere Unterhaltung floss von ganz allein. Ich brauchte auch nicht seine Hand für eine engere Kontaktaufnahme zu nehmen, um mich auf seiner Armbanduhr von der Uhrzeit zu überzeugen, und ich bin auch nicht nach einer Viertelstunde unter dem Vorwand gegangen, dass ich telefonieren müsse, damit er mir nachläuft. Hingegen kam Baby-Doll mich nach einer halben Stunde holen:

»Kommst du, Constance? Wir gehen woanders hin …«

Es war das erste Mal seit Langem, dass sie mich Constance nannte. Ich war überrascht, dass sie sich überhaupt noch an meinen Namen erinnerte.

»Ich komme«, sagte ich.

Sie ließ mich allein, damit ich mich verabschieden konnte. Wir zögerten beide, und dann atmete er tief ein und fragte:

»Darf ich deine Telefonnummer haben?«

Ich gab sie ihm. Es galt, die Situation rationell einzuschätzen und jetzt in aller Ruhe zu warten, bis er sich wieder meldete, ohne mich übermäßig zu begeistern.

Ich mache Witze, natürlich bin ich dazu nicht fähig. Mir ist jede Konzentrationsfähigkeit abhandengekommen, seit Donnerstag klebe ich am Handy und wache jede Stunde auf, die Nase am Touchscreen, mit dem Risiko, mir ein Auge zu ramponieren, um nachzusehen, ob ich nicht mitten in der Nacht eine SMS bekommen habe. Hundertmal habe ich mir vorgestellt, wie ich ganz in Weiß durch die Kirche von Marinzac schreite, wo Antoine am Altar auf mich wartet.

Hans Schmidt hat mich nach dem Marketingmeeting Freitagmorgen zu sich gerufen, um mir zu sagen, dass es untragbar sei, wenn ich alle drei Minuten mein Telefon während einer Konferenz konsultierte, mein Mangel an Konzentration sei offensichtlich, und ich müsse endlich lernen, mein Privatleben vom Beruf zu trennen. Ich fand seine Bemerkung eine pure

Frechheit, denn seit dem Verschwinden von Gretels Fotos auf seinem Schreibtisch und seit er seinen vierwöchigen Urlaub für die Hochzeitsreise abgesagt hat (Quelle: Mylène), ist er absolut unleidlich.

Seit Donnerstag, das ist nun vier Tage her, kein Lebenszeichen von Antoine.

20:47 Uhr

EINE SMS!

20:48 Uhr

Sie ist von Chloé, nicht von Antoine. Mamie Rose ist heute Nachmittag gestorben.

Chloé

Mamie Rose ist vierundachtzig Jahre alt geworden. So ist das Leben. Sie hatte zu mir gesagt: *Sei nicht traurig, Chloé.*

Ich saß mit meinen Eltern am Krankenhausbett von Mamie Rose, als mein Onkel Benoît und seine Frau aus Marne-la-Vallée eintrafen. Ich glaube, Mamie Rose hatte auf sie gewartet. Sie seufzte glücklich, als sie uns alle um sich versammelt sah.

»Ich habe wunderbare Kinder und eine schöne Enkelin«, murmelte sie, »ich kann in Ruhe abtreten.«

Sie lächelte, und irgendjemand sagte der Form halber, dass sie doch keinen Unsinn reden solle, sie sehe prächtig aus. Aber in Wirklichkeit war sie so mager und bleich, dass ich das Gefühl hatte, sie löste sich nach und nach zwischen den weißen Laken auf, bis sie ganz aus ihrem Bett verschwunden sein würde.

»Die Familie ist wichtig«, meinte sie und sah mich dabei an.

Ich nickte. Mir war kalt. Am liebsten wäre mir gewesen, wenn die anderen den Raum verlassen hätten, damit ich mit ihr allein sprechen und mich von ihr verabschieden konnte. Ich hätte ihr zu verstehen gegeben, wie sehr ich sie brauchte und dass sie in meinem Leben, seit meiner Kindheit, die einzige Erwachsene war, auf deren Beständigkeit ich immer habe zählen können. Ich hätte ihr gern gesagt, wie leid es mir tut, sie nicht öfter besucht zu haben, und dass sie sich keine Sorgen um mich machen müsse …

Sie lächelte mich an, als hörte sie alles, was ich dachte und sagte:

»Sei nicht traurig, Chloé. Ich hatte ein schönes Leben, und auch du wirst ein schönes Leben haben, aber du musst jetzt Entscheidungen treffen.«

Ich nickte und hielt ihre Hand fest in der meinen.

»Aber es tut auch gut zu weinen. Vergiss nicht, es ist wichtig, andere Menschen zu brauchen, Chloé!«

Ich machte den Mund auf, war aber unfähig, etwas hervorzubringen, und sie fuhr fort:

»Weißt du, ich bedaure nichts.«

Sie dachte wohl über ihren Satz nach und fügte stirnrunzelnd hinzu:

»Doch, nur eines tut mir leid: Ich habe den letzten Band von *Fifty Shades of Grey* nicht zu Ende gelesen.«

Wir alle lachten und weinten gleichzeitig. Doch dann bat sie uns, ihr einen Kuss zu geben, sie bräuchte nun ein wenig Ruhe. Auch meinem Vater versicherte sie, wie wichtig die Familie sei, und dankte meiner Mutter und meiner Tante, ihre Söhne so lange ertragen zu haben. Meinem Onkel wiederholte sie dreimal, dass sie keine Chrysanthemen auf ihrem Grab wolle. Im Leben wie im Tode würde Rose Lacombe keine anderen Blumen als rote Rosen akzeptieren. Als ich mich über sie beugte, um ihre kalte Wange zu küssen, flüsterte sie:

»Ich habe dich lieb, meine Chloé, du bist ein außergewöhnliches Mädchen, und denk immer an die Worte von Oscar Wilde: Verliebe dich nie in jemanden, der dich behandelt, als wärst du ein gewöhnlicher Mensch.«

Ich versprach es. Ich hätte ihr sogar versprochen, George Bush zu heiraten, wäre es ihr Wunsch gewesen.

Sie hatte ein schönes Leben. Wir dürfen nicht traurig sein.

Tagebuch von Constance Delahaye

16. April 2013 – 20:45 Uhr

Scheißtag.

Ich wollte zur Beerdigung von Chloés Großmutter nach Marinzac fahren, denn es bricht mir das Herz, meine Freundin jetzt dort so einsam und verlassen zu wissen. Aber sie hat am Telefon geantwortet, das sei nicht nötig, sie möchte lieber allein sein. Fünf Minuten später kam ihre SMS:

11:04 – CHLOÉ LACOMBE

Tut mir leid, ich habe mich nicht mal bedankt. Es ist wirklich sehr lieb von dir, herkommen zu wollen, nur, die Situation mit meinen Eltern ist ein bisschen kompliziert.

Heute Morgen hat mich Hans Schmidt in sein Büro beordert. Ich glaube, er ist die einzige Person in meinem Umfeld, die weder meine neue Haarfarbe noch meinen neuen Stil bemerkt hat. Er hat mich lange mit gerunzelter Stirn betrachtet und dann folgenden Satz formuliert:

»Ich dachte, Sie tragen eine Brille.«

Das war umso absurder, als ich ausgerechnet in diesem Moment eine Brille trug. Ich hatte nämlich eine Kontaktlinse bei meiner wilden Choreografie zu einem Beyoncé-Hit verloren, als ich mir die Zähne putzte. Also habe ich höflich gelächelt und nichts weiter dazu gesagt. Er fuhr fort, offenbar zufrieden, herausgefunden zu haben, was sich an mir verändert hat:

»Constance, ich habe Ihnen eine großartige Neuigkeit mitzuteilen …« Er räusperte sich verlegen und fuhr fort: »Nun ja, eine traurige Nachricht für unsere Belegschaft, aber nicht weniger großartig für Sie. Sie …«

»BTPTD hat mich angenommen!«, schrie ich auf.

Er legte die Hände auf dem Schreibtisch übereinander und antwortete ruhig:

»Ja, bis auf ein paar administrative Formalitäten hat man Ihr Profil dem der anderen Bewerber für diesen Posten vorgezogen.«

Seit ihn die grausame Gretel verlassen hat, trägt er im Büro keine Krawatte mehr, und es ist sogar vorgekommen, dass er vergessen hat, sich die Haare zu kämmen. Deshalb ist er zwar nicht netter geworden, aber er wirkt nicht mehr ganz so unnahbar wie zuvor. Ich weiß nicht mehr, welcher große Philosoph das Wort *Wer vor einer Wand steht, sieht sie besser* geprägt hat, aber genau so fühlte ich mich in diesem Augenblick: vor einer riesigen Wand. Und ich hatte das Gefühl, gerade eben genau gegen diese gerannt zu sein. Ich schlug die Hand vor den offenen Mund:

»Ichkannnichnalondonzin«

»Wie bitte?«

Ich nahm die Hand vom Mund und wiederholte:

»Ich kann nicht nach London ziehen.«

Hans Schmidt hob eine Augenbraue.

»Das bedeutet eine enorme Veränderung, und es ist nachvollziehbar, dass Sie Furcht empfinden, dennoch …«

»Nein, ich kann nicht!«

Er legte die Hände flach auf den leeren Schreibtisch und fragte:

»Hat sich etwas in Ihrem Leben … hm … Privatleben verändert, das diesen spontanen Meinungswechsel rechtfertigt?«

Hat Hans Schmidt soeben versucht, von meinem Gefühlsleben zu sprechen? Wäre ich nicht in Tränen ausgebrochen, hätte ich sicher laut losgelacht.

»Nein, das ist es nicht, es ist nur … es ist nur … Ich spreche schlecht Englisch und kenne niemanden in England, außer Jane Austen, und die ist tot …«

»Ja, das ist in der Tat unerfreulich«, sagte er und reichte mir eine Schachtel Kleenex, »doch sicher können Sie sich Freundschaften unter den Kollegen aufbauen. Im Durchschnitt ist das englische Team jünger als das in Paris. Ich könnte Sie mit Freunden dort bekannt machen …«

Ich fühlte mich selten dämlich, mich erst beworben zu haben und jetzt abzulehnen, und heulte noch vehementer, was nun wirklich gar nichts besser machte.

»Es tut mir ja so leid … unendlich leid, ich weiß, dass Sie mir diesen Weg geebnet haben, aber ich kann es nicht, das schaffe ich nie, mein Leben findet hier statt.«

Er entgegnete erst einmal nichts, sondern seufzte.

»Das ist Ihre ureigene Entscheidung, aber ich rate Ihnen, nicht sofort zu antworten, sondern sich die Sache reiflich zu überlegen. Sie können jetzt gehen, Constance.«

Ich schnäuzte mich und stand auf. Doch bevor ich sein Büro verließ, brach ich schon wieder in helle Panik aus und drehte mich nochmals zu ihm um.

»Aber Sie behalten mich doch! Ich meine, hier auf meinem Posten? Auch wenn ich den Job in London nicht nehme? Sie werfen mich nicht raus, weil ich erst Ja, dann Nein gesagt habe?«

Er starrte auf seinen Bildschirm und blickte nicht einmal auf.

»Aber selbstverständlich behalte ich Sie, Constance. Ich persönlich begrüße es sehr, mit Ihnen noch die nächsten zehn

Jahre Damenbinden zu verkaufen, denn wie mir scheint, ist das die Karriere, die Sie anstreben.«

22:38 Uhr
Habe eine SMS von dem Antoine aus der Bar erhalten!!! Endlich!!! Mein Tag gewinnt wieder an Glanz.

22:59 – ANTOINE (AUS DER BAR)
Hallo, Constance, hoffe, dir geht es gut. Entschuldige, dass ich mich nicht früher gemeldet habe, aber ich hatte viel Arbeit. Wie wäre es mit einem Drink Donnerstagabend? Antoine (aus der Bar)

Ich habe geantwortet:

23:04 – CONSTANCE DELAHAYE
Hallo, Antoine aus der Bar!! Hocherfreut, von dir zu hören … :-) Mir geht es gut und dir? Super, ein Drink am Donnerstagabend!!! Um wie viel Uhr? Und wohin gehen wir? Ich freue mich wirklich sehr, und alles Gute für deinen Job :-).
Küsschen. Constance

Gerade hatte ich auf *Senden* gedrückt, da fielen mir die vier Grundsatzregeln von Baby-Doll zum Thema SMS ein:

1. Niemals im ersten Monat umgehend auf eine SMS antworten! Mindestens drei Stunden warten, und/oder zumindest so lange warten, wie man selbst auf die erste SMS gewartet hat, mit zwei multipliziert! (In meinem Fall hätte ich zehn Tage warten müssen.)

2. Grundsätzlich ein erstes Rendezvous mit dem Vorwand ablehnen, man sei vergeben, und ein anderes Datum vorschlagen!

3. Nie *Küsschen* schreiben, wenn er es nicht getan hat! Keine Smileys und keine übertriebene Interpunktion, will man nicht als arme Irre durchgehen!

4. Niemals eine SMS nach zweiundzwanzig Uhr abschicken, ohne sie vorher von einer objektiven Person absegnen zu lassen!

Note: 0 von 10 Punkten. Kein Kommentar.

Chloé

Es ist Frühling geworden.

Ich hatte gar nicht bemerkt, dass der Boden unter meinen Turnschuhen nicht mehr knirschte, wenn ich morgens joggte. Auch nicht – wenn ich morgens die Fenster öffnete und zu Vincents Schloss hinübersah –, dass seine Weinstöcke nicht mehr bereift waren und die Reben grünes Blattwerk trugen.

Die Sonne scheint auf den kleinen Friedhof von Marinzac, als wir Mamie Rose zu Grabe tragen. Ich schwitze in meinem schwarzen Mantel, aber ich kann keine einzige Träne weinen.

Beim Blumenhändler habe ich sämtliche roten Rosen aufgekauft, und Vincent hat mir geholfen, sie in die Kirche zu schaffen. Anschließend brachte er mich zu Virginie, die ich gebeten hatte, eine letzte Aufnahme von Mamie Rose zu machen, die, in ihre blaue Jacke gehüllt, so friedlich dalag, als würde sie schlafen. Virginie wollte nicht, dass ich sie dafür bezahle, aber ich habe darauf bestanden. Sie hat ihre Arme fest um mich geschlungen, dann mein Gesicht zwischen ihre Hände genommen und mir einen zarten Kuss auf die Lippen gedrückt. Mir war die Geste etwas peinlich, aber bekanntlich sind die Leute im Süden warmherziger als die Pariser, und Vincent schien auch nicht überrascht.

Gestern habe ich Guillaume fünf Nachrichten hinterlassen und ihm geschrieben, dass ich ihn brauche, er kommen soll. Danach will ich ihn um nichts mehr bitten, aber ich weiß nicht, wie ich das alles ohne ihn aushalten soll.

10:14 – GUILLAUME FAVREAU

Ich will versuchen, zur Beerdigung zu kommen, Chloé, aber ich habe momentan viele Probleme. Jedenfalls kann ich nicht vor 17 Uhr da sein. Ich denke viel an dich. Mamie Rose wird auch mir fehlen. Sie war wirklich eine außergewöhnliche Frau.

Ich habe ihm die Adressen von Château-Lyran, der Kirche und des Friedhofs sowie die Uhrzeit der Zeremonie geschickt.

Heute Abend ist er da! Heute Abend werde ich ihn sehen. Er wird mich holen kommen, er wird mich trösten, und ich bin nicht mehr so einsam.

Nur mit Mühe folge ich der Messe. Der Priester gibt Banalitäten von sich, in Anbetracht der Umstände mit viel Pathos. Er spricht von Mamie Rose, ohne wirklich etwas über sie auszusagen. Wie gern hätte ich ihn erzählen hören, dass sie die *Fifty Shades of Grey* gelesen hat, ein wenig in Mauriac verliebt war, dass sie Johnny Hallyday aus dem Effeff kannte und Ausdrücke benützte wie *Challenge* oder *in die Disco gehen*, obwohl sie aus einer ganz anderen Epoche stammte. Immer war sie verständnisvoll, ohne je Urteile zu fällen. Ich starre auf die bläulichen Lichtflecke, die die Sonne durch die bunten Kirchenfenster auf den Sarg malt, höre dem Priester nicht mehr zu, und meine Augen bleiben trocken. Irgendwie realisiere ich das alles nicht. Manchmal kommt mir der Gedanke, dass ich Mamie Rose nie mehr wiedersehen werde, und ein eisiges Loch öffnet sich in meiner Brust.

Der bereits versiegelte Sarg wird gesegnet. Die verstimmte Orgel spielt quietschend den Trauermarsch, eine Absurdität, über die ich lächeln könnte, wären meine Gesichtsmuskeln nicht versteinert.

Es ist zu Ende. Auf dem sonnigen Vorplatz höre ich Geflüster. Niemand wagt, bei Beerdigungen laut zu sprechen, als habe man Angst, die Toten zu wecken.

Mamie Rose hätte das gehasst. Sie hätte all diese hölzernen, langsamen Schritte zum Friedhof gehasst, die auf dem Kies knirschenden, frisch geputzten Sonntagsschuhe, die tragischen Mienen über steifen Kragen und die erstickende, von Weihrauch erfüllte Stille.

Zahlreiche Trauergäste haben sich auf dem kleinen Friedhof versammelt. Selbstverständlich meine Eltern und natürlich mein Onkel und meine Tante, Tonton Gonz, Virginie, Vincent und Jacqueline, aber auch fünf oder sechs Mitarbeiter des *Foyer des Pervenches* und Einwohner von Marinzac, die ich nicht kenne, darüber hinaus eine ganze Reihe von Bewohnern des Altenheims. Viele betagte Personen weinen in ihre Taschentücher und schauen mich an, als wüssten sie alles über mich. Mamie Rose hat häufig von ihren Freundinnen gesprochen, und ich kann manche Gesichter bestimmten Anekdoten zuordnen, die sie mir erzählt hat. Jetzt, da sie um ihr Grab versammelt sind, bin ich glücklich, dass sie nicht allein war.

Mit dicken Tauen lassen vier Männer vom Beerdigungsinstitut den Sarg in die Gruft gleiten. Ich erschrecke, als er mit einem dumpfen Schlag auf den Boden prallt, gefolgt von einem Kratzen auf Beton. All die Unbekannten gehen vor mir zur auszementierten Grabstätte, sprenkeln Weihwasser auf den Sarg und werfen eine Blume hinab. Sie sprechen mit meinen Eltern, nehmen meine Hand oder umarmen mich. Sie sagen liebe Dinge und bestätigen mir, wie beruhigend es gewesen sei, Rose während der letzten Wochen in meiner treusorgenden Obhut zu wissen. Sie können ja nicht ahnen, dass es in Wirklichkeit genau umgekehrt war. Ich nicke, ohne zu lächeln, weine nicht und bleibe in ihren Armen starr wie ein Holzklotz. Ich zittere, als ich ihre feuchten Wangen an meinem trockenen Gesicht spüre. Tonton Gonz und Jacqueline umarmen mich, Virginie hält meine beiden Hände fest und lächelt mit Tränen in den Augen. Vincent legt seine Riesenpranke auf meine Schulter und drückt sie schweigend. Ich hebe den Blick, möchte allen zulächeln und für ihr Kommen danken, aber ich bringe es nicht fertig. Vincent hat sich seit unserer Blumenexpedition umgezogen und halbwegs rasiert. Ein paar Millimeter Bart stehen noch. Er trägt einen schwarzen Anzug, und dass er sich diese Mühe gemacht hat, rührt mich mehr als alle Worte.

Die Zeremonie geht zu Ende, und alle begeben sich nach Château-Lyran, wo Tonton Gonz ein kleines Buffet organisiert hat.

»Kommst du, Chloé?«, fragt meine Mutter.

»Ich bleibe noch ein wenig hier.«

Mein Vater legt zögernd die Hand auf meinen Unterarm. Er trauert. Ich lasse diese Berührung zu. Schließlich habe ich Mamie Rose mein Versprechen gegeben! Beim Abendessen im McDonald's hatten wir nicht viel miteinander gesprochen. Abgesehen von der Zeit, um die Bestellung aufzugeben, waren wir nicht länger als achtundzwanzig Minuten in dem Lokal. Achtundzwanzig Minuten, in denen meine Mutter mit gespielter Fröhlichkeit Monologe abspulte, während ich in Rekordzeit zwanzig McNuggets und einen Vanillemilchshake verdrückte.

Die Beerdigungsgäste verlassen den Friedhof durch das weiße Gittertor. Ich bleibe vor der offenen Gruft stehen. Gleich wird der Sarg mit den vielen roten Rosen unter der Marmorplatte verschwinden. Ich kann mir einfach nicht vorstellen, dass Mamie Rose hier für immer liegen soll.

Es ist achtzehn Uhr. Die Batterie meines Handys ist leer.

Ich weiß jetzt, dass Guillaume nicht kommen wird, aber das ist nicht mehr wichtig.

Die letzten Autos sind abgefahren. Ich kann Mamie Rose doch nicht ganz allein hierlassen! Sie liegt einsam unter diesem grauen Stein mit der Pyramide aus frischen Blumen, die in der Hitze sicherlich bald welken werden, und es ist mir einfach nicht möglich, jetzt fortzugehen. Ich sinke auf die Knie und schiebe meine Hand unter die Blumen auf dem in der Sonne glänzenden Marmor. Der Geruch nach feuchter Erde und der Blumenduft verursachen mir Übelkeit. Ich bete nicht, ich bete nie, ich brauche niemanden, schon gar nicht Gott. Ich möchte nur, dass mich jemand holen kommt, irgendjemand.

Zum ersten Mal sehe ich mich um. Der Friedhof liegt gleich hinter der kleinen Kirche von Marinzac auf einem Hügel, über den die salzhaltigen Winde vom Meer wehen. Dabei ist der Ozean fast hundert Kilometer entfernt. Doch unter dem Kies liegt Strandsand. Im Sommer sind die gewundenen Wege von trockenen Piniennadeln bedeckt. Ich versuche mir einzureden, dass es Mamie Rose hier, neben ihrem Mann, gut geht. Ich knie lange an ihrem Grab, vielleicht eine Stunde, bis es sich abgekühlt hat, die Sonne zwischen die mageren Bäume sinkt und die Kante des Grabs sich in meine Knie gedrückt hat. Mir ist, als ob Mamie Rose nicht wirklich tot ist, solange ich hierbleibe.

Ich höre, wie ein Motor abgestellt und die Pforte zum Friedhof geöffnet wird, dann Schritte auf dem Kies.

»Chloé?«

Ich antworte weder, noch bewege ich mich und habe das Gefühl, alle zurückgehaltenen Tränen müssen gleich explosionsartig herausquellen.

»Deine Eltern sorgen sich, du musst jetzt kommen. Du holst dir hier nur noch eine Erkältung.«

Vorsichtig zieht er mich hoch, meine eingeschlafenen Beine tragen mich kaum, und die Knie tun mir weh.

Ich stammele:

»Ich kann nicht. Ich will nicht zu diesem Cocktail.«

Vincent nickt und hält mich fest, bis das Blut wieder ungehindert meine Beine durchfließt.

»Möchtest du bei mir ein Glas trinken?«

Ein Gurgeln zwischen Lachen und Weinen dringt aus meiner Kehle.

»Wären wir nicht auf einem Friedhof und bei der Beerdigung meiner Großmutter, könnte dieser Satz fehlinterpretiert werden.«

»Ich meine ja nur, bis alle das Haus von Tonton Gonz verlassen haben …«

»Steht dir gut, der kurze Bart, jetzt siehst du nicht mehr wie ein Steinzeitmensch aus.«

Er lächelt freundlich.

Wie es kommt, weiß ich nicht, doch plötzlich muss ich meine Wange an seine Brust drücken, die Arme um ihn legen und die Augen schließen. Er erschrickt, zögert und legt eine Hand auf meinen Kopf, die andere um meine Taille.

»Wären wir nicht auf einem Friedhof und bei der Beerdigung deiner Großmutter, könnte auch diese Geste fehlinterpretiert werden …«

Ich lache unter Tränen. Er sagt nichts mehr und verharrt in dieser Position, bis ich mich beruhigt und sein weißes, nach Waschmittel duftendes Hemd mit meinen Tränen durchnässt habe. Zum ersten Mal, seit Mamie Rose zu atmen aufgehört hat, fühle ich mich erleichtert.

»Zu dumm, ich habe Taschentücher vergessen«, sagt er plötzlich.

»Ich habe welche in meiner Handtasche, finde es aber viel schöner, mir die Nase an deinem Hemd zu putzen.«

Er lässt mich los, etwas zu früh, und ich schniefe.

»Also, gehen wir zu dir oder zu mir?«, fragt er augenzwinkernd.

»Zu dir.«

Während sein Motorrad am finsteren Gutshaus von Tonton Gonz vorbeifährt, sehe ich ein paar Silhouetten mit Gläsern in der Hand vor den Fenstertüren des Salons. Zwar habe ich ein schlechtes Gewissen, denn ich sollte jetzt bei meiner Familie sein, aber mir fehlt der Mumm, dort mit den anderen zu plaudern und Cocktailhäppchen zu verzehren, als wäre nichts geschehen.

Wir nähern uns Laneyronie inmitten der Weinberge. Vincent fährt um das Schloss herum und parkt sein Motorrad auf der Südseite, die ich von meinem Fenster aus nicht sehen kann. Er hilft mir abzusteigen. Durch ein kleines verrostetes Gittertor in der breiten, von Weinranken bedeckten Mauer erreichen wir den kiesbedeckten Hof. Von hier aus sieht man weder das halb zerstörte Taubenhaus noch die beiden Türme mit den schadhaften Dächern der Nordfassade. Die vom Regen abgeschabten Fensterläden müssen vor ein paar Jahren gestrichen worden sein. Das nun abblätternde Himmelblau hat im Licht der letzten Sonnenstrahlen eine etwas graustichige Farbe angenommen.

An das schmiedeeiserne Geländer geklammert, steige ich eine Treppe hinauf und betrete ein weitläufiges Vestibül mit Steinboden. So lange schon brenne ich darauf, dieses mysteriöse Schloss zu besichtigen, dass ich jetzt zutiefst eingeschüchtert bin. Wortlos nimmt Vincent meinen Mantel und hängt ihn an einen Haken oberhalb eines Paars Gummistiefel.

»Nur ein Drittel des Hauses ist bewohnbar«, sagt er und öffnet eine Doppeltür zum Salon.

Am anderen Ende des Raums befindet sich vor der roten

Ziegelwand ein mächtiger Kamin, der offenbar häufig benützt wird, denn die Ränder sind voller Ruß. Der Raum ist riesig. Er muss lichtdurchflutet sein, sobald die Sonne durch die sechs Fenster scheint, die in drei der vier Natursteinwände eingelassen sind. Nur wenige Möbel stehen auf dem unversiegelten Parkettboden, eine nagelbeschlagene Truhe voller Schallplatten, ein Ledersofa und ein gläserner Couchtisch. Alles sieht sehr nach Design aus, dieser Salon könnte für die Zeitschrift *Maison Française* Modell stehen.

»Hübsch, die Dekoration, so hatte ich mir dein Wohnzimmer nicht vorgestellt.«

»Meine Exfrau war Innenarchitektin«, sagt er achselzuckend. »Setz dich doch! Soll ich Feuer machen?«

»Nein, mir ist nicht kalt. Warum hast du nicht das ganze Schloss renoviert?«

»Was glaubst du wohl, Aschenputtel? Weißt du, was es kostet, ein Gebäude wie dieses auf Vordermann zu bringen?«

Ich kuschele mich auf das Ledersofa. Vincent bleibt stehen.

»Möchtest du etwas trinken?«

Ich nicke.

»Wein?«

»Lieber Bier, wenn du welches hast.«

Er hebt eine Augenbraue.

»Bier ist fürs Bistro. Bei einem Weinbauern gibt's Wein.«

»Warum fragst du dann, wenn ich ja doch keine Wahl habe?«

Er lacht und geht eine Flasche holen. Zum ersten Mal habe ich ihn von seiner Frau sprechen hören, denke an die triste Geschichte, die mir Virginie erzählt hat, und rufe mir in Erinnerung, dass Vincent Laborde wohl doch nicht so nett ist, wie er zu sein scheint.

In der Ecke steht ein Klavier. Ich stehe auf, um die Tasten zu berühren. Die Töne erschallen unter der hohen Decke wie in einer Kirche und klingen gut. Es muss erst kürzlich gestimmt worden sein. Ich kehre an meinen Platz zurück, ziehe die Schuhe aus und kauere mich gemütlich auf dem Sofa zusammen. Vincent kommt zehn Minuten später mit zwei Stielgläsern, einem Korkenzieher und einer Flasche zurück. Er muss sie aus dem Keller geholt haben, und ich bedaure, nicht mit ihm gegangen zu sein. Da man mir keine offizielle Besichtigung gewährt, hätte ich ein wenig herumstöbern können. Er stellt die Gläser auf den Tisch und lässt sich auf dem Sessel mir gegenüber nieder. Ich habe noch nie erlebt, dass sich ein Mann, der mich zu einem Glas einlädt, nicht zu mir setzt. Mit dem Kinn deute ich auf das Klavier.

»Spielst du?«

»Früher habe ich viel gespielt, jetzt nur noch, um ein Mädchen anzumachen«, sagt er leichthin und grinst.

»Ach ja? Und was spielst du? Elton John?«

Mit präzisen Gesten entkorkt er die Flasche und schenkt etwas von dem bernsteinfarbenen Weißwein in das eine Glas.

»So einfach ist es nicht, das richtige Lied für eine Frau zu finden, eher eine Kunst. *Yesterday* von den Beatles kommt bei den meisten gut an, *Georgia* von Ray Charles auch. Es muss schon etwas Schmalziges, aber von echten Komponisten Geschriebenes sein, Justin Bieber geht da nicht.«

Ich kichere, während er den Tropfen probiert, den er sich eingeschenkt hat, bevor er mein Glas füllt. Ich strecke die Hand danach aus, doch er schüttelt den Kopf.

»Lass ihn noch ein wenig atmen.«

Ich stelle ihm ein paar Fragen, und ich wundere mich, dass hier keine Bücher stehen. Er sagt, dass er ein paar besitzt, aber nur Zeitung liest. Ich habe immer gedacht, ich könnte nie jemanden lieben, der keine Bücher liest. Dabei ist zwischen uns überhaupt nicht die Rede von Liebe. Der Wein ist süß, trinkt sich sehr angenehm, und ich habe mein Glas schon geleert, noch bevor er seines halb ausgetrunken hat.

Vincent füllt mein Glas zur Hälfte, und ich habe Lust, ihm zu sagen, er soll nur locker nachschenken, denn in fünf Minuten ist es ja doch wieder leer. Ich werfe einen Blick auf das Etikett, *Château d'Yquem 1985*.

»Das ist mein Geburtsjahr! Ich mag diesen Wein.«

»Dann bist du achtundzwanzig Jahre alt.«

»Ja, und du?«

»Vierunddreißig. Ach, was ich sagen wollte, sei mir deshalb nicht gram, aber ich finde, es ist keine gute Idee, über Reben, Wein und das alles schreiben zu wollen…«

Ich zucke die Achseln und trinke drei Schluck hintereinander.

»Weißt du, bei Wikipedia findet man alles.«

»Aber das reicht nicht. Wein ist mehr als ein Artikel auf einer Webseite, da steckt Geschichte dahinter, Gefühle und…«

»Schon gut, Vincent, es bleibt immer noch Wein. Der ist nicht mit der Sixtinischen Kapelle zu vergleichen, und was den Geschmack angeht und so, da stelle ich halt Nachforschungen an.«

Er verdreht die Augen und streicht über seinen Bart.

»Nachforschungen? Statt dein Glas auf ex zu trinken, tätest du besser daran, dich zwei Minuten lang zu konzentrieren. Nimm nur einen kleinen Schluck, behalte ihn eine Weile im Mund, bevor du ihn runterschluckst, und sag mir, was dir dabei einfällt.«

Mit gerunzelter Stirn versuche ich es. Er beobachtet mich dabei genau. Ich bin völlig unfähig, einen Wein zu beschreiben. Constance kennt sich da besser aus, sie kann erklären, dass das Aroma eines Weins beispielsweise an Honig erinnert, wie seine Robe beschaffen ist, dass er nach Pflaumen und in der Endnote nach Zimt schmeckt. Davon verstehe ich ehrlich gesagt nichts. Wenn ich mich konzentriere und die Augen schließe, kommt es mir vor, als würde ich einen Sommertag meiner Kindheit wieder erleben. Die Erinnerung an sonnengereifte Aprikosen taucht auf, aus denen Mamie Rose, damals in Nanterre auf ihrem Balkon, in einer Kupferschüssel Marmelade zubereitete. Mir ist, als hörte ich Grillenzirpen im Monat August. Ich schmecke so etwas wie flüssiges Gold. Meine Eindrücke scheinen Vincent zu überraschen. Er denkt kurz nach und murmelt:

»Gar nicht so übel.«

Ich glaube, er war es, der das Thema Mamie Rose aufgegriffen hat, und wir unterhalten uns über sie. Ich erzähle ihm von meinen Eltern, den Streitereien, der Depression meiner Mutter und von den Ferien, die ich in der Zweizimmerwohnung meiner Großmutter verbrachte.

In dieser Zeit fuhr sie einmal die Woche mit mir einen ganzen Tag lang nach Deauville, denn ihr zufolge mussten Kinder, um gesund aufzuwachsen, regelmäßig ans Meer. Gegen fünf Uhr morgens brachen wir auf, um vor allen anderen auf der Promenade anzukommen, den berühmten *Planches* von Deauville. Wir setzten uns an den Strand, ich trank aus der Thermoskanne den heißen Kakao, den sie mitgebracht hatte, und sie fütterte mich mit Schokoladencroissants. Sonnencreme benützten wir nicht, dafür schleppte sie stets den gleichen kleinen, ausgeblichenen blauen Sonnenschirm und zwei gestreifte Badelaken mit. Jedes Mal holte ich mir üblen Sonnenbrand in den Kniekehlen, die erst schmerzten, dann die ganze Woche über juckten. Alle zwei bis drei Stunden kauften wir uns ein Eis, eine Waffel oder einen Crêpe mit Nutella. Ansonsten verbrachten wir den ganzen Tag mit Lesen, und sie suchte immer, von ein paar Ausnahmen abgesehen, die Bücher aus. Wir verließen den Strand nicht, bevor ich meine Lektüre beendet hatte. Noch heute erinnern mich Bücher wie *Fantômette* oder *Der Graf von Monte Christo* an die Sonne auf meinen Beinen voller Sand und an die geschmolzene, salzige Butter in den Buchseiten. Bei Sonnenuntergang fuhren wir nach Nanterre zurück. Auf dem Rücksitz zusammengerollt, schlief ich im Auto ein, die klebrigen Finger in meinem Haar voller Salz vergraben. Ich war glücklich, trotz des Sicherheitsgurts, der mir den Bauch einquetschte.

Als der August zu Ende ging und meine Mutter mich abholen kam, weinte ich und bat darum, mich von Mamie Rose adoptieren lassen zu dürfen. Wenn ich es mir jetzt überlege, muss diese Bitte meiner Mutter wehgetan haben, aber bekanntlich liegt im Kindermund Wahrheit. Bevor sie die Tür hinter uns schloss, sagte Mamie Rose dann:

»Weine nicht! Uns bleibt ja noch das amerikanische Filmfestival.«

Genau so war es. Unsere schönsten Tage verbrachten wir beim Festival des amerikanischen Films in Deauville. Wir konnten nur am Wochenende hinfahren, denn es fand nach den Ferien im September statt. Eine unglaubliche Menschenmenge drängte sich dort. Wir warteten Stunden vor dem Fachwerkhotel Normandy, um von Weitem einen dunkelhaarigen Mann mit Sonnenbrille zu beobachten. War es Robert de Niro oder George Clooney?

Als ich meinen Abschluss in der Hochschule HEC gemacht hatte, spendierte Mamie Rose mir ein Glas Champagner in der Bar des Normandy und sagte:

»Jetzt, wo du es geschafft hast, kannst du herkommen,

wann immer du willst, dir hier sogar ein Zimmer nehmen, aber ich möchte, dass du nie vergisst, dass ich es war, die dich zum ersten Mal hierher ausgeführt hat.«

Ich saß etwas steif in einem riesigen, mit schiefergrauem Samt bezogenen Sessel, betrachtete die Hunderte von Flaschen hinter der Bar aus hochglanzversiegeltem Holz und die Gemälde von Rennpferden an den Wänden. Ich sagte mir, dass ich nie wieder hierherkommen würde, selbst wenn ich viel Geld verdienen sollte. Ich fühlte mich viel zu unsicher.

In der Folge habe ich Geld verdient. Genug, um mir die Reisen zu leisten, die ich mir als Kind erträumt hatte. Ich habe auch die Strände von Bali gesehen, doch nichts hat mich je so glücklich gemacht wie unsere nächtlichen Aufbrüche im schwarzen Peugeot 205, nichts hat je wieder eine derartige Begeisterung ausgelöst wie unsere Ankunft am noch grauen Meer beim Sonnenaufgang über den bunten, noch geschlossenen Sonnenschirmen am Strand.

Vincent hört mir zu. Er erwidert nichts, und in meinem Kopf dreht sich alles.

»Ich weiß nicht, warum ich dir das erzähle.«

»Ich auch nicht«, sagt er.

Er will den Rest der Flasche in mein Glas gießen, aber ich lehne kopfschüttelnd ab, denn ich habe schon zu viel getrunken. Er füllt die letzten Tropfen in sein eigenes Glas.

Draußen ist es finster geworden, und er schaltet das Licht an. Ich stehe auf und schaue aus dem Fenster. In der Ferne sehe ich das erleuchtete Haus von Tonton Gonz, also sind die Gäste noch da. Ich drehe mich zu Vincent um, die Hand am Fensterknauf.

»Darf ich dir eine Frage stellen, ohne dass du denkst, ich baggere dich an?«

»Ich weiß doch, dass du mich anbaggerst, Aschenputtel,

aber ich habe nicht vor, mit dir zu schlafen, da kannst du betteln, wie du willst«, antwortet er mit einem vergnügten Augenfunkeln.

»Welches Lied würdest du mir vorspielen?«

Er zuckt die Achseln und wirkt auf einmal verschlossen.

»Keine Ahnung.«

Es ist albern, aber seine Gleichgültigkeit kränkt mich, besonders weil er als unverbesserlicher Schürzenjäger gilt.

»Gib dir mal Mühe und stell dir vor, wir hätten uns in einer Bar getroffen und ich wäre mit zu dir nach Hause gekommen … Natürlich wird das nie der Fall sein, also rein hypothetisch!«

Er denkt nach, und seine Art, mich im Halbdunkel zu taxieren, lässt mich bedauern, aufgestanden zu sein.

»Hätte ich dich in einer Bar aufgegabelt, würde ich mir kaum die Zeit nehmen, für dich ein Lied auszusuchen.«

Er sagt das in aller Ruhe, ohne mich aus den Augen zu lassen und ohne zu lachen. Ich werde rot wie ein Teenager und bin nur froh über das Schummerlicht. Ich entgegne nichts und bleibe wie eine Blöde angewurzelt stehen, denn ich weiß nicht, wie ich seinen Satz auffassen soll. War er anzüglich? Soll ich beleidigt sein, weil ich nicht einmal ein Klavierstück wert bin? Auf seine Antwort war ich nicht gefasst. Ich hatte gehofft, er würde Ray Charles vorschlagen, ein wenig anspruchsvoller als Elton John. Unser Schweigen wird unangenehm, aber ich muss ohnehin gehen. Er räuspert sich und trinkt sein Glas aus. Dass er die Stimmung versaut hat, ist ihm nicht entgangen. Er sagt nun:

»Ich muss ehrlich sagen, dass es schwer ist, für dich eine passende Musik zu finden. An einem Tag bist du die *Mondscheinsonate*, am nächsten *Highway to Hell* von AC/DC.«

Wieder weiß ich nicht, ob das ein Kompliment sein soll

oder ob er mir etwas umständlich zu verstehen geben will, dass ich verhaltensgestört bin. Doch plötzlich stelle ich mir vor, in seinen Armen zu liegen. Der Pakt mit Constance kümmert mich nicht mehr. Zum ersten Mal seit zwei Jahren begehre ich aufrichtig einen anderen Mann als Guillaume. Wortlos starre ich ihn an, er erhebt sich und will etwas sagen. Ich gehe ein paar Schritte auf ihn zu, stehe nun vor ihm, schlinge die Arme um seinen Nacken, stelle mich auf die Zehenspitzen und küsse ihn auf den Mund. Wie automatisch umschließen mich seine Arme, und mir ist, als könne er mich mit einer Hand hochheben. Seine Bartstoppeln kratzen an meinem Kinn. Seine Hände gleiten sanft von meinen Hüften über den Rücken, dann zu meinen Wangen, und unendlich zärtlich küsst er mich zurück. Seine Finger streicheln über mein Haar, und er biegt meinen Kopf nach hinten, sodass der Hals freiliegt, liebkost ihn und schiebt mein Dekolleté auseinander. Ich mache die Augen zu, doch mit einem Mal nimmt er meine beiden Hände und schiebt mich weg. Ich erschrecke. Noch nie, seit ich ihn kenne, habe ich bei ihm einen derart hilflosen Gesichtsausdruck gesehen. Er atmet schwer und scheint die Zähne zusammenzubeißen.

»Was tust du da, Chloé?«, flüstert er.

Ich fixiere ihn, ohne zu begreifen.

»Was meinst du damit?«

Er antwortet nicht, versucht, ruhig zu atmen. Ich will, dass er mich wieder in die Arme nimmt. In diesem Augenblick ist mir alles andere egal. Langsam nähere ich meine Lippen seinem Mund, und noch einmal stößt er mich, wenn auch sanft, von sich.

»Nein!«

Das Glimmen in seinen dunklen Augen ist verschwunden. In seiner Stimme liegt eine Entschlossenheit, die ich nicht verstehe. Noch vor einer Minute war er … Auf einmal ist mir klar, was hier geschieht, und das fühlt sich wie eine schallende Ohrfeige an. Noch nie hat ein Mann Nein zu mir gesagt. Niemals! Es ist das erste Mal. Plötzlich ist mir heiß. Am liebsten würde ich ihn prügeln oder in Tränen ausbrechen. Mir wird bewusst, dass meine Hände immer noch die seinen suchen, und ich lasse die Arme sinken. Ich möchte etwas sagen, doch kein Laut dringt aus meinem Mund.

»Chloé …«, beginnt er.

Ich trete einen Schritt zurück. Ich muss hier weg. Mit drei Sprüngen bin ich an der Tür. Das raue Parkett unter meinen Fußsohlen erinnert mich daran, dass ich meine Schuhe ausgezogen habe. Vincent hebt verlegen die schwarzen Pumps neben dem Sofa auf. Ich reiße sie aus seinen Händen. Ihr nüchternes Aussehen lässt mich plötzlich wieder an Mamie Roses Beerdigung denken.

»Bleib, wir müssen uns aussprechen.«

»Wir haben uns nichts mehr zu sagen.«

Schwankend ziehe ich die Schuhe an und schnappe meine Handtasche. Die Absätze dröhnen über die Fliesen der Eingangshalle. Er hält mich am Arm zurück.

»Nun warte doch eine Minute! Ich möchte …«

»Lass mich los!«

Ich habe geschrien. Überrascht gehorcht er, und ich bin froh, dass die Dunkelheit mein Gesicht verbirgt. Ich renne die Treppen hinunter, rutsche auf dem Kies aus und bin mir ganz und gar darüber im Klaren, wie lächerlich ich mich mache. Ich muss davonlaufen, so schnell ich kann. Wie konnte ich mich nur so verhalten? Die Kälte weckt mich vollends auf. Wieder einmal habe ich meinen Mantel vergessen.

Ich laufe durch den Weinberg und ziehe meine Schuhe wieder aus, denn die Absätze versinken tief im weichen

Boden. Der Mond bescheint die schwarzen Reihen der Rebstöcke rund um Laneyronie. Ich will zurück in das weiß-rosa Zimmer, zurück zu den mit Jouy-Leinen bezogenen Sesseln, will mein Gesicht in den Federkissen verbergen, mir die beiden gestreiften Bettdecken über den Kopf ziehen und bis zum nächsten Jahr schlafen.

Durch die Weinreben renne ich bis zu den erleuchteten Fenstern von Château-Lyran. Ich muss total verrückt wirken. Die Dorfirre! Ich knicke um und liege am Boden, rappele mich auf und laufe weiter. Mucksmäuschenstill husche ich durch die Küchentür. Ich muss am offenen und erleuchteten Salon vorbei, will aber auf keinen Fall Aufmerksamkeit erregen. Im Gewirr der Stimmen erkenne ich die meiner Mutter. Auf Zehenspitzen schleiche ich durch die Eingangshalle, dann die Stufen hoch und atme auf. Niemand hat mich gesehen! Plötzlich höre ich ein Räuspern und erschrecke. Mein Vater sitzt gebeugt im Dunkeln auf der Lederbank am Treppenabsatz und hat den Kopf in die Hände gestützt. Wie gelähmt bleibe ich vor ihm stehen. Normalerweise lächelt mein Vater ständig, das Lächeln des selbstsicheren Verführers. Bis heute ist mir das nie aufgefallen, denn ich habe ihn noch nie so ernst gesehen, mit geröteten Augen und müde herabhängenden Mundwinkeln. Schweigend starren wir uns an. Von unten dringen Gemurmel und trübes gelbes Licht zu uns, das unsere Silhouetten schwach beleuchtet. Er blickt auf meine bloßen, mit Erde verschmutzten Füße, auf meine Strümpfe voller Laufmaschen, auf den Rock, der bei meiner Flucht durch den Weinberg hochgerutscht ist. In einem Spiegel sehe ich mein Bild, oder vielmehr das einer Prostituierten, die sich auf das Anschaffen auf Friedhöfen spezialisiert hat.

Er erhebt sich und scheint unentschlossen. Ich denke, er wird jetzt wortlos die Treppen hinunter und zu den anderen gehen, aber er kommt auf mich zu. Ich bin zu keiner Bewegung fähig. Schüchtern legt er die Arme um mich. Einen Augenblick lang bin ich so verblüfft, dass ich nicht reagiere. Doch dann lasse ich die Schuhe zu Boden fallen und lege meinen Kopf auf seine Schulter, ziehe ihn an mich. Er zittert.

»Ich danke dir … Danke, dass du für sie da warst. Ich weiß nicht … ich weiß nicht, wie du bei dem Vater, der ich bin, zu dem Mädchen werden konntest, das du bist«, flüstert er, »aber du ahnst nicht, wie stolz ich auf dich bin.«

Was soll ich dazu sagen? Ich fühle seine Trauer, Mamie Rose war schließlich seine Mutter, so wie sie meine Großmutter war. Ich lasse ihn in meinen Armen weinen, und ungeschickt klopfe ich ihm beschwichtigend auf die Schulter.

»Es wird schon wieder werden. Wir dürfen nicht traurig sein. Weißt du, sie hatte ein schönes Leben.«

Er nickt, schnüffelt, richtet sich auf und streift seinen Anzug glatt. Ich senke verlegen den Blick.

»Entschuldige bitte«, stammelt er. »Ich … gehe jetzt wieder zu den anderen.«

Ich nicke und sehe ihm nach, wie er kerzengerade und selbstbewusst die Treppe hinabsteigt, und mir entwischen die Worte:

»Gute Nacht, Papa.«

Er bleibt stehen, die Hand auf dem Geländer, zögert eine Weile und wendet sich zu mir um.

»Gute Nacht, Chloé.«

Im Zimmer lade ich mein Handy auf, das seit Stunden außer Betrieb war. Es vibriert pausenlos. Ich lege es auf den Nachttisch und überlasse es seinen hysterischen Alarmsignalen. Derweil ziehe ich mich um, wasche meine verdreckten Füße mit eiskaltem Wasser, lösche das Licht und gleite unter das Deckbett. Dann nehme ich mir das Handy vor. Sein Display leuchtet in der Finsternis auf. Unglaublich, wie viele Leute an mich gedacht haben.

Verpasste Anrufe:

VINCENT LABORDE: 20:37, 20:38, 20:40, 20:45, 20:48, 21:02 Uhr.

19:11 – CONSTANCE DELAHAYE
Habe versucht, dich anzurufen, aber dein Handy muss ausgeschaltet sein. Ich denke an dich, meine liebe Chloé … Rufe mich zurück, wann immer du willst, ich lasse mein Handy an.

19:57 – CHARLOTTE PERRIN-LAURENT
Kann dich nicht erreichen. Schalte dein Telefon wieder ein! Ich hoffe, es geht einigermaßen, Schätzchen. Wenn du willst, ruf zurück!

20:03 – GUILLAUME FAVREAU
Chloé, es tut mir ja so leid, aber ich habe momentan große Sorgen. Ich hätte bei dir sein müssen. Ich denke viel an dich, weißt du. Du fehlst mir. Es ist alles so schwierig …

20:49 – VINCENT LABORDE
Wenn du dran denkst, deine Schuhe mitzunehmen, vergisst du deinen Mantel … Du schaffst es noch, dich zu erkälten.

20:53 – VINCENT LABORDE
Bitte ruf mich zurück! Ich möchte mit dir sprechen.

21:11 – VINCENT LABORDE

Hörst du mich? Bist du beleidigt? Bist du wenigstens heil gelandet?

21:13 – VINCENT LABORDE

Es tut mir leid. Das alles ist recht kompliziert. Wir müssen uns aussprechen.

21:45 – VINCENT LABORDE

Schade … Gute Nacht, Aschenputtel.

Tagebuch von Constance Delahaye

23. April 2013 – 23:17 Uhr

Fürchterlicher Tag. Heute habe ich offiziell meine Bewerbung bei Grable & Smith, London, zurückgezogen. Hans Schmidt gab mir zu verstehen, dass meine exzukünftigen Chefs von der Filiale BTPTD (British Traditional Pastries, Tea and Desserts) zutiefst enttäuscht darüber waren. Mit Nachdruck versicherte er mir, dass ich den Posten hätte annehmen sollen, weil es eine wunderbare Gelegenheit für meine weitere Laufbahn gewesen wäre, hierfür sei ein Auslandsaufenthalt ungemein wichtig, und so weiter und so fort, BLABLABLA. Was geht ihn das an?

Mit Antoine bin ich zweimal in vier Tagen auf einen Drink ausgegangen, und heute Abend hat er mich zum Abschied am Metroeingang geküsst. Drei Stationen später, als ich hingerissen vor mich hin grinsend mitten im Metrowaggon stand und mich fragte, ob wir in Marinzac oder lieber bei seiner Familie heiraten sollten, erhielt ich folgende SMS:

22:57 – ANTOINE AUS DER BAR

> Constance, du bist ein ungewöhnliches Mädchen, aber mein Leben ist momentan kompliziert. Ich habe viel Arbeit. Du trägst keine Schuld, eher ich, aber ich muss mich auf meine Karriere konzentrieren. Ich glaube, du bist einfach zu gut für mich. Es ist besser, wir sehen uns nicht mehr.

Ich hasse die neuen Technologien. Hätte er mich per Telegramm benachrichtigt, hätte ich noch ein, zwei Tage lang von unserer Hochzeit und unseren fünf Kindern träumen können. Das Schönste ist ohnehin die Träumerei. Ich wünschte, das Leben würde einem Musical gleichen, dass alle Leute plötzlich mitten auf der Straße singen und tanzen, dass die Welt im Grunde einfach herrlich ist, und dass alle Geschichten gut ausgehen. Aber nein, die Wirklichkeit ist grottenschlecht, man ist nie glücklich, nichts klappt, und alles nimmt ein übles Ende. Glück gibt es nur in Büchern und in der Traumwelt. Glück existiert nicht.

Ich habe Chloé in Tränen aufgelöst angerufen. Wir haben die Lage analysiert und sind zu dem Ergebnis gekommen, dass Antoine aus der Bar wahrscheinlich eine Beziehung hat. Chloé hat die Schlussfolgerung gezogen, dass er ein impotenter Schwachkopf ist, mit einem Penis nicht größer als eine Cashewnuss, und dass all dies ein Zeichen dafür ist, dass die große, schicksalhafte, romantische Liebesgeschichte mit Tristan Grant anlässlich der Hochzeit von Jonathan noch vor mir liegt. Sie sagte auch, dass unser Pakt bescheuert sei und dass ich nicht unbedingt am ersten Abend mit irgendjemandem schlafen müsse. Sie meinte, ich würde früher oder später einen netten Mann finden, der gern liest, Scones mit Rosinen mag und stets über die Ausstellungen im Grand Palais informiert ist. Ein Mann, mit dem ich glücklich werden würde. Ich weiß ganz genau, dass sie selber kein Wort davon glaubt, aber es war lieb von ihr, sich die Mühe zu machen und mir diesen Schwachsinn zu verklickern, nur damit ich zu weinen aufhöre.

Ich bin ein armseliges und hässliches Geschöpf. Ich gefalle niemandem, selbst nachdem ich alle meine Ersparnisse in diesen Verführungskurs gesteckt habe. Antoine aus der Bar hat nicht einmal versucht mit mir zu schlafen. Niemand will das. Ich werde nach und nach wieder zu einer Jungfrau. Voraussichtlich schlafe ich überhaupt nie mehr mit jemandem. Meine Karriere ist ein Reinfall, und wahrscheinlich muss ich fünfzig Jahre lang im gleichen Job vermodern. Ich sehe mich schon als dickes, spätes, einsames Mädchen in der Metro, allein mit Jane Austen, und laut zu allen Mister Darcys in meinem Kopf sprechen.

Ich hasse die Wirklichkeit.
Ich hasse Hans Schmidt.
Ich hasse Antoine aus der Bar.
Ich hasse Jane Austen.

Chloé

Im letzten Monat ist mir etwas Unglaubliches passiert. Nach dem Fiasko mit Vincent Laborde und um ihm ja nicht wieder zu begegnen, verbrachte ich die Tage bei Virginie. Tonton Gonz hatte ich verboten, Vincent zu sagen, wo ich mich aufhalte, und ich war heilfroh, einer Konfrontation aus dem Weg gehen zu können. Abgesehen davon wüsste ich nicht, was er mir Neues beizubringen hätte. *Wir müssen miteinander reden*. Reden hat ohnehin keinen Sinn. Ich verstehe nicht, warum die Leute nicht einfach die Wahrheit sagen. Alles wäre so viel einfacher. Wenn man jemanden verlässt oder abweist, so sollte ein Multiple-Choice-Test mit drei möglichen Antworten Pflicht sein, wobei zumindest eine angekreuzt werden muss:

1. Ich liebe dich nicht

2. Ich liebe dich nicht mehr

3. Ich liebe dich nicht genug

Soll mir doch jemand mal belegen, dass auf einen einzigen Korb oder eine einzige Trennung in der Geschichte der Menschheit keine dieser Antworten passt … Ich war an einem Punkt angelangt, an dem ich nicht einmal mehr das Bedürfnis verspürte, mit Guillaume zu sprechen. Ich wollte nur noch, dass man mich in Ruhe lässt, dass man mich schlicht vergisst. Constance hat recht, nichts ist besser als Abstinenz. Vermeidet man Probleme, braucht man sie nicht zu lösen. Arme Constance, die einen Monat lang geweint hat, weil dieser Vollidiot von Antoine aus der Bar sie erst eingewickelt und dann zehn Minuten später mit einer SMS davon in Kenntnis gesetzt hat, dass sie sich nicht wiedersehen würden. Was für ein Dussel, dieser Typ! Er hat weder gesehen, wie liebenswert sie ist, noch ihren Humor oder ihren unverbesserlichen Optimismus. Gut, der Optimismus hat gelitten. Selbst als ich ihr Tristan Grant in Erinnerung rief, blieb sie untröstlich. Und ehrlich, wenn sogar Constance die Hoffnung verliert, ihren Traumprinzen zu finden, dann kann ich ja gleich das Handtuch werfen.

Jedenfalls ging ich jeden Morgen – den Computer unter dem Arm – zu Virginie. Ich setzte mich zum Schreiben in ihre Küche, während sie sich im Erdgeschoss mit ihren Kunden beschäftigte. Um mit mir Mittag zu essen, kam sie nach oben, ebenso wenn sie hin und wieder eine Pause einlegte. Wir waren wirklich gute Freundinnen geworden. Allerdings schien mir Virginie einen Tick zu sehr auf Körperkontakt aus. Sie massierte meine Schultern und nahm mich bei jeder Gelegenheit in die Arme. Ich bin nicht übermäßig verrückt nach solchen Zärtlichkeiten, aber bis dahin hatte ich nicht weiter darauf geachtet. Eines Abends, als ich mich auf den Heimweg machte und ihr die üblichen Küsschen auf die Wange drücken wollte, hat sie mich auf den Mund geküsst. Ich öffnete den Mund, um ihr zu sagen, dass mir ihre Annäherungen immer unangenehmer wurden, aber sie nutzte die Gelegenheit, um mir einen waschechten Zungenkuss zu verpassen. Aber richtig! Ich war so verblüfft, dass ich sie zunächst gewähren ließ. Nebenbei bemerkt, sie hat eher Talent, und mit geschlossenen Augen fand ich es nicht viel anders, als einen Mann zu küssen, vielleicht ein wenig sanfter. Fünf Sekunden lang sagte ich mir: Das ist möglicherweise die Lösung, und es kann ja sein, dass ich lesbisch bin. Sie hat mich an sich gedrückt, und ihre Hände betasteten mich plötzlich unter dem Pulli. Das war der Punkt, an dem ich mir sagte: Nein, ich bin bestimmt keine Lesbe! Panisch, aber immer noch höflich unterbrach ich sie anfangs dennoch nicht. Plötzlich aber bin ich dann einen Schritt zurückgetreten und habe fluchtartig das Haus verlassen.

Ich hätte ihr irgendetwas sagen sollen. Zumindest ein »Tut mir leid, aber mir sind Männer lieber«. Doch in diesem Augenblick stand ich unter Schock. Virginie, meine einzige Freundin in Marinzac, versuchte mich flachzulegen! Als hätte ich nicht schon genug Probleme wegen Mamie Roses Tod und der Geschichten mit Guillaume und Vincent.

Das war nun wirklich zu viel! Die Zeit ist jetzt reif, endlich mit diesem ganzen Unsinn Schluss zu machen. Man kommt im Leben sehr gut allein zurecht! Ab jetzt werde ich mich ausschließlich um meine eigenen Angelegenheiten kümmern. Tonton Gonz und Jacqueline bat ich, denjenigen, die nach mir fragen, zu sagen, ich sei nach Paris zurückgekehrt, allen voran Vincent und Virginie. Ich erklärte es damit, dass ich absolute Ruhe zum Schreiben brauche, da ich endlich die nötige Inspiration gefunden habe, weshalb man mich ab sofort bitte in Frieden lassen solle. Nun habe ich ziemlich dick aufgetragen, und die beiden mussten denken, dass Vincent von meiner Trauer um Mamie Rose profitiert hatte, um mich zu vernaschen. Mit der ihnen eigenen Ritterlichkeit haben sie daran sicher Anstoß genommen und wachen seitdem strenger über meine Zimmertür als Eunuchen über ihren Harem. Ich sehe die beiden nur noch zu den Mahlzeiten. Einmal die Woche bringt mir Jacqueline einen roten Rosenstrauß von ihren Einkäufen mit, den ich dann auf Mamie Roses Grab lege. Ich gehe am liebsten entlegene Pfade bis zum Friedhof – am besten bei Regen und unter einer Kapuze verborgen –, um bloß niemandem zu begegnen.

Seit jenem Tag habe ich überhaupt keinen Kontakt mehr zur Außenwelt. Ich brauche niemanden. Von Zeit zu Zeit rufe ich Charlotte oder Constance an. Kürzlich fragte sie mich:

»Na, wie klappt es mit der Abstinenz?«

»Schrecklich«, antwortete ich aus Prinzip.

Es stimmt, manchmal fehlt es mir, in den Armen eines Mannes zu liegen, aber das kommt mir immer seltener in den Sinn. Ich denke nur noch an meine Geschichte, mein Buch, auch an Vincent und Guillaume, ja, aber nicht mehr an Sex.

Jede Woche rufe ich meine Eltern an. Meine Mutter übergibt den Hörer meinem Vater. Ich frage:

»Wie geht's im Job?«

Er sagt, alles okay, und fragt seinerseits:

»Und dein Buch? Geht es voran?«

Dann gibt er mir wieder meine Mutter, die sich sorgt, weil ich vielleicht nicht genug esse. Wir sind zwar nicht die besten Freunde der Welt geworden, aber wir reden wieder miteinander. Das ist schon ein Fortschritt. Ich versuche mein Versprechen zu halten.

Mit dem Schreiben habe ich tatsächlich begonnen. Zunächst ziemlich viel Unsinn. Irgendwann schrieb ich einfach das erste Wort, das mir in den Sinn kam: *Charlotte*, mit der ich gerade am Telefon gesprochen hatte. Und als ich *Charlotte* schrieb, war es, als öffnete sich plötzlich eine Tür. Constance, Mamie Rose und Tonton Gonz wurden zu Protagonisten, ihr Leben zu Geschichten. Endlich bewegte sich der Cursor auf dem bis dahin leeren Bildschirm von der Stelle. Seither kann ich ihn gar nicht mehr stoppen und fülle Seite um Seite.

Virginie hat zehnmal, zwanzigmal versucht, mich zu erreichen. Vincent auch, doch dann haben sie es aufgegeben. Vincent kommt häufig nach Château-Lyran, viel öfter als zuvor, als er mich noch im Haus glaubte. Wenn er kommt, mache ich die Bürotür einen Spalt weit auf, strecke den Kopf in den Flur und lausche seinem Lachen, das von der Bibliothek durch das Haus schallt. Manchmal setze ich mich neben der Tür auf die Erde und bleibe dort, bis er geht.

Seit zwei Wochen kommt er nicht mehr. Sein Kangoo ist aus dem Hof von Laneyronie verschwunden. Jeden Abend schaue ich nach, ob der kleine Lieferwagen seinen Platz vor dem Eingang zum Taubenhaus wieder eingenommen hat. Diese beiden Wochen erscheinen mir endlos. Manchmal horche ich auf, wenn unsere Eingangstür zuschlägt, und erwarte, seine tiefe Stimme in der Halle zu hören. Es ist völlig absurd, aber irgendwie fehlt er mir.

Heute, endlich, das vertraute Motorengeräusch, ich höre Jacqueline und Tonton Gonz plaudern, und noch eine andere Stimme. Seine. Ich öffne meine Tür und lausche. Vincent spricht immer ein wenig zu laut. Nach diesen langen, nasskalten Wochen scheint plötzlich wie durch ein Wunder die Sonne. Vincent lässt sich mit Tonton Gonz und einer Flasche Rosé auf der Terrasse nieder. Es ist die erste in diesem Jahr. Ich schleiche ins Badezimmer. Das Fenster quietscht, als ich es öffne, und die beiden schauen nach oben. Bevor sie mich entdecken, kann ich mich gerade noch ducken. Ich hocke mich auf die Fliesen unter das Fenster. So kann ich sie belauschen. Vincent war in Paris, bei einer Weinmesse. Er redet von seinen Weinstöcken und davon, wie schwer das Jahr und wie schlecht das Wetter war, über den katastrophalen Monat Mai. Voraussichtlich wird er kaum die Hälfte seiner üblichen Ernte einbringen. Auch in diesem Jahr wird er seine Schulden nicht zurückzahlen können. Darüber lacht er, und ich muss schmunzeln. Ich atme den zu mir aufsteigenden Duft seiner Zigarette ein und lasse mich von seiner warmen Stimme wiegen. Dann, mitten in einem Satz von Tonton Gonz, sagt Vincent auf einmal:

»Ich habe versucht, Chloé in Paris zu treffen.«

Pause. Ich ahne, wie Tonton Gonz errötet, ohne eine Antwort zu finden. Ich halte das für eine Lüge, denn seit etwa einem Monat hat Vincent überhaupt nicht mehr versucht, mich anzurufen. Schließlich fragt Tonton Gonz zögernd:

»Und? Hast du sie erreicht? Geht es ihr gut?«

»Sie konnte sich nicht frei machen«, antwortet Vincent hastig, »und Sie? Haben Sie wieder von ihr gehört?«

Ich bleibe unter dem Badezimmerfenster sitzen, bis sie wieder ins Haus gehen. Für den Fall der Fälle konsultiere ich die Mailbox gleich mehrmals, um zu sehen, ob mein Telefon überhaupt noch funktioniert. Vincent hat nie versucht, mit mir Kontakt aufzunehmen.

Trifft er sich momentan mit anderen Frauen? Seit wir zum letzten Mal miteinander gesprochen haben, habe ich durch das Fernglas keine einzige mehr gesehen. Ich frage mich, ob er seinen Bart wieder hat wachsen lassen.

Wäre Vincent Laborde an mir interessiert, könnten wir vielleicht gut miteinander auskommen. Wir sind uns irgendwie ähnlich. Wir würden einander verstehen, glaube ich.

Juni. Das Wetter ist jetzt herrlich. Im Garten grünt und blüht alles. Mein Fenster bleibt den ganzen Tag geöffnet. Und ich schreibe!

Tagebuch von Constance Delahaye

15. Juni 2013 – 14:24 Uhr

Ta-taaa-ta-taaaaaa, ta-taaaa-ta-taaaaaaa

Gestern Nachmittag bin ich zur Hochzeit von Jonathan in Château-Lyran eingetroffen. Die ganze Familie war in heller Aufregung und gefechtsbereit. Ausnahmsweise waren sämtliche Zimmer belegt. Alles rannte kreuz und quer durch die für das große Ereignis entstaubten Korridore.

Unser Nachbar, Vincent Laborde, hatte mich vom Bahnhof abgeholt. Ich mag Vincent, auch wenn er etwas bärbeißig ist. Früher verbrachten meine Schwestern, er, sein Bruder Henri und ich die Sommerferien unter anderem damit, unserer Cousine Léa nachzuspionieren, die mit allen Jungs der Gegend im verfallenen Taubenhaus von Laneyronie herumknutschte. Vincent war der Älteste der Gruppe, ich die Jüngste. Ich folgte den anderen wie ein gehorsames Hündchen und voller Bewunderung. Oft genug hatte die Gruppe versucht, mich abzuhängen, aber unsere Mutter zwang sie, mich mitzunehmen, sobald ich mich heulend bei ihr beklagte. Wenn ich, die Achtjährige, die Teenagerunterhaltungen nicht verstand und fragte, was denn Sache sei, antwortete regelmäßig irgendjemand herablassend: »Das ist nichts für dein Alter, du Zwerg.« Nur Vincent versuchte nicht systematisch, mich abzuhängen, wenn er auch nicht gerade meine Gegenwart suchte. Unser Altersunterschied betrug acht Jahre, und ich war ein wenig in ihn verliebt, was beweist, dass ich schon im zartesten Kindesalter das Talent zu unerwiderter Liebe entwickelt habe. In all diesen Jahren war Vincent in meine Cousine Léa verschossen. Jeden Sommer schickte er mich mit anonymen Liebesbriefen zu ihr. Aus Neugier habe ich einen davon geöffnet. Es war ein sehr schöner Brief. Genau die Art von Botschaft, die man als Fünfzehnjähriger schreibt, wenn man bis über beide Ohren in ein Mädchen wie Léa verliebt ist. Ich habe den Brief bestimmt zehnmal gelesen und mir vorgestellt, ich sei die Empfängerin. Ich glaube kaum, dass jemand zwanzig Jahre später immer noch so romantisch sein kann. Im Erwachsenenalter ist nur noch rasche Wirksamkeit gefragt, und die Liebe hängt von der effizienten Nutzung der neuen Informations- und Kommunikationstechnologien ab, besonders nützlich, um Körbe auszuteilen und einzustecken. Warum Liebesbriefe aufsetzen, wenn man ebenso gut auf Facebook posten kann?

Vincent war sehr romantisch, nicht gerade im Sinne der Protagonisten bei Jane Austen, die, wie ich, eimerweise Tränen vergossen, sondern weil er das ganze Jahr auf den Monat Juli wartete und die Tage zählte, bis er Léa für drei kurze Wochen zu sehen bekam. Er war von der Sorte Romantiker, der täglich seitenlange Briefe schrieb, ohne sie je zu signieren, und der Léa dabei beobachtete, wie sie andere Jungen küsste, ohne seinen Traum aufzugeben.

Irgendwann muss er doch eine Botschaft unterzeichnet haben, denn schließlich haben die beiden ja dann geheiratet. Übrigens hatte er mich in seine Hochzeitsrede eingeschlossen und sprach von der kleinen Constance, »die meine heißen Liebesbriefe der Frau meines Lebens überbracht hat«. Ich war sehr gerührt.

Kurzum … Das alles, um zu sagen, dass ich mich gut mit Vincent Laborde verstehe.

Chloé schläft in meinem Zimmer, seit sie in Château-

Lyran wohnt. Tonton Gonz hat dort vor meiner Ankunft eine Matratze auf den Boden gelegt, und Chloé wollte unbedingt darauf schlafen, damit ich in mein geliebtes Bett steigen konnte.

Bei meiner Ankunft ist sie mir um den Hals gefallen und war richtig begeistert, mich wiederzusehen. Was immer sie darüber denken mag, der Aufenthalt auf dem Land tut ihr gut. Ihre Wangen sind nicht mehr so eingefallen, sie wirkt weniger nervös, und die ewigen Augenringe sind fast verschwunden. Sie scheint sehr zufrieden mit den Fortschritten ihres Romans zu sein. Ich habe nicht gewagt, sie nach der Hochzeit von Guillaume in einer Woche zu fragen, und von sich aus hat sie nicht darüber gesprochen, was ich als gutes Zeichen werte.

Heute Morgen waren wir zwanzig Personen am Frühstückstisch. Voller Nostalgie trank ich meinen Tee auf der rot-weiß karierten Wachstischdecke, genau wie vor fünfundzwanzig Jahren. Laetitia, Jonathans Verlobte, brüllte, den Kopf voller Lockenwickler, in ihr Walkie-Talkie, es sei ausgeschlossen, mit Graves-Wein zu ersetzen, was an Pessac-Léognan fehlte. Mein legasthenischer Neffe schrie, er wolle unbedingt »Nussella« (Nutella) haben. Tonton Gonz versuchte das allgemeine Chaos unter Kontrolle zu bringen, indem er ankündigte, dass Vincent in weniger als drei Minuten mit fünf Kisten Pessac-Léognan eintreffen würde, woraufhin Chloé ihren Milchkaffee verschüttete und unter dem Vorwand, es ginge ihr nicht gut, in ihr Zimmer rannte.

Meine Mutter und meine beiden Schwager nutzten die Gelegenheit, mich nacheinander, in Abständen von drei Minuten, mit der Frage zu geißeln:

»Na, Constance, wie sieht es mit deinem Liebesleben aus? Wenn es so weitergeht, heiratet Marie noch vor dir!«

Marie ist sieben Jahre alt. Wie witzig.

Meine Mutter fragte dann vor versammelter Mannschaft sämtliche Cousins nacheinander:

»Kennst du nicht irgendwelche jungen Männer in Paris, die man Constance vorstellen könnte?«

Gott sei Dank traf in diesem Augenblick Vincent mit den fünf fehlenden Kisten Pessac ein. Jacqueline bot ihm einen Kaffee an. Er setzte sich auf Chloés Platz und flüsterte:

»Hier ist ja der Teufel los.«

»Weißt du, Constance, würdest du dich anständig frisieren, könntest du sehr hübsch sein«, sagte meine Mutter. »Deine neue Haarfarbe mag ich gar nicht, auch nicht, wie du gestern Abend geschminkt warst – reichlich ordinär. Wenn du natürlich bleibst, siehst du viel besser aus. Bist du sicher, dass du Nutella auf dein Croissant streichen musst?«

»Nussella!«, brüllte mein Neffe.

»Maman, ich bin noch im Schlafanzug.«

»Deine Freundin Chloé ist sehr hübsch, und sie hat kein Nutella gegessen.«

Diesmal war es Vincent, der seinen Kaffee verschüttete, mir direkt auf den Oberschenkel.

»Das darf doch nicht wahr sein! Macht ihr das mit Absicht?«, schimpfte ich.

»Oh Mist, tut mir wirklich leid! Habe ich dich verbrannt?«, fragte er und stürzte sich auf eine Rolle Küchenpapier, um meinen Schlafanzug abzutupfen.

Seufzend untersuchte ich den Schaden.

»Lass nur, Chloé hat mich vor fünf Minuten auch schon begossen.«

Maman redete weiter, als sei nichts geschehen:

»Und was ziehst du heute an, Constance? Anne-Marie hat ein Kleid mitgebracht, das sie dir gern leiht, und es ist …«

»Jetzt reicht's! Mir braucht niemand ein Kleid zu leihen«, erwiderte ich wutentbrannt.

»Die verheiraten wir nie!«, stöhnte mein Vater am anderen Tischende. »Zickig wie sie ist.«

»Umso besser, dann könnt ihr euch eine Scheidung ersparen«, warf Vincent seelenruhig ein.

»Und du, Vincent? Gefällt dir Constance nicht?«, meldete sich mein Onkel Patrick und schüttete sich vor Lachen aus. »Das Haltbarkeitsdatum ist bald abgelaufen. Da werden jetzt Preisabstriche gemacht.«

»Nussella!«, brüllte mein Neffe abermals zwanghaft. Irgendwie hatte er die Worte meines Onkels missverstanden.

»Du bist mal wieder derartig vulgär!«, sagte meine Mutter und verdrehte die Augen.

Jetzt war es wirklich genug. Ich stand kurz davor, jeden Einzelnen nacheinander mit der Kaffeekanne zu erschlagen. Also stand ich lieber auf und verließ den Raum, ohne meinen Tee auszutrinken, aber wenigstens konnte jetzt nichts mehr weiter ausarten.

Chloé saß am offenen Fenster.

»Geht's?«, fragte sie, als ich ins Zimmer trat.

Ich warf mich aufs Bett und vergrub meinen Kopf in den Kissen.

»Nein!«

»Ich weiß. Die liebe Familie. Nichts als Komplikationen, nicht wahr?«, sagte sie freundlich.

»Sie bringen mich zur Weißglut! Du ahnst nicht, wie sehr sie mich aufregen. Ich ertrage sie nicht mehr!«

»Ist doch egal. Wir müssen uns jetzt auf die Operation Tristan Grant konzentrieren.«

Ich zog mir die Steppdecke über den Kopf und murmelte:

»Nützt ja doch nichts. Ich bin hässlich. Alle Leute heiraten, nur ich nicht. Ich werde überhaupt nie heiraten. Niemand will mich haben.«

Chloé warf gezielt, und ihre Kippe landete direkt im Papierkorb. Sie sprang vom Fensterbrett.

»Du bist nicht hässlich, und zu deiner Aufklärung: Das durchschnittliche Heiratsalter in Frankreich beträgt dreißig Jahre, und du bist erst siebenundzwanzig.«

»Schön und gut, aber in meiner Familie beträgt das durchschnittliche Heiratsalter zwölfeinhalb Jahre.«

»Späte Hochzeit, glückliche Zeit«, meinte Chloé. »Dabei fällt mir ein: Als du unten gelyncht wurdest, hat deine Schwester Anne-Marie dieses Teil hier für dich abgeliefert.«

Mit Daumen und Zeigefinger hob sie ein unförmiges, fades rosa Kleid an, das auf dem Sessel ausgebreitet lag. Um die ganze Scheußlichkeit dieses Gewands zu ermessen, richtete ich mich im Bett auf.

»Unglaublich, das Ding! Was meinst du?«

»Ich meine, dass wir diesen Scheuerlappen dahin tun, wo er hingehört, entweder über einen Keuschheitsgürtel oder unter eine Burka, am besten gleich in den Müll. Ich hoffe nur, dass du eine Alternative anzubieten hast!«

Ich zuckte die Achseln und ließ mich seufzend wieder in die Kissen sinken.

»Ist doch egal. Ich gehe sowieso nicht hin.«

»Constance Delahaye«, bellte Chloé und stemmte die Fäuste in die Hüften, »hör auf mit diesem dummen Geschwätz! Wenn ich mit dir fertig bin, werden sämtliche Männer in der Kirche, Priester und Bräutigam inbegriffen, nur noch davon träumen, dich auf dem Altar zu vernaschen!«

Das Gesicht in den Kissen, musste ich doch ein wenig grinsen.

»Warte, ich bin kürzlich vollständig neu gestylt worden. Ich zeig dir mal die Fotos.«

Ich langte nach meinem Handy auf dem Nachttisch, um ihr das Gruppenfoto von unserem letzten Abend nach dem Verführungskurs zu zeigen, damit sie sich von meiner Verwandlung in eine Femme fatale überzeugen konnte. Sie nahm mir das Telefon aus der Hand und zoomte mit zusammengezogenen Brauen.

»Nicht übel, was?«, fragte ich stolzgeschwellt.

Chloé antwortete nicht, sondern wurde stattdessen plötzlich blass.

»Wer ist diese Blonde?«

Ich warf kurz einen Blick auf das Bild und die Person, auf die Chloé wies. Baby-Doll. Beleidigt, dass sie sich mehr für sie als für mein Outfit interessierte, sagte ich achselzuckend:

»Das ist Baby-Doll, oder Emma. Sie war unser Coach im Verführungskurs. Warum fragst du?«

Chloé machte den Mund auf, als wollte sie etwas sagen, und klappte ihn wieder zu.

»Ach, nichts.«

»Kennst du sie?«

»Nein«, sagte sie ein wenig zu hastig, »ist nicht der Rede wert. Ich dachte nur … Vergiss es.«

Natürlich sah ich, dass da etwas nicht stimmte. Ich fragte nicht weiter nach. Doch nach einer Viertelstunde, als ich aus der Dusche kam, fragte sie mit gespielter Indifferenz:

»Sag mal, dein Coach da, reißt sie auch Männer auf, wenn ihr zusammen ausgeht, oder zeigt sie euch nur, wie man es macht?«

Ich lachte laut auf.

»Emma? Sie geht nie allein nach Hause. Das ist ihr Prinzip.«

Chloé wechselte erneut das Thema, und ich hakte nicht nach. Wir sprachen dann ein wenig über London. Sie versteht nicht, dass ich diesen Posten abgelehnt habe. Manchmal bedaure ich es auch. Wie lange träume ich schon davon, in England zu leben? Man serviert mir einen Superjob auf einem goldenen Tablett, und ich habe solches Muffensausen, dass ich Nein sage.

Chloé half mir, einen lockeren Haarknoten aufzustecken und mich zu schminken. Schließlich lieh sie mir eines ihrer Outfits. Ein ärmelloses dunkelblaues, ganz einfaches Kleid. Allerdings wiegt Chloé sicher zehn Kilo weniger und ist fünf Zentimeter und drei Büstenhalter-Größen kleiner als ich. Dennoch muss ich gestehen, dass ich mich noch unwiderstehlicher fand als nach dem Styling von Baby-Doll, und die Geschichte mit dem Altar erschien mir gar nicht mehr so abwegig.

Chloé

Ich konnte Constance davon überzeugen, dass es ein ungemein guter Trick sei, zu spät zur Messe zu erscheinen, um Tristan Grants Aufmerksamkeit zu erregen. In Wirklichkeit wollte ich nur vermeiden, Vincent Laborde zu begegnen. Constance sieht fantastisch aus. Ich habe ihr das dunkelblaue Kleid geliehen, das ich eigentlich selbst anziehen wollte. Es steht ihr besser als mir. Unglaublich, wie hohe Absätze eine Silhouette verändern können! Mamie Rose hatte es voll verstanden.

Die Kirchentür fällt mit lautem Krachen hinter uns zu, und alle drehen sich um. Wir sind sicher eine Augenweide mit unseren Stilettos. Die Blonde in Blau und die Brünette in Grün. Laetitia wirft uns wütende Blicke zu. Ich zwinge mich, auf keinen Fall Vincent Laborde in der Menge zu suchen, dennoch empfinde ich eine gewisse Befriedigung, dass er uns nicht übersehen kann.

»Heute finden wir uns hier zusammen, um …«

Uns ist also nichts von der Zeremonie entgangen. Als ich das letzte Mal hier war, haben wir Mamie Rose beerdigt. Ich denke an sie und an Guillaume, den ich in der letzten Zeit so gut wie vergessen hatte. In einer Woche wird auch er in einer Kirche sein – mit seiner blonden Emmanuelle Tomasin.

Emmanuelle Tomasin, genau! Das ist ein besonderes Thema.

Manue mit dem Engelsgesicht ist offenbar eine professionelle Verführerin, wenn ich dem Foto, das Constance mir gezeigt hat, Glauben schenken kann. Natürlich ist sie das auf dem Bild. So oft habe ich sie nicht gesehen, aber ich hege keinen Zweifel. Baby-Dolls richtiger Name lautet Emma. Emma wie Emmanuelle, Emmanuelle wie Manue. Manue, die den Werbeflyer in meinen Papierkorb geworfen hatte. Ich frage mich, ob Guillaume das alles auch nur im Entferntesten ahnt und ob sie ihn wirklich betrogen hat. Und ich frage mich auch, ob er die Hochzeit annullieren würde, wüsste er Bescheid.

Wir stehen auf, um zu singen. Ich kenne keine Kirchenlieder und warte, bis sie fertig sind. Derweil überlege ich, wie lange das jetzt so glücklich strahlende Brautpaar es miteinander aushalten wird, bevor die Scheidung eingereicht wird.

Zugegeben, die beiden sind sehr niedlich. Sie, klein und mit einer Schleppe, die einer Kaiserin würdig wäre, und er, der wie ein Schüler beim Anblick der allerersten Freundin errötet.

Der Priester beginnt mit der Lesung.

Erneut kracht die Tür ins Schloss, und die ganze Gemeinde dreht sich nochmals um. Zum zweiten Mal wirft Laetitia einen wütenden Blick hinter sich, um jedoch sofort wieder andächtig der Messe zu folgen. Zu dumm, Vincent kommt noch später als wir. Er trägt einen schwarzen Anzug und scheint seit Mamie Roses Begräbnis seinen Bart nicht wieder wachsen gelassen zu haben. Stattdessen liegt nur ein dunkler Schatten auf seinem Gesicht. Ich wende den Blick zu spät ab, er hat mich bereits entdeckt. Entsetzt tauche ich ins Messbuch ab, als Constance ihm zuflüstert:

»Pst, Vincent, komm zu uns!«

Er zögert, doch dann schleicht er zu uns herüber und setzt sich genau neben mich. Ich bin zwischen ihm und Constance eingeklemmt. Der Priester fährt mit der Messe fort. Constance beugt sich vor:

»Wir sind auch zu spät gekommen. Kennst du Chloé?«

»Ja, wir kennen uns bereits«, antwortet er.

Er hat sich mir genähert, um Constance zu antworten, und im Bruchteil einer Sekunde steigt mir sein Duft in die Nase – der Duft von Kernseife, Pfefferminz und Nikotin. Am liebsten würde ich den Kopf auf seine Schulter legen, wie am Tag der Beerdigung.

Die Gemeinde erhebt sich wieder zum Singen. Constance singt zwei Töne zu tief, aber mit mindestens zwanzigtausend Dezibel:

»Du bist daaaa, mein Herr …«

Vincent beugt sich zu mir und murmelt in mein Ohr:

»Was für eine Überraschung, Aschenputtel, du in einer Provinzkirche, und sogar mit zwei Schuhen … Ich dachte, du wärst in Paris.«

Ich bekomme kein Wort heraus. Dabei würde ich ihm gern eine schlagfertige Antwort geben, aber erst nach zehn Sekunden bringe ich mühsam hervor:

»Hallo!«

»Du schuldest mir eine Erklärung«, erwidert er ruhig.

Ich fingere nervös an den Bändern des Messbuchs herum.

»Warum?«

»Wegen allem, was passiert ist, als wir uns das letzte Mal gesehen haben, und wegen deines angeblichen Umzugs nach Paris.«

Ich wende mich ihm zu und sehe, dass es ihm bitterernst ist.

»Ich war verloren«, entgegne ich schroff. »Die Beerdigung hatte mich mitgenommen, und ich habe bei dir Trost gesucht. Du hast mich abgewiesen, also sehe ich nicht, was ich da großartig erklären soll.«

In diesem Augenblick ist das Lied zu Ende, und alle Leute, außer mir, blättern raschelnd die Seite um.

»Was ist los?«, erkundigt sich Constance leise.

»Und was ist mit Virginie?«, will Vincent wissen.

»Was soll mit Virginie sein?«, frage ich.

»Virginie? Wer?«, meldet sich Constance erneut. »Die Fotografin?«

Vincent schaut mich verstört an und sagt:

»Ich dachte … Ich dachte, Virginie und du wärt zusammen.«

»Wie bitte? Was meinst du mit *zusammen*?«

Ich habe zu laut gesprochen, ein paar tadelnde Blicke treffen mich, und ich senke den Kopf. Inmitten der Anwesenden mache ich das erstaunte Gesicht von Virginie aus und sage mir, dass auch sie zweifellos eine Erklärung verdient.

Constance versetzt mir einen Stoß mit dem Ellenbogen.

»Was ist mit Virginie? Was ist passiert? Erzähl!«

»Aus irgendeinem Grund glaubt Vincent, dass ich homosexuell bin.«

Constance wird rot und öffnet den Mund, doch über ihre Lippen dringt nichts als:

»Oh!«

»Bist du nicht lesbisch?«, fragt Vincent. »Bist du bisexuell?«

Tonton Gonz, der in der Reihe vor uns sitzt, dreht sich um und erkundigt sich vergnügt:

»Dann sind Sie gar nicht homosexuell, Chloé? Na, das ist aber eine Überraschung!«

Mir ist, als müsste ich auf der Stelle jemanden ermorden. Besser, ich ignoriere den Beitrag von Tonton Gonz und konzentriere mich auf Vincent.

»Meinst du, ich hätte mich auf dich gestürzt, wenn ich eine Lesbe wäre?«

»Was, du hast dich auf Vincent gestürzt?«, flüstert Constance. »Und unser Pakt?«

»Es ist ja nichts passiert.«

»Es ist sehr wohl etwas passiert!«, widerspricht Vincent. »Sie ist über mich hergefallen, nachdem sie mir gesagt hat, sie sei lesbisch.«

»Ich habe nie gesagt, dass ich lesbisch bin, und ich habe bei dir nur deshalb Trost gesucht, weil niemand anderes da war. In diesem Augenblick ist mir der gesunde Menschenverstand abhandengekommen.«

»Liebenswert wie immer!«, entgegnet Vincent.

»Du hast den Pakt nicht eingehalten«, flüstert Constance enttäuscht.

Vincent schweigt. Ich frage mich, was das nun wieder für eine alberne Geschichte ist. Ich hasse die Provinz!

Wutentbrannt öffne ich das Messbuch und singe laut:

»Kyrie Eleison, Kyrie Eleison!«

Bis zum Ende der Messe sprechen wir kein Wort mehr. Erleichtert denke ich daran, dass nachher Champagner ausgeschenkt wird. So wie es jetzt aussieht, brauche ich ein ganzes Fass, um diesen Tag zu überstehen.

Tagebuch von Constance Delahaye

15. Juni 2013 – 19:36 Uhr

Zu meiner Verteidigung kann ich nur sagen, dass ich Chloé beschützen wollte, als ich Tonton Gonz verklickerte, sie sei lesbisch. Ich hätte nie gedacht, dass jemand unter diesen Umständen versuchen würde, sie aufzureißen, und ich dachte, dass es so für sie einfacher sein würde, unseren Pakt einzuhalten. Ich konnte ja nicht ahnen, dass Tonton Gonz diese haarsträubende Geschichte glauben und gleich im ganzen Dorf herumposaunen würde.

Um mein schlechtes Gewissen, aber auch meine Lachlust angesichts dieser Situationskomik zu beruhigen, trank ich mein drittes Glas Champagner und aß mein achtzehntes Schnittchen mit Stopfleber. Dann machte ich mich unter den dreihundert Gästen auf die Suche nach Tristan Grant und tat dabei so, als ginge ich einfach ziellos auf dem Rasen spazieren. Dabei ist anzumerken, dass es völlig unmöglich ist, so einfach ziellos mit Stilettos auf einem Rasen spazieren zu gehen, weil man bei jedem Schritt bis zu den Hacken im Boden einsinkt.

Ich entdeckte Tristan und hätte mir beinahe eine Fessel gebrochen, als ich urplötzlich die Richtung änderte, um auf ihn zuzusteuern. Auch von Weitem fand ich ihn einfach hinreißend mit seinem dunkelblonden, etwas zerzausten Haarschopf, seinen träumerischen Augen und seinem hellgrauen Anzug, den er wahrscheinlich in der Oxford Street gekauft hatte und der von der Reise im Eurostar etwas zerknautscht aussah. Tristan hatte sich nicht verändert. Ein paar Meter von ihm entfernt blieb ich stehen, um ihn weiter zu betrachten und gleichzeitig noch schnell zwei Töpfchen mit Pilz-Stopfleber-Pastete zu verspeisen, die vor meiner Nase serviert wurden. In diesem Augenblick der Unaufmerksamkeit, und als ich gerade den Mund voll hatte, packte mich meine Tante Brigitte am Arm, der ich bis dahin mit Erfolg aus dem Weg gegangen war,.

»Constance, mein Liebes, hast du schon mit Bertrand Bekanntschaft gemacht?«

Immer noch die Augen auf Tristan gerichtet und mein Pastetchen kauend, antwortete ich etwas zu schnell:

»Nein, habe ich nicht …«

Verdammt! Natürlich kannte ich diesen Bertrand. Den *Ich-bin-an-dem-Tag-der-meisten-Selbstmorde-geboren-worden-*Bertrand. Besagter Bertrand unseres ersten Kneipenabends mit Baby-Doll.

»Ich glaube, wir haben uns im Rosa Bonheur getroffen«, sagte er höflich.

»Das ist ja perfekt! Was für ein Zufall!«, rief Tante Brigitte hellauf begeistert. »Na, dann lasse ich die jungen Leute mal unter sich.«

Sie machte sich davon, winkte meiner Mutter am anderen Ende des Rasens zu und wies auf mich, damit alle Hochzeitsgäste mitbekamen, dass sie mir einen Mann vermittelt hatte. Alte Ziege!

Nach einer peinlichen Pause glaubte sich Bertrand gezwungen, mich zu fragen:

»Kennst du die Braut oder den Bräutigam?«

Seufzend aß ich das letzte Pastetchen. Die Fresslust ist mein Verhängnis.

»Ich bin die Cousine von Jonathan, und du?«

»Ein Schulfreund von Laetitia.«

Ein Dutzend Meter von mir entfernt unterhielt sich Tristan mit einer Blondine. Ich durfte keine Zeit verlieren, sollte die Operation Tristan nicht in einem Desaster enden.

Ich nickte höflich und atmete tief ein:

»Bertrand, es war schön, dich wiederzusehen, aber leider muss ich jetzt jemanden begrüßen, den ich lange nicht mehr gesehen habe.«

Etwas erstaunt ließ er mich ziehen. So würdig wie möglich zog ich meine Stilettos aus dem Erdreich und wollte Bertrand gerade den Rücken kehren, als er nach meinem Arm griff:

»Nur noch eine Kleinigkeit, Constance …«

»Ja?«

»Es tut mir aufrichtig leid, dass ich damals im Rosa Bonheur nicht … Na, dass ich nicht gerade nett zu dir war. Aber die Lage war ein wenig kompliziert.«

Ich schenkte ihm mein süßestes Lächeln:

»Mach dir nichts draus. Ich verstehe dich vollkommen.«

Ich verstand absolut nichts vollkommen, aber eines habe ich in diesem Jahr gelernt: »Es ist ein wenig kompliziert« ist die beste und unwiderlegbarste Ausrede, die zu jeder Situation passt, die eigentlich einer Erklärung bedarf. Aber ich hatte ein anderes Eisen im Feuer.

Kaum war ich drei Schritte vorangekommen, als sich Chloé auf mich stürzte.

»Constance? Warum glauben all diese degenerierten Dorftrampel hier, dass ich eine Lesbe bin?«

»Das ist ein wenig kompliziert. Ich erkläre es dir später. Gerade habe ich Tristan entdeckt.«

»Wo denn?«, fragte sie und drehte den Kopf in alle Richtungen.

Diskret zeigte ich ihn ihr, und ihre blauen Augen musterten ihn kritisch.

»Nicht mein Typ, aber ganz nett. Sprichst du ihn jetzt an?«

»Ja. Kommst du mit?«

»Na gut. Besseres habe ich ohnehin nicht zu tun.«

Chloé

Constance hält sich kerzengerade und ist hübsch in dem dunkelblauen Kleid und mit ihrem blonden lockeren Haarknoten. Sie lächelt, ohne es zu übertreiben, und fragt Tristan sehr ungekünstelt nach seiner Arbeit und seinen Urlaubsplänen. Sie schaut ihm dabei direkt in die Augen und errötet auch nicht. Wenn das Manues Werk ist, kann ich nur sagen: Hut ab. Er scheint die Unterhaltung mit Constance zu genießen. Schade ist nur, dass er sich nicht an sie zu erinnern scheint, aber ich vermute, das hat sie gar nicht bemerkt.

Um mich nicht in ihre Unterhaltung zu mischen, beobachte ich währenddessen die Hochzeitsgäste. Vincent diskutiert gerade mit einer blonden Frau, und ich verspüre so etwas wie Eifersucht, aber jetzt dreht sie sich um, um ihm etwas zu zeigen, und ich sehe, dass sie schwanger ist. Vincent steht der Anzug ausgezeichnet. Eigentlich stehen allen Männern Anzüge. Übrigens hätte sich Tristan Grant die Mühe machen können, den seinen aufzubügeln. Ich würde gern zu Vincent hinübergehen und mit ihm plaudern, traue mich aber nicht.

In diesem Augenblick spricht eine Dame gesetzteren Alters Tristan an und findet, er sei mächtig gewachsen, seit sie ihn vor fünfundzwanzig Jahren zum letzten Mal gesehen habe. Womit sie, nebenbei bemerkt, zweifellos ins Schwarze getroffen haben dürfte. Constance nimmt meinen Arm.

»Komm!«, sagt sie autoritär.

Wir schlängeln uns durch die Menschenmenge bis zum

weißen Festzelt, das hinter Château-Lyron aufgebaut worden ist. Dort stehen auf dem provisorischen Parkett runde, mit Blütenblättern, Kerzen und glitzernden Gläsern geschmückte Tische.

»Wir ändern jetzt den Tischplan«, sagt Constance, »ich setze mich neben Tristan.«

In ihren braunen Augen funkelt eine zuvor nie gesehene Entschlossenheit.

»Constance, du bist eine ganz andere geworden. Ich bin stolz auf dich.«

»Ich weiß, in meinem vorigen Leben war ich Mata Hari.«

Wir inspizieren die Tafel am Eingang. Offenbar hat sich das Brautpaar am Arbeitsplatz kennengelernt, und jetzt erweisen sie den Highlights ihres gemeinsamen Berufslebens alle Ehre. Die Tische tragen Namen wie »Kaffeepause«, »Weihnachtsfeier« oder »Seminar Kommunikation und Management«. Ziemlich albern, aber immer noch origineller als *Stockrose* oder *Margerite*.

Constance findet ihr Namenskärtchen und heftet es auf dem Plan an eine andere Stelle.

»Na also! Jetzt sitze ich am Tisch ›Open Space‹, und Gérard Lemaire, den ich ohnehin nicht kenne, bekommt seinen Platz am Tisch ›Toilette der Buchhaltungsabteilung‹.

Wir verlassen das Zelt und schnappen uns je ein Glas Champagner vom ersten Tablett, das vor unserer Nase auftaucht.

Vincent diskutiert immer noch mit der jungen Schwangeren. Das geht mir richtig auf die Nerven.

»Wer ist diese Blonde, mit der Vincent spricht?«, frage ich Constance.

»Weshalb interessiert dich das?«

»Die beiden unterhalten sich bereits seit einer Stunde …«

Constance kichert und beugt sich über ihr Champagnerglas. Ich atme tief durch.

»Ich hatte nichts mit Vincent, Constance. Wir haben uns nur am Tag der Beerdigung meiner Großmutter geküsst, weil ich irgendwie völlig durcheinander war. Aber ich finde ihn überhaupt nicht anziehend.«

»Es ist absolut nichts passiert, aber er wagt, mit einer fremden Blondine zu sprechen. Und du willst wissen, wer sie ist …«

Ich schiebe mir ein Schnittchen in den Mund und zucke ärgerlich die Achseln, und Constance hört auf zu lachen.

»Das ist seine Exfrau, meine Cousine Léa.«

Ich grinse triumphierend:

»Siehst du, ich habe nichts erfunden. Ihr heiratet alle untereinander.«

»Du bist doof. Das ist meine Cousine, nicht seine …« Und nachdenklich fügt sie hinzu: »Es muss ihm wehtun, dass sie schwanger ist«.

Ich schaue sie begriffsstutzig an.

»Warum denn?«

»Er hat sie verlassen, weil sie hinter seinem Rücken abgetrieben hat. Du bist nun seit vier Monaten in Marinzac und kennst diese Geschichte nicht?«

»Ich … Ich dachte, es war er, der keine Kinder wollte.«

»Vincent? Keine Kinder? Machst du Scherze? Er hat immer gesagt, dass er so viele Kinder haben möchte, dass er seine eigene Fußballmannschaft aufstellen kann, das Team Laborde … Hast du diesen Sauternes gekostet? Köstlich!«

»Ist das dieser gelbe Wein in den kleinen Gläsern?«

Constance leckt sich schmatzend jeden Finger einzeln ab.

»Chloé, als deine Freundin sage ich es dir lieber ganz ehrlich. Ich glaube nicht, dass es eine gute Idee ist, über Wein schreiben zu wollen.«

Ich nicke wortlos, stelle mir Vincent mit seinen vielen Kindern als Fußballer vor, und reiche dann Constance mein Champagnerglas.

»Halte das mal kurz! Ich bin gleich wieder da.«

Noch bevor sie antworten kann, rase ich ins Zelt zurück und gehe rasch den Tischplan durch. Ohne lange zu überlegen, pinne ich meine Karte direkt unter die von Vincent Laborde und versetze seine Nachbarin an meinen Platz. Dann verschwinde ich ebenso schnell, wie ich gekommen bin.

Und schon stehe ich Tonton Gonz gegenüber, der sich vor dem Zelteingang lebhaft mit Tristan Grant unterhält. Seine Nase ist verdächtig rot, und ein Fettfleck ziert die bestickte Weste seines dreiteiligen Anzugs. Er müht sich ab, Englisch zu sprechen, und Tristan wirft mir einen Blick zu, der ziemlich deutlich *Oh my god!* ausdrückt.

»You know beautiful Chloé?«, fragt Tonton Gonz.

»I know beautiful Chloé«, antwortet Tristan mit vergnügtem Lächeln. Jetzt verstehe ich besser, was Constance an ihm findet. Er ist sexy, wenn er lächelt.

Ich ziehe die Zigaretten aus meinem Seidentäschchen, und er zückt ein Feuerzeug. Ich danke ihm, und wir wechseln ein paar Worte.

»Chloé, ich muss mit Ihnen sprechen«, unterbricht uns Tonton Gonz plötzlich. »Excuse us, dear Sir«, sagt er zu Tristan, der sein Feuerzeug gerade wieder einsteckt.

Tonton Gonz beugt sich mit gerunzelter Stirn und vom Alkohol glasigem Blick zu mir und flüstert:

»Sagen Sie mir die Wahrheit, Chloé! Stimmt es, dass Sie gar nicht lesbisch sind?«

Ich seufze und stoße eine Rauchwolke durch die Nase aus. »Ich bin nicht homosexuell.«

Und schon fällt mir wieder ein, dass ich mich unbedingt mit Virginie aussprechen muss.

Tonton Gonz legt die Hand auf sein Herz, als hätte ich ihm soeben anvertraut, ich sei die verheimlichte Tochter von Britney Spears und François Mitterrand.

»Ich kann es kaum glauben. Ihr Coming-out ist von solch einer Brutalität …«

Ich gebe dem Kellner ein Zeichen, und er bringt das Tablett mit Champagner. Keine Ahnung, wer gesagt hat, Alkohol sei keine Lösung, jedenfalls irrte derjenige. Ich trinke zwei Schluck Champagner, bevor ich Tonton Gonz antworte, der sich immer noch nicht von seinem Schock erholt hat, nur weil ich heterosexuell bin.

»Technisch gesehen, ist es ein Coming-in. Aber mit Verlaub, Gonzague, wie kommen Sie darauf, dass …«

»Ich bin gleich wieder da«, unterbricht er mich, »ich muss dringend etwas erledigen.«

Schnellen Schrittes begibt er sich zum Festzelt. Auch er macht sich am Tischplan zu schaffen, um Karten zu vertauschen. Laetitia hat sicher Stunden mit der Sitzordnung für ihre Gäste zugebracht, und wenn sie sehen könnte, was hier geschieht, würde sie glatt einen Herzinfarkt erleiden.

Wieder stehe ich seufzend allein mit meinem Glas Champagner mitten auf dem Rasen. Die sind hier doch alle total durchgeknallt. Aber jetzt nutze ich die Gelegenheit und versuche Virginie zu finden.

Tagebuch von Constance Delahaye

15. Juni 2013 – 21:36 Uhr

Positiv: Dieser Tag hatte perfekt begonnen.

Negativ: Der Abend ist zu einem absoluten Albtraum verkommen.

Als ich vor der mit rosa Schleifchen dekorierten Tafel mit der Sitzordnung stand, begriff ich überhaupt nichts mehr. Ich tat so, als suchte ich meinen Platz wie alle anderen, und wollte mich dann, mir nichts dir nichts, auf den Stuhl neben Tristan setzen, nur war mein Kärtchen »Constance Delahaye« nicht wie zuvor unter dem von »Tristan Grant« angeheftet, dafür aber das mit der Aufschrift »Chloé Lacombe«. Ich stand wie versteinert da. Umtauschen konnte ich jetzt nichts mehr. Die anderen Gäste drängten sich hinter mir, auf der Suche nach ihren Namen auf dem Plan. Ich selbst fand mich nun am Tisch »Versammlung Strategieplanung« neben Vincent Laborde wieder.

Ich warf einen Blick in die Runde, um Chloé ausfindig zu machen, denn ich hatte sie ja vorhin zum Zelt stürmen sehen, und ich konnte mir niemanden anderes vorstellen, der unsere Schildchen hätte austauschen können. In diesem Augenblick hörte ich die aufgebrachte Stimme einer Frau um die fünfzig:

»Wie konnte Laetitia mir das antun? Sie hat mich neben Gérard Lemaire gesetzt, obwohl wir seit zehn Jahren kein Wort mehr miteinander wechseln!«

»Vielleicht damit Sie sich aussöhnen«, schlug eine mitfühlende Seele vor, wenn sie damit auch Öl ins Feuer kippte.

»Ich? Wie bitte? Wieder mit Gérard sprechen, nach dem Skandal um das Erbe von Tante Marthe? Nie im Leben! Das wollen wir doch mal sehen, ob wir uns aussöhnen, wenn ich erst mal eine saftige Szene hingelegt habe!«

Voll des schlechten Gewissens suchte ich meinen Tisch auf. Offensichtlich waren unsere kleinen Arrangements gerade dabei, diplomatische Spannungen zu erzeugen.

Chloé saß bereits auf ihrem Platz, ein paar Tische weiter, und unterhielt sich fröhlich mit Tristan, als sei nichts geschehen. In diesem Augenblick traf Vincent ein.

»Hübsch«, sagte er und wies mit einer Kinnbewegung auf das Blumengesteck aus Vergissmeinnicht und weißen Pfingstrosen in der Tischmitte.

Ich hielt ihm mein leeres Glas hin.

»Schenk mir lieber ein, statt Phrasen zu dreschen!«

»Meinst du nicht, wir sollten warten, bis ...«

»Her mit dem Wein, sag ich!«

Er gehorchte, und ich stürzte auf Anhieb vier kräftige Schlucke hinunter.

Dann muss Chloé irgendetwas gesagt haben, was Tristan laut auflachen ließ.

»Das darf doch nicht wahr sein! Sie flirtet mit ihm. Sieh dir das an!«

Vincent schaute zu ihnen hinüber und zuckte die Achseln.

»Bei einer Hochzeit amüsieren sich die Leute ... Jedenfalls theoretisch.«

Auch sich selbst schenkte er jetzt Wein ein und schien sich, ehrlich gesagt, nicht viel besser zu amüsieren als ich.

Auf das »Guten Abend« des gerade an unserem Tisch eingetroffen Pärchens reagierte ich nur ich mit einem Nicken.

»Deine Freundin Chloé, ist sie nun lesbisch, oder nicht?«, fragte Vincent.

»Hetero«, murmelte ich und verrenkte mir den Hals, um inmitten der vergnügten Hochzeitsgesellschaft und durch die Blumengestecke hindurch zu verfolgen, was sich bei Tristan und Chloé abspielte.

»Aber dein Onkel …«

»Tonton Gonz hat nur herumerzählt, was ich ihm gesagt habe.«

Ein Typ mit Brille setzte sich nun an Chloés freie Seite, aber sie bedachte ihn nur mit einem knappen Lächeln und wandte sich wieder Tristan zu.

»Ich verstehe nicht …«, wollte Vincent fortfahren.

Ich verdrehte die Augen und trank noch einen tiefen Schluck Wein.

»Was verstehst du daran nicht? Es liegt doch klar auf der Hand! Chloé sollte sechs Monate lang abstinent bleiben, und ich habe mir gesagt, eine kleine Hilfestellung ist da sicher angebracht. Deshalb habe ich sie nach Marinzac geschickt und somit von Guillaume entfernt. Das Gerücht, sie sei homosexuell, sollte sie nur davon abhalten, mit aller Welt ins Bett zu gehen, wie sie es sonst immer tut.«

Die Bedienung stellte Teller vor uns hin. Ich nahm die Gabel und schaufelte mir mit drei Happen die winzigen marinierten Lachsstückchen hinein. Kein Zweifel, Chloé baggerte Tristan an.

»Wer ist denn Guillaume?«, wollte Vincent wissen.

»Ihr Typ.«

Er schien seinem Lachs den Bordeaux vorzuziehen und rührte sein Essen nicht an.

»Sie hat einen Freund?«

»Ja und nein«, sagte ich mit vollem Mund. »Er ist ihr Ex,

aber immer noch ihr Liebhaber. Er heiratet nächsten Samstag eine andere.«

»Ich habe aber gesehen, dass Virginie und sie sich geküsst haben«, entgegnete er verwundert.

Er wirkte völlig verloren. War er etwa in sie verliebt? Vincent Laborde, das gebrochene Herz von Marinzac, der Mann, der aufgrund seiner misslungenen Ehe zu One-Night-Stands verdammt war? Sollte sogar Vincent Laborde in Chloé verschossen sein? Ich hingegen wollte niemanden anderes als Tristan, und es machte mich krank, dass Chloé meinen Platz neben ihm geklaut hatte. Mir kamen die Tränen.

»Kann man endlich mal aufhören, von Chloé zu reden? Das ist ja schon zwanghaft. Was habt ihr nur alle mit ihr?«

»Entschuldige«, sagte Vincent und faltete nun doch seine Serviette auseinander, um sie auf seine Knie zu legen.

Sein Tischnachbar versuchte ihn in eine Unterhaltung zu verwickeln, aber er antwortete nur einsilbig und schenkte sich mit finsterer Miene nochmals Wein ein, rührte jedoch seinen Teller nicht an.

»Isst du nichts?«

Statt ihm die Zeit für eine Antwort zu lassen, tauschte ich meinen leeren Teller flugs gegen seinen.

Das Essen zog sich hin, mit dem Ergebnis, dass wir zu acht tatsächlich vier Flaschen Wein tranken (Vincent und ich bewältigten zwei davon allein). Unter dem Tisch stampfte ich nervös mit den Füßen und betete, dieses Diner schnell hinter mich zu bringen, damit wir zum weiteren Programm übergehen konnten, bevor sich Chloé und Tristan abseilten, um auf der tragbaren Behelfstoilette zu vögeln.

Als ich mich erhob, um das Lied mitzusingen, das die Cousins zu Ehren des Brautpaars geschrieben hatten, stellte ich fest, dass das Parkett unter meinen Füßen sonderbar schwankte, und ich musste mir eingestehen, dass ich einen gehörigen Schwips hatte.

»Lass es gut sein«, sagte Vincent und zog mich an meinen Platz zurück, als ich gerade dabei war, aus den Stilettos zu kippen. »Du bist jetzt nicht in der Lage, dieses alberne Lied mitzusingen.«

»Es ist überhaupt nicht albern. Es ist sogar sehr witzig«, rief ich und versuchte nochmals, mich zu erheben, aber Vincent hielt mich fest.

»Solche Lieder bei Hochzeiten sind immer albern. Nur die Leute, die sie singen, verstehen den Text.«

Nach der Käseplatte gab es eine Pause, und es kam Bewegung ins Zelt. Manche Gäste standen auf, um rauszugehen und zu rauchen. Natürlich erhoben sich Chloé und Tristan mit der gleichen Absicht.

»Los, komm, wir gehen jetzt eine rauchen«, forderte ich Vincent auf.

»Seit wann rauchst du denn?«

»Was soll diese dumme Fragerei?«

Seufzend erhob er sich. Ich musste mich bei ihm unterhaken. Draußen entdeckte ich Chloé und Tristan natürlich sofort – etwas abseits von den Gästen, die sich an der frischen Luft auf dem Rasen die Beine vertraten. Vincent versuchte sich eine Zigarette anzustecken, aber ich zog ihn am Arm hinter mir her, direkt auf die beiden zu.

Chloé

Tristan zündet mir die Zigarette an. Meine Hand zittert ein wenig. Es gefällt mir gar nicht, wie sich die Lage entwickelt. Ich habe zu viel Champagner getrunken, und alles dreht sich um mich herum. Aber das ist nicht das Problem. Das Problem ist, dass mich dieser Tristan seit Beginn des Abendessens hemmungslos anmacht. Ich war kurz davor, ihm das Enten-Confit auf den Anzug zu schmieren, und ging deshalb lieber raus, um zu rauchen. Dummerweise ist er mir gefolgt, aber wenigstens fühle ich mich ihm hier draußen nicht so ausgeliefert wie am Tisch und auf unseren dicht aneinander stehenden Stühlen. Ich versuche Abstand zu halten. Wie ich mich auf dem Platz neben ihm statt neben Vincent Laborde wiederfinden konnte, verstehe ich immer noch nicht. Die einzige logische Erklärung ist, dass Tonton Gonz – über meine unerwartete Heterosexualität hoch erfreut – uns zusammenbringen wollte, indem er uns nebeneinander platziert hat. Was für eine gelungene Aktion! Und ich begreife auch nicht, wie Constance den ganzen Abend mit der Hand auf Vincents Arm zubringen und ihm Geheimnisse ins Ohr flüstern konnte. Gut, in gewisser Hinsicht konnte sie das ja auch gern tun, denn ich hatte ihr geschworen, dass nichts zwischen uns war. Aber wenn sie sich für ihn interessierte, hätte sie es doch ehrlich sagen können.

Ich hingegen habe während des ganzen Essens versucht, Tristan Constance schmackhaft zu machen, habe ihren Humor, ihre Kochkünste und ihre Liebenswürdigkeit gelobt.

Aber Tristan ist nicht gerade eine Leuchte und hat die Botschaft gar nicht verstanden. Als ich Constance und Vincent aus dem Zelt kommen sah und gerade einen Moment nicht aufpasste, ergriff der hübsche Engländer die Gelegenheit beim Schopf, legte mir die Hand auf die rechte Wange und gab mir einen sanften Kuss auf den Mundwinkel. Hastig trat ich einen Schritt zurück und warf ihm einen wütenden Blick zu.

»Spinnst du? Dir geht's wohl nicht gut!«

In diesem Augenblick rast Constance auf mich zu, gefolgt von Vincent, der so tut, als ginge ihn das alles nichts an. Hoffentlich hat Constance nichts gesehen. Oh bitte! Hauptsache, sie hat nichts mitbekommen!

»Guten Abend«, ruft sie und baut sich vor mir auf, »ich hoffe, wir stören nicht.«

Sie strauchelt auf ihren hohen Absätzen, und ihr Haarknoten ist zur Seite gerutscht. Hat sie wirklich nichts gesehen?

»Natürlich stört ihr nicht. Ist es nett an eurem Tisch?«

Irgendetwas stimmt hier nicht. Constance lächelt nicht, was sie normalerweise ständig tut. Vincent, der im Halbdunkel hinter ihr steht, scheint sich tödlich zu langweilen.

»Na, verbringst du einen netten Abend, Chloé?«, fragt Constance scharf und verschränkt die Arme.

Aha, sie hat alles gesehen und ist stinkwütend. Ich lege eine Hand auf ihren Arm.

»Constance, kann ich drei Minuten mit dir allein sprechen?«

»Warum denn? Du scheinst dich köstlich zu amüsieren, da wäre eine Unterbrechung doch schade.«

»Warum bist du so aggressiv?«

Sie bricht in ein gekünsteltes Gelächter aus.

»Keine Ahnung, gute Frage, vielleicht weil du den Tischplan geändert und mir den Platz geklaut hast, um dir hinter meinem Rücken Tristan zu angeln.«

Manche Leute drehen sich zu uns um, aufgeschreckt von den lauten Stimmen. Tristan murmelt eine faule Entschuldigung und verschwindet diskret im Zelt. Vincent raucht mit unergründlicher Miene. Ich atme tief durch. Es hat keinen Sinn, mich jetzt aufzuregen.

»Ich habe überhaupt nichts ausgewechselt, ich habe nur …«

»Ich hab doch gesehen, wie du die Karten umgetauscht hast!«

Constance kocht vor Wut, und ihre Wangen sind knallrot. Wird sie gleich in Tränen ausbrechen oder wie eine Bombe explodieren?

»Du hast zu viel getrunken, Constance, du weißt nicht mehr, was du redest.«

»Kannst du mir dann mal erklären, wie es kommt, dass ich neben Vincent sitze?«

Ich beiße die Zähne zusammen. Auch wenn ich gern vermieden hätte, zuzugeben, dass ich neben Vincent sitzen wollte, so muss ich jetzt doch mit der Wahrheit herausrücken.

»Es stimmt, ich habe die Karten vertauscht, weil ich neben Vincent sitzen wollte. Ich wollte …«

»So ein Stuss! Wo du doch über die Leute hier gesagt hast, dass sie allesamt degenerierte, untereinander verschwägerte Dummköpfe sind und Vincent ein Bauerntölpel ist, der dich nicht im Geringsten interessiert und bla bla bla! Und auf einmal willst du neben ihm sitzen?«

Ich bin zu entsetzt über alles, was Constance hervorbringt, um zu widersprechen. Vincent räuspert sich und zertritt seine Kippe auf dem Rasen.

»Ich glaube, ich lasse euch besser eure Kämpfe allein austragen und gehe dann mal meiner Beschäftigung als Bauerntölpel nach.«

»Vincent, ich habe nie gesagt …«, beginne ich.

»Du bleibst hier!«, befiehlt Constance Vincent. »Das ganze Abendessen über hast du mich wegen Chloé belabert, *und ist Chloé heterosexuell?*, *und hat Chloé einen Typen?*, und Chloé hier und Chloé da. Immer Chloé, Chloé, Chloé …«

Vincent öffnet den Mund, entschließt sich jedoch, brav zu schweigen.

Noch nie habe ich Constance in einem solchen Zustand gesehen.

»Wenn du Fragen hast, so stell sie mir doch direkt«, sage ich schroff, doch im Grunde geschmeichelt.

»Ja. Sehr gute Idee«, sagt Constance. »Es wird schließlich immer schwieriger mit der Buchführung über alle Typen, mit denen Chloé gepennt hat. Ich könnte ein Dutzend hier, ein Dutzend dort vergessen. Besser, man holt sich die Informationen tatsächlich an der Quelle, um nicht durcheinanderzukommen.«

Und rums, mir direkt in die Fresse!

Tödliches Schweigen. Ich habe den Eindruck, dass die Hälfte der Hochzeitsgäste aus dem Zelt auf die Terrasse gekommen ist und um uns herumsteht, um unseren Streit zu verfolgen. In Constances Augen glitzern Tränen. Ich fahre mir mit der Zunge über die trockenen Lippen und lächle verkrampft.

»Constance, wirklich, du musst dich jetzt beruhigen. Es ist alles ganz anders, als du denkst …«

»Ach ja, du meinst, alles ist anders, als ich denke? Glaubst du, ich hätte nicht gesehen, dass du Tristan beim Abendessen wie eine läufige Hündin angemacht hast? Ich wollte einen Typen, Chloé, nur einen, alle anderen konntest du dir unter den Nagel reißen. Warum musstest du dir ausgerechnet Tristan aussuchen? Wie konntest du mir klammheimlich den Platz klauen?«

»Stimmt, da sind sonderbare Dinge mit den Tischkarten passiert. Ich saß plötzlich neben Gérard, den ich auf den Tod nicht ausstehen kann …«, sagt eine Stimme hinter mir.

Das alles geht mir jetzt ziemlich auf den Geist. Ich habe nichts verbrochen, dafür aber einen bescheuerten Abend verbracht und soll mich nun auch noch in aller Öffentlichkeit beleidigen lassen?

»Ich habe niemanden aufgerissen, Constance. Und zu deiner Information ist dieser Tristan Grant nur hier, um irgendjemanden anzubaggern. Er hätte sich wahrscheinlich sogar den Koch geschnappt, weil er so einsam ist. Wunderbare Neuigkeit, nicht wahr? Da habt ihr etwas Gemeinsames. Ihr seid offenbar beide bereit, euch aus Verzweiflung heute Abend an die erstbeste Knalltüte heranzumachen.«

»Selbstverständlich! Wenn man nicht mit aller Welt schläft, so wie du, ist man verzweifelt. Und wenn Tristan dich küsst, liegt es natürlich nicht daran, dass du ihn drei Stunden lang angemacht hast. Aber nein! Du bist einfach so unwiderstehlich, dass er sich absolut nicht zurückhalten konnte. Du weißt überhaupt nicht mehr, wann du flirtest und wann nicht. Es ist stärker als du. Du hast überhaupt keine Ahnung, wie man sich in Gesellschaft normal, zumindest einigermaßen korrekt verhält!«

Ich lache böse, weiß, dass ich besser still sein und nach Hause gehen sollte, aber ich habe die Nase voll davon, abgeurteilt zu werden.

»Ausgerechnet du willst mir erklären, was ein normales Sozialverhalten ist? Machst du Witze? Ich muss doch wohl nicht die Besserwisserei eines bedauernswerten Mädels ertragen, das Verführungskurse belegt, um mit einem Typen zu schlafen, den es ein einziges Mal vor zwei Jahren gesehen hat?«

Ich höre es hinter mir kichern, und plötzlich wird Constance weiß wie ein Laken, und schon bedauere ich meine Worte. Ich muss jetzt irgendetwas sagen. Alle Leute auf der Terrasse schweigen, wir sind die Hauptdarstellerinnen in einem improvisierten Schauspiel, das nur ein böses Ende nehmen kann.

Constance braucht einige Sekunden, um sich wieder zu fassen, und sagt mit plötzlich sehr ruhiger Stimme:

»Und du meinst, kein bedauernswertes Mädel zu sein? Du kannst vielleicht den anderen die Männer klauen, aber niemand möchte mit dir zusammen sein, ganz und nur mit dir. Für Guillaume bist du nichts als eine Lückenbüßerin. Er liebt dich nicht mehr, und das wissen alle seit zwei Jahren, aber du steckst den Kopf in den Sand. Ich bin vielleicht allein und verzweifelt, aber ich wäre mir trotzdem zu schade, die Gespielin eines Mannes zu sein, der eine andere heiratet.«

Jetzt stehe ich da wie ein begossener Pudel. Ich schaue mich nach Hilfe um, doch auf mich sind nur anklagende Blicke gerichtet, und man wendet sie ab, sobald ich jemandem in die Augen schaue. Ich bin allein. Ich sehe Virginie, die mich mit traurigem Erstaunen mustert. Vincent wirkt … enttäuscht. Doch was mich am meisten kränkt, ist, dass Constance all das von mir denkt und zudem glaubt, ich hätte ihr den Typen ausspannen wollen.

»Was ist denn hier los? Kommt rein, die Hochzeitstorte wird jetzt angeschnitten.«

Laetitia zeigt sich kurz auf der Terrasse und hebt ihr weißes Kleid mit beiden Händen an, damit es nicht schmutzig wird. Die Gäste verdrücken sich eilig, entschuldigen sich leise bei ihr und werfen mir einen letzten Blick zu.

Die Vorstellung ist beendet, die Schauspieler waren großartig, nur leider ist das Ende etwas im Sand versickert.

Ich halte Vincent am Ärmel seines Jacketts zurück:

»Ich habe dich nicht Bauerntölpel genannt«, beteure ich.

»Stimmt, hat sie nicht«, bestätigt Constance, die sich nicht mehr gerührt hat. »Ich glaube, der exakte Ausdruck war trotteliges Inzuchtprodukt.«

Er zuckt die Achseln, dreht mir den Rücken zu und geht wortlos ins Zelt zurück.

Nur Constance und ich sind noch da. Constance weint. Sie geht einen Schritt aufs Zelt zu, wankt und stolpert. Reflexartig fange ich sie auf.

»Du bist ja völlig betrunken, Constance«, flüstere ich. Sie weint nur noch mehr, aber ich mag sie nicht trösten. Ich hasse sie und alles, was sie gesagt hat. Ich gehe weg, ziehe meine Schuhe aus, um nicht mehr mit den Absätzen im Gras zu versinken, und laufe auf das Haus zu. Ich lasse Constance allein dort stehen.

Wieder in meinem Zimmer, verstecke ich mich, noch immer vollständig angezogen, unter dem rosa Federbett und rufe Guillaume an, einmal, zweimal, dreimal, bis er endlich antwortet. Ich breche in Tränen aus, als ich seine Stimme höre.

»Morgen komme ich nach Paris zurück. Ich muss dich sehen. Bitte! … Nur dieses eine Mal.«

Mein Schluchzen erstickt die Worte, und ich muss sie mehrmals wiederholen. Noch nie habe ich mich so einsam gefühlt, und ich bin nicht sicher, ob er meine unzusammenhängenden Sätze versteht. Er schweigt lange am anderen Ende der Leitung und sagt dann ruhig:

»Sag mir, wann du ankommst. Ich hole dich vom Bahnhof ab. Weine nicht, Chloé, alles kann nur besser werden.«

Tagebuch von Constance Delahaye

16. Juni 2013 – 23:55 Uhr

Gerade bin ich wieder nach Hause gekommen. Ich habe das schlimmste Wochenende meines Lebens hinter mir. Diesmal sind die Würfel gefallen. Mit der Liebe bin ich fertig. *Fini, over, finito,* aus. Ich brauche keinen Mann. Schließlich habe ich es fast siebenundzwanzig Jahre ohne ausgehalten, und so wird es sicher auch bleiben. Es hat lange gedauert, aber endlich habe ich es geschnallt. Ich bin nicht dafür geschaffen, in einer festen Beziehung zu leben. Ich gehöre dieser Minderheit von Personen an, die nie heiraten und nie eine Familie gründen werden. Ich gehöre zu jenen, die man »anders« nennt. Jetzt ist klar, dass ich zum Alleinleben verdonnert bin, umgeben von Büchern und bretonischem Salzbuttergebäck. Sterben werde ich wohl fettleibig und während der Lektüre von Jane Austen. Hoffentlich wird es *Stolz und Vorurteil* sein. Nebenbei bemerkt, werde ich voraussichtlich auch alle meine Freundinnen verlieren. Chloé habe ich mindestens zweitausendmal angerufen. Sie ist weder ans Telefon gegangen, noch hat sie zurückgerufen.

Ich bin ein Monster und habe ihr fürchterliche Dinge gesagt. In meinem Leben hatte ich noch nicht so viel Alkohol getrunken wie bei dieser Hochzeit, stimmt schon, aber das ist keine Entschuldigung. Chloé hätte nie Tristan Grant aufgerissen! Das hätte ich eigentlich wissen müssen, ob nun blau oder nicht. Diese albernen Verführungskurse haben mir den Kopf verdreht.

Während des Nachtischs konnte ich gerade noch aus dem Zelt rennen, um mich auf dem Rasen zu übergeben. Irgendwann später bin ich jedenfalls auf dem Sofa in Vincents Wohnzimmer aufgewacht.

Laetitia war richtig sauer und beschuldigte mich, ihre ganze Hochzeit versaut zu haben. Meine Mutter sagte, ich sei die Schande ihres Lebens, und sie ruft mich alle zwei Stunden an, weil ich mich bei den katholischen Anonymen Alkoholikern in Versailles einschreiben soll.

Wunderbar! Seit ich mein Leben in die Hand genommen habe, geht alles in die Hose.

Ich habe so ziemlich den ganzen Abend nach der Hochzeit vergessen, doch in Anbetracht dessen, was mir im Gedächtnis geblieben ist, ist es zweifelsohne so am besten. Dunkel erinnere ich mich an Tristan, der irgendeine Blondine geküsst hat. Danach hat er versucht, auch mich zu küssen. So ganz weiß ich nicht mehr, was wann passiert ist. War es, bevor oder nachdem ich gereihert hatte? Keine Ahnung. Chloé lag goldrichtig: Tristan war überhaupt nur zu dieser Hochzeit gekommen, um irgendjemanden, egal wen, anzubaggern.

Vincent hat mich dann zu sich nach Hause gebracht und auf sein Sofa gelegt. Am nächsten Morgen zählte er mir die ganzen Scheußlichkeiten auf, die ich von mir gegeben hatte. Ich fing an zu weinen. Er klopfte mir ungeschickt auf die Schulter und sagte, das sei doch alles nicht so schlimm. Ich heulte wie ein Schlosshund und gestand, dass Chloé nie Gemeinheiten über ihn gesagt und ihn nie als trotteliges Inzestprodukt bezeichnet hatte.

Gemeinsam kehrten wir dann am Vormittag nach Château-Lyran zurück. Meinen Eltern konnte ich glücklicherweise aus dem Weg gehen, nur Tonton Gonz bin ich in die Arme gelaufen.

In meinem Zimmer war das Bettzeug abgezogen und lag säuberlich gefaltet auf der Matratze. Alles war aufgeräumt, der Schrank leer.

Als Vincent den Raum betrat, erklärte er plötzlich knapp: »Ich muss nach Hause. Ich habe keine Lust auf einen Brunch«, drehte sich auf dem Absatz um und verschwand.

Ich blieb bei Tonton Gonz, der mir Kaffee anbot. Chloé hatte ihm einen langen Brief hinterlassen.

»Der Brief ist ebenso charmant wie seine Urheberin«, murmelte er ein wenig traurig. »Sie wird uns fehlen.«

»Ihr werdet ihr auch fehlen. Weißt du, sie hat immer nur Gutes über Jacqueline und dich gesagt.«

Für mich gab es keinen Brief. Auch nicht die winzigste Nachricht lag auf der kahlen Matratze.

Ich suchte überall, unter dem Bett und in den Schränken, aber sie hatte nichts für mich hinterlegt.

Alle zehn Sekunden schaute ich auf mein Handy. Ich wünschte, sie würde mich zurückrufen. Noch nie zuvor habe ich so ungeduldig auf einen Anruf gewartet.

Chloé

Ich bin nicht schlafen gegangen. Stattdessen habe ich meine Koffer gepackt, Tonton Gonz einen langen Brief geschrieben und mir bei Sonnenaufgang ein Taxi bestellt. Bis alle von der Hochzeitsfeier zurück waren, habe ich mich in meinem Zimmer versteckt und bin zum Glück auch niemandem begegnet. Wie gern hätte ich Tonton Gonz und Jacqueline auf Wiedersehen gesagt, aber ich schämte mich zu sehr. Alles, was Constance erzählt hatte und was diese lieben Menschen folglich in dem Glauben lassen musste, dass ich schlecht über sie dachte, erfüllte mich mit Scham. Am liebsten wäre ich zu Vincents Anwesen gegangen, um dort auf ihn zu warten und ihm zu sagen, dass er kein Bauerntölpel ist und der Einzige war, der mich bei Mamie Roses Tod getröstet hatte, und er recht hatte, mich abzuweisen, weil er einfach zu gut für mich ist. Aber er hatte derartig enttäuscht gewirkt … Alle schienen enttäuscht, sodass ich nicht den Mut aufbrachte, ihnen gegenüberzutreten.

Guillaume erwartet mich am Bahnhof. Ich gehe den Zug entlang und ziehe die Koffer hinter mir her. Er sucht mich auf dem überfüllten Bahnsteig und lächelt, als er mich entdeckt. Dann nimmt er mich inmitten der drängelnden Menschenmenge in die Arme. Wie in einem schmalzigen Roman. Constance wäre von dieser Szene begeistert gewesen.

Ich bin erschöpft und möchte nur noch meinen Kopf an seine Schulter legen und stundenlang weinen, aber jetzt ist es an der Zeit, die Karten auf den Tisch zu legen. Ich mache mich los.

»Ich muss mit dir sprechen.«

»Okay. Möchtest du hier einen Kaffee trinken oder woanders?«

»Am besten gleich hier irgendwo.«

Er nimmt meine Koffer, und wir setzen uns an einen runden Tisch im nächsten Café mitten in der Bahnhofshalle von Montparnasse. Das ist nicht gerade der romantischste Ort für ein Rendezvous, reicht aber für eine ernsthafte Aussprache völlig. Die Bedienung stellt uns zwei Espresso und das Tellerchen mit der Rechnung klirrend auf den winzigen Tisch. Wir wollen schließlich nicht die Nacht hier verbringen, und ich schneide sogleich das brennende Thema an.

»Ich denke, dass Manue dich betrügt.«

Er hat ja wohl das Recht, darüber Bescheid zu wissen. Er heiratet in sechs Tagen, und ich spiele meinen letzten Trumpf aus. Ich habe während der vier Stunden im Zug überlegt, wie er diese Nachricht wohl aufnehmen wird. Würde er lachen, leugnen, sich ärgern ...?

Er wird rot und braucht ein paar Sekunden, bevor er sich gesammelt hat, und antwortet:

»Woher weißt du das?«

Überrascht mustere ich ihn.

»Wusstest du es denn schon?«

»Wir sind kein perfektes Paar, aber wir teilen alles und haben keine Geheimnisse voreinander«, sagt er ruhig.

Aus Gewohnheit nehme ich Guillaumes Zuckerstück, reiße die weiße, etwas klebrige Papierumhüllung ab und schaue zu, wie es sich in meinem Kaffee auflöst. Er hat seinen Kaffee nie mit Zucker getrunken, und ich habe mir stets noch sein Stück stibitzt. Ich dachte immer, das sei ein Zeichen dafür, wie gut wir uns ergänzen. *Wir haben keine Geheimnisse voreinander.* Ich verstehe, was das bedeutet, und beiße mir auf die Lippe.

»Dann wusste sie auch über uns Bescheid?«

Er zieht an den Ärmeln seines Pullis und betrachtet seine Tasse.

»Ja«, antwortet er und schluckt. »Sie hat mich darum gebeten, Schluss zu machen. Wir sahen uns zu oft, du und ich.«

Mir fällt keine Antwort ein. Das ist doch Verrat! Natürlich ist der Gedanke lächerlich, aber mir ist, als hätte er mir gerade gebeichtet, dass er mich seit zwei Jahren betrügt.

»Wir waren von Anfang an ein sehr freizügiges Paar. Sie hat mich nie belogen. Sie hat da so eine Mädchengruppe …«

»Ich weiß. Meine Freundin Constance hat sie auf diesem Weg kennengelernt.«

Meine Antwort klang etwas scharf, und er ist irritiert. Er versucht meine Hand zu nehmen, aber ich ziehe sie weg und lege sie unter dem Tisch auf mein Knie.

»Das ändert nichts daran, dass ich mit dir glücklich war, Chloé, und ich habe unsere gemeinsame Zeit wirklich genossen. Du bleibst in meinem Leben wichtig. Und du warst immer für mich da, wenn bei mir etwas nicht geklappt hat, und ich brauche dich – als Freundin.«

Hinter uns küsst sich ein Pärchen um die vierzig. Sie hocken, Stirn an Stirn, dicht beieinander auf der Sitzbank. Neben ihrem Tisch steht ein großer Koffer. Das Kinn der Frau zittert ein wenig. Ich starre Guillaume an. Meinen Guillaume. In dem Baumwollpulli, der seine blauen Augen betont, sieht er besonders gut aus. Die entschlossene Mundpartie kontrastiert mit seinem zögernden Augenausdruck. Ich kenne seine Kindheit, die davongetragenen Wunden, seine Geschichte, den Geruch seines Shampoos. Guillaume hat mir diesen einen Augenblick der Schwäche nie verziehen, und ich war dumm genug gewesen, es ihm erzählt zu haben. Und jetzt wird er eine Frau heiraten, die alle drei Tage fremdgeht, was er offenbar gutheißt, weil sie ihm die Wahrheit sagt. Wo steckt hier der Fehler? Ich muss an die Manue im Fahrstuhl denken, an ihre Schönheit, ihre ruhige Art und an ihre Selbstsicherheit. Sie wusste alles. Zwei Jahre lang glaubte ich, wir hätten etwas, das nur uns gehört, dass er und ich ein Geheimnis teilten. Ich habe mich geirrt und wie immer nichts begriffen.

Dümmlich wiederhole ich seine Worte:

»Ich bin immer für dich da gewesen, wenn bei dir etwas nicht geklappt hat? Meinst du etwa, ich bin die Heilsarmee? Und wann warst du denn für mich da? Als ich jede Nacht geweint habe, als du mich verlassen hattest und zu Manue gegangen bist? Als ich dich gebeten habe, zu Mamie Roses Beerdigung zu kommen?«

»Chloé, ich …«

»Es tut dir leid, wie immer, ich weiß, aber das ist mir jetzt egal. Du hattest deine Abmachungen mit Emmanuelle. Und ich? Hast du mich vielleicht gefragt, ob ich mit einer Dreierbeziehung einverstanden bin? Und dann sagst du mir, dass du mich verlassen hast, weil ich dich betrogen habe. Deine Verlobte pennt mit ganz Paris, und auf einmal findest du das in Ordnung?«

Er senkt den Kopf, denn ich habe zu laut gesprochen, und das ist ihm peinlich. Trotz allem schämt er sich seiner Hörner wie alle Gehörnten.

»Ich wollte dich nie verletzen, Chloé, ich habe versucht, unsere Geschichte zu beenden, als ich gesehen habe, wie nahe dir das alles ging. Aber du bist immer wieder angekommen. Ich weiß, unser Konzept einer Paarbeziehung ist für die meisten Leute unverständlich, aber …«

Plötzlich verraucht meine Wut. Er sagt die Wahrheit. Er hatte tatsächlich versucht, unsere Beziehung abzubrechen, und ich war es gewesen, die immer wieder versucht hatte, ihn zurückzuerobern, und das nur, um mir meine wöchentliche Backpfeife abzuholen, wie ein Goldfisch, der Kreise in seinem Glas zieht und sich wundert, ständig an der gleichen blöden Plastikalge vorbeizuschwimmen, oder wie eine bescheuerte Fliege, die zehnmal hintereinander gegen die Scheibe fliegt, ohne zu begreifen, dass sie ans Glas donnert, bis sie sich ihren dummen Schädel einschlägt, auf dass der Tod sie erlöst, genau wie die hinterletzte, hirnverbrannte Verliebte. Ich muss an Mamie Rose denken – an Oscar Wilde –, und plötzlich überkommt mich eine ungeheure Lust zu lachen. Ich bin weit entfernt von allem, was sich Mamie Rose für mich gewünscht hatte. Schwungvoll hebe ich meine Tasse und schlucke den Kaffee in einem Zug hinunter. Dann sage ich zu Guillaume:

»Ehrlich oder nicht, ich finde eine solche Beziehung einfach erbärmlich. Nie wieder werde ich mich dazu herablassen, die Person zu teilen, die ich liebe.«

Er zuckt die Achseln.

»Alle betrügen alle, Chlo. Okay, ich hätte dir sagen sollen, dass sie es wusste, aber was hätte sich da großartig geändert?«

»Eines hat sich jetzt bestimmt geändert. Ich mache nicht mehr mit. Ich will keine Aushilfsgeliebte, kein Trostpreis, keine zweite Wahl mehr sein. Ich will, dass man mich wirklich liebt und kein Urteil über mich fällt. Ich will jemanden, der für mich da ist, wenn es mir nicht gut geht, jemanden, der denkt, dass ich außergewöhnlich und nicht einfach austauschbar bin … Genau das Gegenteil von dir, siehst du?«

»Ich liebe dich auf meine Art, aber ich liebe dich.«

»Du liebst mich, kommst aber ohne mich klar, nicht ohne sie, sonst würdest du bei ihr nicht akzeptieren, was du bei mir nicht durchgehen lassen konntest.«

Gestern noch hätte ich zwanzig Jahre meines Lebens und meine Lieblingsstiefel von Céline dafür hergegeben, ihn sagen zu hören, dass er mich liebt. In gewisser Weise mag das stimmen. Heute verstehe ich es, aber es hat keine Bedeutung mehr.

Das Pärchen hinter Guillaume erhebt sich von der Bank und geht Hand in Hand zum Bahnsteig. Ich mache Guillaume mit einer Kopfbewegung auf sie aufmerksam und lächle.

»Siehst du, genau so etwas schwebt mir vor. Ich will, dass mein wirkliches Leben einem Roman gleicht. Ich will keine halbherzige Beziehung, in der man regelmäßiges Fremdgehen einfach so hinnimmt, im Grunde, weil man sich nicht genug liebt. Ich will weder auserwählt werden, weil keine andere da ist, noch aus Vernunftgründen. Ich will alles und für immer, ich will ein Märchen und ewig währende Liebe, gemäß dem Motto: *Und sie lebten glücklich bis ans Ende ihrer Tage*. Und es ist mir völlig egal, was Zyniker, Abgeklärte oder Spielverderber darüber denken mögen.

Guillaume hebt belustigt, fast herablassend, eine Augenbraue.

»Das hört sich aber sehr nach mittelmäßiger Liebeskomödie an. Angesichts deiner Vorgeschichte finde ich es höchst erstaunlich, wie du plötzlich so vehement ewige Treue verteidigst …«

Weiter kommt er nicht. Jetzt wird es mir echt zu bunt. Ich schlage mit der Faust auf den Tisch, dass die Löffel hochfliegen und sein Kaffee in die Untertasse schwappt.

»Weißt du was, Guillaume? Seit zwei Jahren machst du mir das Leben zur Hölle, weil ich dich einmal betrogen habe. Jetzt reicht es. Ich habe lange genug gelitten und mich oft genug entschuldigt. Wir sind nicht füreinander geschaffen, das ist alles, und auch ich komme sehr gut ohne dich klar. Es wird langsam Zeit, dass du mir vergibst, und du solltest mir sogar danken, denn hätte ich dich nicht betrogen, wärst du nicht nach New York gegangen und hättest deine wundervolle Emma nie getroffen!«

Wir starren uns wortlos an, ich wütend, er überrascht. Auf einmal beginnt er zu lachen, und auch ich muss grinsen. Jetzt weiß ich, dass er mir verziehen hat, denn auch er muss denken, dass ich meine Schuld abgetragen und meine Lektion gelernt habe, und zum ersten Mal seit zwei Jahren fühle ich mich nicht mehr schuldig.

Er beugt sich vor, als wolle er mir ein Geheimnis anvertrauen.

»Es ist zwar nicht leicht zu begreifen, vor allem mit deinem neuen – nimm es mir nicht übel –, etwas kitschigen Beziehungskonzept, aber ich bin mit ihr glücklich. Wirklich glücklich!«

»Das weiß ich jetzt auch. Ich bin nicht blind.«

Er bezahlt den Kaffee. Den seinen hat er nicht getrunken. Er bringt mich zum Taxi, stemmt mein Gepäck in den Kofferraum und dreht sich zu mir um, um sich zu verabschieden.

»Noch eines, Chloé, warum hast du gestern am Telefon so geweint?«

Ich wehre mit einer Handbewegung ab.

»Nichts Ernstes, mach dir nichts draus.«

Ich gebe ihm die obligatorischen Küsschen und streiche ein letztes Mal durch sein dunkelblondes Haar. Noch nie habe ich mich so leicht gefühlt, und zum ersten Mal denke ich – aufrichtig und ohne den geringsten Zweifel –, *die Geschichte mit Guillaume ist zu Ende. Ganz und gar vorbei*. Endlich!

»Und was Samstag angeht …«, beginne ich, zögere und überlege es mir anders. So weit gehe ich dann doch nicht, ihm zu seiner Hochzeit zu gratulieren.

Er nickt. Er hat verstanden. Wir haben uns immer verstanden, doch manchmal reicht das halt nicht aus. Er lehnt sich ins Auto und schenkt mir sein unwiderstehliches Lächeln, das mich noch vor ein paar Wochen aus der Bahn geworfen hätte.

»Nichts für ungut?«

»Wir werden ja sehen«, entgegne ich und schlage die Wagentür zu.

Tagebuch von Constance Delahaye

20. Juni 2013 – 10:34 Uhr

Vorhin bin ich, ohne anzuklopfen, ins Büro von Hans Schmidt gegangen. Er hat erstaunt den Kopf gehoben, und ich habe mich unaufgefordert einfach ihm gegenüber hingesetzt.

»Ich habe es mir anders überlegt und gerade BTPTD noch mal angerufen. Ich habe ihnen gesagt, dass ich den Posten doch gern übernehmen würde, wenn er noch frei ist.«

Nun hatte ich erwartet, dass Hans Schmidt mir sagt, ich sei wankelmütig, unfähig, eine verbindliche Entscheidung zu treffen, und er lehne aus diesem Grund meine Versetzung ab und werfe mich auf der Stelle wegen akuter Schizophrenie raus. Zu meiner Überraschung lächelte er, und in seinen blauen Augen blitzte eine Freundlichkeit auf, die ich noch nie bei ihm gesehen hatte.

»Sehr gut, Constance. Ich denke, es ist in der Tat eine überaus kluge Entscheidung, selbst wenn das für Sie eine einschneidende Veränderung bedeutet.«

»Ich fange in einer Woche dort an. Jetzt sind Sie mich endlich los.«

Er hob amüsiert eine Augenbraue.

»Das ist sehr kurzfristig. Ich hätte Sie gern noch ein wenig länger behalten.«

Dann räusperte er sich. Offenbar war es ihm peinlich, etwas gesagt zu haben, was nicht allzu bösartig klang, und sein Lächeln verschwand. Er fuhr fort:

»Ich denke, Ihr jetziger Posten ist nicht mehr interessant genug, und da ist es gut, wenn Sie diese großartige Gelegenheit beim Schopfe ergreifen.«

Ich bedankte mich bei ihm und war bereits an der Glastür zu seinem Büro, als ich mich, die Klinke schon in der Hand, nochmals zu ihm umdrehte und Hans Schmidt betrachtete, seine blauen Augen, sein blondes, gut frisiertes Haar und sein tadelloses Hemd. Ich hatte den Eindruck, ihn zum ersten Mal unvoreingenommen anzuschauen. Mir fielen plötzlich die fünf mit ihm verbrachten Jahre ein, seine Geduld angesichts meines exzentrischen Wesens oder wenn ich zu spät kam. Und dann war da offenbar sein Wunsch, mich aufsteigen zu sehen. Vielleicht wollte er tatsächlich nur deshalb, dass ich den Posten in London annehme. Ahnte er, dass ich es bedauern würde, täte ich es nicht? Immerhin war es Hans Schmidt gewesen, der mir das Stellenangebot von BTPTD auf den Schreibtisch gelegt hatte, und es schien mir plötzlich sogar möglich, dass er mich im Endeffekt gar nicht einfach nur loswerden wollte. Zögernd machte ich den Mund auf, um noch etwas zu sagen.

»Ja bitte, Constance?«

Und jetzt, ich weiß nicht, was mich gepackt hatte, sagte ich kühn, die Hand immer noch auf der Klinke:

»Wenn Sie eine Geschäftsreise nach London führt und wenn Sie das nächste Mal dort sind, könnten Sie … könnten wir vielleicht … zusammen ein Glas trinken gehen.«

Auf seinem Gesicht zeigte sich kurz eine gewisse Verwunderung, und ich spürte, wie ich knallrot wurde. Das war nicht wirklich, was ich eigentlich hatte sagen wollen, und ich fügte hastig hinzu:

»Ganz kollegial, meine ich … Wir sind dann zwar keine Kollegen mehr, aber vielleicht Freunde oder so …«

Er unterbrach mich, wieder mit diesem freundlichen Lächeln:

»Aber herzlich gern, Constance!«

Wir starrten uns eine Weile an, dann fügte er hinzu:

»Übrigens, warum sollen wir auf Ihre Versetzung nach London warten? Wenn Sie heute Abend Zeit haben, würde ich Sie gern in die Oper einladen, um *Carmen* zu sehen. Ich habe zwei Karten. Mögen Sie Opern?«

»Ich liebe Opern!«

Natürlich. Vor allem die Szene in *Pretty Woman*, in der Richard Gere Julia Roberts in die Oper ausführt. Abgesehen davon habe ich keine Ahnung von Opern, aber es hört sich derart schick an!

»Sehr gut, dann können wir uns um neunzehn Uhr vor dem Opernhaus Garnier treffen.«

Was? Anstatt von *Pretty Woman* zu träumen, hätte ich seiner Frage intensiver lauschen sollen: Hans Schmidt hat offenbar mein Angebot falsch interpretiert. Gefahrenstufe eins! Unmöglich, mit ihm allein in die Oper zu gehen! Fünf Minuten vorher habe ich ihn noch gehasst.

»Neunzehn Uhr, sagen Sie? Das wird nicht möglich sein. Ich bin mit der neuen Präsentation noch nicht fertig und außerdem …«

Wieder lächelte er, jetzt schon zum dritten Mal! In den letzten zehn Minuten hatte er mich häufiger angelächelt als in den fünf Jahren unserer Zusammenarbeit.

»Ja, ich weiß. Wie immer kommen Sie bestimmt zu spät, deshalb sagte ich neunzehn Uhr. Die Oper beginnt erst um zwanzig Uhr dreißig, aber sollten Sie wie durch ein Wunder einmal pünktlich sein, können wir vorher noch einen Tee trinken.«

Ich nickte und wusste nicht, wie ich mich noch aus der

Affäre ziehen konnte, und Hans Schmidt tauchte wieder in seinen Aktenstoß ab.

Schließlich verließ ich sein Büro und stand dann eine Weile wie vor den Kopf geschlagen mitten im Flur herum.

Ich glaube, ich habe ein Rendezvous mit Hans Schmidt. Das ist eine Katastrophe!

Chloé

Sophie, den Daumen im Mund, blickt mich finster an.

»Ich mag diese Geschichte nicht.«

»Die Geschichte mit der Prinzessin, die immer die falschen Entscheidungen trifft?«

»Nö. Ich will, dass sie den Formel-1-Piloten liebt, nicht den Prinzen! Ich mag den Prinzen nicht.«

Ich muss lächeln, ziehe das Betttuch bis zu ihrem Kinn und küsse ihre Pausbäckchen. Dann höre ich die Türklingel und Gregs Schritte im Flur.

»Siehst du, schon mit drei Jahren ...«

»Dreieinhalb!«

»Ach so, pardon! Also schon mit dreieinhalb Jahren bist du klüger als Tante Chloé. Ich denke mir ein neues Ende aus und erzähle dir die Geschichte morgen noch einmal.«

»Nein, jetzt gleich!«

»Das geht nicht, weil es schon spät ist und du jetzt schlafen musst.«

Charlotte steht im Türrahmen, Raphaël an ihrer Brust. Sie sieht müde aus.

»Im Wohnzimmer wartet eine Überraschung auf dich«, sagt sie und lächelt.

»Eine Überraschung?«

»Ein Überraschungsbesuch.«

Ein letztes Mal herze ich die kleine Sophie und verlasse ihr Zimmer.

Der Überraschungsbesuch sitzt auf dem Sofa. Constance!

Kaum habe ich den Raum betreten, wirft sie sich mir schon an den Hals und umarmt mich.

»Chloé, es tut mir ja alles so leid. Ich verstehe nicht, was in mich gefahren ist. Ich bin verrückt … Ich war betrunken. Es tut mir so unendlich leid! Ich denke nichts von all dem, was ich am Abend nach der Hochzeit gesagt habe.«

Ich verdrehe die Augen und tätschele ihren Rücken. Mir bleiben zwei Möglichkeiten: Entweder ich verzeihe ihr, oder ich sterbe zerquetscht. Besser, ich wähle die erste Option.

»Ist ja schon gut. So schlimm ist es ja nun auch wieder nicht gewesen. Ich habe auch Blödsinn geredet.«

»Ist *wohl* schlimm, du ahnst ja nicht, wie ich mich schäme.«

Ich kann mir das Lachen nicht verkneifen, obwohl sie völlig verzweifelt wirkt.

»Vergiss es, Constance! Du hattest einen über den Durst getrunken, und mit einer Sache lagst du ja auch völlig richtig: Ohne zu wollen und ohne es zu merken, ist mein Verhalten manchmal sicher … zweideutig.«

Wieder nimmt sie mich in die Arme, diesmal, um ihren Dank auszudrücken. Wie soll ich mich nur aus ihrer Umklammerung befreien und vor dem sicheren Ersticken retten?

»Dann bist du mir nicht mehr böse? Das ist einer der Gründe, weshalb ich dich mag: Du bist so unglaublich großzügig!«

Charlotte hat Raphaël ins Bettchen gebracht und betritt das Wohnzimmer, drei Gläser in der einen Hand, den Korkenzieher in der anderen.

»Na, habt ihr euch wieder vertragen? Können wir jetzt ein Gläschen trinken?«

Constance zieht verwundert die Augenbrauen hoch:

»Darfst du das denn, wenn du stillst?«

»Ich darf alles. Heute Morgen habe ich meine Milch abgepumpt«, murmelt Charlotte, »und seit einem Jahr habe ich keinen Tropfen Alkohol mehr getrunken. Also, wer was zu meckern hat …«

Sie macht sich am hochmodernen Weinschrank zu schaffen, den Greg kürzlich gekauft hat.

»Was haltet ihr von einem Sauternes? Das muss euch an Marinzac erinnern.«

»Gern«, sagt Constance.

»Ist das ein Château d'Yquem?«, frage ich unschuldig.

Constance und Charlotte sehen mich entgeistert an.

»Ich frage nur, weil ich neulich einen Château d'Yquem von 1985 getrunken habe und …«

Constance lacht laut auf.

»Also das ist ja das Größte! Wo hast du denn einen Château d'Yquem von 1985 getrunken?«

»Bei Vincent«, antworte ich, ein wenig beleidigt wegen ihrer Reaktion. Charlotte, die gerade die Flasche entkorkt, brüllt in Richtung Schlafzimmer, wohin sich Greg verzogen hat, um diesem Frauenabend zu entgehen:

»He, Greg! Raphaël schreit! Gehst du?«

»Nein, ich sehe gerade ein Match. Wir haben gesagt, dass wir uns täglich abwechseln«, brüllt Greg zurück.

»Na gut. Du entscheidest! Ich bin in sieben Minuten blau, und du trägst ab jetzt die Verantwortung, wenn du willst, dass dein Sohn überlebt.«

Greg schimpft hörbar im Nebenzimmer, dann erhebt er sich offenbar doch, denn das Baby hört auf zu weinen.

»Was? Vincent hat seine Flasche Château d'Yquem 1985 für dich aufgemacht?«, fragt Constance entgeistert und kann sich kaum von dieser Eröffnung erholen.

»Ja. Warum fragst du?«

»Diese Flasche Château d'Yquem kostet sechshundert

Euro, und er hebt sie seit zehn Jahren für die Geburt seiner ersten Tochter auf.«

»Das ist ja süß!«, ruft Charlotte, die gerade die Hälfte ihres Glases hinuntergestürzt hat. »Ah, das tut gut!«, fügt sie hinzu und stellt ihr Glas auf den Couchtisch. Sie sieht dabei aus wie jemand, dem auf einem Treck durch die trockenste Ecke der Sahara ein Perrier mit Zitronenscheibe angeboten wird.

»Alle versuchen, ihn seit Jahren dazu zu bewegen, diese Flasche aufzumachen«, sagt Constance, »aber er hat immer abgelehnt. Er muss verdammt in dich verknallt sein, wenn er sie dir spendiert hat.«

»Quatsch, er ist überhaupt nicht in mich verknallt. Genau an diesem Abend habe ich mir den Korb meines Lebens geholt.«

»Glaub mir! Ich kenne Vincent. Diese Flasche hätte er bestimmt nicht für jemand x-Beliebigen aufgemacht.«

Ich betrachte den goldenen Nektar in meinem Glas und rufe mir den Abend mit Vincent in Erinnerung. Stimmt, er dachte, ich sei Virginies Geliebte. Vincent mag Virginie und hatte ihr sicher nicht wehtun wollen. Und wenn das der wirkliche Grund dafür war, dass er mich zurückgestoßen hat? Hatte er mich seine Flasche mit Sammlerwert ex trinken lassen, nur um mich zu trösten? Ohne jeden Hintergedanken? Ich muss einen seltsamen Gesichtsausdruck aufgesetzt haben, denn Charlotte fragt besorgt:

»Ist was, Chloé?«

Ich stelle mein noch volles Glas auf den Couchtisch.

»Ich muss nach Marinzac!«

»Großartig!«, ruft Charlotte und packt die Flasche. »Um das zu feiern, trinke ich noch ein Glas.«

Die Landschaft fliegt an den Fenstern des Regionalexpress vorbei. Im frühen Morgenlicht wirkt sie leicht verschwommen wie ein impressionistisches Gemälde. Ich denke an meine erste Ankunft bei Nacht und Regen in Langon, an den Schreck, den mir Vincent und sein Kangoo eingejagt hatten … Seitdem ist viel Wasser die Garonne hinuntergeflossen. Allein die Pinien haben mir in letzter Zeit gefehlt.

Als ich in Langon aus dem Zug steige, hoffe ich, Vincent irgendwo zu entdecken. Natürlich nicht, denn er ist kein Hellseher, und ich habe niemanden von meinem Kommen unterrichtet. Der Bahnsteig ist leer.

Das Taxi setzt mich beim Blumenhändler neben der Post ab. Ich kaufe Rosen, gelbe diesmal. Virginies Geschäft ist geschlossen, also klingele ich an der Tür daneben. Im Jogginganzug öffnet sie mir die Tür. Wir mustern uns eine Weile. Ich räuspere mich. Ich fühle mich nicht wohl in meiner Haut.

»Darf ich reinkommen?«

Sie zögert, lässt mich dann aber doch ins Haus.

»Okay.«

Ich folge ihr die Treppe mit dem braunen Teppichboden hoch und denke an unser Shooting und unsere Lachsalven …

Ich hatte mich an dem Tag in Schale geworfen und bin mit roten Rosen bei ihr aufgetaucht. Bei Kerzenlicht saßen wir dann gemeinsam beim Abendessen. In der Folge hatte ich viele Nachmittage bei ihr verbracht und an ihrem Küchentisch geschrieben. Wie konnte ich damals die Zweideutigkeit der Situation nur übersehen haben? Jetzt scheint mir alles sonnenklar. Oben in der Wohnung angelangt, bleibe ich vor Überraschung stehen. Es sieht hier aus wie auf einem Schlachtfeld. Fertig gepackte Kartons stehen bereits neben dem Eingang, und offene Koffer liegen auf dem Boden, das alles in einem heillosen Durcheinander.

»Ziehst du aus?«

»Ja, ich gehe zurück und habe für morgen früh eine einfache Fahrt nach Marseille gebucht …«

Ich lege die Blumen auf den Küchentisch. Ich soll Platz nehmen, sie jedoch bleibt stehen. Mit dem Finger male ich Kringel auf die Wachstischdecke. Sie wartet ab, was ich zu sagen habe, und ich weiß nicht, wie ich beginnen soll.

»Es tut mir leid, Virginie. Ich hätte mich sofort nach dem Kuss mit dir aussprechen müssen. Ich hätte überhaupt Bescheid wissen und verstehen müssen … Aber ich war in dem Moment so überrascht, dass ich nicht mehr wusste, was ich tun oder sagen sollte. Danach war ich zu sehr mit mir selbst beschäftigt und hatte später auch nicht den Mumm, dich anzusprechen und die Lage zu klären.«

Sie steht an die Wand gelehnt da, nickt langsam und starrt auf die Fliesen. Ich rede weiter:

»Du bist wirklich ein Supermädchen, und das sage ich nicht, weil man so etwas in einer Situation wie dieser sagt, sondern weil ich es denke. Es war immer toll mit dir. Du glaubst ja nicht, wie ich diese Verwechslung bedaure. Ich weiß nicht, was ich sonst noch sagen kann, außer dass ich mich nie von Frauen angezogen gefühlt habe. Aber können wir nicht Freundinnen sein?«

Sie beginnt, ein wenig zu lachen, und endlich hebt sie den Kopf.

»Ja, Vincent hat mir gesagt, dass du … im Endeffekt doch Männer vorziehst. Ich verstehe schon. Aber wegen dieses Gerüchts über dich in Marinzac, dachte ich … das Schlimmste, ich hatte es gefühlt … Ich hätte meinem Instinkt folgen sollen.«

Sie nimmt die Blumen vom Tisch, betrachtet sie eine Weile und schneidet dann das Band auf.

»Diesmal hast du lieber gelbe statt rote Rosen ausgesucht«, sagt sie sanft.

Ich nicke. Sie ist mir nicht böse. Am liebsten würde ich vor Erleichterung weinen.

»Warum gehst du nach Marseille zurück?«

Sie stellt die Blumen in eine Vase und die Vase in das Waschbecken, um sie mit Wasser zu füllen. Dann antwortet sie:

»Ich hatte … Ich war mit jemandem dort zusammen, und sie hat mich nach drei Jahren verlassen, weil ich mich immer noch geweigert hatte, sie meinen Eltern vorzustellen. Sie sind nicht gerade offen für dieses Thema, verstehst du?«

Natürlich war das dunkelhaarige Mädchen auf dem gerahmten Foto weder ihre Schwester noch irgendeine gute Freundin. Ihr strahlendes Lächeln, die beiden Mädchen Wange an Wange … Ich hätte es ahnen müssen.

»Und jetzt gehst du zu ihr zurück?«

»Ja. Früher oder später muss ich mich der Lage stellen. Ausweichen ist nie eine Lösung, und sie fehlt mir jeden Tag, seit wir uns getrennt haben. Kurzum … ich kehre zu ihr zurück. Sie wartet auf mich.«

Ich erhebe mich und schließe sie in die Arme.

»Das freut mich für dich.«

Auch sie drückt mich und gibt mir einen sanften Kuss auf die Wange.

»Du riechst immer noch so gut, Chloé«, sagt sie lachend. »Behalte meine Nummer für den Fall, dass du eines Tages doch noch in unser Lager überwechselst.«

Ich muss laut auflachen. Sie fragt, ob ich vielleicht einen Kaffee trinken möchte, aber ich lehne dankend ab. Ich habe noch zwei Besuche vor mir, bevor ich Marinzac wieder verlasse. Virginie bietet mir an, mich mit dem Auto nach Château-Lyran zu bringen, was mir durchaus gelegen kommt.

Vor dem Gitter nehmen wir Abschied und versprechen uns, dass wir uns anrufen, sie, wenn sie nach Paris kommt, ich, falls mich mein Weg nach Marseille führt.

Tonton Gonz und Jacqueline empfangen mich mit offenen Armen. Sie freuen sich so sehr über meinen Besuch, dass sie auf der Stelle alle Entschuldigungen wegen meines brüsken Aufbruchs akzeptieren und mich sogar einladen, die Woche über zu bleiben. Dann füllen sie mich auf der sonnenüberfluteten Terrasse mit Entenpastete und einem halben Liter Roséwein ab. Immer wieder richte ich den Blick nach rechts zu den Türmen von Laneyronie, die jetzt ganz von wildem Wein berankt sind. Ein dunkelblauer Lieferwagen hält dort gerade vor dem Tor. Es muss der Wagen eines Handwerkers sein, aber ich kann aus dieser Entfernung das Logo nicht entziffern. Die Haustür öffnet sich, und Vincent erscheint auf der Schwelle. Mir ist ein wenig schwindlig, stehe aber auf, ohne mein Glas auszutrinken.

»Ich muss jetzt gehen«, sage ich, »aber ich komme noch einmal vorbei, bevor ich meinen Zug nehme …«

Tonton Gonz will etwas sagen, um mich zurückzuhalten, doch dann folgt er meinem Blick, und ein kaum merkliches Lächeln huscht über seine runden Wangen.

»Noch etwas, bevor Sie gehen, Chloé … Ich muss ein Geständnis ablegen.«

»Ein Geständnis?«

»Ja. Ich war es, der den Tischplan bei der Hochzeit durcheinandergebracht hat. Als ich erfuhr, dass Sie nicht lesbisch sind, dachte ich, Sie würden sicher gern neben dem charmanten Engländer sitzen … Selbstverständlich bevor er begann, allem nachzustellen, was Röcke trug.«

Mir fällt nicht sofort eine Antwort ein, aber im Nachhinein finde ich die Geschichte eher amüsant.

»Es tut mir wirklich leid«, fährt er fort. »Aber ich konnte ja nicht ahnen, dass ich damit ein diplomatisches Desaster herbeiführen würde …«

Jetzt muss ich laut lachen, und einer plötzlichen Eingebung folgend, lehne ich mich zu ihm hinüber und nehme ihn in den Arm.

»Vergessen Sie es, Tonton Gonz, alles ist ja jetzt geklärt, na fast …«, sage ich und schaue auf den Weg nach Laneyronie.

Er hebt sein Glas und antwortet augenzwinkernd:

»Gehen Sie nur, meine hübsche Chloé! Ich bin sicher, dass wir uns bald wiedersehen.«

Ich stürme die Treppe von der Terrasse hinunter. Diesmal habe ich daran gedacht, Turnschuhe anzuziehen. Eilig laufe ich den Pfad durch die geraden Linien der Rebstöcke in Richtung Laneyronie. Die beiden Männer entfernen sich vom Tor und verschwinden im Weinberg. Ein paar Minuten später habe ich sie eingeholt. Sie drehen mir den Rücken zu. Vincent hockt zwischen zwei Reben und zeigt dem Besucher besorgt ein schwarz geflecktes Blatt. Der andere, ein großer kahlköpfiger Mann mit Brille, schüttelt mitleidig den Kopf. Ich komme mit klopfendem Herzen näher und höre stückweise ihre Konversation:

»… schon seit ein paar Jahren … Mehltau, gegen Pestizide resistent. Sie werden mindestens die Hälfte der Ernte verlieren … Jetzt muss schnell gehandelt werden, bevor er sich ausbreitet.«

»Das ist wirklich nicht mein Glücksjahr«, seufzt Vincent. Er steht auf und entdeckt mich. Ich stehe steif wie ein Rebstock hinter ihnen. Alles, was ich Vincent sagen wollte, ist plötzlich vergessen. Der Mann dreht sich um, sieht mich und streckt mir freundlich lächelnd die Hand zum Gruß entgegen.

»Guten Tag, Mademoiselle, ich hatte Sie nicht gesehen.«

Wie ein Automat reiche auch ich ihm die Hand, den Blick auf Vincent gerichtet, der sich in eine Statue verwandelt zu haben scheint. Unmöglich, auf seinem Gesicht zu lesen, ob er sich freut, ob er überrascht oder wütend ist. Der Blick des Kahlköpfigen wandert von Vincent zu mir und wieder zurück. Er räuspert sich, bevor er seine Brille sorgfältig in der Aktentasche verstaut.

»Sie haben ja meine Anschrift, um das Kupfersulfat zu bestellen. Die Zulieferung ist gratis.«

»Warte einen Augenblick«, sagt Vincent zu mir. »Ich bringe den Herrn zurück.«

Er sagt es teilnahmslos, fast gleichgültig, und ich stelle fest, dass ich sechshundert Kilometer gefahren bin, um ihn zu sehen, und jetzt stumm wie ein Fisch herumstehe.

Vincent begleitet den Mann zu seinem Auto, und sie diskutieren noch ein paar Minuten. Mir ist flau im Magen, und zum Zeitvertreib drücke ich mit der Spitze meines Turnschuhs graue Kiesel in den Boden. Es ist ja nie etwas zwischen uns gewesen. Gut, wir haben uns geküsst, aber er küsst alle Mädchen in seiner Reichweite … Und die Flasche Sauternes? Dieser Abend muss ihm doch etwas bedeutet haben. Ach, es ist doch egal, wenn ich mich jetzt lächerlich mache. Schließlich ist es jetzt zu spät, den Rückzug anzutreten.

Das Aufheulen des Motors übertönt für einen Augenblick das Grillenzirpen, und der Wagen verschwindet in einer Staubwolke auf dem Weg zur Hauptstraße. Vincent kommt wieder zu mir zurück, die Hände in den Taschen seiner alten Jeans vergraben. Warum bittet er mich nicht ins Haus? Er steht einfach nur da und schweigt. Sein Gesichtsausdruck ist völlig neutral, und ich habe das Gefühl, eine Mauer trennt uns.

»Ich musste unbedingt mit dir sprechen«, beginne ich mühsam. »Ich wollte dir sagen … Ich bin mit meinen Vorurteilen einer Pariserin hier angekommen, und meine Ansichten über Marinzac waren ebenso engstirnig wie dumm. Und ich habe mich wie eine Vollidiotin benommen. Stimmt, ich sah in dir nur den Bauern …, bevor ich dich richtig kennengelernt habe und bevor ich mit dir sprechen konnte …, aber jetzt denke ich anders. Es tut mir leid. Du hast ja keine Ahnung, wie leid es mir tut, nicht früher verstanden zu haben, dass … Ich weiß nicht … Ich dachte, da wäre etwas zwischen uns … zumindest von meiner Seite, und dass …«

»Hast du deinen Guillaume nun endlich wieder?«, unterbricht er mich abrupt.

Ich schaue ihm verständnislos ins Gesicht und murmele:

»Guillaume …«

Den hatte ich ganz vergessen. Ich werfe einen Blick auf meine Uhr, es ist schon fast sechs. Jetzt ist Guillaume verheiratet. In der für die Trauung geschmückten Kirche von Avranches muss er vor ein paar Minuten sein Jawort gegeben haben. Der Augenblick, der mir schon seit Monaten Kopfzerbrechen bereitete, ist vorübergegangen, ohne dass ich auch nur einen Gedanken daran verschwendet hätte. Ich hatte Guillaume Favreau einfach komplett vergessen, ja, mir war glatt entfallen, dass er überhaupt existierte.

»Guillaume ist mir gleichgültig. Ich will nur dich.«

Ich habe leise, aber fest gesprochen. Beim Sprechen wird mir klar, wie wahr meine Worte sind, und ich wiederhole:

»Ich will dich, nur dich, denn du warst da, als ich dich brauchte, obwohl wir uns kaum kannten, und seit Guillaume bist du der erste Mann, mit dem ich wirklich zusammen sein möchte. Richtig, nicht einfach … ich will sagen … Kurzum, ich dachte, ich hätte nur Lust, mit dir zu schlafen, wie mit den anderen, dabei hatte ich im Grunde nie Lust, mit denen zu schlafen … Ich dachte, dass ich nun alles verdorben hatte, ich möchte, dass du …, ich möchte, dass wir …«

Plötzlich stoppe ich mein Gestammel und beiße mir auf die Lippen. Ich bin völlig unlogisch, er muss mich für verrückt halten. Wieder spüre ich die diffuse Angst, dass es außer einer vagen Anziehung zwischen Vincent und mir gar nichts gibt, zumindest seinerseits. Wie komme ich dazu, hier die großen Reden schwingen zu wollen? So gut kenne ich ihn ja nun auch wieder nicht. Wir schweigen. Seine unergründlichen dunklen Augen scheinen mich zu analysieren. Wieder habe ich den Eindruck, er zieht meine Seele aus, und ich ahne nicht im Entferntesten, was er denken mag.

»Nun sag doch bitte etwas, egal was! Sag mir, dass ich gehen soll. Dann gehe ich.«

Er zuckt die Achseln und lächelt ein wenig in seinen frisch nachgewachsenen Bart.

»Ich bin ruiniert. Die Hälfte der Weinernte geht in diesem Jahr verloren.«

Mit diesem Satz hatte ich nicht gerechnet, aber wenigstens spricht er zu mir. Ich lege meine Hand auf seinen Arm, und er lässt es zu.

»Irgendwann wird alles gut … Ich weiß, ich habe keine Ahnung, aber es kann nur besser werden. Es tut mir wirklich leid, vor allem, weil du deine beste Flasche verschwendet hast – an mich, die von Wein nichts versteht …«

Tränen steigen mir in die Augen, und gegensätzliche Gefühle quälen mich. Er geht einen Schritt auf mich zu. Ich muss an den Abend nach der Beerdigung von Mamie Rose denken. Der Geschmack seiner Lippen steigt in meiner Erinnerung auf, die Sicherheit seiner Gesten. Immer noch wortlos zieht er mich an sich, und schon liegt mein Kopf an seiner Brust.

»Du bist unmöglich, Chloé Lacombe«, flüstert er an meinem Hals. »Seit dem Tag, an dem ich dich barfuß im Regen am Bahnhof von Langon gesehen habe, hast du mir das Leben schwer gemacht. Schön wie ein Engel, arrogant und anmaßend. Aber glaub mir, ich habe gar nichts verschwendet, denn dich an diesem Abend zu küssen, war meinen Château d'Yquem von 1985 wert.«

Er lacht leise, richtet sich auf und fügt hinzu:

»Ich hätte das Dreifache bezahlt, auch nachdem du mich Bauerntölpel genannt hast.«

Schön wie ein Engel. Ein dümmliches Lächeln liegt auf meinen Lippen. Er nimmt mein Kinn zwischen Daumen und Zeigefinger und küsst mich. Erst sanft, dann immer stürmischer. Dann lässt er mich los und sagt mit gerunzelter Stirn:

»Ich habe über dein Schreibproblem nachgedacht.«

»Was für ein Schreibproblem?«, stottere ich.

Meine Beine sind watteweich, und sogar Constance würde mich in diesem Augenblick überaus albern finden, könnte sie mich sehen.

»Na, ich denke an deinen Mangel an Kenntnissen über die Region, um dein Weinbuch zu schreiben. Du musst eine Weile hierbleiben, und ich gebe dir Unterricht. Dann geht der nächste Nobelpreis ins Bordelais und bringt uns Touristen.«

»Ich brauche keine Kurse«, sage ich und schmiege mich an ihn, »nur ein paar mehr Küsse.«

»Ich bestehe drauf«, flüstert er und streift mein Kinn mit seinen Lippen. »Wir fangen sofort an, denn ich vermute, dass du eine sehr schlechte Schülerin sein wirst und du mindestens fünf oder sechs Jahre hierbleiben musst, bevor ich dich entlassen kann.«

Er nimmt mich bei der Hand, und wir überqueren den kiesbedeckten Hof. Er lässt mich die Treppen hinaufsteigen und trägt mich dann über die Schwelle. Als er mich wieder auf den Boden stellt, liegt in seinen Augen etwas, das in mir das Gefühl weckt, dass sich meine Kleidung augenblicklich auflösen muss.

»Erste Lektion, Aschenputtel. Jetzt werde ich dir zeigen, wie man in der Gironde Kinder macht.«

Ich kichere wie ein Teenie und denke mir, dass ich schließlich und endlich doch eine Zeit lang auf dem Land bleiben werde.

Tagebuch von Constance Delahaye

London, 3. September 2013 – 16:06 Uhr

Und schon wieder ist der Himmel gegen mich! Warum denn? Warum geht bloß immer alles schief? Und das pausenlos. Das Leben ist widerwärtig.

ICH BIN SO ENTTÄUSCHT: Heute Morgen habe ich mit Entsetzen erfahren, dass Jamie Dornan, also ein völlig unbekannter Typ, den ich schon jetzt hasse, die Rolle von Christian Grey in der Verfilmung von *Fifty Shades of Grey* spielen wird.

Ich bin untröstlich. Sogar nach drei Schachteln Scones mit Rosinen.

Chloé

Auf dem Rücksitz des Kangoo schreit Raphaël, und Sophie, den Daumen im Mund, blickt ihren kleinen Bruder missbilligend an, wozu sie als ältere Schwester nun wohl ermächtigt ist. Zwischen den beiden Kindersitzen eingezwängt, hockt Greg und tätschelt den Kopf des Kleinen. Er wirkt dabei wie ein Jugendlicher, der noch nicht begriffen hat, dass er nun Vater von zwei Kindern ist.

»Sehr hübsch, dein Auto«, findet Charlotte und wirft die Tür des kleinen Lieferwagens zu.

Ich reagiere nicht und lasse den Motor an. Ich freue mich so sehr, dass die kleine Familie das Wochenende über zu uns gekommen ist.

Wir brauchen kaum eine halbe Stunde, um vom Bahnhof Langon zur Domäne Laneyronie zu fahren. Sobald sie am Ende des Feldwegs das Anwesen erblicken, das ganz von Weinranken überwuchert ist, die der Herbst rot gefärbt hat, sind Charlotte und Greg vollends begeistert.

Wir steigen aus dem Wagen, und in diesem Augenblick kommt Vincent die Freitreppe herunter, wie immer ruhig lächelnd.

Voller Stolz stelle ich ihn Charlotte und Greg vor:

»Das ist Vincent!«

Als hätte es sich um jemand anderen handeln können!

Charlotte wirft mir einen amüsierten Blick zu und geht auf ihn zu, um ihn zur Begrüßung auf die Wangen zu küssen.

»Du bist also der besagte Vincent Laborde? Seit du meine Chloé in deinem Schloss eingesperrt hast, höre ich nichts mehr von ihr.«

»Dafür kann ich gar nichts. Sie wollte bis zur Weinlese hierbleiben, und jetzt kann ich sie nicht mehr fortlassen.«

Raphaël plärrt immer noch in den Armen seiner Mutter, und Sophie, die sich hinter Charlottes Bein versteckt hält, beobachtet Vincent aufmerksam, bevor sie plötzlich das Däumchen aus dem Mund zieht und sagt:

»Monsieur, ich will ein Brot mit Kiri-Ketchup.«

»Hm, bist du sicher, dass du nur Kiri-Käse und Ketchup auf deinem Brot möchtest?«, fragt Vincent lachend. »Ist das nicht ein bisschen wenig?«

»Man sagt nicht ›ich will‹«, seufzt Greg.

»Mit Raspelkäse«, fährt Sophie fort.

»Na, dann lass uns mal in die Küche gehen«, antwortet Vincent.

Er reicht dem kleinen Mädchen die Hand. Die Kleine zögert, kaut auf ihren Lippen herum, nähert sich dann vorsichtig und legt ihre rundliche Patsche in seine große dunkle Hand.

»Macht es euch schon mal auf der Terrasse bequem«, schlägt Vincent vor. »Constance erwartet euch dort. Eine Flasche habe ich auch herausgestellt. Lasst sie euch gut schmecken. Es wird bereits kühler, und es ist sicherlich der letzte Roséwein in diesem Jahr.«

Dann wendet er sich an Greg:

»Brauchst du Hilfe, das Gepäck nach oben zu bringen?«

»Gern«, antwortet Greg und greift nach einem der beiden Koffer, deren Umfang eher für zwei Wochen gedacht zu sein scheint, dabei wissen Eingeweihte, dass eine kleine Familie so viel Gepäck für ein Wochenende braucht.

Die beiden entfernen sich und sind in ihrer Unterhaltung versunken, während Sophie, ihre Hand immer noch in Vincents Hand, neben ihnen hertrottet.

»Das ist gut, so können die beiden ohne uns Bekanntschaft schließen«, sagt Charlotte.

Wir gehen durchs Haus, um zum sonnenüberfluteten Kieshof zu gelangen. An der südlichen Freitreppe bleibt Charlotte stehen, und Raphäel hört endlich auf zu weinen. Es ist, als wäre selbst er von dem hügeligen Weinanbaugebiet in den Bann gezogen, das sich bis zum Horizont erstreckt. In einer Woche werden wir das verwelkte Laub schaufelweise einsammeln, aber in den nächsten Tagen wird Marinzac noch das feuerrote Herbstkleid der Weinblätter tragen, das im goldenen Licht der Sonne leuchtet.

Vor einer Woche sind wir mit der Weinlese fertig geworden. Die Ernte war genauso schlecht wie vorhergesehen, und die beiden letzten Monate waren erschöpfend, aber das Wochenende lässt sich gut an. Constance und Charlotte habe ich seit Ewigkeiten nicht mehr gesehen. Wir haben uns viel zu erzählen: Constance muss von ihrem Umzug nach London und Charlotte über ihr Mutterdasein berichten.

»Hier ist es einfach herrlich«, murmelt Charlotte beeindruckt. »Ich kann verstehen, dass du nicht nach Paris zurückwolltest.«

Wegen der Landschaft bin ich nicht gerade in Marinzac geblieben, aber ich muss sagen, dass ich mich jeden Morgen daran freue, wenn ich die Fensterläden aufmache.

Constance sitzt am schmiedeeisernen Gartentisch, ein Glas Rosé in der einen, ein Blatt Papier in der anderen Hand, und ist in ihre Lektüre vertieft. Sie hat uns nicht kommen hören.

»Hallo, Constance«, ruft Charlotte.

Sie erschrickt, hebt den Kopf und sieht uns mit verträumten Augen an, als wüsste sie nicht mehr, wo sie ist. Ich kenne diesen Gesichtsausdruck, es ist der eines Lesers, der nicht gestört werden will.

Charlotte und Constance geben sich Begrüßungsküsschen und tauschen die letzten Neuigkeiten aus. Constance bewundert den kleinen Raphaël, den sie seit seiner Geburt nicht mehr gesehen hat. Wir setzen uns an den Tisch, und ich schenke Wein aus.

»Für mich bitte Orangensaft!«, meldet sich Charlotte. »Heute will ich mal vernünftig sein.«

»Ich habe deinen Roman zu Ende gelesen, Chloé«, sagt Constance und legt behutsam das letzte Blatt, das sie noch in der Hand hielt, auf den Manuskriptstapel.

»Ich auch!«, ruft Charlotte. »Ich habe ihn auf meinem Handy im Zug ausgelesen.«

Meine Hand zittert ein wenig beim Eingießen, und der Flaschenhals stößt an das Glas. Ich versuche so gelassen wie möglich zu erscheinen und frage:

»Und? Hat er euch gefallen?«

Es folgt eine Pause, in der ich mich am liebsten unter meinem Bett verkriechen würde.

»Ich musste weinen«, sagt Constance.

»Und ich musste lachen«, entgegnet Charlotte.

Sie sehen sich an und brechen in Gelächter aus. Ich verstecke mich hinter meinem Glas, damit sie mich nicht grinsen sehen.

»Drollig, eine der Protagonistinnen erinnert mich an dich, Charlotte«, meint Constance nachdenklich.

Charlotte öffnet ihre Bluse und legt Raphaël, der wieder zu schreien begonnen hat, an ihre Brust.

»Ach, das habe ich nicht bemerkt, aber ich bin sicher, dass sich Chloé von dir hat inspirieren lassen, als sie die romantische Blonde erschaffen hat.«

Constance lacht laut.

»Was sagst du da? Ich habe überhaupt nichts mit diesem Mädchen gemein! Nicht wahr, Chloé?«

Ich verschlucke mich fast am Wein und wechsele so schnell wie möglich das Thema.

»Sag mal, Constance, kürzlich ist es mir wieder eingefallen … Hast du im Endeffekt deinen Teil unseres Pakts eingehalten?«

Constance öffnet den Mund, schließt ihn wieder und lächelt. Mit dieser Frage hatte sie nicht gerechnet.

»Ich habe mich mehr an den Pakt gehalten als du«, entgegnet sie und verschränkt die Arme. »Wärst du nicht so mit deiner Weinlese beschäftigt gewesen, hättest du deine Freundinnen angerufen und wüsstest jetzt, dass ich das *No-Sex-Land* verlassen habe, und zwar letzte Woche.«

»Nein!«, rufe ich erstaunt.

Charlotte stellt ihr Glas ein wenig zu heftig auf den Tisch. Mit gespieltem Ärger sagt sie:

»Was, du hast mit einem Unbekannten gepennt? Warum sagt mir denn keiner mehr was? Ich bin es leid, Mutter zu sein!«

Sie zieht Raphaël frustriert von ihrer Brust weg, und er beginnt erneut zu quengeln.

»Mit einem Engländer obendrein? Und das in weniger als zwei Monaten?«, fährt sie fort und lässt Raphaël wieder an ihrer Brust saugen. »Hast du denn überhaupt die Zeit gehabt, richtig Englisch zu lernen, einen Typen zu finden und dich auch noch zu verlieben?«

»Er lebt in Paris, und ich kannte ihn schon vorher. Von

Zeit zu Zeit kommt er für seinen Job nach London. Es ist eine Fernbeziehung …«

Ich würde gern tausend Fragen stellen, die mir auf der Zunge liegen, aber ich habe nicht die Zeit dazu.

»Wie heißt er denn? Dann ist er Franzose? Und ist er auch ein Fan von Jane Austen? Wenn du es so spannend machst, versiegt mir die Milch«, seufzt Charlotte. »Eigentlich solltest du Romane schreiben. Wie hast du ihn überhaupt kennengelernt?«

Constance lacht hinter ihrem Weinglas, und ihre Wangen leuchten rosig.

»Die Geschichte beginnt gerade erst, und ich will mich nicht zu früh darüber auslassen. Erst muss ich sicher sein, dass die Sache wirklich ernst ist.«

Ich habe eine plötzliche Eingebung, um wen es sich bei dem mysteriösen Lover von Constance handelt. Die Männer, die sie vor ihrem Aufbruch nach London kannte und die aus geschäftlichen Gründen nach London fahren? Eigentlich sehe ich da nur eine Person, und wenn es der Mann ist, an den ich denke, dann …

»Sag uns wenigstens, ob er gut im Bett ist«, bettelt Charlotte. »Denn mit zwei Kleinkindern bin ich jetzt selbst im *No-Sex-Land* gelandet, und ich verlange, eure Erfahrungen zumindest ein wenig miterleben zu dürfen.«

Constance setzt wieder ihr geheimnisvolles Lächeln auf und lehnt sich mit verträumtem Blick zurück.

»Wenn ich ehrlich sein soll, dann hatte ich das überhaupt nicht erwartet … aber ja, es war gut, sogar sehr gut.«

Sie wird knallrot, bevor sie schnell hinzufügt:

»Aber lasst euch gesagt sein, dass es nicht gleich am ersten Abend passiert ist. Aber sonst habe ich den Pakt eingehalten. Allerdings vermute ich, dass Chloé ihre Abstinenzzeit vor den vereinbarten sechs Monaten abgebrochen hat.«

Noch einmal fülle ich die fast leeren Gläser.

»Ich habe mit Vincent nicht am ersten Abend geschlafen, wir kannten uns schon seit ein paar Monaten, als es passiert ist. Aber wir haben uns vor Ablauf der Frist geküsst, das stimmt. Also habe ich den Pakt genau wie du eingehalten.«

Raphaël hat seine Mahlzeit beendet, Charlotte knöpft ihre Bluse wieder zu und legt das Baby behutsam an ihre Schulter.

»Gut, dann bin ich jetzt die Schiedsrichterin«, sagt sie. »Ihr habt euren Originalpakt alle beide nicht wirklich eingehalten. Wie gut, denn damit seid ihr quitt. Es ist ja ohnehin egal, ob es nun am ersten Abend war oder nicht. In dieser verdrehten Welt pennen die Mädchen sowieso entweder zu oft mit irgendwelchen Typen oder zu selten. Die wahre Freiheit ist, immer das zu tun, wozu und wann man Lust hat, ohne sich irgendwelche Fragen zu stellen. Das ist übrigens der Grund, weshalb ich gleich am ersten Abend mit Greg geschlafen habe.«

Constance verschluckt sich an ihrem Rosé.

»Was? Du? Dann war es nicht dein allererstes Mal?«

»Doch. Aber wo ist denn da der Unterschied? Ich hatte Lust und er auch.«

Wir hören Schritte auf dem Kies knirschen, und sie legt augenzwinkernd den Finger auf den Mund.

»Es gab keinen Ketchup mehr. Da haben wir ein Brot mit Bolognese gemacht!!«, brüllt Sophie und stürzt sich auf mich.

»Worauf – sagtest du – hast du Lust?«, fragt Greg und setzt sich neben Charlotte.

»Mit dir ein Wochenende auf dem Land zu verbringen, mein Liebster«, antwortet Charlotte und zieht ihn an sich.

Vincent setzt sich zu mir. Sophie, der die Tomatensauce

sogar in den Augenbrauen klebt, klettert auf meinen Schoß. Ich drücke sie an mich und putze ihr Gesicht mit einer Papierserviette ab.

Wir öffnen noch eine Flasche und eine Konservendose mit Pastete. Tonton Gonz kommt nachher zum Abendessen, und vielleicht bringt er Steinpilze mit. Vincent nimmt meine Hand.

Dieser Augenblick ist einfach perfekt. Ich könnte mir keinen schöneren vorstellen, nicht einmal in einem Roman. Ich lege meinen Kopf an Vincents Schulter und schließe die Augen. Der Pinienduft erinnert mich an Mamie Rose, die nun unter einem Teppich getrockneter Kiefernnadeln ruht, und einen kurzen Moment lang habe ich das Gefühl, dass sie ganz in meiner Nähe ist. Ich weiß, dass sie mich gern so sehen würde, wie ich heute bin, und dass sie stolz auf mich wäre.

»Siehst du, Mamie Rose, auch ich habe ein schönes Leben.«

»Sprichst du jetzt mit Gespenstern, mein Schatz?«, fragt Vincent.

Ich mache die Augen auf und muss lächeln. Ja, vielleicht. Ich habe einfach zu viele Romane gelesen.

Tagebuch von Constance Delahaye

London, 17. Oktober 2013 –16:06 Uhr

Heute Morgen hat mich Hans zu einem Brunch in Notting Hill eingeladen, und ich habe gleich zwei Teller *Eggs Benedict* mit Bacon gegessen. Er hat übrigens artig gewartet, als ich in das Reisebuchgeschäft gegangen bin, in dem Hugh Grant Julia Roberts zum ersten Mal im Film *Notting Hill* getroffen hat.

Für das Bestehen unserer Beziehung seit einem Monat und drei Wochen habe ich Hans eine Smartbox »Önologie-Workshop für zwei« geschenkt.

Negativ: Hans hatte kein Geschenk für diesen Festtag vorgesehen. Als guter Deutscher meinte er nur, dass er dafür unser zweimonatiges Zusammensein abwartet.

Positiv: Diesmal brauche ich nicht die doppelte Menge Wein zu trinken.

IV

LE PREMIER CERCLE

Hôpital Bégin. Chambre 433. Fête de tous les saints 1980.

A l'heure de la visite, je le trouvai détendu, souriant, une sorte de résurrection.

— J'ai l'impression, dit Jean Marie, de sortir d'un tunnel. J'ai traversé si j'en crois le calendrier, onze jours, onze fois vingt-quatre heures, sans avoir conscience de l'écoulement du temps. Onze nuits le regard collé aux aiguilles du réveil en espérant une aube que je ne voyais pas. Ma conscience était totalement absorbée par la souffrance, coagulée dans la souffrance animale. Cette nuit, ai-je dormi ou étais-je mort ? A l'aurore j'ai émergé à la lumière. Je suis né ce matin !

Pour le ramener tout à fait à la réalité, je lui posai la question restée en suspens : « Pourquoi avoir accepté le commandement de ce bataillon qui semblait terrifier des officiers supérieurs plus anciens, plus compétents, plus sages que lui ? »

A sa réponse, je devinai que sa « renaissance », sans modifier sa vision des faits, avait changé ses références de valeur. Elle lui donnait du détachement, une nouvelle sérénité, je dirais de « l'objectivité » (si je savais le sens de ce mot dans un récit comme celui-ci, entièrement subjectif).

— Dès que le bon colonel eut achevé son histoire, dit-il, j'ai accepté sans hésiter un seul instant... Cela peut vous paraître invraisemblable comme au bon colonel. J'avais toutes les raisons du monde de refuser. Et après un temps de réflexion, comme s'il venait seulement de comprendre, un quart de siècle après, la cause de son comportement, il reprit : « Toutes les raisons sauf deux. Je n'avais rien à perdre et rien à gagner. J'étais militaire en sursis... ou plutôt pékin en sursis. Ma condamnation à la peine capitale de la vie civile était simplement ajournée. Que je réussisse, que j'échoue, je quitterais l'armée. J'en prenais l'engagement envers moi-même. Cette décision me donnait une liberté de pensée et d'action qui se rencontre rarement dans la vie d'un militaire et encore beaucoup plus rarement chez les civils... Chez les artistes peut-être, ce qu'ils appellent la liberté de création, cette faculté qui les apparente à Dieu. »

Jean Marie n'était pas homme à négliger un tel privilège, qui convenait à son tempérament « quelque peu anarchiste ». Il trouva pourtant une autre raison, celle du cœur, sans lequel les motivations humaines ne sont que calculs.

— Les autres, les officiers de l'état-major, le colonel du 1er hussards qui ne comprenait rien, les scribes et les pharisiens, pouvaient bien ironiser, se gausser de moi, se réjouir d'avance de mon échec. Pas le général Loth ! En sortant du bureau de Lorillot qui venait de m'assener le coup, j'avais lu dans son sourire hermétique la confiance, l'amitié et sa complicité. D'un clin d'œil, il relevait le défi avec moi !... J'aimais bien le petit père Loth. C'est tout !

Ces moments d'attendrissement étant chez lui plutôt rares, je respectai son silence. Quelques secondes plus tard, je compris à son sourire qu'il avait retrouvé son sens de l'ironie. Il revoyait la tête ahurie du bon comptable aux effectifs quand il lui déclara tout uniment à la fin de son récit : « Ces types du 228e commencent vraiment à me plaire. Vous pouvez faire signer tout de suite mon ordre de mutation. »

— Je fanfaronnais, ajouta Jean Marie, mais j'avais les tripes contractées par la trouille, comme avant de sauter à Diên Biên Phu.

***

A Alger, Jean Marie logeait chez ses amis Nouvion qui mettaient à sa disposition un studio au 6e étage du 17 de la rue Michelet, avec vue panoramique sur la baie, la basse ville et le port. Au matin du 23 octobre 1956, en s'éveillant, il perçut une rumeur de fête qui montait de la cité.

Quand il téléphona au bureau transport aérien pour connaître l'heure de son parachutage, il tomba sur un lieutenant au ton triomphant qui lui déclara lestement que le jour était mal choisi pour solliciter de l'armée de l'air une telle mission et lui conseilla, avant de lui raccrocher au nez, de prendre connaissance des nouvelles du jour.

L'Echo d'Alger, comme toute la presse, titrait à la une sur l'interception en vol des chefs de la rébellion, Ben Bella et « ses complices », Aït Ahmed, Mohammed Boudiaf et Mohammed Khidder, en fait les principaux dirigeants du F.L.N. « Ce coup de filet à papillons », comme disait un éditorialiste, mettait fin aux désordres provoqués par une poignée de hachellailes désormais sans chef. Alger était en liesse. Pas d'autre sujet de conversation dans le plus populaire bistrot à anisette de Bab el Oued comme dans le salon le plus huppé d'El Biar. Dans la rue, Jean Marie éprouva un sentiment confus d'oppression, de malaise. L'Européen parlait haut, avec une sorte d'arrogance d'autant plus agressive qu'elle succédait à l'angoisse. L'Arabe avait retrouvé son attitude de soumission. Sur le trottoir le « raton » avait intérêt à se tenir à sa place, le ruisseau, quand il croisait un pied-noir.

Ce soir-là, à la table de Simone Nouvion, son scepticisme poli provoqua un incident avec Pierre-Jacques L..., un ultra des plus activistes.

— Cette fois, mon cher commandant, l'interpella ce dernier à travers la table, vous voudrez bien admettre avec nous que la petite rébellion est terminée avec l'arrestation des chefs de bandes, que l'Algérie n'est pas l'Indochine, que le fellagha n'est pas le Viet.

— J'adhérerai sans hésitation à vos conclusions si demain matin, à l'aube, après un conseil de guerre rapide, Ben Bella et ses complices sont passés par les armes.

— En douteriez-vous ? Ces criminels de droit commun seront exécutés après un jugement dans les formes légales car nous ne sommes pas des barbares.

— Je suis prêt à parier le contraire. Car si l'Algérie n'est pas l'Indochine — ce que je reconnais comme une évidence — par contre la IVe République est toujours la IVe République, un régime impuissant à conduire une politique de guerre.

— Mais c'est du défaitisme ! s'écria une dame horrifiée.

— Je suis intimement persuadé, dit le commandant, que le gouvernement français, en interceptant Ben Bella et ses compagnons, n'a pas réfléchi aux conséquences. Il a neutralisé simplement les seuls interlocuteurs assez représentatifs pour négocier une solution politique. Aujourd'hui la place est libre pour les ultras révolutionnaires. On a franchi un degré de plus vers la guerre totale des jusqu'auboutistes.

— Dans la bouche d'un officier français ces paroles sont intolérables ! s'écria Pierre-Jacques, traduisant ainsi l'indignation quasi unanime.

Par respect et par amitié pour Simone Nouvion, Jean Marie

avait jugé opportun de s'éclipser entre la salle à manger et le salon, en prétextant des raisons de service impératives et urgentes.

En vérité rien ne le pressait. A son échelle, le général avait réglé ce petit problème et oublié le jeune commandant dès que celui-ci avait passé la porte capitonnée de son bureau. Le chef d'état-major avait fait son devoir en établissant les papiers. Et dans l'euphorie générale de ce « magistral coup de filet », qui se souciait du 228e bataillon ? Peut-être le bon lieutenant-colonel à la jambe de bois, mais Jean Marie ne chercha pas à le revoir. Il vécut les deux jours suivants seul dans la grande ville, évitant les lieux où il risquait de rencontrer des connaissances. Pour son plaisir, une vieille manie de jeunesse, il fouillait les rayons des bouquinistes et passait de longues heures à lire des ouvrages de référence sur l'histoire d'Algérie, tel *le Passé de l'Afrique du Nord,* du professeur Gautier. Une sorte de retraite pour se préparer à la solitude du commandement et du désert.

Il profita d'un convoi routier exceptionnel pour rejoindre Bou Saâda dans la journée du vendredi.

Une escale était prévue à Aumale, à l'heure du déjeuner, pour refaire le plein des véhicules et reposer les conducteurs. Le chef d'escadron Jean Marie fut courtoisement invité à la popote du 5e de spahis à cheval, un régiment fossile oublié depuis la mort de Youssef, le créateur des spahis ; une antiquité pleine du charme désuet et nostalgique des meubles d'époque, qui conservait pieusement les traditions chevaleresques de la cavalerie, noblesse de cœur et élégance d'action, tout un code d'honneur que le F.L.N. refusait de respecter.

Le convoi arriva à Bou Saâda dans l'après-midi, à l'heure de la prière pour les croyants et du relever de la sieste pour les roumis de l'état-major du secteur. Le colonel Katz reçut aussitôt Jean Marie dans son camion P.C. Il avait pris le C.O.S.A. depuis quarante-huit heures à peine et n'avait pas eu le temps de s'installer dans un bureau.

— Je vous dis tout de suite que je ne connais rien à cette guerre. Mais alors rien du tout, affirma-t-il sans la moindre ironie apparente. J'ai fait la guerre de 1940. J'ai même été blessé. Prisonnier comme tout le monde, je me suis évadé. Mais je n'ai pas fait l'Indochine. J'ai fait l'Ecole de guerre.

Durant toute la conversation, il resta debout, piétinant dans l'espace étroit du camion-bureau, tel dans sa caverne un ours dont il avait la carrure et le balancement.

— Vous comprenez — il commençait toutes ses phrases par cette injonction — j'ai compris tout de suite que pour faire carrière, il fallait absolument que je sois breveté d'état-major. Indispensable pour moi !

Une pensée parasite troubla un instant la réception de Jean

Marie : « Si on doute de ton intelligence, fais-la breveter », un conseil traditionnel des anciens aux jeunes ambitieux.

— Je sors du rang, poursuivait le colonel. Engagé à dix-neuf ans par devancement d'appel, non par idéal. J'étais manœuvre dans le bâtiment et complètement illettré. Oui, je suis un enfant trouvé, évadé de l'Assistance publique à quatorze ans. J'ai appris à lire et à écrire dans l'armée. Vous comprenez, quand j'ai commencé ma carrière, je n'avais aucune relation politique pour me pousser.

Katz faisait de la franchise transparente un art pour séduire, manœuvrer sa proie et cacher sa pensée. Tel qu'il se montrait à Jean Marie dès leur première rencontre, ce colonel si peu conformiste avait tout pour lui plaire. Et il le savait fort bien, d'intuition ou par calcul, après s'être renseigné sur son compte. Sa lourdeur d'ours brun cachait une subtilité de jésuite, sa modestie une ambition féroce.

— Votre bataillon, le 228ᵉ, je l'ai vu. Il ne vaut rien. Mais rien du tout ! Pire que vous ne pouvez l'imaginer !

Si le commandant avait conservé la moindre illusion...

— Mais je suis sûr et certain que vous en ferez un bon bataillon, se hâta-t-il d'ajouter. Si ! Si ! J'en suis sûr. Je vous connais. Je connais vos états de service.

Il ne ménageait ni la rhubarbe, ni le séné en confiture.

— Vous savez commander. Dans ce genre de guerre que je ne connais pas du tout, vous êtes un spécialiste. Et d'ailleurs je compte sur vous pour m'apprendre.

Jean Marie appréciait les sucreries, comme tout le monde, mais cette fois il trouvait la couche de confiture trop épaisse sur la tartine. Katz le sentit tout de suite.

— Non, mais écoutez-moi ! C'est vrai. Il n'y a pas de fausse honte à le reconnaître. Je compte sur vous pour m'apprendre à faire cette guerre. Vous verrez que je suis un bon élève !

Dans sa carrière d'homme de terrain — pour reprendre cette expression à la littérature sportive — Jean Marie avait maintes fois rencontré des chefs inexpérimentés ou des incapables. Bien peu en avaient conscience et aucun ne l'avouait. Katz était le seul. Il était sincère jusqu'au cynisme.

— Vous comprenez on m'a donné le C.O.S.A. parce que personne n'en voulait. C'est comme vous avec ce bataillon... Mais nous allons les étonner. On va remuer le secteur. Faites-moi confiance, on va faire parler de nous à Alger et même à Paris. A l'Ecole de guerre, j'ai appris à rédiger les communiqués de victoire.

Et à ce propos il annonça qu'il avait fait affecter à son état-major un grand journaliste, écrivain et romancier, Serge Groussard, capitaine de réserve rappelé en service, qui serait chargé des relations avec la presse.

Avec le nouveau chef du 228e bataillon, le commandant du C.O.S.A. rêvait d'interventions, de grandes opérations, de chevauchées et de chasses à courre sur son immense domaine, du djebel Amour au Hodna, de Bou Saâda au nord, à El Goléa dans le Sud profond... et de victoires spectaculaires annoncées à son de trompe par un des plus grands romanciers de ce temps !

Pour les basses œuvres de la mission territoriale — la pacification comme disaient certains — il adressa le commandant du quartier de Bordj de l'Agha au commandant de secteur, le très honorable et courtois chef d'escadron de Minou [1]. Celui-ci n'avait fait ni la guerre, ni l'Ecole de guerre.

Comme tous les chefs de corps du secteur qui le prenaient pour la Providence, Jean Marie allait bien sûr le harceler de demandes : matériaux de construction, pièces détachées, véhicules, habillement... Il prit les devants en lui déclarant :

— En ce qui concerne la logistique (expression à la mode dans les grands états-majors), le secteur est dépourvu de moyens...

Dépourvu de tout il ne pouvait rien. « En ce qui concernait le renseignement sur l'ennemi », il ne savait rien ou quasiment rien. Jusqu'à ce jour personne n'avait vu un hors-la-loi dans cette région. Le commandant de secteur ne savait rien mais il connaissait très bien « la psychologie de l'indigène ».

— Ainsi je peux vous affirmer que le fameux Si Ziane, le saint homme qui conduit la guerre sainte, est une vieille légende que depuis des siècles les conteurs arabes chantent sur les places de village, les jours de marché, en échange d'une poignée de menue monnaie.

Minou était gras, discipliné et respectueux. Jean Marie était maigre, insolent et libre. Dès le premier contact une solide antipathie lia les deux hommes « pour le bien du service et l'honneur des armes ». Le colonel Katz le nota durant le dîner qu'ils prirent au mess installé à l'*hôtel Transat* réquisitionné.

Le lendemain, à l'aube, il invita Jean Marie à l'accompagner dans sa promenade à cheval. Après quelques galops sur les chemins sablonneux de la palmeraie, le colonel entra dans le vif du sujet sans préambule.

— Minou est un con ! Mais il ne faut surtout pas le lui dire. Même un con ça peut servir, surtout quand on n'a personne pour le remplacer. Il suffit de savoir le manier...

Au retour, ils traversèrent la vieille ville arabe, le ksar, au pas tranquille de leurs chevaux. L'ambiance était lourde. A leur approche des groupes se dissolvaient et disparaissaient par des portes closes derrière des murs aveugles. Le regard des vieillards

1. Nom d'emprunt, bien entendu, mais personnage authentique.

trop faibles ou trop indifférents pour se cacher les ignorait. Jean Marie éprouvait un malaise. Katz au contraire paraissait insensible, se montrait cordial, saluait les vieux accroupis sur leur seuil, avançait dans cet espace d'hostilité avec l'indifférence épidermique du pachyderme sous les piqûres d'insectes.

Ce 27 octobre 1956 était un samedi et le premier jour du week-end pour Bou Saâda qui avait conservé ses habitudes de ville touristique. Katz avait invité le commandant à attendre le lundi matin pour rejoindre son bataillon par hélicoptère. La chambre du *Transat* était confortable. La table du colonel attrayante (il pouvait réciter par cœur les dix vignobles de Beaujolais ou les noms des neuf muses, comme un Larousse). Un dîner était prévu pour le soir avec le sous-préfet, les notables européens et leurs épouses...

Brusquement, après la sieste, Jean Marie demanda à rejoindre Bordj de l'Agha. Il avait hâte de « sauter ». Depuis six jours il s'était insensiblement détaché de ce qu'il laissait derrière lui, les êtres et les choses. Il était prêt et les heures vides de l'attente sont longues. Il était pressé d'affronter l'épreuve annoncée, de s'éprouver lui-même.

Katz tenta de l'en dissuader. Le pilote de l'hélicoptère, un jeune gendarme, se montrait réticent. Le plafond bas interdisait de franchir la chaîne du Messaad à l'altitude de sécurité. Il devrait contourner le massif par le col des Voleurs, et l'heure — 17 heures quand ils décolleraient — était un peu tardive pour un retour avant la nuit.

Jean Marie ne supportait pas « le genre aviateur » que se donnaient alors les pilotes de l'A.L.A.T., en avançant des arguments techniques pour refuser un ordre.

— Quand je donne un ordre à un biffin, à un simple voltigeur de pointe il peut aussi me dire que sa mission est techniquement dangereuse, qu'il risque de se faire tuer. Pourtant il exécute sans hésitation et parfois il se fait tuer. Ce sont les risques du métier... Un pilote de l'A.L.A.T. est d'abord un biffin, et son appareil ne vaut pas plus cher que la peau d'un voltigeur de pointe. C'est parce que tu es d'abord un biffin qu'on t'a appris à conduire cet engin, une simple jeep tout-terrain. Merci pour ton avis technique. Maintenant, en selle, on part !

Le petit gendarme comprit fort bien ce langage.

Ils suivirent d'abord la route de Biskra qui contournait le massif boisé du Messaad, la dernière forêt avant le désert. Passé le petit col des Voleurs, avant le village de Ben S'rour, le pilote piqua droit sur Bordj de l'Agha, à travers un plateau pris entre les deux chaînes de l'Atlas saharien. Dans la lumière précrépusculaire de cette fin d'après-midi, le poste se dégagea lentement de la grisaille ocre du sable et des cailloux : un maigre bosquet d'acacias autour de la tache verte d'une petite retenue d'eau et en lisière, le carré des bâtiments plats du bordj. La capitale de son royaume suait la tristesse et l'ennui.

Pour contrôler la direction du vent, le pilote fit un tour. Alertés par les ronflements du moteur, des hommes désœuvrés se rassemblaient autour de la plate-forme d'atterrissage.

— Ils devraient dégoupiller une grenade fumigène pour me signaler le vent mais ils s'en foutent, dit le pilote dans l'interphone. Dès que je me pose, mon commandant, je vous demande de sauter. Je ne coupe pas le rotor. La dernière fois ils ont cassé un appareil.

Il ne lui laissa pas le temps de s'éloigner. En redécollant, l'hélicoptère l'enveloppa dans une mini-tornade de poussière. Il en sortit abasourdi et à demi aveuglé.

Le commandant Jean Marie portait la tenue de combat camouflée et le béret amarante des parachutistes. Pour tout bagage, une musette à l'épaule avec sa trousse de toilette et un livre, acheté dans une librairie d'Alger, *les Sept Piliers de la sagesse* de T.E. Lawrence, un poète qui racontait une autre guerre révolutionnaire dans un autre désert.

Autour de lui, à distance de poussière, ils étaient cent ou deux cents hommes formant un cercle parfait, sur plusieurs rangs d'épaisseur. Cent ou deux cents regards convergeaient vers le centre, sur un homme seul, comme les rayons de lumière sur le foyer brûlant d'une lentille... « C'est ce que doit éprouver un insecte fragile sous la loupe d'un entomologiste », disait Jean Marie pour décrire sa première impression.

Le vrombissement du Bell s'enfuyant se dissolvait dans l'espace et le temps. Et le silence retombait, dense, épais, avec la poussière.

Jean Marie avait assez d'expérience du commandement des hommes pour savoir que ce n'était pas le moment d'hésiter, de tergiverser. Il avait quelques secondes pour agir, quelques secondes décisives. Le moindre incident, une raillerie, un lazzi, un éclat de rire et son autorité serait définitivement anéantie... Pourtant, à cet instant, une pensée creva comme une bulle en surface de sa conscience. « Les chiens et les fauves sentent l'odeur de la peur sur la peau des hommes. Les foules aussi... Pourvu que mes glandes sudoripares ne me trahissent pas en sécrétant le musc fatal ! Sinon c'est la curée. » Pour toute armure, quatre petits galons d'argent accrochés au deuxième bouton de sa vareuse et quasiment invisibles...

Il marchait droit vers l'entrée du poste, le regard fixant dans les yeux le garçon qui se trouvait juste sur son chemin... Au dernier moment, pour éviter la collision, celui-ci s'écarta juste assez pour ouvrir le passage. Il sortit les mains des poches et ébaucha une sorte de garde-à-vous. Le commandant s'arrêta sans lâcher son regard et demanda :

— Comment t'appelles-tu ?

— Durand Pierre... Classe 55/2.

Son attitude s'était sensiblement raidie et il porta la main à son chapeau de brousse.

En dépit de tout, cette meute était bien une troupe. Avec quelques pièces d'uniforme, il leur en restait des réflexes, les ressorts secrets de la discipline... Le commandant lui rendit son salut.

— Durand ! Conduis-moi au bureau du bataillon !

— Suivez-moi, mon commandant... Dégagez, vous autres !

Les autres s'écartèrent. Plusieurs, parmi les plus proches, saluèrent. Deux ou trois s'offrirent pour guider le commandant et l'accompagner. L'un d'eux proposa même de porter la musette... Le premier cercle était franchi. Ce fut aussi simple que cela.

L'entrée du poste était indiquée par un créneau entre deux amorces de murettes en pierres, assez large pour les camions.

— A gauche, mon commandant, dit Durand... La porte, c'est le bureau du bataillon !

Un adjudant-chef, en tenue de toile, sortit en courant. Il était tête nue et se présenta au garde-à-vous.

— Chef du secrétariat du P.C. Mes respects, mon commandant... Nous avons reçu par télégramme votre avis de mutation, mais nous n'avons pas été prévenus de votre arrivée aujourd'hui.

Le bordj sentait l'abandon. L'Agha, seigneur féodal d'Oued Chaïr aussi miséreux que son fief, avait vidé les lieux dès le début des événements. Faute d'entretien, le toit de terre sèche fondait et s'effritait sous les pluies d'automne quand il ne s'était pas déjà effondré. Le P.C. du bataillon occupait une aile du bâtiment dont le toit était encore à demi étanche. Les compagnies logeaient sous des tentes avachies érigées au hasard, à l'intérieur d'une enceinte de barbelés.

— Vous voulez voir sans doute le commandant Caillet ? proposa l'adjudant-chef. Il est dans sa chambre, la fenêtre avec des grilles.

Jean Marie trouva celui qui commandait ce bataillon, au bout d'un étroit couloir obscur, dans une pièce de quatre mètres sur quatre. Jadis, les murs avaient été chaulés comme en témoignaient des plaques blanchâtres et lépreuses et les auréoles des gouttières au plafond.

Le chef de corps du 228e B.I. venait de se lever à en juger au désordre des couvertures sur le lit Picot, les cheveux blancs ébouriffés, les yeux gonflés... La paume de la main était moite. Sur le dos, la poussière et la sueur coagulées formaient une croûte craquelée comme la terre desséchée d'un marécage. C'était un homme malade, usé, abandonné comme le bordj. Il commença à gémir.

— Excusez-nous, mon commandant, excusez-moi !... Je ne savais pas. Ici nous ne savons rien !... Rien ne marche... Nous n'avons même pas assez d'eau pour nous laver. Nous devons aller la chercher au barrage, à trois kilomètres, avec une seule remorque citerne...

La nuit tombait et le froid était sec. Il était trop tard pour visiter le poste. Le groupe électrogène était en panne depuis deux jours. Et il faudrait attendre encore plusieurs jours avant de recevoir la pièce à changer... Le verre de la lampe à pétrole sur la table de chevet du commandant était noir de suie et diffusait une clarté de deuil.

Le planton de la popote des officiers, sale comme un peigne, apporta des plats déjà figés par l'air vif. L'adjudant-chef trouva un lit Picot pour le nouveau commandant. « Il n'y a plus de couvertures au magasin, dit-il, mais je vous ai donné une des miennes. »

Après le dîner, ils s'étendirent sur leur lit de camp, chacun dans son angle. La lampe fumait. Caillet préféra la souffler plutôt que de moucher la mèche. Dans l'obscurité, il se sentait plus à l'aise pour parler de ses malheurs.

— Vous savez, j'ai pris le commandement de ce bataillon à Marseille, le matin de son embarquement. Le jour du départ, à Dreux, « ils » ont mis à sac la gare et en cours de transport ils ont cassé trois convois ferroviaires. Mon prédécesseur le commandant de Martinon avait des relations. Il a obtenu d'être muté ailleurs. J'étais le troisième officier désigné en dix jours, pour commander le 228ᵉ B.I. Moi, je n'ai pas eu le temps de me retourner et je n'ai pas de relations. J'ai pris les consignes sur le quai d'embarquement, à Marseille. Un bataillon de C.R.S., « les » encadrait pour « les » empêcher de casser les installations portuaires. Mais ça ne « les » empêcha pas de gueuler et de chanter *l'Internationale.* Ah ! non alors ! Ils gueulaient ! Ils m'injuriaient !

Il était à bout de nerfs [1], geignait, gémissait, cherchant moins à présenter des excuses qu'à susciter la compassion. Une ou deux fois il pleura sur lui-même. Jean Marie l'écouta jusqu'aux petites heures de la nuit. De toute façon, il faisait trop froid pour dormir sous une couverture râpée. C'est ainsi qu'il apprit bribe par bribe l'histoire de son bataillon.

---

1. Cet officier fut hospitalisé à l'hôpital du Val-de-Grâce dès son rapatriement.

V

J.M.O. DU 228ᵉ B.I.

Extraits et commentaires

En référence au décret gouvernemental rappelant au service de la Nation les classes disponibles, le 30 avril 1956, M. l'intendant militaire de Versailles dressa procès-verbal de création du 228ᵉ bataillon d'infanterie formant corps.

A la même date est ouvert le Journal de Marche et des Opérations. Extrait : « *30 avril. Les cadres d'active : officiers et sous-officiers désignés pour l'encadrement du 228ᵉ B.I., composé d'une section de commandement de bataillon type T.E.D.P.*[1] *507 et de 2 compagnies de combat type T.E.D.P. 107, rejoignent Evreux, lieu de formation du bataillon (Corps support G.T. 523).*

« *Deux autres compagnies de combat sont formées réciproquement à Vernon (Eure) et à Chartres (Eure-et-Loir). Leur programme sera le même que celui de la section de commandement et de la 1ʳᵉ compagnie.* »

Cadres d'active ? Outre le commandant Charles de Martinon dont le P.V. de l'intendant nous affirme qu'il « commandait » le 228ᵉ, ils étaient 5 officiers et moins de 40 sous-officiers, pour encadrer quelque 6 ou 700 rappelés. Les capitaines Suzineau et Pothier prirent, dans l'ordre d'ancienneté, les 1ʳᵉ et 2ᵉ compagnies. Les lieutenants Huron et Parigot, idem les 3ᵉ et 4ᵉ. Le sous-lieutenant Mathé, officier d'administration, était désigné pour les fonctions d'officier des détails.

Tous ces cadres appartenaient à l'arme du Train, ce qui signifiait qu'ils n'avaient aucune expérience et pour la plupart aucune compétence pour commander une unité d'infanterie, en campagne de surcroît.

---

1. Tableau des Effectifs et de Dotation en Matériels. Organigramme et pièce comptable des unités de l'armée. Les T.E.D.P. servent au calcul du budget de l'armée — titre crédits de fonctionnement et d'équipement. Moins le T.E.D.P. comporte de cadres et moins il faut d'argent pour les payer.

Il n'est pas question dans ce récit de proposer au lecteur une réflexion sur le rôle et la fonction de l'infanterie « à pied » — ce pléonasme est nécessaire — dans une force armée moderne. Il est de tradition en France (une sorte de malédiction) de négliger, voire de mépriser, « l'enfant de pied », la « piétaille », le « biffin », au profit de la chevalerie blindée de jadis, des armes savantes d'aujourd'hui. De même que l'on s'est empressé d'oublier Crécy, le triomphe de la piétaille sur l'arme blindée, on a pudiquement mis un voile (noir) sur l'affaire des rappelés en Algérie en 1956. Il n'existe aucune critique sérieuse de cette expérience historique classée comme un incident sans importance, aussi négligeable que le partisan, le moudjahid, le biffin. Or, jamais tant qu'à l'ère nucléaire — il n'est que de regarder autour de nous — l'homme armé de sa seule volonté de combattre, ramassant un bâton ou un fusil, ne fut plus essentiel à la défense d'un pays, d'une communauté nationale, de la civilisation des droits de l'homme...

En 1956, la déplorable organisation, le T.E.D. 107, l'insuffisance et l'incompétence de l'encadrement des bataillons de rappelés donnèrent des résultats désastreux : le recul de la pacification (ce « maintien de l'ordre » qui était leur mission), des crédits gaspillés, des pertes humaines inutiles. Le fait que plus de la moitié des morts furent tués dans des accidents d'auto prouve à l'évidence que les cadres étaient incapables d'imposer ce minimum de discipline militaire dont le premier but est d'éviter ces pertes stupides. Le haut commandement de l'armée qui connaissait les défauts de cette organisation, le gouvernement qui n'avait pas le droit de l'ignorer, portent conjointement la responsabilité de ce gâchis, de cet échec, des morts inutiles.

Ce récit, l'histoire du 228e bataillon peut être considéré comme un exemple, un élément concret pour alimenter la réflexion proposée, une illustration des conclusions.

Extraits du J.M.O. :

« 1er mai 1956 : ... Perception de documents administratifs. Préparation du service d'accueil et du programme de travail.

2 mai : Continuation (sic).

3 mai : Incorporation et habillement des cadres de réserve.

4 mai : Arrivée et accueil des sous-officiers de réserve.

5 mai : Incorporation et habillement des sous-officiers de réserve.

6 mai : Continuation. »

On sent que le rédacteur se gratte l'imagination pour trouver quelque chose à écrire.

« *7 mai 1956 : Arrivée de la troupe... Accueil en gare... Incorporation.* »

Les voilà, ces redoutables rappelés qui vont jeter la terreur dans les rangs des officiers généraux et supérieurs. Regardons-les arriver les futurs « lions du djebel », avec leur petite valise de fibroïde, aujourd'hui pleine de boustifaille, dans laquelle ils rangeront demain leur complet civil jusqu'à la libération dans six mois. Constatons qu'ils débarquent à l'heure et au jour portés sur leur feuille de route. On les a pris au débotté, enlevés du jour au lendemain à leur travail, à la famille, aux amis, au moment où ils escomptaient une promotion, à la veille ou au lendemain de leur mariage...

Ils ont râlé un grand coup... Mais ils arrivent tous au jour dit, en bons citoyens, prêts à mourir pour la République — et s'ils ne le disent pas, ils le feront — car c'est bien pour la défendre qu'on leur a demandé de revenir à la caserne. Ecoutez donc les ténors de l'époque : Guy Mollet, Robert Lacoste, Pierre Mendès France, François Mitterrand, Edgar Faure, etc. Ils disent tous en substance : « On ne transige pas quand il s'agit de défendre le territoire national ! [1] »

Puisque tout le monde leur montre la ligne ocre des djebels, on part « comme en 14 » — l'expression va faire fortune —, pas de fleur au fusil peut-être mais la gouaille aux lèvres. Et puis autant y aller gaiement ! On va retrouver les copains de régiment, tirer quelques bonnes bordées, voir du pays... Pour le service ! Doucement la gradaille ! On connaît la musique et on sait marcher au pas ! Pas la peine de pousser !

A l'infirmerie, ils passent à poil devant le toubib. Au magasin, ils touchent le paquetage. Dans la chambrée, ils rigolent en se regardant les uns les autres dans leur uniforme trop grand ou trop petit, trop large ou trop étroit. On ne les a pas gâtés ces soldats, prêts à travailler sinon pour la gloire, du moins pour ne pas s'emmerder !

« *8 mai : Continuation.*
9 mai : Vaccination...
10 mai : Continuation de la vaccination...
13 mai : R.A.S. »

Le maître mot est lancé. « Rien à signaler. » Aussi bien le rédacteur du J.M.O. aurait pu l'écrire tous les jours du 7 mai

1. Mendès France. 12 novembre 1954. Devant l'Assemblée nationale.
« On ne transige pas lorsqu'il s'agit de défendre la paix intérieure de la Nation, l'unité, l'intégrité de la République. Les départements d'Algérie constituent une partie de la République française... »
François Mitterrand. Même date, même lieu.
« ... L'Algérie c'est la France. Et qui d'entre vous, Mesdames et Messieurs, hésiterait à employer tous les moyens pour préserver la France ? »
Journal Officiel du 13 novembre 1954, qui ajoute : « Applaudissements à gauche, au centre, à droite. »

au 18 mai, date du départ pour l'Algérie. Ce n'est pas qu'il ne se passe rien. Ce R.A.S. signifie qu'on ne demande rien à ces rappelés.

Le chef de corps, Martinon, est trop occupé à agiter ses relations pour se faire relever de ce commandement, ce qu'il va obtenir incessamment. Au-dessous de lui, sans directives, « inanimé », le bataillon attend. Dans les chambrées, les cours, les bistrots alentour, les hommes « glandent », désœuvrés et oisifs. Quel terrain pour des « agit-pro » !

Ils sont là. Le contingent du 228e, qui vient du recrutement région parisienne et banlieue rouge, compte une importante proportion de militants communistes. Ce ne sont pas de mauvais soldats. Les militants communistes et les boys-scouts donnent les meilleurs gradés. En mai 1956, la politique du Parti étant pour le moins un peu ambiguë, les militants ont consigne de ménager l'armée. Ils s'en prennent à la S.F.I.O., au gouvernement Mollet, et se contentent de « graffiter » sur les murs des slogans politiques électoraux : « A bas Guy Mollet », « Lacoste au poteau », etc.

« 18 mai : Distribution de vivres pour le voyage. Remise en place du casernement et nettoyage.
Départ Evreux 18 h 30. Transport par camions G.T. 501.
Embarquement dans le train : 21 h.
Départ : 21 h 30. »

Sec comme un indicateur des chemins de fer. Pas un mot, pas une allusion à l'émeute qui deux heures durant ravagea la gare de Dreux.

Quelques familles sont venues pour les adieux. Le P.C. a convoqué aussi les militantes locales, dans les rôles d'épouse, mère ou sœur.

En vérité, personne ne sait très bien comment cela a commencé. Un sanglot de femme qui monte et se transforme en cri de révolte ? Un mot, un geste maladroit d'un gradé ? Une bousculade ? Chauffés par l'émotion et le pinard (distribué pour deux jours), ils commencèrent par les toilettes de dames, mirent à sac la lampisterie avant de s'en prendre au contrôle des billets et au bureau du chef de gare...

La gare de Dreux n'était pas le cuirassé *Potemkine*. Les rappelés du 228e n'étaient pas les mutins de la mer Noire. Au coup de sifflet de départ, ils embarquèrent en voltige. Pas un seul ne resta sur le quai. Tous présents le lendemain sur le pont du *Ville d'Oran*.

« 21 mai : En mer. Débarquement 7 heures à Alger... Perception de la paille. »

Sur « l'histoire des faits » de ce débarquement, une fois encore le rédacteur se montre prude comme une pucelle mormone. Au lieu du comité d'accueil habituel : dames patronnesses, demoiselles et colliers de fleurs, les gars du 228e furent reçus avec les honneurs des armes : entre deux haies de gardes mobiles et C.R.S., casqués et armés. Au passage, la D.S.T. interpella deux aspirants « soupçonnés » d'être les instigateurs de la casse du départ.

Durant quatre jours, ils couchèrent sur la paille, dans un hangar du port militaire.

« *25 mai : Départ sur Vialar à 6 heures* (225 km). *Halte à 12 h 30 à Affreville. Arrivée Vialar 17 h 30. Cantonnement en ville.*

26 mai : Installation des différents cantonnements. »

Une saison à Vialar. En ville, ils se comportent parfois comme en pays conquis... Pour le reste ils ne font rien : « *Entraînement à l'intérieur des compagnies* », signale parfois le J.M.O. On comprend que le commandant du secteur cherche à se débarrasser de ces « clients douteux ».

« *18 juin : Départ du convoi 6 h 30 (18 cars civils). Première destination Alger. Deuxième destination : Tizi Ouzou. Arrêt 12 h à Maison-Carrée.* »

« *Dispatché en quatre postes dans la proche banlieue de Tizi Ouzou. Du 19 au 23 juin : Installation et entraînement à l'intérieur des compagnies* », dit seulement le J.M.O. Le 24, baptême du feu !

« *24 juin : Deux postes de garde de la 1re compagnie tirent dans la nuit mais sans résultat.*

[...]

25 ...

26 juin : A 4 h 30 le soldat Met, matricule 800, de la 2e compagnie, étant sorti imprudemment hors des limites du cantonnement a été blessé par une sentinelle de 3 balles de F.M. La responsabilité de la sentinelle n'est pas engagée.

Lignes électriques et téléphoniques coupées, sur la route entre E.M. et 2e compagnie, à 16 h. Après réparation, cette ligne est de nouveau sectionnée vers 20 h.

27 juin : Remise en état des différentes lignes. Décès du soldat Met. »

L'enquête sur la mort de Met aura pour le moins été courte. La responsabilité de personne n'est engagée... On s'interroge sur ce bref récit d'un drame irréversible.

« 30 juin : Une section de la 1re compagnie au tir. »

C'est un événement assez important pour être inscrit au J.M.O. Après deux mois de service, pour la permière fois, une section va s'entraîner au tir.

« 4 juillet : 5 h 30. 1re compagnie en opération massif du Djurdjura. Retour 19 h 30. Résultats : 2 P.G., 2 fusils de chasse, 1 revolver à barillet. Deux citations à l'ordre de la brigade. Ss-Lt. Kahn. Soldat Durieux. La 4e compagnie est harcelée dans le courant de la nuit. »

Depuis l'ouverture de ce J.M.O., il apparaît avec évidence que la rédaction est assurée par la 1re compagnie et probablement par le capitaine.

« 16 juillet : Arrivée de 81 appelés (P.D.L.) »

Voici la première livraison des appelés Pour la Durée Légale du service militaire. On dit les P.D.L. pour les différencier des A.D.L. qui servent Au-delà de la Durée Légale comme les rappelés. Ce premier arrivage annonce la relève des rappelés A.D.L. qui commencent à trouver le temps long, et pesante leur inutilité oisive.

Ces 81 P.D.L. sont des conscrits à peine dégrossis après quatre mois de service. Pendant plus de trente mois, ils vont servir — voltigeur de pointe ou infirmier, brigadier d'ordinaire ou chef de groupe de combat — dans ce bataillon dont ils seront la chair et l'esprit, la « chair à canon » bien sûr, mais aussi l'âme, cette conscience collective qui perdure aux individus et où survivent les morts, qui dans l'armée s'appelle l'esprit de corps.

Ils arrivent de France, directement de Montlhéry, du centre d'instruction du 1er Train, le régiment des fils d'archevêques. Dans le groupe, ils portent tous le même uniforme. A deux mois près ils ont tous le même âge. Ils se ressemblent tous.

Tous ne sont pas, tant s'en faut, fils d'archevêque. Ainsi Pierre Halfon, l'un des 81 qui va raconter son aventure collective, est orphelin de père et sa mère est modiste. Il doit le « privilège » de son affectation à un ami de son père, M. Laveran, P.-D.G. de Thomson et pour le coup un archevêque à pourpre. Pierre est satisfait de son sort qui lui permettra d'accomplir ses obligations militaires tout en rentrant chez lui, auprès de sa mère, chaque soir.

Le vendredi 4 juillet, son contingent vient d'achever la veille sa période de formation commune de base et son quatrième mois de service.

— Au rassemblement du matin, le capitaine nous donna lecture de nos affectations. J'étais secrétaire à l'état-major de l'armée, rue Saint-Dominique, à deux pas de chez moi. On me remit une carte d'identité spéciale qui me permettrait d'entrer et de sortir à ma guise de ces lieux sacrés. Le soir nous partions en permission de 48 heures, avec nos bagages car le lundi matin nous prendrions notre service à Paris.

Dans la chambrée Pierre Halfon boucla son paquetage en chantant, tout heureux de quitter Montlhéry. Le 5 juillet était son anniversaire. Demain il aurait vingt et un ans. Sa mère préparait le gâteau...

A 16 heures, le clairon sonna le rassemblement. Ils y coururent pour recevoir leur titre de permission. Le capitaine n'était pas là. Un lieutenant de marbre morose [1] et de corvée leur annonça : « Prenez vos paquetages et embarquez immédiatement dans ces camions. Direction : gare de Lyon. Le train de Marseille part à 18 heures. Demain matin vous embarquez pour l'Algérie. » C'était le coup de poignard dans le dos ! Pas le temps de téléphoner pour faire jouer les relations, d'alerter papa, de dire adieu à maman ou à Juliette !...

« Pour ma part, je n'étais pas inquiet, dit Pierre. Il ne pouvait s'agir que d'une erreur, facilement réparable si je n'étais tombé sur ce lieutenant complètement imperméable. Quand je lui montrai ma carte d'identité spéciale, il haussa les épaules en disant : “ Et alors ? Vous avez tous la même ! ”, j'ai mis longtemps à comprendre ! »

Pour le colonel du 1er Train, expédier un contingent de P.D.L. en Algérie n'était pas une mince corvée. A peine désigné, le moindre fils de chanoine faisait jouer le haut clergé : députés, généraux, ministres, et au besoin la médecine au plus haut niveau pour se faire rayer de la liste de départ... Et l'autorité militaire qui fixait le chiffre du contingent à envoyer en Algérie ne voulait point avoir à connaître de ces « scandaleuses interventions » !

Le pauvre colonel imagina alors une manœuvre imparable. La surprise est la clé du succès tactique. Le vendredi soir les « archevêques » partent en week-end et de toute façon, la machine aux interventions est fermée. C'était le bon moment pour embarquer le contingent par surprise. Le lundi à l'heure de l'ouverture du bureau aux interventions, le « fiston » était en Algérie. Et pour le faire rentrer, c'était une autre affaire qui ne concernait en rien le colonel du 1er Train.

Le lundi matin, 7 juillet, à l'heure où M. Laveran apprenait que son protégé avait été embarqué par erreur, Pierre Halfon débarquait sur le quai d'Alger. Un comité d'accueil leur souhaita

1. Pardon pour l'astuce, mais c'est involontaire.

la bienvenue sur le sol de la Patrie qu'ils venaient défendre. De gentilles damoiselles leur passaient autour du cou un collier de fleurs. Des dames patronnesses leur offraient un verre d'orangeade (made in Algérie).

Puis, à la file nous franchissions une sorte de rideau, une bâche fermant l'entrée d'un hangar, raconte Pierre Halfon. Dans la pénombre nous attendait un adjudant qui nous enlevait le collier de fleurs — pour resservir aux suivants — et le remplaçait par une cartouchière de toile en nous remettant entre les mains sans cérémonie un gros fusil Garant...

Au bout de la chaîne, à la sortie du hangar, une rame de camions stationnait, prête au départ. Des gradailles les poussaient de la gueule à embarquer. A bord un gentil petit caporal était chargé de leur expliquer en roulant le maniement du fusil Garant et la manière de s'en servir. « C'est pas exclu que nous tombions dans une embuscade. Vous avez intérêt à vous défendre parce que les fellouzes, vous savez ce qu'ils font aux prisonniers ? Ils leur coupent les glaouis et leur font le sourire kabyle. » Les gestes du caporal qui illustraient ses paroles enlevaient toute possibilité d'erreur d'interprétation.

Le voyage des 81 P.D.L. affectés au 228ᵉ B.I. s'était passé sans incident notable. Ils arrivèrent dans l'après-midi au Centre d'apprentissage d'Oued Aïssi, tout près de Tizi Ouzou, cantonnement du P.C. du bataillon et de la 1ʳᵉ compagnie.

Dans la chaleur de l'été kabyle, le casernement semble désert, hors quelques gradailles torse nu, qui invitent les P.D.L. à gagner vivement l'ombre de leur chambrée. Le contingent a été divisé en quatre lots pour chacune des quatre compagnies. Pierre est affecté à la 1ʳᵉ.

Il n'a pas renoncé à rentrer à Paris et conserve pieusement sa carte d'identité spéciale qui prouve son affectation à l'état-major de l'armée (entrée principale boulevard Saint-Germain). M. Lavéran s'en occupe. Mais en attendant autant se trouver une place confortable. Il part tout de suite à la recherche du médecin-chef pour faire reconnaître ses pieds plats et se faire exempter de marche, d'opérations et, en général, de tous services actifs. Il trouve l'infirmerie à l'abandon. Le docteur Dumont prépare une thèse ou quelque autre travail universitaire. Il laisse les choses aller à l'unisson de ce bataillon... De toute évidence il a besoin d'un adjoint. Pierre Halfon s'attribue sans opposition la place d'infirmier-chef. Comme il a le sens de l'organisation, le goût du commandement, huit jours plus tard c'est lui qui passe la visite quotidienne, selon les critères qui n'ont évidemment rien de commun avec l'art d'Hippocrate.

— Tout consultant qui le souhaitait était reconnu malade, aussitôt alité dans un local sinistre et plutôt insalubre, mis à la diète et à l'eau tiède. Celui qui tenait 24 heures dans ces conditions était vraiment malade et aussitôt évacué sur l'hôpital de Tizi Ouzou où il était fort bien soigné et guéri... enfin pour la plupart. Quant à ceux qui ne souhaitaient pas être reconnus malades, soit 80 % de l'effectif du bataillon, ils étaient déclarés « exempts de service » pour des temps variables.

Ainsi passa le gros de l'été, entre la sieste des journées trop chaudes pour œuvrer, et les nuits trop chaudes pour dormir.

— Avec le toubib, le capitaine commandant théoriquement le P.C. du bataillon et un quatrième d'occasion, nous jouions au bridge des nuits entières. Nous avions le jour pour récupérer.

Le colonel commandant le secteur de Tizi Ouzou harcelait Alger pour être débarrassé de cet encombrant et inoffensif bataillon. Après les grosses chaleurs, il obtint satisfaction. Un matin de septembre, le 228e B.I. fut embarqué sans préavis avec armes et bagages dans une longue rame de camions pour être transporté dans l'extrême Sud algérois. Passé Bou Saâda, la première oasis du Sahara, ils mirent une journée entière pour parcourir les 80 derniers kilomètres, après s'être perdus à plusieurs reprises sur des pistes de terre toutes semblables. Selon les ordres, le bataillon fut réparti en deux parties égales entre deux bordj plus qu'à demi en ruine : le Bordj de l'Agha d'Oued Chaïr et celui d'Aïn Rich, au village mort, sur un plateau désertique de l'Atlas saharien.

Après le premier convoi de ravitaillement à Bou Saâda et la mise à sac d'un ou deux bordels par les hommes de corvée, le colonel commandant le C.O.S.A. leur interdit l'accès et le séjour en sa ville. Ils furent désormais ravitaillés par parachutages, deux fois par semaine. Ils auraient vécu ainsi au bout du monde, oubliés de tout le monde, sans le grain de sable du destin dans le circuit d'alimentation d'un petit avion Piper qui contraignit le général Malaguti à se poser sur la piste de secours d'Aïn Rich. Trois semaines plus tard, sans avertissement, un hélicoptère leur déposa au crépuscule son jeune commandant en tenue para, tombé du ciel pour les commander.

— Nous ne faisions rien, conclut Pierre Halfon dans son témoignage. C'est vrai que nous ne donnions rien ! Mais qui nous avait demandé quelque chose ?

VI

« CE QUE JE VOUS DEMANDE... »

A Bordj de l'Agha, le 28 octobre 1956, à 6 heures précises du matin, le clairon — lauréat de trompette au Conservatoire de Paris — sonna fort joliment la diane.

— Qu'est-ce que c'est ? gémit le père Caillet en émergeant de ses couvertures.

— Le réveil ! Vous ne connaissez pas cette sonnerie ?

Jean Marie n'était jamais de bonne humeur au réveil. Ce matin-là il était franchement agressif. Il avait peu et mal dormi. Au premier coup de langue du clairon il avait giclé de son lit. Il était frigorifié, avait envie de pisser et de boire un quart de café chaud.

— Où sont les feuillets ?

— Je viens avec vous, dit Caillet en se hâtant d'enfiler une petite laine sur son pyjama et des pantoufles aux pieds.

Jean Marie achevait de lacer ses rangers, des bottes de saut trop lourdes pour la marche, mais de véritables masses d'arme. Il ouvrit la porte de la chambre. Juste devant le seuil, un lit Picot barrait le passage. Sous un paquet de couvertures, l'occupant dormait sans méfiance, totalement indifférent aux injonctions du clairon.

A son habitude, Pierre Halfon avait joué au bridge jusqu'à une heure tardive. Comme chaque nuit il avait installé son lit au bout de ce couloir devant la porte du commandant. Celui-ci était fort discret et évitait chaque matin de le déranger en sortant. L'endroit était à l'abri de la lumière et des bruits de la matinée, éventuellement de la pluie. Comme d'habitude Pierre avait bien l'intention de dormir tranquillement jusqu'à l'heure de midi et du déjeuner.

Jean Marie visa la rondeur des fesses qui gonflaient la toile du lit. Sous l'impact de la botte, le dormeur bascula avec sa literie en se répandant sur le sol. Projeté hors de ses rêves pacifiques par ce coup de foudre, Pierre Halfon ne chercha pas à savoir d'où venait l'orage. Il se dégagea avec promptitude, embrassa ses couvertures et ses vêtements, et s'enfuit aussi vite que possible jusqu'au bout du couloir où il disparut dans les profondeurs obscures du bordj.

Ce geste banal, et quelque peu vulgaire, marqua de façon à la fois concrète et symbolique la prise de commandement du 228e B.I. par le commandant Jean Marie. Certes, il n'avait pas été prémédité et de plus ce n'était pas son style. Une simple adaptation aux circonstances.

Le brave commandant Caillet feignit de n'avoir rien vu, rien entendu. La scène n'avait pas duré vingt secondes et aussi bien aurait-il pu la rêver en cauchemar.

Dans la cour, il y avait peu d'animation. Les quelques individus, pressés par le besoin plus que par le clairon, se dirigeaient tous vers le même endroit : l'amorce de murette de protection qui servait de pissotière. Alignés au coude à coude, sans distinction de grade, unis dans le même bien-être animal, ils pissaient dans le sable du désert, « *à la face des dieux* » (Péguy)... A quelques mètres, adossée au pilier de la murette, en dépit des embruns d'urine, la sentinelle dormait, enveloppée dans sa capote, le fusil abandonné entre les jambes.

Le commandant ramassa l'arme, fit jouer la culasse pour contrôler qu'elle n'était pas approvisionnée, et réveilla l'homme à petits coups de pied affectueux dans les côtes. Dans la brume vitreuse de son premier regard, celui-ci entrevit le nouveau patron et tenta de se relever. De la pointe du canon sur sa poitrine, Jean Marie l'empêcha de bouger.

— Des milliers d'hommes sont morts bêtement parce qu'une fois, une sentinelle, leur camarade à qui ils faisaient confiance, s'est endormie.

Le ventre à la murette, la tête dépassant, alignés comme à la parade, les autres regardaient et écoutaient cette scène insolite. Le claquement métallique de la culasse verrouillée sur la chambre vide avait fait un bruit sinistre.

— Dormir en poste pour une sentinelle est une faute grave punie par la loi, continua le commandant en détachant les mots. Pour moi, c'est un abus de confiance, la pire des trahisons.

Il posa le canon sur le front du garçon, ahuri et inquiet.

— C'est pourquoi la prochaine fois, je te réveillerai en te mettant une balle dans la tête... Debout ! Garde à vous !

Dès le premier geste de ce petit sketch, le père Caillet s'était vivement éclipsé en se tortillant pour boutonner sa braguette, L'adjudant-chef du P.C., au contraire, s'était aussitôt avancé, comme pour prêter main forte au nouveau chef de corps, montrer qu'il était à ses côtés contre le laisser-aller, l'indiscipline et ses conséquences désastreuses. Parmi les spectateurs de la scène, surpris ou impressionnés par la logique du discours et la fermeté du ton, il n'y eut pas un murmure. Les témoins s'empressèrent d'en porter la nouvelle sous les guitounes où les copains faisaient la grasse matinée, à l'aube d'une journée oisive.

L'adjudant-chef invita le commandant à venir prendre le café au bureau du bataillon, où les secrétaires déployaient leur lit pour la nuit. Ce jus avait le teint clair des belles mulâtresses de La Nouvelle Orléans, et cet arôme spécifique de la poussière où nichent les cancrelats.

— Quels sont les ordres pour ce matin ? demanda l'adjudant-chef.

Apparemment rien n'avait été prévu pour la transmission du commandement, pas la moindre cérémonie pourtant réglementaire. Pour l'adjudant-chef, comme pour Pierre Halfon et la sentinelle endormie, et pour tout le monde dans le poste, Jean Marie avait déjà pris le pouvoir. Il lui restait à en faire usage.

— A 8 heures précises, réunion des officiers. Vous ferez préparer cette salle. Vous-même, en tant que chef du P.C., assisterez au briefing... En attendant, je vais faire un petit parcours de cross pour entretenir ma forme... Si le cœur vous en dit ! Le temps de me mettre en tenue... Dans trois minutes à l'entrée du poste !

Alertés par l'adjudant-chef, ils étaient une demi-douzaine, pour la plupart des gradés, à se joindre à lui pour cette première séance d'éducation physique. En trottinant, le commandant en profita pour explorer les abords du poste. Vers le nord, le bordj faisait face à la hamada, plate jusqu'au massif sombre du Messaad. Il était bordé sur sa face sud par le petit oued Chaïr et adossé à un bosquet d'acacias, derrière une ligne de peupliers plantés le long du ruisseau. Un superbe cheminement d'approche pour un agresseur éventuel !...

Partout, çà et là, des tas d'ordures, des excréments... d'où s'élevaient, au passage cadencé du petit groupe, des nuages de mouches réanimées par les premiers rayons du soleil.

Au retour, ils se lavèrent au ruisseau, à l'eau fraîche, dans l'air vif du désert.

Dans la chambre calfeutrée, le commandant Caillet achevait sa toilette. Sur la table, une petite cuvette d'eau sale voisinait avec un quart de jus froid, encore à demi plein. Il s'était rasé. Etalé sur le lit défait, une tenue propre et repassée.

— J'ai demandé une réunion des officiers à 8 heures, dit Jean Marie en s'habillant... En attendant nous pourrions peut-être visiter les installations ?

›

— Excusez-moi, commença le vieux commandant... mais ce matin je dois vérifier les procès-verbaux de passage de consignes.

De toute évidence, il avait abdiqué. Il ne voulait à aucun prix avoir à affronter les rappelés, au côté de ce jeune fou, inconscient, avec ses méthodes de chef de bande, tel le coup de pied au cul...

Jean Marie était libre d'agir à sa guise. Il était à peine 7 heures du matin. Il avait une petite heure devant lui avant la réunion des officiers... Le jus aux cancrelats torréfiés lui restait sur le cœur. Il se dirigea vers les cuisines.

Elles étaient installées dans la cour, devant l'entrée du P.C., bien en vue. Autrement l'odeur qui s'en dégageait eût suffi à trahir leur position et à guider le commandant. Une bâche de camion, maculée de cambouis, que soutenaient quatre piquets branlants, haubannés par du fil téléphonique, abritait une bonne vieille roulante (du modèle 1870 modifié 1914 peut-être) et une longue table de bois jadis blanc. Devant la table, des hommes de corvée de jus, hirsutes et sales, percevaient le casse-croûte du matin : l'immonde café, une boule de pain rassis, et une louche de confiture.

— Terminé, cria le commandant ! L'heure est passée. La distribution du déjeuner est finie... Allez, dégagez ! C'est fermé !

Tous les clients se hâtèrent de récupérer boutéons et gamelles et battirent en retraite. Un seul feignit de n'avoir pas entendu. Il portait une robe de chambre, en laine des Pyrénées, chaude et douillette. Avec la désinvolture d'un fils d'archevêque il saisit la louche abandonnée par le cuistot et se servit dans la boîte de confiture... Le coup de pied au cul le déséquilibra et la confiture se répandit sur sa robe de chambre. Le commandant ne lui laissa pas le temps de retrouver son aplomb. Il le saisit par le col et le repoussa à l'extérieur sans ajouter un mot...

Les cuistots — ils étaient cinq ou six ce matin-là — restaient figés par la surprise comme la graisse dans leurs marmites. Lentement le commandant fit le tour. La roulante, la table, les ustensiles... la moindre surface grasse étaient noirs de mouches avides, effrontées, inconscientes — on pouvait les écraser à pleine main —, des millions de mouches comme enivrées par l'odeur de charogne, la mouche biblique, une des plaies d'Egypte, instrument de la colère divine !

— Qui commande, là-dedans ?

Un margis qui devait sortir d'une de ses gamelles s'avança pour se présenter au garde-à-vous. Sur sa manche, ses galons tenaient par un fil. Le commandant les arracha.

— Ce matin, j'ai goûté votre café. — Il s'adressait à tous. — Il est simplement infect ! C'est du sabotage délibéré ! Or j'ai l'habitude de manger à l'ordinaire, ce qui ne veut pas dire que je me contente de la merde, dont vous avez la recette.

Les regards se détournaient, cherchant par terre ou dans un coin des cuisines une explication fondamentale... Un seul le regardait, un jeune garçon, plutôt blond. Il portait un tablier sur son treillis et était rasé du matin. Il fixait le commandant sans appréhension, avec peut-être une lueur d'approbation dans l'œil.

— Toi ! Quel est ton nom ?

— Charlou Raynal... J'étais commis chez Drouant.

Il annonça cela comme un titre de noblesse. Une grande cuisine est une école d'éducation qui forme des hommes avant d'en faire des chefs.

— A partir de cette minute, Charlou, tu es chef cuistot. Je te donne pleins pouvoirs : c'est-à-dire droit de vie et de mort comme c'est légal dans une armée en campagne.

Jean Marie n'était pas du tout certain de la légalité des pouvoirs qu'il conférait ainsi... mais les autres encore moins !

— Combien de temps te faut-il pour mettre de l'ordre, nettoyer les lieux, récurer les marmites et tes commis en même temps ?... Trois heures ça ira ?... D'accord, à 10 heures je reviendrai inspecter TES cuisines !

Les cuisines furent de tout temps un des centres nerveux d'un corps de troupe. Les nourritures terrestres et les informations qui s'y mitonnent, quelques mystérieuses vibrations psychiques qui en sortent, conditionnent le moral des soldats. La secousse électrique déclenchée aux cuisines se propagea en quelques minutes dans tout le cantonnement, telles des ondes magnétiques.

Sous les tentes, brusquement réanimées, les gradés donnaient des coups de gueule et, au besoin, des coups de pied au cul, pour faire lever les flemmards. Le ciel était pur. La lumière chaude, triomphale...

Le commandant trouva l'infirmerie alertée par Pierre Halfon. Après sa rencontre de l'aurore avec le nouveau patron, il s'était rué pour secouer le toubib, plongé dans son premier sommeil.

— Lève-toi en vitesse... Cette nuit on a touché un nouveau chef de corps. Il va sûrement venir. On a intérêt à mettre de l'ordre dans notre merdier.

Le 1re classe infirmier Halfon exerçait sur le toubib et les malades une autorité naturelle incontestée. Il tenta bien d'améliorer la situation, mais il y avait trop à faire et trop peu de temps.

A 7 h 15, quand le commandant ouvrit la porte de l'infirmerie d'un vigoureux coup de botte, son regard découvrit une vingtaine de malades, entassés lit contre lit, dans une sorte de réduit long, étroit, misérablement aéré par un soupirail et éclairé par les trous dans le toit. Décomposés par les pluies d'automne (abondantes cette saison-là, Allah soit remercié), les murs de terre se répandaient en poussière grasse qui couvrait le sol et les malades.

Le médecin-lieutenant Bastide ne semblait nullement souffrir de cet état de choses.

— Pour éviter tout malentendu ultérieur, dit le commandant, précisons bien la nature de nos rapports. En temps que chef de corps, je suis responsable aussi de l'état de santé de ce bataillon et de chacun des hommes en particulier. A ce titre, toute décision m'appartient... en tenant compte bien sûr de vos conseils de technicien du service de santé.

Bastide l'écoutait attentivement, franchement étonné par ce discours.

— Pour illustrer mes propos, nous allons procéder tout de suite à la première visite médicale du chef de corps. Voyons le premier.

Le malade était vautré sur son lit, à demi habillé à cause de la fraîcheur humide des lieux, et s'efforçait de prendre une attitude propre à éveiller la pitié. Il était en effet pitoyable comme comédien dans son rôle de souffrant.

— De quoi souffre-t-il ?

De cela le toubib n'avait pas la moindre idée. Il tournait la tête à la recherche de son collaborateur. Mais Pierre Halfon « intelligemment » se tenait hors du débat... Devant cette démission générale, le patient se résigna à exposer lui-même son cas.

— Je me suis fait une entorse... J'ai mal là et là !

En grimaçant de douleur, il montrait une cheville plutôt fine et souple. Jean Marie diagnostiqua sans erreur possible le « tire-au-cul » classique.

— Lève-toi et marche !

Surpris par le ton de commandement, il s'exécuta sans hésiter.

— Maintenant, ramasse tes affaires et tire-toi en vitesse !

A l'adresse du médecin, pas le moins du monde surpris par ce miracle, le commandant ajouta :

— Portez-le « sortant » et apte au service sur votre cahier de visite, si toutefois il a été inscrit « entrant »...

Le second patient avait mal au ventre sans autre symptôme. Mais il convint de lui-même qu'il se sentait mieux, beaucoup mieux. Il se disposait d'ailleurs à reprendre son service ce matin, quand le commandant était entré... Ce disant, il se dépêchait de rassembler ses affaires personnelles, dont l'essentiel consistait en victuailles.

Dans la salle, quatre ou cinq camarades l'imitèrent spontanément, se déclarant guéris, aptes à reprendre leur service. Tandis que la situation s'éclaircissait, le médecin présenta le cas suivant.

— Ah, celui-là, c'est peut-être sérieux, dit-il. Il s'agit probablement d'une hépatite virale, une affection épidémique contre laquelle le service de santé de la région nous a mis en garde.

— Alors, qu'est-ce qu'il fait dans cette écurie ?... Il devrait être hospitalisé. Envoyez immédiatement un T.O. au secteur pour demander une évasan [1] d'urgence, par hélicoptère. Je signerai le télégramme. En même temps prévenez le médecin-chef de l'hôpital de Bou-Saâda.

A la fin de la visite, il restait trois ou quatre fiévreux, rhumes ou grippes, que le médecin pouvait traiter sur place, du moins dans une infirmerie digne de ce nom. Précisément les appartements du toubib : bureau, chambre à coucher, salon de bridge, étaient relativement clairs, sains, bien aérés. Le sol recouvert de tommettes faciles à entretenir. Le toit à peu près hermétique. Ces locaux avaient été réquisitionnés dès l'arrivée du bataillon par Halfon, et on pouvait lui faire confiance.

— Cela me semble convenir parfaitement comme infirmerie... Votre avis, docteur ?... Adopté ! Je vous laisse une heure pour l'aménagement... et votre déménagement !

Grâce aux antennes qui émergeaient du toit, Jean Marie repéra le service des transmissions, installé dans une pièce du bordj contiguë à la chambre du commandant. En l'absence de l'officier de transmissions désigné — en fait, cet officier ne devait jamais reparaître — un maréchal des logis rappelé assurait, non sans mérite, le fonctionnement du service, avec une petite équipe de radios-amateurs. Le poste des liaisons extérieures, un S.C.R. 694, modèle américain datant de la dernière guerre, était recouvert d'une toile de tente pour le protéger des gouttières. Un carton épinglé au mur rappelait les horaires des vacations. Une ardoise, le tour de service des radiographistes.

Le commandant signa la demande d'évasan. Pendant que le message passait en graphie, il rédigea un autre T.O.

« Destinataire : Chef de poste Aïn Rich.

Texte : Commandant Jean Marie, chef de corps du 228ᵉ B.I., inspectera ce jour compagnie Aïn Rich. STOP. Arrivée 14 h. STOP et FIN. »

— Tu expédies ça en code, avec accusé de réception du chef de poste en personne. A quelle heure la prochaine vacation ?

— Ils doivent prendre l'écoute toutes les heures paires, dit le margis avec une moue sceptique.

— A partir de midi, ils resteront à l'écoute permanente jusqu'à nouvel ordre.

Ils étaient mal installés, mal équipés, mal organisés... Abandonnés à leur seule bonne volonté, le margis et son équipe faisaient preuve de beaucoup d'habileté pour maintenir leurs matériels en état de marche et assurer les liaisons avec l'exté-

1. Evacuation sanitaire.

rieur. L'un d'eux, dépanneur-radio dans le civil, avait fait venir de chez lui son outillage.

— A partir d'aujourd'hui, vous serez exempts de corvée et de garde. Toi, le maréchal de logis, tu feras fonction d'officier de transmissions. Tu dépends directement de moi.

Quand le commandant sortit de la salle, le margis cria « garde à vous ». Sur le seuil Jean Marie se retourna et leur rendit leur salut. Ce geste n'était pas une simple formalité.

8 h 00. Sous la houlette de l'adjudant-chef du P.C., tous les officiers étaient rassemblés au bureau du bataillon. Tous avaient au moins fait leur toilette, pris la peine de mettre une tenue propre. Parmi eux pas un capitaine. Le plus ancien était le lieutenant Huron, commandant la 3e compagnie. Lorsque le commandant l'interrogea, il prit un air craintif. Finalement, il rassembla son courage pour avouer :

— Je suis en instance de mutation... J'ai fait une demande pour suivre un stage d'observateur dans l'A.L.A.T.

— Quand on a l'honneur de commander des fantassins au combat, demander à devenir conducteur de véhicule tout-terrain est une indignité. De toute façon, vous ne quitterez ce bataillon qu'avec mon consentement.

La plupart étaient des sous-lieutenants de réserve et pour la moitié des rappelés qui attendaient leur prochaine libération. Dans cette ambiance, quand les officiers d'active démissionnaient ou « désertaient », pourquoi auraient-ils fait du zèle ?

Le commandant les interrogea individuellement sur leurs fonctions, ou leur commandement. Ils répondaient dans le vague, n'étaient sûrs de rien, pas même de l'effectif exact de leur section. Les compagnies n'avaient pas été rassemblées depuis le déménagement en septembre. Elles n'étaient encore jamais sorties en opération. Dans les tentes, les hommes s'étaient groupés par affinité, par quartier ou commune de la banlieue. Il y avait la guitoune des gars de la Villette avec ceux d'Aubervilliers. Ceux de Boulogne et d'Issy-les-Moulineaux, etc. Pour l'armement, théoriquement chaque homme devait avoir une arme.

— Les affectations d'armement ont bien été inscrites sur le registre, dit l'adjudant-chef, mais depuis le mois de mai, il y a eu pas mal de mouvements qui ne furent pas signalés. La comptabilité n'est pas à jour.

Qui lui avait dit : « C'est pire que ce que vous pouvez imaginer » ? En entrant Jean Marie avait eu l'intention de les secouer, de les bousculer en bloc. Il avait même préparé dans sa tête un petit discours, quelques idées sur le commandement. Il aurait commencé par une belle déclaration : « Messieurs, j'ai toujours fait l'honneur aux officiers de les tenir pour responsables sans circonstances atténuantes de ce qui relève de leur commandement. Cela découle de la conception du métier des armes au service du pays »... Un discours anachronique, ridicule devant cette assemblée et dans ces conditions. Il fallait parer au plus urgent, colmater les voies d'eau pour éviter le naufrage.

— Messieurs, ni vous ni moi n'avons le choix. Nous sommes engagés dans la même équipe et le match est commencé. J'ai horreur de perdre. C'est pourquoi, en temps que capitaine de cette équipe, je vais vous demander l'impossible, de vous défoncer 24 heures sur 24, d'obéir à la lettre et au besoin d'exécuter les ordres avant de les recevoir. Vous pouvez appeler cela de l'initiative... N'attendez de moi aucune indulgence.

Pour ce matin, il ordonna une revue d'effectif. Par section, compagnie et service, chacun compterait ses hommes, les regrouperait sous la même tente, inscrirait sur un cahier de commandement les noms, l'état civil, le numéro matricule de l'arme, la fonction, etc., vérifierait le paquetage, l'équipement individuel, l'habillement pour le compléter au besoin.

Il désigna un officier de service et une section de jour qui assurerait la garde, la relève des sentinelles dont il fixa le nombre et les emplacements pour le jour et la nuit. Des consignes de garde seraient rédigées sommairement mais tout de suite.

— A 11 heures. Tout l'effectif du poste en tenue de combat et armement sera rassemblé en ordre par unité, devant le mât aux couleurs. Le lieutenant Huron me présentera le bataillon après avoir fait l'appel. Tout le monde sera présent à ce rassemblement à l'exception de la sentinelle à l'entrée, d'un cuisinier de service et du transmetteur de permanence.

L'après-midi serait consacré entièrement à la mise en ordre des cantonnements. Le regroupement et l'alignement des tentes par section et compagnie. Le lendemain à 11 heures, le chef de corps passerait une revue de casernement. Le premier rassemblement aurait lieu à 6 h 30 pour tout le monde, en tenue de sport : short et chemisette. Le maréchal des logis Faurie, professeur d'éducation physique dans le civil, conduirait la séance...

— Pas de question ? Vous pouvez disposer !

En sortant de cette réunion, Jean Marie n'éprouvait plus aucune appréhension. Il savait avec certitude que ces lieutenants et sous-lieutenants — sauf peut-être un ou deux regards fuyants — le suivraient. Maintenant il était engagé dans l'action. Le temps d'élaborer de savantes tactiques était passé. Il devait agir d'instinct, sans leur laisser un instant de répit.

En circulant dans le poste, il avait remarqué des taches de lèpre, des taudis faits de planches à caisse et de tôle à bidon, édifiés çà et là dans les coins. Il décida de s'attaquer sur-le-champ au nettoyage de ces tanières dans lesquelles devait vivre la pire espèce de rats...

Le plus voyant de ces bidonvilles était construit derrière les cuisines dont les déchets attirent les rats. Il le démolit à coups de bottes et de manche de pioche. Au premier coup, les locataires affolés sortirent pour fuir. Au passage, il les réquisitionna.

— Comme vous semblez n'avoir rien à faire, vous allez me nettoyer ces ordures.

Deux ou trois gradés, parmi ceux qui le matin avaient participé au cross, se joignirent à eux. Les débris furent chargés dans un G.M.C., et évacués vers le tas d'ordures où ils seraient brûlés. L'équipe de démolition trouva les autres tanières désertes... Sauf une !

Alerté par un parfum d'anis étoilé, le commandant découvrit un bistrot clandestin, planqué dans les ruines d'une annexe du bordj. Les clients n'avaient pas été prévenus ou devaient être sûrs de leur cachette. De l'extérieur, avant d'entrer, Jean Marie surprit des bribes de conversation : « J'vous l'dis, faut qu'on trouve un moyen de l'neutraliser, ou l'aura not'peau, l'mec ! — T'as quand même pas l'idée d'le buter, des fois ? — Pourquoi pas ? Faut voir !... Peut avoir un accident l'mec !... »

Le commandant écarta sans bruit les sacs qui camouflaient l'entrée. Autour de quatre ou cinq guéridons de marbre une dizaine de clients buvaient l'apéritif ou jouaient aux cartes. Dans le fond, un bar en bois des îles — il avait dû orner jadis le salon d'un colon de Vialar. Derrière, sur des rayons de bibliothèque, des bouteilles et la verrerie diverses. Une pancarte accrochée au mur indiquait la raison sociale de l'établissement : *Aux copains de la Villette.*

Son intrusion les avait laissés sidérés.

Le commandant s'adressa à celui qui parlait encore quand il était entré.

— Debout ! Si j'ai bien compris, c'est toi qui dois me buter ?

L'autre secouait la tête sans répondre. Le commandant le gifla à toute volée. Il se protégeait le visage des bras.

— Tu manques encore d'enthousiasme... Faut jamais parler pour ne rien dire... Dehors !... Puis s'adressant aux gradés qui l'avaient suivi : Gardez-moi ces types sous la main. J'aurai quelques corvées pour eux.

Ils se bousculèrent pour sortir. Sauf le taulier, coincé derrière son bar, qui machinalement essuyait soigneusement un verre. Il retrouva ses sens quand la première bouteille éclata sous le premier coup de pioche.

— Oh ! Mec ! C'est mon pognon ! T'as pas le droit...

Jean Marie réagit comme la grenouille de Galvani sous la décharge électrique. Son poing droit toucha le taulier à la mâchoire. Celui-ci heurta le mur avant de se laisser choir. Deux hommes le traînèrent dehors sans ménagement. Quand il reprit conscience, son établissement n'était qu'un tas de planches et de verres brisés... parfumé à l'anis.

— Ton nom ?
— Lessalère Fernand.
— Ton unité ?
— J'ai jamais eu d'unité. J'aime pas faire la guerre...
— Quand tu m'adresseras la parole tu diras mon commandant. C'est la loi. On reprend. Ton métier dans le civil ?
— Militant du parti communiste... mon commandant.
— Je m'en fous ! Ton parti n'est pas illégal. Le service militaire est légal. Je respecterai tes opinions d'électeur. Et tu respecteras les miennes parce que je sers la loi. A part ça, qu'est-ce que tu fais dans le civil ?
— J'suis conducteur d'autobus à la R.A.T.P... mon commandant !
— C'est beaucoup plus intéressant. J'ai besoin d'un conducteur opérationnel. Tu vas immédiatement prendre en compte la jeep du chef de corps. Tu fais les vérifications : pleins, graissage, pneus... Prêt à partir à midi précise, devant la porte du P.C... Ah ! Tu demanderas aux cuisines deux repas froids. Nous n'aurons pas le temps de déjeuner. Exécution ! Comme il s'éloignait, il l'interpella : Oh ! Fernand ! Tu n'as pas oublié quelque chose ?
Fernand se retourna... réfléchit un instant. Puis de mauvaise grâce se mit au garde-à-vous et porta la main à son chapeau de brousse.
Les autres clients attendaient, alignés sur un rang. Le commandant les regarda l'un après l'autre : sales, débraillés, l'œil rouge, la lippe amère...
— Pour l'instant vous n'êtes pas des soldats. Vous ne pouvez pas prétendre à ce titre. Jusqu'à nouvel ordre, comme vous devez gagner votre croûte, vous serez hommes de corvée. Ici, les travaux sont réservés aux hommes libres. Vous êtes des cloportes... mais reste l'espoir. Chaque matin vous recevrez une tâche à accomplir correspondant à votre casse-croûte. Aujourd'hui, corvée de nettoyage. Vous devrez, avant midi, m'enlever toutes les ordures qui souillent ce poste... Toi, avance ! — Il désigna le premier du rang. — Pour aujourd'hui tu es responsable de la corvée. Si quelque chose cloche, c'est toi qui dérouilleras. Compris ?
En se dirigeant vers les cuisines, Jean Marie traversa le poste. Quelque chose avait déjà changé. Sous les tentes des hommes s'affairaient. On sentait une activité coordonnée. Sous la direction du maréchal des logis-chef Pourrez, les hommes d'une section avaient entrepris de déplacer leur tente pour la mettre dans l'alignement des autres... Halfon dirigeait l'installation de l'infirmerie, avec les malades eux-mêmes, sur des bases plus académiques.
A 10 heures, le commandant se présenta aux cuisines. Charlou avait fait aligner ses cuistots sur un rang. Tous portaient un

tablier blanc — taillé probablement dans les draps de l'intendance appelés communément sacs-à-viande — et l'ex-margis affichait sous l'œil droit un traumatisme qui commençait à noircir comme du beurre dans la poêle. Mais Charlou n'avait-il pas reçu les pleins pouvoirs ? Jean Marie se garda bien de demander des explications !

La vieille roulante brillait comme au premier jour de sa mise en service dans l'armée des tourlourous en pantalon amarante. La table avait été raclée au vif du bois. Les marmites récurées. Le sol balayé. Désorientées dans cet univers aseptisé, les formations de mouches tournoyaient en déroute, telle la Grande Armée après la Bérézina.

— Pour le déjeuner, dit Charlou, on n'a pas eu le temps de préparer un plat. J'ai prévu un cassoulet en boîte, amélioré avec des saucisses fraîches, parachutées hier matin. Ce soir j'envisage un bœuf en daube... Je ne sais pas si on vous l'a déjà dit, mais à Alger, l'intendance se fout de nous. Il nous envoie du mouton congelé alors que nous pourrions acheter beaucoup moins cher des moutons du pays, excellents... Vous savez que sur les premières caisses parachutées il y avait une étiquette « Cao Bang 1950 »... Il faudra râler !

Charlou avait aussi des projets pour construire une véritable cuisine en dur, avec un toit de tôle, des idées pour améliorer l'ordinaire à peu de frais... Le commandant l'interrompit.

— T'as gagné, lui dit-il. Puis il sortit de sa poche les galons de l'ex-margis et les accrocha sur la manche de Charlou... On régularisera plus tard ta nomination. Mais dès maintenant tu as tous les privilèges de ton grade : le double de travail que les autres.

Charlou était ému au point d'avoir la gorge serrée. Il en oublia de crier « garde à vous » quand le commandant partit.

A 11 heures, le rassemblement des compagnies était terminé. Dieu ! Ce n'était pas parfait !... Dans les rangs, ils étaient quelques-uns à « charogner », obéissant avec une seconde de retard au commandement, se tenant au garde-à-vous avec une désinvolture volontaire. Mais tous étaient rasés, si beaucoup avaient encore une chevelure trop longue et douteuse. Le maniement d'armes manquait d'ensemble...

Le commandant Jean Marie fit envoyer les couleurs, tandis que le clairon sonnait au drapeau...

Les trois couleurs dans le ciel... La sonnerie des cuivres... Puis le silence dans l'immobilité... Peu d'hommes en France restent insensibles à la cérémonie des couleurs... Il y avait aussi la lumière sur ces horizons dépouillés, l'espace et le soleil...

Vingt-quatre ans plus tard, Jean Marie tentait d'expliquer ce qui arriva.

— Je n'avais pas prémédité mon coup. Je n'avais pas prévu de faire un discours à ce moment-là. Ce n'est pas réglementaire et je ne l'avais jamais fait auparavant. Lorsque je me suis retourné vers eux après les couleurs, les regards de ces garçons semblaient attendre quelque chose. J'ai compris que je devais parler. Avec ces hommes, je ne pouvais pas m'en tenir à la lettre du règlement. Je devais aller au-delà.

Il leur dit : « Je suis le commandant Jean Marie, votre chef de corps. J'ai été désigné pour prendre la responsabilité de ce bataillon. Pour vous commander. Je suis payé pour faire respecter la loi, le règlement de discipline générale que vous connaissez tous. Vous pouvez me faire confiance pour cela, vous verrez que je ne vole pas ma solde.

« Ce que je vous demande aujourd'hui, c'est de vous conduire comme des hommes. Debout ! Pas comme des cloportes. Pour faire un bataillon je veux des hommes libres... »

— Ce fut vraiment un dialogue, dit Jean Marie. A une certaine qualité du silence, j'ai entendu leur réponse. Dès ce moment eux et moi étions liés, attachés à la même entreprise : une communion... Pourtant je ne savais pas que ce que je leur demandais était si difficile... Je n'avais pas lu *le Temps du mépris* de Malraux :

« *Il est difficile d'être un homme. Mais pas plus de le devenir en approfondissant sa communion qu'en cultivant sa différence — et la première nourrit avec autant de force au moins la seconde, ce par quoi l'homme est homme.* »

VII

JEU DE QUILLES

Bordj de l'Agha-Aïn Rich : quarante kilomètres à vol d'oiseau. Deux heures de jeep par la piste qui file plein ouest dans la hamada, sinuant mollement pour éviter la moindre ondulation, à l'allure paresseuse des caravanes de chameaux.

Le commandant n'a pas voulu d'escorte de protection qui l'aurait retardé. Une carabine U.S. par précaution, la carte, une boussole et le casse-croûte. Fernand conduit sagement, ménage sa mécanique et rampe comme une couleuvre en hiver. Il serait plus à l'aise sur l'itinéraire du 58, rue de Vaugirard, à 18 heures. Cette route déserte le déconcerte avec ses ornières qui le piègent, ses ravinements, la tôle ondulée trépidante — à 10 km/h les vibrations menacent de désintégrer la voiture —, ses écheveaux de déviations entrelacés. Il choisit toujours la mauvaise. Cet espace sans horizon, sans références familières, lui fait vaciller le regard...

Dès que le commandant a avalé la dernière bouchée de son sandwich au pâté d'intendance, il prend le volant. On dirait qu'il devine le piège, contourne la fondrière en sortant de la piste, sans ralentir, slalome entre les touffes d'alfa. Roule à 80 km/h sur la tôle ondulée comme sur du macadam.

Avant de voir le village, le poste militaire émerge sur l'horizon avec son pavillon à la pointe du mât, que le vent agite. Un bordj dans le style militaire du Sud : un carré de hautes murailles nues, austères comme celles d'un cloître d'ordre mendiant. Le village d'Aïn Rich est blotti au pied de la colline : des mechta grises, cubes de terre ocre encastrés les uns dans les autres. Hérissées sur les lignes pures du paysage, incongrus et provocants, des colonnes brisées, des fûts d'arbres décapités ?

— Qu'est-ce que c'est ? Des poteaux télégraphiques ?

Fernand a une vue testée et garantie par la R.A.T.P. Avant de répondre il lorgne « le vieux » en biais, la lippe tordue.

— Des quilles... mon commandant !

Il a raison et il se marre doucement... Une forêt de quilles ! En approchant le commandant peut les détailler. Des dizaines de quilles de tous calibres, sculptées dans les poteaux de bois, des troncs d'arbres, avec plus ou moins de bonheur, jalonnent le chemin qui monte au poste, balisent la bande d'atterrissage, montent la garde aux portes du village. Des quilles colorées, décorées de graffiti ou de hiéroglyphes, ornées de guirlandes, semblables à des totems phalliques du culte des « vingt dieux de la quille ».

La garnison d'Aïn Rich ne cache pas son idéal. Jean Marie se prend à sourire en pensant que le redoutable inspecteur de l'infanterie a eu le loisir d'admirer ce paysage.

Le capitaine l'attend devant la poterne du bordj. Son blouson de drap met en évidence son ventre de bon vivant. Une section rend les honneurs... et met de la bonne volonté dans le maniement d'armes. Pothier est avant tout un bâtisseur. Le programme d'inspection commence par la visite des chantiers de reconstruction, avec plan à l'appui.

— A l'origine, c'était un bordj administratif. Il a été pillé et incendié l'année dernière, quand l'officier S.A.S. a été assassiné.

Dans son briefing, l'officier du B/2 d'Alger avait fait une pudique allusion à cette affaire.

En 1955 lorsque le gouvernement découvrit que de vastes régions des départements français d'Algérie n'étaient pas administrées — sous-administrées, selon l'euphémisme officiel — il créa hâtivement des sections administratives spéciales, des S.A.S., en utilisant des militaires de grade subalterne, un « remake » anachronique des célèbres officiers des A.I. (Affaires indigènes). Le sous-préfet de Bou-Saâda avait mis en place à Aïn Rich une S.A.S. : un lieutenant et une poignée de mokrasnis, gardes préfectoraux payés à la journée.

La rébellion n'avait pas encore contaminé le pays. La population traditionnellement hospitalière était plutôt satisfaite des commodités qu'offrait cette S.A.S. locale. La région est pittoresque pour qui aime la solitude des grands espaces. Le lieutenant S.A.S. avait fait venir sa femme.

Une nuit, des traîtres avaient livré le poste à une bande de hors-la-loi. Les mokrasnis fidèles avaient été égorgés avec leurs familles. Le lieutenant et sa femme assassinés lentement avec des raffinements cruels. Une fête sauvage à la lueur des incendies. On avait retrouvé les corps mutilés dans les ruines du bordj.

Les autorités civiles et militaires ordonnèrent une opération de représailles exemplaires. Les bataillons de tirailleurs ratissèrent la plaine et les monts, fouillèrent les campements nomades, tombèrent sur le village, tuant ce qu'ils trouvaient : des bergers bêlants, des nomades maigres, des commerçants sédentaires et bedonnants, des femmes hystériques et des gosses morveux.

— Depuis que nous sommes là, nous n'avons pratiquement aucun contact avec la population, dit Pothier.

Le commandant a voulu visiter le village. Il sent la mort. Portes et fenêtres closes. Rues désertes. Au centre, sur la place du souk quelques vieilles femmes édentées accroupies derrière leur étal aux odeurs d'épices : safran, henné, pili-pili, thé noir... Dans le café maure, pas un homme entre 10 et 70 ans. Des vieillards minéralisés. Dans les ruelles, le vent du désert soulève la poussière dans laquelle les enfants ne jouent plus.

Pothier a préparé « un pot à la popote » pour présenter les cadres.

— Pas le temps. Vous allez rassembler tout le monde. Tenue de combat, équipement, armement... Quinze minutes, ça devrait suffire !

Officiers et sous-officiers sont partis en courant rameuter leurs gens. En attendant, le commandant et le capitaine font les cents pas dans la cour. Autour d'eux la fourmilière est en émoi. Des guitounes et des gourbis fusent des ordres, des cris, des injures... Au hasard les deux officiers peuvent ramasser des bribes de phrases : « Avec celui-là, t'as intérêt à te magner le cul !... Tu lui diras toi-même ! Paraît qu'il répond à coup de botte et à la châtaigne !... Tu as vu ce qu'il a fait ce matin aux types du P.C. ?... »

Pothier feint de ne pas entendre. Au besoin, il tousse avec délicatesse ou hausse le ton pour couvrir la réception. Le téléphone arabe a fonctionné. Entre spécialistes, les transmetteurs échangent des nouvelles. Ces conversations à travers l'espace expliquent le succès des radios-amateurs dans le monde. Il est bien connu que les médias magnifient la simple réalité, « sensationnalisent » le fait divers. La légende a devancé Jean Marie à Aïn Rich. Résultat : en moins de 10 minutes le rassemblement est terminé !

Il faut jouer le jeu. Il passe la garnison en revue, lentement, interroge les cadres et çà et là un homme du rang, choisi au coup d'œil : le regard accrocheur d'une grande gueule, ou la bonne gueule d'un brave type...

Puis, seul, au pied du mât des couleurs, il commande le maniement d'armes, l'ordre serré, le drill des Anglais qui en ont fait un système de conditionnement. C'est vieux comme la guerre mais on n'a rien trouvé de mieux pour donner à une troupe le réflexe de discipline, le sens de sa solidarité, la conscience de sa force dans la cohésion.

Sans transition le commandant abandonne le « Kasernen Ton » cher à Frédéric de Prusse.

— Maintenant, vous allez rompre les rangs et vous rapprocher de moi. Allez ! Avancez ! N'ayez pas peur !...

Déconcertés, encombrés par le fusil dans les mains, ils s'approchent timidement...

— Plus près !... Mettez-vous en demi-cercle !... Parfait !... Je ne voudrais pas crier trop fort, le sujet dont je veux vous entretenir étant confidentiel... Il s'agit de la quille...

Après une seconde d'hésitation, ils rient.

— J'étais sûr de vous intéresser !... De la main il réclame le silence. Il y a en Algérie des garnisons aussi mal loties que nous. Mais pas plus mal. Des postes plus loin du monde civilisé. Mais pas plus isolés. Je le sais mieux que vous. Je le ressens autant que vous, moi qui, depuis quinze ans, bivouaque dans la boue ou la poussière pour le service de la France, sans pour autant m'y habituer.

Cette fois il a préparé son coup. L'idée lui était venue, après l'expérience du matin, de dire quelques mots aux durs d'Aïn Rich, ceux qui avaient chahuté le général-inspecteur. Pas de discours bien sûr mais quelques mots pour leur faire comprendre qu'il a été envoyé vers eux pour commander, qu'il est capable de dialogue, de comprendre les faiblesses, de pardonner parfois des erreurs mais jamais le sabotage. Le spectacle des quilles lui avait fait changer de sujet. Il improvise.

— Dans ce bled nous avons tous la nostalgie du pays, de la maison... la famille, des camarades de travail ou des copains du bistrot... Qui d'entre nous peut se vanter de n'avoir jamais eu le cafard ? Lequel d'entre nous ne compte pas les jours qui le séparent du retour au pays ?

Un temps comme pour prendre de l'élan, il lance d'un ton au-dessus :

— Il faudrait être un beau salaud pour ne pas éprouver ces sentiments.

Il parle sans recherche, de cœur, et sa sincérité les touche, ces durs. Dans le silence on entend renifler quelques âmes qui ravalent leur émotion avec leurs humeurs nasales.

— Cette nostalgie et cet espoir nous l'avons symbolisé dans un curieux emblème : la quille... Mystère du symbolisme ! J'en ignore l'origine mais j'en connais le sens. La quille est le complément humain et officieux de l'autre, l'emblème national, le pavillon aux trois couleurs... Le drapeau emblème de la Liberté. La quille emblème de la libération.

« Sans doute il vous est arrivé, les jours de colère, de brandir cette quille comme un emblème de révolte. On a bien vu le drapeau sur les barricades ! Mais quelle que soit votre opinion là-dessus, vous penserez comme moi que ce symbole mérite mieux que cette exposition grotesque, grossière, impudique, provocante. Ces quilles qui dénaturent la beauté du paysage et le sens de notre présence ici. Je sais que la plupart d'entre vous pensent comme moi. C'est pourquoi je vais vous donner deux ordres. Après le rassemblement, quand j'aurai donné l'ordre de rompre les rangs nous crierons ensemble : « Vive la quille ! »... On gardera « vive la France » pour des situations plus sérieuses. Ensuite, vous irez immédiatement me nettoyer le paysage des totems barbares, impudiques comme symboles de nos sentiments, intolérables comme emblème de révolte.

« Rompez les rangs !... Vive la quille ! »

Comme cri de guerre c'était moins chevaleresque que « Notre-Dame Montjoie » mais ils y mirent plus de cœur... Sauf trois ou quatre sous-officiers de tradition trop déconcertés, sinon scandalisés, et qui ne purent émettre le moindre son. En revanche ils se montrèrent les plus ardents à abattre les quilles. Il fallut plusieurs voyages de G.M.C. pour les transporter dans un coin du bordj. Pothier avait tenu à les récupérer pour ses travaux de construction.

L'après-midi fut courte. Après le coup de l'étrier, au moment de monter en jeep, le commandant tapota familièrement le ventre du capitaine.

— Eh oui, dit celui-ci en soupirant de désespoir. J'ai tout essayé en vain ! Tous les régimes...

— Eh bien, moi, je vous promets de vous faire maigrir, dit le commandant. Et mon régime est infaillible !... Non, vous me remercierez plus tard !

La nuit les surprit à mi-chemin. Sur la piste, prisonnières de la lumière dans le faisceau des phares, des gerboises sautillent pareilles à des kangourous miniatures... Etrange petit mammifère du désert, modeste, rustique, courageux... comme le 228e bataillon. La gerboise, totem de son bataillon !

La carabine sur les genoux, Jean Marie rêve. Le ciel du Sud est bleu marine, brodé d'argent comme un habit de torero. Sur ce fond d'écrin le Bou Kahil noir découpe sa dorsale hérissée de dinosaure. Quelque part dans ces roches, un chouf suit des yeux cette jeep seule dans la plaine.

Le froid sec perce la toile du treillis de combat. Au volant, Fernand a les doigts gelés. Jean Marie grelotte.

— J'boirais bien un coup de gnole, soupire le conducteur comme pour lui-même.

— Moi aussi, dit le commandant.

— Vous voulez pas tenir un moment le volant... mon commandant !

Il fouille sous le siège arrière et en sort une bouteille de marc de Bourgogne...

— ... Celle-là vous l'avez pas eue... mon commandant !

VIII

LE SAC DE DJELFA

Hôpital Bégin. Chambre 433. Octobre 1980.

— Comment avez-vous fait pour prendre en main ce bataillon ?

Moi aussi, après beaucoup d'autres, je lui avais posé la question, connaissant pourtant la réponse.

— Je ne sais pas. Vraiment je n'en sais rien ! Il n'y a pas de recette pour commander des hommes, c'est-à-dire gagner leur confiance. Aimez-vous le civet de lièvre ? Ma tante Philo de Bort-les-Orgues fait le meilleur civet du monde. Vous pouvez suivre à la lettre sa recette, au gramme près (si tant est qu'elle veuille bien vous la donner !), imiter chacun de ses gestes, je vous défie de réussir un civet aussi bon.

« Dans l'armée, en matière de commandement, les recettes sont les règlements. Il serait stupide de ne pas les respecter, car ils sont l'aboutissement de longues réflexions, la somme de nombreuses expériences. Les mettre au goût du jour, les adapter aux circonstances, ce n'est pas les rejeter ou les négliger. C'est en respecter l'esprit en allant au-delà et non en deçà...

« Le secret de la recette, tout le monde le connaît. A Saint-Cyr, le lieutenant Morel nous l'avait donné : « Si vous n'aimez pas vos hommes, changez de métier tout de suite. Mais ce n'est pas en leur faisant des déclarations d'amour que vous les convaincrez. Surtout pas comme ça ! Si vous les aimez, ils le sauront tout de suite. » Le coup de pied au cul peut être l'expression du mépris. Il peut être aussi une marque d'estime, d'affection. Demandez à Pierre

Halfon. Si vous parvenez à expliquer cette contradiction par la logique ou les lois de la psychologie expérimentale, vous aurez compris l'Homme, ce que personne n'est encore parvenu à faire !... Grâce à Dieu !

« Tout ce que je peux vous dire, c'est qu'en 1956 le colonel Katz m'a laissé cinq jours pour prendre en main mon bataillon, avant de nous engager en opération. »

***

Dans la matinée du 1er novembre, un des guetteurs annonça à l'officier de service à Bordj de l'Agha l'approche d'un hélicoptère Bell. Aucune visite n'était annoncée. Dès que l'appareil toucha terre devant le poste, le sous-officier de garde identifia le colonel commandant le C.O.S.A. et rassembla le détachement d'alerte pour rendre les honneurs.

Le colonel ne marqua aucune surprise de la rapidité de cette réaction, qui, jusqu'alors, n'était pas le propre du 228e B.I. Il demanda au commandant de libérer la garde d'honneur et que chacun reprît ses occupations. Il était venu simplement pour voir Jean Marie, connaître ses difficultés, et comment l'aider éventuellement. Il lui demanda de visiter les installations en devisant sans formalisme. Ses petits yeux de grizzly furetaient dans les coins, notaient la tenue de la garde, la vigilance des sentinelles, l'alignement des tentes au cordeau, les travaux en cours pour les nouvelles cuisines, l'enceinte de protection, etc. Au milieu de la visite, il s'arrêta soudain, regarda le commandant en face et s'écria :

— Mais vous êtes opérationnel !... Ne me dites pas le contraire. Je connais mon métier. Vous êtes opérationnel !

C'était dans sa bouche un compliment. Jean Marie pouvait se sentir flatté... Toutefois il avait quelques bonnes raisons pour ajourner l'honneur d'être engagé en opération l'heure d'affronter les rebelles dans leurs montagnes. Personne n'ayant vu un H.L.L. dans ce quartier, Jean Marie ne pouvait connaître la valeur tactique des moudjahidin, les combattants rebelles. Mais ce qu'il savait fort bien était qu'en cas de rencontre avec une compagnie genre viet-minh, son bataillon, le 228e B.I., volerait en éclats.

— Mais nous ne sommes pas en Indochine, s'indigna Katz. Les fellaghas ne sont pas des Viets ! Ce sont des amateurs ! s'écria le colonel Katz avant de livrer au commandant l'objet réel de sa visite.

Impatient d'en découdre, il avait monté une grande opération dans le secteur de Djelfa, dans laquelle seraient engagées les unités organiques du C.O.S.A. : la 2e C.S.P.L.E., la compagnie saharienne portée de la Légion étrangère, du capitaine Plantevin, une des meilleures unités de l'armée et le fer de lance du C.O.S.A., un bataillon de tirailleurs implanté au nord de Djelfa et enfin le 228ᵉ B.I. ...qu'il jugeait opérationnel.

Jean Marie ne se faisait pas d'illusions. Il avait depuis son arrivée bénéficié de la surprise pour s'imposer, remettre un peu d'ordre dans le rang... Cela ne pouvait durer. L'occasion s'offrait de les sortir de la routine des travaux et des exercices, de les enlever à la sécurité de l'enceinte du poste, du confort petit-bourgeois du lit Picot. A l'extérieur dans le djebel, l'effort physique, la menace du danger — même impondérable — leur feraient serrer les rangs, serrer sur le chef en tête, leur donneraient cohésion et sens de la solidarité. La solidarité est l'instinct de conservation des communautés humaines.

Le lendemain matin, un convoi de camions, escorté de blindés légers, vint enlever les quatre compagnies de combat du 228ᵉ B.I. Au bout de 100 km de piste, après cinq ou six heures de poussière et de trépidation ils arrivèrent à Djelfa, au milieu de l'après-midi.

La ville est située dans une trouée de l'Atlas saharien, à 1 100 m d'altitude, sur une des pénétrantes transsahariennes, exactement à mi-chemin entre Alger et Ghardaïa (315 km). Avec guère plus de 5 000 habitants, elle n'était en 1955 qu'un gros bourg rural, un marché où se négociaient entre maquignons des troupeaux de moutons et de touristes.

Depuis quelques mois, Djelfa vivait un conte de fées pour marchands, aubergistes et proxénètes : la grande aventure du pétrole saharien, quelque chose comme la ruée vers l'or. A la porte du désert et de son austère solitude elle était le gîte d'étape pour les camionneurs, géologues, prospecteurs, foreurs, pétroliers de toutes espèces aux poches pleines de pétro-francs. Le commerce de la ville prospérait. Les auberges s'agrandissaient, les magasins ouvraient le jour, les saloons la nuit. Cette agitation, l'argent, les plaisirs donnaient à la petite cité un air de western.

Les garçons du 228ᵉ se prirent pour des cow-boys texans arrivant à Abilène après six mois de chevauchée. Le commandant avait laissé le convoi en stationnement dans une rue, le temps de sauter au secteur retirer les ordres. Ils profitèrent de ce quart d'heure pour piller quelques magasins. Jean Marie ne savait rien du forfait quand le convoi reprit la route. Une jeep montée par un capitaine d'état-major le rattrapa à la sortie.

— Stop ! Demi-tour ! ordonna l'adjoint du shérif en galopant botte à botte. Le colonel veut vous voir immédiatement !

Dans le ton et le geste impératifs, il y avait moins d'autorité que de vanité dominatrice, comportement habituel des bureaucrates de race inférieure quand ils s'adressent à un officier de troupe. L'air craintif et respectueux — ce qu'il attendait de lui — Jean Marie s'informa du motif.

— Vos types ont mis à sac les magasins de la ville.

Rien que ça ! En un quart d'heure, « les types » du 228ᵉ B.I. avaient mis à sac la ville de Djelfa ! A l'énormité de l'accusation Jean Marie voyait bien que leur réputation les précédait.

Les deux véhicules roulaient de front, roue à roue. Pour dominer le bruit des moteurs il devait crier.

— Le pillage est le plus sacré des droits du guerrier. Vous direz au colonel qu'en tant que chef de bande je touche la plus grosse part du butin.

— Quoi ?... Je n'ai pas compris... Eh ! oh ! attention...

Le capitaine n'eut pas le temps d'en dire plus. Vicieusement, Fernand avait poussé sa jeep vers le fossé, où elle piqua du nez et resta plantée là, le cul en l'air. Il était tout heureux, Fernand, pour avoir montré au commandant qu'il le soutiendrait toujours contre tous les shérifs.

— Huit jours de corvée ! ... Au retour, fais-moi penser à te foutre huit jours de corvée pour détérioration de matériels de guerre appartenant à l'Etat...

Il était injuste. Férocement injuste comme toujours quand il enrageait. Et il enrageait doublement, le commandant ! D'abord pour l'opération, préparée comme une grande manœuvre depuis huit ou dix jours, à son de trompe, « téléphonée » aux fellouzes, elle tomberait forcément dans le vide. Et pour comble de stupidité, selon les ordres écrits (un document ronéotypé de 10 pages au moins) « le 228ᵉ devait à J—1 au soir se porter sur sa base de départ de J ». D'après les coordonnées, cette base se trouvait au cœur du massif du Senalba, une sorte de terrasse entre deux crêtes...

Quant à la conduite de ses garçons qui avaient oublié de payer leurs emplettes chez l'épicier mozabite, il la considérait comme une affaire strictement intérieure et n'admettait aucune ingérence étrangère pour la régler.

Bernard Quiblier, le radio, interrompit sa méditation.

— Le camion de dépannage demande s'il doit s'arrêter pour dépanner la jeep dans le fossé.

— Négatif !

Après quelques kilomètres sur la chaussée goudronnée de la route de Laghouat, le commandant fit prendre au convoi sur la droite une piste en pointillé sur la carte, une de ces voies dont l'existence était aléatoire. Avec un peu de chance, celle-là les mènerait peut-être à destination avant la nuit. Le ciel couvert annonçait un crépuscule précoce et la pente était raide.

— Putain de piste ! Saloperie de merde !...

Fernand faisait la gueule. A chaque bordée son regard oblique surveillait la tête du commandant pour voir s'il prenait bien sa part d'injures. De plus, il profitait de ce que ce dernier abandonnait un instant la route des yeux, afin de consulter sa carte, pour prendre de front les ornières et les fondrières. Le commandant « se récupérait la gueule » sur le tableau de bord et à l'arrière les passagers protestaient, chacun dans son style.

— Fais attention à mes postes ! disait Bernard le radio. Ils sont fragiles !

— *Nââl dine al bouc,* jurait Gonzalès, l'interprète oranais.

— Putain de piste ! Va péter ma suspension c'te dégueulasse, rageait Fernand.

C'était vrai qu'elle était « dégueulasse » ! En première-réducteur les G.M.C. « rhumatismeux » comme des anciens combattants hurlaient de douleur pour la grimper.

La nuit tombait quand, après un dernier raidillon, la tête du convoi atteignit le rebord du plateau. Il restait assez de jour pour admirer le paysage. Un pâturage à chèvres. Des cailloux secs comme des ossements de bêtes mortes de soif. Des buissons d'épines, ras, rongés, torturés par un vent fou et glacial. Sous les nuages bas qui sentaient la neige, à la lumière crépusculaire, l'endroit était sinistre...

— Parfait, conclut Jean-Marie.

Il fit stopper le convoi au centre du plateau, débarquer en vitesse et rassembler le bataillon en ligne de compagnies. Le chef de la rame de transport avait déjà fait faire demi-tour à son convoi. Il s'approcha pour demander des ordres.

— Mission terminée pour vous. Fichez le camp en vitesse !

Ils partirent comme s'ils avaient peur d'être rattrapés par un contrordre. Et le vent sauvage engloutit le bruit des moteurs...

— Bataillon, à mon commandement !

C'était la première fois que les quatre compagnies étaient rassemblées, qu'il les affrontait seul, face à face : les 500 rappelés du 228e bataillon, les casseurs de la gare de Dreux, les terreurs de Malaguti, triquards de Vialar, Tizi Ouzou, Bou-Saâda, pillards de Djelfa et autres lieux... C'est dans ce décor imaginé pour quelque tragédie romantique que le commandant Jean Marie allait prendre sans drapeau ni fanfare, sans cérémonial ni officiel... le commandement de son bataillon.

— Garde à vous !

Frémissement des hommes qui répondent à l'ordre... Vibrations d'antenne qui capte l'onde... Le courant passe entre le carré des soldats et l'homme seul. La cérémonie est terminée.

— Regardez ces camions !

Là-bas, au fond du plateau, le convoi s'éloigne, jetant au vent la poussière du chemin que les phares illuminent de l'intérieur. Ces camions foncent vers la ville, la lumière, la chaleur, les plaisirs. Ils les abandonnent au vent froid, à l'obscurité qui vient.

On dirait que le feu rouge du dernier camion, bringuebalé sur les cailloux de la piste, leur fait des signes d'adieu ironiques.

— Dans la civilisation urbaine dont précisément nous défendons ici les principes, il est d'usage de payer ses achats dans les magasins, même et surtout quand on a un fusil à la main. Je ne veux pas savoir quels sont les salauds qui, cet après-midi, ont pillé les magasins. De toute façon, cela ne changerait rien. C'est le bataillon qui est touché. C'est le bataillon qui doit payer : vous, leurs camarades, qui les avez laissé faire, vous les gradés, sous-officiers et officiers, moi le commandant qui n'ai pas su prévoir... Alors tant que nous ne saurons pas nous conduire en ville, nous coucherons dehors et nous marcherons à pied...

Il donna aux commandants de compagnie les ordres pour le bivouac et la sécurité. Pas de feu. Sentinelle double. Sonnettes « en enfants perdus ». Multiplier rondes et patrouilles... Tout cela pour entretenir l'ambiance, plus que par prudence. Il était persuadé que la montagne était vide. A moins d'être complètement débiles, les fellaghas, forcément prévenus par l'agitation du secteur, devaient avoir évacué le djebel pour se replier dans les mechta et les campements de la plaine du Sud, où ils se tenaient au chaud, à l'abri des intempéries et des hasards de la guerre, mangeant la scherba fumante et le mouton grillé.

La nuit fut longue. A 1 400 mètres d'altitude, il gelait à fendre l'âme. Sous le vent glacé, les buissons d'épines gémissaient à l'agonie. Dans son sommeil grelottant, Fernand, avec qui il partageait une toile de tente, donnait au commandant des coups de coude et de genoux qui paraissaient innocents. A tout hasard, celui-ci les lui rendait. Le vent cessa un peu avant l'aube, pour laisser tomber une bruine, dure comme des pointes d'acier, qui transperça leur poncho et leur treillis à la trame usée.

Ils marchèrent deux jours dans ces montagnes désertiques sans rencontrer âme qui vive, hors deux ou trois bergers aussi suspects que leurs brebis. Le seul fait notable fut la charge de l'escadron des spahis à cheval qui précisément ne fut pas mentionnée dans le rapport d'opération.

Cette unité montée était venue d'Aumale pour participer aux opérations du C.O.S.A. Katz n'avait pas de préjugés. Il leur avait confié quelques missions de patrouilles en terrain varié qui n'avaient rien donné puisqu'il n'y avait rien à prendre.

Le dernier soir de l'opération, l'escadron regagnait ses quartiers en campagne, un village dans la plaine au sud du Sénalba. Il allait au pas et en colonne de route, dans cet espace aux vues dégagées et sans traquenard, quand fortuitement son chemin croisa l'itinéraire d'un détachement de deux fellaghas en corvée de ravitaillement. Voyant venir la cavalerie dans la plaine, les hors-la-loi se planquèrent dans les buissons en bordure de route, dans l'intention de passer inaperçus. Emotion ou maladresse ?

Au passage de l'escadron, l'un des deux rebelles appuya sur la détente de sa carabine Statti, tuant du coup son camarade d'une balle dans la nuque et du même coup jetant la panique parmi les chevaux qui chargèrent dans la plaine en ordre divergent.

On retrouva à peu près tous les cavaliers, mais trois chevaux manquaient à l'appel.

Sans ce coup de fusil, le seul tiré au cours de cette opération, le bilan eût été négatif. Le malchanceux H.L.L. tué fut porté au crédit des spahis, ce qui n'était que juste. Katz leur distribua même quelques médailles, avant de les remercier. Ils regagnèrent leur quartier d'Aumale où ils vécurent sans histoire. Ce fut la dernière charge de cavalerie légère de cette guerre.

Sans se décourager au premier creux, le C.O.S.A. fit glisser son dispositif vers l'est, pour attaquer la chaîne du Bou Kahil. Avantage immédiat pour ceux du 228e : le 5 novembre au soir, ils couchèrent dans le bordj d'Aïn Rich. Avec quel bonheur, après ces quelques nuits de camping sauvage ils retrouvaient l'abri d'un mur contre le vent fou, la douceur d'un feu de bois, le confort d'un lit Picot, le réconfort d'une gamelle de soupe chaude et d'un quart de vin frais...

Pothier, le maître de maison, se dépensa sans compter pour que chacun ait une place à l'abri. Il avait laissé sa chambre pour servir de popote aux officiers. Naturellement, le petit groupe électrogène tomba en panne. Mais l'indigente clarté des lampes à pétrole donnait de l'intimité aux agapes fraternelles des jeunes officiers réunis autour de la table. Penchés tête contre tête, ils écoutaient Radio-Alger sur le poste récepteur de Pothier, branché sur piles.

« De nombreux correspondants de guerre étrangers, qui ont pu parcourir le Sinaï, à l'arrière de la ligne de contact, ont observé les traces de la déroute des divisions égyptiennes... les brodequins abandonnés par les fuyards qui jalonnent les chemins vers l'ouest... Les longues colonnes de véhicules blindés incendiés devant les trois cols du Sinaï, occupés dès le premier jour par la brigade parachutiste israélienne... »

Quarante-huit heures plus tôt, l'armée israélienne avait lancé une offensive préventive contre les armées arabes. Surprises sur leurs bases de départ du Sinaï, les divisions blindées de Nasser avaient été défoncées, tronçonnées, rejetées vers le Canal sur les chemins de la déroute. Surpris également par la rapidité foudroyante de ce succès, les Franco-Britanniques avaient juste eu le temps de lancer un ultimatum aux deux camps, aux termes duquel les belligérants devaient dégager la zone du Canal pour laisser la place aux « propriétaires », qui se chargeaient de protéger les installations et d'assurer la liberté de navigation.

Cela c'étaient les termes de l'ultimatum. Chacun savait que

dans cette affaire M. Eden, chef du gouvernement conservateur, jouait la traditionnelle politique britannique : protéger la route des Indes... et celle du pétrole du Golfe.

Moins anachronique mais plus étrange, le gouvernement français affirmait *urbi et orbi* aller au Caire pour donner une solution au problème algérien qui depuis plus d'un siècle se posait à Paris.

Chez les paras on parlait de cette intervention depuis la nationalisation du Canal par Nasser. Au printemps, alors qu'ils étaient encore en métropole dans leurs garnisons du Sud-Ouest, les hommes de la 25ᵉ D.A. avaient été vaccinés contre les endémies du Moyen-Orient. Le général Massu avait fait jouer ses relations et obtenu que la 10ᵉ D.A.P. fût préférée et finalement désignée en août pour l'expédition de Suez. Il avait aussitôt fait repeindre sa 403 de service et tous les véhicules de la division en beige sable, une teinte proche de celle de l'Afrika-Korps. Bigeard adoptait pour ses boys la casquette japonaise qui évoquait celle de Rommel en Cyrénaïque pour les uns, celle du père Bugeaud pour d'autres.

Au départ d'Alger pour Le Caire, les Algérois (souche européenne) avaient fait aux paras de la 10ᵉ une conduite triomphale jusqu'au port, simple avant-goût de ce que serait le retour après la victoire, lorsque Nasser serait enchaîné au char de Massu !

Radio-Alger entretient le suspense :

« L'ultimatum franco-britannique expire dans quelques heures. Mais quelle que soit la réponse, a déclaré le porte-parole du haut commandement français à Chypre au correspondant de l'A.F.P., nous débarquerons pour occuper la zone du Canal. L'opération a dépassé le point de non-retour. »

Jean Marie imaginait la veillée d'arme de ses camarades, sur la base aérienne de Chypre, contrôlant les ultimes préparatifs avant le saut à l'aube, bouclant les leg-bags de F.M., les gaines d'armes lourdes, ajustant les harnais des pépins alignés sous les ailes des avions... Et secrètement il plaignait sa place dans cette guerre fraîche et joyeuse. Il ne pouvait s'interdire de comparer avec sa condition actuelle : ce bataillon paria, ces djebels désertiques, ce bordj en ruine... en fait de gloire, le mépris, au mieux l'oubli...

Une sentinelle annonça l'approche d'un convoi de camions venant de l'ouest, les renforts attendus pour l'opération du lendemain. Ils avaient plus de quatre heures de retard. Pothier était sorti pour les accueillir, répartir les cantonnements...

Le speaker d'Alger interrompit Edith Piaf *(la Vie en rose)* pour lancer une nouvelle information :

« Du Caire. D'après une dépêche d'une agence américaine, le Raïs aurait offert sa démission au Conseil de la révolution.. »

— Pauvre petite Egypte agressée par les puissances impérialistes, soupira une voix vibrante d'émotion.

Autour de la table toutes les têtes se dressèrent ensemble comme autant de cobras prêts à mordre. On ne les avait pas entendus entrer.

Ils étaient deux officiers, passagers du convoi arrivant en renfort pour l'état-major du C.O.S.A. Jean Marie connaissait le commandant Devigny du secteur de Djelfa, célèbre depuis la récente sortie d'un film de Bresson, *Un condamné à mort s'est échappé,* une histoire véridique dont il était le héros. Il riait de la remarque amusante de son camarade, un capitaine de l'infanterie coloniale d'après ses épaulettes, une carrure athlétique boudinée dans un blouson de drap qui sortait du magasin. Il avait rabattu les « fesses » de son calot pour protéger ses oreilles. La poussière et le froid se combinaient pour pétrifier son visage. Impossible de déceler sur ces traits la moindre trace d'humour, d'ironie... ou de provocation. Toutefois, en se présentant de façon fort urbaine, ne forçait-il pas un peu sur sa confusion, son repentir ?

— Oh, je vous prie de me pardonner, messieurs. Je suis vraiment navré de vous avoir dérangés. Moi aussi, j'adore les contes de fées !... Je vous présente mes respects, mon commandant ! Capitaine Serge Groussard de l'infanterie coloniale, affecté à l'état-major du colonel Katz, rappelé en service et à l'honneur de me battre à vos côtés...

Toute l'armée avait lu *Un officier de tradition,* les grands reportages de ce grand journaliste. Comme son père, le colonel Groussard, Serge avait été un résistant du 17 juin 1940[1] ». Arrêté par la Gestapo, il avait été torturé et déporté dans un camp de la mort.

Cette irruption surréaliste d'un intellectuel dans ce bordj du désert, aux petites heures du 5 novembre 1956, avait de quoi surprendre les officiers du 228ᵉ. Dès le lendemain, Serge Groussard choisit de marcher avec le voltigeur de pointe du bataillon, le plus minable de l'armée. Jean Marie devait découvrir qu'il était au combat le plus courageux des soldats. Autour d'un feu de bivouac le plus agréable des compagnons. L'ami le plus loyal dans les heures difficiles. Il resta le plus insolite et le plus fantaisiste des capitaines de l'infanterie coloniale. C'était assez pour fonder une solide amitié.

1. *Note de Jean Marie :* Il semble bien que le général de Gaulle — qui avait comme tous les grands hommes de petits côtés clandestins (a) — n'ait jamais pardonné au colonel Groussard de n'avoir pas attendu 24 heures pour refuser l'armistice. Le Réseau Groussard — dont Devigny était membre — rendit les plus grands services aux Alliés, tant dans le renseignement que l'action, ce pour quoi Eisenhower en personne lui rendit hommage. Il fut sans doute le seul résistant authentique et efficace à n'avoir reçu la moindre marque de reconnaissance du gouvernement de Gaulle, médailles ou galons dont par ailleurs ce dernier se montra si prodigue.

(a) Ce qui n'enlève rien à l'admiration que je lui porte.

IX

LA CHASSE AU GRAND TETRAS

Le temps s'était mis au bleu. A l'adret du Bou Kahil, le soleil était le même que celui de l'été : une étoile en fusion. Les hommes transpiraient le jour toute l'eau de leur corps et, dans ces montagnes, l'eau était rare, difficile à trouver car les bergers gardaient jalousement le secret des sources et des puits [1]. La nuit il faisait un froid noir avec les matins blancs de givre.

Le 228e n'était pas équipé pour les contrastes d'un climat de montagnes désertiques, avec des variations quotidiennes de température de 25 à 30 degrés. Sur les pentes rocheuses, les brodequins cloutés (modèle 1870 modifié 1918) ne convenaient pas. Les pataugas, chaussures toile-caoutchouc, mises au point en Indochine, étaient réservées aux unités « nobles », les régiments d'intervention, ceux qui participaient aussi aux défilés les jours de fête. Les tenues de combat étaient de simples treillis d'occasion, râpés par les lavages industriels, perméables au soleil, au froid et à la pluie. La capote était trop lourde et encombrante. Pour se protéger du vent et autres intempéries de saison, les hommes du 228e portaient leur toile de tente en ponchon, serrée à la taille par le ceinturon et les équipements. Cet accoutrement de gueux, cette chasuble insolite leur donna une silhouette caractéristique, évoquant quelque ordre mystérieux de moines mendiants et combattants, dont ils se montraient fiers.

Traînant leurs godillots de crête en crête, les voltigeurs du 228e pouvaient contempler dans la plaine « le cirque du C.O.S.A. » qui étalait ses fastes sans vergogne... Agitation feutrée

1. La langue arabe comporte, disent les experts, plus de cent mots pour désigner les différentes sortes de points d'eau.

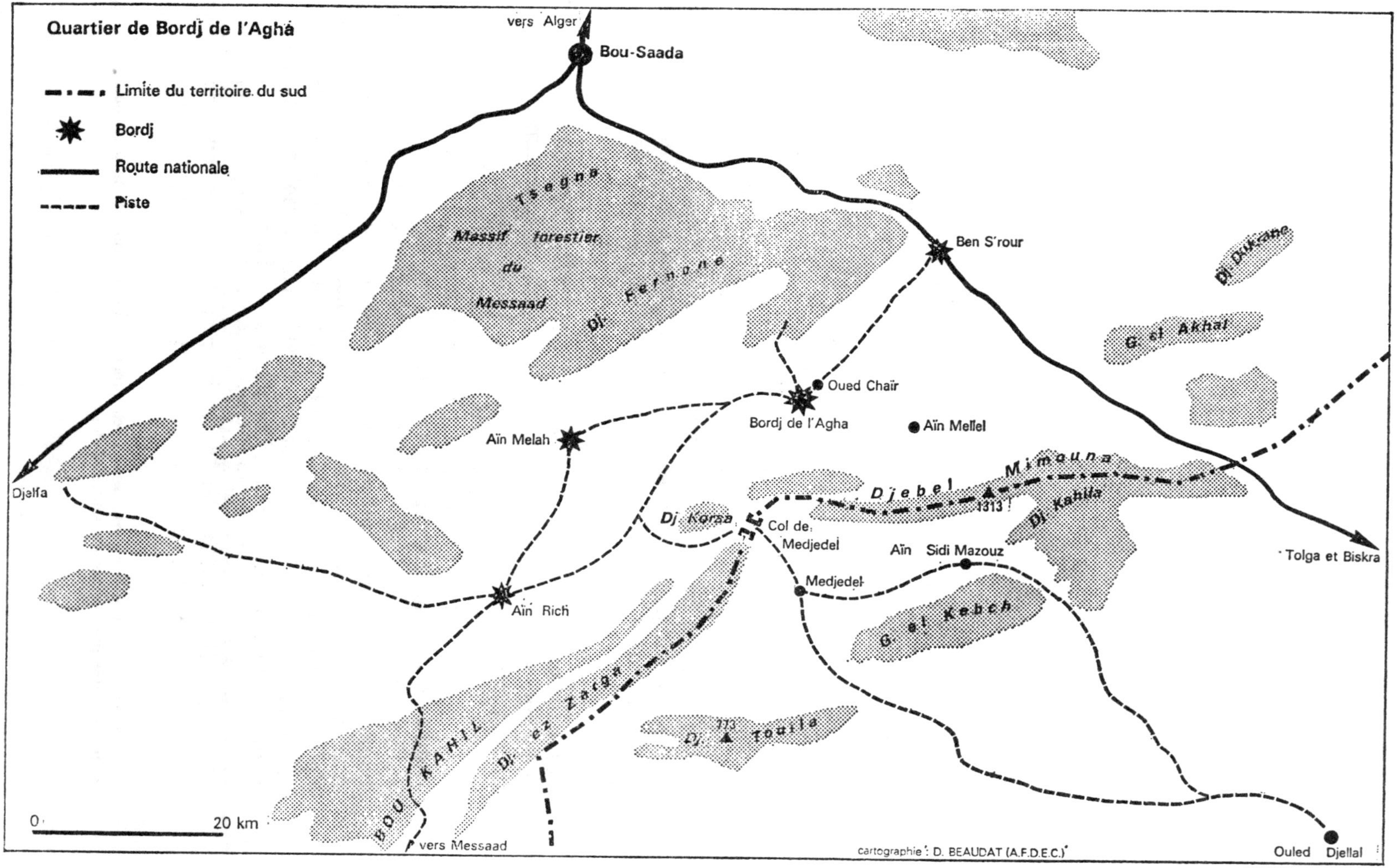
Quartier de Bordj de l'Aghá
Limite du territoire du sud
Bordj
Route nationale
Piste
vers Alger
Bou-Saada
Tsegna
Massif forestier du Messaad
Dj. Fernane
Ben S'rour
Dj. Dukane
G. el Akhal
Oued Chaïr
Bordj de l'Agha
Aïn Mellel
Aïn Melah
Djelfa
Djebel Mimouna
1313
Dj. Kahila
Dj. Korsa
Col de Medjedel
Aïn Sidi Mazouz
Tolga et Biskra
Medjedel
Aïn Rich
G. el Kebch
Dj. ez Zarga
773
Dj. Touila
BOU KAHIL
0
20 km
vers Messaad
cartographie : D. BEAUDAT (A.F.D.E.C.)
Ouled Djellal

Carte n° 2

autour des camions-bureaux pour officiers supérieurs frileux, ballets des V.L. et des jeeps, formations lourdes des convois auto et des trains d'impedimenta, fumées des fourneaux de popote et, en vedette américaine, les évolutions du Bell (qui signalaient les déplacements du patron), sans parler des clowns qui tenaient la scène durant les briefings... Mais toutes ces attractions furent soudain dévaluées quand, le 6 novembre, pour la première fois dans le Sud profond, se produisit un D.I.H. (Détachement d'Intervention d'Hélicoptères), trois gros Sikorsky de l'armée de l'air, descendu la veille de Boufarik.

Malgré le D.I.H., ce jour-là comme la veille, les rabatteurs firent buisson creux : pas le moindre suspect à se mettre au bilan ! Eœuré, le colonel Katz donna soudain, au début de l'après-midi, l'ordre de rappeler les bataillons du djebel.

— On démonte, dit-il aux commandants d'unités réunis pour le dernier briefing. Chacun rentre chez soi !

Le tirailleur, le chef de bataillon de Dainville qui en avait plein les pataugas, s'empressa de partir. Il logeait du côté de Djelfa et avait plus de 100 km à faire sur mauvaise piste s'il voulait ce soir coucher dans son lit.

Dehors le P.C. de campagne du C.O.S.A. avait commencé à plier bagages : les camions ronflaient, les convois se formaient, les gradés criaient...

Il faisait bon dans le camion-bureau du colonel. Après le vent vif des montagnes, cette tiédeur de couveuse incitait à la détente, à la rêverie, sinon au sommeil. Jean Marie n'était pas pressé. Ses compagnies étaient déjà en route vers leur poste. Sa jeep attendait devant la porte. En une demi-heure de piste facile, il serait à Bordj de l'Agha.

Les officiers de l'état-major s'éclipsèrent subrepticement, leur porte-documents à la main, pour réserver leur place dans les V.L. à destination de l'*hôtel Transat*, Bou-Saâda. Il restait cinq hommes dans le camion P.C. : M. de Minou, qui attendait Katz et faisait l'important en jouant les valets de comédie. Le capitaine Plantevin, dans une longue cape kaki qui lui donnait l'allure d'un caïd de grande tente. Le chef du D.I.H., le capitaine Colombani, un aviateur tout jeune et tout blond, qui observait avec une curiosité féminine les mœurs brutales des biffins en liberté. Katz cherchait son képi pour partir. Jean Marie regardait la carte des opérations, avec les flèches, les olives, les tortillons, les chiffres, les horaires, les hiéroglyphes inscrits sur le rhodoïde. Et il songeait qu'il suffisait d'un coup de chiffon imbibé d'alcool pour effacer la dernière trace de leurs peines, de leur fatigue, de leurs efforts...

Il remarqua aussi ces djebels aux noms déjà familiers : Mimouna, Zergua, Messaad, etc. qui dominaient ses postes, et qui n'avaient pas encore été explorés. Il faudrait bien, un jour ou l'autre, aller voir ce qu'ils contenaient, ce qu'ils cachaient... Et pourquoi pas maintenant en profitant du grand cirque des camions, des Piper, des renforts, des hélicos ?... Il pensa à voix haute :

— Dans le fond, ce serait le moment...

— Quoi ?

Katz avait égaré son képi et sa carte. Son « Quoi ? » ressemblait au grognement de l'ours dérangé dans sa caverne.

— Je disais que le moment me paraît bon de continuer, répéta Jean Marie d'un ton détaché... J'ai envie d'explorer ces djebels... Ici... ou là ?

Sur la carte il montrait le Zerga, le Mimouna, le Kaifoufa... Ces crêtes vierges qui encadraient le plateau.

— Mais il n'y a rien du tout, là-dedans ! s'écria Katz. S'il y avait des « hachellailes » dans le coin, je le saurais maintenant.

— Vous n'y connaissez rien du tout. — Il se serait mordu la langue. Pour émousser le trait, Jean Marie ajouta... : « Je vous cite en disant cela. »

Mais c'était trop tard. La pointe avait percé le cuir du pachyderme, touché un nerf douloureux. Cette manie de la contradiction envers ses supérieurs était chez lui une sorte de réflexe... qui lui avait déjà valu des ennuis. « Même quand vous avez raison — ce qui est loin d'être toujours le cas — vous présentez vos arguments comme une provocation insolente », lui avait dit le général Loth, en 1952, au camp de Muntzingen. Le capitaine Jean Marie venait de « prendre 8 gros » pour insolence envers le colonel de son régiment. Loth commandait la division, la 5e D.B., et à ce titre devait contresigner la feuille de punition. « Etant donné le motif plutôt gratiné, le moins que je puisse faire est de vous aligner à 15 jours d'arrêt de rigueur », avait dit le général qui ajouta aussitôt après avoir signé : « — Ainsi vous voilà disponible pendant quelques jours. Je vous emmène avec moi chasser le grand tétras en Bavière. »

Katz était un « biffin-inté », il n'avait pas cet humour dans la rigueur militaire qui donne à la cavalerie son élégance traditionnelle. Jean Marie l'aimait bien dans le fond. Pourtant il s'entêta.

— Ces djebels sont pleins de fellaghas, dit-il. Encore faut-il savoir les trouver. Le grand tétras ne se chasse pas en battue ! Puisque vous rentrez tous chez vous, moi j'ai envie de chasser seul.

En réalité, il avait plutôt envie de rentrer chez lui, de se laver à l'eau chaude des pieds à la tête, de dormir dans un lit... Ils marchaient depuis cinq jours sous le soleil, grelottaient de froid la nuit dans un trou de sable entre deux rochers. Ce matin encore, alors que les tirailleurs avaient été héliportés au sommet, le 228e avait grimpé le Bou Kahil par l'escalier : 1 300 m d'altitude et de caillasse avec des brodequins à clous... « pour économiser le potentiel des hélicoptères » avait dit Minou... qui pensait de façon transparente : « Transporter ces gens-là (le 228e) en Sikorsky, c'eût été utiliser une Rolls Royce comme bétaillère. » Les garçons du 228e sentaient fort bien cette ségrégation. Ils en souffraient autant que leur commandant. Depuis cinq jours ils avaient crapahuté dans les djebels comme des professionnels, aussi bien que la Légion ou les tirailleurs. A défaut de la considération qu'on leur refusait, ils méritaient quelques jours de repos. Avec ou sans l'accord de la hiérarchie Jean Marie était bien décidé à leur accorder ce repos...

Il fallut que le commandant de Minou entrât dans le débat en marmottant : « C'est stupide ! conte arabe... besoin de se singulariser... de la légende »... Il grommelait entre ses dents, en rangeant ses dossiers et Jean Marie ne comprit pas. Mais il parlait et c'était assez. Minou était contre son projet. Jean Marie était contre Minou... Et pour démontrer qu'il avait raison il s'attaqua directement à Katz.

— Imaginons un instant l'hypothèse la plus défavorable. C'est bien ainsi mon colonel qu'on joue... pardon, qu'on raisonne à l'Ecole de guerre ? Donc il y a des H.L.L. dans ces djebels. En ce moment, des crêtes qui nous surplombent, leurs chouf, leurs guetteurs, nous surveillent. Ils voient que le grand cirque — ce sont les fellouzes qui parlent — le Grand Cirque du C.O.S.A. plie son chapiteau, ferme sa ménagerie, charge ses animaux dressés dans des camions... enfin déménage pour aller jouer ailleurs.

Minou [1] murmura quelques mots à l'oreille du colonel qui lui fit signe de se taire. Plantevin et Colombani écoutaient.

— Dans une heure, il n'y aura plus personne dans cette plaine. Aux horizons vers Djelfa et Bou-Saâda un peu de poussière soulevée par les roues des convois. Au crépuscule, de la lumière dans les bordj, à Oued Chaïr et Aïn Rich, calfeutrés pour dormir... Demain à l'aube, les chouf ne doivent rien voir non plus : ni poussière à l'horizon, ni agitation dans la plaine. Autour des postes, la routine des camions en corvée de pierres pour les

1. *Note de l'auteur :* Je ne voudrais pas, dans ce récit écrit sans passion, me montrer envers le chef d'escadrons de Minou aussi férocement injuste que ne le fut au temps de la passion le jeune chef d'escadrons Jean Marie. Louis-Henri de Minou était un officier supérieur fort honorable, consciencieux, vertueux et bien élevé. Ainsi que la plupart des cavaliers distingués de cette époque, il éprouvait une véritable répulsion — en partie inconsciente — pour cette sorte de petite guerre, la vulgarité affligeante des maquisards, la déloyauté de leurs procédés de combat, etc. En entrant dans l'armée, qu'il servait depuis la première croisade, Louis-Henri avait choisi la chevalerie. Katz était son supérieur hiérarchique donc « de droit divin » et il pouvait le servir sans déchoir. De race, il détestait Jean Marie mais, par devoir, en considération des qualités guerrières de celui-ci et pour le bien du service, il s'efforçait de le traiter objectivement. La responsabilité de la hargne qui caractérisa leurs rapports incombe entièrement à Jean Marie. Je juge ici en historien.

constructions, de bois pour les cuisines, des mouvements rassurants. Pourquoi resteraient-ils en alerte ? On peut les cueillir au nid !

— C'est tout le problème, dit Katz. Dès qu'on arrive ils disparaissent.

— Sauf si vous n'arrivez pas !

Un doute voila le regard de Katz. Il pensait presque à voix haute : « Est-ce qu'il ne se foutrait pas de moi, par hasard ? »

— Je dis bien, s'empressa de confirmer Jean Marie, l'air aussi sérieux que possible. Pourquoi arriveriez-vous avec votre cirque ? Pourquoi téléphoner vos intentions aux fellaghas ? Pas besoin de soulever la poussière des pistes. Le 228e B.I. est sur place. Nous sommes à 10 km à vol d'oiseau des repaires des hors-la-loi, cinq minutes de vol en hélicoptère. Point de mise en place préalable, de mouvements de troupes, de convois routiers qui alertent les chouf douze heures avant l'heure H. Inutile de montrer notre force avant de s'en servir ! Pas besoin de plan stratégique et, partant, pas besoin d'état-major car vous pouvez être certain qu'il y a des chouf à Bou-Saâda et à Djelfa, qui vous regardent, vous écoutent et donnent l'alerte, dès que vous avez fixé le jour J...

Le capitaine Colombani semblait captivé. Plantevin, sérieux comme un pape, savait déjà tout cela. Katz n'était pas sûr du tout d'aimer l'exposé de Jean Marie. Minou était certain de le détester.

— Non, pas besoin d'être breveté pour monter ce genre d'opération : des raids de reconnaissance, légers, rapides, imprévisibles ; la seule façon de prendre les fellaghas dans leur repaire et de les surprendre. On peut le faire grâce aux hélicoptères, la nouvelle cavalerie. Grâce aux D.I.H. on peut manœuvrer, renforcer, intercepter, boucler... Et, dans le fond, ce sont les opérations les plus économiques. Pour demain, je n'ai besoin que de quelques camions, un Piper sur ma demande, éventuellement quelques missions de T. 6 des avions en appui feu et, naturellement, la 2e C.S.P.L.E. comme troupe de choc. Mes garçons, comme vous le savez bien, sont encore un peu légers pour mordre le cochon au ferme, mais ils sont excellents pour broussailler et lancer la bête.

Katz avait retrouvé son képi et sa carte. Il était prêt à partir.

— Pas question ! trancha-t-il sèchement. Pas question d'engager un D.I.H. et Plantevin sur une vague hypothèse, au petit bonheur la chance. Ce ne sont pas des jouets. Non ! C'est terminé ! On remontera une opération plus tard.

Jean Marie savait qu'il avait perdu la bataille du briefing, mais il ne s'attendait pas au coup bas. Il fallait vraiment que Katz soit de mauvaise humeur.

— Maintenant vous rentrez chez vous, comme les autres ! C'est un ordre ! Vous en profiterez pour mettre un peu d'ordre dans votre bataillon ; pour apprendre la discipline à vos types par exemple, et en particulier à ne pas piller les magasins quand ils traversent une ville !

Jean Marie reçut la remarque comme une gifle. Il répliqua en direct.

— D'abord je suis déjà chez moi ici, dans mon quartier sur mon terrain de chasse avec pleine et entière responsabilité et jouissance. Je n'ai nul besoin de conseils pour savoir ce que j'ai à faire avec mes « types » ! Si vous me donnez l'ordre de rester enfermé dans mes postes, je veux un ordre écrit... Et si vous n'êtes pas content de mes services, vous pouvez toujours demander ma relève. Je n'ai jamais sollicité l'honneur de servir sous vos ordres !

Jean Marie sortit après avoir salué réglementairement. Il trouva sa jeep qui attendait, le capot en direction du bordj. Bernard avait déjà coupé la radio. Le commandant bouscula Fernand qui ne lui cédait pas assez vite la place derrière le volant. Gonzalès fouinait autour des camions d'impedimenta avec la démarche d'un chacal reniflant le grillage d'un poulailler. Sans celui-là, la jeep aurait déjà démarré quand les deux capitaines la rejoignirent en courant. Colombani parla le premier.

— J'ai quitté Boufarik hier matin. C'est loin : trois heures de vol. Pour les amortir je dois rester plusieurs jours en opération. Puisque le C.O.S.A. me rend ma liberté, demain je peux travailler avec vous.

Ils avaient dû se concerter.

— J'ai l'intention, dit Plantevin à son tour, d'aller coucher sur la piste de Messaad — c'était son poste et sa base. Je garde un poste C.9 à l'écoute permanente. Si par hasard vous m'appeliez au secours, si vous aviez accroché une bande, je ne pourrai rester les bras croisés... En une heure je peux être en action sur n'importe quel point de votre quartier.

Jean Marie nota la fréquence d'écoute permanente de la 2e C.S.P.L.E. La carte déployée sur le capot, en trente secondes, ils convinrent avec l'aviateur d'un point et d'une heure de rendez-vous entre le D.I.H. et le bataillon. Ils se séparèrent comme des comploteurs.

Son idée de manœuvre était à la portée d'un sous-lieutenant sortant de l'école et dans le style de la cavalerie d'avant-postes. A 8 heures du matin, sans avoir fait le moindre mouvement préalable, il ferait héliporter la 2e compagnie, celle d'Aïn Rich, sur le sommet du djebel ez Zerga. Ce massif était le plus difficile à atteindre, aucune piste pour camion, et à pied il fallait deux heures de marche d'approche. Aïn Rich était le poste le plus près du sommet : cinq minutes de vol direct. La « deux » partirait aussi légèrement équipée que possible : un bidon par homme et une boîte de ration pour deux.

La « quatre », sur le même modèle, resterait en protection du D.I.H. et servirait de réserve héliportée. Les deux compagnies de Bordj de l'Agha (la 1re et la 3e), en éliminant les éclopés, malades, culs-lourds, etc., formeraient une compagnie de marche portée sur les camions du bataillon en état de rouler.

Pour le reste, pas d'idées préconçues ! Il agirait en fonction des événements ou selon son inspiration du moment. Jean Marie adorait ce genre de chasse au pifomètre...

A 7 h 55 exactement, les Sikorsky débouchèrent en formation de l'horizon nord et instantanément remplirent la plaine de vacarme et d'agitation. Les « choufs » lancèrent l'alerte... Un peu tard pour ceux du Zerga. A 8 heures, l'héliportage commençait. Vingt minutes plus tard après trois rotations, toute la compagnie Pothier tenait le sommet, 1 213 mètres d'altitude, avec vues plongeantes dans tous les ravins et canyons du versant sud.

De Bordj de l'Agha, le convoi de la 1re compagnie fonçait vers la plate-forme choisie comme base des héliportages au pied des montagnes, qu'occupait déjà la 4e compagnie sur camions.

Dans la jeep du commandant, Bernard Quiblier s'efforçait d'établir la liaison avec la « deux » sur le djebel.

— Gerboise bleue de Gerboise. Répondez !... Bleu de Gerboise. Je vous reçois faible et brouillé. Un sur cinq... Votre poste est décalé...

Il se justifiait déjà auprès du commandant qui prétendait que « la technique devait respecter le règlement de discipline dans l'armée et obéir sans hésitation, ni murmure ».

— Je leur ai dit hier soir de mettre des piles neuves. Regardez, mon commandant, la date d'utilisation... Périmée depuis six mois... Et je suis sûr qu'ils sont déjà sur l'autre versant. La crête fait écran...

Dès l'arrêt, Fernand étala le casse-croûte sur le capot de la jeep. Avec ce commandant on ne savait jamais ce que l'avenir réservait. Il valait mieux profiter du moindre répit pour manger. La bouche pleine, Bernard gardait quand même une oreille à l'écoute.

— Ah ben, v'là quelque chose de nouveau !... Ils transmettent un message en l'air, on dirait ? Mais c'est pas compréhensible !

Jean Marie prit le combiné. On distinguait quelques mots : « ... aintaine de suspects... poursuite (ou fuite)... bande... ».

— Si vous voulez, je peux envoyer un Siko pour voir, proposa le jeune capitaine aviateur qui partageait allégrement le casse-croûte des biffins (perdreaux et une canepetière rôtis la veille par Charlou).

Au-dessus, la montagne était silencieuse. Pas un coup de feu qui aurait été répercuté par tous les échos jusque dans la plaine. Et le potentiel des hélicos serait précieux en cas d'accrochage.

A cet instant un Piper eût été fort utile !... Il fallait attendre. Pothier aurait peut-être l'idée de grimper sur une crête pour émettre son message...

L'attente — pour un soldat, les plus longues heures de la guerre — dura plus d'une heure. Allongé sur une toile de tente au soleil, le commandant avait l'air d'un lézard emmagasinant l'énergie des rayons cosmiques. Un peu avant 10 heures, ayant fait le plein de puissance, il se leva en criant : « Première compagnie, embarquez !... »

Sur sa carte, il avait repéré, entre le Mimouna et le Zerga, une de ces pistes en pointillés qui coupait la ligne de crête et la frontière des Territoires du Sud, un col peut-être carrossable qui lui permettrait de passer sur l'autre versant et de récupérer Pothier.

La piste était praticable pour des G.M.C. aussi rustiques que des chameaux. La dénivellation était faible, à peine 100 mètres. La côte courte. Du sommet du col, la vue s'allongeait à l'infini sur le désert : — Sa Majesté de Lumière, le Sahara !

C'était la première confrontation de Jean Marie avec le désert des cent prophètes qui en cent siècles donnèrent à l'homme son âme à l'image de Dieu... Le lieu que choisit Dieu pour parler à l'homme.

Relief surréaliste tout en lumières ocres, de l'or vierge du soleil sur le sable, aux ombres des rochers fauves. Et dans cet univers minéral, une souillure verte, quelques palmiers autour d'une mechta, chétive moisissure éclose sur la stérilité du roc, la vie de l'eau, le puits de Sidi Medjerel !

Il était midi. A la jumelle, Jean Marie fouillait les horizons vibrants à la recherche du moindre mouvement qui trahirait la compagnie Pothier. Bernard balayait l'espace magnétique. Pas une fumée de poussière, pas un sifflement d'onde !... Les quatre-vingt-dix hommes de la 2ᵉ compagnie ne pouvaient pas avoir disparu corps et biens dans ce paysage figé. Pothier devait ramper dans un des canyons creusés par les eaux de ruissellement dans le versant sud du Zerga...

Pour descendre les 3 ou 400 mètres de dénivelé, le sentier de Bédouins s'enlaçait dans la pente raide, dangereuse pour des camions chargés d'hommes. La jeep prit les devants. Dans la plaine, la piste passait au pied d'une hauteur, en forme de dôme aplati, facile à grimper en jeep. Bien dégagée du relief, elle offrait un observatoire et une bonne station d'émission pour le S.C.R. 300... D'ailleurs, à peine au sommet, Bernard captait la « deux ».

— Ça y est ! Je les tiens... « Bleu de Gerboise. Je vous reçois 5/5. Donnez votre position. »

Jean Marie les repéra à la vue, petits soldats de plomb accrochés sur une crête. A la radio, il avait Pothier en direct.

— Depuis ce matin on poursuit une bande, trente fusils peut-être.

Le premier groupe héliporté les avait vus : 25 ou 30 fellaghas armés, qui dévalaient en courant le ravin. L'arrivée des gros coléoptères rugissant, fondant sur eux, les avait surpris sur le sommet du Zerga. Terrifiés, ils avaient fui en abandonnant quelques bagages : deux ou trois mauvaises couvertures, une djellaba, une cafetière sur les braises encore chaudes... Et, comme par hasard, la radio ne marchait pas ! Impossible d'avoir la liaison. Pothier avait jugé plus important de les poursuivre. Mais ils couraient comme des chèvres dans ces rochers.

— On a couru autant qu'on a pu, dit Pothier. Mais ils nous ont lâchés. On les a perdus de vue depuis deux heures...

Dans la direction de fuite des H.L.L., la bande ne peut être que dans le Groun el Kebch, un vieux relief raviné depuis des millénaires par les eaux, torturé par les vents de sable, un labyrinthe d'oueds encaissés avec dans le fond du lit des couverts de buissons touffus, lauriers-roses, armoises, drinn épineux... Il faudrait une journée et deux bataillons pour fouiller ce massif !

Dans la plaine, les camions ont atteint le bas du col et roulent vers lui. S'il avait un Piper pour les chercher ! Avec un peu de chance, Jean Marie pourrait tentait de recoller sur leur trace, de les reprendre en chasse...

A cet instant, un Bell nonchalant passa le col de Medjerel. Dans la pureté bleue, son ronronnement avait quelque chose d'exaspérant comme le bourdonnement d'une mouche à merde dans une chambre à l'heure de la sieste. Il vint tourner au-dessus de la jeep, cherchant visiblement à se poser sur le dôme.

C'était le colonel en personne. Démangé par la curiosité et sans doute quelques regrets — peut-être des remords — il n'avait pu se résoudre à faire la sieste dans sa chambre de Bou Saâda... Ou bien avait-il reniflé quelque chose ?

Dès qu'il toucha terre, Jean Marie l'aborda au sabre.

— On a levé une bande. Trente fusils... Mais je vous expliquerai plus tard. Ils sont en train de nous échapper, faute d'avoir un Piper. J'ai besoin de votre hélico pour les retrouver.

Katz laissa sa place sans hésiter.

Le pilote était le jeune gendarme. Ils survolèrent le massif en suivant les oueds, à 300 pieds de hauteur, la bonne altitude pour l'observation. Par chance ils les repérèrent tout de suite, en colonne dans le lit d'un oued, camouflés dans les lauriers-roses. Les fellaghas se croyaient cachés, mais dans ce monde figé, le moindre mouvement attirait l'œil de l'observateur.

— Continue à voler comme si on ne les avait pas vus, dit le commandant et dégage du coin !... Ils ont encore une bonne chance de nous échapper.

Ceux qui prennent des armes à l'ennemi
Ceux qui font des prises d'armes entre eux...

(Poète anonyme. Fin époque coloniale).

X

« CEUX QUI PRENNENT LES ARMES A L'ENNEMI »

Hôpital Bégin. Chambre 433. Novembre 1980.

— Je n'ai jamais joué au tiercé, dit Jean Marie. Dans l'action je n'aime pas faire appel à la chance et surtout pas à la malchance pour justifier un échec. Je crois à la liberté de l'homme.

La presse avait fait grand bruit autour du suicide de Romain Gary. Au fond de ses nuits blanches, au creux de la souffrance incompréhensible, bête, Jean Marie avait beaucoup pensé à cette sortie librement choisie d'un intellectuel qui avait été un homme d'action. A la fois tentation et répulsion pour lui ! Ce geste était-il une victoire ou une défaite de l'homme libre sur la mort ?

— J'ai maintes fois remarqué que, dans un combat, il y a toujours l'instant où le résultat (succès ou échec) dépend de la décision de l'homme qui commande. On peut étendre cette règle à toute entreprise humaine, à la vie qui est lutte... Il y a au moins un jour, une heure une minute où l'homme tient en main son avenir. Cette possibilité de choix est la preuve de la liberté de l'homme...

— Mesdames et messieurs, coupa la voix de Francine dans un petit haut-parleur à la tête du lit, veuillez prendre votre température.

Rien de tel pour vous faire redescendre des sommets de la métaphysique que le ton de cette infirmière de service qui se battait contre la souffrance et la mort... Jean Marie éclata de rire.

⁂

Le 7 novembre 1956, dans la solitude bleue de la bulle du Bell, le commandant Jean Marie vécut à coup sûr un instant de liberté. De sa décision, des ordres qu'il lança dans les minutes qui suivirent le moment où il repéra les HL.L., dépendit le succès de la journée, mais aussi ceux-ci influèrent sur la ligne d'avenir de quelques hommes, ou leur ligne de chance qui n'est pas inscrite dans la paume des mains comme l'affirment les chiromanciens.

Il alerta d'abord la 2e C.S.P.L.E. en lui demandant de se porter au sud du massif pour en interdire les débouchés. Au D.I.H., il ordonna d'héliporter la 4e compagnie sur une crête d'où elle pourrait intercepter l'adversaire s'il cherchait à s'échapper vers l'est.

Pothier était trop loin pour intervenir. Avec la compagnie de marche sur camions, Jean Marie décida de reprendre à son compte la poursuite. Avant de libérer le Bell, il se fit déposer à la tête du convoi pour le guider jusqu'au pied du djebel.

— Débarquez !... Pied à terre !... Grouillez-vous un peu !

Engourdis par la chaleur, les hommes traînent à démarrer. Le commandant les mène au pas de course à l'assaut de la crête. La pente est raide mais courte. Du sommet arrondi partent trois têtes de ravin vers le sud. Quel est le bon ? Celui qu'ont pris les fellaghas ? Pas de traces évidentes et Jean Marie hésite, faute de cadres, à diviser sa compagnie en trois détachements...

C'est Gonzalès qui l'a flairé, à quelques mètres seulement, planqué entre deux touffes d'armoises ; un berger sans troupeau. Il a la taille d'un adolescent rachitique et la pitoyable maigreur, sous les deux ou trois burnous crasseux qui l'enveloppent. L'air insignifiant, tellement innocent qu'il en devient suspect. Il sait quand même son nom. « Ahmed »... « ben Mohammed » pour plus de précision. Pour le reste : « *Manarf* » ! (Je ne sais pas)... Les fellaghas ? *Manarf*... Des gens armés ? *Manarf !*... Il pleut ou il fait soleil ? *Manarf !*...

Gonzalès lui parle avec force détails, semble-t-il, des mœurs de « sa mère qui avait l'habitude de copuler avec un chien ». Au commandant l'interprète suggère de « lui donner une avoinée pour le faire braire puisqu'il veut jouer au bourricot ».

Jean Marie sort son poignard : une dague anglaise élégante, acérée et pointue. L'acier est un peu terni par l'usage. Jusqu'à ce jour elle n'a servi qu'à découper des poulets ou tartiner du pâté. Mais Ahmed le berger l'ignore comme les hommes du 228e qui d'ailleurs ne le croiraient point... Le commandant place précautionneusement la pointe sur la gorge du petit berger.

— Tu vas lui expliquer clairement la situation, dit-il à Gonzalès. Je lui pose une question et une seule. Quel chemin ont pris les fellaghas tout à l'heure ? Bien compris ?... Parfait. A partir de maintenant et jusqu'à ce qu'il réponde je vais appuyer le poignard sur sa gorge, lentement et sûrement...

Autour de lui les hommes font le cercle, retiennent leur souffle dans le silence du suspense !... Ahmed tient son menton très haut. Il n'ose pas avaler sa salive qui coule au coin de la bouche entrebâillée, et regarde le commandant avec des yeux blancs... « Saint-Jean Chrysostome, faites qu'il parle ! » prie Jean Marie en secret...

Et il parle ! Juste après que la pointe a percé l'épiderme et juste avant que Jean Marie ne renonce, Ahmed abandonne l'idée de devenir un héros de la révolution ou un martyr de la djihad. Comme sa gorge serrée ne laisse passer aucun son cohérent, il montre de la main un sentier piétiné par des moutons, qui s'engage dans un des ravins. Pas besoin de traduction.

— En avant ! dit le commandant en rengainant sa dague.

Il s'adresse au lieutenant X... qui semble tout affriolé, à la fois horrifié, avide, déçu. La pointe de sa langue rose se promène sur sa lèvre blanche de sel.

— Remuez-vous un peu ! Avec votre section foncez en éclaireurs. Mission : les rattraper et les accrocher.

— Mais vous nous envoyez à la mort !

Grotesque ! Du mauvais mélo ! Mais la réplique est partie avec le ton juste. Autour de X... les « marie-louise » qui vont vivre leur premier combat sont prêtes à s'émouvoir sur leur sort. Jean Marie est touché par surprise. Ce n'était pas prévu dans le dialogue et il n'a rien à répondre... Sauf la fuite, la fuite en avant.

Comme s'il n'avait pas entendu, sans un mot, sans un regard, le commandant s'engage sur la pente du ravin, plonge, dévale sur les caillasses qui roulent sous ses semelles, s'emballe tel un cheval de spahi... Derrière lui Gonzalès suit avec Fernand qui grogne contre « les bourgeois galonnés qui n'ont pas de couilles au cul »... Avec son poste radio sur le dos Bernard Quiblier s'efforce de ne pas se laisser distancer et de maintenir son équilibre...

A l'arrière, après un temps d'hésitation, le temps de comprendre, des hommes se sont détachés de la masse figée autour du sous-lieutenant X... Un par un, ou par petits paquets, ils se sont lancés à la poursuite du commandant... Dégringolent le flanc abrupt. Au fond, là où la pente s'adoucit et où commencent les lauriers-roses dans le lit de l'oued, ils sont 40 ou 50 dans le peloton de tête. En continuant à avancer, le commandant distribue des ordres, organise un peu la progression.

— Toi !... Oui, toi ! Tu prends quatre types et tu passes sur l'autre versant... Toi, même mission à gauche !... Et vous ne restez pas en tas ! Vous risquez de vous faire tirer... Eparpillez-vous !... Avancez en ligne !... Le F.M. en position face aux buissons !...

Finalement tous les rappelés ont rallié le commandant, sauf un petit groupe d'irréductibles boudeurs, serrés comme raisins en grappe autour de X..., qui suit en queue.

A en juger par le claquement de la balle, le premier coup de feu visait Bernard que signale l'antenne fouet de son poste radio. Les explosions sèches des carabines Statti sont amplifiées par les échos dans le fond du canyon. Pour les rappelés du 228ᵉ ce baptême du feu, c'est Verdun ! Tout le monde s'écrase, se planque derrière le moindre caillou, par paquets de trois ou quatre. Jean Marie connaît d'expérience ce sentiment de panique quand l'instinct de conservation submerge la conscience.

Avant tout, ne pas les laisser se terrer comme des insectes fouisseurs. « En avant ! A droite, débordez !... En avant ! »... Le commandant continue à avancer à travers les lauriers-roses, encadré par Gonzalès et Fernand. Puis un fusil Garant riposte aux Stattis... Le F.M. engage le fer par une longue rafale qui secoue les buissons comme un coup de vent... Les rappelés tiraillent, un peu au hasard... Un fellagha lâche pied, cassé en deux pour profiter du couvert des buissons, il court vers l'aval... Vingt coups de feu le prennent à parti et il boule comme un lapin... Brusquement l'excitation monte !

Un second fellagha se lève, les bras en l'air. Il est fauché avant d'avoir pu se rendre...

— Halte au feu !... Cessez le feu !...

Le commandant doit gueuler pour se faire entendre. A l'avant, une autre fusillade crépite, plus dense, avec les brefs ricanements des P.M. Le staccato moderato d'une mitrailleuse lourde de 12,7... La Légion a accroché le gros de la bande. L'air est plein de bruits. Des Sikos passent à la verticale en rugissant... Les rappelés ont dominé la peur. Grisés par leur propre bravoure, ils foncent, marchent au canon « comme en 14 »... Les gradés lancent des ordres. « Cessez le feu, nom de Dieu ! » Encerclés dans les broussailles, deux fellaghas émergent en criant, bras en l'air... Cette fois dix paires de bras les happent. En un instant ils sont désarmés et ligotés.

— En avant ! C'était une arrière-garde ! Le gros de la bande est devant nous... Doucement à droite. Alignez-vous !...

En perdant de la pente l'oued vire sur la droite et s'étale largement dans la courbe. C'est dans cet amphithéâtre de sable et de gros que la Légion a accroché le gros de la bande. Au débouché du virage, à la sortie des lauriers-roses, les voltigeurs de pointe du 228ᵉ sont accueillis par une rafale de 12,7 qui s'écrase à leurs pieds. Ils crient :

— Oh ! Halte au feu !... Amis, bande de cons !

Alignés à défilement de tourelles sur la crête au sud, Jean Marie a repéré les cinq A.M. de la 2ᵉ C.S.P.L.E. Dans l'oued, des légionnaires avancent comme à la parade, achèvent de nettoyer le terrain. Une vingtaine de cadavres gisent sur le sable de l'arène, entre les touffes maigres d'alfa et de drinn. Le combat est terminé.

— Qui commande ce détachement ? demande Jean Marie.

— Lieutenant Stepanowitch, peloton blindé de la 2ᵉ C.S.P.L.E.

Il est descendu en courant de la crête pour venir se présenter. Plutôt court de pattes, une poitrine large et profonde de montagnard serbe.

— Excusez-nous, mon commandant, nous ne savions pas que vous suiviez les fellaghas.

En français, il a un accent serbe. En serbe, il doit avoir un accent français. Il parle neuf langues couramment [1].

— Nous avons anéanti toute la bande, explique le lieutenant. Mais j'ai perdu le sergent Leva, qui commandait la section portée...

Les légionnaires n'ont pas fait de prisonniers.

Vers l'est, à deux ou trois kilomètres, une nouvelle fusillade éclate mêlée aux grondements des moteurs de Sikorsky qui terminent l'héliportage. La 4ᵉ compagnie du 228ᵉ B.I. doit avoir accroché les rescapés de la bande.

— Une chose est certaine, dit Stepanowitch, on a eu le chef !

Il montre au commandant un cadavre désarticulé, tué à la mitrailleuse lourde. Sur sa tenue de combat, il porte des épaulettes rouges avec le croissant de l'Islam et trois étoiles brodées en fil d'or.

— Gonzalès ! Amène-moi un prisonnier !

Le prisonnier a les mains liées dans le dos, le visage marqué de coups, les yeux gonflés, le nez saigne... Jean Marie s'est reconnu dans ce combattant vaincu, humilié... Le 7 mai 1954, les Viets lui avaient lié les coudes dans le dos avec du fil de fer. Il saignait de plusieurs blessures. Sur son torse nu, sur son visage, la boue et le sang avaient formé des croûtes.

— Qui a fait cela ? demande le commandant d'une voix neutre.

Un fier-à-bras s'avance, poitrine gonflée comme pour recevoir une médaille. Le premier coup de poing du commandant lui écrase le nez. Le second visait l'œil...

— Voilà ! De la part du prisonnier. Comme il a les bras attachés, il ne pouvait pas te rendre les coups. Je l'ai fait à sa place.

---

1. « Le seul homme au monde incompréhensible en neuf langues » dit Jean Marie quand il parle de son ami.

Autour de lui, l'étonnement des hommes creuse un silence.

— N'oubliez jamais, explique le commandant. Un prisonnier est un soldat désarmé. Ce n'est plus un ennemi et c'est peut-être l'ami de demain. Ici, tant que je commanderai ce bataillon, les prisonniers seront traités comme s'ils étaient déjà nos compagnons. Maintenant, détachez-le ! Toubib ! Regardez un peu ses blessures.

Au fellagha, qui n'est pas le moins surpris, Jean Marie offre une cigarette... Le 7 mai 1954, au fond du trou d'humiliation et de souffrance, il s'est trouvé un soldat viet-minh pour lui mettre une cigarette allumée entre les lèvres. Il n'a jamais oublié le goût de ce tabac.

— S'il te plaît, mon commandant, dit le prisonnier... S'il te plaît donne un peu l'eau... Ji soif !

Jean Marie lui tend son bidon. L'homme boit avidement.

— Comment t'appelles-tu ?

— Moktar !... Il boit de nouveau... Moktar ben Hoccine... Tu peux demander. J'étais quatre ans au 3e R.T.A... Ouais ! J'ai fait une connerie... Tant pis pour moi... *Inch Allah !*... Je serai fusillé ! C'est régulier !

Le commandant lui montre le cadavre du chef. Moktar le regarde avec respect et en silence, comme s'il priait rapidement.

— Ouais, c'est lui ! Le général Si Ziane, le chef de la wilaya 6. Nous étions sa garde de protection... Maintenant il est mort... Peut-être nous sommes tous morts... *Inch Allah !*

Nul besoin de l'interroger, il parle. La logorrhée du prisonnier ! Après la tension psychique du combat, le choc de la captivité, il a suffi d'un simple geste de pitié... Non ! Pas de pitié ! Un geste fraternel !

L'opération est terminée. Plantevin a rappelé par radio le peloton Stepanowitch. Jean Marie a donné l'ordre aux compagnies de rallier les camions. En marchant, Moktar lui raconte.

Le général avait voulu voir de ses yeux les Français. Hier, du sommet du Zerga il les avait vus, plier bagages et partir. Peut-être se méfiait-il d'un retour ? Il avait voulu coucher sur le sommet. Au lever du jour, la plaine était toujours vide, à perte de vue pas le moindre nuage de poussière qui aurait annoncé un convoi de camions. Ils étaient en train de faire chauffer le kawoua quand ils avaient entendu les gros hélicoptères qui fonçaient sur eux, comme le busard sur une perdrix. Ils avaient fui aussi vite que possible, par des vallées et des crêtes qu'ils connaissaient.

— On croyait bien être sauvés quand vous nous êtes tombés dessus en dévalant le ravin. Le général m'avait désigné avec mon escouade pour faire l'arrière-garde. On pensait attendre tranquillement la nuit pour rejoindre la caserne.

« La caserne » ? C'était le mot qu'il avait employé. Au passage d'une crête il montra au commandant la chaîne du Touïla qui fermait l'horizon au sud. Sur le point culminant, le vent avait sculpté une sorte de clocheton dans un rocher plus dur. On pouvait le prendre aussi pour une balise géodésique édifiée par les topographes pour signaler un point coté.

— La caserne, elle est juste derrière, dit Moktar. Il y a des grottes et des ravins avec un point d'eau. Il y a six katibas, avec plus de deux cents fusils... Mais pas beaucoup de munitions. Les cartouches de Stattis, elles sont vieilles et beaucoup ne percutent pas...

— Quoi ? Deux cents fusils dans le Touïla ?... Mais c'est formidable !

Lorsque Katz avait reçu le renseignement, il avait sursauté. Les mots se bousculaient dans sa bouche...

— Vous, vous restez là !... Surtout il ne faut pas qu'ils fichent le camp !... Alors vous les surveillez !... Moi je fonce à Bou Saâda... Demain matin je reviens avec tout le monde... Deux cents fusils !... Vous, ne bougez pas cette nuit...

Dès que le colonel était reparti en Bell, volant rapidement vers son état-major, le commandant avait fait embarquer ses hommes. Il explique aux officiers :

— Il ne faut surtout pas que nous restions là. Du sommet, les choufs nous surveillent. Nous allons repasser le col et aller bivouaquer de l'autre côté, hors de vue des fellaghas. Il faut leur faire croire que nous ignorons leur existence, que l'opération est terminée et que nous rentrons chez nous.

Le bataillon avait repassé le col de Medjerel pour bivouaquer au pied du djebel Koraa. Ils avaient de l'eau, du bois à profusion, de quoi manger et des couvertures. Les hommes étaient joyeux, à vrai dire fiers d'eux-mêmes. Chacun avait une histoire à raconter, une aventure. Chaque section avait allumé son feu, un feu de joie.

Juste avant la tombée du jour, le commandant avait rassemblé les compagnies comme pour une prise d'armes. Les hommes l'avaient écouté au garde-à-vous.

— ... Ce n'était pas une grande bataille, mais ce fut notre premier accrochage. Nous nous en sommes bien tirés. Avec un peu de butin, une demi-douzaine de fusils, et surtout pas de pertes... Et ceci, grâce à votre courage, votre esprit d'équipe. Je voulais vous le dire sans forfanterie, je suis assez fier de vous. C'est pourquoi je ne veux pas de lâches dans ce bataillon...

Le commandant raconta brièvement l'incident avec le lieutenant X... et répéta.

— Je ne veux pas de lâches au bataillon parce qu'ils sont dangereux pour les autres, pour leurs camarades, pour nous.

Il appela le sous-lieutenant X... qui sortit des rangs et se présenta devant lui au garde-à-vous, à six pas. Il n'avait pas l'air fier.

— Vous allez rassembler votre section. Un bidon d'eau par homme. Une boîte de ration. Cinq cartouches par fusil. Et vous allez quitter immédiatement ce bivouac... Allez où vous voudrez ! Je m'en fous ! Mais disparaissez. Vous êtes indigne de commander !

Le bataillon attendit en silence, au garde-à-vous, tout le temps que mit la section X... à se préparer. Cinq minutes d'éternité. La nuit tombait quand ils s'éloignèrent enfin en colonne par un. Ils sortirent du cercle éclairé par les feux de bivouac et on les entendit encore quand ils commencèrent à s'engueuler entre eux au sujet de la direction à suivre. Le sous-lieutenant X... avait perdu la confiance de ses hommes.

— Rompez vos rangs !

Ce soir-là, malgré la fatigue, ils veillèrent autour des feux. Dans le camp tout était en ordre. Les sentinelles à leur place. Les camions alignés au cordeau. Les sections bien regroupées. Ce soir-là, pour la première fois, le commandant Jean Marie éprouvait cette joie profonde et pudique que les romanciers et les poètes militaires de César à Vigny appellent « la satisfaction du commandement ».

Le colonel Katz réagit avec la vivacité du chat sautant sur la souris. Dans la nuit il rameuta le ban et l'arrière-ban des forces du C.O.S.A. et jusqu'au maghzen du sous-préfet. Au lever du soleil — bien plus chaud que celui d'Austerlitz — le grand chapiteau était déployé dans la plaine au pied du Touïla, « la caserne des moudjahidin de Si Ziane ».

Le 228e reçut l'honneur d'être engagé le premier (douteux privilège) pour être héliporté en bouclage au sud du djebel.

Ils embarquèrent en tenue légère, avec un bidon d'eau et une boîte de ration pour deux. Tout de suite, Jean Marie comprit qu'ils n'auraient à jouer qu'un rôle de figuration statique. Au sud du Touïla s'étendait à perte de vue la hamada plate et nue sous un cheminement de fuite. Les tirailleurs, légionnaires et mogharzenis chassaient les fellaghas dans le djebel comme des lapins dans un fermé. Ce fut un massacre !

Dès midi, la chaleur atteignit plus de 30 degrés. Sur ce rocher au soleil les hommes avaient soif. Jean Marie expédia un message demandant un ravitaillement en eau... Pas de réponse ! Il renouvela sa demande à plusieurs reprises, insistant et détaillant les risques de déshydratation.

Fut-ce en réponse ? Vers trois heures un obus explosa à quelques mètres de lui. Le coup venait du sud. A la jumelle il discerna alors, sur l'horizon étincelant de soleil, les cinq automitrailleuses de la Légion qui arrivaient en renfort.

— Je m'excuse, lui dit le lieutenant Stepanowitch en le rejoignant, nous vous avions pris pour des fellaghas.

En dépit de sa courtoisie contrite, le lieutenant fut fort mal accueilli. Jean Marie expédia un nouveau message faisant sèchement remarquer que ce renfort ne résolvait en rien le problème de la soif.

Toujours pas de réponse ! L'état-major du C.O.S.A. devait délirer de bonheur en additionnant les H.L.L. tués et les fusils récupérés...

Vers 16 heures, un Dakota en goguette les survola et se mit à faire des évolutions en rase-mottes sur la hamada. Jean Marie prit le contact sur le channel 16.

— Reconnaissance de D.Z. pour parachutage, répondit le Dakota.

Alger envoyait un renfort prélevé sur sa réserve stratégique ? C'était vraiment du délire !

— Attention ! Rendez compte immédiatement à votre autorité, lança le commandant. Ce parachutage est tout à fait inutile. De plus le terrain que vous survolez est très mauvais pour un largage de personnels. Très dangereux ! Vous demande instamment faire annuler opération aéroportée.

Le Dakota avait dû couper l'écoute. Il balisa la D.Z. aux fumigènes et quatre cargos lâchèrent une compagnie para. A l'atterrissage, le lieutenant commandant la compagnie se fractura une jambe. Les biffins du 228ᵉ, ravis du spectacle, ramassèrent tout de même une douzaine de blessés : de la fracture du crâne à l'entorse de cheville.

L'hélicoptère qui vint évacuer les blessés ne transportait pas de ravitaillement en eau. Jean Marie confia au pilote un message, adressé au colonel commandant le C.O.S.A. Il lui exposait le ridicule de la situation et les risques. Il insistait fermement pour être soit ramené par héliportage ou transporté par camions, soit ravitaillé en eau et équipé de couvertures dans le cas où le bataillon devrait passer la nuit sur place.

Un peu avant le crépuscule il reçut un ordre rédigé dans les règles : « Primo : Le commandant Jean Marie prend le commandement de toutes les troupes au sud du Touïla. Secundo : Il se portera, dès réception ordre, à Bir el Alia pour bivouaquer en dispositif de sécurité. »

Jean Marie tremblait déjà de rage. Dès que le soleil disparut la température tomba d'un coup aux environs de zéro degré. Il frissonna de froid. L'imbécile qui avait pondu cet ordre ne connaissait rien au pays. Bir signifie un point d'eau enterré. Pour trouver un peu d'eau, il faut connaître précisément l'endroit où creuser. Pour la plupart, les « Bir » de cette région ne sont que des lieux-dits abandonnés depuis des siècles. Sur la carte Bir el Alia était écrit en bleu. Sur le terrain ce n'était qu'un peu de sable avec deux ou trois buissons morts, desséchés comme des momies, à peine de quoi faire un peu de feu.

Les légionnaires et les paras avaient partagé leur bidon avec les petits biffins du 228e et tout le monde crevait de soif et grelottait de froid...

La longue nuit blanche fut coupée par un intermède heureux. En venant, les légionnaires avaient repéré un troupeau de moutons sans berger. Ils demandèrent au commandant l'autorisation de lancer une opération commando.

— La viande de mouton est la seule qui soit assez salée pour être mangée nature, lui affirma un vieux légionnaire.

Jean Marie se vit offrir une épaule juteuse qui lui redonna un peu de moral.

Le soleil se leva enfin. Les hélicoptères vinrent enlever les paras qu'Alger réclamait d'urgence, après ce coup d'épée dans le sable. Le peloton Stepanowitch reçut l'ordre de rejoindre les tirailleurs en train de réduire la dernière grotte, dans laquelle s'étaient retranchés les derniers fidèles de Si Ziane survivants au massacre.

Le 228e B.I. se retrouva seul dans le désert.

L'opération était terminée. Le commandant Jean Marie demanda qu'on veuille bien lui envoyer ses camions par la piste qui contournait le Touïla. Il se portait à leur rencontre. La température atteignit les 30 degrés dès le milieu de la matinée. Les hommes étaient épuisés. Plusieurs furent victimes de syncopes cardiaques. Le Bell des évacuations sanitaires ne cessa de faire des allées et venues... Mais toujours aucun convoi de camions à l'horizon ! Il fallait marcher, avancer. Surtout ne pas abandonner !

Totalement épuisé et visiblement amaigri, Pothier refusa d'être évacué. Ses hommes trouvèrent par bonheur un bourricot errant à la recherche de sa pâture. Le capitaine Pothier termina l'étape sur une ânesse, tel Jésus-Christ entrant à Jérusalem le jour des Rameaux.

L'après-midi était entamé quand les rescapés du 228e, les uns soutenant les autres, la gorge sèche, les pieds meurtris, et vidés de forces atteignirent enfin le P.C. du C.O.S.A. et retrouvèrent le convoi de camions qui n'avait pas reçu l'ordre de bouger...

On démontait l'opération. Le bataillon de tirailleurs était déjà parti, ainsi que la 2e C.S.P.L.E. Le cirque pliait son chapiteau. Jean Marie trouva Katz se promenant fièrement parmi ses gens, tel César après Pharsale, tirant l'oreille d'un vieux mogharzenis, félicitant un gradé-secrétaire, promettant une citation à un officier d'état-major... Il accueillit Jean Marie avec une grande cordialité, un bonheur épanoui et presque reconnaissant...

— C'est bien grâce à vous ! 160 fusils récupérés !... Alger n'en croit pas ses yeux ! Jamais vu un tel bilan en Algérie depuis le début de cette guerre... A propos ! Vous avez vu ! Ça a bien marché ! Je vous l'avais dit, j'apprends vite !

La colère soutenait Jean Marie depuis la veille. Elle donna de la vigueur à sa réponse.

— Vous aviez raison. J'ai pris cela pour de la modestie mais il fallait vous prendre à la lettre quand vous m'avez dit que vous ne connaissiez rien à cette guerre. En quinze ans je n'ai jamais vu un tel bordel, et pourtant ! Nous avons frisé la catastrophe. Depuis plus de 24 heures nous n'avons plus d'eau et malgré mes demandes réitérées vous n'avez jamais pensé à nous faire ravitailler. Or la déshydratation peut abattre une unité entière en quelques heures. J'ai une vingtaine de syncopes cardiaques. Si un de mes garçons meurt je vous tiendrai pour responsable. Vous êtes entouré d'une bande d'incapables, de crétins pathologiques, de baudruches gonflées de vanité. J'ajoute ceci. Je ne participerai plus à une opération organisée par votre état-major. C'est un serment !

Katz encaissa, tel l'éléphant sous une rafale de vent de sable. Apparemment insensible... avec un peu de tristesse peut-être dans son petit œil sombre.

Ceux qui prennent des armes à l'ennemi
Ceux qui font des prises d'armes entre eux...

(Poète anonyme. Fin période coloniale.)

XI

« CEUX QUI FONT DES PRISES D'ARMES ENTRE EUX »

Le communiqué de triomphe du colonel commandant le C.O.S.A. résonna dans tous les états-majors, de Bou-Saâda à Alger et fit frémir les officiers bien nés comme une faute d'éducation. Les amis de Katz rosirent de honte. Ses ennemis ricanèrent. Personne ne le crut.

Ce n'était point que « la cravate » choquât quiconque en ce temps-là en Algérie. Un peu d'exagération dans la colonne « actif » (et incontrôlable) des bilans d'opération permettait d'équilibrer le « passif » (contrôlable) sans tromper personne. Rien à voir avec la « truffade » des bureaucrates soviétiques dont parle Soljénitsyne, odieux mensonge qui dénature la réalité de l'U.R.S.S. et corrompt son économie. Dans l'armée française « la cravate » était admise dans les limites imposées par la bienséance et « le devoir de réserve ». On la corrigeait et on en tenait compte dans les plans et calculs... Sinon le 3e bureau aurait anéanti chaque mois plus de rebelles que le nombre total chiffré par le 2e bureau.

Le mot d'un des « maréchaux » du roi Jean en Indochine résumait assez bien le dilemme : « Il ne suffit pas de savoir faire la guerre. Il faut aussi savoir la raconter. »

Le colonel Katz ne savait pas faire cette guerre, il le disait lui-même. Il apparaissait maintenant qu'il ne savait pas la raconter non plus, quand il annonçait, dans son premier communiqué d'opération, plus de 160 armes de guerre récupérées, autant de H.L.L. tués dont le mystérieux Si Ziane chef de la non moins mystérieuse wilaya 6, sans compter les prisonniers, documents saisis, matériels divers, etc. Un bilan ridiculement exagéré.

Dès le lendemain on vit débarquer au P.C. du C.O.S.A. des messieurs fort bien mis, officiers d'état-major, missi dominici des divers échelons hiérarchiques de Bou-Saâda à Alger. Ils se présentaient sous différents prétextes mais tous venaient voir de près ce qui se passait dans le Sud profond et à vrai dire un peu négligé. Parmi eux et au-dessus du lot, le lieutenant-colonel Meunières de Schaken représentait le général commandant supérieur interarmées en Algérie, un cavalier portant monocle et grande allure, homme d'esprit et d'humour sous l'apparence futile du plus conventionnel snobisme.

Katz reçut ces messieurs le plus naturellement du monde, répondant avec simplicité à leur curiosité même secrète, leur montrant ses trophées, les 160 fusils rangés par paquets de dix pour faciliter le compte, la photo du cadavre de Si Ziane et ses épaulettes de général, toutes preuves souhaitées de la véracité des faits signalés dans son rapport. Poussant son avantage et en référence d'une note de service du général C.S.I.A. s'appuyant sur un arrêté du G.G. qui accordait une prime de 5 000 F pour toute arme de guerre prise aux hors-la-loi [1], il présenta sa facture en leur demandant de l'honorer. L'effet immédiat fut de vider la caisse et de faire abroger hâtivement une mesure onéreuse.

Le 11 novembre venait à point nommé pour célébrer avec fastes la victoire du C.O.S.A. et donner de son chef une image de marque d'officier général. Katz organisa une journée de festivités avec prise d'armes, revue, défilé, remise de décorations en présence des autorités civiles et militaires, et un concours hippique pour occuper l'après-midi. Le général Lorillot, ayant été invité à présider les cérémonies, délégua son second, le général Loth, pour féliciter les vainqueurs de la bataille du Touïla.

Les rappelés du 228ᵉ B.I. n'étaient pas de la revue et ne furent pas, non plus, conviés aux festivités. En fait, le commandant Jean Marie n'en fut pas même informé et l'eût sans doute ignoré, sans une de ses impulsions inspirées qui l'avaient dès longtemps fait remarquer de ses supérieurs, pas toujours défavorablement d'ailleurs.

A Bordj de l'Agha et Aïn Rich, la journée du 10 novembre avait été consacrée à la détente. Ce n'était pas exactement un jour de repos et d'oisiveté, jamais bon pour le moral, mais de décontraction, pour goûter pleinement aux fruits juteux de l'effort récompensé par le succès. Quel plaisir y aurait-il à tirer un beau lièvre si on ne prenait le temps de raconter la chasse aux amis et collègues ?

La matinée avait été occupée à divers travaux de propreté,

---

1. Une initiative généreuse d'un ministre qui avait calculé qu'il en coûterait moins cher au budget d'acheter son arme au rebelle que de la lui prendre par la force.

dont les armes et les pieds qui sont l'objet des soins constants d'un bon fantassin, suivis d'une simple cérémonie aux couleurs avant le déjeuner amélioré par un Charlou plein de ressources. Ce matin-là encore, le capitaine Pothier avait passé le commandement de la 2e compagnie au lieutenant Testud, la responsabilité du poste d'Aïn Rich au capitaine Humblot, et rejoint Bordj de l'Agha pour prendre au P.C. les fonctions de major et seconder le commandant dans l'administration du corps.

— Vous avez bien gagné cette place, lui avait dit la veille le commandant en lui apprenant sa nomination.

— Vous avez bien gagné votre pari, rétorqua Pothier. En neuf jours d'opération, j'ai perdu neuf kilos !

Il mit le double de temps pour les reprendre et avec l'aide de Charlou qui lui préparait des petits casse-croûte matinaux et copieux.

A peine en place, le nouveau major dut se mettre au travail. Un T.O. annonçait l'arrivée, pour le lendemain matin, du contingent Bugeaud II : une centaine de P.D.L., sortant du centre d'instruction du 1er Train, affectés au 228e B.I. pour relever les rappelés. Jean Marie avait quelques idées au sujet de l'accueil à réserver à ces jeunes gens, pour beaucoup fils d'archevêque... Mais pour cette fois le temps pressait. Les rappelés allaient être libérés dans dix jours. Il fallait intégrer la relève tout de suite dans les compagnies afin d'éviter toute rupture de charge.

Le 11 novembre était jour férié et de plus un dimanche. A Bordj de l'Agha c'était un jour de travail ordinaire. Dès le réveil, les compagnies avaient pris leur rythme habituel. Le maximum des effectifs était employé aux travaux de construction dont Pothier avait pris la direction avec son talent d'ingénieur-architecte-bâtisseur. A 8 heures du matin, le commandant acheva son tour d'inspection. Tout fonctionnait dans l'huile. Il n'avait rien à faire d'autre que des paperasses — le courrier officiel s'étant accumulé depuis le 1er novembre — et aucune envie de rester enfermé dans un bureau. Il appela Fernand :

— La jeep ! On part tout de suite !

A la sortie du bordj il prit la piste Ben S'rour - Bou-Saâda, l'accélérateur au plancher, bondissant sur les ornières, zigzaguant acrobatiquement entre les fondrières. Malgré le ciel gris Jean Marie se sentait plein de vigueur, de l'énergie à revendre, s'il avait eu le moindre sens du négoce, à dépenser en tout cas pour libérer un tempérament généreux qu'il tenait d'une longue lignée de paysans corréziens. A côté de lui, à « la place du mort », Fernand s'accrochait à sa carabine U.S. et aux aspérités de la carrosserie pour ne pas être éjecté... En se disant in petto : « Il ne sait pas où il va, mais il y va au galop ! »

Jean Marie avait un objectif précis. Son intention était de se porter au-devant du convoi des recrues. Il les attendrait au col des Voleurs, l'endroit de la route le plus propice à une embuscade, pour les surprendre, frapper leur esprit et leur inculquer la règle d'or de la sécurité des convois routiers : ouvrir à pied toute portion d'itinéraire offrant quelques risques.

Ils n'eurent pas longtemps à attendre. Comme prévu le convoi aborda le col sans prendre la moindre précaution. Au dernier moment, le commandant et son conducteur sautèrent sur la route, devant le camion de tête qui freina des quatre roues. Le capitaine Suzineau, chargé de convoyer le contingent Bugeaud II depuis Dupleix (Paris), devina au béret rouge qu'il s'agissait du nouveau chef de corps dont on commençait à parler dans les unités du Train. Il prit cet arrêt pour une espièglerie et se présenta au susdit chef de corps tout sourire déployé — qu'il avait du reste fort sympathique.

— Supposons qu'à ma place une demi-douzaine de fellaghas avec grenades et mitraillettes vous aient attendus en embuscade... Je vous laisse imaginer le massacre ! lui dit le commandant en guise de bienvenue.

Sans autre amabilité il demanda à voir sur-le-champ la liste nominative des nouvelles recrues du bataillon. Au premier regard, il nota qu'il en manquait une forte proportion (30 % environ sur le chiffre théorique du plan Bugeaud). Et pour ceux qui restaient, la liste comportait des chauffeurs de maître, des secrétaires en tout genre, des artistes de toutes disciplines, de quoi monter le meilleur orchestre d'Afrique du Nord... une matière première pour le moins difficile à employer en voltigeurs de pointe.

— Je constate que toutes les autres unités du train se sont copieusement servies dans cet arrivage, laissant au 228e, le dernier en bout de table, les reliefs du festin, sinon les déchets. Je vous en tiens pour responsable !

Le sourire du pauvre Suzineau s'était gelé sur ses lèvres. Il était ulcéré par cet accueil, mais résigné à subir l'injustice. Le commandant était ulcéré également mais pas du tout résigné.

— Continuez jusqu'au P.C. de bataillon. Avec Pothier préparez la ventilation de ces déchets dans les compagnies...

Quant à lui il décida de foncer sur sa lancée et sa colère encore chaude pour protester vigoureusement contre cette escroquerie. Le 228e B.I. ne deviendrait pas le dépotoir de l'arme du Train !

Les soixante derniers kilomètres de la route furent pour Fernand une pénible épreuve qu'il supporta courageusement, porté par l'espérance de passer un après-midi lascif dans un des bordels de la capitale des Ouled Naïl.

Jean Marie ne pouvait mieux tomber. Le défilé de la victoire était terminé. Toute la garnison en grande tenue, général, sous-préfet, notables de la ville, quelques anciens combattants de 14-18 en burnous de cérémonie et décorations pendantes, prenaient un vin d'honneur dans le grand salon de l'*Hôtel Transat*, avant le banquet officiel. L'entrée du commandant en treillis de combat poussiéreux, chaussé de pataugas — un cadeau de Gonzalés qui les avait piquées sur le cadavre d'un fellagha —, l'œil orageux et la lippe amère, ne passa pas inaperçue.

A la recherche du colonel Katz il fendit l'assistance bruyante, laissant derrière lui un sillage de silence écumeux... « C'est lui ?... Quelle tenue !... Réputation d'anar... scandale », et autres murmures flatteurs. En contrepoint, l'accueil du général Loth fut plus que chaleureux. Aussitôt Katz en rajouta.

— Vous savez, mon général, c'est mon meilleur cheval !

Jean Marie s'adressa directement au général.

— Je n'ai pas fait quatre-vingt-dix kilomètres sur une route défoncée pour venir écouter des banalités. Mais je crois que j'ai été inspiré par la Providence. J'ignorais que vous étiez là, n'ayant pas été invité aux festivités.

Le commandant rappela au général Loth qu'il tenait de lui la mission de mettre sur pied un bataillon d'infanterie. Après trois semaines de travail l'occasion était bonne de rendre compte de la situation.

— Dans dix jours les rappelés vont être libérés, soit 80 % des effectifs de mon bataillon. Je viens de recevoir tout à l'heure le premier contingent de la relève. Quantitativement, il en manque le tiers environ. Qualitativement, ce sont les déchets que les autres unités du Train ont laissés pour compte.

Il rappela encore les promesses du général Lorillot de lui donner des cadres et des matériels.

— Hors quatre officiers et une demi-douzaine de sous-officiers, tous désignés d'office par des unités qui n'en voulaient plus, je n'ai rien reçu. Et pour comble, je viens d'apprendre que les lieutenants du 1er Hussards qui avaient fait une demande pour être mutés au 228e ont vu leur demande refusée sèchement par le général Gilles en personne...

A son habitude, Loth l'écoutait avec une attention bienveillante.

— Quant au matériel ! Rien. Pas un camion, pas un sac de ciment, pas une planche, pas un clou... Mes garçons vivent sous la tente. Le climat de ce plateau saharien est pour le moins rude. Il gèle déjà et nous aurons la neige bientôt. Sur un des quais du port d'Alger, on me signale un dépôt de baraques préfabriquées en souffrance. J'ai déjà envoyé un détachement de reconnaissance pour voler deux baraques d'urgence... Il y a trois semaines, mon général, vous m'avez donné le 228e B.I. pour en faire un bataillon. Avec de la merde, le meilleur pâtissier du monde ne pourrait pas faire de la tarte...

Le général Loth invita Jean Marie à passer l'après-midi avec lui, écoutant inlassablement ses plaintes et critiques, excusant ses outrances. A plusieurs reprises il demanda au colonel de Schaken de prendre note d'une remarque, d'une réclamation. Il laissa souffler la tornade. Jean Marie avait besoin de se décompresser. Au pied de l'avion qui le ramenait à Alger, le général conclut :

— Je vous ai entendu. Tout cela me paraît conforme avec mon idée de départ... Aurais-je fait appel à vous si la mission eût été facile, profitable et glorieuse ? Dans ce cas, vous savez bien que les volontaires mieux placés que vous n'eussent point manqué ! Je crois que je pourrai vous aider sur certains points. Mais, entre nous, ce dont vous avez besoin d'urgence est d'une bonne soirée de détente... Et demain matin, vous serez de nouveau en selle.

En fait ce que lui conseillait le général était de prendre une bonne cuite, traitement classique... Mais à Bou-Saâda ? Il envisagea une bordée avec Fernand dans les bas-fonds de la ville... Il était 17 h 30. Sa jeep était bien sur le parking de l'hôtel mais point de conducteur !

Au bar du *Transat* il retrouva le lieutenant-colonel de Schaken, monocle à l'œil et tenue fraîche. Distrait par la conquête de quelque dame sans doute, il avait raté l'avion du général... Et la dame avait dû rejoindre son bercail. Il en était quitte pour une soirée solitaire en attendant l'avion du lendemain. Avec le chef d'escadrons Jean Marie ils échangèrent quelques verres avant de passer à table.

Le mess était sinistre comme un dimanche soir. La grande soirée avait eu lieu la veille. Les pensionnaires dînèrent rapidement et se retirèrent de bonne heure dans leur chambre. A dix heures du soir le dernier serveur disparut, laissant sa place au veilleur et portier de nuit, Kouider. Mais on lui avait laissé la clé du bar.

— Maréchal des Logis Kouider ben Dahmani, se présenta le portier, sept ans de service au 3e de Spahis à Batna.

On était entre cavaliers. Comme entrée en matière, ils commencèrent à raconter leurs campagnes.

— La Tunisie, l'Italie, Naples, les gorges de l'Inferno et après le Garigliano... A Rome on a défilé devant le général Juin. Après la prise de Florence voilà qu'on nous embarque sur un cargo avec tout le matériel et en avant pour le débarquement en Provence, Toulon, la remontée jusqu'à Beaume-les-Dames — ji pas vu les dames, seulement les Ricains... Après c'était l'hiver devant Colmar et Strasbourg... La traversée du Rhin et Stuttgart... A la fin, j'étais déjà margis, y m'ont donné la médaille militaire... Mais j'en avais plein les fesses... Ti comprends, mon colonel, moi j'aimais les chevaux et il y avait plus de chevaux... Et aussi j'avais une femme et quatre enfants, un par permission... maintenant j'en ai onze. C'est dur, il faut les nourrir ! Avec les événements, c'est pas facile !

Ils burent tous les trois à la cavalerie de jadis. Kouider s'absenta pour sa première ronde et contrôla la fermeture des portes. Il remonta de la cave avec une bouteille de vieux cognac, d'aspect vénérable, origine garantie d'avant-guerre.

Les premiers verres furent dédiés aux chevaux. Puis ils abordèrent le sujet des femmes, avant de revenir à la guerre, les trois grands thèmes poétiques d'une conversation entre cavaliers.

Schaken décrivit à Jean Marie les charmes désuets de l'aristocratie militaire dans une garnison de cavalerie en 1938.

— A Lunéville, ma première affectation, il y avait quatre régiments. Nous formions un petit monde clos, réglementairement hiérarchisé, verrouillé sur ses coutumes et ses intrigues. Malheur à celui par qui le scandale arrive ! Pour entretenir une liaison coupable dans ce milieu, il fallait déployer toutes les ressources de l'imagination. Ce qui mettait du piquant à la moindre aventure... J'étais célibataire et fort amoureux de la femme d'un lieutenant en service dans un des régiments frères.

Le cognac de Kouider était de noble origine, et Schaken contait des anecdotes avec beaucoup d'esprit et de dignité.

— Vous avez lu *les Diaboliques ?* Il faudrait la plume aristocratique de Barbey d'Aurevilly pour décrire l'ambiance feutrée et ardente de la garnison. La femme de mon camarade était fort belle, tudieu ! et presque aussi dévote, par saint Georges !... Et quelle invention dans les jeux de l'amour !

Pour faciliter le service de Kouider, ils s'étaient installés au comptoir de la réception du *Transat* où devait se tenir le veilleur de nuit pour répondre au téléphone.

— Un de nos camarades s'était rompu le col en course. La tradition voulait que ses pairs se relaient pour veiller son cercueil jusqu'à l'enterrement. Etant le plus jeune des lieutenants, j'avais été chargé d'établir le tour de garde : deux heures par lieutenant. J'avais inscrit le mari de ma belle, juste après moi, entre minuit et deux heures du matin. A minuit moins une minute, embrasé de désir et d'impatience, j'entendis dans l'escalier le tintement des éperons de la relève. Il me vint alors une idée diabolique. Je tirai mon sabre du fourreau et pris la position du présentez-sabre, au pied du cercueil.

« — Il faut rester au présentez-sabre ? me demanda mon camarade à voix basse. » — « Ordre du colonel, dis-je avec un soupir pieux. »

— Je le saluai alors d'un ample geste du sabre avant de rejoindre sa femme. Elle apprécia vivement mon initiative. L'idée que son mari présentait les armes tandis que nous batifolions en toute sécurité semblait redoubler ses ardeurs...

Kouider avait aussi des souvenirs nostalgiques à confier à ses compagnons. Pour lui l'âge d'or était « avant-les-événements ».

— Moi, je gagnais bien ma vie ! Je travaillais déjà la nuit. C'était spécial !

Bou-Saâda « la cité du bonheur » était alors le plus grand centre touristique d'Algérie, et la première oasis saharienne, à moins de 250 kilomètres d'Alger.

— On venait de partout !... Avec la palmeraie, les dunes, et puis le clair de lune sur le désert, les filles Ouled Naïl, les danseuses et les autres...

Pour accueillir ces touristes, Bou-Saâda disposait de deux grands palaces modernes : le *Transatlantique* au centre même de la ville, et l'*hôtel du Caïd,* en bordure des palmiers : le meilleur équipement hôtelier d'Algérie. D'après Kouider, sa spécialité était les voyages organisés pour dames seules, veuves ou vieilles filles, des Anglaises et Scandinaves en majorité. Elles venaient aussi d'Allemagne et même d'Amérique. Tout était compris dans le prix du tour : logement, repas, transport, excursions, spectacles, loisirs dont « une nuit d'amour dans une oasis saharienne » (le partenaire était fourni sans supplément).

— C'est moi qui étais chargé de trouver les hommes, dit Kouider. Le patron, il me donnait l'argent : tant par chambre ! On discutait le prix. Après, je me débrouillais avec les autres pour les payer ce que je voulais. Mais des fois, les autres ils voulaient plus !... Surtout avec les vieilles ! Le patron, il voulait pas savoir ! « Kouider, il disait, tu te démerdes ! » C'est moi qui devais faire le boulot. Des fois trois ou quatre dans la nuit !

MM. les officiers de cavalerie eurent-ils un regard de doute, un soupçon de scepticisme ? Le maréchal des logis Kouider se sentit atteint dans son honneur.

— Ma parole, dis ! Trois ou quatre dans la même nuit ! Eh ! C'est pas si difficile. Quand tu fermes l'électricité, dans le noir, une vieille c'est pareil qu'une jeune !... Et je gagnais bien !

Les « événements » avaient changé ces temps heureux. Les vieilles Anglaises, les riches veuves américaines ne venaient plus en hiver acheter quelques heures de rêve sous les palmiers. L'*Hôtel du Caïd* avait dû fermer. Il était réquisitionné par le sous-préfet pour loger son maghzen, une centaine de partisans, pour la plupart des anciens militaires. Kouider devait travailler comme veilleur de nuit au *Transat* pour nourrir ses onze enfants... et prendre moultes précautions pour ne pas se faire couper la gorge.

Au ksar, dans la vieille ville où il logeait, régnait la terreur. Des hommes de l'ombre imposaient leur loi.

— Tu fumes une gauloise, ils te coupent le nez. Tu bois une anisette, ils te coupent les lèvres. La langue pour un mot. Et la gorge pour rien du tout, parce que t'es un traître, comme ils disent. Si tu niques tranquillement une cliente, ils te couperaient les glaouis ces salauds !

Kouider observait une stricte neutralité, gardait le silence et payait l'impôt pour survivre. Ce soir, entre gens de cavalerie, il pouvait se confier.

Ils parlèrent de la guerre. L'ex-maréchal des logis du 3e de saphis à cheval partageait l'opinion du colonel de Schaken, la même répulsion pour les méthodes et tactiques de la guérilla, indignes d'un guerrier.

Le commandant avait tenu deux ans le maquis en France occupée, combattu cinq ans en Indochine dans une guerre révolutionnaire. Il y voyait une forme de conflit adaptée à ce siècle, aux rapports entre les sociétés industrialisées aux marchés débordant de boustifaille, et les peuples du Tiers Monde brûlés par la faim. Ce n'étaient pas les foudres nucléaires des premières qui empêcheraient les seconds de venir prendre la nourriture superflue, avec des bâtons au besoin... L'alcool exaltait son imagination, amplifiait sa vision de l'avenir de la planète surpeuplée de singes nus affamés...

— Je ne suis pas de ce siècle, déclarait Schaken en savourant en esthète une gorgée de cognac.

Kouider devait faire face aux réalités du temps « pour faire manger ses onze enfants ».

— Le plus salaud de tous, c'est Manarf le Marocain. Il vient chez toi la nuit. Il te coupe les glaouis ! Après il égorge ta femme et tes enfants devant toi...

La gorge serrée par l'émotion, il dut avaler une grosse lampée de cognac.

— Il a pas de pitié, le salaud !... Et va le chercher, tiens !... On sait même pas d'où il vient ! Le Marocain, on l'appelle, Manarf ça veut dire « Personne »...

Le moral de Jean Marie était au plus haut. Une agréable ivresse lui donnait une confiance illimitée... Kouider était son ami ! Pour le protéger il était prêt à tuer ce salaud de Manarf !

— Ton Marocain, là, ce monsieur Personne, moi je vais m'en occuper un de ces jours. Fais-moi confiance !

C'était à Kouider à se montrer sceptique sur les prouesses futures du commandant.

— Hou... Tu l'auras pas si facilement ! Il est fort le salaud !

Schaken, le monocle toujours ferme, refusait ce monde sordide où on ne trouvait plus d'adversaires dignes d'être combattus loyalement.

— Tiens, je te fais un pari, proposa Jean Marie à Kouider.

Avant un mois à dater d'aujourd'hui, je te ramènerai une oreille de Manarf ! Tope là ! Une bouteille de cognac !

— *Inch Allah !*

On frappa à la porte à coups de poing. Kouider avait entendu venir la jeep et reconnu le ronflement particulier du moteur.

— C'est la jeep de service à l'état-major, dit-il pour répondre à l'interrogation muette des officiers.

Par prudence, avant d'aller déverrouiller la porte, il prit son vieux pistolet, modèle 93, le glissa sous sa djellaba.

— Le commandant Jean Marie, demanda le sous-officier en entrant, quelle chambre ?

— C'est moi, dit le commandant.

— Le colonel Katz voudrait vous voir tout de suite. J'ai une jeep pour vous amener.

La nuit était noire. Le temps à la pluie. L'air vif lui refraîchit la tête. Quelle heure était-il ? Il faisait trop sombre pour lire l'heure à sa montre, mais à l'odeur de l'air, à la densité du silence, au contact de la fraîcheur sur sa peau, il savait que la nuit était encore jeune. A peine deux heures du matin.

XII

DJEBEL DOKRANE

Hôpital Bégin. Chambre 433. 12 novembre 1980.

A l'heure des visites, je trouvai Jean Marie de mauvaise humeur et amer. On lui avait fait une ponction lombaire douloureuse et il avait appris par un écho de presse qu'un « confrère » lui avait habilement subtilisé un récit pour en faire un film.

— Cet écrivain cinéaste bien connu, me dit-il, dont le talent et l'imagination ont été homologués par des prix littéraires et académiques a acquis cette flatteuse réputation de « fiction » en racontant des histoires authentiques arrivées aux autres... Mais si vous rapportez les événements de la journée du 12 novembre 1956, tels que nous les avons vécus, en vous présentant comme un historien, vous passerez pour un farceur...

***

A deux heures du matin, Jean Marie avait trouvé Katz à son bureau, se dandinant devant la carte murale comme un rabbin en prière devant le Mur des Lamentations. Le chef du C.O.S.A. attaqua d'emblée :

— Ça ne va pas du tout là-bas...

« Ça » désignait le commandant de Minou. « Là-bas », un point de la carte que le colonel montrait du doigt : le djebel Dokrane à cinquante kilomètres environ dans l'est-sud-est.

— A minuit on m'a réveillé pour me communiquer un message « urgent » de Minou qui demandait une évacuation sanitaire de nuit par hélicoptère. Il doit bien savoir que ce n'est pas possible !... Depuis minuit impossible d'obtenir de lui des précisions. Il se contente de redemander l'évasan.

A cette époque, les vols de nuit en hélicoptère étaient exceptionnels, et de toute façon impossibles dans les conditions du moment : par mauvais temps, sur un terrain dangereux, sans aide à la navigation au sol. Selon le règlement d'emploi de l'armée de l'Air, le D.I.H. était rentré à Bou-Saâda, avant la nuit, pour coucher en sécurité sur la base aérienne. Les hélicoptères étaient alors des engins rares, fragiles et coûteux. Il était interdit de les laisser coucher une nuit dehors, comme de vulgaires biffins.

Le colonel Katz paraissait soucieux, inquiet même, une attitude inhabituelle de sa part. Que l'opération de la veille n'ait rien donné n'était qu'un moindre mal ! Mais il craignait d'avoir à établir un bilan négatif dans le genre : « Pertes amies : X blessés, Y tués. Pertes rebelles : néant, ou non dénombrées », ce qui ne trompait personne.

— Impossible de savoir exactement ce qui se passe là-bas... Alors vous prenez immédiatement l'opération en main... Oui, je sais que vous ne voulez pas que Minou traîne dans vos jambes. Voici une lettre pour lui. Je lui demande de rentrer...

Katz avait prévu des renforts, craignant sans doute que les deux compagnies utilisées la veille par Minou soient démoralisées.

— Le sous-préfet me prête son maghzen. Il est prêt à partir et vous servira d'escorte. D'autre part, vous pouvez demander à votre bataillon d'envoyer sur place une ou deux compagnies. Demain matin dès qu'il fera jour, le D.I.H. vous rejoindra. Et vous aurez un Piper en permanence.

Jean Marie rédigea un T.O. adressé au capitaine Pothier : « Mettre sur pied compagnie de marche à quatre sections sous les ordres lieutenant Huron. Rejoindra en X, Y, pour 12 novembre 8 heures. »

Katz lui prêta une canadienne et un chèche. La cabine des camionnettes civiles du maghzen était beaucoup plus confortable que celle d'un G.M.C. ou d'une jeep. Jean Marie n'avait pas à se soucier de la route, le maghzen ayant ses guides. Il s'installa aussi bien que possible pour dormir en dépit des cahots. Les pistes étaient mal entretenues et glissantes. Le convoi traversa plusieurs grains, avec vent et pluie. Dans l'obscurité le guide dut se tromper une fois ou deux. Le jour se levait quand ils arrivèrent.

Jean Marie s'éveilla et sortit dans l'air frais. L'aube était sale. Il ne pleuvait plus. Des nuages bas couraient dans le vent, en abandonnant des lambeaux de brume grise aux cimes des djebels.

Le bivouac sentait la déroute morale. Le blessé au ventre était mort juste avant le jour, faute d'avoir pu être évacué. Trempés, fatigués par une nuit blanche, frigorifiés, les hommes du 226e B.I. s'abritaient mal sous les camions et aucun n'avait songé, ou su, allumer du feu avec les buissons mouillés.

Minou était seul, assis dans sa jeep comme Marius sur les ruines de Carthage. Le D.I.H. venait d'annoncer qu'il était bloqué sur le terrain de Bou-Saâda par une grosse averse. Le Piper, qui devait venir de Djelfa, avait été retardé lui aussi par le temps.

Minou avait la mine défaite et Jean Marie souffrait d'une terrible gueule de bois. Hors le souvenir du cognac qui lui donnait des nausées, il n'avait pas la moindre idée de manœuvre en tête.

L'arrivée du Bell inversa le cours de ce destin de faillite. Le pilote, le jeune gendarme, avait réussi à passer entre les crêtes des djebels et le plafond de nuages pour tenter d'évacuer le blessé au ventre. Il venait trop tard pour le sauver... Mais avec le second blessé, fracture ouverte du bras, il put évacuer Minou. C'était déjà un élément positif.

Celui-ci avait lu la lettre de Katz sans réagir. Au dernier moment il trouva le moyen de fanfaronner :

— Le colonel me demande de rentrer immédiatement pour une affaire importante. Durant mon absence, vous assurerez le commandement de l'opération.

Jean Marie s'adressa au petit gendarme.

— Dès que tu as déposé ton chargement, tu fais le plein et tu reviens sans solliciter de nouveaux ordres. Bien compris ?

Avant tout il avait besoin d'un café noir, chaud et très fort. Jean Marie demanda au vieux mogharzeni, un ancien du 3e spahis encore, qui s'était offert pour lui servir d'interprète, d'allumer du feu et de lui faire un bon kawoua.

Stimulé par la perspective d'un bon jus et aidé par les partisans du maghzen, les Européens du 226e imitèrent cet exemple. La bonne chaleur du feu et le petit casse-croûte suffirent à faire remonter en flèche le moral des troupes.

Le commandant invita les commandants de compagnie à partager son frugal petit déjeuner autour du feu. Il se fit briefer sur la situation et les événements passés.

La veille, dans l'après-midi du 11 novembre, le Piper avait repéré une bande de H.L.L. dans le massif du Dokrane. Minou avait conduit sa manœuvre de telle façon que les fellaghas n'avaient eu aucun mal à s'éclipser à la faveur du mauvais temps et de l'obscurité. Au retour, une section portée sur deux camions, quelque peu égarée dans les pistes, s'était fait surprendre par la nuit. Vers 9 heures du soir, le camion de tête, qui roulait plein phares, avait essuyé quelques coups de feu, une douzaine. Par miracle il n'y avait eu que deux blessés. Les H.L.L. avaient dû être aussi surpris que les Français. L'accrochage avait eu lieu à quatre ou cinq kilomètres du bivouac, dans la direction du sud-ouest... autant qu'on ait pu en juger.

Le D.I.H. arriva enfin vers 10 h 30, précédant de peu le

Piper. Les trois Sikorsky étaient conduits par le commandant Sicre, un Toulousain de l'espèce qui joue au rugby et un vieux pilote, habile et prudent. Dès son arrivée il commença à s'inquiéter pour son ravitaillement en essence. Le C.O.S.A. s'était engagé à lui faire transporter son carburant par camions mais, étant donné les circonstances, il en doutait à juste titre.

— J'ai décollé avec les pleins à ras bord. Mais si je ne suis pas ravitaillé, je dois prévoir mon retour ce soir à Bou-Saâda. Ce qui me laisse en gros une heure de potentiel par appareil.

L'observateur du Piper était « Papa-Whisky », un indicatif — symbolique selon les mauvaises langues — qui désignait le capitaine Hubert [1], le meilleur observateur de l'A.L.A.T. Il devait cacher quelque plaie secrète et saignante qui expliquait son comportement de desperado, une témérité camouflée sous un certain humour des plus sombres. Son pilote, un jeune sergent, pour répondre à l'image de marque de son capitaine faisait preuve, en vol, d'une audace acrobatique. Les mauvaises langues encore prétendaient que les deux hommes consommaient autant de whisky à l'heure de vol que leur avion d'essence à quatre-vingts octane. Tels qu'ils étaient, ils formaient l'équipage le plus extravagant d'Algérie et le plus efficace.

Papa-Whisky signala son arrivée par un passage au ras des antennes radio. Et il commença à râler parce qu'il était en retard. En partant de Djelfa ils avaient trouvé du très mauvais temps et ils avaient dû se poser à Ben S'rour, chez les gendarmes, pour compléter leur plein. En venant ils avaient repéré dans le Sud un convoi de camions chargés de troupes et visiblement paumé. Ils avaient encore perdu du temps pour les remettre sur la bonne piste. C'était évidemment la compagnie Huron.

— Papa-Whisky. J'attends des instructions. A vous.

— D'abord une R.A.V. sur le Dokrane.

Ce massif dominait le bivouac à la verticale comme une table sur ses pieds.

Le petit avion ronronna en tournant autour des falaises avant d'observer le sommet.

— Ça y est ! Je les vois. Une douzaine de types bien planqués derrière des murettes de pierres, juste sur le sommet. Ils vous font face... Pas faciles à déloger s'ils veulent résister.

La solution classique était de demander la chasse, l'appui feu des T.6, puis d'escalader la falaise à pied et de les prendre d'assaut. Cela demanderait du temps, beaucoup de temps, et coûterait des pertes...

Jean Marie imagina une autre solution, beaucoup plus rapide

1. Pour diverses raisons, je n'ai pas cru décent de donner son identité, mais les anciens le reconnaîtront sans la moindre hésitation. Le capitaine Hubert a été tué au cours d'une mission. Serge Groussard lui consacra une chronique dans *le Figaro* — « La mort d'un capitaine » —, en respectant son anonymat.

et probablement moins coûteuse : dans le genre charge de cavalerie en hélicoptère. Il se souvenait de la terreur des gardes de Si Ziane sur le djebel Zerga, à la vue des gros hélicoptères fondant sur eux par surprise. Il était à parier — à la guerre il faut toujours faire un pari — que ces fellaghas du Dokrane n'avaient jamais vu un Sikorsky... Il consulta le commandant Sicre.

— Ils font face au nord, vers nous. Il ne faut pas qu'ils nous voient venir. Vous abordez le sommet par le sud, en prenant soin de rester à défilement de vue, en dessous du rebord. Puis au top, le Piper balise l'objectif à la grenade fumigène, et les trois Sikos en formation se posent directement sur les fellaghas, avant qu'ils n'aient le temps de se retourner...

Sicre réfléchit un instant en silence. Il suffisait d'une balle dans un réservoir d'essence pour que l'hélico, en tôle de magnésium, flambât comme une torche... Jean Marie insistait :

— Dans cette région, ils n'ont encore jamais vu un Siko sur leur tête. Il faut jouer à fond la surprise. Fondre sur eux comme un faucon sur une perdrix.

— On y va, dit l'aviateur.

L'opération dura à peine dix minutes. Pris à la verticale sous le souffle des rotors rugissant à plein moteur les fellaghas, qui attendaient une attaque venant du bas, restèrent paralysés... le temps que les mogharzenis sautent sur eux et les ramassent avec armes et bagages, comme une compagnie de perdreaux plaqués au sol par la tempête.

Un peu avant midi, Jean Marie expédia un premier compte rendu : « Pertes amies : néant. Pertes rebelles : 12 prisonniers. 12 fusils Statti récupérés »... Le genre de bilan que Katz appréciait.

L'interrogatoire des prisonniers encore choqués, mené par le maghzen, donna un renseignement intéressant. Le groupe appartenait à une bande beaucoup plus importante, une cinquantaine d'hommes, qui avaient filé la veille au soir en direction du sud-ouest pour gagner un autre repaire à deux jours de marche. C'était cette bande en mouvement qui avait par hasard, rencontré les deux camions hier soir et tiré dans le tas. Jean Marie appela le Piper qui tournait en rond.

— Papa-Whisky !... J'ai une mission pour vous. Dans la direction générale sud-ouest, distance vingt kilomètres environ. Rechercher une bande d'une cinquantaine de H.L.L.

Le petit avion accusa réception et prit le cap indiqué. Bientôt il disparut à l'horizon et la distance, le relief, la météo interrompirent la liaison radio. Il ne restait qu'à attendre. Le temps était toujours mauvais. Si le Piper n'avait rien trouvé dans le tout début de l'après-midi, il était illusoire d'espérer accrocher la bande et l'anéantir avant la nuit.

Le commandant s'apprêtait à donner l'ordre de repli quand Papa-Whisky se rua sur eux en rase-mottes. Il criait dans le micro.

— Je vous appelle depuis une demi-heure... J'ai trouvé la bande, une cinquantaine de types, sur le sommet du djebel Guelb el Akhal, à vingt kilomètres de vous, direction ouest-sud-ouest. Je les ai grenadés pour les forcer à s'arrêter... Mais grouillez-vous d'arriver, je ne pourrai pas les maintenir longtemps.

— Dans la meilleure hypothèse, dit Jean Marie, je ne peux intervenir avant une bonne heure. En attendant je demande la chasse. Le maximum de missions. Vous les prenez en compte à la verticale de l'objectif. Il faut absolument les clouer au sol, les immobiliser jusqu'à notre arrivée...

La meilleure solution et la plus rapide était, évidemment, de mettre en place les troupes de manœuvre par héliportages directs. Sicre fit un rapide calcul sur son carnet. Dans son cas l'arithmétique commandait la tactique.

— A la rigueur j'ai de quoi faire une rotation... Après quoi il me restera juste assez de pétrole pour rentrer à Bou-Saâda.

Jean Marie avait une solution de rechange : se porter en camion jusqu'au pied du djebel Akhal et, de là, héliporter les fantassins à distance d'assaut.

— Pour cela, il me faut au moins quatre rotations, de cinq à dix minutes de vol chacune.

— Exclu, dit Sicre en contrôlant ses additions... Je serais obligé de passer la nuit sur place en attendant d'être ravitaillé par camion demain matin. Formellement interdit par les instructions des opérations aériennes !

C'était l'impasse ! A pied, ils n'avaient aucune chance d'aborder l'adversaire avant la nuit...

En revanche, l'armée de l'air leur accorda autant de missions d'appui feu qu'ils en demandèrent. Ce 12 novembre 1956, ils devaient être les seuls en opération. Les patrouilles de T. 6 accourues de toutes les bases d'Algérie se succédèrent en permanence au-dessus de l'objectif. Papa-Whisky dirigeait le cirque avec la maîtrise de M. Loyal.

— C'est foutu, soupira Jean Marie avec une pointe d'hypocrisie ! Dommage ! Dans trois heures il fera nuit. Les avions rentreront à leur base et les fellaghas s'échapperont tranquillement... Vous avez déjeuné ? Autant casser la croûte !

Il bruinait. Sur le capot de la jeep l'huile des sardines était figée. La pâte de fruit toute gluante... En mangeant Jean Marie raconta à son invité, l'opération telle qu'il l'imaginait.

— Si vous aviez eu assez de potentiel, on anéantissait cette bande en une heure, tout compris... Regardez la carte ! On recommençait le coup de ce matin sur le Dokrane, en l'améliorant... Approche des Sikos à défilement de la ligne de crête.

Au top, le Piper balise la D.Z. et vous posez les commandos à distance d'assaut des fellouzes avant qu'ils n'aient pu lever le nez... Mais évidemment, il n'est pas question que vous couchiez dehors... Surtout par un temps pareil, à ne pas mettre un biffin dehors !

Heureusement le café était chaud et il y avait deux petites bouteilles de rhum dans les rations de l'intendance.

Sicre avala le fond de son quart, s'essuya les lèvres avec la manche de sa combinaison de vol et dit :

— Ça va ! Vous avez gagné ! On tente le coup jusqu'à ma dernière goutte de pétrole. Mais attention ! J'ai votre parole, cette nuit vous assurez la protection de mes engins !

A quatre heures de l'après-midi, tout le dispositif était en place au pied du djebel Akhal. Dans le ciel, les avions de chasse exécutaient sous la direction de Papa-Whisky un numéro de haute voltige avec piqués, straffing rasant, bombing... Dans leur trou, les hors-la-loi ne pouvaient risquer de sortir un œil. Et le matraquage durait depuis plus de trois heures.

A la radio, Jean Marie synchronisa les mouvements à la seconde. Il attendit que le D.I.H. soit juste à hauteur de la crête pour faire lever le tir des T.6. Le Piper balisa au fumigène et Sicre fit exécuter à ses engins un petit saut qui déposa les biffins de la première rotation à distance d'assaut...

A ce moment, le lieutenant Huron s'approcha timidement du commandant qui jonglait avec les combinés des postes radio.

— Et pour nous, mon commandant... ?

Depuis qu'il avait rejoint avec trois ou quatre heures de retard, Jean Marie ne lui avait pas adressé la parole. Le lieutenant Huron avait l'air d'un chien mouillé, prêt à être battu.

— Vous ?... Pas question d'être héliportés !... Vous allez me prendre ce djebel d'assaut ! Exécution !

Huron partit en courant à la tête de sa compagnie. Derrière lui les rappelés suivaient mollement. « Ils arriveront trop tard, pensa Jean Marie, mais ça les réchauffera. »

Il prit le Bell pour guider la troisième rotation, celle qui devait donner le signal du rush final.

Sur le sommet, il indiqua au pilote le point d'atterrissage, un espace dégagé entre les buissons et les rochers. En approche le jeune gendarme prononça quelques mots dans l'interphone. A ce moment le plus critique de la manœuvre, avec les échanges radio entre le Piper, les T.6, le D.I.H., les troupes au sol... Jean Marie ne comprit pas. Il se contenta de lancer :

— Ta gueule ! Fonce !

Ce que fit le petit gendarme discipliné. A peine les patins avaient-ils touché le sol qu'un fellagha surgit, devant eux, à trois mètres du Bell, un fusil à la main... mais les bras en l'air !... Ils n'avaient pas eu le temps de sauter hors de l'appareil que deux autres H.L.L. surgissaient dans les mêmes conditions... Les commandos héliportés se ruaient à la charge et les rejoignaient, tiraillant dans les buissons, extirpant les moudjahidin de leur trou...

— Tu es complètement cinglé ! cria le commandant au pilote. Tu nous a posés juste au milieu de la bande !

Le petit gendarme n'avait pas l'air révolté par cette mauvaise foi. Il se contenta de dire d'un ton respectueux :

— Je vous ai rendu compte au moment de l'approche. Moi, j'avais vu le type, le premier fellagha. Il nous tirait dessus... Mais vous m'avez dit de me taire et de foncer.

A cet instant, la partie était terminée et gagnée. En moins de dix minutes toute la bande était anéantie. Seuls les mogharzenis, héliportés en bouclage, tiraient encore sur quelques fuyards. Jean Marie découvrit un pataugas qui émergeait d'un buisson d'épines.

— Viens m'aider à tirer ce type de là, dit-il au pilote.

Chacun prenant un pied ils traînèrent l'homme hors de son abri. Le gendarme lui confisqua sa mitraillette Sten et un revolver. Le prisonnier se releva lentement. Il était de stature athlétique, avec un visage encadré d'un collier de barbe très noire... et deux yeux noirs de haine.

— Ton nom ?

Le vieux mogharzeni traduisit.

— Ce type-là, il se fout de nous mon commandant ! Il comprend très bien le français mais il joue au con ! Laisse-moi lui donner, va !

L'homme restait immobile. Il n'avait pas levé les bras et fixait le commandant comme pour le défier. Jean Marie sortit son poignard et lui plaça sur la gorge... Mais ce type n'était pas un pauvre berger. Il ne broncha pas, quand la pointe entama l'épiderme.

— Laisse-moi faire, dit le mogharzeni en sortant un large couteau, un authentique couteau d'égorgeur.

Brutalement, il saisit le prisonnier par la chevelure, le contraignit à se mettre à genoux, lui tira la tête à l'arrière pour dégager la gorge.

— Tu dis ton nom où je t'égorge comme un mouton !

Cette fois il avait peur. Son regard s'adressait à l'officier français, comme s'il lui demandait d'intervenir. Il dit :

— Je suis Manarf... Manarf le Marocain... J'étais le chef de cette katiba.

— Tu sais ce qu'il te dit... Il se fout de toi... Il dit : je suis Personne... Laisse-moi le tuer !

— Non ! Je le connais ! C'est bien son nom ! Il a dit la vérité... Mais si tu veux lui couper quelque chose, coupe-lui une mèche de cheveux.

Il bruinait au sommet du djebel. Le temps de fouiller un peu, de ramasser les blessés et les armes, de compter les morts, il était presque six heures. Il redescendirent à pied. Dans la plaine il pleuvait. Les hélicos avaient été préparés pour passer la nuit. Une bâche couvrait la tête du rotor comme un bonnet de nuit. Les bouts de pales étaient accrochés au sol par des longes. Les équipages avaient déjà préparé leur cantonnement à l'intérieur des carlingues, à l'abri de cette maudite pluie.

Huron se présenta le dernier pour rendre compte.

— Nous ramenons 8 fusils, 2 prisonniers. 6 H.L.L. tués.

Il était toujours mouillé mais n'avait plus du tout l'air d'un chien battu.

En escaladant le djebel par une combe creusée par les eaux de ruissellement, ils étaient tombés sur des rescapés qui fuyaient le carnage du sommet. Les rappelés du 228e avaient livré leur dernier combat... Le commandant dit seulement :

— A propos, je cantonne avec vous cette nuit. Préparez-moi une place et gardez-moi quelque chose à bouffer...

Vers neuf heures du soir, les sentinelles annoncèrent l'approche de phares de voitures : deux jeeps de la gendarmerie de Ben S'rour. Ils apportaient un message du colonel Katz, demandant au commandant Jean Marie de rentrer d'urgence à Bou-Saâda. Les gendarmes étaient chargés de l'escorter.

— C'est un comble, lui dit Sicre. Tu me fais coucher dehors par un temps de chien et toi tu vas loger au *Transat*, dans mes draps peut-être !

Il était une heure du matin quand ils arrivèrent. Le colonel Katz avait demandé qu'on ne le réveillât sous aucun prétexte. Il avait laissé un mot au veilleur de nuit pour Jean Marie : « Demain je vous prends à 7 heures pour faire une balade à cheval. »

— Un cognac, mon commandant, proposa Kouider !

— Pourquoi pas ?... Et au fait c'est toi qui vas le payer !

Jean Marie tira de sa poche une poignée de laine noire, épaisse, grasse, et la jeta sur le comptoir. Kouider la prit entre ses doigts, la regarda longuement.

— Pourquoi tu l'as pas tué ? dit-il.

C'était déjà un reproche. Une faute contre un principe de Clausewitz : « Dans une affaire aussi dangereuse que la guerre, les erreurs dues à la bonté d'âme sont précisément la pire des choses. »

— Lui, il t'aurait égorgé, reprit Kouider... C'est pour ça qu'il gagnera la guerre !

Le maréchal des logis n'avait pas lu le philosophe prussien mais il connaissait les hommes, ses semblables.

Il avala une gorgée d'alcool avec un plaisir manifeste.

— Pour le cognac... on avait parié les oreilles, dit-il. Alors je mets les verres à ton compte !

XIII

RAPPORT SUR LE MORAL

Le 21 novembre 1956, en fin de matinée, un convoi de G.M.C. amena à Bordj de l'Agha le dernier contingent du plan de relève nommé Bugeaud. Les mêmes camions repartirent au début de l'après-midi en emmenant les rappelés. Le bataillon va changer de dénomination. Le 228e bataillon d'infanterie deviendra avec les P.D.L. le 584e bataillon du Train. Ainsi en a décidé le haut commandement, comme s'il avait voulu effacer jusqu'au souvenir du passage dans l'armée de ces sacrés rappelés. Les voilà partis avec leurs bagages et leur grande gueule. A Bordj de l'Agha ils laissent un héritage : l'esprit de corps, une conscience collective dont va vivre le 584e B.T.

On les avait chassés de territoire en territoire jusque dans l'extrême Sud algérois, sur le limes le plus éloigné de Rome, interdit de séjour dans les cités bourgeoises. On disait d'eux dans les états-majors qu'ils étaient « la honte de l'armée », le plus pouilleux des bataillons « type 507-107 » qui pourtant en comptait quelques-uns de « pas-piqués-des hannetons ».

Ce furent pourtant les rappelés du 228e B.I. qui allumèrent une petite flamme, l'esprit de corps du 584e B.T., durant les dernières semaines de leur service, en novembre 1956. En partant dans l'aube qui brûlait la peau du visage, en marchant dans ces montagnes pleines de vents, en traquant les hors-la-loi sous le soleil et sous la pluie, ils disaient en rigolant : « En avant comme en 14 ! »... une façon pudique de cacher leur courage et leur peur, leur désintéressement et la nostalgie du retour au foyer : « la quille, vingt dieux ! »

Pour moins que ça des poètes militaires et civils avaient parlé d'héroïsme, mais les rappelés du 228e B.I. auraient hurlé de rire si on les avait traités de héros. Tout compte fait, ils préféraient être traités de cloportes car ils savaient que dans la bouche du commandant Jean Marie le sens des deux mots était proche, et le second dégageait à la fois une odeur d'oignon, forte comme la fierté, et un parfum de violette tendre comme... comme... y-a-des-mots-qui-passent-pas-la-gorge !

« Pourquoi les saisons de guerre sont-elles toujours extrêmes, disait souvent Jean Marie, les étés les plus chauds, les hivers les plus froids ? »

Après les pluies d'automne particulièrement abondantes cette année-là dans l'Atlas saharien — Allah soit béni ! — (mais quelle p... de saloperie de pluie !) l'hiver s'annonça dès la fin d'octobre sans transition et particulièrement rigoureux. Quand le ciel était clair, il gelait à moins dix degrés. Couvert, les nuages étaient chargés de neige. Dans leur bordj en ruine, les hommes logeaient sous la tente, équipés pour une campagne d'été en Afrique.

Presque chaque jour le J.M.O. note des sorties en opération du 228e B.I. sur trois cents kilomètres d'Atlas saharien d'ouest en est, d'un djebel nommé Amour au Meharga dont le nom sonnait déjà comme un glas. Durant ces semaines de novembre le journal de marche est tenu par le commandant et pour le moins succinct — il est vrai qu'il est seul au P.C. Il se contente d'indiquer brièvement le fait :

« *2 novembre : Départ bataillon opération. Région Djelfa.*
3 novembre : Fouille djebel Senalba.
7 novembre : Bat. en opération. Djebel Zergua...
8 novembre : ... Djebel Touïla.
9 novembre : Retour bataillon opération. »

Ils repartent le 12 dans la nuit « *région djebel Dokrane et el Akhal* ».

« *16 novembre : Retour opération.* »

Ils repartent le lendemain 17, cette fois à l'autre bout : « *région Djelfa et Laghouat* », dit le J.M.O., qui ne cite pas le djebel Amour.

« *20 novembre : Retour opération...*
21 novembre : Arrivée complément contingent Bugeaud III. 15 heures. Départ des libérables rappelés. »

C'est fini pour les rappelés ! Pas un mot d'adieu, de reconnaissance peut-être ! Pas de « baratin » ! Rien sur la nuit glaciale du Senalba, ni sur le pillage des magasins de Djelfa. Rien de la course de Pothier au cul de Si Ziane et de l'accrochage dans l'oued aux lauriers-roses !...

Le 20 novembre au soir, en rentrant d'opération, les rappelés du 228ᵉ B.I. ont juste eu le temps de rendre les paquetages, de faire signer leur certificat de bonne conduite et de sauter dans les G.M.C. qui les transportent au bateau pour la France !

Ce que le J.M.O. ne dit pas sous sa forme totalement déshumanisée, on le trouve dans les lettres des hommes comme celles de Raoul Guincestre. Celui-là plutôt qu'un autre parce qu'il avait, peut-être, « la petite flamme », comme dit Jean Marie. Vingt-cinq ans plus tard ses camarades lui gardent une amitié vivante.

Raoul écrivait à Jeannette aussi souvent qu'il le pouvait. Ces lettres ne sont ni une chronique ni un récit, mais des mots qui jaillissent du cœur, des phrases sans apprêt qui font revivre la vie.

Il a été appelé sous les drapeaux en avril, au centre d'instruction du 1ᵉʳ Train, à Montlhéry. Pourtant il n'était pas fils d'archevêque. Il devait ce « privilège » au hasard — à la loterie des affectations par le service du recrutement — ou peut-être parce qu'il était sursitaire, marié avec un enfant, Philippe. Après le peloton d'élèves gradés, il est nommé maréchal des logis, margis-instructeur, et affecté à l'encadrement du nouveau contingent.

Le 3 novembre, le capitaine Matteï qui commande le C.I.T. avait rassemblé le contingent qui venait d'achever sa formation commune de base et les cadres d'instruction. C'est maintenant le coup classique de l'embarquement surprise !

— Allez chercher vos paquetages. Vous prenez le train dans une heure pour Marseille et demain le bateau pour Alger.

Alertée par téléphone, Jeannette aura le temps de lui dire adieu sur le quai de la gare de Lyon. Elle attend un second enfant, une fille selon leurs vœux. Elle s'appellera Elisabeth.

Sa première lettre est datée de Marseille, le 5 novembre. Camp Sainte-Marthe, la base de transit où ils passeront une nuit avant d'embarquer à 7 heures du matin sur le *Ville d'Alger*.

Appareillage 10 h 30. Le temps est mauvais. La mer est grosse. Le mal de mer fait oublier le mal de cœur.

Alger, 6 novembre. Il fait soleil quand le navire accoste au quai militaire. Des dames de la ville leur offrent des fleurs et un verre d'orangeade. Des adjudants de la base leur distribuent des fusils et des cartouches.

Le chargement du *Ville d'Alger* est parqué en vrac sous un hangar. De temps en temps un gradé entre et appelle des noms inscrits sur une liste. Ceux qui ont tiré le bon numéro sont affectés dans les groupes de transports ou — le fin filon — dans les compagnies de Q.G... Puis on appelle ceux qui sont affectés dans les bataillons du Train. Enfin, le reliquat est destiné au 228ᵉ B.I. quelque part dans le Sud, au bout de la route.

« *Pour être en Afrique, écrit Raoul, je ne veux pas rester à*

Alger. Vivement notre bled ! » D'Alger à Aïn Rich, il mettra dix jours pour rejoindre « son bled ».

7 novembre, 12 h 45. On les embarque dans des wagons à bestiaux, « *des wagons en bois, comme en 14* ». Devant la locomotive, une plate-forme avec une mitrailleuse derrière des sacs à sable. Le train traverse les gorges de Palestro de sinistre réputation. Six heures pour couvrir cent neuf kilomètres jusqu'à Bouïra, où ils couchent en gare, sur la paille.

8 novembre. On a rajouté trois camions au convoi régulier qui les transporte à Aumale, P.C. de zone et garnison importante. Ils sont logés au quartier des spahis, dans des chambrées avec des tirailleurs « *en instance de rapatriement en Allemagne* » (*sic*).

Les « événements d'Algérie » échauffent les tirailleurs algériens expédiés aux F.F.A. où le climat est plus frais. Dans les chambres on discute, on se dispute... bagarres entre Européens et Algériens, au couteau entre Algériens. Un tirailleur est égorgé, avec sa femme...

Bou-Saâda, 10 novembre. Ils ont quitté Aumale ce matin dans des cars civils, pour traverser les hauts plateaux. D'abord les grands labours des champs de blé dur. « *On se rend compte, écrit Raoul, quel courage il faut à ces fermiers pour cultiver cette terre* »... Puis insensiblement c'est la steppe d'alfa et d'armoise, avec, sur l'horizon, les formes tabulaires du relief désertique. « *Nous commençons à comprendre que nous avons quitté la France* »... La vue de la palmeraie verte réjouit l'œil... Charme de l'oasis après la traversée du désert.

Ils tombent plutôt mal ces P.D.L. à Bou-Saâda le jour du 11 novembre. On va les embarquer dès l'aube pour leur dernière étape : trois heures de route. Au col des Voleurs, embuscade du chef de corps. Seuls les types du premier camion ont entrevu un homme en treillis avec un béret de para, suité d'un seul housard, un pâle voyou de banlieue qui se fend la gueule en voyant arriver les P.D.L. Pour lui, demain, c'est la quille. On dit dans le convoi que le commandant les a traités en bloc de « déchet »...

Bordj de l'Agha, 11 novembre. « *Le temps est couvert... Nous sommes en plein désert avec un peu de sable et beaucoup de cailloux. L'eau est rare, on se lave dans l'oued... On loge sous des tentes avec des lits de camp* »... Voilà le P.C. du bataillon. Le M.D.L. Guincestre est affecté à la 2e compagnie, à Aïn Rich.

Aïn Rich, le 15 novembre... Le bordj, sur un plateau à 1 000 m d'altitude. « *L'entraînement a commencé tout de suite, progressif, très suivi : sport, marche, tir, ordre serré* »... Entre-temps « *on peut sortir en ville* (le village assassiné), *prendre un café maure au souk ou un verre de thé à la menthe* »... Point d'ironie ! C'est cela le mirage du désert. Ce café maure du souk évoque le charme du bar-tabac au coin d'une rue de Paris. Tendre nostalgie !

La mise en condition dure huit jours. Pendant ce temps les rappelés font les patrouilles et sortent en opération. Ils passent du djebel Dokrane au Senalba : deux cents kilomètres de tape-cul sur les bancs en bois du G.M.C., et le fusil prêt à riposter, en garde pour ne pas se laisser surprendre. Le commandant y veille. En pleine nuit, il saute dans un camion au hasard et les réveille à coups de botte. C'est tout de même préférable que la rafale d'un fell en embuscade !

Le 20 novembre les « anciens » rentrent au poste pour faire leurs valises.

Aïn Rich le 21 novembre. « *Les rappelés nous ont quittés ce matin... 14 h 15 : Nous sommes en alerte à dix minutes.* »

Et puis six jours sans lettre...

Aïn Rich, le 27 novembre. « *Les opérations sont terminées* »...

Ce n'est pas tant à cause de la censure militaire (fort libérale sinon négligente) que pour ménager le moral de Jeannette, mais Raoul ne donne pas de détails scabreux. Il parle de ses « *cheveux raides de crasse qu'il faut laver à l'eau froide* ». Comment imaginer les marches dans les cailloux, l'escalade des pitons, la dégringolade en dérapage incontrôlé sur les versants des ravins, la fouille des oueds dans les lauriers-roses, le vent fou des crêtes qui transperce la toile de tente du poncho. Les godillots à clous et le cuir mouillé que le sable et le soleil dessèchent, durcissent comme le bois dont on fait les sabots. Les ampoules aux pieds qui ne sont pas une raison suffisante pour se faire exempter de marche...

Il écrit : « *Les fells sont traqués partout. A chaque rencontre, ils ont de grosses pertes... Nous en avons bavé, mais nous avons un moral du tonnerre.* »

Aïn Rich, 28 novembre. « *Tu parles d'une bande de* (autocensuré)... *Comme organisation c'est unique, terrible ! Rapport, revue d'armes, revue de casernement, ordre serré... Et le courrier met deux jours pour venir de Bordj de d'Agha à Aïn Rich... Le temps est gris.* »

Aïn Rich, 1er décembre. « *Cette nuit, la tente a été tellement secouée par le vent que ma boîte de lait condensé s'est renversée. Je l'ai gratté au couteau...* »

« *Il a neigé toute la journée. On est parti en patrouille sous la neige, jusqu'à Bordj de l'Agha... Vent terrible... Si on me dit que le Sud est chaud avec du sable... Poussière et boue... Demain, ma lessive sera blanche sous la neige.* »

« *Il fait encore plus froid. On ne peut sortir sans gants. Maintenant je mets mes caleçons longs... Coupe de cheveux à la Marlon Brando à cause du casque... Il fait trop froid pour remplir ma lampe à carbure.* »

Aïn Rich, le 2 décembre. (Raoul n'a pas pensé à l'anniversaire d'Austerlitz.) C'est dimanche : réveil 7 heures... « *Ce matin, j'ai pris quatre jours d'arrêt simple pour m'être levé en retard...* » (Waterloo.) « *Quel pays plein de vent !... On ne peut plus se laver à l'eau froide et le bois est rare, même en l'achetant aux indigènes.* » Ils vont le ramasser dans le massif du Messaad, moyennant une petite taxe aux fellaghas, et le vendent aux militaires « à l'ânée », la charge d'un bourricot pas plus haut qu'une chèvre.

« *Nous ne savons rien des événements actuels. Quel film passe à Paris ?... Comment va la môme Elisabeth ?* » C'est le coup de cafard. « ... *Nous préférons la vie en opération à celle du camp... A la fin de l'opération, le colonel nous a dit que nous nous étions montrés les égaux des lions du djebel, légionnaires et tirailleurs...* »

Ce n'est pas du tout le style du commandant. Jacques Lecuyot, l'ami de Raoul, se souvient de ce qu'il leur a dit au retour de l'opération, après cinq jours de marche dans les djebels, de froid, de vent et de danger :

« L'homme est plus résistant que le brel [1]. Je vous le prouverai ! »

Il veut faire inscrire cette devise hiératique sur une grande pancarte à l'entrée du bordj, en guise de bienvenue pour les futurs contingents de fils d'archevêques arrivant de Montlhéry.

Et à propos des fils d'archevêques, il a fait lire, au rapport dans chaque compagnie, une note de service au sujet des interventions dont il est assailli. « Chaque lettre de recommandation, dit la note, émanant d'une haute autorité politique, militaire, religieuse, d'un député, d'un général ou d'un archevêque, vaudra automatiquement à l'objet recommandé une punition de huit jours de corvée, susceptible d'augmentation si après examen la recommandation s'avère trop scandaleuse. » Le volume des lettres de ce genre littéraire a brusquement diminué après diffusion de cette note.

Raoul Guincestre conclut sa lettre du 5 décembre en disant : « *Ce n'est pas de la tarte !* »

Le 1er décembre, il neigeait depuis la veille sans interruption. Les pistes étaient recouvertes de vingt centimètres de neige. Ils sont partis à 3 heures du matin pour être à l'aube au rendez-vous fixé par le C.O.S.A. Là, le 228e est seul. MM. les officiers du C.O.S.A. n'ont pas eu le cœur d'affronter à découvert le général Hiver. Par radio, le colonel donne l'ordre au 228e B.I. de rentrer à la maison.

C'est la retraite de Russie ! Le convoi met trois heures pour

1. En arabe « mulet ».

parcourir une vingtaine de kilomètres... Jean Marie regrette un peu ce repli tactique. Un braconnier corrézien sait bien que par temps de neige la chasse est toujours fructueuse (c'est pour cette raison que la loi l'interdit). Mais, avec leur poncho en toile de tente et des godasses éculées, les garçons du 228ᵉ ne sont vraiment pas équipés pour ce climat.

Pour les réconforter — et à titre de représailles contre l'intendance qui refuse de lui donner des équipements adaptés au climat — le commandant a donné l'ordre de débloquer le rhum, d'améliorer le menu et d'offrir une bouteille de vin bouché pour deux.

— On a déjà plus de trois millions de déficit à l'ordinaire, gémit Pothier qui tient les cordons de la bourse.

— L'intendance paiera !

Puisqu'il continue à neiger à ne pas mettre un biffin du 228ᵉ dehors, le commandant va profiter de cette immobilisation pour rédiger le Rapport sur le moral. Tous les trimestres, les chefs de corps adressent ce document confidentiel à leur supérieur hiérarchique pour faire le point de la situation matérielle et morale de leur unité. En théorie, on peut tout dire. Le haut commandement considère ce Rapport comme une soupape de sécurité qui permet à la troupe de se libérer d'un coup de toutes les réclamations, critiques, doléances, amertume, etc., qu'elle nourrit dans le secret de sa conscience et qui risque de s'aigrir. En somme, un traitement psychanalytique ! Jean Marie sait bien cela, mais aussi qu'il convient d'y mettre la forme, de faire court, si l'on veut piéger le patron et le forcer à lire.

Le plan du rapport est imposé, fixé par décret. Il comprend trois parties : A, B, C. La première est intitulée Généralités. Elle donne une image instantanée de l'unité à la date de la signature, une image sèche et figée comme un masque mortuaire. Les commentaires de Jean Marie redonneront aux citations tirées du document le mouvement de la vie, la chaleur du sang des hommes qui, le 3 décembre 1956, formaient le 228ᵉ bataillon d'infanterie en Algérie.

Citation : « *Le bataillon est organisé suivant le T.E.D.P. 507-107...* »

Commentaire : Dès la première phrase, des explications s'imposent pour qui n'est pas familiarisé avec les arcanes du sérail.

Le Tableau des Effectifs et de Dotation en Personnel est l'organigramme d'une unité militaire, conçu par les plus hautes autorités pour remplir une mission donnée dans le corps de bataille. Chaque type d'unité, du simple bataillon d'infanterie destiné à ravitailler l'armée en chair à canon, à la compagnie des essences chargée de la ravitailler en carburant, possède son numéro de T.E.D.P. Celui du 228ᵉ B.I., et de tous les bataillons frères en Algérie, était le T.E.D.P. 507-107.

En matière d'organisation et de gestion le T.E.D.P. constitue la loi et les prophètes. Détaillant chaque poste de personnel, du chef de corps au garde-mite, les équipements et les matériels nécessaires, du char de bataille à la gamelle individuelle, il est la base de calcul du budget et des plans militaires. MM. les intendants et, au-dessus, MM. les contrôleurs aux armées, véritables missi dominici du ministre, sont chargés de le faire respecter par les chefs de corps en leur âme et sur leur porte-monnaie.

Avec le Pouvoir, le respect d'un contrat est toujours à sens unique. Le ministre ne se sent nullement obligé de fournir aux pauvres chefs de corps les moyens en personnels et matériels prescrit par le T.E.D.P. qu'il a lui-même établi. Ainsi en était-il le 3 décembre 1956 pour le 228e B.I.

Au paragraphe Effectifs, Jean-Marie signalait dans son rapport que sur un effectif théorique de 687 hommes (chiffre du T.E.D.P.), le ministre lui en accordait généreusement 444, sans tenir compte des absences normales, malades, stagiaires, permissionnaires, etc. En gros, 40 % de déficit.

Le paragraphe Instruction précisait que 72 % des personnels avaient reçu « une instruction spécialisée dans l'arme du Train » : secrétaire, chauffeur de maître, planton divers, maître d'hôtel, etc. 28 % n'avaient reçu aucune instruction militaire. 0 % une instruction d'infanterie pour faire un métier de fantassin.

Quant aux matériels : véhicules, armement, radio, téléphones, gamelles, etc., prélevés sur les dépôts de mobilisation, il s'agissait de matériels d'occasion, usés par les campagnes précédentes et pour moitié au moins indisponibles en permanence pour le service.

Ces « regrettables lacunes » n'empêchaient en rien le haut commandement d'exiger du 228e un travail à temps complet, de le tenir pour un bataillon d'infanterie à part entière et de lui confier les missions pour lesquelles il avait été créé et mis au monde selon le T.E.D.P. 507-107.

Ce n'était pas assez. En Algérie les bataillons type 507-107 étaient implantés dans des quartiers, avec mission de maintenir l'ordre. Le T.E.D.P. n'avait jamais été conçu pour une mission plus politique que militaire. Aurait-il été respecté par le ministre, avec tous ses moyens, qu'il aurait été inadapté à son travail.

C'était ce que Jean Marie appelait « un pantalon rouge », en souvenir des fantassins de 1914 envoyés par le haut commandement sous le feu des mitrailleuses allemandes, en pantalon amarante. En clair, une stupidité criminelle du ministre qui disposait des moyens et du haut commandement qui acceptait la queue entre les jambes comme un chien couché !

Le T.E.D.P. 507-107 était « un pantalon rouge » !

Ce n'était pas des choses à dire dans un rapport officiel. Jean Marie se contenta d'écrire :

« *Dans la réalité l'application du T.E.D.P. " bâtard " a abouti à la " relève " de tous les chefs de corps 507-107 après un temps de commandement plus ou moins long. La liste n'est pas close.* »

« *La vérité — qu'il faudra bien dévêtir — est qu'un bataillon 507-107 est incommandable et inutilisable autrement que comme " bataillon de garde " dans l'enceinte d'une garnison normale.* »

Libre d'ambition et d'imagination, Jean Marie n'avait pas l'intention de respecter « un pantalon rouge ». D'une part, il comptait harceler sans cesse le commandement pour lui tirer les moyens indispensables ; d'autre part, il fallait bien faire avec ce dont il disposait en réalité, donc adapter ses moyens du moment au mieux de ses missions.

Que lui demandait le commandement ? De tenir trois postes : Bordj de l'Agha, Aïn Rich et Ben S'rour, et de fournir sur demande au C.O.S.A. un bataillon d'infanterie capable de combattre les bandes de H.L.L. dans les djebels.

— Avec 444 hommes, il serait stupide de mettre sur pied les quatre compagnies de combat prévues au T.E.D.P., dit le commandant à son major, et de faire fonctionner les services généraux du corps.

Pothier en convenait tout à fait.

— Comme nous n'avons besoin que de trois compagnies pour trois postes, la solution consiste à supprimer la 4e compagnie.

— Vous n'avez pas le droit, déclara le major gardien de l'orthodoxie.

— Alors nous maintiendrons l'existence de la 4e compagnie sur tous les documents mais avec un effectif zéro.

— Lorsque M. l'intendant s'en apercevra, vous aurez des ennuis, pour n'avoir pas respecté le T.E.D.P.

— Je n'ai pas le choix. Si je respecte le pantalon rouge, le bataillon sera totalement inefficace. Avec trois compagnies gonflées à pleins effectifs je peux agir... « Je fais la guerre », comme disait Clemenceau.

Grâce à la fiction de la 4e compagnie, chaque compagnie pouvait, sans cesser d'assurer ses missions de pacification, dégager des servitudes du poste, une compagnie de combat à quatre sections pleines et solides. Avec une heure de préavis, Jean Marie disposait d'un bataillon à trois compagnies avec des éléments de commandement et des services suffisants pour « durer » en opération.

Le 8 décembre 1956, la 2e compagnie fut ramenée à Bordj de l'Agha afin d'être renforcée, avant de prendre en compte le poste et le sous-quartier de Ben S'rour, le 23 décembre suivant.

En dépit de sa pauvreté, Jean Marie pouvait, dès cette époque de vaches maigres, envisager la création d'organes ou de services non prévus au T.E.D.P. mais qui se révélaient indispensables à l'usage pour mener une action de pacification, c'est-à-dire une action politique auprès des populations.

« La fonction crée l'organe. » C'est ainsi que s'agglutinait déjà autour de Gonzalès ce qui allait devenir le Bureau des interprètes. Deux ou trois pieds-noirs parlant l'arabe. Ahmed le berger, Moktar, deux ou trois autres prisonniers, des partisans locaux, etc., formaient une sorte de commando rendant de grands services pour l'interrogatoire et l'identification des suspects pour relever une piste de fellagha, pour guider un détachement, etc. Ce conglomérat hétérogène constituait un précieux moyen de rapprochement et d'action auprès des populations.

La seconde partie du rapport, B, traitait du Moral et Etat d'esprit.

Citation : « *Ce qu'il y a de meilleur dans ce bataillon.* »

« *Officiers : Bon.*

« *Ce paragraphe pourrait s'arrêter là. Il y aurait cependant une analyse sérieuse à faire sur le moral de l'officier français... Il semble que l'on pourrait soutenir que l'officier n'a plus de moral. Chez eux, la force spirituelle ainsi dénommée ne s'entretient pas avec un bon ordinaire, du tabac et un courrier régulier. Elle est la conséquence, lente à éclore et robuste, de la certitude intellectuelle de la valeur de la Cause Nationale pour laquelle ils se battent. En d'autres termes, la certitude que la Politique Nationale est bien conduite et stable.*

« *Cette incertitude générale — qu'il faudra bien reconnaître — n'empêche pas les officiers de faire leur Devoir. Ils sont les derniers de cette race de Serviteurs que le gouvernement peut exploiter jusqu'au dernier globule.*

« *Sous-officiers : Bon.*

« *A quelques nuances près, le paragraphe précédent est valable ici.*

« *Troupe : ... Il est inutile d'énumérer les nombreuses causes qui pourraient faire que ce moral soit mauvais.*

« *Une constatation s'impose. Contre toute logique, le jeune Français de vingt ans, râleur, gueulard, crasseux, frondeur et ayant subi une éducation antinationale, fait admirablement son devoir pour peu qu'on lui donne les moyens de le faire...* »

« *...la certitude que la Politique Nationale est bien conduite* »... Jean Marie a mis des majuscules aux mots tabous. Cette condition première du moral des centurions en Algérie ne sera jamais remplie... ou trop tard pour eux ?

« Vous nous parliez souvent des devoirs d'un soldat français, dira vingt-cinq ans plus tard Jacques Lecuyot au commandant... Pourtant je ne me souviens pas vous avoir entendu dire les mots « Algérie française » ? »

« Le désert idéologique de l'armée » en Algérie allait de façon irrémédiable dénaturer l'acte militaire des opérations, dégrader son œuvre et ses sacrifices. La plupart refusaient alors de s'interroger, conditionnés par la tradition qui leur interdisait le domaine politique. Certains d'entre eux tentèrent d'utiliser les techniques de guerre de l'ennemi qu'ils avaient combattu et dont ils avaient pu, en Indochine, mesurer l'efficacité. Imprégnées de l'idéologie marxiste ces méthodes de lutte devaient produire les mêmes fruits vénéneux... la nouvelle barbarie que résume un néologisme : le GOULAG.

La dernière partie du rapport sur le moral est la conclusion. Le chef de corps du 228ᵉ réclame en trois lignes les moyens de remplir sa mission.

« *Un T.E.D.P. honnête, respectable et respecté.*

« *Un renforcement des moyens de transport (10 G.M.C., 8 Dodge 6×6).*

« *Un renforcement des moyens de transmissions (10 A.N.G.R. C9).* »

Pour la dernière fois il signera en tant que commandant du 228ᵉ B.I. Ce document est un peu l'acte de naissance du 584ᵉ bataillon du Train. Il se trouve archivé au service historique de l'armée[1]. Comme on peut en juger à la lecture, ce petit bataillon ne pesait pas lourd à sa venue au monde. Les gynécologues de l'armée ne lui accordaient qu'une mince chance de survie. Dans les quartiers d'Algérie gisaient alors des bataillons de pacification morts-vivants, dont les chefs de corps respectaient le T.E.D.P., la loi, les ordres et les chefs, dès qu'ils portaient les insignes de leur grade.

Plus de deux cents bataillons formés de jeunes Français pleins de vigueur se décomposaient lentement, répandant une odeur puante de nécrose. Ils ne servaient à rien, par manque de moyens. Ils ne faisaient rien parce que nul ne leur demandait de faire quelque chose.

Les experts ont toujours tort. Le 584ᵉ B.T. a survécu parce qu'il avait une âme reçue des rappelés du 228ᵉ B.I. La dernière phrase du rapport sur le moral du commandant Jean Marie le proclame :

1. On peut lire la version intégrale en annexe de ce livre.

« La situation ayant été ainsi clarifiée, le commandement ne demandera jamais assez aux hommes de cette unité. »

A S.P. 86.273, le 3 décembre 1956.
Le chef d'escadrons Jean Marie.

Dehors il neigeait. On entrait dans l'Avent de Noël.

CE QUI EMBELLIT LE DÉSERT, DIT LE PETIT PRINCE, C'EST QU'IL CACHE UN PUITS QUELQUE PART.

le petit prince
(A. de Saint-Exupéry)

XIV

CONTE DE NOEL

Hôpital Bégin. Chambre 433. Novembre 1980.

— A défaut de confiseurs ou de sagesse chez les hommes, le rude hiver des plateaux de l'Atlas saharien imposait une trêve des armes, dit Jean Marie. Le 584e se prépara à célébrer la naissance de ce petit Juif qui a dit, il y a 2 000 ans environ : « Aimez-vous les uns les autres ! » C'est bien pour cela qu'on s'est empressé de le mettre à mort !

Dépouillés et figés par le givre, les arbres du bois de Vincennes semblaient morts à jamais. Il faut un acte de foi pour croire au printemps au cœur de l'hiver... ou sur un lit d'hôpital pour croire à la guérison !

— Il a dit aussi « Aimez vos ennemis » et encore, « Si on vous frappe sur la joue gauche tendez la joue droite »... Ces principes tactiques sont discutables, pourtant ce vagabond anarchiste et pacifiste eut pour les militaires d'étranges faveurs. Il a fustigé à la moindre occasion les pharisiens, les prêtres, les clercs et toutes les sortes d'intellectuels, exilé les riches et les puissants de son royaume, traité les marchands à coups de fouet... mais pas un mot, pas un geste contre les militaires. Au contraire. Lorsque le centurion, un officier de l'armée d'occupation, vient l'en prier, d'un mot il guérit son fils, et désigne le militaire à ses disciples comme un modèle de foi et de loyauté...

Maintenant j'étais accoutumé à l'entendre divaguer, pourtant ce jour-là il parvint à me surprendre.

— Savez-vous que ce même centurion, dont le fils avait été guéri, se trouvait en service à Jérusalem à la veille de la Pâque et qu'il fut commandé pour escorter le petit Juif au Golgotha ?

— Autant que je sache, aucun des évangélistes n'a signalé cette identité.

— Les évangélistes n'étaient pas des militaires. Ils n'ont rien compris à cette affaire. Pour le centurion de service à la procuratie, le Nazaréen avait été condamné selon la loi de Rome et la coutume juive. L'ordre était parfaitement légitime et ce centurion, modèle de foi et de loyauté, n'a pas hésité à exécuter... C'était bien le même ! Regardez-le conduire le cortège vers le Calvaire. Jugulaire-jugulaire, le règlement précise que le condamné doit porter le bois du supplice, mais quand il tombe sous le fardeau, le centurion lui tend la main pour l'aider à se relever. En chemin, il requiert même Simon pour porter la croix. Sur le Golgotha il maintient l'ordre : point de manif pour ou contre, ni bagarre... Toutefois il laissera approcher la mère de Jésus et son meilleur ami. Pour apaiser la fièvre du supplicié il lui tend une éponge imbibée de pinard à la pointe de sa lance. Et pour abréger ses souffrances, au lieu de lui rompre les jambes comme aux deux larrons, il lui perce le flanc de son javelot. On appelle cela le coup de grâce et les soldats savent bien que ce peut être un geste amical !

« Pas de doute, il fallait que ce soit le même ! Quel raccourci, quel symbole de la condition militaire ! Quelques jours seulement après ce Noël 1957, les centurions de la bataille d'Alger allaient apprendre, s'ils ne le savaient, que le service des armes du pays pouvait exiger d'eux davantage que leur sang, bien plus que leur vie. Le centurion du Golgotha nous montrait la voie, un sentier bien plus escarpé que celui de la discipline *ac cadaver*. Son histoire donne au métier des armes sa terrifiante et mystérieuse grandeur.

*
* *

Pour célébrer Noël et fêter les calendes de janvier, le commandant avait fait imprimer des cartes de vœux aux armes du bataillon. Le modèle avait été dessiné par un P.D.L., un peintre « Prix de Rome », et rien moins qu'un guerrier. La pureté de son trait avait su rendre le dépouillement des horizons de quartier de Bordj de l'Agha. Au premier plan un soldat du 584e, avec son pantalon rapiécé, son poncho de toile qui évoquait une chasuble de lévite, malgré sa mitraillette portée en bandoulière et comme oubliée, il se présentait les mains ouvertes libérant des oiseaux, porteurs du message : « Noël de paix et d'espoir, à tous les hommes de bonne volonté. »

Dans un coin de la carte, en surimpression, le commandant avait fait inscrire une citation du *Petit Prince* de Saint-Exupéry :

« Ce qui embellit le désert, dit le Petit Prince, c'est qu'il cache un puits quelque part. »

Quel puits ? Puits d'eau pour le berger et ses brebis ? Ou puits de pétrole pour l'or et la guerre ? A chacun de trouver le sien.

Comme le Petit Prince il vint vers eux du désert mais il pouvait aussi bien venir d'une autre planète. Il arriva un jour de l'Avent de Noël, le petit nomade vêtu de guenilles et de dignité, avec ses grands yeux de Sémite, ses longs cheveux pleins de sable et cet air de gravité souveraine quand il parlait de la rheima de son père comme l'autre, l'enfant de Nazareth parlait du Royaume de son Père.

Le J.M.O. n'a pas noté cette visite, mais Jean Marie n'a jamais oublié ce jour où vint le petit nomade. Il avait neigé toute la nuit. Au réveil, Ahmed le berger, en lui apportant son quart de jus comme chaque matin, lui avait annoncé cette abondante chute de neige. Il remerciait Allah en louant sa miséricorde car la neige d'hiver était la promesse d'herbes vertes pour les troupeaux du printemps.

En décembre, les troupeaux de moutons avaient abandonné les monts des Ouled Naïl pour aller dans le Sud chercher des pâturages plus cléments. Sous le premier soleil, aussi loin que portait le regard, la neige qui couvrait le plateau était immaculée. Les oiseaux avaient émigré et les chacals se terraient.

Dans l'après-midi le ciel se couvrit de gros nuages noirs. A cinq heures il faisait nuit et la bourrasque éclata, mêlant en tourbillons le vent et la neige.

Il faisait bon être à l'abri. Dans le bureau du chef de corps, Pothier avait fait bâtir une petite cheminée d'angle, dans laquelle flambaient ces vieux bois odoriférants du désert. Le commandant et le major travaillaient sur la commande de ravitaillement pour le réveillon et le jour de Noël. L'armée de l'air avait promis un parachutage spécial...

Pierre Halfon entra en secouant la neige de sa capote.

— Mon commandant, le médecin-lieutenant vous fait demander si vous pouvez passer tout de suite à l'infirmerie pour vous montrer un cas particulier.

Dehors, la bourrasque l'enveloppa dans des tourbillons de lucioles folles. Les lumières du camp se réfléchissaient sur les flocons dansant dans le vent.

L'enfant au teint sombre était debout au centre de la salle de visite. Le médecin l'auscultait, entouré des infirmiers et de Gonzalès convoqué pour l'interroger. Il portait une chemisette gonflée de loques, un short de toile qui lui laissait les jambes et les pieds nus. Sa peau avait l'aspect de la terre desséchée, tuée par le soleil et le vent. Il y avait dans son attitude, son regard, le ton de sa voix lorsqu'il répondait brièvement aux questions de l'interprète, une indifférence aux choses matérielles qui évoquait l'Enfant Jésus au milieu des prêtres et des pharisiens du Temple.

— Il s'est présenté tout à l'heure, en pleine tempête, devant la porte du poste, expliqua le médecin. Le sous-officier de quart l'a fait conduire ici...

— D'où vient-il ? demanda le commandant... Par ce temps, dans la nuit... ? »

Gonzalès répondit :

— Sa famille campe dans l'oued Mizarzou. Je ne sais pas où c'est... Il m'a montré la direction du nord-ouest, par là. Ce matin, son père lui a dit : « Va chez les Français, ils te soigneront. » Il a marché depuis le lever du jour, huit heures au moins dans la neige, les pieds nus...

— D'après sa morphologie, ses dents, dit le toubib, il n'a guère plus de douze ans. Il est atteint d'une otite chronique qui n'a jamais été soignée et très probablement d'une mastoïdite qui nécessitera un curetage.

Pierre Halfon avait sorti de son sac une tablette de chocolat. L'enfant nomade l'accepta avec le dédain courtois d'un prince et l'enfouit sous sa chemisette.

— Dis-lui qu'il peut la manger.

— Non ! Il doit rapporter à son père toute la nourriture que lui donneront les Français... Si je comprends bien, ajouta Gonzalès, sa famille n'a plus rien à manger depuis des jours. Ils mangent des baies sauvages et des racines... C'est pour cela qu'ils sont remontés du Sud pour camper au Mezarzou parce qu'il y a une forêt avec beaucoup de racines.

— Depuis quand n'a-t-il pas mangé ? demanda le toubib.

— Il dit qu'il a mangé hier.

Pierre déplia une autre tablette de chocolat et lui tendit une barre en lui disant de croquer. L'enfant mastiqua sans hâte, ni avidité.

— C'est bon ?

— Il dit qu'il a déjà mangé du chocolat, une fois dans sa vie.

Le médecin le palpait derrière l'oreille.

— Je devrais, dit le médecin... je dois lui faire mal quand j'appuie ici. Mais il ne bronche pas. Depuis que je l'examine, il n'a pas eu une plainte, un gémissement, une grimace de douleur.

— Pouvez-vous le soigner ici ou faut-il le faire évacuer cette nuit ? dit le commandant.

— Je peux commencer tout de suite un traitement aux antibiotiques, pour enrayer l'infection... Et puis, on peut d'abord le faire manger, le nettoyer, lui donner un lit au chaud. C'est déjà un bon traitement.

Le petit nomade fut soigné à l'infirmerie de Bordj de l'Agha. Le médecin commandant Richeux vint en hélicoptère pour le traiter sur place. L'enfant guérit avec une stupéfiante rapidité. Il demeura parmi eux le temps des fêtes, acceptant les offrandes de chacun avec sa simplicité de Petit Prince. N'avait-il pas été envoyé par son père pour leur accorder cette faveur ?

Un matin après l'Epiphanie, il repartit sans un mot, les pieds nus comme il était venu, pour rejoindre la rheima de son père... peut-être sur une autre planète. Quelques jours plus tard, une patrouille de routine partie d'Aïn Rich passa par l'oued Mizarzou et ne releva aucune trace de campement nomade.

Le commandant du 584 avait passé la nuit de Noël sur les pistes entre Aïn Rich et Ben S'rour. Cette nuit de foi et d'espérance, le cœur des hommes oscillait entre la joie et la nostalgie. Jean Marie avait voulu passer une heure avec tous les garçons du bataillon, vider avec eux un verre de vin, la libation rituelle des fêtes.

Quarante-huit heures plus tard il s'envola pour la France. Il avait demandé une semaine de permission pour régler ses problèmes de famille restés en suspens depuis octobre à la suite de sa mutation brusque.

En attendant l'avion de Paris il avait vingt-quatre heures à passer à Alger. Il logeait chez ses amis, au sixième étage d'un immeuble de la rue Michelet, d'où il dominait toute la ville. Des rumeurs confuses qui montaient de la cité se détachait le cri modulé des sirènes des ambulances et des voitures de police qui sillonnaient les rues après chaque explosion de bombe terroriste. On en comptait alors plus de cinq par jour et Alger était emplie du hurlement continu des sirènes, pareil à un gémissement de souffrance à l'échelle d'une ville... ou plutôt à un cri de haine !

Alger hurlait sa haine !

Dans l'avion de Paris, Jean Marie entendait encore les sirènes de la colère et de la souffrance. C'était bien l'objectif des stratèges terroristes de promouvoir cette haine entre les communautés vivant sur cette terre, par le sang innocent, l'irréparable. Aveugles, leurs bombes tuaient et mutilaient femmes et enfants des deux communautés pareilles à un fléau de Dieu...

Jean Marie pensa à *la Peste*. Camus décrit cette ambiance d'état de siège de la ville frappée du fléau aveugle et on pouvait aussi bien reconnaître Alger qu'Oran.

Sans doute les terroristes du F.L.N. n'avaient pas inventé le racisme du mépris, de la haine et de la violence, mais ils le charriaient dans leur sang comme dans le livre de Camus les rats sortis des égouts portaient le bacille et propageaient l'épidémie. Ils en mourraient eux-mêmes.

A Paris, durant sa permission, Jean Marie rencontra des intellectuels engagés. Ils l'interrogèrent sur les réalités de la guerre en Algérie mais ils n'entendaient pas ses réponses. Les oreilles encore vibrantes du hurlement des sirènes, le centurion venu du lointain limes ne comprenait point leurs arguments intellectuels. Etait-ce au nom de la justice et de la fraternité entre les hommes que les terroristes avaient choisi ce moyen d'expression ? Fabriquer de la haine pour en faire de l'amour ? Où étaient donc la logique, la raison et le cœur dans cette thèse ? Aberration de l'intelligence ou duperie ?

Pour secouer son malaise, troublé, il se répétait la devise pragmatique des militaires anglais : « Tort ou raison c'est mon pays » ! Dans les dernières heures de sa permission il découvrit soudain qu'il était impatient de rentrer « chez lui », à Bordj de l'Agha. Dans les djebels au moins la guerre était propre, nette. On se tuait face à face à coup de fusil, mais quand les armes s'abaissaient les hommes se reconnaissaient. Nul racisme entre combattants, ni mépris, ni haine ! Leur différence les opposait à chaud, mais dans la paix de demain elle deviendrait source de compréhension et de richesses.

Les poseurs de bombes étaient des combattants dépravés, corrompus par la lâcheté du geste.

Le commandant Jean Marie rentra le 5 janvier par l'avion du soir. Dès son arrivée il entendit les sirènes.

Il avait prévu de passer une journée pleine à Alger pour « grenouiller » dans les bureaux de l'état-major, relancer ses demandes en personnels et matériels, régler quelques questions de service.

Sa première visite fut pour le procureur de la République, conseiller juridique du général commandant supérieur. Il avait pris rendez-vous par lettre afin de régler l'affaire de Manarf le Marocain.

Le 12 novembre au soir, lorsqu'il avait été rappelé à Bou-Saâda, il avait confié son prisonnier aux gendarmes de Ben S'rour.

— Tenez-le au frais. Surtout qu'il ne s'évade pas !

Il avait l'intention de le reprendre pour l'interroger, en tirer des renseignements, discuter avec lui. A Bordj de l'Agha, outre Ahmed le berger, il y avait trois autres prisonniers ralliés ou sur le point de se rallier. Manarf était un combattant. S'il était traité comme tel, avec dignité, on pouvait espérer le rallier...

Quelques jours plus tard il avait envoyé une patrouille prendre livraison de son prisonnier.

— Suivant nos instructions permanentes, nous l'avons remis à la gendarmerie de Bou-Saâda.

De Bou-Saâda, il avait été transféré à la gendarmerie d'Alger qui l'avait déféré à la justice, suivant la lettre de la loi. Manarf était détenu à la prison Barberousse, en instance de jugement. Le commandant Jean Marie venait le réclamer au procureur.

— En aucun cas, je n'ai le droit de le faire sortir de prison avant son jugement et encore moins de vous le remettre. Il relève exclusivement du juge d'instruction, lui répondit cet excellent magistrat. Et pourtant sachez que je vous comprends fort bien, mieux que vous ne pensez car vous ne connaissez pas le pire.

Le procureur lui décrivit la prison Barberousse où s'entassaient des centaines de H.L.L. en instance de jugement. Encadrés par des instructeurs, en liaison avec les dirigeants du Front par le réseau du collectif des avocats, ces prisonniers suivaient durant leur internement un véritable stage de formation de guerre révolutionnaire. Un adolescent romanesque qui avait pris le maquis avec le fusil de chasse de son père pour éblouir sa bien-aimée rétive ressortait de Barberousse militant exalté du Front, coiffé à bon compte de l'auréole de martyr.

— Ces hors-la-loi seront jugés dans six, sept ou huit mois. Les juges d'instruction sont littéralement submergés. Devant le tribunal, aucune preuve formelle ne pouvant être avancée — la plupart du temps il est impossible d'établir les circonstances exactes de leur arrestation — ils seront pour 99 % d'entre eux purement et simplement relaxés, quand un non-lieu ne précédera pas le procès. Ainsi, dans six mois, vous avez des chances d'avoir à arrêter de nouveau votre Manarf... Pour celui-là on ignore jusqu'à son identité !

Cette entrevue avait lieu dans un petit bureau, voisin de celui du général commandant supérieur, le matin du 6 janvier 1957, une date qui devait longtemps marquer l'armée et la Nation.

— Mais c'est absurde, votre système ! s'écria Jean Marie. Des garçons de vingt ans, appelés par le gouvernement, risquent leur vie chaque jour, se font tuer parfois pour neutraliser ces hors-la-loi et mettre un terme à leurs exactions, à leurs atrocités... Dans leur dos, la justice de leur pays les trahit en libérant ces hors-la-loi — c'est le mot officiel, il est de vous... Mais c'est le comble de la connerie !...

Un convoi d'ambulances et de voitures de police descendait la rue d'Isly fonçant vers l'hôpital Maillot, sirènes hurlantes...

— Je m'excuse, M. le procureur, reprit le commandant sur un ton plus modéré. Pardonnez ma véhémence. Mais on ne fait pas la guerre dans les djebels en brandissant le code pénal de Napoléon !... D'ailleurs, même si Manarf était reconnu coupable des crimes qu'il a commis — ni vous ni moi ne doutons de ses crimes — s'il était condamné à mort, exécuté, cela n'aurait guère d'intérêt pour la pacification du territoire et de la population dont je suis responsable. Votre méthode risque tout au plus d'en faire un martyr.

Le conseiller judiciaire du général était un magistrat d'une parfaite probité.

— Je vous entends bien, dit-il. Votre mission est de gagner cette guerre mais la justice ne peut connaître ce mot. Ma mission est de faire respecter la loi et au-dessus de sauvegarder les droits de l'homme, fût-ce au prix de votre défaite... Oui, dans l'histoire des hommes, un échec des armes de la France en Algérie serait moins grave qu'un reniement des droits imprescriptibles... Payer notre victoire d'un retour de la barbarie serait une lourde défaite pour l'humanisme.

— La barbarie ? Elle est en face de nous, dans le camp de Manarf.

M. le procureur ne répondit pas tout de suite. Lieutenant en 1940, il avait servi les armes. Il avait combattu encore dans la Résistance. Il avait protesté à la Libération contre les exactions de groupes qui au nom d'une révolution mythique s'arrogeaient le pouvoir de bafouer les droits de l'homme.

— Ecoutez, dit-il, peut-être puis-je vous aider ? Je peux également faire avancer l'instruction de Manarf pour le faire passer en jugement très vite. Il sera acquitté à coup sûr et relaxé selon la loi. Ce jour-là je peux vous informer de l'heure de sa levée d'écrou. A la porte de la prison il sera à vous !

Jean Marie avait refusé. Il était trop tard. Le moudjahid Manarf avait perdu la vertu que confère le service des armes. Il était devenu un terroriste contaminé et peut-être contagieux. Il n'accepterait plus le dialogue et pour éviter l'épidémie le commandant serait forcé de l'abattre comme un chien enragé. Il se leva pour partir.

— Je vous remercie M. le procureur. J'ai beaucoup appris. Mais je vous promets une chose : jamais plus, dans cette guerre, je ne remettrai un prisonnier à la justice ! Je l'utiliserai au mieux, je le rallierai si je peux, sinon je le ferai abattre... En mon âme et conscience comme vous dites. Je suis d'abord responsable des garçons de mon bataillon. Je n'ai pas le droit de risquer leur vie pour un article douteux du code Napoléon. Les droits de l'homme sont imprescriptibles, je le crois aussi. Pas les lois. Quand elles sont mauvaises, on les change.

A la fin de la matinée, Jean Marie se trouvait dans le bureau du général Loth. Il venait d'achever de lui rendre compte de son commandement, de ses difficultés, de ses projets. Puis il lui avait parlé de son entretien avec M. le procureur.

— Je vais vous confier un secret, lui dit soudain Loth, avec quelques heures d'avance seulement car il sera rendu public ce soir ou demain matin au plus tard. La 10e division parachutiste prend en main le maintien de l'ordre dans Alger-Sahel. Massu est actuellement chez Lacoste...

Il était onze heures et demie environ, quelques minutes plus tard le général Massu s'encadra dans le chambranle de la porte. Il avait une canne à la main, comme s'il descendait d'un djebel, et le visage renfrogné.

— Alors ? lança le général Loth.

— Alors ça y est ! J'ai accepté, dit Massu. La division entrera ce soir à Alger. Demain Lacoste me donnera les pouvoirs de police... Je peux voir le patron ?

— Allez-y, il vous attend !

Dans le petit bureau du général, après le passage de Massu, ils gardèrent le silence. Quelque chose venait d'arriver qu'ils devinaient sans comprendre... Quelque chose d'essentiel était en train de changer.

— En tout cas, dit Loth pour rompre ce silence, je vous promets que le terrorisme va être jugulé... Il n'y avait pas d'autre solution !

Depuis des semaines, ils avaient cherché une riposte aux bombes meurtrières, à la stratégie de la haine, une solution dans le cadre des lois, du respect des droits de l'homme, des libertés républicaines... autant de valeurs intangibles que les stratèges de la terreur piétinaient allégrement... quitte à en réclamer la protection dès que leur affaire tournait mal.

Robert Lacoste croyait aux grands principes de l'humanisme et du socialisme libéral. Contre le fascisme il avait prouvé son courage les armes à la main. C'était un homme du Périgord Noir. Dans son pays, avant d'ensemencer sa terre et de lui faire porter des récoltes, le paysan doit débarrasser son champ des pierres, les enlever à la main, une à une.

Ce matin du 6 janvier 1957, les parachutistes de la 10e D.P. ne savaient pas ce qui les attendait. Leur mission était de combattre l'ennemi désigné sur le champ de bataille et ils le faisaient bien. Ce soir, ils rentreraient en Alger pour combattre et détruire un ennemi particulièrement méprisable par la forme de son combat. Ils le détruiraient sous quelque forme qu'il ait prise, où qu'il se cachât, sous la tenue bourgeoise ou l'astuce juridique.

Le commandant Jean Marie avait envie de dire : « Je remercie le ciel de m'avoir épargné cette mission. » Mais il garda le silence. Le général Loth n'aimait pas les mots superflus.

Dans la nuit du 7 au 8 janvier commença la bataille d'Alger. Dans le fichier de la police impuissante, les paras avaient trouvé 150 noms de suspects. A zéro heure précise, ils lancèrent une rafle monstre aux 150 adresses. Les stratèges de la terreur se sentaient en parfaite sécurité, protégés par la loi de l'ennemi qui s'interdisait toute perquisition entre le coucher et le lever du soleil. Ils furent surpris par cette intrusion illégale. Les paras interrompirent des réunions où de tranquilles bonshommes mettaient au point l'offensive des bombes du lendemain. Quelques-uns, au fait des règlements de police, protestèrent avec indignation et menacèrent les caporaux-chefs des détachements des représailles de la justice. Aux menaces juridiques, les petits gradés répondirent par des coups de pied au cul. Plus de 1 500 suspects furent ainsi ramassés dans les diverses planques de la ville, souvent de fort luxueux appartements.

Ils furent tous interrogés sur-le-champ, sans formalisme excessif. Il fallait trier. Les caporaux avaient tout ramassé en vrac. Beaucoup furent remis aussitôt en liberté. Quelques-uns commirent l'erreur de se vanter de leur forfait en mettant au défi le lieutenant instructeur d'apporter des preuves sérieuses devant un tribunal. Pour ces juges c'était suffisant et les coupables furent exécutés sur-le-champ. Un grand nombre, soudain victimes de la terreur qu'ils avaient eux-mêmes choisie comme stratégie, lâchèrent aussitôt la cause pour laquelle ils avaient sacrifié des centaines de vies d'innocents et parlèrent d'abondance dans la seule perspective de sauver leur précieuse peau. Ils n'y parvinrent pas toujours. Certains furent cruellement libérés pour être exécutés par leurs frères avec des raffinements de supplice tel « le méchoui » inventé par Amirouche et Si Haouès. Un petit nombre se comportèrent en soldats. La plupart furent remis aux mains de la justice.

Dès le lendemain matin, la population musulmane, la plus concernée, sentit que quelque chose avait changé et, dès ce moment, la complicité obtenue en partie par la terreur commença à se fendiller. Implacablement la répression se resserra autour des chefs. La cache d'Ali la Pointe fut « donnée » par une fille amoureuse d'un para. Yacef Sââdi, traqué, fut capturé sans résistance... En décembre on avait compté 122 bombes. En mai le chiffre tomba à 22.

« Je suis peut-être en train de me damner, dit un jour Alain B... à Jean Marie. Mais j'aurai obéi et servi mon pays jusqu'au bout. »

Que pensait donc le centurion romain quand il escortait le Christ sur le chemin du Golgotha ?

XV

LA GUERRE REVOLUTIONNAIRE

La guerre entre le sous-préfet de Bou-Saâda et le commandant de quartier de Bordj de l'Agha éclata dès les premières semaines. Elle était fatale dans le sens latin du terme, inscrite dans les astres dès le temps zéro. La conception de l'administration par le sous-préfet n'avait rien que de très conventionnel. La conception de la guerre par le commandant était réellement révolutionnaire et parfois révoltante pour un fonctionnaire classique. Le *casus belli* fut une initiative du chef d'escadron Jean Marie : l'affaire du S.A.S. de Ben S'rour qui agita un instant — très en surface si l'on peut user de ce terme en parlant des sommets — et le Q.G. et le G.G. en Alger.

Le bataillon de Bordj de l'Agha, le plus pouilleux, le plus mal encadré et le plus pauvrement équipé d'Algérie, était investi d'une double mission.

L'une était l'intervention. C'est-à-dire la participation aux grandes opérations dans le cadre et sur le territoire du C.O.S.A. Mission « noble » en Algérie, celle des régiments parachutistes et de Légion dont les aventures monopolisaient l'attention des journalistes, de la presse en général et l'intérêt de l'opinion publique. L'autre était la mission territoriale de quadrillage — dite aussi de pacification, un mot un tantinet paradoxal dans la bouche d'un guerrier — mission beaucoup plus ingrate et infiniment plus importante. Elle était l'essence de cette guerre, souvent méconnue par le haut commandement qui la confiait à des unités de basse qualité, et ignorée de l'opinion publique.

Dès sa prise de commandement, le commandant du quartier de Bordj de l'Agha avait cherché la définition précise de sa mission territoriale dans les textes officiels.

Après élagage, il restait trois mots : « maintenir l'ordre » ou « pacifier » : les aspects négatif et positif d'une action unique. Des mots qui disaient tout et rien. Deux formules qui permettaient au sommet de la hiérarchie — pour peu qu'elle soit timorée, ce qui n'était pas si rare — de faire porter tous les péchés du système au dernier échelon : le pauvre commandant de quartier. En même temps, elles donnaient à ce dernier — pour peu qu'il le désirât — les pleins pouvoirs et liberté d'action.

La seconde formule convenait au commandant Jean Marie. Pour pacifier son quartier on lui donnait un bataillon de type 507/107, autrement dit des fusils, des mitraillettes, des mortiers et, sur demande, de l'artillerie et des avions d'appui. Des moyens strictement militaires et nettement insuffisants pour accomplir une telle mission. Il avait bien l'intention de se procurer d'autres armes en les prenant dans l'arsenal politique du sous-préfet.

Sur ce point Jean Marie couvait alors quelques idées, cueillies en Indochine dans son poste de la forêt, glanées lors de son passage au sommet comme aide de camp du général commandant en chef, ramenées pour tout bagage de sa captivité chez les Viets au camp n° 1... Des idées mûries en chambre, au Val-de-Grâce, en garnison à Tarbes, dans sa solitude de Djidjelli. C'est dans cette dernière résidence qu'il avait tenté de les mettre en ordre, de les ordonner pour en faire quelque chose de cohérent, en les écrivant sur un cahier d'écolier.

> C'est ce cahier, avec d'autres souvenirs, qu'il me montra en novembre 1980, à l'hôpital Bégin.
>
> — Depuis 1956, mes idées ont jauni comme le papier de ces photos et les personnages. Mais ce sont celles-là qui ont inspiré mon action... Elles ne sont pas très claires mais « les idées précises conduisent souvent à ne rien faire », a fait remarquer Paul Valéry, et moi, à cette époque. Je devais agir.

Sur la page de garde il avait écrit en majuscules :

« *La guerre est la continuation de la politique par la violence.* »

Puis, commentant le précepte du théoricien prussien, il écrivait :

« *Le but suprême de la guerre est la destruction de la volonté de lutte de l'ennemi. Dans un conflit de forme classique (1939-1945), la destruction des forces armées de l'ennemi, l'occupation de son territoire suffisent généralement pour détruire cette volonté de lutte de l'ennemi et le soumettre à la volonté du vainqueur.* »

Que s'était-il donc passé dans le conflit en Indochine ?

En janvier 1947, le lieutenant Jean Marie avait fait partie de la suite du général Leclerc en inspection en Algérie. Le libérateur de Paris, Strasbourg, Saigon et Hanoi rentrait d'Indochine où il avait été envoyé en mission par le gouvernement à la suite des événements du 19 décembre 1945, l'attaque surprise du Vietminh au Tonkin, la rupture du modus vivendi. A chaque station de cette inspection Leclerc parlait aux officiers de l'Indochine et Jean Marie, qui attendait son départ pour l'Extrême-Orient, avait enregistré ses paroles.

« Après la surprise initiale, disait en substance le général Leclerc, la situation militaire est rétablie. Hors quelques taches de dissidence dans des terrains difficiles et sans intérêt stratégique, nous tenons tout le territoire. Il n'y a pas un pont, un carrefour, un passage à niveau, un point sensible que nous ne tenions fermement par nos postes... La pacification est en cours... Il n'y a pas de problèmes militaires... »

Le général Leclerc était un bon soldat. Il ne mentait pas. En Indochine nous occupions le territoire, tout le « pays utile » du moins. L'ennemi avait entrepris cette guerre avec une poignée de partisans armés de mauvais fusils abandonnés par les Japonais. Durant sept ans, chaque année, nous avions arithmétiquement détruit ses forces armées sans parvenir toutefois à les empêcher de gonfler. Dans ces conditions comment appliquer les principes de Clausewitz à la guerre d'Indochine ?

Jean Marie pensait avoir trouvé une réponse au camp n° 1, confirmée par la lecture — plus ou moins bien digérée d'ailleurs — des auteurs marxistes : Engels, Lénine, Mao, Giap, etc.

Il avait écrit : « *Le but final de la guerre révolutionnaire est le contrôle de la population par tous les moyens : militaires, idéologiques, politiques, économiques, par la propagande et la terreur. Convaincre ou contraindre.* »

Puis il avait ajouté : « *Dans la guerre révolutionnaire la population est à la fois l'objectif, l'ami et l'ennemi.* »

— Là se situait ma trouvaille, qui éclairait tout, me dit Jean Marie. Population-objectif-ami-ennemi.

Sur une autre page du cahier, il examinait la notion de contact : « *Le contact est la condition fondamentale de tout conflit, bataille rangée ou combat de boxe. Sans contact il n'y a pas d'opérations militaires, pas de guerre.* »

On voit bien l'importance de cette notion dans le vocabulaire des états-majors : recherche du contact, renseignement de contact, ligne de contact, etc. Cette ligne de contact sur un terrain donné, les états-majors la matérialisent sur leur carte par un double trait : rouge pour l'ennemi, bleu pour l'ami. Et ce trait devient le facteur principal de la conception et de la décision du chef qui mène la bataille.

Dans la guerre révolutionnaire imposée par l'adversaire en Indochine, point de trait rouge et bleu sur la carte. Pourtant, il y a contact puisqu'il y a emploi de la violence !

A la recherche de ce contact les états-majors en sont réduits à dessiner sur leur carte des « olives » rouges, dans les intervalles du quadrillage indiqué par les points bleus des postes. Et ces « olives », dessinées sur la foi de renseignements de contact aussi éphémères que la rose du poète, sont souvent périmées avant d'être inscrites sur la carte.

« *Dans leur désarroi intellectuel, les stratèges classiques parlent alors de " guerre en surface ", de guerre subversive, de guérilla, etc. L'expression guerre révolutionnaire étant réservée à celle de l'ennemi, quelle était donc la guerre que nous faisions en Indochine, que nous faisons en Algérie ? Où donc se situe ce satané contact insaisissable comme l'ennemi dans une guerre innommable ?* »

A cette question Jean Marie pensait apporter une réponse logique.

« *Dans la guerre révolutionnaire le contact ne se situe pas le long d'une ligne sur le terrain, mais à l'échelon de commandement et de responsabilité qui se trouve en contact avec la population, c'est-à-dire à l'échelon du quartier dont les postes sont implantés au milieu de la population-objectif-ami-ennemi.* »

« *Pour conquérir son objectif-population contre son ennemi-population, aidé par l'ami-population, le commandant de quartier a besoin de toutes les armes : de fusils, bien sûr, mais aussi des moyens administratifs, économiques, culturels... politiques en un mot.* »

Et en tournant la page de son cahier Jean Marie franchissait le Rubicon, en réclamant pour le commandant de quartier les pouvoirs politiques réservés aux civils.

En Algérie, cette réunion des pouvoirs civils et militaires était réalisée au sommet, entre les mains de Robert Lacoste, ministre résident et gouverneur général. Au-dessous, pouvoirs civils et militaires se divisaient en deux hiérarchies parallèles, coexistant à chaque échelon hiérarchique plus ou moins pacifiquement. Au corps d'armée territorial (Alger, Oran, Constantine) correspondait l'igamie, la préfecture à la division ou zone. La sous-préfecture au secteur. A l'échelon du quartier, on ne trouvait plus d'administrateur civil, mais des Sections Administratives Spéciales, des S.A.S., tenues par du militaire subalterne, les capitaines et lieutenants S.A.S., dépendant exclusivement et jalousement de M. le sous-préfet.

Réclamer les pouvoirs politiques pour le bas de l'échelle,

pour le commandant du quartier de Bordj de l'Agha — un bled introuvable sur la carte du ministre résident — eût fait éclater de rire tout Alger. Jean Marie se garda bien de provoquer l'hilarité de ces messieurs et s'empara des pouvoirs par un coup d'Etat militaire.

Sur le quartier de Bordj de l'Agha, le commandant avait trouvé en arrivant deux sections administratives spéciales avec deux lieutenants S.A.S. Celui de Ben S'rour était installé sous la protection de la brigade de gendarmerie du bourg. Le commandant découvrit l'autre, le lieutenant Collin, installé sur un tapis de haute laine dans une dépendance du bordj, à vingt-cinq mètres de son bureau.

Un jour de décembre, il les invita, ainsi que le brigadier de gendarmerie, à une séance de travail, à laquelle assistaient ses commandants de compagnie.

Le commandant ouvrit la réunion en priant ces messieurs les représentants du pouvoir civil de bien vouloir informer les militaires présents sur la population indigène qu'ils étaient censés administrer. Interrogé le premier, le brigadier proposa de communiquer la liste des individus suspects recherchés par la justice. On y trouvait par exemple un certain Mohammed ben Mohammed objet d'une plainte pour vol de moutons en 1940, mais aucun nom de hors-la-loi qui n'avait pas eu maille à partir avec la justice ou la police.

Les lieutenants S.A.S. offrirent de leur côté comme document substantiel le rôle nominatif des impôts. Et, à ce propos, en vertu des pouvoirs du sous-préfet, les lieutenants S.A.S. pourraient être amenés à requérir les moyens militaires du quartier pour collecter ces impôts. Sur cet intéressant document, les sommes dues au titre de l'impôt sur le revenu sans doute, et compte tenu des amendes pour retard, évoluaient entre 1 000 F et 10 F (francs anciens bien sûr).

Le commandant hésitait entre l'éclat de rire et la colère. C'était grotesque ! Il s'imaginait, requis par le lieutenant S.A.S., encerclant avec une de ses compagnies un des misérables campements de nomades, pour réclamer au berger la somme de 20 F due à la Chose Publique pour ses bienfaits !... Grotesque et criminel ! Et en tout cas suffisant pour provoquer un soulèvement général de la population.

Bien qu'il ne l'ait pas encore lu, Jean Marie pensait, comme le plus grand des stratèges chinois, l'auteur de *l'Art de la guerre* qu'il écrivit 2 400 ans avant cette histoire, que le « premier facteur de guerre à prendre en considération pour un militaire était le *dao*, ce qui fait que le peuple est en harmonie avec ses dirigeants, de sorte qu'il les suivra à la vie à la mort. »

Ce jour-là, il se contenta de dire avec beaucoup de retenue :

— Cela démontre à quel point le sous-préfet de Bou-Saâda qui vous a adressé ce rôle ignore tout de la population qu'il administre par votre intermédiaire... ou avec votre complicité.

L'ambiance du briefing se rafraîchit brusquement. Seul le brigadier de gendarmerie avait l'air de sourire intérieurement. Il avait déjà reçu du lieutenant S.A.S. de Ben S'rour l'ordre de collecter les impôts, mais cet homme d'âge et d'expérience, connaissant ses clients, s'était bien gardé d'obtempérer, malgré son sens de la discipline.

— Messieurs, poursuivit le commandant en s'adressant aux deux S.A.S., vous n'avez pas été désignés à ce poste pour vos connaissances administratives qui sont nulles, mais pour vos connaissances militaires qui sont encore faibles. Vous avez visiblement besoin d'être guidés, conseillés, contrôlés dans votre travail, en bref commandés. Cette charge me revient au titre d'officier le plus ancien dans le grade le plus élevé, sur ce quartier où je porte en outre la responsabilité du maintien de l'ordre.

Les officiers du 584ᵉ B.T., qui jalousaient un peu le confort relatif et l'indépendance dont jouissaient les lieutenants S.A.S., se montraient ravis de cette démonstration.

— C'est pourquoi, conclut le commandant, je vous demande de bien vouloir vous placer immédiatement et inconditionnellement sous mes ordres.

Le brigadier comprit le premier. Il se leva en disant : « A vos ordres, mon commandant ! »

Le lieutenant de Ben S'rour était gras et paresseux. Il ne sortait de sa résidence que pour de fréquentes liaisons avec la sous-préfecture de Bou-Saâda, qu'il prolongeait au-delà des besoins et de la décence.

La proposition du commandant lui faisait entrevoir des lendemains qui ne seraient plus des dimanches. Il refusa de se soumettre, arguant de « sa dépendance hiérarchique envers le sous-préfet », des « instructions concernant les S.A.S. » et autres balivernes. Jean Marie sauta sur l'occasion.

— Responsable du maintien de l'ordre dans ce quartier, je décrète que vous êtes une cause de désordre. En conséquence, je vous expulse du territoire sous ma responsabilité.

Puis s'adressant au lieutenant Testud, dont la compagnie se préparait à s'installer à Ben S'rour, il poursuivit dans le même élan.

— Vous allez immédiatement rassembler une escorte et accompagner ce lieutenant S.A.S. jusqu'à la frontière du quartier sur la route de Bou-Saâda. Vous vous assurerez qu'il quitte le territoire. Dans le cas où il tenterait de revenir vous ferez usage de vos armes. Exécution !

Testud jubilait. Intérieurement Jean Marie fit une courte prière pour que seuls ses ordres soient « exécutés ».

Le lieutenant Collin, S.A.S. de Bordj de l'Agha, était blond et maigre. Il avait commencé à apprendre l'arabe, portait la cachabia et le képi azur au croissant d'or des A.I., les légendaires Affaires indigènes de Lyautey. Il se trompait de guerre et d'époque. Mais il avait la foi et l'ardeur... et l'exécution sommaire de son collègue lui donna aussi à réfléchir. Il se soumit mais du bout des lèvres. L'enthousiasme viendrait plus tard. « Si vous voulez croire, a écrit approximativement Pascal, mettez-vous à genoux et faites le signe de croix. » Jean Marie ne lui demandait que de se mettre au garde-à-vous ! Cela fait, il s'empressa de le rassurer.

— Ce changement de main ne diminue en rien votre mission. J'espère vous démontrer très vite que dans ce nouveau cadre elle va prendre toute sa valeur, toute son efficacité pour la pacification qui est mon but. Autant que possible vos rapports avec le sous-préfet ne doivent subir aucune modification apparente. Vous continuerez à le traiter avec beaucoup de respect... afin de lui extorquer le maximum de moyens : crédits, matériaux, ciment, planches, outils, vivres, semences, médicaments, etc. Et ce sans scrupule car nous en ferons un bien meilleur usage que lui. Eventuellement nous considérerons avec bienveillance ses instructions... A ce propos, vous pouvez classer sans suite le rôle des impôts. Je ne veux plus en entendre parler !

Le commandant lui laissa vingt-quatre heures pour avaler la pilule. Le lendemain au crépuscule il rendit visite au lieutenant S.A.S. dans ses appartements. Avec son entrée particulière, sa cour intérieure, cette dépendance du bordj convenait parfaitement aux projets de Jean Marie. Collin avait gentiment aménagé une pièce en salon oriental, avec tapis et coussins, table basse et plateaux en cuivre. Confortablement installé sur ce divan, en dégustant du thé à la menthe, le commandant exposa ses idées sur l'administration dans les circonstances du moment : en guerre révolutionnaire.

— L'emploi des pouvoirs civils, c'est-à-dire de la politique, est une arme indispensable pour remplir ma mission de pacification, pour conquérir ou si vous préférez pour rallier la population. C'est vous dire l'importance que j'attache à l'administration et à votre rôle qui dépasse largement les attributions d'une simple section administrative spéciale, isolée et impuissante.

Il suivait mal cette partie théorique. Le commandant aborda la pratique.

— Au point où nous en sommes, la première chose à faire est de prendre contact avec cette population. Dans ce but nous allons faire une sorte de recensement. Ce sera votre travail.

Et, devançant les objections du lieutenant un peu surpris, il continua :

— Non, je ne vous demande pas de m'établir un document statistique. Ce recensement n'est qu'un moyen de prendre le contact, dans le genre d'une reconnaissance de cavalerie : définir l'objectif, le délimiter, l'évaluer, avant de l'attaquer. Pour obtenir ces renseignements de contact, vous allez rendre visite aux habitants, non seulement les notables mais tous les chefs de famille, village par village, maison par maison. Ne commencez pas à paniquer devant la tâche ! Vous verrez que ce sera beaucoup plus rapide que vous ne pensez. Evidemment le bataillon vous fournira toute l'aide nécessaire, les transports, la protection, des adjoints au besoin. Ce sera à vous de les combiner, de commander, d'organiser.

Le lieutenant Collin commençait visiblement à s'intéresser à l'affaire. Le commandant lui décrivit en détail comment il voyait ces visites.

— Ni visite domiciliaire, ni contrôle d'identité, ni perquisition de police. Vous frappez poliment à la porte et attendez qu'on vous invite à entrer dans la maison, sinon vous parlerez du seuil. Vous vous présentez au maître de céans et présentez les compliments du commandant de quartier. Le but de cette visite de courtoisie au maître de maison est de vous informer de sa santé, de celle des enfants, de la prospérité de la famille, de ses besoins, des difficultés avec l'administration ou les militaires... Vous acceptez tous les sujets de conversation sauf deux, formellement interdits : 1° les impôts, 2° la rébellion. Aucune question sur les H.L.L., fellaghas et autres terroristes ! Si votre hôte l'aborde de lui-même, vous l'esquivez en lui parlant de la pluie et du soleil. Entre gens de bonne compagnie il y a des sujets de conversation qu'on n'aborde pas pour éviter les discussions et les disputes.

C'était un travail de patience, fastidieux et parfois désagréable au début. Les gens du pays recevaient fraîchement ce « roumi ». Beaucoup n'avaient pas vu d'administrateur français depuis le temps des militaires. Et dans l'ombre, on sentait la présence de l'appareil révolutionnaire. Lorsqu'ils ne se montraient pas hostiles ils se méfiaient et ils avaient peur. Il fallait toute la tradition d'hospitalité des nomades pour que le maître de maison invitât l'officier à entrer sous son toit ou sa tente et lui offrît le thé.

Un incident qui eut lieu dans les premiers temps, contribua à faire évoluer les choses et à ouvrir les portes des maisons aux Français : l'affaire Dubois.

Un jour froid de janvier, le S.A.S. avait rendu visite à Ben

Chelouf, propriétaire-cultivateur-éleveur-commerçant et notable du village d'Oued Chaïr, le plus proche du Bordj. Il avait invité les Français à entrer et offert le thé.

— Il a neuf fils, disait Collin en rendant compte de sa mission au commandant. L'aîné, marié, habite chez lui et l'assiste dans ses affaires. Le plus jeune, un adolescent de quatorze ou quinze ans, vit aussi avec lui. Mais les sept autres sont tous ailleurs, travaillent en ville, ou sont en voyage. Je n'ai pas insisté sur ce sujet...

Une jeune fille de seize ou dix-sept ans avait apporté le plateau à thé. Elle était dévoilée mais elle avait dû grandir trop vite, son corsage trop étroit faisait ressortir une fière poitrine.

— Comme elle était dévoilée je l'ai prise pour une servante. Dubois aussi. Au passage il n'a pu s'empêcher de lui caresser la taille... On aurait dit qu'il l'avait violée. Elle hurla et toute la famille avec elle. C'était la fille de la maison ! Le père ne l'avait pas mentionnée quand on avait fait l'inventaire de la famille. Je lui en ai fait respectueusement la remarque. Il m'a répondu que dans ce pays jamais personne n'avait déclaré une fille à l'état civil.

Le commandant sursauta. Il était 11 heures passées. Sur-le-champ, il ordonna un rassemblement général. Devant toute la garnison du bordj, il fit sortir des rangs le soldat Dubois.

— Nous sommes ici pour pacifier le pays, pas pour y mettre la révolution. J'ai donné des ordres pour que nous respections la population, ses biens, ses coutumes. Ce matin, le soldat Dubois, en mission, s'est conduit comme un soudard en mettant la main au corsage d'une jeune fille. Place de la Bastille ou sur les Champs-Elysées, l'incident serait banal. Ici, c'est un scandale. De la part de Dubois une faute contre la discipline dont les conséquences sont graves. Il est indigne de porter une arme et jusqu'à nouvel ordre sera considéré comme un coolie chargé des corvées.

L'adjudant du service général enleva le fusil au coupable et lui arracha son écusson. Puis, Dubois fut conduit manu militari dans un local fermé, un réduit où il resterait isolé entre deux corvées.

En organisant cette mise en scène, propre à frapper les imaginations de ses jeunes gens les plus ardents, le commandant poursuivait un but : montrer à tous, militaires et civils, qu'il punissait férocement le moindre manquement. Côté arabe, le téléphone fonctionna à merveille.

Quand le lieutenant S.A.S. retourna dans l'après-midi du même jour à Oued Chaïr pour présenter les excuses officielles du commandant à Ben Chelouf, tout le village était déjà au courant de la punition infligée au coupable. Le lieutenant pria le père de famille de venir le lendemain matin au bureau de la S.A.S. pour négocier le montant des indemnités dues pour le geste dégradant du soldat Dubois.

— Je viendrai, assura Ben Chelouf.

Ce fut une belle réception, dont l'histoire fit le tour du pays. Le lieutenant Collin avait bien fait les choses, sorti ses tapis les moins élimés, ses coussins les plus épais, son service à thé le moins ébréché. Ben Chelouf se présenta escorté par une demi-douzaine de notables tous experts dans les affaires d'honneur. Après deux heures de palabres, le commandant accepta de livrer deux cents kilos d'orge pour augmenter la dot de la fille. Pour l'honneur du père, il donna sa parole que le coupable subirait quinze jours de prison. Pour ce prix le vieux Ben Chelouf aurait donné sa fille en mariage au commandant pour peu que celui-ci veuille bien se convertir à l'Islam. Avant de se quitter ils se donnèrent le baiser de paix. La barbe du vieux sentait le suint de mouton.

— Tu es un homme juste, dit-il au commandant.

Ses amis approuvèrent hautement.

Jean Marie s'était fait une bonne réputation dans le pays, aux frais du soldat Dubois, et il en éprouvait quelque remords. Celui-ci était dans le civil un excellent pianiste et lauréat de harpe au conservatoire de Paris (c'était la raison de son affectation initiale au 1er Train). Au bataillon il était considéré comme un bon soldat. Pour un soldat français, en campagne de surcroît, bousculer gentiment une fille n'a jamais été considéré comme un crime (c'est le côté phallocrate du guerrier que dénonce le M.L.F.)... Mais la foudre du Bon Dieu ne tombe pas seulement sur les grands pécheurs. Elle frappe au hasard et c'est pourquoi tout le monde la craint...

En sortant de la réunion, le commandant aperçut le coupable (ou la victime) en train de balayer la cour. Il gelait à pierre fendre et ses mains sur le manche du balai étaient bleues de froid. Pour apaiser sa conscience, le commandant lui fit apporter une paire de gants de laine avec ordre de les mettre pour travailler. Plus tard, il lui acheta d'occasion un piano qui fut installé au Club du voltigeur de pointe.

Cependant, à Bou-Saâda, le sous-préfet poussait des cris d'orfraie et rédigeait un rapport vengeur contre ce petit commandant de Bordj de l'Agha qui avait osé expulser le représentant de l'administration préfectorale : « *cedant arma togæ* »... Le colonel Katz n'entendait pas le latin.

Le sous-préfet porta l'affaire devant ses supérieurs et son rapport chemina lentement jusqu'à Alger par la voie hiérarchique civile, pour redescendre parallèlement par la voie hiérarchique militaire. Mais quelqu'un dut interrompre ce circuit quelque part, avant d'atteindre Bordj de l'Agha.

Lorsque, au printemps, le général Salan inspecta le Sud algérois, le commandant Jean Marie fut convoqué à Bou-Saâda pour être présenté au génésuper et répondre à ses questions. En l'interrogeant sur sa mission et la situation dans les montagnes de l'Atlas saharien, le général fit incidemment une allusion à « l'affaire de Ben S'rour » et lui apprit que le lieutenant avait été muté dans un autre secteur, à l'autre bout de l'Algérie. De son côté, Jean Marie avait implanté la 2e compagnie à Ben S'rour et ouvert une S.A.S. qui fonctionnait sous la responsabilité d'un lieutenant de la « deux », à la satisfaction des populations.

L'affaire était classée et le colonel Katz voulait que tout fût oublié. Le commandant en profita pour publier un décret qui dénonçait le sous-préfet de Bou-Saâda comme un élément de désordre quand il s'acharnait par exemple à vouloir lever des impôts, et en conséquence lui interdisait l'accès de son territoire.

Lorsque Katz reçut la note « à titre de compte rendu », il sauta sur son Bell et débarqua à Bordj de l'Agha.

— Mais vous êtes complètement fou, dit le colonel au commandant. Et s'il refuse, s'il veut visiter votre quartier... Vous n'oserez pas tout de même lui tirer dessus ?!

— Qu'il essaie !

Le colonel commençait à connaître Jean Marie, et conseilla vivement à M. le sous-préfet de ne pas prendre ce risque. En coulisse, il manœuvra pour lui faire obtenir une promotion et le faire nommer à un autre poste. Il fut remplacé par un ancien administrateur des colonies, reclassé dans la préfectorale, un fonctionnaire très avisé et courageux avec lequel Jean Marie s'entendit tout de suite.

A cette époque les S.A.S. du quartier avaient pris une ampleur insoupçonnée. A Bordj de l'Agha, la capitale, Collin avait ouvert un bureau d'état civil et délivrait des cartes d'identité officielles, et toutes sortes de certificats que le pauvre peuple devait auparavant aller quérir à Bou-Saâda en versant moultes bakchich au petit personnel de la sous-préfecture.

Le commandant organisa un voyage d'inspection pour le nouveau sous-préfet et le traita avec les honneurs des armes, comme un drapeau.

En particulier il fut reçu à Aïn Melah par M. le maire, son conseil au complet, toute la population avec une grande chaleur, tandis que la compagnie du bataillon en garnison dans le village offrait un très beau spectacle militaire. Pour Jean Marie, l'organisateur, ce triomphe sous-préfectoral concrétisait une de ses plus éclatantes victoires : le ralliement des habitants d'Aïn Melah, la conquête sans combat de la dernière et de la plus importante base logistique de la rébellion dans la région. Pour les moudjahidin qui tenaient l'inexpugnable forteresse du djebel Messaad, survivre dans cette forêt était devenu très difficile.

« Ainsi ceux qui sont experts dans l'art de la guerre soumettent l'armée ennemie sans combat », comme l'avait écrit, il y avait 2 400 ans environ, un curieux petit Chinois nommé Sun Tzu.

XVI

« SUN TZU A DIT... »

Hôpital Bégin. Chambre 433. Novembre 1980.

Il ne me laissa pas le temps de franchir le seuil de sa chambre pour m'annoncer la nouvelle.

— J'ai trouvé le LIVRE ! s'écria Jean Marie.

Je venais pour entendre, comme convenu la veille, l'histoire du village d'Aïn Melah, dans les années 1956-57. Ce matin-là il avait découvert Sun Tzu, un stratège chinois du IVe siècle avant notre ère, auteur d'un traité, *l'Art de la guerre,* et délirait d'enthousiasme.

— Les préceptes de Sun Tzu concernent la guerre, phénomène social un et indivisible, aussi bien les guerres conventionnelles de tous les temps, que la guerre révolutionnaire de Mao qui s'en inspira, que les théoriciens baveux de la dissuasion nucléaire qui l'ignorent... Ecoutez plutôt quelques-uns de ces préceptes.

Et il me cita des passages de Sun Tzu avec la ferveur d'un garde rouge citant Mao : « *Lorsque vous vous trouvez face à face avec l'ennemi, adaptez-vous aux circonstances changeantes et inventez des expédients. Comment serait-il possible de débattre de ceux-ci à l'avance ?...* » Voilà qui règle définitivement le sort de ces doctrines, dont les Français sont si friands, qui n'expliquent que la dernière guerre, jamais la bonne, la prochaine... Et encore : « *Remporter cent victoires en cent batailles n'est pas le comble du savoir-faire... Capturer l'ennemi vaut mieux que de le détruire. Ainsi ceux qui sont experts dans l'art de la guerre soumettent l'armée ennemie sans combat...* »

Je saisis l'occasion pour le ramener à mon propos et notre siècle.

— N'est-ce pas ce que vous fîtes avec le maire d'Aïn Melah ?

Il sauta sur le leurre :

— Exactement. Je n'avais pas lu Sun Tzu à cette époque, mais j'ai redécouvert ses préceptes, deux millénaires et demi plus tard, parce que ce sont des « principes ». Je suivais l'enseignement de Sun Tzu quand j'allais rendre visite à Djellali Abdelkader, le maire d'Aïn Melah. Je m'adaptais aux circonstances et lançais ma première offensive d'une guerre-sans-nom pour conquérir, sans combat, une position ennemie : la population du village.

***

Aïn Melah était le plus gros village du quartier par le nombre des habitants, le plus important par son marché et par sa position stratégique à l'échelle du quartier. Il était situé à une vingtaine de kilomètres au nord d'Aïn Rich, sur la vieille piste de Bou-Saâda et au pied du massif boisé du Messaad, le meilleur et le plus grand repaire pour guérilleros et hors-la-loi. Si l'ordre et la paix régnaient à Aïn Melah c'était de toute évidence parce que le village servait de base aux bandes armées de fellaghas, pour le ravitaillement, le recrutement, la propagande politique... avec la complicité active des habitants et de M. le maire. Dans les cas semblables les S.S. du IIIe Reich, l'armée rouge de Staline et les divisions de Giap, tous disciples de Clausewitz, avaient une solution radicale et des milliers de fois appliquée : massacrer la population et raser le village...

Le commandant Jean Marie demanda au lieutenant S.A.S. d'organiser un rendez-vous avec le maire d'Aïn Melah, pour lui rendre visite à l'occasion de son installation dans le quartier. M. le maire ne pouvait refuser de le recevoir. L'entrevue eut lieu en terrain neutre, dans la salle d'un café maure du souk. Djellali était marchand de bestiaux, un négociant prospère, prudent, bien en chair, plutôt musclé que gras et rusé comme un maquignon. Il s'était fait assister par deux adjoints. Un vieillard plus qu'à demi sourd, un peu baveux déjà, le regard éteint par la peur ou la cataracte, qui avait accroché sur son burnous crasseux la croix de guerre 14-18. L'autre était un homme jeune, au regard noir, qui cachait mal sa tenue de moudjahid sous une cachabia bourgeoise. Ni l'un ni l'autre ne dirent mot.

Le commandant arriva à l'heure convenue, accompagné du lieutenant Collin et de Gonzalès, promu au rang d'interprète officiel. Sans escorte. Le conducteur et le radio étaient restés dans la jeep devant la porte.

La conversation s'engagea sur le mode le plus conventionnel.

— *Salam allek !*

— *Allikoum salam !*

Trois fois et la main sur le cœur...

— *La bess ?*

— *La bess chouïa. Bis m'Allah !*

On parla de la pluie et du beau temps. Gonzalès jouant le rôle cérémonieux du speaker au Parlement britannique.

— L'hiver est rude mais les pluies ont été abondantes cette année.

— Grâce à Dieu, que son nom soit béni ! Les pluies d'automne ont été bonnes. Si Allah le veut, les récoltes de l'été seront abondantes !

Le tenancier, un peu contracté, apporta le thé à la menthe. En buvant le premier verre on échangea des vœux de santé, de prospérité, de paix qui avaient le même goût un peu éventé que le thé.

— M. le maire avait-il des projets ou des problèmes pour lesquels le commandant de quartier puisse l'aider ?

— Allah est grand ! Il étend sa bénédiction sur le village. Tout va bien. Les gens sont tranquilles, respectent les lois... Avec ce froid qui persiste, le bois de chauffage est très cher car il faut aller le chercher dans la forêt.

On avait tout dit. Le commandant demanda incidemment des nouvelles du vieux Mohammed, celui qui était venu se faire soigner par le toubib d'Aïn Rich, avec un nez coupé... Il allait bien, merci. Il n'était pas encore revenu au village. Toujours à l'hôpital de Bou-Saâda... La cause ? Un accident bête. La main qui tremble en se rasant, la vieillesse... Abdoul, le garde forestier disparu depuis l'été dernier ? Il devait être chez son fils, à Aumale...

C'était vraiment édénique — à part le prix du bois. D'ailleurs le commandant comprenait parfaitement les choses. Il avalait tout avec le sourire et une insondable naïveté. M. le maire s'enhardit jusqu'à faire allusion aux « événements » — il employait le mot officiel comme à Paris. Il avait lu dans un journal, quand il avait été à Bou-Saâda pour vendre des moutons, qu'il y aurait des « bandits » dans les Aurès... Mais c'était loin d'Aïn Melah. Que le nom d'Allah le miséricordieux soit loué !

Sur le même ton courtois, mais en fixant M. le maire dans les yeux, le commandant dit à Gonzalès :

— Tu vas traduire très exactement : M. le maire, pourquoi vous foutez-vous de ma gueule ?

Gonzalès était ouvrier agricole et parlait parfaitement la langue du peuple. Il choisit une expression forte et juste. Les interlocuteurs parurent surpris et restèrent sans voix !

— Tu vas lui faire remarquer que je ne lui ai posé aucune

question sur les événements, les moudjahidin, les fellaghas, les bandes de hors-la-loi qui se cachent dans le djebel Messaad, à quelques kilomètres d'ici, et qui viennent chaque jour se ravitailler sur le marché, ramasser des impôts, rafler les médicaments que le sous-préfet de Bou-Saâda donne au maire d'Aïn Melah, qui ont coupé la gorge d'Abdoul le garde forestier et le nez au vieux Mohammed parce qu'il fumait... Alors pourquoi me raconte-t-il des mensonges ? Me prend-il pour un imbécile méprisable ?... Qu'il veuille bien me répondre sur ce point !

— Pas du tout, dit Gonzalès. Il dit que vous êtes un soldat. Il sait que vous êtes brave et il vous respecte.

— Dis-lui que ses mensonges sont injurieux et de plus complètement inutiles...

— ? ! ?

— Sachant ce que je sais — et ce qu'il connaît mieux que moi — je comprends très bien sa situation. Comment pourrait-il refuser quoi que ce soit à des gens qui viennent le demander avec des fusils ? Je comprends très bien et de plus j'approuve entièrement sa politique.

En face, c'était la panique. Gonzalès dut répéter plusieurs fois pour bien traduire la pensée du commandant. Djellali ben Abdelkader jetait des coups d'œil interrogatifs vers son jeune assistant, dont les yeux trahissaient la surprise, l'incertitude, le désarroi. Ils avaient dû tout prévoir, sauf ça.

Jean Marie prit le temps d'expliquer son attitude. La protection des populations contre les hors-la-loi était son travail comme commandant du quartier et militaire. Cette protection, il ne l'avait pas assurée à Aïn Melah et il ne pourrait pas le faire tout de suite, avant d'avoir réglé le compte des bandes armées qui tenaient le Messaad. En attendant, il était tout à fait normal que le maire du village adoptât une politique réaliste pour préserver ses administrés. Et sa politique était bonne puisqu'il réussissait à sauvegarder tout ce qui pouvait être sauvé.

— Tu vas lui faire remarquer que depuis que je suis ici, pas une seule fois les militaires d'Aïn Rich ne sont venus l'embêter dans son village. Pas de patrouille, ni opération, ni rafle, ni contrôle d'identité. Et cela durera tant que je n'aurai pas nettoyé ces djebels, ce qui est déjà entrepris comme il doit le savoir. Mon but n'est pas de les tuer, si je peux faire autrement, mais au contraire de les convaincre de rentrer chez eux. S'ils ne sont pas d'accord avec la politique du gouverneur général, je suis prêt à les écouter et même à les aider pour qu'ils puissent se faire entendre. La France est un pays démocratique où tout le monde a le droit de donner son avis, de parler, de gueuler même, mais pas à coup de fusil ou en coupant le nez aux vieillards qui fument du Job !

Le plus attentif était le jeune adjoint. Il plissait les yeux pour cacher son étonnement. Une ou deux fois, le commandant eut l'impression qu'il était sur le point de poser une question ou d'avancer un argument... Djellali s'efforçait de son mieux de sauver la face en approuvant par de brefs « *Inch Allah* » !

— Pour lui prouver que je comprends, et que je l'approuve, tu vas lui dire que je m'engage ici, entre hommes de parole, à l'aider dans la mesure de mes moyens et à le protéger au besoin s'il a des ennuis avec l'administration et les gendarmes.

Le commandant lui proposa deux choses. Premièrement, si M. le maire le désirait, il pouvait lui envoyer une fois par semaine le toubib d'Aïn Rich pour soigner la population, tous les malades sans contrôle d'identité. A une condition toutefois. Le maire mettrait à la disposition du médecin un local pour servir de dispensaire. Et comme celui-ci viendrait sans protection, ce serait au maire et à la population de le protéger. Le second projet concernait l'irrigation. Une étude en commun pour agrandir la superficie des jardins irrigués. Depuis les événements, les canaux avaient été mal entretenus. On pouvait aussi creuser un autre réseau. Le commandant proposait de faire venir d'Alger des spécialistes de l'hydraulique...

M. le maire réserva sa réponse. Il avait besoin de quelques jours pour consulter son conseil municipal... et réfléchir. Mais il fit signe au tenancier d'apporter une autre théière. Djellali servit lui-même le commandant, après avoir vérifié que l'infusion était à point, les feuilles de menthe bien fraîches. Ce thé était vraiment délicieux.

Quelque temps après cette entrevue, le bataillon accrocha dans le djebel Mimouna une forte bande rebelle qui fut anéantie à 90 %. D'après un des prisonniers, l'infirmier de la katiba, un jeune étudiant, le chef était Mohammed bel Addis, dit « le Vieux », successeur de Si Ziane à la tête de la wilaya 6, un saint homme aussi qui menait la djihad. Pour prouver aux fidèles sa détermination et sa foi il s'était tranché l'index de la main droite, « le doigt de Dieu ». L'infirmier affirma que « le Vieux » avait été grièvement blessé au ventre durant l'accrochage, mais on ne retrouva pas trace de lui sur le terrain.

Deux jours plus tard, le 16 janvier, Djellali fit savoir qu'il acceptait la proposition du commandant. Il demandait la visite urgente d'un toubib.

— C'est un coup à me les faire couper, dit le médecin-lieutenant Fourré quand le commandant lui confia cette mission.

— C'est effectivement un risque... Pour toute protection vous n'avez que la bonne foi de Djellali.

M. le maire avait fait préparer une salle pour servir de dispensaire. Le médecin donna ses soins à deux ou trois vieillards catarrheux et rhumatisants, tous anciens combattants. Puis Djellali le pria de l'accompagner pour rendre visite à un de ses amis, « gravement malade ». Dans une mechta en lisière du village, le toubib trouva un vieil homme, mal en point, gisant sur une paillasse dans la pénombre. En fait de maladie, il avait reçu une balle dans le ventre.

— Apparemment la blessure datait de deux ou trois jours et le vieux aurait dû être mort. Il faut croire que la balle n'avait pas fait trop de dégâts. Ce qui l'a sauvé est qu'il était à jeun quand il fut blessé. Il s'en est tiré avec quelques piqûres d'antibiotiques. Selon vos instructions je n'ai pas demandé d'explications et on ne m'en a pas donné.

Il l'avait bien remarqué mais oublia de le signaler alors en rendant compte de sa mission au commandant. Le vieil homme avait un doigt coupé, l'index de la main droite.

***

En guise de conclusion à son récit, Jean Marie ne put s'empêcher de me resservir du chinois.

— Sun Tzu a dit : « *Pour peu que l'on traite les gens avec bonté, justice et équité et qu'on leur fasse confiance...* »

Je le coupai un peu vivement :

— Il a dit aussi : « *Tout l'art de la guerre est fondé sur la duperie.* »

Dans son engouement pour les chinoiseries il en serait arrivé à confondre principes stratégiques et préceptes évangéliques [1].

1. *Note de l'auteur :* Moi aussi j'avais lu l'étude de Maurice Prestat *A propos de l'art de la guere de Sun Zi* (s'écrit Sun Tzu selon une autre méthode de transcription) dans le dernier envoi (n° 8) de *Stratégique,* une revue qui exprime en langage concret des idées claires, un genre rarissime chez les stratèges occidentaux grands amateurs d'absconneries doctrinales.

XVII

L'ETUDIANT

Le 14 janvier 1957, il faisait grand vent sur cette crête du djebel Mimouna où le commandant avait installé le P.C. de l'opération. Après les héliportages des premières heures du matin, le vent avait forci progressivement jusqu'à interdire les vols. A midi, sur ce piton décharné jusqu'à l'os, les hommes avaient du mal à se tenir debout, à résister aux rafales glacées qui les dénudaient. C'était un vent de steppe, ivre de liberté, un vent lourd de violence et de patience tellurique qui se ruait contre l'obstacle de la montagne pour l'araser à la fin des fins. Entre les grosses vagues déferlantes qui assourdissaient, des bouffées de fusillades montaient du fond de la vallée où la katiba s'était retranchée.

Le commandant était de mauvaise humeur. L'affaire traînait, ce qui n'était jamais bon. A 14 heures, la bande de fellaghas aurait dû être réduite depuis longtemps. Tout avait bien commencé. Cette katiba avait été localisée la veille sans alarmer ses chouf. Ce matin, par un temps gris sale, alors qu'il faisait à peine jour, la première compagnie héliportée sur le sommet de djebel avait levé le gibier. Il avait été facile de boucler la katiba par héliportages avant que ce maudit vent ne se soit levé.

Encerclés, les moudjahidin s'étaient retranchés dans les caillasses de ce ravin. Bien abrités, invisibles, le bidon plein d'eau, si rien n'intervenait pour changer la situation, ils pouvaient espérer tenir jusqu'au crépuscule et s'échapper à la faveur de la nuit. A cause du relief encaissé et du vent, la patrouille de chasse n'avait pu appliquer efficacement ses feux. Le Piper, « Papa-Whisky » en personne pourtant, après trois ou quatre heures de bahutage dans les rafales et les tourbillons, secoué entre les courants ascendants et les rabattants mortels, avait dû se poser à Bordj de l'Agha, le cœur au bord des lèvres.

Dans ce cas tactique, la solution classique conseillée par tous les bons auteurs est de donner l'assaut, l'ultime mouvement d'un combat, le test suprême d'une troupe aguerrie, la manœuvre décisive qui ne souffre pas la médiocrité, la moindre erreur, la moindre hésitation sous peine de pertes sanglantes.

Les compagnies du 584ᵉ étaient à distance d'assaut mais le commandant refusait de donner l'ordre. Le vétéran des voltigeurs de pointe n'avait pas deux mois de service en campagne. Aucun des cadres — officiers et sous-officiers du Train — ne connaissait suffisamment le métier de biffin pour donner l'élan indispensable au départ d'un assaut. En trois mois d'opération, grâce à une prudence calculée et à beaucoup de chance, Jean Marie n'avait pas eu un tué dans son bataillon.

Bien sûr, les légionnaires de Plantevin auraient réglé l'affaire en un tour de main. La 2ᵉ C.S.P.L.E., sur ses véhicules, se tenait dans la plaine, à l'écoute radio, prête à foncer. Mais le vent interdisait les héliportages et à pied, dans ce relief, ils n'auraient pu arriver à distance d'assaut avant la nuit.

Le lieutenant Ferrer, l'officier des transmissions du P.C., s'était fait engueuler chaque fois qu'il apportait un télégramme au commandant. Gonzalès avait pris un coup de pied au cul parce que Ahmed le berger avait oublié de prendre un paquet de cigarettes en réserve. Le commandant n'était pas à prendre avec des pincettes... et pour mettre du vinaigre sur son humeur, Katz, installé au Bordj depuis midi, ne cessait de le harceler pour obtenir de lui un bilan, le chiffre des pertes H.L.L., indispensable à la conclusion du bulletin de victoire qu'il voulait expédier à Alger avant 5 heures du soir, l'heure de la conférence de presse quotidienne.

— Coupe la radio, grogna le commandant à Bernard Quiblier dont la conscience de transmetteur parut choquée... Je te dis de couper la liaison radio avec le Bordj !

Jean Marie voulait avoir la paix pour réfléchir et prendre une décision.

Avec ce ciel couvert, en cette saison, dans trois heures il ferait assez sombre pour permettre aux fellaghas de s'échapper. Demain il faudrait repartir à zéro, reprendre la chasse sans les laisser souffler. Pourquoi ne pas tenter quelque chose — en dehors de l'assaut — avant le crépuscule ? Laisser la bande s'échapper avant la nuit... leur offrir une belle brèche dans le dispositif d'encerclement... Les inciter à filer vers le sud dans la plaine où la 2ᵉ C.S.P.L.E. attendait prête à bondir... Il n'y avait pas un avion en l'air, ni Piper, ni chasse, ni hélicoptères. S'ils se laissaient tenter... se laissaient glisser vers la plaine... on pouvait espérer les « prendre en demi de volée »... S'ils ne se laissaient pas tenter ou s'ils parvenaient à s'échapper, on était ramené au problème précédent.

— Passe-moi la « deux » !

Testud n'en croyait pas ses oreilles. Il avait dû crapahuter dur pour arriver sur cette position, à distance d'assaut des fells et en bouclage de la vallée au sud-est... et le commandant lui ordonnait de décrocher, de disparaître du paysage, de se replier derrière la crête et de rester là en stand-by.

Les deux autres compagnies, au nord et à l'ouest, maintiendraient le contact, « sans agressivité ».

Sur son piton, le P.C. dominait la vallée. Jean Marie s'avança jusqu'à la crête militaire. Caché derrière un rocher, il pouvait observer le fond de l'oued à la jumelle. La fusillade avait cessé depuis un quart d'heure ou vingt minutes... Deux moudjahidin émergèrent prudemment des lauriers-roses. Par petits bonds, d'un couvert à l'autre, ils poussèrent une reconnaissance vers l'aval, le sud-est... Aucune réaction ! La voie était libre... Les deux éclaireurs se tenaient debout à découvert. Ils gesticulèrent pour appeler leurs camarades. Les plus éloignés décrochèrent les premiers, puis toute la katiba se regroupa en colonne par un dans le lit de l'oued, dévalant vers la plaine par les petits sentiers à moutons...

— Appelle le Piper, cria le commandant pour dominer le bruit du vent. Décollage immédiat !

Quinze minutes longues comme un briefing d'état-major... Papa-Whisky se présenta à la verticale, secoué comme une feuille morte dans une tempête d'équinoxe et râlant à plein micro.

— J'ai déjà dégueulé dans le cockpit. On tiendra pas longtemps.

Un quart d'heure plus tard il avait oublié son mal de l'air.

— Gerboise de Papa-Whisky... Je les tiens ! Notez les coordonnées. Ils sont dans un ravinement qui coupe la plaine nord-sud. A l'allure où ils marchent, ils auront atteint le djebel Ground el Guelb avant une demi-heure.

— La chasse n'a pas le temps de venir de Djelfa. Il faut gagner vingt minutes. A vous de vous débrouiller pour les ralentir !

— Avec quoi ? Des injures ?

Ce jour-là Papa-Whisky exécuta un extraordinaire numéro d'acrobatie aérienne, avec semi-piquets en dérapage latéral pour tirer les fells à la carabine U.S. par la portière, passage en rase-mottes dans le ravinement, l'extrémité des ailes effleurant les parois abruptes du petit oued, et en jetant des grenades diverses, fumigènes de couleur et bouteilles de bière vides. Ayant épuisé ses munitions il termina en leur criant des injures au passage, et en leur faisant des bras d'honneur sous les salves des Stattis...

OCTOBRE 1956 : « R.A.S. AU BATAILLON ! »

Los Alamos... Les peupliers sur la berge de l'oued Chaïr. Dans un décor de western, entre l'oued et le djebel, la maison de l'Agha : le bordj P.C. du bataillon et 1re compagnie. *(Coll. part.)*

Aïn Rich, le village assassiné, vu du bordj militaire, cantonnement de la 3e compagnie. A l'horizon, la ligne de crête du Bou Kahil, frontière des territoires du Sud. *(Coll. part.)*

Ben S'Rour sur la grand-route. Garnison de la 2e compagnie. La Section administrative spéciale et la brigade de gendarmerie. Fermant l'horizon, la crête du massif du Messaad et le col des Voleurs sur la route de Bou Saada. *(Coll. part.)*

Colonel Coche, commandant le Train en Algérie. L'œil vigilant, le regard bienveillant... Une inlassable sollicitude, la patience généreuse... *(Coll. part.)*

« ... La chance joue donc, avec le hasard, un grand rôle dans la guerre... Elle nous apparaît davantage encore comme un jeu. » (Clausewitz)

Colonel Joseph Katz, commandant le C.O.S.A., ► et le commandant Devigny. *(E.C.P. Armées)*

La bande à Testud (lieutenant commandant la « deux »). Avec son lieutenant Rivoire (notaire, comme l'indique des rondeurs qui résistèrent aux djebels), ils encadrent pour la photo, leur dernière prise de guerre... *(E.C.P. Armées)*

Cérémonie aux couleurs à Aïn Rich et prise d'armes à la « trois »... Le capitaine Longeron présente sa compagnie au commandant. « En avant et vive la quille! »... Le symbolisme militaire est une expression de la poésie populaire. *(Coll. part.)*

Aïn Rich, le village ressuscité. La place du souk. *(Coll. part.)*

Photo-souvenir... Hommage à l'immortel bidasse! *(Coll. part.)*

14 janvier 1957. Sur la piste d'aviation du bordj de l'Agha. Rendez-vous au point du jour avec les Sykos du D.I.H. Alertés par le grondement des moteurs, les commandos foncent vers l'hélicoptère pour surprendre les « chouf »... *(E.C.P. Armées)*

« Nous répétons donc notre déclaration : la guerre est un acte de violence et il n'y a pas de limite à la manifestation de cette violence. » (Clauzewitz)

Cinq minutes de vol... Crête du Mimouna. Les « chouf » n'ont pas eu le temps de lancer l'alarme. La katiba est piégée dans le fond de l'oued. *(E.C.P. Armées)* ►

Fouiller l'espace hertzien pour localiser « Gerboise bleue » perdue dans les djebels... *(E.C.P. Armées)*

P.C./Ops. Une carte, un poste radio, une paire de jumelles... Dans l'angle, en haut à gauche, le capitaine Serge Groussard piaffe tel un pur-sang à la longe avant le canter. *(E.C.P. Armées)*

◄ Le vent lourd de violence et de patience tellurique couvrait le crépitement de la fusillade. L'œil mouillé, les os transis, le ventre durci par la peur, le radio doit se dresser pour maintenir la liaison... *(E.C.P. Armées)*

Enfin, suprême recours et ultime espoir... la Légion ! Le 14 janvier, une heure avant le crépuscule, les blindés légers du peloton Stepanovitch chargèrent la katiba en synchronisation avec les Sykos du peloton porté. Comme le glorieux 7e de cavalerie de Fort-Laramy, conduit par le capitaine John Wayne, la 2e C.S.P.L.E. du capitaine Plantevin surgissait du désert à point nommé pour dégager les héroïques petits biffins du 584e B.T. *(E.C.P. Armées)*

Le prisonnier ! On le lui a dit avec force... à cet instant, l'heure de vérité dans les arènes des corridas, il pense qu'il va être tué... Mais le regard de convoitise du voltigeur de pointe (à droite, second plan) se pose sur les « pataugas » du fellouze, des godasses neuves qu'il va pouvoir échanger contre ses croquenots modèle 1914 ! *(E.C.P. Armées)*

« Lorsqu'on voit les peuples civilisés s'abstenir de mettre à mort les prisonniers, c'est que l'intelligence tient une plus large part dans leur conduite de la guerre et qu'elle leur a appris à employer la force de manière plus efficace que par cette brutale manifestation de l'instinct. » (Clausewitz)

Le convoi des blessés arrive au bordj de l'Agha. Le 1re classe infirmier Pierre Halfon les prend en compte pour les conduire à l'infirmerie du bataillon. *(E.C.P. Armées)*

L'heure du bilan... *(E.C.P. Armées)*

... et de la lessive ! *(E.C.P. Armées)*

L'officier S.A.S., le lieutenant Collin, interroge les P.G. *(E.C.P. Armées)*

La piste du col de Medjedel. Derrière la crête, dans une lumière du premier jour du monde, un paysage de roc, de sable et de sel, abstrait comme un jardin Zen... *(Coll. part.)*

UN PRINTEMPS DE GUERRE DANS UN DJEBEL NOMMÉ AMOUR !

26 février 1957. La piste d'El Richa passait au fond du coupe-gorge. Les katibas d'Abderrhamane attendaient le convoi des Français, sur leur position d'embuscade, à mi-pente du versant. Les petits trainglots du 584 s'élancèrent à l'assaut dans le chaos... (voir chapitre XX). *(Coll. part.)*

▲ Embarquement. *(E.C.P. Armées)*

MARS 1957... HÉLIPORTAGE EN TROIS PHASES

Transport. *(E.C.P. Armées)* ▶

▼ Assaut. *(E.C.P. Armées)*

À LA GUERRE AUSSI ON PEUT MOURIR PAR AMOUR DES AUTRES.

« Car la volonté de l'homme ne puise jamais ses forces dans des subtilités logiques. » (Clausewitz)

Maréchal des logis Raoul Guincestre, mortellement blessé en mars 1956 sur le glacis du djebel Meharga, en sauvant un de ses camarades. Ce mauvais cliché d'amateur, découvert après sa mort, donne le meilleur portrait de Raoul. Tendresse dans le sourire, joie du regard, ironie dans l'inclinaison du casque... C'est comme si la lumière l'avait désigné et marqué d'avance. *(Coll. part.)*

« Les Turcs étaient stupides et les Allemands dogmatiques. Ils allaient voir dans la révolte un absolu comme la guerre ; ils la traiteraient de façon analogue. Mais quelle blague que les analogies dans les choses humaines ! Se servir de la guerre contre une révolte est un procédé aussi malpropre et aussi lent que de manger sa soupe avec un couteau. » ("Les sept piliers de la sagesse", T.E. Lawrence)

Lieutenant André Mollet. Assassiné le 29 septembre 1957 sur la place du village d'Oued Chaïr...
Il était venu pour le temps d'un été. *(Coll. part.)*

« Mes gosses courent à moi, m'entourent, m'embrassent l'épaule droite suivant la coutume arabe... Tandis qu'ils suivent mes gestes avec un tel bonheur dans les yeux que la cérémonie n'est pas une corvée... » *(Coll. part.)*

« ... Supposez que nous fussions (comme nous pouvions le devenir) une influence, une idée, une espèce d'entité intangible, invulnérable, sans front ni arrière, et qui se répandît partout à la façon d'un gaz ?... Nous pouvions être une vapeur, un esprit soufflant où nous voudrions. Notre royaume était dans l'âme de chacun... » ("Les sept piliers de la sagesse, T.E. Lawrence)

◄ Soldat de 2e classe Jean-Claude Veber. Instituteur à Oued Chaïr. Assassiné le 20 avril 1957 sur la place du marché d'Aïn Melah. « Rassure-toi papa chéri, je ne veux pas mourir... La mort est toujours là, mais diluée dans la splendeur mauve des djebels... Je n'ai pas perdu mon temps... » *(Coll. part.)*

Le capitaine Plantevin, commandant la 2e compagnie saharienne portée de la Légion étrangère. Le colonel Katz, chef du C.O.S.A., est venu flatter l'encolure « de son meilleur cheval ». *(E.C.P. Armées)*

Serge Groussard, écrivain, journaliste et romancier... à la recherche de son personnage, le commandant Jean Marie. *(Coll. part.)*

Et ce fut la dernière sortie en opération, le 31 décembre 1957... *(E.C.P. Armées)*

« Dans une affaire aussi dangereuse que la guerre, les erreurs dues à la bonté d'âme sont précisément la pire des choses. » (Clausewitz)

... une heure avant le crépuscule, dans la neige qui s'accrochait aux sommets du djebel Messaad, la 1re compagnie accrocha la dernière katiba de Si Haoués... Cette nuit-là, les petits trainglots du 584 et les légionnaires veillèrent en cercle autour d'un feu de bois. Les vétérans racontaient aux jeunes appelés, l'Indochine, une guerre perdue par les politiques. C'est ainsi qu'ils accueillirent le nouvel an 1958 ! *(E.C.P. Armées)*

Salan, encadré de Jouhaux et d'Allard. Delbecque devant la junte. On convint que Soustelle ne débarquerait pas ! *(Coll. part.)*

13 MAI 1958... UNE HISTOIRE D'AMOUR IMPOSSIBLE ?

Le jour où Soustelle débarqua... Le peuple souverain se fit foule impérieuse. Ce fut l'apogée du mouvement du 13 mai ! *(Coll. part.)*

(Coll. part.)

(Coll. part.)

Fascinée Fatia regardait la foule :

– Qu'en pensez-vous ? demanda Jean Marie.

– Ecœurant !

« Toute guerre sera considérée comme un acte politique. » (Clausewitz)

Testud et la Légion arrivèrent ensemble. Fonçant à travers la hamada jusqu'aux bords du ravinement, les légionnaires sautèrent directement de leur voiture sur les fellaghas...

En vingt minutes l'accrochage était terminé. La katiba anéantie. Le jour baissait. Les petits soldats du 584ᵉ se disputaient les pataugas des moudjahidin morts, des chaussures toile et caoutchouc pratiquement neuves. Ils ramassèrent aussi une douzaine de prisonniers hagards, dont deux blessés. La nuit interrompit la fouille du terrain. Les compagnies rallièrent à pied sur le feu de camp du P.C., installé dans la petite oasis de Hassi Medjedel, au pied du Mimouna.

Le commandant passa le bilan par radio au colonel Katz : « Pertes amies : néant. Pertes rebelles : 9 prisonniers. Tués : 60 environ. 67 armes de guerre récupérées. »

— Le colonel n'est pas là, répondit le transmetteur de service au bordj... Il est reparti un peu après cinq heures. Nous avions perdu la liaison avec vous. Mais il a déjà transmis le compte rendu de l'opération à Alger. Et c'est à peu près les chiffres qu'il a annoncés dans son communiqué d'opération.

— Mais enfin, l'opération n'était pas finie. La katiba pouvait s'échapper, s'étonna Jean Marie quand, le lendemain matin, Katz lui rendit visite.

— Ben, je vous connais maintenant. Je savais bien que vous ne laisseriez pas passer cette occasion. Et puis j'ai bien été obligé de faire moi-même l'évaluation du bilan puisque vous avez refusé !

Le vent n'avait pas faibli sensiblement avec la nuit. Derrière les murettes des jardins, les pans de murs des mechta en ruine, sous les arbres fruitiers de la petite oasis, les hommes étaient suffisamment protégés pour pouvoir allumer des feux.

Le commandant assista à l'interrogatoire des prisonniers par Ferrer qui faisait fonction d'O.R. Parmi ceux-là, un adolescent, avec un profil d'éphèbe grec, parlait parfaitement le français, pratiquement sans accent, ce qui eut le don de lui valoir la hargne de Gonzalès.

— Allez ! Va ! Te fous pas de moi ! Joue pas au con ! Moi je connais les melons !

— J'ai fait mes études secondaires dans un lycée parisien. A Henri-IV. Vous devez connaître, c'est derrière le Panthéon !

— Allez, continue !... Moi je vais te donner un gros panthéon dans le cul ! M'emmerde pas ! Moi j'ai jamais vu la France ! Même pas Paris ! — Puis en regardant ses pataugas avec convoitise — : Du combien que tu chausses ?... La pointure de tes godasses ?

— Du 42, pourquoi ?

— T'occupe ! File-moi tes grolles !... Je te passe les miennes !

Le commandant prit la relève.

— Tu as déjà passé le bac ?

— Oui, maths-élém. Avec mention assez bien. Je préparais le concours de H.E.C.

— Dans le djebel saharien ?

— Je n'ai pris le maquis qu'après le concours, fin juillet. J'ai été collé à l'écrit... Je vous jure que c'est vrai ! Dans la katiba je n'ai jamais porté d'arme...

— Non, tu portais un « melon » sans doute ?

Gonzalès était tout joyeux de montrer son sens de l'humour.

— Je dis la vérité, mon commandant. J'étais infirmier. Demandez au soldat qui m'a trouvé. Il s'appelle Robert de son prénom et il est du 20e arrondissement. On a parlé de Paris. Quand il m'a fait prisonnier, j'étais en train de soigner un blessé grave. Il avait une balle dans le ventre. J'avais juste une petite musette, avec des pansements, de la teinture d'iode et des cachets pour la dysenterie... Pour des blessés graves comme celui-là on pouvait rien faire. Ils mouraient, sauf quand on pouvait trouver tout de suite un camionneur assez complaisant pour les transporter dans une clinique en ville...

Ce n'était pas la peine de lui poser des questions. Il parlait comme une mécanique remontée. Gonzalès lui avait braqué sa lampe-torche sur le visage. L'étudiant — on le surnomma ainsi tout de suite — avait le teint livide, « Espagnol malade ». Quand le commandant lui offrit une cigarette il remarqua que sa main tremblait. Il était encore sous le choc de la peur.

— Mohammed nous disait que les Français torturaient les prisonniers avant de les tuer !

C'était une question. Il ne réalisait pas encore ce qui lui arrivait. Quand il s'était rendu pendant le combat, il croyait qu'il allait être tué. Des soldats convergeaient sur lui de tous côtés, en tirant sur les derniers moudjahidin... Celui qui l'avait capturé l'avait traité presque cordialement. Il lui avait donné à boire, une cigarette... Après ils avaient parlé de Paris, des endroits qu'lis connaissaient tous les deux.

Gonzalès l'avait un peu bousculé, mais celui-là, un « petit Blanc », ne lui faisait pas peur. Pourtant il avait besoin d'être rassuré. Chaque fois qu'un soldat approchait, il sursautait comme s'il voyait venir son exécuteur...

Ahmed le berger — pour la première fois il avait abandonné son burnous crasseux et revêtu un treillis militaire — apportait une gamelle de cassoulet au commandant.

— Tu as faim ?

— Je ne sais pas. J'ai l'estomac serré.

D'autorité, Ahmed lui donna une portion dans un couvercle de gamelle. Par politesse il y goûta, puis commença à manger avec appétit, sans cesser de parler.

— Je n'ai rien mangé depuis hier soir... Ce matin on avait seulement allumé le feu quand les guetteurs de la crête nous ont alertés... On n'allume jamais le feu la nuit. On attend le jour... Quand ils ont crié « perdreaux » — c'est pour les hélicoptères ; pour les avions, on crie « faisans » —, nous avons couru vers nos emplacements de combat. Maintenant nous préparons des emplacements de combat dans tous les camps de passage.

Les rafales de vent ébouriffaient les têtes des palmiers et arrachaient aux foyers des gerbes d'étincelles. La nuit était froide. Le toubib avait soigné les blessés, allongés sur les brancards dans l'ambulance. Il avait préparé un brancard supérieur pour le commandant.

— Il reste un brancard vide ? demanda Jean Marie... On va le donner à notre ami... l'étudiant !

— Je m'appelle Joseph... Youssef en arabe, si vous voulez.

— Vous ne pouvez pas rester seul avec trois fellaghas, dit le toubib.

Visiblement il avait escompté profiter de la quatrième place, du confort du dernier brancard et de l'abri de l'ambulance.

— Ne t'inquiète pas pour moi ! Avec Joseph nous avons pas mal de sujets à débattre...

Ils s'installèrent dans les brancards supérieurs, presque côte à côte. Un des blessés dormait en gémissant doucement comme un enfant dans son rêve. L'autre, une fracture ouverte du tibia, gardait les yeux bien ouverts, des yeux de bête captive, pleins de méfiance, à l'affût d'un trou dans la cage.

— Il ne comprend pas le français, dit Joseph pour répondre à l'avance à la question du commandant. C'est Abdullah, un nomade illettré, un berger des Ouled Slimane.

Porte close, il faisait bon dans cette ambulance, intime. Ils étaient assez près l'un de l'autre pour pouvoir causer à voix basse, bien que le vent fît siffler l'aérateur sur le toit du véhicule, comme une sirène. Joseph parlait toujours avec la même excitation. Il avait besoin de se confier à quelqu'un qui le comprenne. Le commandant s'offrait comme interlocuteur.

— A Bône, tout le monde connaît ma famille. Mon père est un des plus riches négociants de la ville. Le préfet le reçoit chez lui. M. Andrieu est le premier préfet qui le reçoive à sa table... Avant les événements il était invité à la préfecture comme tous les notables, à la réception du 14 juillet ou pour le passage d'un ministre. M. Andrieu est le premier à l'avoir convié à sa table avec sa famille. Mon père dit que Mme Andrieu est une grande dame...

Son père était un homme avisé. Il avait vu venir les événements de la Toussaint 1954. Il avait acheté à Paris un petit studio, un pied-à-terre, qui servirait aussi pour son fils pendant ses études.

— Il me disait toujours que dans les affaires on ne doit pas faire de politique. Mais je sais qu'il a soutenu Ferhat Abbas et le mouvement du Manifeste. Il est très ami avec Ferhat Abbas. Ils ont fait leurs études ensemble à la fac d'Alger...

« La politique » ? Youssef l'avait vraiment découverte à Paris, au lycée d'abord, l'année 1954. Il venait d'entrer en maths-élém. quand avaient éclaté les événements de la Toussaint. La plupart de ses camarades de classe étaient pour l'Algérie française.

— Moi aussi... Enfin je crois que je ne me posais pas la question. J'avais, comme mon père, des idées de réformes, celles proposées par Ferhat Abbas, mais il me semble que je ne remettais pas en question l'Algérie française. A Paris, je me sentais comme chez moi... J'avais des camarades d'Alger ou d'Oran qui râlaient contre le racisme des Français, qui se faisaient parfois traiter de ratons dans les cafés ou par leur concierge. Moi, comme vous pouvez le voir, je ne suis pas très typé. Je n'ai pas un faciès de Nord'Af.

Après le bac, son père lui avait offert une petite voiture et il s'était installé dans le studio de la famille. C'est à la rentrée qu'il avait commencé à faire de la politique, après avoir rencontré un groupe d'étudiants français qui se disaient progressistes et condamnaient la guerre d'Algérie.

— On se réunissait dans les salles de café du Quartier ou dans la piaule d'un camarade. Mon père m'avait formellement interdit de faire des réunions dans le studio. Il ne voulait pas d'histoire avec la police... Ils m'expliquèrent que le peuple algérien avait le droit de choisir son destin et l'indépendance si tel était son choix. Dans les discussions c'est moi qui défendais une Algérie française, réformée, démocratique, avec l'égalité des droits. Comme mon père je croyais à « l'intégration ». Ce sont mes camarades qui m'ont expliqué que ce n'était pas possible parce que le peuple français était soumis à un régime capitaliste-impérialiste. En se libérant le peuple algérien aiderait le peuple français à se libérer lui-même. Leur but était la révolution.

— C'est la thèse marxiste, dit le commandant.

— J'ai appris plus tard que certains de mes camarades étaient membres des Jeunesses communistes, mais à cette époque ils se disaient progressistes... Ils me disaient que je devais me préparer à jouer un rôle de dirigeant politique dans mon pays pour conduire la révolution. Ils me donnaient des ouvrages politiques à étudier.

A Pâques, son père n'avait pas voulu qu'il rentrât à Bône pour les vacances. Lui-même avait été menacé par les terroristes. Il payait pour avoir la paix mais il craignait pour son fils.

— J'ai été invité à participer à un séminaire avec d'autres étudiants algériens, des Marocains et quelques Africains. Nous étions dans une villa aux environs de Paris, avec un parc. Mais je ne connais pas l'endroit. Nous n'avions pas le droit de sortir du parc. Le stage était dirigé par M. Maurice, un professeur. Nous avions des cours sur le capitalisme, le socialisme et des discussions dirigées. A la fin, on nous a demandé d'écrire très franchement ce que nous pensions des idées débattues durant ce séminaire.

Au Quartier, il rencontra plusieurs fois M. Maurice. Jamais au même endroit. Dans des arrières-salles de café, à la permanence de l'U.N.E.F., une fois dans une somptueuse villa de Neuilly. Chaque fois, il l'interrogeait comme pour tester ses progrès et lui laissait toujours quelques nouveaux ouvrages à étudier.

— Evidemment, j'ai été collé à mon concours. Le soir des résultats, alors que je préparais mes valises pour partir à Bône en vacances, M. Maurice est arrivé chez moi. Il m'a dit que je ne devais pas perdre mon temps en vacances quand mon peuple se battait. Il me demanda si, à la rentrée, j'accepterais de partir dans un pays étranger pour suivre un stage de formation politique pour les cadres. Tous frais payés un an... Je lui donnerais ma réponse à mon retour en octobre. En attendant, je devais faire mes preuves dans le maquis en Algérie. Il me donna un « contact » à Alger qui me ferait entrer dans la résistance armée...

Le blessé s'était réveillé et se plaignait bruyamment.

— Qu'est-ce qu'il veut ? demanda le commandant.

Joseph haussa les épaules.

— Il a soif. Il me demande de lui donner de l'eau.

Jean Marie décrocha son bidon et se laissa glisser de sa couchette. Pour faire boire le blessé il dut lui soulever la tête. Puis avec un mouchoir il lui rafraîchit le visage.

— Vous savez qui est ce type ? dit Joseph... C'est un salaud, le pire des salauds. Dans la katiba, il était l'égorgeur, le bourreau officiel. C'est lui qui coupait les nez et les lèvres, les gorges. Et il le faisait avec plaisir. C'est un sadique... S'il vous tenait il vous torturerait à mort.

— *Choukran,* murmura le blessé d'un air pitoyable en se laissant retomber. Puis il lança une phrase en arabe, à laquelle répondit Joseph.

— Vous savez ce qu'il m'a dit : « Quand je serai guéri, je

te couperai moi-même les couilles... » Il se fait appeler Boudiaf. Avant, il était terroriste à Alger. Il a déjà été arrêté par la police française et libéré après trois mois de prison. C'est pour cela qu'il a été envoyé au maquis. Ce type est de la race des tortionnaires, des S.S. des camps de déportation... Il faut le tuer !

La voix de Joseph vibrait de haine.

— Il sera jugé, dit le commandant.

— Vous ne pouvez pas comprendre... Quand je suis arrivé au maquis dans la katiba de Mohammed, ce type et les autres m'ont traité comme un esclave. Le chef Mohammed est un fanatique. Pour lui je suis un traître parce que j'ai été pourri par l'instruction des roumis, la science impie, comme il dit. Ils m'ont fait faire toutes les plus sales corvées, j'étais leur domestique et si je disais que j'étais fatigué ils me punissaient. Ils me faisaient marcher en rond toute la nuit. C'est la punition réglementaire. J'ai été obligé de supporter leurs brimades, leurs punitions, leurs moqueries sans rien dire. Jamais ils n'ont voulu me confier une arme ! Depuis quelque temps, j'étais infirmier et cuisinier, enfin j'aidai le cuisinier pour toutes les corvées... Mais Mohammed est mort. J'étais en train de le soigner quand j'ai été pris. Il a une balle dans le ventre. Il va mourir.

— Qui est ce Mohammed ?

— Le chef de notre katiba. Mohammed bel Addis, dit « le Vieux ». L'homme au doigt coupé. Il s'est coupé lui-même l'index de la main droite, le doigt de Dieu, en gage de serment, pour montrer sa détermination à combattre dans la guerre sainte jusqu'à la victoire ou la mort. Depuis la mort de Si Ziane il est devenu le chef de la wilaya 6.

Le commandant alla réveiller Gonzalès.

— En interrogeant les prisonniers tu as entendu parler de Mohammed dit « le Vieux », le chef de la katiba. Il a un doigt coupé. Cet après-midi il a été grièvement blessé au ventre et il est sans doute mort.

— C'est l'étudiant qui vous a raconté ça ? grogna Gonzalès. Moi j'ai pas confiance ! Ces « melons » pleins aux as, bourrés de pognon, y se croient comme le Bon Dieu parce qu'ils ont un certificat d'études !

Il était presque deux heures du matin. Le commandant envoya le peloton Saillard sur le lieu de l'accrochage, avec mission de retrouver un cadavre avec un doigt coupé.

Joseph continua de parler. Maintenant il pensait à sa famille. A la peine de sa mère quand elle apprendrait que son fils était en prison, qu'il allait être sans doute condamné à mort comme hors-la-loi... Le romantisme de la résistance, de la révolution telle qu'il l'avait imaginée à Paris, lui paraissait cette nuit, à l'expérience, comme une utopie dangereuse. Le peuple algérien se battait pour se donner de nouveaux maîtres, des fanatiques comme Mohammed ou des fascistes tortionnaires comme ce Boudiaf l'égorgeur. Il admirait la modération de son père, sa sagesse qu'il avait prise pour la lâcheté des bourgeois colonisés.

— Maintenant tout se brouille dans ma tête. Je crois que l'Algérie française est aussi une utopie. Avant j'ai rêvé d'une société algérienne et française qui serait un modèle de tolérance pour le monde, une société multiraciale fraternelle... C'est à Paris que j'ai appris à haïr la France impérialiste. Je crois que vous, les soldats français, vous êtes trahis par les vôtres, des intellectuels français comme ce professeur Maurice qui se bat contre vous, au nom d'une idéologie révolutionnaire... Vous avez vu les chaussures que je portais, celles que votre interprète m'a prises ? Elles sont toutes neuves. Nous les avons reçues il y a quinze jours. C'est un cadeau d'un réseau français de soutien. Elles ont été fabriquées à Mauléon, pour nous. Et vous, vous avez de vieilles godasses éculées... Vous êtes trahis par les vôtres ! Ce n'est pas une guerre entre deux nations, mais une guerre civile, la lutte des classes...

Dans l'obscurité Saillard n'avait rien trouvé. Au jour, le commandant fit fouiller le terrain du combat de la veille. Aucune trace du « Vieux ». Il fallut se rendre à l'évidence. Mort ou blessé Mohammed avait disparu...

Gonzalès et Ahmed relevèrent des traces d'un mulet qui aurait pu transporter le corps du chef de la wilaya 6. La piste se perdait à quelques kilomètres vers l'ouest sur un sentier rocheux balayé par le vent.

Durant deux mois on n'entendit plus parler de Mohammed, l'homme au doigt coupé. On apprit qu'un autre, probablement son frère, lui avait succédé à la tête de la wilaya 6. Puis en interrogeant les prisonniers d'un autre combat, en avril, Ferrer recueillit un renseignement. Mohammed était vivant. Il avait bien été blessé au ventre mais il avait été soigné à Aïn Melah par un médecin français.

— Mais bien sûr, dit le docteur Fourré, je me souviens très bien. C'était la première fois que j'allais au dispensaire d'Aïn Melah. Je vous ai rendu compte de ce type, un vieil homme, un ami de Djellali, qui avait une balle dans le ventre... Je me souviens très bien. Il lui manquait un doigt à la main droite je crois... l'index en effet. J'ai dû le soigner huit ou dix jours à la pénicilline... Je ne me souviens plus comment il est parti. J'ai simplement cessé de le voir...

Joseph l'étudiant vécut quelque temps à Bordj de l'Agha. Il s'était tout de suite fait détester par Gonzalès, bien sûr, par le brave Ahmed qu'il avait tendance à prendre pour son domestique, par les harkis et les autres prisonniers. Le commandant ne savait qu'en faire. Il était encombrant.

— Je vais te faire donner un costume civil et te faire établir un laissez-passer, lui dit-il un soir dans son bureau. Demain matin tu prendras le convoi de ravitaillement qui te déposera à Bou-Saâda. Voilà un peu d'argent. Ne me remercie pas, c'est l'argent de la katiba que nous avons trouvé sur un cadavre. Après tu te débrouilles tout seul ! Va te faire pendre ailleurs... Et envoie-moi une carte postale de l'enfer !

Janvier 1960. Paris... Jean Marie a été affecté à l'état-major. Le vaguemestre lui remet une carte postale qui lui avait été adressée au « commandant du 584e B.T. à Bordj de l'Agha » avec « prière de faire suivre ». D'après la légende, en plusieurs langues, la photo représentait le marché des moutons à Tachkent, capitale de la République socialiste d'Uzbekistan. Au verso, il y avait quelques mots en français. « Cette fois, je crois que j'ai compris. Merci quand même. » C'était signé simplement « Joseph. »

XVIII

MEHARGA !

Hôpital Bégin. Chambre 433. Novembre 1980.

— Le premier mort de mon bataillon fut Bernard Quiblier, dit Jean Marie... Mon radio et mon compagnon.

Allongé à plat sur son lit, il avait l'air lui-même d'un gisant. On venait de lui faire une ponction lombaire et il devait demeurer ainsi, sans bouger sur sa planche, durant six heures.

— C'est étrange ! dit-il. En temps de guerre, il n'y a ni printemps ni automne.

Il médita un instant avant de reprendre sur un ton différent :

— Quel est ce philosophe dualiste de la fin du siècle dernier qui a démontré qu'en état de conflit dans une société humaine il ne peut exister que deux partis : l'ami et l'ennemi ?

Pour éviter d'avouer mon ignorance, je laissai mon regard s'évader par la fenêtre. Une vague de froid inaugurait l'hiver. Le gel figeait dans la mort les arbres du bois de Vincennes.

— A la guerre, reprit Jean Marie, il n'y a jamais de « troisième force », ni printemps ni hiver. Seulement l'ami et l'ennemi, l'été et l'hiver, la vie et la mort.

***

Le journal de marche et des opérations du 584e bataillon du Train note pour les quatre premiers mois de 1957 une série d'opérations presque ininterrompue du djebel Meharga au djebel Amour (300 kilomètres d'est en ouest), de Bou-Saâda à Laghouat (200 kilomètres du nord au sud).

En tacticien éprouvé de l'avancement dans l'armée, le colonel Katz voulait profiter de sa bonne main du moment pour forcer la voie vers les étoiles de général — il ne s'en cachait nullement, contrairement à bon nombre de tartuffes de bonne éducation — et dans ce but céleste accéléra le rythme des opérations. Cette idée de manœuvre convenait au commandant Jean Marie dont l'intention était de désorganiser l'appareil militaire de l'adversaire afin d'exercer dans les meilleures conditions possibles ce qu'il appelait obscurément « l'action politique », ultime et décisive phase de la guerre révolutionnaire ou de la « pacification » selon le vocable officiel. Pour nettoyer les djebels, il fallait profiter des fraîcheurs de la fin de l'hiver, du faux printemps de l'Atlas saharien avant les chaleurs continentales de l'été qui surgit brusquement en mai, le mois le plus chaud de l'année.

Après plusieurs jours d'opération du côté de Djelfa, le bataillon cantonnait depuis la veille à Bou-Saâda, pour prendre vingt-quatre heures de repos avant de repartir. Ce jour-là, le 4 février donc, un grand briefing était prévu à l'état-major du C.O.S.A. afin de mettre au point l'opération du Meharga. Le colonel Katz, de plus en plus dynamique, avait conçu le projet de frapper un grand coup, sur les fellaghas et l'esprit du général, en nettoyant ce massif qui domine la dépression du Hodna, à la limite du Constantinois et de l'Algérois, et, comme tous les confins, un tantinet négligé par les deux corps d'armée. Dans cet objectif, il avait obtenu des moyens considérables pour l'époque et pour cette région semi-désertique. Le briefing avait pour but de distribuer les rôles et de coordonner le jeu des acteurs.

Incidemment, la veille, le colonel avait dit à Jean Marie :

— On va profiter de l'occasion pour lancer un raid sur le Tsegna (un djebel boisé qui dominait Bou-Saâda)... C'est le commandant de Minou qui dirigera l'affaire. Donnez-lui une compagnie et un petit élément de commandement, deux radios au moins. Ne râlez pas, il s'agit juste d'un aller-retour, vos garçons seront de retour pour midi. Ils auront le temps de se détendre avant demain.

Le commandant Jean Marie n'aimait pas du tout prêter ses garçons (surtout à « ce crétin de Minou »). Il détestait les grandes manœuvres qui lui interdisaient toute initiative « inspirée » et s'ennuyait mortellement pendant les longs briefings. C'est à la sortie qu'on lui annonça la nouvelle. Le premier Sikorsky qui s'était présenté pour poser son chargement au sommet du Tsegna avait essuyé deux ou trois coups de feu. A l'intérieur, à cause des ronflements du moteur, on n'entendait pas les explosions. Bernard Quiblier était assis sur la banquette de toile, son S.C.R. 300 sur les genoux. Une seule balle pénétra dans la carlingue et le toucha dans la nuque. Il s'était affaissé sans un cri sur son poste radio, comme s'il s'assoupissait.

Bernard était le premier mort de son bataillon dans cette guerre.

Roger de Sazilly avait été le premier mort de toutes les guerres. La dernière fois, au moment de se séparer, il avait plaisanté sur leur chance de se retrouver. Qu'avait-il dit ? « Au guichet de la guerre, on ne peut pas retenir sa place de retour », et il souriait à sa mort avec courtoisie, il plaisantait devant sa mort avec sa désinvolture d'aristocrate.

Ils s'étaient retrouvés à un carrefour de l'Histoire, au soir de la libération de Paris. Roger arrivait avec la division Leclerc. Jean Marie sortait de la clandestinité. Ils s'étaient quittés en 1941, adolescents idéalistes, à la sortie de l'école, et ils se retrouvaient à l'âge d'homme, mûris trop vite au soleil de la guerre. Ils avaient tant de choses à se dire. Tandis que dans les rues Paris célébrait sa liberté, ils avaient parlé toute la nuit, échangeant leurs découvertes du monde et d'eux-mêmes.

Quatre mois plus tard, Roger était tué sur la route de Strasbourg, devant Salerne. Jean Marie était engagé devant Colmar lorsqu'il apprit la mort de son ami... « Oh ! Non ! Pas Roger ! » A cet instant même, la mort au combat, celle à laquelle on ne pense jamais parce qu'elle survient comme un voleur, avait pris pour lui sa dimension concrète, sa vérité. Par pudeur devant les autres, et aussi pour ne pas se laisser envahir et peut-être emporté par une terreur fondamentale, il avait dû se raidir, se durcir, montrer un front lisse.

Envers la mort il avait maintenant l'attitude du chirurgien. Ce n'était pas l'indifférence de la saturation, mais une réaction d'autodéfense de l'âme. La sobre rigueur que traduit le cérémonial militaire des derniers honneurs.

« *Paix aux hommes de guerre !*
Qu'ils soient ensevelis dans un dernier silence.
Que Dieu mette avec eux dans la juste balance
Un peu de ce terreau d'ordure et de poussière. »

Roger aimait Péguy. Son corps avait été placé dans la terre, sur le bas-côté de la route de Strasbourg.

Pendant la guerre d'Indochine, au cérémonial réglementaire le commandement avait fait ajouter un discours du chef de corps. L'habitude était devenue une règle. Comme si, dans cette guerre aux buts ambigus, on éprouvait le besoin d'expliquer par des mots, de justifier la mort d'un soldat.

A chaque instant de son commandement, en toutes circonstances, Jean Marie se sentait responsable de la vie de ses hommes, responsable dans le sens de comptable vis-à-vis de sa conscience et de ses chefs, mais pas coupable. S'il y avait culpabilité elle n'était pas, elle ne pouvait pas être à son échelle. Elle appartenait à l'autorité qui détenait le pouvoir de faire et de défaire la guerre.

Le bataillon allait repartir. Le commandant avait l'ordre dans sa poche. Il n'y eut pas de cérémonie. Le corps du soldat Quiblier fut déposé dans la petite chapelle de l'hôpital, froide comme une morgue pour recevoir la dernière visite de ses camarades. Il n'y aurait pas de discours du chef de Corps. Seulement le silence d'une prière.

« *Qu'ils ne soient pas jugés sur leur seule misère*
Que Dieu mette avec eux un peu de cette terre
Qui les a tant perdus et qu'ils ont tant aimée. »

Bernard Quiblier avait été son compagnon. Ils avaient partagé le pain et le sel, étanché leur soif au même bidon, dormi côte à côte sur la terre. Une fois ou l'autre, sous le feu de l'ennemi, blottis dans le même trou ils avaient ensemble affronté la mort, avec au ventre la même terreur primitive.

« *Salut compagnon. A tout à l'heure peut-être !* »

« Le spectacle continue », disent les comédiens. Pour la représentation du lendemain, le rideau se leva à l'heure H inscrite au programme. A l'aurore du 5 février, le bataillon était au pied du Meharga, prêt à entrer en scène avec la même distribution... sauf que le radio Quiblier avait été remplacé au pied levé par une doublure, Boubeker, un harki volontaire pour porter le poste radio et qui suivait le commandant pas à pas.

Le décor de roc et de sable était beau par son dépouillement, inquiétant aussi par ses ombres profondes, ses arrachements et ses déchirements. Le djebel Meharga est un massif rocheux qui émerge, tel un îlot, jusqu'à cinq cents mètres au-dessus de la plaine salée du Hodna. Un relief décharné par les eaux de ruissellement, abrasé par les vents de sable, ciselé par des ravinements à vif et des oueds encaissés. Entre les entailles serpente une ligne de crête indécise et nue.

Le vent d'est poussait devant lui des paquets de nuages stériles, qu'il dispersait pour ouvrir de larges trouées bleues que remplissait le soleil. La lumière neutre convenait alternativement pour la tragédie ou la comédie.

La mission du 584 était de « ratisser d'est en ouest » le flanc sud du massif. Parallèlement, le 226ᵉ B.I. ratisserait le flanc nord. Dès le départ, celui-ci engagea ses éléments de tête dans une large vallée encaissée qui s'ouvrait sur le chott. C'est là qu'ils furent accrochés par des tireurs embossés dans les falaises.

Le commandant du 584 avait, dès le début, escaladé le

Meharga pour tenir la crête imprécise, bordée de précipices. Alerté par la fusillade il poussa ses compagnies en avant pour essayer de dégager le bataillon frère. Les échos des gorges se renvoyaient le bruit des explosions rendant impossible la localisation des résistances. Dans ce relief, le Piper ne voyait pas grand-chose, et se faisait tirer comme un faisan en battue.

On appela la chasse à l'aide. Les T.6 étaient des avions-écoles U.S. achetés au prix d'occasion d'une petite voiture de tourisme et transformés en appareils armés en modifiant l'aérodynamisme. Les pilotes de la première patrouille étaient les lieutenants Fournier et Foch, pilotes-leaders de la patrouille de France, et peut-être les deux meilleurs acrobates aériens du monde. Pour aider les pauvres biffins rampant, ils allèrent au-delà de l'audace. Mais le courage ne peut aller au-delà des lois de l'aérodynamisme. En straffant un emplacement d'arme automatique embossé dans la paroi verticale d'une gorge, Foch décrocha dans sa ressource. L'avion s'écrasa au fond de la vallée et les débris brûlèrent avec le pilote sous les yeux impuissants des fantassins.

En avançant sur la crête principale, le P.C. du 584 se trouva à son tour sous le feu de tireurs invisibles et dispersés judicieusement. Le radio, remplaçant de Quiblier, fut le premier touché, et tomba à côté de son commandant qui tenait le combiné. Le médecin était le lieutenant Fourré. Il rampa sous le tir des fellaghas pour soigner le blessé.

— Il a une balle en plein cœur, dit-il à Jean Marie... L'incroyable est qu'il respire encore.

Deux heures plus tard un pilote de Bell prenant tous les risques parvint à l'évacuer. Sur le terrain de Bou-Saâda le médecin commandant Richeux faisait lui-même le triage des blessés. Des avions-ambulances se tenaient prêts à décoller pour Alger... Il examina Boubeker. Le blessé survivait par miracle, mais il jugea inutile de le faire transporter à Alger. Il fut hospitalisé à Bou-Saâda pour la forme, car il n'était pas douteux qu'il ne pourrait survivre longtemps avec une balle dans le cœur.

La 2e compagnie tenta de déborder la position pour débusquer les tireurs ou du moins les inciter à déborder. En franchissant un glacis elle fut à son tour prise à parti. Testud entraîna ses hommes en courant pour gagner l'abri précaire d'une légère ondulation.

Un blessé était resté sur le glacis, exposé aux feux des hors-la-loi.

— C'est Gourdin ! dit le maréchal des logis Guincestre, son chef de groupe.

D'un mouvement d'épaule, il se débarrassa de son sac à dos, ajusta ses équipements pour libérer ses mouvements.

— Vous autres, défense de bouger. Couvrez-moi autant que possible !

Plaqués au sol, les yeux à défilement de protection, les hommes de la 2e compagnie le virent dévaler la pente en courant, s'agenouiller près du blessé qu'il chargea sur ses épaules. Puis il entama la remontée. Autour de lui les impacts écorchaient les cailloux, faisant gicler les sinistres petits nuages de poussière... A mi-chemin, il fut touché. Ils le virent trébucher sous l'impact, rétablir son équilibre par un effort de volonté et, titubant sous la charge et la douleur, reprendre sa course. A ce moment, Brutails s'élança à son aide et le soutint jusqu'à l'abri de la crête.

« Oh non ! Pas lui, pas Raoul ! »... Tous ceux de sa compagnie avaient lancé cette prière ! Comme Brutails, tous les garçons de son groupe auraient risqué leur vie pour sauver ce petit margis. Raoul Guincestre était de ces hommes pour lesquels il faudrait inventer des mots, ni saint, ni héros, un peu des deux, il rayonnait pareil à une petite lumière chaude et discrète. Comme la lumière dans la nuit on ne mesurait sa place que lorsqu'elle s'éteignait, laissant un vide d'obscurité froide. « Sa présence nous rendait meilleurs », dit encore de Raoul son ami, Jacques Lecuyot. Il faisait découvrir aux autres ce qu'ils avaient en eux-mêmes de richesses inexploitées, de générosité et d'amour du prochain. Sur le rocher du Meharga, blessé à mort, en attendant le Bell d'évacuation, il avait encore l'abnégation souriante de consoler ses compagnons, de les encourager.

> « Meharga, dit Jean Marie vingt-quatre ans après... comme un bourdon de deuil ! La plus longue journée de cette guerre pour moi et pour mon bataillon ! »

De Bou-Saâda, le C.O.S.A. était trop loin du terrain pour pouvoir se faire une idée précise de la situation. Il tenta bien quelques manœuvres. Elles tombèrent dans le vide ou se firent accrocher à leur tour et neutraliser.

Le nez dans les pierres, Jean Marie ne voyait guère mieux. Une évidence lui apparut toutefois : cette katiba les attendait ! Bavardage, excitation, mouvements de troupes, ou traîtres... les moudjahidin avaient préparé une sorte d'embuscade, adopté un dispositif tactique nouveau et efficace, avec des emplacements individuels de combat, abrités et camouflés, disposés pour battre le terrain par des feux croisés sur des espaces nus. Cette tactique exigeait du moudjahid seul dans son trou une totale abnégation. Mais à cette condition chaque emplacement devenait pour l'adversaire un petit blockhaus qu'il devrait réduire, l'un après l'autre, au prix de pertes trop lourdes pour l'enjeu. Toute l'intelligence de ce dispositif tenait entre ces deux facteurs : courage d'un côté, sacrifices inacceptables de l'autre.

— Quel est le chef de cette katiba ? demanda Jean Marie au seul prisonnier fellagha de cette journée, un blessé que le docteur Fourré était en train de soigner.

— Si Haouès, répondit le moudjahid avec une sorte de provocante fierté.

Au crépuscule, dès que l'obscurité fut assez dense, les fellaghas décrochèrent subrepticement.

Dans la nuit Jean Marie fonça en jeep jusqu'à Bou-Saâda... A l'*hôtel Transat,* c'était un peu la déroute. Des officiers s'injuriaient à la table du colonel, se reprochaient réciproquement les erreurs de cette journée. Seul Katz gardait son sang-froid et un peu de dignité. Assez pour sauver la face. Il savait pourtant que dans les états-majors, jusqu'à Alger, ses ennemis, plus implacables que Si Haouès, se réjouissaient en secret de son faux pas et s'apprêtaient à le poignarder voluptueusement.

Katz refusa la proposition de Jean Marie qui, dès le matin, voulait engager la poursuite. La katiba avait glissé vers le sud-est, en bordure du chott Hodna, dans les djebels isolés, nus, secs...

— Non, on démonte. Ils sont sortis de notre territoire...

Le lendemain, après deux semaines d'opérations, le 584e B.T. regagna ses cantonnements. Pour la première fois, il rentrait meurtri avec deux morts et quatre blessés.

Avant même de lui laisser le temps de changer de tenue, Pothier présenta au commandant les pièces du courrier en instance. Un télégramme officiel sous le timbre du cabinet du ministre de la Défense nationale attendait une réponse urgente.

« En référence T.O. précédents (suivaient une douzaine de numéros avec les dates correspondantes)... soldat Brutails sera impérativement mis en route sur compagnie de quartier général Xe région militaire, pour recevoir affectation immédiate au 1er régiment du Train à Paris. Stop. A défaut moyen de transport rapide, un avion sera mis à la disposition du chef de corps 584e B.T., par géné-super, stop. Chef de corps 584e B.T. sera tenu personnellement responsable exécution présent ordre du ministre. Stop et fin. » Dans la transmission du corps d'armée, le général Allard avait rajouté une petite phrase : « Que faire pour contraindre chef de corps 584e B.T. à exécuter ordre du ministre ? »

— Vous répondez en « flash » : « En réponse à votre T.O. numéro tant, du tant, honneur vous rendre compte que seule solution est de relever chef de corps de son commandement du 584e B.T. Signé Jean Marie. »

Il attendit que Pothier eût bien noté le texte pour ajouter :

— Et maintenant vous me convoquez Brutails. La « deux »

est en train de débarquer des camions. Amenez-le-moi tout de suite !

L'affaire durait depuis deux mois. Elle avait commencé quelques heures après l'arrivée de l'intéressé à Bordj de l'Agha, par un banal télégramme émanant du ministère, sous le timbre cabinet, et demandant au général commandant supérieur en Algérie que « le soldat Brutails, affecté par erreur au 584ᵉ B.T., soit mis en route par les moyens les plus rapides sur Paris pour reprendre son service au cabinet du ministre de la Défense nationale ».

Naturellement, Jean Marie avait répondu à ce T.O. d'intimidation par une respectueuse négative. Et conformément aux ordres et à la tradition du bataillon, l'objet de la recommandation reçut huit jours de corvée, avant même d'être interrogé sur l'étonnante sollicitude du tout-puissant ministre à l'égard d'un petit voltigeur de pointe du plus humble des bataillons. A travers les réponses hésitantes de Brutails, le commandant avait imaginé un scénario de l'affaire, vraisemblable et assez proche de la réalité.

Grâce à ses relations paternelles, Brutails avait obtenu une affectation de faveur au secrétariat du ministre. Il se trouvait confortablement installé dans sa planque quand, un samedi soir, selon sa tactique éprouvée, le colonel commandant le 1ᵉʳ Train avait expédié le secrétaire particulier du ministre en Algérie avec un lot de personnels tout-venants. Le hasard s'était acharné sur lui en l'expédiant au plus loin, à Bordj de l'Agha. Le temps d'avertir ses protecteurs de sa mésaventure et le chef de corps du 584ᵉ recevait, par la voie hiérarchique, un premier T.O., auquel il avait répondu par une brève formule négative.

Fils unique d'un industriel de Souston et probablement ami du ministre en place, Brutails était un garçon robuste, sain de corps et d'esprit et au demeurant plutôt bon soldat. Il était justement à sa place comme voltigeur de pointe dans le groupe de combat du maréchal des logis Raoul Guincestre.

Ce premier télégramme d'intimidation avait été suivi d'une bonne douzaine de T.O. de plus en plus impératifs, auxquels le commandant avait répondu par des réponses de plus en plus négatives et de moins en moins respectueuses dans la forme... Et ce jour-là, le 6 février 1957, rentrant du Meharga, la colère de Jean Marie explosa sur le pauvre Brutails, encore tout couvert de poussière des djebels.

— Tu commences à nous emmerder sérieusement. Jusqu'à aujourd'hui c'était plutôt amusant. On n'a pas tellement l'occasion de répondre non à un ministre. Mais hier, ton chef de groupe, le maréchal des logis Raoul Guincestre, a été tué sous tes yeux pour sauver un de tes camarades.

Du terrain de Bou-Saâda où l'avait déposé le Bell d'évasan,

le médecin commandant Richeux l'avait fait évacuer par avion sur l'hôpital de Bou Farik. Avant d'entrer dans le bloc opératoire Guincestre avait voulu « se mettre en règle avec Dieu ». Il avait encore pensé à remercier le chirurgien et les infirmières. Bien que saturées de tragédies, ces filles bouleversées par la simplicité de cette dignité devant la mort avaient tenu à faire connaître sa fin au commandant et à ses camarades du bataillon. Sa dernière pensée avait été pour transmettre son amour à sa femme et à son fils, et à l'enfant qui allait naître. Il était mort pendant l'intervention.

— Tu sais qu'il aurait pu obtenir une affectation comme celle que tu exiges, une planque. Il ne l'a jamais demandée. Il a donné plus qu'on ne lui demandait.

Jean Marie n'ignorait pas l'attachement de Brutails à son chef de groupe.

— Et toi, fils unique, privilégié par la fortune, l'instruction, les relations de ta famille, tu emmerdes tout le monde pour te planquer. Sans te soucier que tu prends peut-être la place d'un type comme Guincestre ! Avec un peu de chance tu peux avoir sur la conscience deux ou trois orphelins.

Jean Marie délirait de colère contre le ministre. Ce dernier étant hors de sa portée, il s'en prenait au pauvre Brutails, le traitait avec une injustice féroce, cruelle. Il savait aussi ce que ce dernier avait fait pour porter secours à son chef de groupe en risquant sa vie. La vareuse de combat du garçon portait encore des traces noirâtres : le sang de son ami...

— Je vous jure, mon commandant, que je ne suis pour rien dans ces interventions. D'ailleurs maintenant, je suis volontaire pour rester au bataillon.

— Es-tu prêt à signer une demande écrite au ministre ?

— Oui, tout de suite !

Sur ses joues sales, des larmes traçaient des sillons clairs dans la poussière du Meharga.

Le soir même, Jean Marie rédigea un rapport au ministre de la Défense nationale. Il rappelait toutes les péripéties de l'affaire, explicitait les raisons qu'il avait de refuser toute faveur injustifiée au protégé du ministre et concluait ainsi : « C'est pourquoi, M. le ministre, j'insiste respectueusement pour que vous vouliez bien accorder au soldat Brutails l'autorisation de faire son devoir, comme il le sollicite auprès de vous dans la demande ci-jointe. »

Un exemplaire fut adressé directement au ministre, rue Saint-Dominique, par lettre recommandée. Une copie partit par la voie hiérarchique. Celle-ci souleva la poussière de la routine de Bou-Saâda à Alger. Katz préféra ne pas la voir pour ménager sa tension artérielle et fit signer le bordereau d'envoi par le chef d'escadrons de Minou. Le général Simon, en fonction à Médéa, prit la peine de descendre par avion à Bordj de l'Agha.

— Je vous aime bien Jean Marie, depuis l'Indochine. C'est pour cela que je vous demande de retirer votre rapport. C'est un suicide ! L'entourage du ministre ne vous le pardonnera jamais, même si le ministre vous donne raison. Et ceux-là, croyez-moi, demeurent en place quand les ministres passent. Vous serez inscrit sur la liste noire...

— A vos ordres mon général ! Je suis prêt à retirer mon rapport, mais pas à obéir aux ordres abusifs d'obscurs personnages à l'ombre du ministre, que vous dites inquiétants. C'est pourquoi j'ai pris la précaution d'adresser un exemplaire de ce rapport au ministre en personne, par voie directe et lettre recommandée.

Le général Simon ne pouvait faire autrement que de transmettre. Ce fut au tour du général Allard de s'alarmer. Il envoya par avion spécial un messager personnel au Bordj de l'Agha qui répéta à quelques détails près la petite homélie du général Simon... A quelques jours, les remarques du général Salan, peu soucieux de se mettre à dos le ministre pour une histoire aussi bête, furent moins amicales et aussi vaines.

Le ministre lui-même mit fin à l'affaire par un bref et dernier T.O. annulant tous les précédents. Il est probable que sa secrétaire particulière n'avait pas jugé utile de le mettre au courant des ordres qu'elle passait en son nom et par délégation de son autorité... Jean Marie fut inscrit sur la liste noire. Il y est toujours, car, comme disait le brave général Simon, les régimes passent mais la race des attachés de ministères, invisibles rongeurs, reste en place.

Brutails acheva son service au 584e bataillon. Grâce à Dieu, il en sortit en excellente condition physique et moralement un homme, s'il faut en croire les confidences de ses parents à Jean Marie.

Une semaine environ après la journée du Meharga, Jean Marie profita d'un passage à Bou-Saâda pour déjeuner avec son ami le médecin-commandant Richeux. Tandis que le toubib se lavait les mains — une manie professionnelle — avant de quitter son bureau, ils récapitulèrent la situation des blessés du bataillon en traitement.

— Au fait, vous ne nous avez pas prévenu pour l'enterrement de Boubeker. C'était un prisonnier du 14 janvier, en cours de ralliement. Il n'était pas encore officiellement inscrit comme harki mais tout de même, il méritait un dernier salut !

— Boubeker ?

— La balle dans le cœur ! précisa le commandant.

— Ah ! je me souviens très bien. Un cas invraisemblable. Quand je l'ai examiné il respirait encore. Mais il était condamné...

Je l'ai dirigé sur l'hôpital. Inutile de l'évacuer sur Alger... Mais tu sais j'ai traité ce jour-là plus de cinquante blessés. Je l'avais oublié.

Son nom était inscrit sur le registre des entrées mais il n'était pas porté « sortant ». Ils le cherchèrent à la morgue où il aurait pu être oublié étant donné sa situation administrative. Puis dans les chambres. Les infirmiers ne l'identifiaient pas parmi la centaine de malades. Ils le trouvèrent au réfectoire en train de déjeuner joyeusement et avec appétit. Les cicatrices fraîches qu'il présentait sur la poitrine et le dos définissaient une trajectoire de la balle à travers la poitrine qui anatomiquement passait par le cœur.

— Suis-moi, décida le toubib en interrompant son repas.

La radioscopie démystifia le miracle. Boubeker avait le cœur à droite.

Le capitaine Groussard rédigea un communiqué de presse qui soulignait habilement la chance de l'homme qui avait le cœur à droite, celle du C.O.S.A. et de son chef. La presse divulgua ce secret militaire. Heureusement les H.L.L. n'eurent pas l'occasion de l'utiliser.

XIX

LE PARI

Hôpital Bégin. Chambre 433. Octobre 1980.

Au moment où j'entrai, Christian de Reboul s'indignait à voix haute :

— Katz, le boucher d'Oran ! Cet arriviste sordide qui te doit ses étoiles ! Comment peux-tu encore lui serrer la main ?

— Parce que je le connais et parce que tu ne le connais pas...

Ils n'eurent pas un regard pour moi. Leur amitié fondée sur les bancs de l'école, construite sur les champs de bataille durant vingt ans de guerre et les chambres des hôpitaux où ils se rendaient visite alternativement était cimentée depuis un demi-siècle par leurs discussions car ils n'étaient d'accord sur rien — hors l'Essentiel — et en particulier Katz.

— Quand nous étions au collège, poursuivit Jean Marie, délicats objets de la sollicitude des meilleurs éducateurs du monde, Joseph Katz — qui ne connaît ni son nom ni sa date de naissance — faisait ses études dans une exploitation agricole de l'Allier, placé comme manœuvre par l'Assistance publique. Quand on nous initiait aux suaves églogues de Virgile, lui gardait les vaches et nettoyait les étables, les pieds dans la merde et les mains calleuses. A défaut des classiques humanités, il y a acquis une robuste constitution physique et un caractère... Mais il lui manque à coup sûr le délicat poli de l'éducation des bons Pères. C'est du marbre brut forcément rugueux. Lorsqu'il est franc on le dit cynique. Ambitieux, il est arriviste. Sa diplomatie est celle d'un marchand de bestiaux. Accordait-il sa confiance, il était naïf ou fourbe. Se montrait-il généreux, on le soupçonnait de quelque sordide intérêt indirect... Et en fait, il était tout cela, sauf « un homme de petites vertus » — je trouve cette expression particulièrement adaptée à mon sujet — et de minces défauts. Katz possède une formidable richesse de vertus et de vices, d'ignorance et de savoir, de culture et de barbarie, une considérable fortune volée à la société comme un trésor de pirate, une vieille malle pleine d'objets et de bijoux en or, argent, diamants, etc., du bon et du mauvais goût mais pas de verroterie ! Et il puisait dans ce coffre à pleines mains pour vendre ou donner, pour acheter une faveur ou racheter une erreur. C'est pour cette fabuleuse richesse que je l'ai accroché dans ma collection de personnages.

— Pourquoi pas au Panthéon ?

— Parce que « ce gâteau de Savoie qui a Hugo pour fève [1] » est la plus stupide institution de la République, une caricature de la canonisation des saints, l'inspiration du Saint-Esprit en moins ! Contrairement à toi je n'ai pas de Panthéon personnel, mais une galerie de portraits de personnages en tout genre, ramassés sur le terrain au fil des ans, sélectionnés sur leur seule richesse de caractère... Tel cet aventurier espagnol, qui régnait sur son empire au cœur de l'Afrique, qui en me refusant une cigarette me dit : « No tengo vicios minores ! »... Je fais collection de caractères comme d'autres de timbres ou de tabatières en or.

Je jugeai le moment propice pour orienter leur débat vers mon propos.

— Au Meharga pourtant, en février 1957, d'après votre propre récit, le colonel Katz ne fut pas particulièrement brillant, ni énergique, ni imaginatif !

— Sauf en pertes, enchaîna Christian, pour le chiffre des tués et blessés, une sorte de record pour une journée de combat !

— Eh bien, parlons-en ! C'est à ce moment, je veux dire précisément après cet échec sanglant, que je le trouvai digne de figurer dans ma collection. Les opérations précédentes n'avaient pas été des succès et nous étions descendus du Meharga en portant nos morts et nos blessés, las et meurtris. Le C.O.S.A. était touché, peut-être à mort.

---

1 Comme Georges Fourest n'est pas canonisé en littérature, je crois devoir donner pour les amateurs la citation intégrale.

Ce gâteau de Savoie ayant Hugo pour fève,
Le Panthéon classique, est un morne tombeau ;
Pour moi j'aimerais mieux (que le Dyable m'enlève !)
Le gésier d'un vautour ou celui d'un corbeau !

(*La Négresse blonde.* Epitre falote et testamentaire...)

Dans tous les états-majors de Bou-Saâda à Alger, de pâles adversaires et de sournois concurrents le guettaient. Dans une situation semblable, un colonel, conscient et avide d'étoiles, cherche d'abord à se faire oublier, se montre humble et prudent pour se faire pardonner. Les ennemis de Katz l'attendaient dans cette attitude de pénitent offrant sa tête, pour la lui couper. Il réagit à l'inverse. En d'autres termes, au lieu de passer la mauvaise main, il joua son tapis sur la carte suivante, sans la retourner ; et ce n'était pas un as, je suis bien placé pour vous l'affirmer...

***

Le 22 février 1957, peu après 9 heures du matin, un bimoteur Beechcraft se posa sur la piste devant Bordj de l'Agha. A peine arrêté, on en vit descendre le colonel commandant le C.O.S.A. Il tenait une carte à la main et s'en servait pour faire des signaux en criant, mais le ronronnement des hélices qui continuaient à tourner couvrait ses paroles.

— Appelez-moi le commandant !... Grouillez-vous, nom de Dieu !... Le commandant, vite !

Agitation et jurons trahissaient son impatience irritée. Le chef du poste de garde qui s'était précipité à sa rencontre se fit vertement rabrouer parce qu'il ne courait pas assez vite au gré du colonel.

Le bataillon était rentré la veille d'opération et, en guise de détente, le commandant avait décrété « une journée de travail aux constructions ». Lui-même travaillait dans une équipe de terrassement comme manœuvre, affecté à la pelle et la brouette, sa spécialité.

— Mais qu'est-ce que vous foutez ? hurla le colonel dès que le commandant se présenta à portée de voix. Vous n'avez pas lu mon message ?... Je vous disais de vous tenir prêt à partir !... Allez, dépêchez-vous ! Embarquez !... Mais non, votre tenue on s'en fout !... Embarquez ! Nous sommes déjà en retard !

Et Jean Marie se retrouva dans l'élégant petit avion aménagé en salon-bureau pour V.I.P. Dans son treillis couvert de terre, aux pieds des pataugas volés sur le cadavre d'un hors-la-loi, et ses mains sales, il n'osait pas s'asseoir dans un de ces fauteuils recouverts de housses blanches, immaculées, et le regard du steward en veste blanche et cravate noire ne l'encourageait guère.

— Asseyez-vous, ordonna Katz tandis que l'avion roulait déjà pour décoller.

— Et veuillez attacher votre ceinture, précisa le steward résigné à transporter des biffins terreux qui prenaient sa cabine de luxe pour une bétaillère.

Le rugissement des moteurs à pleine puissance interdit toute conversation. Jean Marie dut attendre que l'avion soit en ligne de vol pour poser enfin la question.

— Je vous emmène à Laghouat, répondit Katz fort détendu. Nous déjeunons là-bas et ce soir nous couchons à Alger. Demain on nous attend au corps d'armée, à 9 heures précises, pour une réunion au 3ᵉ bureau.

— Mais ma tenue ! s'écria Jean Marie... Je n'ai même pas une brosse à dents ! Vous auriez pu me prévenir. Je ne peux pas me présenter comme ça à l'état-major d'Alger !

Avec un admirable sang-froid Katz amortit le coup :

— Je ne comprends pas ce qu'est devenu mon message... Voulez-vous un café ? Il est excellent.

Jean Marie avait assez fréquenté les foirails à bestiaux de sa Corrèze natale pour deviner que le colonel n'avait pas expédié de message. Pourtant Katz ne mentait jamais gratuitement...

— Vous pouvez avoir aussi un casse-croûte : sandwich au poulet ou des œufs au jambon... avec une demie de beaujolais, un Villié-Morgon.

Jugeant sa clientèle du jour et en dépit de l'heure matinale pour des gentlemen, le steward offrit du scotch authentique (acheté en contrebande à Gibraltar pour la consommation interne de l'armée de l'air).

Sur l'aéroport de Laghouat, M. Abrial, l'administrateur civil du Territoire des Oasis, les attendait avec une voiture à fanion qui les conduisit directement à la Résidence où un briefing était préparé.

C'était l'époque du ministère du Sahara. La France proposait aux riverains du désert une copropriété pour la mise en exploitation des sables bitumeux et le partage des profits. Le pétrole coulait déjà à Hassi Messaoud. On parlait de traces de naphte à Edjellé, de nappe de gaz à Si Remel. Dans les bars de Laghouat les « pétroliers » se saoulaient avec les légionnaires et racontaient de fabuleuses histoires de trésors enterrés depuis quelques millénaires. Laghouat se donnait des airs de capitale d'Empire... dans le style IIIᵉ République impérialiste du mobilier de la résidence.

M. Abrial connaissait admirablement son affaire. Il exposa la situation du Territoire, et les problèmes de sécurité. Jusqu'à ce jour, grâce aux compagnies sahariennes, les tentatives des bandes armées du F.L.N. pour pénétrer dans le désert avaient échoué.

— N'est pas saharien qui veut. La survie des grands nomades dans le désert est un perpétuel paradoxe, un défi biologique. Comme l'a dit Lawrence, « le nomadisme est la meilleure adaptation de la vie à la géographie ». Le grand nomade est un aristocrate mystique. Pour ne pas désespérer quand la guerba est vide, pour continuer à marcher avec le troupeau vers le puits peut-être sec, il faut de la grandeur d'âme. Il faut croire en Dieu.

Les Sahraouis méprisaient les Telliens, ces gens dégénérés par le confort, la maison en dur, la fontaine devant la porte, l'esprit de boutiquier. Dès qu'une bande de Telliens armés passait la frontière des Territoires du Sud, elle était détectée. « Dans le désert tu n'es jamais seul, dit un proverbe sahraoui. Souviens-toi que des yeux te regardent... » Les compagnies sahariennes occupaient les points d'eau et donnaient la chasse au rezzou comme au bon vieux temps de *l'Escadron blanc...*

— Mais une nouvelle menace se dessine au nord-ouest, dit Abrial, à moins de cent kilomètres d'ici, dans le djebel Amour.

M. Abrial décrivit le terrain, une barrière montagneuse à 1 500 ou 1 600 mètres d'altitude, assez haute pour capter les pluies. Un massif boisé avec des plateaux rocheux fractionnés de gorges, bordé au sud par des crêtes pelées. Les deux ou trois pistes de pénétration étaient abandonnées, ravinées par les pluies, coupées par les hors-la-loi...

— Un maquis impénétrable, conclut Abrial. Or, si mes renseignements sont bons, deux ou trois katibas, ravitaillées par le Maroc, se préparent depuis plusieurs mois à quelques mauvais coups. D'ores et déjà, je les estime capables d'exécuter un raid surprise sur Laghouat, pratiquement sans protection. Et on peut imaginer qu'elles visent plus haut ou plus loin : l'attaque des camps de pétroliers... et pourquoi pas Hassi Messaoud ? C'est loin ? Mais imaginez les conséquences, le spectacle des puits en feu... la répercussion sur l'opinion publique dans le monde... Etant donné le risque, la menace doit être conjurée le plus rapidement possible.

Katz ne tenait plus en place. Il se levait, se dandinait, allait d'un mur à l'autre comme un ours en cage avant l'heure du repas.

— Nos compagnies sahariennes ne sont pas assez nombreuses pour nettoyer ce massif et d'ailleurs mal équipées pour cela. D'autre part, ce terrain relève de la responsabilité du secteur d'Aflou et les Telliens sont peu intéressés par un danger qui regarde vers le sud. Depuis trois semaines ou un mois — je vous prie de croire que mes informations sont bonnes — le danger se précise. Un convoi d'armes et de munitions, venant du Figuig au Maroc, a réussi à passer par les montagnes. Enfin, le chef de la wilaya 6 s'est installé là depuis deux semaines environ, avec son état-major. Ce n'est sûrement pas pour passer l'été à l'ombre ! Je connais son nom. Il s'agit d'un certain Abderrhamane Bel Addis, le frère et successeur de Mohammed dit

« le Vieux », l'homme au doigt coupé, disparu en janvier, assez mystérieusement d'ailleurs.

Jean Marie avait dressé l'oreille et s'apprêtait à donner des précisions quand Katz, qui n'y tenait plus, intervint.

— Merci M. l'administrateur ! Votre briefing a été très clair. A partir de maintenant nous prenons l'affaire à notre compte. Avant dix jours nous vous ramènerons votre type... Comment s'appelle-t-il ?... Abderrhamane ? Vous le préférez vivant je pense ?

Dans la salle c'était le grand silence. Les officiers de l'état-major, Abrial et ses adjoints civils regardaient le colonel, intrigués et s'interrogeant sur son état mental. Katz fit le tour de la salle des yeux, secouant la tête affirmativement. Puis désignant Jean Marie.

— Je suis sérieux. Il vous le ramènera... C'est sûr et certain ! Il ira le chercher dans son repaire et vous le ramènera pieds et poings liés, ici, à Laghouat. Vous pourrez le montrer à la population.

Le plus étonné était Jean Marie. Gêné par les regards convergents de l'assistance, il ne savait quelle attitude adopter, sauf démentir son chef : une faute de goût impardonnable devant ces gens de qualité.

Il connaissait un peu le djebel Amour pour avoir, en partant d'Aflou, exécuté un ou deux raids dans ce massif, somptueux par sa nature, ses ksars en nid d'aigle aux hautes murailles ocres, ses oasis aux sources limpides, ses confréries mystiques. Sinistre par ses plateaux de roches noires calcinées par le soleil. Inquiétant avec ses mechta vides et encore tièdes de présence humaine, ses sentiers inconnus sur les cartes tracés par d'invisibles caravanes... Comment trouver à coup sûr un homme désigné dans cette immensité sauvage ? Il bredouilla :

— Dans ce métier l'invraisemblable est la règle. « Seul l'inattendu arrive », comme dit le poète. C'est le charme de ce sport. Les vrais flambeurs jouent toujours le tocard... mais à 100 contre 1 !

Katz ne saisissait pas la perche. Il s'enfonça délibérément.

— Je prends à égalité. Avant la fin du mois, le commandant Jean Marie vous ramènera votre type... Abderrhamane !

— Tenu, dit Abrial en riant. Et croyez bien que je serai ravi de perdre.

Ils frappèrent dans les mains. Jean Marie avait la désagréable impression d'avoir été vendu sur le foirail par un maquignon rusé.

En revanche le déjeuner fut parfait. M. Abrial savait recevoir aussi bien que « plancher » devant une carte. Et pour accompagner l'arôme du café, il sortit une fine champagne digne de sa courtoisie. Voyant l'intérêt que le commandant portait à ce vieil alcool, il lui dit :

— Quand vous m'amènerez Abderrhamane, je vous donnerai une de ces bouteilles.

Soudain Jean Marie découvrait au cognac un arrière-goût doux-amer comme l'ironie. Katz releva le défi à la volée.

— Alors vous pouvez la mettre de côté tout de suite. Je viendrai vous la réclamer avant huit jours !

Dans l'avion le colonel fit la sieste. Lorsqu'ils arrivèrent à Alger l'après-midi s'achevait. Jean Marie se fit déposer rue Michelet. Le lendemain, à 8 h 30 exactement, Katz vint le prendre devant sa porte. A l'entrée du corps d'armée, un capitaine du 3e bureau les réceptionna, avec une correction glacée, pour les conduire à la salle des cartes. « Nez-de-cuir », le colonel Thomazo, l'adjoint du général, présidait le briefing auquel assistaient les chefs des 2e et 3e bureaux qui, visiblement, n'aimaient pas Katz et ignorèrent son commandant en treillis.

Nez-de-cuir, au contraire, manifesta tout de suite sa sympathie à Jean Marie, le fit asseoir à côté de lui, comme pour montrer que ce jeune commandant en treillis de combat était de sa race, les officiers de troupe baroudeurs.

C'était au colonel commandant le C.O.S.A. à ouvrir le débat en exposant son projet. A l'école, Katz n'avait pas appris l'art de l'éloquence. Il parlait mal en public mais sans le moindre complexe, avec des euh et des hein, des hésitations, des parenthèses, des retours en arrière... de quoi dérouter les esprits méthodiques des officiers d'état-major. Mais il émanait de sa corpulence mobile, de ses gestes désordonnés, une foi de béton, une force de conviction irrationnelle et contagieuse. En gros, il répéta l'exposé d'Abrial en improvisant quelques modifications plus spécifiquement militaires. Il n'avait rien préparé mais tout calculé. Jean Marie le comprit dans la conclusion.

— Alors, pour nous résumer clairement, dit-il, voici les points principaux à ne pas perdre de vue. Premièrement : vous avez dans le djebel Amour une demi-douzaine de katibas prêtes à faire sauter quelques campements de pétroliers, Laghouat ou Hassi Messaoud. Et ce, au moment où le gouvernement joue à fond la carte du Sahara auprès des Etats africains. Vous voyez d'ici le topo !... Les hurlements des pétroliers, la presse, l'O.N.U. et tout... Deuxièmement. N'oubliez pas que ce djebel se trouve dans votre territoire, sous votre responsabilité. Il y a de quoi faire sauter le général... Troisièmement. Si vous me donnez les moyens que j'ai demandés, je m'engage à nettoyer le coin... parce que j'ai un atout dans la manche. Le voici, dit-il en montrant Jean Marie. D'ailleurs vous le connaissez. Il s'est déjà payé deux chefs de la wilaya 6, Si Ziane et Mohammed le Vieux. Ensuite il connaît le terrain et son bataillon est entraîné pour ce genre de mission... Je vous l'ai amené pour que vous le voyiez et que vous l'interrogiez...

A cet instant, la tenue de combat du commandant ajoutait la petite touche qu'il fallait pour enlever le morceau... Jean Marie comprenait alors pourquoi il n'avait pas reçu le message de préavis.

Nez-de-cuir lui mit la main sur l'épaule.

— Oui, je le connais votre poulain. C'est un chef de bande et il a de la chance.

Après cela, les réserves des chefs de bureau n'étaient plus que combat retardateur. Katz avait gagné. Il en profita aussitôt pour allonger un peu la facture des moyens et obtint tout ce qu'il demandait en renfort.

Le chef de B/3 était moins sentimental et il avait quelques réserves bien présentées. Katz lança une dernière manœuvre.

— Comme il s'agit d'un très gros morceau, je vais vous demander de renforcer mon état-major, un peu léger pour cette opération, en me prêtant des officiers de chez vous, du 3ᵉ et 2ᵉ bureau en particulier. J'aurai besoin pour la logistique d'une petite équipe du 4ᵉ bureau...

C'était « proprement génial », selon Jean Marie. En injectant des observateurs-espions dans l'état-major du C.O.S.A., Katz se livrait lui-même aux chefs de bureau (qui ne l'aimaient pas du tout). En cas d'échec — hypothèse probable — le C.O.S.A. ne pourrait en aucune façon truquer la réalité dans son rapport et on aurait sa tête. Dans l'autre alternative, les chefs de bureau partageraient le succès et les bénéfices... A cet instant, il l'admira sincèrement.

Naturellement, Katz obtint tout ce qu'il avait demandé. A la sortie de la réunion, il regarda l'heure.

— On a le temps de déjeuner tranquillement, dit-il. Je vous invite dans un petit bistrot de Saint-Eugène. C'est un copain,... le meilleur poisson grillé de la côte... et un rosé de Boulaya qui vaut le voyage.

Dans l'avion, après le déjeuner, ils dormirent tous les deux. Le Beechcraft de luxe déposa Jean Marie devant sa porte, avant le crépuscule.

— Quoi de nouveau ? demanda le commandant à Pothier venu l'accueillir à l'entrée du bordj, et qui le regardait avec curiosité... Si je vous disais d'où je viens vous ne me croiriez pas ! On a reçu le courrier... combien ?

C'était une méthode pour traiter la paperasse. Jean Marie faisait peser le courrier à l'arrivée.

— Quatorze kilos et des poussières, dit Pothier.

— Vous me ramenez ça à trois cents grammes, je n'ai pas le temps d'en traiter plus...

— Nous avons reçu un nouveau capitaine. Il est arrivé aujourd'hui par le convoi de Bou-Saâda. Il vous attend. Voulez-vous le voir tout de suite ?

Il s'appelait Longeron et apportait une lettre du général Coche, le commandant de l'arme du Train en Algérie. « Puisque vous n'avez pas voulu du capitaine Villagai, mon numéro un, je vous affecte le capitaine Longeron, d'un modèle très différent, qui devrait vous plaire... »

C'était la suite et la conclusion de l'affaire de « Number One ». Elle avait commencé par une lettre personnelle de Coche au chef de corps du 584. « Cette fois, écrivait le général, vous ne pourrez pas vous plaindre. Je vous affecte le capitaine Villagai qui vient de se classer parmi les meilleurs à l'Ecole d'état-major, le numéro un des capitaines du Train... »

La lettre était datée du 20 janvier. Le 14 février, Number One, comme l'appelait Pothier, n'était toujours pas arrivé au bataillon. Ce jour-là le commandant le découvrit dans un couloir de l'état-major de Bou-Saâda.

— Vous avez un capitaine qui vous attend depuis bientôt trois semaines, lui dit Minou d'un ton patelin. Il a refusé d'emprunter le camion de ravitaillement pour rejoindre Bordj de l'Agha. Il prétend avoir droit à une jeep... au moins.

Number One était assis dans le couloir, attendant son chef de corps pour se présenter.

— Capitaine Villagai, affecté au 584e B.T. Je vous dis tout de suite que je suis ici sur ordre. Si j'avais la vocation de fantassin, je n'aurais pas choisi le Train à la sortie de Saint-Cyr. Je dois vous avouer aussi que je trouve parfaitement stupide de marcher à pied à l'époque du moteur et je n'ai aucun goût pour les stupidités. Enfin je n'ai pas travaillé à l'Ecole d'état-major pour me voir affecté dans des fonctions sans le moindre intérêt et dans un bled perdu.

Pour comble, Villagai était gras, court de pattes, rond de ventre et parfaitement conscient qu'il était le numéro un des capitaines du Train. C'était trop... Pas assez toutefois, à cause de la lettre du général Coche, de sa sollicitude vis-à-vis du 584e et de son amitié pour son commandant. Jean Marie domina son premier mouvement qui aurait été de le foutre à la porte. Il répondit calmement :

— Merci de votre franchise. Voici ce que je vous propose. Ou vous rentrez immédiatement sur Alger pour demander une affectation plus en rapport avec vos talents. Ou vous rejoignez votre bataillon, tout de suite avec moi... J'espère que l'hélicoptère vous convient ?... Nous sortons après-demain en opération. Vous aurez ainsi l'occasion de juger l'ambiance sur le terrain... Moi aussi !

Cinq jours plus tard, après deux jours de marche dans le djebel, deux journées pénibles et décevantes, le bataillon cantonnait à Aïn Rich. Ce soir-là, les officiers dînèrent avec le commandant, pour parler service et se détendre un peu. Durant ce repas, Villagai ne cessa de lancer de spirituelles critiques, à la limite de l'insolence, quand il ne gémissait pas sur son sort, ses pieds meurtris, l'imbécillité du métier de biffin, etc. Au café, après avoir rappelé les ordres pour le lendemain, le commandant se leva.

— Il me reste un petit problème à régler. M. Villagai, j'ai le plaisir de vous apprendre que vous avez été recalé à l'examen d'entrée au 584e bataillon du Train. Je pense que vous vous en réjouirez comme moi-même... et vos camarades car vous nous avez emmerdé durant toute cette soirée de détente. Le capitaine Leclaire va mettre une jeep à votre disposition, avec un conducteur et deux hommes d'escorte. Elle vous transportera cette nuit même devant la gare de Djelfa... Voici un mot pour le général Coche quand vous vous présenterez. Vous pouvez le lire.

« Merci mon général de votre cadeau. Mais je sais que c'est l'intention qui compte et je connais votre sollicitude pour le 584e, votre inlassable indulgence à mon égard. Je vous retourne Number One pour lui trouver un emploi plus digne de ses compétences... »

Longeron avait été désigné à la place de Villagai. Il avait mis vingt-quatre heures pour rejoindre, au lieu de trois semaines. En fait il était l'antithèse de Number One : maigre, long, musclé avec cette démarche souple et économe du chasseur de viande. L'autre avait été le plus jeune capitaine de son arme. Longeron sortait du rang et voyait approcher la limite d'âge du grade de capitaine, son bâton de maréchal. Number One avait gagné ses galons dans les écoles et entamait une brillante carrière. Longeron avait gagné ses galons à la guerre, dans un bataillon de tirailleurs. Il n'avait pas le bac mais il parlait l'arabe. Number One n'avait pas accepté son affectation. Longeron était volontaire pour servir au 584e.

— Pourquoi ? lui demanda Jean Marie.

— Je ne sais pas si vous êtes au courant, mon commandant, rétorqua Longeron, mais vous êtes la terreur, vous et votre bataillon, dans toutes les compagnies de Q.G., les G.T. et C.C.R. Quand un type fait une connerie on le menace de l'expédier au 584e. J'ai pensé que cette ambiance me conviendrait.

— A partir de maintenant, vous commandez la 3e compagnie.

Avec Longeron, le 584e était prêt à gagner le pari de Katz.

XX

UN DJEBEL NOMME AMOUR

Hôpital Bégin. Chambre 433. Novembre 1980.

— Prenez ces choses comme il vous plaira, dit Jean Marie. Pour l'arrivée de Longeron au bataillon, vingt-quatre heures avant, appelez cela de la chance puisque le colonel Katz avait fait un pari. Pour ce qui vient maintenant, le combat du 26 février, vous pouvez parler de pressentiment, prémonition ou sixième sens, avoir recours à la parapsychologie ou à la pataphysique... De toute façon vous ne prouverez rien parce que la réalité n'est jamais rationnelle. Les horlogers astronomes m'ont expliqué la mécanique céleste, pourtant chaque soir d'été la vue des étoiles me donne le vertige...

Je refusai de le suivre dans le cosmos alors que j'étais là pour l'entendre me raconter l'opération du 26 février 1957 dans le djebel Amour.

— Je dormais dans ma jeep. Nous roulions depuis 2 heures du matin. Je dormais profondément quand je me réveille sans transition. Je ne me souviens plus de l'heure exacte — vous la trouverez dans le rapport d'opération du C.O.S.A. — mais j'ai gardé sur ma peau la mémoire d'une chaleur engourdissante après le froid de la nuit saharienne. Au soleil, il doit être plus de 10 heures du matin. La colonne est stoppée dans le fond d'une vallée encaissée, avec des versants raides hérissés de rochers et de buissons. Les moteurs sont coupés. Pas de bruit. Au contraire, un silence trop parfait... Un silence plein de vibrations inaudibles. Et c'est peut-être cette lourdeur du silence qui m'a tiré de ma torpeur.

« J'ai perçu tout cet environnement en une fraction non mesurable de temps... ou alors toutes ces sensations avaient été déjà enregistrées dans mon subconscient, l'analyse des circonstances et des conséquences élaborée durant mon sommeil et ma décision prise. A vous de choisir l'explication « rationnelle » !

« Les choses se sont strictement passées ainsi : j'ouvre les yeux, je prends le micro et sans respecter la procédure je dis mot pour mot : « Gerboise (c'est mon indicatif) à tous. Débarquez. 1re compagnie à droite, 2e, 3e compagnies, commando de l'air, à gauche. Objectif la crête. En avant ! Foncez ! »

« Là, il y a un temps mesurable de ce silence particulier, quelques secondes : puis c'est le bruit : l'éclat des voix des gradés qui transmettent l'ordre, le piétinement des hommes sautant des camions, heurts et cliquetis de métal, ce brouhaha familier d'une troupe qui se dépêche... « Débarquez en vitesse !... Grouillez-vous !... Déployez-vous en tirailleurs !... En avant ! En avant !... » Et la ligne des hommes qui se met en mouvement au pas... Puis je vois sur la pente raide la silhouette de Longeron, détaché devant sa compagnie, qui escalade le flanc du ravin en courant, qui donne l'élan au mouvement. Lorsque les premiers coups de feu claquent l'élan est pris. A mi-pente, Longeron se déploie, du bras fait le geste en avant en criant un ordre. D'abord je n'ai pas compris ce qu'il avait dit, mais les hommes de la 3e compagnie ont repris le cri. Ils gueulaient à pleins poumons : « La quille vingt dieux !... Vive la quille !... La QUILLE !... »

Vingt-cinq ans après, sur son lit d'hôpital, en évoquant ce moment de l'assaut, Jean Marie a l'œil rigolard, avec une petite lumière de fierté dans sa pupille sombre. Il ajoute :

— Le colonel Pfister était trop loin pour comprendre ce que criaient les trainglots... Il a dû croire que nous chargions en criant comme les chevaliers de France : « Notre Dame Montjoie ! »

C'est le vice de Jean Marie. Il faut qu'il en rajoute, même quand les faits se suffisent.

*
**

Pour cette opération, le colonel Katz avait réussi à rassembler sous ses ordres le volume d'une petite division, en deux ou trois groupements tactiques qui devaient converger d'horizons différents sur le djebel Amour au jour J, à l'heure H.

Le 584ᵉ faisait partie du groupement de Bou-Saâda commandé par le colonel Pfister, le chef du prestigieux Régiment Etranger de Cavalerie, le R.E.C. Le briefing eut lieu l'après-midi du 24 février au P.C. du régiment à Bou-Saâda. Préparé par l'état-major du R.E.C., il ne manquait pas un graphique, pas un croquis à l'exposé. A la fin, un capitaine distribua l'ordre n° 1, un document de vingt ou vingt-cinq pages comprenant « première partie : opération », « deuxième partie : logistique », plus des annexes.

A cet instant, le commandant Jean Marie parlait avec le colonel Pfister. Il prit le papier machinalement, le plia en quatre et le glissa dans une poche de sa vareuse de combat.

— Vous ne le lisez pas ? demanda le colonel d'un ton légèrement piqué ?

— Non. Pourquoi ?... Je sais tout ce que j'ai besoin de savoir : le jour, l'heure, la fréquence radio et le point de départ. Vous m'avez fixé d'avance un axe de marche, une attitude tactique, défini les conditions dans lesquelles je dois me montrer prudent ou agressif... autant de choses superflues, prématurées du moins. Votre manœuvre est parfaite pour attaquer le djebel Amour. Malheureusement ce n'est pas mon intention. Mon objectif n'est pas la cote 1514 que vous m'ordonnez de tenir à H+4, mais les katibas d'Abderrhamane. Et cet objectif essentiel personne ne sait où il se trouve. Quand nous l'aurons localisé, il sera temps d'imaginer une manœuvre... et vite.

Le colonel prit le parti d'en rire, imité aussitôt par ses proches. Les regards qu'ils échangeaient disaient clairement : « Ce commandant Jean Marie, ce cavalier avec ses trainglots qui caricature un bataillon d'infanterie est vraiment un type pittoresque, comique. »

Pfister, Alsacien et saint-cyrien, était un officier d'une parfaite rigueur de fabrication. Cavalier et légionnaire, il avait fait la guerre avec brio, l'Ecole de guerre héroïquement, possédait des titres de guerre et des diplômes d'état-major. A la tête d'une des plus prestigieuses unités il exerçait son commandement en exigeant des autres toute la discipline qu'il s'imposait à lui-même et montrait dans sa tenue, ses horaires de travail, sa morale et son raisonnement selon les méthodes réglementaires.

Dès cette première rencontre, dans ce chef d'escadron en pataugas, aux allures libérées de cheval sans harnachement, il avait senti l'ennemi de race. Jean Marie aussi. Avec Katz, qui avait la main légère, il avait gardé sa liberté d'allure, même la selle sur le dos. Il pouvait changer de pied à sa convenance, choisir sa foulée pour aborder un obstacle, donner le meilleur de lui-même à son cavalier. Pfister lui fit sentir tout de suite, aux rênes et à l'éperon, qu'il entendait imposer les règles de l'équitation classique, obtenir une stricte obéissance de son cheval. C'était du redressage, un travail fort délicat pour un écuyer, avec risque de chute dans le cas d'un cheval rétif.

Conformément à l'annexe II de l'ordre d'opération n° 1, fixant les mouvements préliminaires des unités du groupement Pfister, le 584ᵉ B.T. quitta ses cantonnements à J-1, pour la première étape de mise en place. Au passage à Djelfa, il reçut comme 4ᵉ compagnie le renfort d'une centaine de commandos de l'air, des fusiliers de l'armée de l'air et de la super-infanterie.

Le point de rassemblement du groupement avait été fixé aux environs de Tadmit, un centre expérimental de cultures sèches, dans la grande plaine qui s'étend de la route Djelfa-Laghouat aux lisières est du djebel Amour, plus de cent kilomètres de hamada sillonnée en tous sens de pistes.

A l'étape du soir, le colonel convia à dîner ses grands subordonnés : le chef du bataillon de tirailleurs et celui du 584ᵉ B.T. qui formaient sa « piétaille ». Ce repas de bivouac fut en tout point du service parfait, et dans la tradition d'hospitalité du Régiment Etranger de Cavalerie. On se sépara de bonne heure toutefois, n'ayant pas grand-chose à se dire et peu de temps à dormir. Le départ était fixé à deux heures du matin.

L'ordre de marche était prescrit sur l'ordre n° 1 : en avant-garde un escadron d'automitrailleuses du R.E.C. pour ouvrir la route et guider la colonne. Le bataillon de tirailleurs roulerait en tête des gros, suivi de l'état-major du groupement — une vingtaine de véhicules avec les impedimenta. Le 584ᵉ venait en queue, devant le détachement de dépannage et d'arrière-garde qui fermait la colonne.

En mouvement, le convoi s'étirait sur plusieurs kilomètres. Sur ces pistes en terre, dans l'obscurité, avec les ornières et la poussière, la vitesse moyenne se situait entre 15 et 20 km/h. Et à plusieurs reprises, l'escadron de tête se trompa de chemin [1]. Toutes ces pistes se ressemblaient et elles étaient aussi denses que les mailles d'un filet. A chaque erreur, il fallait stopper, contrôler la position, chercher un nouvel itinéraire, une bretelle ou une déviation pour retrouver la bonne route... Et le retard s'accumulait.

Il faisait grand jour quand le groupement aborda la lisière est du djebel Amour. Pour combler en partie son retard, le colonel décida de pousser en camion aussi loin que possible par la piste d'El Rhicha qui s'enfonce droit au cœur du massif. Cette piste de terre suivait le cours sec d'un petit oued, au

---

1. *Note de Jean Marie :* Sun Tzu a dit : « Ceux qui ignorent les conditions géographiques... ne peuvent conduire la marche d'une armée. Ceux qui n'ont pas recours aux guides locaux sont dans l'impossibilité de tirer parti du terrain. » J'avais des guides locaux dans la bande à Gonzalès, mais le colonel repoussa avec hauteur mes offres de services. « On ne saurait se fier aux renseignements des indigènes, dit Pfister. C'est un principe enseigné à Saumur. »

fond d'une vallée étroite, prise entre la chaîne principale au nord et l'arête rocheuse du Kef el Rharbi, dernière ligne de crête du massif au sud. A sept ou huit kilomètres de l'entrée de la gorge elle était coupée, obstruée par des rochers et des abattis. L'escadron de tête dut s'arrêter pour ouvrir un passage. Derrière lui, la colonne était immobilisée sur 1 500 ou 2 000 mètres, dans un coupe-gorge idéal.

Sur le flanc du Kef el Rharbi deux ou trois cents moudjahidin étaient en embuscade. Bien abrités et bien camouflés dans des emplacements préparés, ils attendaient, le doigt sur la détente, l'ordre d'ouvrir le feu sur ces camions pleins de troupes, alignés pare-chocs contre pare-chocs à moins de cinquante mètres dans le cran de mire de leur fusil. Immobilisés, piégés, ils formaient une cible juteuse, un vrai plaisir, la joie du massacre facile... Le silence de la montagne était lourd de leur attente, de leur tension, de leur haine. Et c'étaient peut-être ces vibrations d'ondes psychiques qu'avait capté le subconscient du commandant Jean Marie et qui l'avaient tiré brusquement du sommeil.

A cause de cela — ou pour toutes autres raisons — les moudjahidin ouvrirent le feu quelques minutes, quelques secondes trop tard. Lorsque les premiers coups de feu éclatent, les trainglots et les commandos sont déjà lancés. Longeron a donné l'élan. Le barrage de feu se déclenche trop tard pour arrêter la charge. L'assaut est la ruée animale de la meute en chasse, l'ultime bond du carnassier sur sa proie...

Poussant son cri de guerre, « La quille ! », la « trois » de Longeron donne l'assaut, alignée sur le commando de l'air à sa gauche. La « deux », sur l'aile droite, a tardé quelques secondes à se mettre en mouvement, et se heurte à quelques résistances. Mais les compagnons de Raoul Guincestre ont une revanche à prendre — « On se souvenait du Meharga », dira Jacques Lécuyot —, les petits trainglots « pacifistes », les amateurs, sont devenus des guerriers. Ils bondissent sur les positions ennemies, rafalent, grenadent, tuent, désorganisent le dispositif adverse, dépassent la ligne d'embuscade. Roger Pruvost et Bernard Chambrand sont tués au cours de cet assaut, tous les deux tirés dans le dos à bout portant par des H.L.L. débordés.

Assaillis par ces hommes en furie, la plupart des hors-la-loi décrochent, se replient avec l'intention de se rétablir en arrière, sur la crête où ils ont préparé des emplacements. Déchaînés, les Français les bousculent, les basculent dans la contre-pente, les poursuivent jusque dans la plaine.

De cette crête, la cote 1 500 et quelques mètres, la vue plongeait vers le sud, jusqu'aux horizons de brumes sèches. Jean Marie installa son P.C. sur cet observatoire d'où il pouvait suivre à vue les mouvements des compagnies, coordonner la manœuvre d'exploitation. Les liaisons radio étaient excellentes, même avec le P.C. du groupement trop lourd pour se déplacer et resté au fond du ravin. Le commandant du 584e était à peine installé sur son rocher que le colonel Pfister manifestait son autorité par un message :

« Je ne vous ai pas donné l'ordre de débarquer des camions, et encore moins de vous lancer sur cet axe. Vous prie désormais suivre scrupuleusement mes ordres. Veuillez donner immédiatement votre position et celle de vos unités. »

— Tu réponds « Bien reçu », dit Jean Marie au radio.

Pour l'instant il était occupé à une manœuvre urgente. Une partie du bataillon de tirailleurs, pris à parti avant de descendre des camions par les feux des H.L.L. en embuscade, était bloquée sur la pente du ravin. Jean Marie fit glisser sur la droite la 2e compagnie pour déborder les positions des tireurs ennemis par la crête et les forcer à décrocher.

A la radio, le P.C. du groupement insistait pour recevoir une réponse à son message. Jean Marie prit le micro et décrivit la situation.

« J'estime l'ennemi à deux katibas. Nous les avons bousculées dans la plaine au sud. Je me trouve sur la crête, à vue directe. Mes unités sont en train de poursuivre les fuyards, de réduire les noyaux de résistance qui se forment çà et là, en utilisant les ravinements des oueds. Impossible de donner plus de précision. La situation évolue d'une minute à l'autre. Vous suggère pousser en avant aussi vite que possible bataillon de tirailleurs et le maximum de forces disponibles pour exploitation [1]. »

Il était onze heures et demie environ.

Gonzalès les signala au commandant mais ce fut un de ses harkis qui les découvrit le premier. A cette époque, on commençait à les appeler les harkis, les types de « la bande à Gonzalès », un goum d'une dizaine d'Arabes (on disait « Français-musulmans »), pour la plupart des prisonniers ralliés, des ex-H.L.L. retournés mais sans « lavage de cerveau », sans système planifié (comme celui des Viets au camp n° 1). Simplement des combattants prisonniers insensiblement intégrés à la communauté humaine du bataillon, incorporés un par un, au jour le jour, « par la force des choses » de la vie quotidienne.

Les premiers jours, il n'était qu'un prisonnier de guerre, un « P.G. » traité humainement — ce qui n'excluait pas « des baffes dans la gueule » quand il montrait de la mauvaise volonté à répondre aux questions de Gonzalès et de ses séides. Puis,

1. Sun Tzu a dit : « Une attaque peut manquer d'ingéniosité mais il faut qu'elle soit menée avec la vitesse de l'éclair... »

surveillé de près, il devait gagner sa gamelle en travaillant aux corvées du poste. Et le plus naturellement du monde la surveillance se relâchait peu à peu, plus ou moins vite. Gonzalès utilisait les compétences individuelles de chacun pour toutes sortes de petits travaux, de missions : guides, pisteurs, porteurs, éclaireurs dans le style western. Il s'en servait aussi pour identifier, interroger les suspects. Un jour il emmenait l'ex-prisonnier en opération, comme porteur du poste radio du P.C., des munitions lourdes, du matériel de campement... Trois ou quatre détenaient déjà une arme individuelle, un fusil de chasse, une Statti ou un Mauser récupéré.

Le premier à s'être intégré était Ahmed le berger du Touïla, falot, maigre, rachitique. Il n'aimait pas les armes et avait choisi de travailler aux cuisines comme bonne à tout faire. Il avait engraissé (sans être obèse) et affichait toujours un sourire heureux, préférant visiblement son sort actuel à celui de berger pris entre les moudjahidin et les soldats français, une très inconfortable position. Le second était Moktar ben Hoccine, le garde du corps de Si Ziane. Il était précieux car il connaissait toute la rébellion du coin et pouvait identifier sur-le-champ le moindre suspect. Il servait de second à Gonzalès avec qui il s'engueulait et s'injuriait homériquement, liés qu'ils étaient par une sorte de confraternité algérienne.

La dernière recrue était un certain Moussa, un des prisonniers du 14 janvier, encore sous surveillance. C'était sa première sortie en opération avec le goum, comme porteur.

Ce fut Moussa qui les découvrit, juste sous le P.C., à trois cents mètres environ dans le versant au milieu des rochers — trop loin pour tirer, trois fellaghas dans un trou de serpent, bien embusqués. On ne pouvait les voir que du haut, et avec des yeux perçants de Saharien. Moussa était capable de discerner la silhouette d'un homme sur son bourricot à quatre ou cinq kilomètres de distance et de le reconnaître.

A la jumelle le commandant les repère facilement. Il peut voir leurs armes en position de tir... braquées sur l'homme de tête d'un groupe de commandos de l'air qui marche droit sur le nid de vipères sans le soupçonner. Il faut les avertir, les alerter !...

Les gens du P.C. crient, agitent les bras, mais les bruits du combat, les moteurs des avions, la fusillade... couvrent les cris d'alarme. Le commando suit un sentier de chèvres à flanc de côte qui les conduit droit sous le feu ennemi...

Alors Moussa demande une arme. Quelqu'un lui tend une mitraillette. Et Moussa plonge dans la pente abrupte. Du P.C. on le regarde dévaler, bondissant de rocher en rocher avec la sûreté de pied d'un mouflon. Ni les fellaghas en embuscade, fascinés par l'approche de leur proie, ni les commandos ne l'ont remarqué... Le voltigeur de pointe avance au pas... vingt mètres... quinze mètres... à dix mètres les fellaghas tirent à bout portant, l'abattent sur place. Les autres se jettent au sol derrière des abris précaires, sous le feu de l'ennemi. Ils voient alors le harki dans son dernier bond qui tire en rafale, vide son chargeur à bout portant sur les trois cadavres.

— Il nous a sauvé la vie, dira le soir le chef du groupe des commandos au commandant. Comment s'appelle-t-il ? Nous voulons le proposer pour une citation [1].

Quand Moussa remonte au P.C. avec les brancardiers qui ramènent le blessé, Gonzalès l'engueule.

— La putain de toi, dis, tu pouvais pas courir plus vite !... Et pourquoi t'as pas récupéré les fusils, la mort de tes os ? Alors tu comprends rien ? Maintenant c'est les autres, les aviateurs qui les ont ramassés !...

Le radio sur la fréquence de commandement du groupement interpelle le commandant.

— J'ai pris un message pour vous... C'est pas bien écrit. Le colonel veut vous voir tout de suite. Il vous demande de descendre « en personne » au P.C. du groupement pour rendre compte de la situation... position des unités et de l'ennemi, etc. Il a dit aussi « pour explications au sujet de comportement personnel chef d'escadrons commandant 584e »... Si j'ai bien compris, il avait pas l'air content le colonel. Surtout quand je lui ai dit que vous étiez occupé... Qu'est-ce que je réponds ?

— Tu réponds « merde », dit le commandant.

Il tient un combiné radio dans chaque main et s'efforce de mettre un peu d'ordre dans le cirque. Tout le monde appelle en même temps, a quelque chose d'urgent à dire...

— Compris, mon commandant, dit le petit transmetteur. Il connaît son chef et son métier.

— Groupement de Gerboise... Gerboise appelle groupement. Comment me recevez-vous ?

— Reçu cinq sur cinq, répond une voix à l'accent germanique.

— Gerboise appelle groupement... Gerboise appelle groupement... Je vous reçois un sur cinq... Répétez message.

— Reçu cinq sur cinq, fort et clair. Passez message. A vous !

— Gerboise appelle Groupement... Je vous reçois faible, incompréhensible. Puis, comme s'il se parlait à lui-même mais dans le micro, il dit : « Merde, ma réception déconne vachement !... » — Et il reprend : — « Gerboise appelle Groupement... » tandis que sa main gauche ignorant que la droite tient

1. La chancellerie du général commandant supérieur interarmées refusa cette médaille pour un « prisonnier » d'un bataillon de trainglots proposé par des aviateurs fantassins. Ce n'était pas facile à comprendre !

le micro, tourne lentement le bouton de réglage de fréquence...
— Ça y est mon commandant. On ne les reçoit plus.
— O.K. Tu alignes ton poste sur la fréquence de dégagement d'appui aérien. Le réseau intérieur est trop encombré. Préviens le Piper et les T.6 qu'ils passent sur le channel 14.

Midi et demi. Au P.C. du groupement, dans la calme vallée, c'était l'heure du déjeuner. Jean Marie pouvait raisonnablement compter sur une heure de tranquillité et de liberté d'action avant que le groupement trouve un moyen de reprendre la liaison.

Longeron appelle en priorité. Il tient un prisonnier qui serait le chef d'une des katibas du général Abderrhamane. « Il parle très bien le français, ajoute le commandant de la " trois ". Il a vu le général Abderrhamane il y a moins d'une heure. Avec une douzaine de gardes du corps, ils tentaient de s'échapper en suivant un oued, vers le sud-ouest. D'après ce qu'il dit je situe cet oued dans le secteur de la " deux ". A propos, le général Abderrhamane est facile à identifier. Il porte une tenue d'officier américain, en gabardine marron, avec des épaulettes rouges à trois étoiles. »

— Envoyez-moi tout de suite votre prisonnier. Je préviens Testud.

Le lieutenant Testud était à l'écoute.

— Tu as compris ?... Alors tu fonces droit devant. Et attention ! Ouvre bien tes oreilles. Je le veux vivant. Je répète... vivant !

Le prisonnier de Longeron arriva vingt minutes plus tard entre deux hommes de la « trois » décontractés comme de vieux soldats.

— Je m'appelle Abdelkader ben Mohammed, dit le prisonnier. Je commandais une katiba du général Abderrhamane. Avant, j'étais caporal-chef au 5e régiment de tirailleurs algériens.

Il se tient debout devant le commandant, au garde-à-vous, la tête basse, comme s'il parlait devant un tribunal militaire.

— La putain de sa mère, dit Gonzalès indigné en s'adressant aux types de la « trois ». Pourquoi que vous l'avez pas flingué tout de suite cette rascasse pourrie ?

— Ta gueule Gonzalès, coupe le commandant. Puis, au prisonnier : « Continue. »

— Mon régiment a été envoyé en Allemagne l'année dernière. J'étais en permission avant. J'ai une femme et trois enfants. J'habite dans une mechta pas loin de Tadjemout. Ils sont venus me chercher une nuit. Si j'avais refusé, ils m'auraient égorgé. J'ai déserté.

Il avait cinq ans de service et il savait ce que coûtait la

désertion face à l'ennemi. Dans son régiment, les déserteurs étaient fusillés. Il s'était préparé à être abattu. Il ne cherchait pas à faire valoir de circonstances atténuantes, ni ne demandait grâce. Il parla un moment de sa famille, de son village à vingt-cinq kilomètres d'ici, au bout de l'horizon, dans la plaine...

— Tu sais utiliser un S.C.R. 300 ? lui demanda soudain le commandant.

— Oui, nous avions les mêmes postes dans ma compagnie.

— Alors tu vas prendre celui-là. Tu assureras les liaisons avec le Piper et les avions d'appui, les T.6... Vous, ajouta le commandant en s'adressant aux transmetteurs du P.C., donnez-lui les indicatifs et passez-lui les consignes !

Il devait être près d'une heure et demie de l'après-midi. Le capitaine du R.E.C. arriva peu après. Il avait dû se presser pour grimper la côte et il avait le souffle court.

— Le colonel vous prie de descendre immédiatement à son P.C., dit-il après avoir salué. Il marqua une légère hésitation avant d'ajouter : J'ai ordre de vous accompagner.

Il n'attendait pas de réponse.

Il regarda autour de lui, les postes radio par terre, et cet étrange transmetteur, un Arabe avec son vieux treillis sale et déchiré (on aurait dit un fellagha)... Et Gonzalès en train de s'engueuler en dialecte « gestuel » avec Moussa agitant sa mitraillette Sten... Un peu à l'écart le toubib et ses aides accroupis près d'un blessé sur son brancard dégoulinant de sang... Et sur ce rocher au soleil, deux corps enveloppés dans des toiles de tente en guise de suaire...

Et le regard du capitaine, comparant sans doute avec l'organisation rationnelle du P.C. du R.E.C., se disait : « Quel foutoir ! »

Le commandant en pataugas de fellouze lui coupa sa réflexion.

— Voulez-vous une anisette ? J'en prendrais bien une. J'ai soif. Avec beaucoup d'eau, Gonzalès...

— Merci, mais j'ai déjà déjeuné.

— En ce cas vous n'êtes plus pressé. Alors asseyez-vous donc ici... Juste quelques minutes ! Le temps de vous faire le point.

La chasse aux fellouzes battait son plein. Les katibas éclatées, les moudjahidin fuyaient par paquets ou individuellement par les petits oueds du haut bassin de l'oued Mzi, tel un liquide le flacon cassé, ils se répandaient en multiples coulées par chaque fissure du sol, s'infiltraient dans la terre.

— Maintenant il faut éponger tout ça, dit Jean Marie. Sur notre gauche, à limite de visibilité, la 3e compagnie chasse à courre entraînée par son capitaine. Au centre devant, les commandos de l'air. Ils travaillent en professionnels... Sur la droite, la « deux » est un peu en retrait. Mais elle est lancée sur la trace du grand chef sioux...

— Mon commandant, interrompit Abdelkader, des hélicoptères veulent vous parler.

A l'horizon plein ouest, surgissaient trois Sikorsky en formation de vol.

— Leader D.I.H. à Gerboise. J'ai un chargement de légionnaires à bord. Donnez-moi des coordonnées de D.Z. pour les poser.

— O.K. Je fais baliser en rouge... Mettez-vous en virage à droite 90 degrés environ... Redressez... Maintenant gardez le cap. Le Piper vous prend en compte...

Puis au Piper :

— Papa-whisky de Gerboise... Tu choisis une D.Z. devant la « deux » pour boucler le grand oued... Vu ?... Balise en rouge. Terminé.

Il changeait de poste.

— Gerboise-deux... Attention ! Je fais héliporter des légionnaires devant toi pour boucler l'oued... Fonce, je veux Abderrhamane !

Jouant de ses quatre postes radio, Jean Marie s'efforçait de coordonner l'action des unités. Avec un brin d'imagination le capitaine du R.E.C. aurait pu le comparer à un chef d'orchestre échevelé se démenant en haut de son pupitre pour mettre à l'unisson des instrumentistes en pleine improvisation... La symphonie fantastique !

Après un quart d'heure de ce spectacle, il se leva. On l'avait quelque peu oublié.

— Je vous demande l'autorisation de me retirer.

— Je compte sur vous pour m'excuser auprès du colonel, dit le commandant. Vous avez vu et entendu. Je ne peux pas m'absenter en ce moment. Il suffit d'une légère erreur, une rencontre imprévue au détour d'un oued de deux éléments amis, un straffing malheureux de la chasse... vous imaginez le résultat !

— Je rendrai compte de ce que j'ai vu et entendu, mon commandant.

Il salua puis juste avant de partir, il ajouta, à voix basse, comme s'il était honteux de trahir son chef en esprit.

— Je vous envie, mon commandant...

Cinq minutes après son départ, Testud appela :

— Je crois que nous tenons votre homme. Et sa voix faisait vibrer le micro d'excitation contenue... Il porte un uniforme d'officier américain marron et dans sa poche on a trouvé, soigneusement enveloppée dans un mouchoir, une paire d'épaulettes rouges avec trois étoiles...

15 h 30... Après tout c'était peut-être le premier jour d'un printemps pour le djebel Amour. Ce soleil qui s'inclinait tendrement vers les cimes de l'ouest était traître comme un soleil d'avril en France. Et le vent charriait de la lumière pure.

Ils avaient mis plus d'une heure pour monter. Ses gardiens lui avaient lié les mains dans le dos et le tenaient à la longe. Il saignait d'une blessure en haut du bras droit.

— Détachez-le immédiatement ! ordonna le commandant sèchement. Vous n'avez pas vu qu'il est blessé. Toubib !... Occupe-toi de ce blessé ! Et vous autres, dégagez ! Retournez à vos places ! Ce n'est pas une bête curieuse !

— Mon commandant, dit Abdelkader, Papa-Whisky a repéré des fuyards en NW 49 D. Il demande l'autorisation de faire straffer par la chasse.

Le prisonnier se laissait faire, étonné — dans le sens de foudre — par ce qu'il voyait : Abdelkader, son second, le chef d'une katiba qu'il avait quitté tout à l'heure combattant les Français... Et les autres prisonniers discutant avec des harkis...

— Ce n'est pas grave, dit le toubib. Une balle en séton dans le biceps.

Le commandant lui tendit un bidon.

— Tu dois avoir soif.

Il avait la bouche sèche. Il but longuement, en état de somnambulisme.

— Merci ! Puis comme s'il avait oublié de se présenter, il dit : Je suis Abderrhamane bel Addis. Le chef de la wilaya 6.

S'il avait escompté un effet de surprise c'était raté. Le commandant ne lui accorda pas un regard.

Abderrhamane attendit un instant de calme entre deux appels radio pour demander :

— Tu ne m'interroges pas ?

— Non. Pourquoi ? Je sais que tu étais le chef. Un combattant vaincu, après s'être battu courageusement. Nous sommes aussi des combattants et nous respectons le courage.

Gonzalès lui apporta du pain et du fromage.

— Tu peux manger en confiance. C'est pas du fromage américain. Y a pas de hallouf dedans.

Il grignota une bouchée de pain mais la pâte restait collée dans sa bouche.

— Laisse-le, dit le commandant. Je sais ce que c'est... La gorge sèche, l'estomac serré... Moi aussi j'ai passé par là... Tiens, bois un coup !

Cette fois il renonçait, non devant la force, mais devant l'incompréhensible. Il avait cent fois répété à ses moudjahidin que les Français étaient des sauvages impérialistes, des tortionnaires qui abattaient leurs prisonniers... Et il voyait Abdelkader... Et ce commandant qui partageait avec lui l'eau et le pain, qui lui parlait comme s'il devinait sa pensée, ce qu'il ressentait, la honte, la peur...

— Qu'est-ce que tu vas faire de moi ? Tu vas me tuer !

— Ma mission était de te désarmer, dit le commandant. Le reste regarde la justice.

— Je serai guillotiné ?

Dans sa voix il y avait de la révulsion horrifiée.

— Oui, si tu es condamné à mort par le tribunal !

— Alors fais-moi fusiller tout de suite. Tu as dit que j'étais un soldat. On fusille les soldats... Pas guillotiné, non !

— Tu sais bien que je n'ai pas le droit. Je ne suis pas un juge... Et puis tu n'es pas encore condamné. Le verdict dépend des crimes que tu as commis... Pour moi tu es seulement un combattant malheureux !

Un gros Sikorsky tourna au-dessus de leur tête, cherchant une plate-forme proche du P.C. pour se poser. Dès qu'il toucha terre, un capitaine sauta de l'appareil et courut allégrement vers le commandant.

— Capitaine Untel détaché du 2e bureau d'Alger. Le colonel Katz m'envoie chercher Abderrhamane... Où est-il ?

Le commandant lui montra le prisonnier assis à côté de lui.

— Vous êtes sûr ?... C'est bien Abderrhamane bel Addis, le frère et successeur de Mohammed, le chef de la wilaya 6 ?... Il faudrait l'interroger tout de suite !

— Tu veux aller avec lui ? demanda le commandant au prisonnier.

— Non, je veux rester avec toi.

— Vous l'avez entendu vous-même. Alors allez le dire au colonel.

— Mais... euh... je... je ne peux pas dire ça au colonel Katz...

— Lui dire quoi ? demanda Jean Marie.

— Que le prisonnier refuse de venir. Il ne me croira pas. Il me prendra pour un fou.

— Mais non, mais non ! Allez lui dire. Il vous croira parce qu'il me connaît bien ! Allez !

Après que le grondement de l'hélicoptère se fut éloigné :

— Qu'est-ce qu'ils veulent faire de moi ? demanda Abderrhamane. Ils vont me torturer pour me faire parler !

— Tu nous prends vraiment pour des sauvages. Tu n'es jamais allé en France ?

— J'ai travaillé longtemps à Saint-Etienne. Dans une usine. Je gagnais bien ma vie. C'est là que j'ai commencé à militer pour Messali Hadj...

Il raconta sa vie de militant clandestin, ses démêlés avec la police et aussi ses espérances, son idéal politique : *Istiqlal'*, mais il en parlait timidement, avec tristesse comme d'une amitié morte. Qui pouvait le comprendre de l'autre côté ?

— Je connais la vie dans la clandestinité. Moi aussi je me suis battu dans le maquis, en Corrèze... pour libérer mon pays. Mais avec les nazis on ne pouvait discuter qu'avec les armes. En France on peut parler librement.

— J'aime la France, dit Abderrhamane. J'ai épousé une Française... J'ai deux petites filles. Elles vivent à Saint-Etienne... Que vont-elles devenir ?

L'hélicoptère revint moins de vingt minutes plus tard. Cette fois ils étaient deux officiers, le capitaine de B/2 d'Alger et un officier des Affaires indigènes de Laghouat. Ce fut celui-ci qui attaqua.

— Le colonel Katz vous fait dire que ce n'est pas le moment de plaisanter...

Au regard que lui accorda Jean Marie, il estima préférable de changer de ton.

— C'est très important. Nous devons l'interroger avant que le réseau de Laghouat ne soit prévenu de sa capture.

— Tu veux aller avec eux ? redemanda le commandant.

— Non. Garde-moi avec toi. Si tu veux je répondrai à tout ce que tu me demanderas... Ne me donne pas à ceux-là !

— Il n'a pas tort, dit Jean Marie en détaillant les deux officiers d'un regard soupçonneux. Moi non plus, j'ai pas confiance. Alors, allez dire au colonel que je lui prêterai Abderrhamane à une condition : il me donne sa parole d'honneur qu'il me le rendra intact après l'avoir interrogé... Et ne perdez pas de temps à discutailler ! Allez vite !

L'après-midi s'achevait. Le soleil effleurait déjà les cimes du djebel Amour. Brusquement le vent perdit sa lumière neuve. Jean Marie frissonna.

— Tu trembles de froid, lui dit Abderrhamane. C'est la fièvre. Je vais te donner ma cachabia en poil de chameau. Elle vient de Ghardaïa où l'on fait les plus belles... Je l'ai cachée ce matin, dans un trou sous un rocher... A cinquante mètres d'ici. Donne-moi une escorte et je vais te la chercher.

— Vas-y seul... Ta parole de soldat me suffit.

Apparemment cela ne suffisait pas pour Gonzalès qui discrètement fit signe à deux de ses harkis qui se glissèrent à contre-pente, dans les touffes d'armoise et d'euphorbe.

Cinq minutes... Abderrhamane revint avec son paquetage et une superbe cachabia, très longue et ample. Il aida Jean Marie à l'enfiler. Elle était lourde et chaude.

Pour la troisième fois l'hélicoptère tourna au-dessus du P.C. avant de se poser. Cette fois Katz avait adjoint un troisième membre à la délégation officielle : le capitaine Serge Groussard. Il savait l'amitié et l'admiration que lui portait Jean Marie.

— Katz vous donne sa parole d'honneur, dit Serge... mais je ne sais pas si on peut lui faire confiance.

— Ah non !, s'écria l'officier de Laghouat totalement imperméable à l'humour. Ne recommençons pas. C'est très urgent. M. Abrial attend le prisonnier pour l'interroger lui-même.

— Si c'est M. Abrial en personne, dit Jean Marie... Ça change tout. C'est un gentilhomme.

Il se tourna vers Abderrhamane.

— Tu as entendu. Le colonel lui-même a donné sa parole. Je te donne la mienne. S'ils ne te ramènent pas, j'irai te chercher moi-même...

Il l'accompagna jusqu'à l'hélicoptère. Avant de monter, Abderrhamane lui tendit la main en disant :

— J'ai confiance en toi.

Le grondement de l'hélicoptère se dilua dans l'espace et Jean Marie se retrouva seul sur cette crête, avec au fond de l'âme le goût amer de la faute contre l'esprit.

Il y avait quelque chose de « trop » là-dedans, une exagération, une faute de goût... Trop loin, trop de gravité... Cela avait commencé comme une commedia del arte, une fourberie de Scapin jouée pour capter la confiance d'un hors-la-loi, exploiter le choc de la captivité, son désarroi, afin d'en tirer profit, des renseignements au moins. Jean Marie avait joué sa partition sur trois notes : courage, courtoisie, dignité, les vertus chevaleresques. Et ce hors-la-loi, déguisé en soldat avec un uniforme acheté aux surplus américains, avait répondu en harmonique... Saladin de djebel... Salah el Dîn Youssouf modèle pour la chevalerie chrétienne de Richard Cœur de Lion... A partir de cette réponse ce n'était plus de la comédie mais la rencontre de deux hommes, deux soldats qui se comprenaient.

Sur ce rocher aride battu par le vent du désert, une idée s'imposa à lui avec vigueur, comme s'il l'avait toujours portée en lui. « C'est entre nous, les combattants du djebel des deux partis, que nous devons trouver la solution algérienne. C'est à nous d'arrêter cette guerre et de bâtir la paix. » Avec des mots il lui avait donné une forme concrète, une ébauche vivante, comme un œuf fécondé... Puis il l'oublia aussitôt !

Un agent de liaison l'attendait au P.C. porteur d'un ordre écrit : « Stopper immédiatement toute activité... Regroupement au convoi... Ordre mouvement avant la nuit... Commandant 584ᵉ se présentera P.C. groupement pour instructions complémentaires... »

Jean Marie avait envisagé une solution différente. Dans cette plaine, ce vaste terrain de chasse, une centaine de moudjahidin, moralement touchés à mort, se terraient attendant la nuit pour s'échapper. Pour les en empêcher, achever la victoire, il fallait tenir le terrain, se répartir en surface, chaque section formant hérisson, les feux se recoupant pour battre les espaces vides et plats. Au lever du jour, on serait sur place pour fouiller le terrain mètre par mètre, cueillir les rescapés sans force...

Par le Piper il essaya de court-circuiter Pfister en s'adressant à Katz. Le colonel était parti à Laghouat avec son prisonnier. A l'état-major personne ne pouvait prendre de responsabilité. Il fallait s'en tenir aux ordres. Jean Marie se résigna. Après tout, la nuit aurait été longue et pénible, sans eau, sans ravitaillement, sans couverture, sans feu... Obéir était la solution facile et confortable. Il transmit ses ordres de regroupement à ses commandants de compagnie, avec des consignes précises, confidentielles...

Dans la plaine c'était déjà l'ombre et le silence entrecoupé d'un coup de feu isolé, lointain... Le combat du 26 février 1957 était fini.

Au fond de la vallée profonde, le colonel Pfister l'attendait à son P.C. Il le regarda approcher en se frottant les mains — il commençait à faire frais — et en se léchant les babines — l'air desséchait les muqueuses. Depuis le matin, sans vues, sans liaisons, sans informations, il était resté sans influence sur l'action. Il enrageait et « l'insolence » du commandant Jean Marie lui donnait des aigreurs. Il ne lui laissa pas le temps de présenter sa défense. D'ailleurs qu'aurait-il pu donner comme excuses ?

— Le moment des explications est venu, dit-il en ouvrant son dossier sur le capot de sa jeep. Voyons les faits. A 11 h 43 je vous ai adressé un premier message, inscrit sur le cahier des transmissions, dans lequel je vous demandais de bien vouloir à l'avenir attendre mes ordres pour agir. C'est une question de principe fondamentale. C'est moi qui donne les ordres et porte la responsabilité de l'action collective, même si cela vous paraît stupide... Pas de réponse à mon message !

« 12 h 07, second message demandant situation avec insistance. Vous voulez bien par radio me donner une vague description de l'accrochage sans précision sur les positions amies et ennemies. A 12 h 14, tout de suite après, troisième message vous demandant d'effectuer une liaison personnelle au P.C. Votre radio donne aperçu. Puis votre réception tombe opportunément en panne. Liaison coupée !...

Jean Marie avait adopté une attitude humble et attentive... avec de furtifs coups d'œil vers la piste qui descendait de la crête. Que faisait donc ce lieutenant des commandos de l'air ? Il aurait déjà dû être ici... Il déboucha enfin, sans se hâter, émergea des broussailles, l'arme à l'épaule, le visage souillé de traces de sueurs ocres. Il se présenta au commandant.

— Mon unité a rejoint, mon commandant. Nous avons deux morts. Pas de blessé. Pertes rebelles : 27 tués décomptés, 30 armes récupérées.

Une corvée de quatre hommes tenaient les fusils dans leurs bras.

— Qu'est-ce que j'en fais ? demanda le lieutenant.

— Posez-les là, dit négligemment Jean Marie en désignant un emplacement devant les pieds du colonel... Et veuillez nous excuser. Le colonel doit me donner des instructions... Je vous verrai tout à l'heure... Réunion des commandants d'unité à mon P.C.

Au colonel :

— Excusez-moi ! Je vous écoute.

— Bien, nous en étions à votre si opportune panne de réception radio. Devant cette situation, après avoir patienté, je vous envoie un officier de liaison avec ordre de vous ramener ici. Il part exactement à 13 h 15. Il reviendra à 13 h 45... sans vous... porteur de vos excuses. Il vous a bien défendu...

Ce fut au tour de Testud à se présenter pour rendre compte.

— 2e compagnie. Effectif complet, dit-il. Pas de pertes. Pertes rebelles : 18 tués. 7 prisonniers dont le général Abderrhamane. 22 fusils, 2 mitraillettes. Qu'est-ce que j'en fais ?

— Tu les mets là, avec les autres et tu nous laisses. Tu as interrompu le colonel... Réunion des officiers au P.C. dès que je suis libre.

Le colonel Pfister repoussa du pied une carabine Statti qui avait glissé du tas. Il était tenace comme un Alsacien. Ces deux interruptions avaient légèrement troublé l'ordonnance de son exposé et enlevé un peu de sa vigueur. Il enchaîna mais d'un ton plus bas.

— Je comprends fort bien — et le capitaine de liaison me l'a fort bien expliqué — que la situation était assez trouble, évolutive. Mon but était d'y mettre de l'ordre précisément, en engageant opportunément et en connaissance de cause mes réserves...

Longeron se présenta, une canne à la main pour toute arme.

— Excusez-moi, dit-il... Je crois bien que Pruvot et Chambraud sont morts. Le toubib les a fait évacuer par évasan, sur l'hôpital de Laghouat... Je n'ai pas compté les rebelles tués. Mais j'ai 4 prisonniers et 23 fusils.

Il fit signe à la corvée qui le suivait de jeter ces dépouilles opimes aux pieds du colonel, telles les armes des Gaulois de Vercingétorix aux pieds de César.

— Merci, Longeron. A tout à l'heure, réunion des officiers au

P.C. Je voudrais vous féliciter tous et vous donner les ordres pour la suite.

Cette fois le colonel Pfister renonça. Il était rigide, certes, mais intelligent, honnête, loyal. D'un geste las, il ferma son dossier.

— Vous avez de la chance, Jean Marie. Oh oui, plus que vous ne croyez ! Vous avez de la chance d'avoir réussi votre coup. Maintenant je peux vous le dire. J'avais préparé le motif pour vous mettre huit gros, huit jours d'arrêts de rigueur pour indiscipline, un motif à vous casser les reins... Mais si je vous porte ce motif aujourd'hui, c'est moi qui me casserai les reins. Alors, l'affaire est close. Il reste que vous êtes un type incommandable ! Je vous remercie... Félicitations tout de même.

Pfister était trop droit pour soupçonner une fourberie. Il ignora toujours que le commandant Jean Marie avait soigneusement minuté l'ordre d'arrivée de ses commandants d'unité, dans le but précis de casser la hargne du colonel.

Pour son action personnelle lors du combat du 26 février 1957, le colonel Pfister se vit attribuer, sur proposition du colonel Katz, une citation à l'ordre de l'armée avec palme [1].

1. *Note de l'auteur :* Lorsqu'il apprit qu'il était l'objet d'une proposition de citation à l'ordre de l'armée, le colonel Pfister, fidèle à sa rigueur morale, écrivit à Katz une lettre personnelle dans laquelle il le remerciait de cette faveur tout en reconnaissant loyalement qu'il n'était pas pour grand-chose dans le succès du 26 février, dont le mérite revenait pour l'essentiel au commandant du 584e B.T. A titre de consolation sans doute, le colonel Katz transmit une copie de cette lettre à Jean Marie.

XXI

LA FIEVRE DU DJEBEL

Le groupement Pfister cantonna à Aïn M'rhamet, un petit douar poussiéreux, une dizaine de mechtas grises dispersées autour de l'esplanade du puits où venaient boire les troupeaux nomades et se ravitailler les caravanes. A l'entrée du massif, sur la piste d'El Richa, M'rhamet était aussi un poste de renseignements et d'alerte pour les hors-la-loi du djebel Amour. Jean Marie pensait connaître le responsable de cette antenne rebelle, un certain Meïdhi rencontré par hasard lors d'une première reconnaissance du pays, au début du mois.

Le 584ᵉ travaillait alors en solitaire. Il était arrivé en camion au petit matin à Aïn M'rhamet, point de débarquement avant de s'engager à pied dans la montagne boisée. Visiblement, l'alerte avait été donnée. Le village était désert hors les deux ou trois chèvres habituelles et le bourricot en quête de pitance autour des gourbis. Il y avait aussi un chien, un sloughi maigre à pitié mais de belle race. Il était venu auprès des hommes chercher un os ou quémander une caresse. Il se frottait contre les jambes de l'adjudant Saillard.

— Attention à ce chien, avertit un indigène sorti d'une maison proche. Il traîne dans le village depuis quatre ou cinq jours. Cette bête a peut-être la rage !

La bête secouait la tête, retroussait ses babines en bavant, demandant de l'aide. Pour cela elle avait d'instinct bien choisi son homme. Saillard la caressa, examina sa bouche et lui enleva une énorme sangsue logée sous la langue qui l'empêchait de manger. Le sloughi s'attacha aussitôt à son bienfaiteur et lui prouva son dévouement en partageant son casse-croûte.

— Vaudrait peut-être mieux l'abattre, dit l'indigène.

Il portait un burnous sale et un turban hâtivement enroulé, mais parlait un excellent français. Dès qu'il aperçut Jean Marie il se présenta :

— Bonjour, mon commandant. Je m'appelle Meïdhi. Voici ma maison. Je suis pauvre mais si je peux vous rendre service, c'est de bon cœur !

Il n'avait rien à offrir dans sa misérable masure et le faisait d'autant plus généreusement. Attitude fort humaine !... Toutefois son langage et son aisance indiquaient qu'il n'était pas le malheureux paysan famélique qu'il s'efforçait de paraître sous son burnous crasseux. D'ailleurs Gonzalès avait tout de suite « reniflé » le fellouze.

— Merci, dit le commandant, mais nous sommes juste de passage. J'espère que nous ne vous dérangerons pas trop !

— Pas du tout ! Ici on est toujours heureux de voir des soldats français. Le village est bien tranquille... Jamais de bandits ici ! Tout bien tranquille !

En fait d'accueil chaleureux il n'y avait pas une âme en vue. Le douar suait la trouille ! Et visiblement Meïdhi cherchait à tirer les vers du nez aux militaires avec de grossières subtilités et de maigres astuces.

— Ici, c'est tout bien tranquille (un mot qu'il semblait affectionner). Mais attention, c'est pas pareil si vous allez par là, ajouta-t-il vivement en montrant de la main la montagne vers le nord...

Devant le manque de réaction du commandant, il ajouta en baissant la voix :

— Paraît que dans la forêt, du côté d'Aflou, il y aurait des bandits, des fellaghas quoi !... avec plein d'armes.

Le commandant ne manifesta pas le moindre intérêt pour ce tuyau.

— Merci, Meïdhi, dit-il en partant. J'espère que nous nous reverrons !

— *Inch Allah !*

Ils s'étaient retrouvés en effet, le matin du 26 février. Aïn M'rhamet était sur l'itinéraire du groupement Pfister. Une fois de plus l'avant-garde tâtonna à la recherche de l'entrée de la piste dans le djebel. La queue de la colonne fut stoppée juste sur la place du village. Au milieu de cette matinée ensoleillée et plutôt fraîche, il n'y avait pas un chien dehors... sauf Meïdhi debout au bord de la piste, les mains dans le dos, regardant passer le convoi. Il reconnut tout de suite le commandant et s'approcha de sa jeep, le salua comme un vieil ami, manifestant une grande joie de cette heureuse rencontre... Il se confia tout de suite :

— Le village, il est toujours tranquille !... Paraît même que les bandits, les fellaghas, ils seraient partis. Ils auront eu peur...

Hier, j'étais au marché à El Richa avec ma camionnette. La piste est mauvaise mais bien tranquille. On a vu personne !... Ouais ! A mon avis, ils ont foutu le camp !

Cette ganache se foutait de lui ostensiblement. Il avait dû donner l'alarme depuis deux ou trois heures, dès qu'il avait aperçu, au bout de la plaine, la poussière du convoi sur l'horizon du soleil levant. Jean Marie sommeillait à demi. Cet individu l'agaçait avec son assurance. Sa certitude d'impunité — et aussi une pointe de mépris perceptible dans un pli des lèvres comme le parfum d'une branche de fenouil dans le ventre d'un méchoui — secoua sa torpeur. Au moment où la tête du convoi repartait, il se décida.

— Eh bien, puisque tout est tranquille, tu vas venir faire une petite promenade avec nous jusqu'à El Richa... Non ! Ne t'inquiète pas pour ton retour !... Je m'en charge.

Meïdhi tenta bien une dernière manœuvre de dissuasion mais il était piégé et Gonzalès — qui sentait le fellouze — l'embarqua sans ménagement dans le Dodge du P.C.

Au soir de cette journée, Jean Marie avait totalement oublié l'incident et le personnage. En vérité, cette nuit était une nuit de grâce, un bivouac de victoire. Oubliés les fatigues, les dangers et la peur ! Point de cris, de gaieté, d'excitation. Les soldats communiaient dans un sentiment de plénitude, moins d'orgueil que de fierté, plus d'indulgence que de triomphe... Plénitude harmonieuse, semblable au dernier mouvement d'une symphonie de Beethoven quand éclatent les chœurs de l'hymne à la joie et à la fraternité.

Le rata préparé par Ahmed ne parvint pas à l'arracher à son euphorie grave (ce dont le berger tira aussitôt vanité auprès de Gonzalès qui lui avait prédit le pire). Jean Marie retarda l'instant de dormir, jouissant de sa lassitude comme d'une promesse de bonheur. Pour prolonger cette heure fragile, il prétexta une ronde inutile car cette nuit le service serait parfait. Lentement il allait d'un feu à l'autre, s'arrêtait un instant pour lancer une phrase banale : « Ça va l'appétit ?... Pas trop fatigués ? »... des mots quelconques que cette nuit chargeait d'amitié, ce sentiment plein de pudeur qui perd son poids et sa valeur dès lors qu'il est véhiculé par des mots précis. Ou il prenait place dans le cercle de lumière, s'asseyait entre deux hommes sans rien dire, le temps de se réchauffer les mains au feu et le cœur à la flamme invisible.

— Bonne nuit les enfants !

Pour regagner le P.C., il traversa la place du village encombrée de camions. Dans l'obscurité il s'accrocha à un rouleau de barbelés qui clôturait le parc des prisonniers. Un légionnaire montait la garde. Le faisceau de sa lampe torche balaya des corps allongés à même le sol, les bras et les pieds entravés...

— Mon commandant !... Mon commandant !

— Da queule ! Zilence ! cria la sentinelle.

— Mon commandant, c'est moi Meïdhi... Vous vous souvenez ?... Meïdhi ?

— Qu'est-ce que tu fais là ?

Jean Marie le fit détacher. Les autres prisonniers le regardèrent avec haine et colère. Bravant le garde et au risque de recevoir des coups de pieds dans les côtes, l'un d'eux l'injuria en crachant son mépris et probablement des menaces. Meïdhi se contenta de hausser les épaules en soupirant devant la bêtise et l'incompréhension.

En suivant le commandant, il lui raconta son aventure. Toute la journée il était resté avec le conducteur du Dodge, témoin démoralisé de l'échec de l'embuscade (qu'il avait contribué à tendre, cela allait sans dire) et à la déroute des katibas d'Abderrhamane... S'évader ? Certes il aurait pu, mais où aller ? Et il n'était plus d'âge, ni de tempérament, à courir les djebels en cavale !... Au moment du départ, à la fin de la journée, un légionnaire excité l'avait remarqué, pris à son air contrit pour un prisonnier et embarqué avec les autres malgré ses protestations.

A la lueur du feu de camp, Jean Marie observa qu'il avait le visage tuméfié, un œil à demi fermé, du sang caillé sous le nez...

— Qui t'a fait ça ?

— Des soldats !

— Lesquels ?

— Des soldats, répéta Meïdhi comme si tous les soldats du monde étaient les mêmes, des brutes stupides.

Lui était un cadre politique, un rouage de l'appareil révolutionnaire. Sans doute n'avait-il encore que de minces responsabilités, mais il était d'une autre race que les soldats, les moudjahidin, de la race des intellectuels détenteurs de la doctrine, de la vérité et gardiens scrupuleux de l'orthodoxie.

— Et maintenant, dit-il désespéré, les autres, les moudjahidin, ils vont me prendre pour un traître !... Mais comment j'aurais pu savoir moi qu'ils étaient en embuscade ? Je savais rien !... Ce matin, qu'est-ce que j'ai dit ?... Rien du tout !

Il tendait ses mains, paumes vers le ciel comme pour la prière, en témoignage de sa bonne foi.

— C'est vrai, je me suis trompé quand je t'ai dit que la route était tranquille et tout... mais je croyais !... Tant pis pour moi ! Tu vas me remettre aux gendarmes et je serai puni ! C'est juste !

— Mais pas du tout, dit Jean Marie plein de mansuétude. Il n'en est pas question. Tu es un homme libre !

Et pour lui prouver sa confiance, il lui fit donner une gamelle pleine des restes du ragoût d'Ahmed. Chaud, il n'était pas succulent. Froid et figé, le pauvre Meïdhi ne parvenait pas à l'avaler... Il accepta volontiers du café et une cigarette, la première depuis longtemps car il ne fumait plus. Et il resta là toute la nuit accroupi auprès du feu, à deux pas de sa maison où il n'osait pas rentrer.

Le lendemain, à l'heure du départ, le pauvre Meïdhi tenta une ultime démarche auprès du commandant.

— Tu m'amènes à Laghouat. Je veux parler aux gendarmes !... Ouais ! J'ai des choses à leur raconter... Peut-être des renseignements !

Jean Marie était déjà dans sa jeep. Le convoi se formait. Les moteurs de G.M.C. grondaient. Meïdhi s'accrochait à la carrosserie.

— J'te jure, je sais pas grand-chose mais des fois ça peut les intéresser...

La jeep démarra lentement. Meïdhi fit quelques pas avant de lâcher prise.

— Au revoir, dit le commandant... Bonne chance !

— *Inch Allah !*

Lorsque Jean Marie se retourna pour voir si le convoi suivait, il l'aperçut encore, pétrifié au bord de la piste... Il éprouva un instant de pitié en imaginant son désarroi... Chaque nuit, désormais, il interrogerait le silence, car pour l'avoir souvent joué il connaissait les actes du drame. Les exécuteurs venaient au cœur de la nuit, sans bruit sur leurs semelles de caoutchouc, avec des froissements de poussière qui suffisaient pour alerter le condamné. Ils frappaient à la porte et c'était toujours la victime qui leur ouvrait sa maison.

« Entrez, frères ! Entrez ! » Il offrait du café, le thé, se montrait prévenant et fraternel, proposait son argent pour la cause. Il refusait de croire. Quand l'exécuteur lui donnait l'arrêt du jugement, il cherchait encore à se justifier, il parlait très vite, expliquait, jurait... Mais les exécuteurs étaient sourds. Ils n'entendaient rien. Parfois un jeune injuriait le traître, celui-là en était à sa première mission. Les anciens jouaient avec lui, s'amusaient de la terreur du condamné. Ils le laissaient s'expliquer, baver, supplier... jusqu'à ce qu'il se jette lui-même à genoux. Alors le tueur le prenait par la chevelure, dégageait la gorge et, d'un geste prompt, l'ouvrait d'une oreille à l'autre...

Meïdhi connaissait chaque geste, chaque phase, pour avoir souvent lui-même prononcé le jugement sans appel, la condamnation à mort au nom de l'idéologie révolutionnaire, de la Vérité... Non ! Cela ne pouvait pas lui arriver à lui ! Il parviendrait à convaincre les autres ! Mais il savait aussi que les exécuteurs étaient des soldats stupides, des moudjahidin qui ne comprenaient rien, des machines à tuer.

Jean Marie était du côté des moudjahidin qui mouraient

au soleil comme ceux de la katiba d'Abderrhamane. Il n'éprouvait plus de pitié pour Meïdhi le commissaire politique d'Aïn M'rhamet, au pied d'un djebel nommé Amour.

Ce matin du 27 février, la mission du groupement était de fouiller la zone des combats de la veille. Le convoi contourna la chaîne Kef el Rharbi, puis les fantassins se déployèrent en ligne dans la plaine.

Le 584ᵉ marchait depuis une demi-heure à peine quand un ordre le fit stopper sur place. Jean Marie était convoqué d'urgence au P.C. du groupement, pour une réunion des commandants d'unité.

Il arriva le dernier au rassemblement. Les officiers du groupement étaient alignés en rang d'oignons. Une croix confectionnée avec des panneaux blancs marquait une plate-forme d'hélicoptère.

— Nous attendons le colonel Katz qui désire voir les officiers du groupement, lui dit Pfister... Placez-vous avec les autres !

Jean Marie prit place au bout du rang, le dernier. Le Bell s'annonça avec des flappements de pales, pour l'engin peut-être une façon d'applaudir. Katz mit pied à terre comme sous des vivats inaudibles. Pfister l'accueillit au garde-à-vous. Ils se serrèrent la main longuement... chaleureusement. (Le cavalier légionnaire ne manquait jamais une occasion de marquer son mépris indulgent pour ce rustre ignare...) De sa démarche lourde, le chef du C.O.S.A. vint se placer face aux officiers, et commença un discours.

— Voilà, j'ai voulu vous voir tous pour vous dire merci... heu heu... Hier, le groupement Pfister a été magnifique. C'est le plus beau succès du C.O.S.A.... Alors je vous remercie !

Katz n'avait pas appris chez les jésuites l'art de l'éloquence selon Démosthène, mais dans ses paroles et jusque dans ses « heu, heu » il mettait du cœur. Jean Marie devinait aussi qu'il y avait derrière les mots un immense soulagement et la joie du joueur qui vient de toucher le gros lot. Après son pari de Laghouat et par son quitte ou double d'Alger, il avait gagné ses étoiles...

Il expliqua que l'interrogatoire du chef de la wilaya 6 avait permis d'arrêter dans la nuit tous les membres des réseaux de la rébellion. On avait découvert que, comme le craignait M. Abrial, un raid était sur le point d'être lancé sur Laghouat, le chef-lieu du département des oasis et la capitale du pétrole saharien. Rétrospectivement Alger avait eu des vapeurs en imaginant quelles auraient été les réactions d'une telle opération dans les bureaux des grandes compagnies pétrolières, les effets sur l'opinion mondiale et au ministère de la Défense (encore qu'on s'en fichât un peu, du ministre, car le gouvernement aurait sûrement sauté après l'affaire).

— J'ai reçu ce matin un télégramme de félicitations du général commandant supérieur interarmées. C'est pour cela que je tenais à vous remercier tous... Et maintenant je vais serrer la main à chacun d'entre vous.

Il commença par le bon bout, de la droite vers la gauche, comme sur les photos de famille. A chacun il disait un mot de félicitations... un peu au hasard. « Bravo ! vous avez été magnifique hier dans l'assaut... mais si, mais si, ne protestez pas, je suis au courant », dit-il à l'officier de ravitaillement du R.E.C. qui venait d'arriver de Djelfa. Il lui promit même une citation... Il distribuait les médailles à pleines mains. Alger avait dû lui débloquer un gros contingent. C'était Bonaparte après Austerlitz, vu par Edmond Rostand : l'Aiglon... ou Chanteclerc !... Arrivé au bout du rang, devant Jean Marie, il devait avoir les mains vides.

— Toi (sous-entendu tu n'auras pas de citation), je t'embrasse et à partir d'aujourd'hui je te tutoie ! Et il le prit dans ses bras d'anthropoïde.

En dépit de son ironie naturelle, un mélange de pudeur et de goût pour l'humour noir, Jean Marie se sentit touché... Ce pithécanthrope rugueux avait des sentiments de midinette et des gestes de soldat. Lui-même était sincèrement ému. D'ailleurs Katz tint parole. Pfister reçut une palme pour l'opération du 26 février. Tous les commandants d'unité et les officiers de l'état-major détachés d'Alger eurent droit à une médaille... sauf les commandants de compagnie et le chef de corps du 584ᵉ B.T. qui durent s'estimer satisfaits d'avoir fait le gros de l'ouvrage, d'avoir été les artisans du succès et récompensés pour cela en la personne de leur chef, ce qui est de tradition constante dans cette bonne vieille armée française.

Cette cérémonie impériale fut la dernière image qu'enregistra la mémoire de Jean Marie de cette opération qui se prolongea huit jours. Les souvenirs qu'il en a gardés sont voilés, mêlés au délire de la fièvre, déformés et disloqués comme des visions de cauchemar.

Ce matin-là, la mission initiale du 584ᵉ fut annulée. Des Sikorsky transportèrent tout le bataillon au cœur du djebel Amour, au P.C. de la wilaya 6, un ksar avec de hautes murailles ocres, des bastions et des redans, crénelés et hérissés de poutres. Une oasis au milieu de montagnes désertiques, avec des eaux claires, ruisselantes, des vergers en fleurs, des champs de verdure tendre. L'air était pur. La lumière pleine de beauté mystique et de force... Bien sûr, les lieux étaient vides. Jean

Marie avait envie de se coucher là, de s'allonger sur cette terre généreuse, paradisiaque. Il frissonnait.

Le toubib voulut l'examiner pour le soigner.

— Je sais ce que j'ai, une crise de paludisme ! Donne-moi de la Nivaquine et demain je serai debout.

Le bon docteur Bastide se garda bien de le contredire.

Le soir un convoi de camions vint les chercher. Ils roulèrent jusqu'au milieu de la nuit pour arriver à Tadjemout, dans un centre expérimental de culture sèche. Jean Marie se souvient encore de la verdure, des canaux d'irrigation et qu'il engueula un ingénieur qui prétendait vouloir faire payer l'eau à boire aux hommes du bataillon...

Il continua à marcher les jours suivants, dans le brouillard, à avancer mécaniquement par le jeu des muscles, toute sa conscience mobilisée par le pas suivant... Le toubib lui faisait des piqûres de quinine ou d'un dérivé. La fièvre ne tombait pas.

Le quatrième ou le cinquième jour, le bataillon fut ramené à Laghouat. Jean Marie se souvient du briefing à la fin d'un après-midi, dans une salle de cinéma locale, avec des cartes, des graphiques, des croquis sur de grands panneaux qui remplissaient l'avant-scène. Par hasard, il se trouva assis à côté du médecin commandant Richeux.

— Qu'est-ce que tu as ? lui demanda tout de suite le toubib en voyant sa mine.

— Une crise de palud qui ne veut pas sécher ! Je me sens vraiment épuisé...

— Allez ! Viens avec moi immédiatement. A l'hôpital !

Sensations et images se superposent : le lit merveilleusement doux... des draps blancs... la chambre blanche, avec la fenêtre ouverte sur un crépuscule polychrome de carte postale... La petite sœur aux gestes vifs et précis de souris blanche qui assiste le médecin... L'abandon du corps après les heures de marche sans fin, sans but. La détente de la volonté...

Monique Berlioux est venue lui rendre visite tandis que Richeux l'ausculte. Elle travaille pour un magazine et l'interviewe. Serge Groussard a tenu à Alger une conférence de presse. Parlant au nom du C.O.S.A., il a décrit avec lyrisme les combats des commandos du commandant Jean Marie, la capture du chef de la wilaya 6, dans le style tournoi de chevalerie...

Richeux achève son tour d'horizon en lui palpant le foie.

— En fait de palud, tu fais une hépatite amibienne... probablement des petits abcès corticaux... On va te mettre au repos complet, à l'émétine et aux antibiotiques.

Le bataillon a continué à courir le djebel à la chasse aux fellouzes. Ils ont ramené des fusils et accroché des fuyards.

Parmi les troupes du C.O.S.A., les légionnaires, les tirailleurs, les commandos, les fusiliers de l'air tous professionnels... les petits trainglots du 584ᵉ étaient les seuls « amateurs ». Ils étaient les vedettes. Les journalistes de Paris demandaient à les voir comme pour s'assurer qu'ils étaient bien des gars du contingent, des P.D.L. *Bled,* le journal de l'armée en Algérie, leur consacra la double page intérieure des grands reportages. Une équipe du service cinéma de l'armée leur demanda de reconstituer en extérieur les principales phases de la bataille...

Au neuvième jour, le mardi 5 mars, l'opération a été démontée et le 584ᵉ a regagné son quartier. Les compagnies sont rentrées dans leur poste.

Jean Marie a dormi deux jours, puis la fièvre est tombée. En se réveillant il se sent frais, neuf et sans forces. Il est dans une petite chambre claire, ensoleillée, avec des murs blancs comme ses draps et la petite sœur blanche toujours trottinante qui force sa voix de soprano pour s'imposer au guerrier abattu.

— Allez ! Montrez-moi vos fesses ! Et surtout pas de gémissement. Vous êtes contracté. C'est bien ça, vous avez peur d'une petite aiguille mais pas d'un coup de fusil !

Comment lui refuser ce plaisir ! A chaque piqûre Jean Marie joue la comédie. D'autant mieux que son infirmière a la main légère et sûre. C'est agréable comme des vacances. Richeux vient le voir régulièrement deux fois par jour. Il travaille vingt-quatre heures sur vingt-quatre, tue ses assistants. Dans le service de santé, ce médecin est un cas. Du métier il sait tout. Il est capable d'opérer une tumeur au cerveau, assure les visites de l'A.M.G., dirige la maternité...

Il vient de lutter quarante-huit heures sans dormir, pour arracher à la mort un blessé du ventre. A minuit, le garçon est sauvé... Richeux passe la main à un assistant en lui laissant des consignes précises. Il devrait aller dormir mais il n'a pas sommeil. Pour tenir, il boit comme un trou dans le sable. Et il a envie de fêter sa victoire contre la mort avec un ami.

Il frappe à la porte de Jean Marie et entre.

— Tu dors ?

— Plus maintenant !

— Parfait ! J'avais envie de boire un coup, après la bataille... Il y a longtemps que nous n'avons pas eu une bonne vieille soirée. Tu te souviens de Worms en 1945 ?... J'ai apporté une bouteille de cognac !... T'occupe pas des détails. C'est moi le médecin-chef !

Il est parti avant l'aube, en emportant la bouteille vide.

A sept heures, la petite sœur tout ensoleillée par sa prière de l'aube est entrée pour ouvrir les rideaux et prendre la température de son malade. Elle renifle l'air de la chambre.

— Bizarre ! On dirait une odeur de cognac... Mais ce n'est

pas possible avec votre traitement, il y aurait de quoi vous tuer !

Richeux est revenu le lendemain à la même heure... et encore la nuit suivante. La petite sœur devient de plus en plus soupçonneuse. Avant d'ouvrir la fenêtre elle fouille les placards, lui fait tirer la langue, contrôle elle-même qu'il utilise correctement ce thermomètre qui n'indique pas de fièvre. Jean Marie n'a pas très bonne mine et surtout il a envie de dormir...

La quatrième nuit, lorsque Richeux s'en va et que l'horizon à l'est devient rouge, Jean Marie se lève. Sa tenue de combat est dans le placard, lavée et repassée par la petite sœur. Comme bagage il n'a que sa musette, ses affaires de toilette et un livre qu'il emporte toujours en opération. Il enjambe la fenêtre. La chambre est en rez-de-chaussée. Les rues de Laghouat sont déjà animées. L'air est tonique. La lumière pleine d'énergie neuve comme Jean Marie. Le commandant marche d'un bon pas vers l'aéroport à la sortie de la ville.

En faisant de l'avion-stop, il a gagné Djelfa avec un vieux Dakota qui achève sa glorieuse carrière militaire en faisant du transport de primeurs. De là, le commandant de la base l'a fait transporter à Bordj de l'Agha par un hélicoptère. Il est de retour chez lui avant midi.

— Tout va bien, dit Pothier qui l'accueille... Le convoi de ravitaillement rentre aujourd'hui de Bou-Saâda. Dans cinq jours on reçoit 172 types du renfort Aumale. Tous venant du 1er Train. Comme vous l'avez demandé le camp d'instruction et d'entraînement des recrues est prêt.

— Dans cinq jours, on a le temps de faire une petite sortie... j'ai une idée... Mais d'abord je vais faire la sieste. Réunion des officiers à 15 heures dans mon bureau.

A l'heure du briefing, il se sentait en pleine forme. Ses officiers le comprirent tout de suite.

— Demain, 5 heures, on part à Aflou...

Il leur expliqua son idée : un raid éclair dans le djebel Amour au moment où les rescapés peuvent se croire tranquilles pour quelque temps. Puis il conclut la réunion.

— Je vais vous demander à tous un effort opérationnel au cours du mois qui vient, avant les grosses chaleurs de mai qui forcément nous contraindront à diminuer le rythme des sorties... Ça te fait rire, Testud ?

— Pas tellement, mon commandant. Mais en notant vos instructions sur mon carnet, je viens par hasard de remarquer qu'en février la 2e compagnie a passé vingt-quatre nuits à la belle étoile, en opération... Il est vrai que le mois ne comptait cette année que vingt-huit jours !

XXII

DISCOURS DE RECEPTION

Ils étaient 172 gradés et hommes de troupes, boudinés dans leur tenue « bourgeoise », en blouson et pantalon de drap fripé, avec cet horrible calot de tradition, aux couleurs gueulardes. Les cadres du bataillon les avaient pris au saut du camion, à peine arrivés à destination, encore éberlués par leur départ de France, leur long voyage et cette traversée du désert depuis Bou Saâda, avec le trac au ventre comme des acteurs en coulisse... Et en coulisse, ils avaient bien l'impression d'y être, dans ce camp de toile, hors les murs du Bordj, austère comme un camp romain, dépouillé comme le paysage.

Le camp d'instruction avait été dressé sur la face est du Bordj, la plus dégagée : une murette d'enceinte tracée en carré, des tentes alignées au cordeau autour de la place centrale et un mât aux couleurs, nu comme une antenne fouet. A l'arrivée du convoi, les cadres-instructeurs détachés des compagnies avaient fait l'appel de leurs hommes : chaque compagnie de combat encadrant son propre renfort. Au pas gymnastique on les avait conduits à leur tente, juste le temps de poser leur sac sur leur lit Picot, puis, toujours courant, au rassemblement pour la présentation au chef de corps.

Ni coups de gueule ni bousculade. Des commandements secs, un ordre rigoureux, une organisation préparée... « Alignez-vous !... Silence !... Garde à vous !... Présentez armes ! »

Le commandant arriva à pied. Hors son béret rouge de parachutiste il portait la même tenue de combat que les instructeurs. Silencieux sur le caoutchouc de ses pataugas, il les passa en revue, sans hâte, un par un, cherchant le regard dans chaque visage, sans un mot, une remarque...

— Repos !

Il leur faisait face, seul au pied du mât.

— Si je vous souhaitais la bienvenue ici et en ce moment, vous prendriez cela pour de l'humour noir ou de la provocation. Et vous auriez raison. Ce n'est ni le lieu, ni l'heure, ni le style... Hasard ou malchance ? A la loterie des affectations vous avez tiré le numéro 584. Vous voici au seuil de ce bataillon, d'une communauté humaine telle que vos anciens l'ont faite. Il y a en Algérie des bataillons mieux commandés, mieux équipés, mieux lotis, mieux entraînés que le nôtre, mais aucun qui marche plus vite et plus longtemps que nous, aucun qui se batte et se donne à sa mission avec plus de courage que nous. Nous n'avons aucun complexe, car c'est ainsi que l'ont fait ceux qui sont venus avant vous, par le travail et leur sacrifice...

« Vous, pour l'heure et pour vos deux semaines d'entraînement, vous n'êtes encore que des larves non identifiées On ne sait ce que vous donnerez : des libellules ou des bousiers ? Ce camp de toile est votre cocon où s'accomplira votre métamorphose. Tout est prêt. Vos instructeurs vous donneront le programme. les horaires et autres détails de cette transformation biologique. On vous fera faire de l'ordre serré et de l'éducation physique, on vous apprendra à marcher sans compter les kilomètres, à tirer, à tuer sans être tué. On fera de vous des hommes et peut-être des soldats.

« Hasard ou chance ? Votre affectation au 584ᵉ bataillon du Train est un honneur pour vous. Il vous reste à prouver que vous êtes dignes d'entrer un jour dans ce Bordj, de passer ce mur.

« Bien sûr, je ne me fais pas d'illusions. Pauvres larves rampantes que vous êtes aujourd'hui, sans ailes et sans antennes, je n'espère pas que vous comprendrez mes paroles. Mais conservez-les en mémoire. Après votre métamorphose, je sais que vous comprendrez.

« Juste un dernier mot. Dans ces montagnes que vous voyez au nord et au sud, à l'est et à l'ouest, un ennemi vous observe. Il vous jauge déjà. Il est sans pitié pour les faibles. Alors gardez-vous ! Ne vous endormez pas en poste. Veillez ! Sinon il viendra vous frapper. Je ne vous souhaite pas bonne chance parce que vous ne devez pas compter sur le hasard. Je vous dis seulement...
« Garde à vous ! »

Après la cérémonie aux couleurs l'entraînement commença aussitôt. La première marche était de cinq kilomètres. Avec le sac et le fusil beaucoup d'entre eux eurent du mal à la terminer.

Après quinze jours d'instruction progressive, ils participèrent à leur première sortie en opération. Ils étaient prêts pour faire le difficile et noble métier de voltigeur de pointe. Le lendemain ils démontèrent le camp de toile.

Cette matinée du dimanche 31 mars 1957 était radieuse comme un lundi de Pâques en Corrèze. Un jour à croire en la Résurrection ! Après tout, il y avait peut être un printemps même à la guerre ? Le soleil était Dieu : beau et bon. L'azur son royaume. Sur la lumière transparente les lignes des montagnes étaient dessinées à la plume. Un temps superbe pour une prise d'armes.

A onze heures, au cours d'une simple cérémonie aux couleurs, les jeunes du renfort Aumale, « les libellules et les bousiers » éclos de la veille, seraient intronisés au 584e B.T. La matinée était consacrée à la préparation de cette prise d'armes qui serait suivie comme d'habitude par « le pot du chef de corps », dans la salle d'honneur.

Le commandant Jean Marie était prêt une heure avant. Il en profitait pour faire sa ronde quotidienne, vadrouiller au hasard dans le poste, et aux alentours. Cette inspection solitaire était devenue une habitude quotidienne, son heure indispensable de méditation. Mieux que dans son bureau, au contact des hommes, des objets et de la terre, il triturait ses idées, réfléchissait aux problèmes et cherchait des solutions.

Ce matin, Jean Marie se sentait bien dans sa peau. Finies les langueurs de la fièvre ! Etaient-ce les attouchements de ce soleil vivant sur son épiderme qui lui insufflaient une mystérieuse énergie cosmique ? Derrière le Bordj, sur une butte à forme de pyramide tronquée, on pouvait discerner les vestiges arasés d'un grand temple que les Romains avaient, selon les archéologues, édifié là pour célébrer le culte de Jupiter-Soleil... La rumeur du poste, ce bourdonnement de ruche en travail avant l'éclosion du nouvel essaim lui communiquait cette joie de l'âme, ce que les livres appellent « la satisfaction du commandement ».

Depuis son arrivée — cinq mois à peine — il n'avait pas eu le loisir de regarder derrière lui pour mesurer le chemin parcouru. On était encore loin du but à atteindre et nul ne le savait mieux que lui qui seul entrevoyait le sommet dans la brume. Une courte halte dans l'ascension, loin de lui couper les jambes, lui redonnerait des forces et du courage.

Il revit ce matin gris d'octobre les jérémiades de son prédécesseur, la sentinelle endormie sous le vent des pissotières, les tentes avachies, les ordures et les mouches, les bidonvilles et le bistrot à Fernand... Au fait, il avait reçu la semaine dernière une carte postale de Fernand : un troupeau de moutons entrant aux abattoirs de la Villette, qui se dispensait de commentaires.

S'il revenait aujourd'hui, le rappelé, il ne reconnaîtrait plus le bordj. Plus de tentes avachies, de taudis, de pissotières, d'ordures... Chaque homme avait maintenant son coin privé dans une baraque, une armoire pour ranger ses affaires, quelques mètres carrés de cloison pour épingler la photo de la fiancée ou la pin-up. Des cuisines neuves d'où émanait ce matin une odeur appétissante de pâtes chaudes (Charlou avait dû prévoir des tartes pour inaugurer le nouveau four). Les feuillets étaient nettoyés et désinfectés chaque jour sous la responsabilité du toubib. Il avait bien un peu tiqué le bon docteur Bastide quand le commandant lui avait collé cette corvée, mais l'hygiène était sa partie... Le mur d'enceinte, un travail de Romain, était pratiquement terminé (enfin !) sauf les bastions d'angle dont la couverture posait un problème à la fois technique et tactique. Dans le mirador édifié au-dessus du P.C. le sous-officier de quart veillait comme sur la passerelle d'un vaisseau en mer et c'était bien l'image juste de ce bordj isolé dans le désert.

Evidemment entre ces longues baraques, le mirador en poutres, la disposition manquait d'unité architecturale et d'esthétisme. Ce n'était pas un village de loisirs mais un camp militaire, fonctionnel et austère. L'austérité ne manquait pas de grandeur et la salle d'honneur d'une certaine harmonie. Jean Marie était assez fier de sa cheminée. Dessinée par le jeune architecte Prix de Rome, elle avait été bâtie par un artisan maçon habile, avec des pierres taillées par les Romains... ou leurs esclaves. Sur quelques-unes on pouvait lire des fragments d'inscriptions gravées dans le granit... un message lancé par-delà dix-huit siècles par les centurions morts sur ce *limes* pour la sauvegarde de l'Empire.

Le petit bordj du 584 n'avait rien de comparable avec la cité antique — si on en jugeait par la taille du temple au Soleil — édifiée par les Romains quand le maigrelet oued Chaïr était encore une belle rivière de Gétulie. Tel qu'il était, Jean Marie en était plutôt fier. Il n'était pas le produit du travail d'esclaves mais l'œuvre collective d'hommes libres. Et cela lui donnait sa valeur. Tout le monde avait mis la main aux constructions, apportait sa pierre, donnait sa peine et sa sueur, et davantage, l'essentiel, tous y avaient mis leur imagination, leur initiative. Cette initiative individuelle que les ouvrages décrivent comme un idéal à atteindre dans l'exercice du commandement des hommes, parce qu'elle est un acte volontaire qui ne se commande pas, un don gratuit.

Par exemple, ces sacs de ciment et ces planches soigneusement abritées sous une bâche étaient dus à l'initiative du brigadier d'ordinaire. En mission de ravitaillement à Bou-Saâda, il avait saisi au vol (le mot juste) une circonstance imprévue : le portail du dépôt sous-préfectoral des matériaux de construction avait été laissé ouvert par mégarde à l'heure tranquille de la sieste du gardien. Il avait eu le temps de charger un camion de ces matériaux sans prix (encore le mot juste)...

Et cette baraque en construction ?... Une heureuse initiative de l'équipe de mécanique de l'atelier. En mission à Alger pour percevoir des véhicules, ils avaient remarqué, sur un quai du port, ce dépôt d'éléments préfabriqués. Il semblait abandonné. Ils avaient passé une nuit à charger cinq G.M.C., soit plus de dix tonnes. Et ils avaient dû franchir les barrages et contrôles de la police militaire sur plus de 400 km de route.

Pas plus que leur chef, les hommes du 584 n'attendaient l'arme au pied que le commandant-providence leur mît la table pour se servir... quitte à écorner quelques articles bénins du règlement ou de la morale conventionnelle. La règle d'or était s'adapter aux circonstances ! Si Jean Marie entrevoyait le sommet, nul ne connaissait l'itinéraire pour l'atteindre. Les livres et les rhéteurs donnaient bien des descriptions détaillées et scientifiques de la route à suivre, mais toutes leurs théories préétablies se révélaient fausses à l'usage. ADAPTER était le maître mot !

C'était pour s'adapter à sa mission qu'il avait supprimé la 4ᵉ compagnie, malgré le T.E.D.P. 107, la loi, les prophètes et M. l'intendant d'Aumale. Le résultat était probant. Grâce aux effectifs de feu la 4ᵉ compagnie, les trois autres pouvaient assurer à la fois les servitudes statiques d'un poste de pacification et sortir hors des murs quatre sections de combat à effectif plein. Avec un élément de commandement mobile, Jean Marie disposait à tout moment, dans un délai d'une heure, d'un bataillon d'intervention à trois compagnies.

« La structure tertiaire », comme on disait dans les livres, avait permis de créer aussi le peloton Saillard, à cinq véhicules blindés légers. A l'usage, il s'était révélé plein de ressources dans la reconnaissance d'itinéraire, l'ouverture de route, l'intervention rapide (il était en alerte à quatre minutes). En opération, le peloton blindé escortait le convoi de transport, le guidait jusqu'au point de départ du bataillon. Puis par des chemins ou en tout terrain, Saillard se débrouillait pour amener les camions jusqu'au point d'arrivée [1]. En descendant du djebel le voltigeur de pointe du 584 retrouvait dans son camion, avec son matériel de campement, son petit confort personnel, de l'eau dans les remorques citernes, souvent la soupe chaude à la roulante, et, dernière invention, un G.M.C.-foyer qui vendait des douceurs : bière, tabac, biscuits... de quoi égayer une veillée autour du feu

1. *Note de Jean Marie :* L'adjudant Saillard n'était pas seulement un bon chef de peloton. Sans négliger son service, il parvint à préparer et à obtenir une licence en droit, plus quelques diplômes de doctorat. Ayant quitté l'armée il demanda à passer le concours d'entrée dans la magistrature, ouvert aux officiers dégagés des cadres. Ce qui peut sembler un droit à ceux qui, n'étant point juristes, ont le sens de l'équité lui fut *refusé...* pour l'unique raison qu'il était sous-officier en retraite. A ma connaissance, le syndicat de la magistrature — qui comme chacun sait lutte pour la démocratisation de la justice — ne fit pas le moindre geste en faveur de ce « fils du peuple » qui avait le handicap d'avoir servi son pays.

de bivouac avec les copains. Le peloton Saillard donnait au bataillon une grande autonomie opérationnelle. Il était resté dix jours en opération à trois cents kilomètres de ses bases, sans inconvénient majeur.

L'esprit de Jean Marie refusa de se complaire plus longtemps dans cette autosatisfaction. La halte terminée, il se tourna vers le sommet pour regarder la prochaine étape. Le problème immédiat du bataillon était de trouver un O.R., un officier de renseignement, tel que Jean Marie le concevait. Sans renseignement, point d'entreprise humaine valable !

Le 584 avait certes des organes sensoriels — la bande à Gonzalès par exemple —, des antennes pour recueillir l'information, explorer l'environnement. Il n'était ni sourd ni aveugle, mais « inintelligent », dans le sens « Intelligence Service ». Il lui manquait un centre de traitement des données, un officier de renseignement, un O.R. pour orienter et coordonner la recherche, collecter les informations ramassées en vrac, les trier, les assembler et en tirer des possibilités d'action, car il ne servirait à rien de savoir si ce n'était pour agir.

Au-delà de ce métier classique, le commandant envisageait de confier à son O.R. une tâche beaucoup plus importante : la responsabilité de la mission territoriale du bataillon, de la pacification comprise dans sa plénitude, ce qu'il appelait « l'action politique ».

— Il ne faut pas avoir peur des mots, dit-il brusquement à Pothier qui était venu le rejoindre pour lui parler des constructions... Ce que nous devons faire s'appelle en français « ACTION POLITIQUE », et tant pis pour ceux qui s'en scandalisent.

Le major était le conseiller idéal. Gardien attentif de l'orthodoxie du règlement, parfois des principes moraux, il préservait le chef de corps des débordements de l'imagination, « la folle du logis ». Celui-ci avait pris le réflexe de frotter chaque idée nouvelle à la cervelle du sage Pothier. Même s'il lui arrivait de passer outre aux conseils de prudence, il discernait mieux, après cette consultation, les risques du projet, les cailloux du chemin ou l'embuscade à contourner.

— Vous dites « politique » ! murmura Pothier comme s'il prononçait un gros mot.

— Je dis action politique. Le problème n'est pas de faire un discours mais de savoir comment procéder !... A ce sujet, je pense souvent à ce que m'a dit ce vieux missionnaire, rencontré au Nord-Laos. Vous ai-je déjà raconté cette histoire ?

Le bon Pothier avait toujours une oreille disponible et ce n'était pas sa moindre vertu.

— Je ne me souviens pas, dit-il avec aplomb. J'aimerais l'entendre.

A cette époque, dans les derniers jours de février 1954, la division 308 remontait à marches forcées vers Diên Biên Phu pour attaquer le camp retranché des Français. Partis de Muong Saï, une petite base aéroterrestre dans le Nord-Laos, les parachutistes du capitaine Jean Marie avaient reçu pour mission de suivre — avec la plus extrême prudence — la trace de cette redoutable unité vietminh, pour contrôler le renseignement. Arrivant un soir dans un misérable village thaï, le capitaine fut fort étonné d'y rencontrer un vieux missionnaire et deux sœurs de charité qui apparemment avaient survécu au passage des communistes.

— Il était mince et maigre, tout en lignes verticales, avec sa barbe longue, sa soutane trop courte qui découvrait des brodequins de marche trop lourds pour ses mollets en baguettes. Il ressemblait à une caricature des personnages du Gréco comme on en voit au musée du Prado.

Dans ce pays Thaï, il n'y avait pas un seul chrétien et le vieux curé de cette paroisse fictive se défendait comme un diable en bénitier de faire du « prosélytisme impérialiste » ainsi que l'affirmaient les vietminhs quand ils avaient envie de tuer un de ces missionnaires.

— Alors, si vous n'avez pas de clientèle, qu'est-ce que vous fichez donc dans ce village ?

— Nous témoignons de l'amour du Christ. Les conversions, cela regarde le bon Dieu !

Il avait dit ces mots avec une simplicité désarmante... Jean Marie se demandait si cette innocence suffirait à désarmer le commissaire politique de la division 308 réputé pour son fanatisme féroce.

Par curiosité, le jeune capitaine avait demandé au vieux prêtre :

— Lorsque vous débarquez comme ça, à la grâce de Dieu, dans un pays, qu'est-ce que vous faites ?

— Nous ouvrons tout de suite un dispensaire et une école. L'amour de son prochain commande d'abord de soulager ses maux : la souffrance et l'ignorance.

En débarquant à Bordj de l'Agha, par la grâce du général, Jean Marie avait repensé au conseil du vieux missionnaire. Le bataillon disposait de deux médecins, d'infirmiers, des médicaments du sous-préfet pour l'A.M.G... Rien de plus facile que d'ouvrir des dispensaires. Fourré en avait ouvert deux, à Aïn Rich et Aïn Melah avec un égal succès. A Bordj de l'Agha, le docteur Bastide avait installé le sien dans l'école du village d'Oued Chaïr à trente mètres de l'entrée du bordj. C'était un bâtiment tout neuf, construit par l'administration juste avant les événements de 1954. L'instituteur n'avait jamais été nommé. On pouvait sans inconvénient occuper la moitié des locaux en infirmerie et même aménager une salle de visite spéciale, entièrement close sur l'extérieur, pour les femmes.

Il restait de la place pour l'école, mais il fallait un instituteur. La Providence y pourvut à sa façon, inattendue sinon inespérée. Il débarqua un soir d'un camion de ravitaillement revenant de Bou-Saâda, avec les cageots de légumes et les sacs de fayots. On le remarquait tout de suite parmi les gens du convoi, avec sa tenue de toile — on était en février et il faisait froid — sa chemise beige et son pantalon fripé, trop court comme la soutane du vieux missionnaire, son visage bleu de froid et sa façon de manier le fusil, dangereuse pour ses voisins plus que pour un éventuel ennemi.

— Où as-tu fauché ce type ? demanda le commandant au brigadier d'ordinaire, lequel avait la réputation justifiée d'avoir le geste prompt pour ramasser tout ce qui traînait. Jusqu'à ce jour, il n'avait encore jamais fauché d'être humain.

— Je l'ai pas fauché, protesta le brigadier. Je l'ai trouvé à Bou-Saâda. Paraît qu'on nous l'envoie comme renfort ?

— Qu'est-ce que tu as commis comme crime ? demanda le commandant au nouveau venu... Vendu des documents secrets ? Oublié de saluer un général ? Violé sa fille ?... Ici, tu peux te confesser. Tu es à l'abri des gendarmes, ils sont sous mes ordres !

— Non, dit faiblement le jeune garçon avec un sourire bleu, je suis volontaire pour servir au 584ᵉ bataillon du Tain.

Oyant telle nouvelle, les autres se rassemblèrent autour de lui, s'esbaudissant du pauvre benêt qu'ils regardaient comme une bête curieuse.

— Viens avec moi dans mon bureau, dit le commandant pour le délivrer des sarcasmes. Tu vas me raconter ta vie... cette étrange aventure !

Il s'appelait Jean-Claude Veber. Profession : étudiant en philosophie. Il avoua tout de même qu'il préparait une agrégation en cette matière. A Alger, on l'avait affecté — comme tous les fils d'archevêque — au *Bled* (le journal édité par l'état-major de la Xᵉ région militaire, pour les soldats). Refusant cette planque confortable, il avait demandé et obtenu d'être affecté au 584ᵉ bataillon du Train, réputé le plus terrifiant.

— Si j'osais, dit le commandant pensivement, je te proposerais bien une place... Mais pour un agrégatif en philosophie !... Enfin ! Veux-tu être instituteur ?... Surtout pas d'enthousiasme prématuré ! Pour l'instant ta classe est vide, pas une table, pas un tableau noir, pas un élève...

Pour le matériel scolaire ce fut relativement facile de s'en procurer par différents moyens, pas tous illégaux. Le jour de l'ouverture il se présenta un élève... parce que le commandant avait fait savoir que les écoliers seraient nourris gratuitement à midi par le bataillon.

Quinze jours plus tard Jean-Claude Veber était à la tête d'une classe « surchargée » de plus de trente enfants. Pour se mettre au goût de sa clientèle, M. l'instituteur portait la cachabia locale. A midi, en tête de sa troupe en colonne par un, la gamelle à la main, il faisait la queue au guichet des cuisines pour percevoir la ration. Pour la plupart de ces enfants ce serait le seul repas de la journée. Le cuistot de service avait la louche lourde... De toute façon, l'ordinaire du bataillon était en déficit (cinq millions de francs de l'époque environ), déficit dont le chef de corps, selon la règle de l'intendance, était responsable sur sa solde, ainsi que ne cessait de répéter à tout propos le major, citant les écritures comptables.

Mais il fallait bien faire confiance à la Providence (qui semblait avoir un faible pour le 584) comme le vieux missionnaire du Laos... Après avoir ouvert un dispensaire et une école, il disait : « Le reste regarde le bon Dieu. »

C'est ce que disait une autre sainte, dans un style plus militaire, Jeanne d'Arc aux maîtres en théologie de la Sorbonne — réfugiés à Poitier pendant l'occupation — quand elle leur répondait : « Les gens d'armes combattront et Dieu donnera la victoire ! »

Le vieux curé et ses deux petites religieuses avaient une foi au cœur et Dieu à donner aux hommes affamés. La Pucelle avait une « certaine idée de la France » à offrir, une belle et bonne réalité. Jean Marie avait deux ou trois dispensaires, une école et même des fusils, mais que pouvait-il donner aux hommes de cette terre affamés de dignité ?

Depuis qu'ils avaient brûlé Jeanne la Pucelle, Dieu restait neutre dans les guerres entre les hommes. Même lorsque Si Ziane le mobilisait pour la wilaya 6. D'ailleurs la République qu'il servait était laïque et c'était d'elle que Jean Marie attendait l'Evangile à annoncer, la ligne politique à suivre.

« Algérie française », dix mille fois répété par les hommes politiques, ne pouvait constituer cette politique. Les populations de l'Atlas saharien, les bergers de moutons, les caravaniers de contrebande ne pouvaient reconnaître le visage de la France dans Alger. Alger, capitale d'Empire » aurait été une belle cause à servir ! Jean Marie était de ces générations d'écoliers qui avaient rêvé de grandeur en regardant la carte des possessions françaises en rouge sur le planisphère. Mais l'Empire s'était effondré pour lui et ses camarades, un soir de mai 1954 dans une petite cuvette du pays Thaï au nom inconnu la veille, devenu le « 14 Juillet » de la décolonisation.

Il restait l'idée de la France inventée et façonnée par l'épée d'une Pucellle lorraine, continuée par les travaux et les sacrifices de tout un peuple. C'était le visage de cette France que Jean Marie devait montrer aux populations de son quartier. Les élèves de Jean-Claude Veber — bien qu'il ne leur enseignât point que leurs ancêtres étaient des Gaulois — pouvaient la reconnaître, cette France de générosité, de savoir... dans le dévouement de leur instituteur. Les malades dans l'habileté des mains du toubib à soulager leur souffrance.

Les habitants du quartier reconnaîtraient encore le visage de cette France dans ses soldats, car rien de grand et de durable ne se fait sans la vertu des armes.

— Je crois que j'ai trouvé une voie, dit Jean Marie. Nous témoignerons de la France et Allah donnera la victoire !

— De toute façon, dit Pothier imperméable au non-mesurable, en regardant sa montre, c'est l'heure de la prise d'armes.

Comme d'habitude le pot du chef de corps se tint dans la salle d'honneur. Charlou avait organisé le buffet : apéritifs divers, jus de fruits pour encourager la sobriété, amuse-gueule et kémias variés. « 20 000 francs de plus au déficit de l'ordinaire », évalua Pothier d'un coup d'œil.

Le commandant accueillit d'abord les voltigeurs de pointe — « le plus noble métier de l'armée française » — qui venaient d'être décorés. Parmi les invités, les officiers et sous-officiers des compagnies de combat et « membres de droit du club des voltigeurs de pointe ». Moussa et Moktar, les deux harkis, qui s'étaient signalés par leur bravoure et leur loyauté, le brigadier d'ordinaire à qui on devait ce chargement providentiel de planches et de ciment, un infirmier d'Aïn Rich qui avait passé deux jours et deux nuits dans une rheima pour soigner un bébé souffrant de diarrhée, les trois garçons du renfort Aumale désignés par les instructeurs comme les plus méritants...

Le soleil de midi était printanier. Le clairon sonna la soupe. Dans le mirador, le sous-officier de quart regardait vers le sud. Au-dessus de la ligne de crête du djebel Mimouna, il vit monter et gonfler un étrange nuage que les rayons du soleil teintaient en rouge. En quelques minutes, poussé par des vagues de vent longues et puissantes comme la houle d'une marée d'équinoxe, le brouillard rouge dévala la montagne et s'abattit sur le bordj, l'isolant du monde dans une chaleur de four.

— C'est le sirocco, le vent de sable ! s'écria le maréchal des logis-chef Pourrez qui avait fait un séjour au Sahara. On en a pour trois jours au moins, sinon six ou neuf au maximum.

On calfeutra portes et fenêtres, mais la poudre rouge s'infiltrait par la moindre fissure, recouvrait toutes les surfaces, se glissait entre les pages des livres, faisait crisser les dents, se collait sur la peau humide des hommes. Et ce vent soufflait une haleine brûlante.

Dans l'après-midi éclata un orage avec des éclairs fauves et des coups de tonnerre assourdis. Il tomba quelques grosses gouttes d'eau lourdes de terre rouge, pareilles à une pluie de sang. Le printemps de l'Atlas saharien était fini.

Avec des accalmies plus ou moins brèves, le sirocco souffla durant un mois. Les hommes avaient les yeux rouges et les nerfs à vif.

XXIII

« LE COMBAT DES CHEFS [1] »

Hôpital Bégin. Chambre 43. Novembre 1980.

Le froid persiste.

— Ce maquignon de Katz avait gagné son pari, dit Jean Marie. Trois semaines après l'affaire du djebel Amour, il était nommé à Laghouat, commandant civil et militaire du département des Oasis. C'était l'antichambre de la liste d'aptitude au grade de général.

L'hiver s'impose. Mais Jean Marie va mieux et reprend goût à la vie s'il est vrai, comme il le dit, que l'agressivité en est la vertu première. Contraint à l'immobilisme sur sa planche, il l'accumule. Elle déborde dans son récit, se manifeste dans la vigueur du vocabulaire, les appréciations incisives et irrespectueuses, au point que, par décence, j'ai cru de mon devoir d'atténuer certains mots qui dépassent sa pensée, en m'attachant à demeurer fidèle aux faits historiques.

— L'idée de Katz général donnait des cauchemars au colonel Moissenet, le commandant de la zone d'Aumale qui coiffait le secteur de Bou-Saâda. Parti favori dans la course aux étoiles, se faire doubler dans la dernière ligne droite par ce rustre de Katz qui montait à cheval comme un gendarme à pied... il y avait de quoi enrager ! Non ?... Au style de ses réflexions vous avez sans doute deviné que Moissonnet était cavalier.

« Il était de ces générations de cavaliers de l'entre-deux-guerres qui avaient commencé leur carrière à cheval et vénéré la plus noble conquête de l'homme quand il eût été

1. D'après Astérix, vieille coutume gauloise qui survit dans l'armée française.

préférable pour la France d'en faire du pâté d'alouette, et pour la cavalerie de s'équiper avec des véhicules à moteur, tels les chars de bataille. Paradoxalement, en 1957, le colonel cavalier ne montait plus, quand Katz, le biffin, montait encore tous les jours... pour son plaisir.

« A cinquante ans passés, le colonel Moissenet — dit « duc d'Aumale » — portait beau : de stature imposante, la taille à peine encrassée, la démarche vive, le verbe volontiers cinglant, bien qu'il ait échangé sa cravache pour une badine. Comme ceux de sa génération, il avait racheté sa bêtise du temps de paix par sa bravoure en temps de guerre. A la tête d'une unité blindée, il avait combattu avec courage — la chose du monde la mieux partagée dans son arme — et prouvé ses qualités d'officier de troupe. Il se flattait volontiers d'avoir joui à la Ire Armée des faveurs du Maréchal — entendez le général de Lattre — qu'il avait suivi en Indochine. Il y avait cueilli quelques lauriers et obtenu relativement tôt ses galons de colonel plein. Depuis, il marquait le pas dans cette drôle de guerre d'Algérie. A Aumale, dans la résidence du commandant de la zone, il se donnait de grands airs — d'où ce surnom bébête de duc d'Aumale — dans un style plutôt régence, car il vivait avec sa secrétaire une de ces grandes passions qui embrasent souvent le mâle au seuil de l'hiver.

« En dépit de ses efforts et de l'appui discret d'amis politiques proches du pouvoir, le colonel voyait s'oxyder ses cinq galons d'argent. Il piétinait sur place, piaffait à l'attache comme un cheval de sang et ruait des quatre fers quand il pensait à la carrière de Katz.

« En vérité, il lui manquait quelques titres " scolaires ", diplôme ou brevet d'état-major, pour être inscrit sur la liste d'aptitude sur laquelle les ministres choisissent les généraux. Une démocratie pacifiste préfère justement confier les forces armées à des militaires de tempérament studieux plutôt qu'à des soldats doués pour mener les hommes, quitte à inverser ce choix dès que le danger se présente aux frontières, à promouvoir hâtivement les chefs et à limoger les " figurants de la hiérarchie " comme les appela un certain capitaine de Gaulle.

« Katz avait compris très tôt les conséquences de cette loi non écrite, dit Jean Marie. Il me l'avoua lors de notre première rencontre dans son camion-P.C. à Bou-Saâda. " Je ne connais rien à cette guerre parce que je n'ai pas fait l'Indochine. Vous comprenez, étant donné mes origines, si je voulais faire carrière, je devais absolument obtenir le brevet de l'Ecole supérieure de guerre. "

« Son brevet en poche, il restait à démontrer qu'il était

capable de commander en campagne, ce qu'il avait fait avec éclat en quatre mois à la tête du C.O.S.A. et à la surprise générale. Sa nomination à Laghouat signifiait qu'il possédait maintenant tous les sacrements pour être inscrit parmi les élus... et pour sauter aux étoiles il lui suffisait d'un tout petit coup de pouce politique.

« Ça aussi, il l'avait compris, dit Jean Marie. Et il me l'expliqua un soir à Laghouat après un dîner intime à la résidence où je logeais comme chez moi. " Tu comprends, m'avait dit Katz avec son incomparable franchise, que Moissenet le veuille ou non, j'aurai mes étoiles avant lui. Il est appuyé par des amis du ministre, je le sais, mais moi je suis appuyé par l'opposition. Dans notre République, l'opposition est beaucoup plus efficace, pour ces choses-là, que les coulisses du pouvoir... C'est élémentaire. Il vaut mieux rendre service à un adversaire qui peut le rendre qu'à un ami qui t'a déjà tout donné. " (Dans ce domaine il me prenait pour un innocent, et sur ce point encore il voyait juste.) »

***

Moissenet enrageait. A peine Katz avait-il quitté le secteur que le commandant de la zone débarqua à Bordj de l'Agha, le 22 mars exactement, comme pour affirmer son titre de propriétaire sur cette province et sur ce bataillon qui donnaient de beaux revenus. Il amenait dans son fourgon à bagages l'intendant d'Aumale pour inspecter les comptes du 584ᵉ B.T. et la gestion du chef de corps.

— Savez-vous que le déficit de votre ordinaire se chiffre aujourd'hui à près de cinq millions ? dit M. l'intendant au commandant après examen des livres de comptabilité.

— Bien sûr, dit le commandant. Nos comptes sont à jour. Exactement 4 989 847 francs et 43 centimes. Et c'est juste ! Vous pouvez faire confiance à Pothier s'il le dit.

— Mais vous savez que vous êtes personnellement et financièrement responsable de votre gestion ?

— Je ne peux pas l'ignorer. Pothier me le répète assez souvent.

— Alors, que comptez-vous faire pour redresser la situation avant la fin de l'exercice budgétaire ?

— Rien !... Je n'ai nullement l'intention de restreindre le train de vie de mon bataillon, de rogner sur la nourriture, si c'est ce que vous voulez insinuer.

Ce que Jean Marie lut dans le regard de l'intendant — une sorte de perturbation dans la mécanique de la logique comptable — l'incita à lui expliquer :

— ... Lorsque nous rentrons chez nous, au poste, après plusieurs jours en opération, à bouffer votre pâté pur porc des boîtes de ration après des heures de marche et parfois un accrochage meurtrier, j'aime récompenser l'effort de mes garçons en leur offrant un bon repas, au moins une bonne bouteille de vin bouché... C'est hors de prix avec votre prime d'alimentation de 7 francs par jour ! Avec de telles habitudes de luxe, j'estime que le déficit de l'ordinaire atteindra ou dépassera les 10 millions avant la fin de l'année.

M. l'intendant aspira une grande bouffée d'air comme après une longue plongée en apnée.

— Mais avez-vous compris que l'on peut vous imputer ce déficit sur votre solde... que vous serez condamné à rembourser de votre poche ? Sur ce point les règlements sont formels !

— Ne plaisantons pas, M. l'intendant ! Vos règlements sont idiots. Quand ils sont idiots, les règlements ne sont plus respectables. Et ils sont idiots quand par exemple vous me vendez la boîte de ration individuelle plus cher que la prime d'alimentation journalière. Pour faire des économies sur l'ordinaire, me suggérez-vous de ne plus sortir en opération où forcément nous nous nourrissons — sans jouissance croyez-moi ! — avec des boîtes de ration ? De rester enfermé dans mes postes et d'instituer un rationnement, des restrictions alimentaires ? Il est encore idiot ce règlement qui alloue au 584 la même prime alimentaire que le bataillon en garnison à Alger ou le kilo de tomates coûte trois fois moins cher que sur le marché de Bou-Saâda.

M. l'intendant n'était point sot. Il éprouvait même une réelle sympathie pour ce jeune chef de corps qui courait inconsciemment vers la catastrophe : la sinistre « imputation financière » du déficit de l'ordinaire. Il insista avec courtoisie.

— Permettez-moi d'apaiser votre inquiétude sur ce point, dit Jean Marie avec une courtoisie égale. L'intendance n'hésiterait pas un instant à me faire payer un déficit de 50 000 francs, mais elle n'osera jamais m'imputer 10 millions de francs quand mes comptes sont rigoureusement en ordre. Alors je vais vous dire ce qui va se passer pour vous rassurer. Au moment d'arrêter les comptes, en fin d'année, vous comblerez mon déficit avec le boni d'ordinaire de mes confrères meilleurs comptables que moi. C'est immoral, mais c'est ce que vous ferez. Ainsi mes garçons auront bien mangé aux frais de leurs camarades mieux administrés.

M. l'intendant se détendit brusquement en se laissant aller sur son siège comme dans un fauteuil moelleux. Il se tourna vers Pothier :

— Tout à l'heure, après dîner, j'ai refusé le verre de cognac que vous m'offriez. J'aimerais le boire maintenant... Merci !... J'ai plus de vingt ans de métier. Dans mes inspections je crois avoir vu toutes sortes de personnages. J'ai dévoilé des malversations, démasqué des voleurs, des escrocs. J'ai fait arrêter et condamner à la prison un trésorier en Indochine. J'ai vu pleurer un colonel trompé par son major... Mais je n'avais encore jamais rencontré votre... type. Comment qualifier votre attitude : lucidité logique ? Inconscience pathologique ? Cynisme ?... Le mot le plus approprié est peut-être humour ?

A quelque temps de cette soirée, une note de l'intendant général transmise par l'intendant d'Aumale fit savoir au chef de corps du 584ᵉ B.T. « qu'il lui serait désormais alloué le complément de prime d'alimentation des Territoires du Sud ».

Grâce à cette mesure de faveur, le déficit de l'ordinaire à la clôture de l'exercice budgétaire était inférieur (de peu) à 10 millions de francs qui furent, comme prévu, entièrement couverts par le boni des autres corps de la division. Toutefois une note confidentielle, jointe à son dossier personnel, émettait les plus grandes réserves sur les capacités administratives du chef d'escadron Jean Marie.

Mais ce n'était pas pour parler ordinaire que Moissenet avait passé les quarante-huit heures à Bordj de l'Agha. Il visita les installations, inspecta les postes, se fit présenter les officiers, parla aux sous-officiers, interrogea les hommes, renifla l'ambiance du bataillon. C'était un excellent officier de troupe et il avait le nez. Il se déclara satisfait. Avant de repartir, il invita le commandant à dîner, un soir de la semaine, à Aumale : « Je t'enverrai un avion. Tu coucheras à la résidence. Je te ferai raccompagner le lendemain. »

Le dîner fut parfait bien qu'intime : juste le colonel et sa secrétaire comme maîtresse de maison, une fort agréable personne, peut-être un peu timide. Elle se retira au café. Au cognac, dans les fauteuils du petit salon, Moissenet s'ouvrit enfin.

— C'est toi qui as gagné les étoiles de ce rustre de Katz. Tout le monde le sait !

C'était un reproche.

— As-tu oublié que tu es cavalier ? Comme moi !... Alors ce que tu as fait pour Katz — je ne te le reproche pas, tu n'as fait que ton travail —, tu pourrais peut-être le faire pour moi !... Tu dois bien connaître une bande ou deux de fellouzes que nous pourrions nettoyer ?

— Bien sûr, j'en connais une qui m'ennuie en ce moment... Je peux la trouver quand vous voudrez. Mais il me faut trois jours de chasse libre pour la localiser. Pour la détruire ensuite, c'est un autre problème...

— Pour cela, je m'en charge. Je viendrai avec les moyens nécessaires. Tout ce que je te demande, c'est de me les trouver !

Marché conclu. Le jour J fut fixé au 6 avril.

Le colonel commandant la zone d'Aumale arriva à J — 1 en hélicoptère Bell avec pour toute escorte sa secrétaire personnelle. Il s'était fait précéder d'une suite royale : un état-major d'opération au complet avec des camions-bureaux, des véhicules de transmission surmontés d'antennes géantes, des blindés d'escorte et le train des services habituels. A peine déployé, l'appareil de commandement entra en action, produisant des papiers : instructions préliminaires, directives logistiques, ordres de mouvement pour les troupes engagées : deux bataillons d'infanterie, des escadrons du R.E.C., et les moyens aériens, deux Piper, une patrouille de chasse de 2 T.6, un D.I.H. de l'A.L.A.T. comprenant trois gros hélicoptères Piazeki bi-rotor, appelés bananes volantes. Tous ces engins se rangèrent en ordre sur la piste d'atterrissage devant le bordj (1 600 mètres de long sur 50 de large nivelé sur le sol dur de la hamada et en cours d'homologation par l'armée de l'air depuis le 20 novembre).

Malgré la rusticité des lieux, le 584 eut à l'honneur de se montrer hospitalier, dans la tradition saharienne. Le commandant avait fait préparer son bureau et sa chambre — fort modestes — pour le colonel. La popote des officiers avait été transformée en mess de garnison. Les gens de la maison militaire du duc prirent possession des lieux en faisant grand embarras. Leur désinvolture un tantinet hautaine commença à irriter les nerfs de Jean Marie, déjà éprouvés par sa récente maladie et le vent de sable des jours précédents. D'autre part, il était soucieux. Cet étalage de forces, ce fracas d'armes avaient de quoi alerter tous les rebelles du quartier !

— Vous vous souvenez, mon colonel, dit-il à celui-ci en l'accueillant à sa descente de carrosse, que vous m'avez accordé trois jours de chasse libre pour trouver les hors-la-loi ? Je tiens à être entièrement indépendant et seul sur le terrain.

— Tu as ma parole, répondit le duc dont l'humeur noble, et l'optimisme ajoutèrent à l'aisance de ses gens une note d'assurance fleurant l'outrecuidance.

Le premier accrochage eut lieu le matin du jour J avant l'heure H, entre le lieutenant-colonel d'aviation et le commandant du 584. Ils se rencontrèrent devant la popote où le commandant venait de prendre son petit déjeuner. Il était 8 heures ou presque. L'attaque vint de l'aviateur, un grand corps maigre de tempérament nerveux, « hyperthyroïdien » selon le médecin lieutenant Fourré.

— J'ai mis en alerte au sol un équipage de Piper qui attend votre bon plaisir depuis deux heures. A ce train nous sommes là pour un mois !

— D'abord, je ne vous ai rien demandé. Ensuite, puisque vous m'en fournissez l'occasion, je vous précise que je ne veux aucun appareil en l'air jusqu'à nouvel ordre de ma part.

Le dialogue s'envenima au point que le colonel, en petite tenue du matin, intervint pour rétablir l'ordre. Fidèle à sa parole, il soutint la thèse du commandant.

Jean Marie n'était pas pressé. Cela faisait partie de l'idée de manœuvre qu'il avait exposée à ses officiers, la veille au soir.

Il savait depuis quelques temps qu'une katiba — une centaine de moudjahidin — se tenait dans le triangle de djebels Mimouna - Groun el Kebch - Kahila. Ce relief difficile, avec des arêtes de rocher vif, des oueds encaissés, relativement riche en points d'eau, constituait une bonne base de guérilla. A proximité de la route Alger-Biskra les rebelles pouvaient rançonner les transporteurs routiers et se faire ravitailler à bon compte. De là, leurs agents contrôlaient aisément tous les villages du quartier, jusqu'à Oued Chaïr, à la barbe du bataillon, ainsi que les campements nomades qui remontaient vers le nord avec les troupeaux. Et à ce propos leur réseau politique semblait diffuser dans les populations une idéologie, peut-être moins religieuse que celle des zianistes, mais beaucoup plus révolutionnaire. Ils se montraient particulièrement intransigeants sur leur doctrine, égorgeaient sans pitié les opposants ou les hésitants.

— Nous allons profiter de cette opération, dit le commandant, pour accrocher cette katiba et la casser si possible.

Avant tout il fallait les trouver. C'était la mission du 584.

— Avec tout ce vacarme, les fellouzes sont en alerte. Il s'agit donc de les localiser sans les alarmer, ils risquent de nous filer sous le nez, de se replier — si ce n'est déjà fait — provisoirement sur un territoire voisin, ou de s'installer sur une position préparée et fortement retranchée comme au Meharga, ce qui n'est guère mieux.

Personne n'avait oublié cette affaire, la mort de Raoul Guincestre, des pertes lourdes pour un résultat négatif.

— Nous allons procéder comme un piqueur qui fait le pied du gibier avant la chasse. Si la bête se lève à notre approche et quitte sa remise pour fuir à découvert, nous lâchons la meute et tout l'équipage. C'est l'hypothèse la plus favorable. Si nous trouvons la bête fortement remisée et décidée à tenir au ferme... Prudence ! Inutile de faire éventrer quelques-uns de nos meilleurs limiers. De toute façon, elle sera forcée de décrocher à la nuit ne serait-ce que pour aller boire. Au matin nous reprendrons la trace fraîche pour tenter de la prendre en mouvement, à découvert.

Il avait décidé de commencer sa quête par le sud... pour s'éloigner le plus possible des gens d'Aumale et parce qu'il aimait l'endroit. Dès la première fois, le jour de Si Ziane, il avait aimé ce paysage de pierre et de sable, dépouillé et mystique comme un jardin de monastère japonais, le jardin du temple de Ryôan-ji à Kyoto dont il avait vu la photo dans un magazine. Pureté, solitude, silence, beauté... Il s'en dégageait une force apaisante et propice à la réflexion. Lorsqu'il se sentait las, le corps fatigué, l'esprit confus, l'âme troublée, Jean Marie s'arrangeait pour bivouaquer une nuit au puits de Si Mazous, une oasis minuscule au bout de la vallée, petite tache de vie verte dans la stérilité fauve.

Les compagnies se rassemblèrent à 9 heures du matin au sud du col de Medjedel. Le commandant lança des patrouilles comme au hasard, pour donner l'impression aux choufs qui suivaient chacun de ses gestes qu'il errait sans but précis, en opération de routine. Dans le Groun el Kebch, les pisteurs relevèrent aux points d'eau des traces récentes, plusieurs camps de transit abandonnés depuis quelques heures, et sur les sentiers de chèvres des indices de passage en direction du nord. La katiba avait déguerpi depuis moins de 24 heures. Dans un oued une patrouille découvrit un troupeau de moutons sans berger. Ahmed reconnut quelques-unes de ses brebis. C'était un troupeau hors-la-loi et le commandant fit prélever une dîme, à raison d'un mouton par section, pour faire un méchoui.

A cinq heures de l'après-midi, il rallia ses unités au puits de Si Mazous, au cœur du triangle de roc, domaine de la katiba. Les deux mechtas de l'oasis étaient abandonnées depuis longtemps. Sous les palmiers les jardins étaient livrés aux ronces, aux figuiers de Barbarie et aux épines. Les abricotiers étaient en fleurs. Dans l'air immobile des touffes d'une plante que les harkis appelaient drinn distillaient une odeur sauvage. Le charme des lieux opérait sur les hommes. Ils avaient allumé de grands feux pour rôtir les méchouis.

Du vent de sable des jours précédents restait en suspension dans l'air une lumière fauve.

Ce fut un harki qui les aperçut à l'œil nu, juste avant le crépuscule. A la jumelle, le commandant eut du mal à les voir. S'ils n'avaient pas bougé on n'aurait pu les distinguer du rocher. Cinq ou six silhouettes qui s'agitaient sur le sommet du Mimouna, près de la cote 1313 en se détachant en noir sur le ciel. Ils observaient le bivouac des Français, les feux des méchouis. Ils devaient enrager de voir les roumis faire rôtir leurs moutons.

— Ne dis rien aux autres, recommanda le commandant à Gonzalès. Ce sont des badauds de Paris et ils regarderaient en paquet. Il ne faut pas que les fellaghas se doutent que nous les avons repérés.

La journée n'avait pas été fatigante pour des garçons entraînés à la marche. Ils avaient transpiré un peu mais il y avait de l'eau pour se rafraîchir. Il faut longtemps pour faire cuire un méchoui. La soirée se prolongea et sous les palmiers c'était comme une fête.

Dès l'aube, le commandant fit lever le camp pour rouler vers l'ouest. Sur le Mimouna on ne voyait plus les fellaghas. Mais avant le lever du soleil Jean Marie avait fait partir un détachement : quatre harkis avec deux transmetteurs et un poste C9, portés en deux fardeaux sur des bourricots chacun pas plus grand qu'un gros chien (on pouvait les prendre dans les bras pour les charger dans les camions ou pour franchir une barre rocheuse). D'un observatoire dans le Groun el Kebch, ils avaient pour mission de surveiller la cote 1313 et de rendre compte de tout mouvement suspect.

Avant midi, le commandant savait que la katiba était toujours là. Il donna aux compagnies l'ordre de rentrer dans leur poste. Le peloton blindé fut chargé de récupérer le commando des observateurs, à la fin du jour, dans une vallée à l'abri des vues du Mimouna.

Il était à peine 15 heures quand il entra dans le bureau du colonel.

— Mission terminée, mon colonel. La katiba se trouve en ce moment à la cote 1313 ou ses abords. Je ne crois pas qu'ils se sachent repérés. Ils ne devraient donc pas bouger cette nuit...

Et, aussitôt, Moissenet manifesta un enthousiasme dynamique. En quelques minutes, avec son chef d'état-major, il avait monté sa manœuvre. La mécanique démarra au quart de tour. En deux heures les ordres étaient rédigés, dactylographiés, signés, ronéotypés... Le briefing d'opération se tint dans le bureau de Jean Marie, trop petit pour le nombre des participants qui 1313. Prêt à attaquer sur ordre...

Le colonel exposa lui-même la situation, son idée de manœuvre, distribua les missions...

— Je résume. Premier temps : mise en place. Terminée avant le jour. 226ᵉ B.I. au sud du djebel Mimouna. Deux compagnies prêtes à être héliportées. 584ᵉ B.T. au nord, au pied de la cote 1313. Prêt à ataquer sur ordre...

La face nord du Mimouna était à cet endroit une paroi presque verticale, dominant le plateau de 100 à 150 mètres.

« Dès le lever du jour, deuxième temps : préparation de l'héliportage par les feux aériens. Troisième temps : héliportage de deux compagnies sur la crête du Mimouna, guidé par le Piper et couvert par une patrouille de T.6 en vol. Simultanément les éléments à pied démarrent pour se porter au contact. Pas de question ? »

C'était plutôt une constatation qu'une interrogation. Quand le commandant du 584 leva la main, les autres le regardèrent comme s'il avait commis une incongruité.

— Je connais un peu cette katiba et sa tactique. S'ils sont là, ils nous attendront dans leurs emplacements de combat individuels, préparés dans le rocher, autant de petits blockhaus sur lesquels le straffing des avions n'aura pas plus d'effet qu'un vaporisateur de parfum.

— Permettez, permettez, interrompit l'aviateur qui bouillait d'agir... Je ne vous autorise pas à prétendre que le straffing est inefficace. D'autre part, j'ai l'intention de traiter la D.Z. et les abords avec des « paquetages »... Mais, au fait, savez-vous ce que c'est ?

Jean Marie dut convenir qu'il l'ignorait. Le ricanement du lieutenant-colonel fut repris par la majorité de l'assistance. Le lieutenant-colonel lui expliqua qu'il s'agissait d'une invention diabolique : des chapelets de petites bombes ! Jean Marie eut une moue dubitative. Il tenta de placer ses arguments...

— Pour apaiser vos doutes, enchaîna l'aviateur, je puis vous affirmer que quand j'aurai achevé de traiter la position, il ne restera plus grand-chose de votre katiba. Vous n'aurez qu'à monter aux résultats, ramasser les armes et quelques citations !

Le rire de l'assistance exaspéra Jean Marie.

— Vous n'êtes jamais allé vous-même aux résultats sur le terrain... Ça ne vous a pas empêché de ramasser des citations ! Au Meharga aussi les T.6 ont pilonné toute la journée les positions rebelles sans toucher un seul type.

— Sans vouloir te faire de peine, mon petit vieux, coupa le colonel, au Meharga ton ami Katz a manœuvré comme une pantoufle (rires sur tous les bancs). Ce ne sera pas le cas demain comme tu auras l'occasion de le voir.

Mais Jean Marie était lancé. Les ricanements le poussaient à l'insolence... Le colonel le comprit :

— Ecoute, tu as fait du bon travail. Maintenant ta mission est terminée. C'est moi qui prends l'affaire en main. Alors, laisse-nous travailler... Va donc boire un scotch à la popote avec Monique.

C'était une mise à la porte évidente. Mais le scotch du colonel était de bonne marque et Monique, la secrétaire, fort aimable... Jean Marie se calma en buvant un ou deux verres et se vengea en faisant un brin de cour à la secrétaire personnelle. Puis, avant le dîner, il se retira dans l'annexe du bordj où logeait la bande à Gonzalès. C'est là que vint le retrouver le capitaine Scherrer.

— Je vous ai écouté au briefing, mon commandant, dit le chef du D.I.H. L'opération de demain me paraît bien montée. On ne ménage pas les appuis aériens, pour la préparation, l'éclairage, la couverture... Toutes les règles de sécurité prescrites pour les hélicoptères sont respectées.

Scherrer tenait à la main son cahier dans lequel il notait les ordres, les instructions et ses remarques avant une opération.

C'était un des plus anciens et des meilleurs pilotes de l'A.L.A.T., un leader sérieux, courageux et prudent.

« Mais vous m'avez mis un doute dans l'esprit... Alors j'ai pensé que vous pourriez m'accompagner, venir avec moi pour la première rotation. Vous connaissez bien l'endroit et les fellaghas. Si vous remarquez quoi que ce soit, un indice, enfin quelque danger, nous pourrions au dernier moment changer de D.Z. ou dégager en vitesse. Je n'ai pas envie de faire descendre une de mes bananes ! »

L'idée était bonne.

— A une condition, dit le commandant. Tout de suite après la première rotation vous me raccompagnez, pour me déposer sur mon bataillon qui se trouvera de l'autre côté du djebel, au nord.

Le 8 avril, J + 2, un peu avant 8 heures du matin, Jean Marie se trouvait dans l'appareil du leader du D.I.H. Assis à l'arrière, près de la portière ouverte, il attendait le décollage.

L'opération qui doit transmuter Moissenet de colonel en général commence. Les rotors hurlent. Le monstre vibre de tous ses muscles d'acier. Le vent en tornade arrache le sable de la piste. La banane se soulève délicatement, oscille mollement en stationnaire. Elle va prendre son élan pour décoller. C'est l'heure H de l'assaut héliporté...

Quand soudain le gros hélicoptère se repose lentement.

« Merde ! pense Jean Marie. C'est la panne ! »

XXIV

COTE 1313

Hôpital Bégin. Chambre 433. Novembre 1980.

— Je me souviens exactement de ce que je pensais à cette minute, dans le vacarme et la fureur des moteurs, dit Jean Marie. Depuis plus d'une heure on entendait le bombing et le straffing des T.6 pilonnant la cote 1313, dans un ballet aérien parfaitement réglé. Après tout, les « paquetages » (en telle quantité surtout) étaient peut-être efficaces. Qui pouvait tenir sous ce déluge de feu et d'explosions ? Dans leurs trous individuels des moudjahidin, quel que soit leur courage, devaient être à demi assommés. L'héliportage d'assaut les achèverait. Dans une heure ou deux la katiba serait complètement anéantie. Une excellente affaire pour le quartier, le bataillon et son commandant... Evidemment j'aurais à affronter les sarcasmes de l'aviateur, mais dans l'euphorie générale du succès...

Le regard fixé au plafond de la chambre, il m'avait oublié pour revivre cet instant.

« Je n'ai pas eu le moindre pressentiment, la moindre prémonition. »

***

Le mécano lui tape sur l'épaule pour attirer son attention. Il lui crie dans l'oreille pour se faire entendre.

— Descendez en vitesse !... Ordre du P.C. opération ! Vous devez rejoindre immédiatement votre bataillon. On vous envoie un Bell. Vous l'attendez sur place !

Le mécano n'en sait pas plus et ce n'est pas le moment de discuter.

Jean Marie n'a jamais su ce qui s'est passé. Pourquoi, et sur ordre de qui, à la dernière minute, l'a-t-on fait descendre de cet hélicoptère ? Ce n'est sûrement pas Scherrer. Probablement le lieutenant-colonel d'aviation qui, informé au dernier moment de la présence du commandant Jean Marie à bord de la banane, a donné l'ordre de le faire descendre, craignant une initiative de ce dernier qui aurait déréglé le mouvement d'horlogerie de son « opération aérienne combinée ». Après tout, il en était le patron, le responsable.

Jean Marie n'a pas discuté, d'autant moins que sa place, à l'heure où commence l'opération, est à la tête de son bataillon.

Dans le Bell en vol, il suit par la radio de bord le déroulement de l'héliportage. Ecoute les dialogues entre les acteurs.

« Juliette-Bravo !... Balisez la D.Z. ! » C'est la voix de Scherrer au Piper dont l'indicatif est J.B.

« O.K. !... Leader Rouge levez le tir !... Je fais un passage pour larguer le fumigène... Fumigène largué ! »

Voix de Scherrer : « Vu ! Puis aux pilotages de son D.I.H. qui le suivent en ligne. Approche par le nord-est. Après le poser on dégage par le sud en virage à gauche. »

L'observateur aux T.6 d'appui feu : « Leader Rouge, dégagez la ligne d'approche en altitude... Mais restez en stand-by ! »

Un long silence plein de grésillements dans les écouteurs... et soudain le drame.

« Attention, attention ! La première banane est touchée... Nom de Dieu, elle tombe !... Stoppez l'héliportage ! Dégagez, dégagez en vitesse... »

« Qu'est-ce qu'on fait des commandos ? » C'est la voix du commandant de bord de la seconde banane. Personne ne lui répond.

L'observateur : « Négatif, je ne vois pas les fells ! (il doit parler avec un poste au sol que Jean Marie ne capte pas)... Négatif ! Il a été touché juste après avoir largué les commandos, en redécollant. Il s'est crashé au pied de la D.Z., dans le fond du ravin... La banane est cassée en deux... Négatif ! Personne ne bouge dans le poste de pilotage ! Je peux voir les impacts. Ils continuent à tirer !... Les commandos aussi se font allumer... Je ne sais pas s'ils ont une radio. En tout cas ils n'appellent pas !... Il me semble qu'ils ont un blessé. »

Le pilote du Bell coupe la réception pour parler dans l'interphone.

— Je vous largue en vitesse, mon commandant. Je vais essayer d'approcher du crash... Je peux peut-être récupérer l'équipage.

Le P.C. du 584 est en vue, installé sur une légère éminence, ronde, au pied de la barrière rocheuse du djebel. Les compagnies attendent près des camions.

A peine débarqué, le commandant est accueilli par des questions. Les officiers sont rassemblés autour de la radio. Ils n'ont capté que des fragments de dialogue.

— Qui a été touché ?... Le petit capitaine qui est venu vous voir hier au soir ?... Il était sympa !... Combien sont-ils sur la D.Z. ?... Ce sont des types du 226 ? Six types avec un sergent, c'est pas lourd !..

— C'est pour ça qu'il faut les tirer de là, dit le commandant. On n'a pas le choix...

Il regarde la paroi à escalader et les autres suivent son regard.

— Suzineau ! Avec votre compagnie vous allez escalader ce djebel en débordant par la droite. Regardez sur la carte. A un kilomètre environ d'ici, il y a une sorte de combe dans le versant. Par là vous pourrez atteindre la crête à l'abri des fells. Du sommet, vous poussez vers l'est. D'ailleurs, vous devriez voir la D.Z. devant vous en contrebas de la cote 1313.. Longeron, même mission par la gauche. Mais ce sera plus dur à grimper. C'est raide... Pour l'instant la « deux » reste en stand-by. On attend que vous ayez pris pied sur la crête. Exécution !

Une heure à attendre... Sur le channel 16, on entend des appels, des échanges entre le Piper et des troupes à terre qui doivent tenter de rejoindre les commandos du 226 isolés sur la plate-forme, juste au pied de la cote 1313,... des demandes d'évasan urgentes. Il y a des blessés et probablement des morts.

Sur la gauche éclate une maigre fusillade... Ce sont des Stattis qui tirent sur les hommes de la « trois »... La « une » a atteint la crête sans histoire... Elle entame sa progression vers l'est. Le djebel est plein de coups de feu que se renvoient les échos des vallées. Difficile à localiser... Suzineau appelle.

— J'ai un blessé. Envoyez le Bell... Brigadier-chef Clément... Ça n'a pas l'air très grave mais il faut l'évacuer...

Sur la gauche la fusillade reprend, par intermittence. Longeron est parvenu à mi-hauteur de la falaise, à bonne portée des Stattis, embossées sur la 1313... Il ne peut plus bouger.

De son côté Suzineau rend compte qu'il est bloqué sur une crête étroite... En cherchant à déborder, le maréchal des logis Mercier est blessé.

— A nous, dit le commandant à Testud ! Pas de subtilité ! On va essayer en direct !

— Vaudrait mieux des chasseurs alpins, grogne Testud en regardant la paroi presque verticale.

Le départ a été relativement facile, à travers des éboulis. Au tiers environ de la hauteur, c'est du rocher qu'il faut escalader, et du rocher pourri. Cramponnés des deux mains, le ventre collé à la roche, les hommes ne peuvent se servir de leurs armes. Les fells de la 1313 ont tout le temps de les ajuster. Heureusement ils sont trop loin et n'osent pas sortir de leur trou à cause des avions qui tournoient autour du sommet, crachent régulièrement d'épaisses rafales, dans une ronde continue...

Jean Marie a trouvé une minuscule faille. Mais un tireur s'acharne sur lui. Il ne peut pas bouger une paupière sans se faire allumer. Les balles ricochent en grinçant sur le ressaut rocheux qui le protège...

Le temps s'est couvert dès le début de l'après-midi, avec un souffle de vent du sud pas assez fort pour soulever le sable. La visibilité est bonne pour les tireurs, bien abrités dans leur trou...

Fusillade, claquement de balles, straffing brutal d'un T.6, hurlement des moteurs en pleine puissance, et le flappement du petit Bell qui ne cesse de faire l'aller-retour entre la montagne et l'infirmerie de Bordj de l'Agha où s'accumulent les blessés et les morts... Les heures sont longues.

En fin d'après-midi, le ciel s'est encore assombri. La visibilité a diminué. Les fells tirent avec parcimonie... Jean Marie en profite pour faire décrocher la « deux » et la « trois ». La « une » passera la nuit sur la crête. Pour boucler au moins cette direction de repli...

Jean Marie appelle le Piper. Ils se sont relayés à deux pour assurer une permanence. Depuis midi c'est Papa-Whisky qui tient l'air.

— C'est la merde, dit-il d'une voix lasse. Le 226 a morflé dur. Les plus touchés, ce sont encore les légionnaires. Ils n'ont pas réussi à prendre pied sur la 1313, mais ils ont dégagé les six types bloqués sur la D.Z. Tout le monde s'est replié... Et moi je dois rentrer parce que je vais être à sec de pétrole !

— Demain matin, dès que vous pourrez décoller, rendez-vous ici, à la verticale. J'aurai du travail pour vous.

La nuit a passé d'une seule traite. Les « sonnettes » en place au pied du djebel n'ont pas retenti. R.A.S... Au lever du jour le ciel est dégagé, pas de nuages mais la lumière est poussiéreuse, l'aube triste.

Papa-Whisky se présente à l'heure.

— Je fais avancer la 1re compagnie, celle qui est sur la crête, vers la cote 1313, explique le commandant.

Sous la surveillance du Piper, la reconnaissance avance sans rencontre d'opposition... Personne sur la 1313, sauf des emplacements de combat bâtis dans les pierres, véritables petits blockhaus individuels, vides. La katiba a déguerpi durant la nuit, avec armes et bagages.

— Qu'est-ce qu'on fait ? demande Papa-Whisky qui tourne en rond au-dessus du sommet.

— La seule direction qui leur restait ouverte est celle de l'est, vers le djebel Kahila. Il faut les chercher là-dedans. Regardez autour des points d'eau. En tête de vallée, vous les repérerez aux buissons, la seule verdure dans ce rocher.

Jean Marie a regroupé ses compagnies, au repos sur place. Il attend assis par terre, près du poste radio de liaison-air...

Du nord, fermé par la chaîne du Messaad, s'annonce un gros avion par un ronronnement modulé, les battements sonores d'un bimoteur. Un Nord-Atlas franchit la crête sur l'horizon, cap sur le Bordj de l'Agha, visiblement en approche d'atterrissage. Tous les garçons du 584 regardent.

Le gros cargo fait un tour de piste avant de se poser. C'est un événement ! Une grande première pour le bataillon !

Cette piste — 1 600 mètres de long sur 50 de large — est prête depuis le 18 novembre 1956. Elle avait été tracée en quarante-huit heures dans la hamada plate, devant le bordj, par une niveleuse des travaux publics. La demande d'homologation était partie aussitôt, avec un dossier détaillé.

En janvier ou février une commission d'experts des bases aériennes était venue, par la route, examiner le terrain, mesurer les distances, calculer les approches. Puis un Dakota avait fait un essai à vide le 26 mars dernier. Tout était en ordre, conforme aux gabarits exigés. Mais il devait manquer une signature quelque part sur un document officiel car les cargos aériens continuaient à parachuter le ravitaillement deux fois par semaine sur la bande d'atterrissage. Un permissionnaire mettait huit à dix jours, selon les dates de convois, pour atteindre Alger. Autant pour revenir...

Aujourd'hui enfin, on se souvenait que la piste de Bordj de l'Agha était homologable. Elle était même homologuée, car un deuxième cargos s'annonçait en approche...

— Gerboise de Papa-Whisky !... Gerboise !... Comment me recevez-vous ? A vous !

— Quatre sur cinq. Clair. Parlez !

— C'est pas dommage, râle Papa-Whisky. Depuis le temps que j'appelle !

On ne voit ni n'entend le Piper. Il doit être à limite de portée.

— Je crois que j'ai trouvé nos clients...

Il donne deux coordonnées qui situent l'endroit à peu près au cœur du djebel Kahila. Il a d'abord surpris deux hommes, qui se sont planqués à son approche, sur une crête d'où partait une tête de ravin couverte de végétation, un vrai maquis épineux.

— La bande doit être cachée là-dedans. Je ne quitte pas le coin des yeux... Mais grouillez-vous !

Jean Marie a déjà évalué les distances. Trop loin pour atteindre l'endroit à pied dans les délais raisonnables. Il faut les hélicoptères...

— Mon commandant, le P.C. du colonel a un message urgent pour vous... Vous devez vous rendre immédiatement à Bordj de l'Agha. Le Bell est en route pour vous transporter.

Pour son inauguration officielle, une intense activité aérienne règne sur la piste. L'armée de l'air a mis en place une tour de contrôle mobile. Un Nord-Atlas atterrit et décolle toutes les cinq minutes. Un véritable pont aérien amène des renforts d'Alger. Jean Marie repère des groupes de bérets rouges... et les trois Sikorsky timbrés de l'ancre, du D.I.H.-Marine qui vient d'arriver d'Arzew.

Dans le bureau, il ne s'étonne pas de trouver le colonel Moissenet en conversation avec le lieutenant de vaisseau Babot, le chef du D.I.H.-Marine et le colonel Meyer, dit Prosper, le commandant du 1er R.C.P. De tous les régiments parachutistes celui que Jean Marie aurait choisi pour intervenir dans son quartier... si on lui avait demandé son avis.

L'intervention d'un régiment de réserve dans un quartier n'est pas toujours positive... loin de là, encore que nul n'ose se plaindre. Les paras arrivent en roulant les mécaniques, pour « casser du fellouze ». C'est leur métier et c'est pour cela qu'on fait appel à eux. Alors « ils cassent » sans trop se soucier de la porcelaine et de ce qu'ils laisseront derrière eux. Ce sera au commandant du quartier à recoller les morceaux, travail obscur et ingrat. Les journalistes, qui suivent les grandes compagnies comme les putains suivaient les gonfalons des troupes de Jeanne d'Arc, sont repartis. Hors de vue, le pauvre commandant de bataillon 107 va pouvoir être immolé par la hiérarchie comme bouc émissaire puisqu'il en faut un pour tout péché collectif comme dans tout western il faut un méchant pour être puni à la fin.

Point de risques de cet ordre avec le 1er R.C.P. et son chef. Un sang-froid de reptile, une humeur rectiligne, de la discrétion et une réserve de bon ton — qui découragent les journalistes avides de sensationnel —, Prosper travaille en souplesse avec les commandants de quartier et à leur profit. Ce jour-là ses capitaines sont Clédic et Perret pour les compagnies, Alain Bizard pour l'escadron. Et Jean Marie les connaît bien pour avoir fait avec eux la route du camp n° 1, après Diên-Biên-Phu.

Bien qu'il s'efforce de sauver la face, Moissenet a perdu sa superbe. Si Alger lui a accordé ces renforts, c'est en mesurant la gravité de l'affaire à l'importance des pertes. Une mauvaise notation pour le responsable. Les blessés ont été évacués dès hier sur les hôpitaux. Mais une dizaine de corps, ficelés dans des toiles de tente, sont alignés devant le mur de l'infirmerie comme pour une revue macabre, avant d'être transportés vers une morgue où ils participeront en vedette à leur dernière cérémonie militaire.

— Je t'ai fait venir, dit Moissenet, pour te demander de te mettre à la disposition du colonel Meyer. En tant que commandant de quartier tu connais bien le terrain et l'ennemi.

Jean Marie garde le silence. Visiblement le colonel ne sait pas par quel bout prendre ce problème.

« On pourait peut-être commencer par la fouille du Mimouna, en partant de la situation connue hier soir...

— Inutile, tranche sèchement Jean Marie. J'ai une compagnie sur la cote 1313. Les lieux sont vides.

Il laisse Moissenet macérer dans son jus.

— Alors... dans ce cas...

Le colonel a une toute petite voix qui trahit son irrésolution, son désarroi. Jean Marie a l'impression de frapper un homme à terre. Mais il veut exploiter son avantage pour obtenir liberté d'action.

— Alors, il n'y a plus une connerie à commettre. Mais si vous tenez en laisse votre aviateur, je vous garantis que nous les aurons.

— Tu exagères toujours. Il a des qualités... Tout le monde peut se tromper.

Moissenet défend son subordonné mais il est décidé à l'abandonner. Jean Marie n'en demande pas davantage.

— Je crois savoir où se trouve notre katiba. Le Piper surveille le coin... De toute façon, ils sont dans les parages. Et ils sont fatigués. Ils n'ont pas dormi, ils ont faim et peut-être soif. A partir de maintenant nous ne devons plus les lâcher, leur laisser un jour de repos. Nous devons les traquer jusqu'à ce qu'ils commettent la faute, les guetter pour les prendre en mouvement, les surprendre en demi de volée. Ou jusqu'à ce qu'ils soient épuisés. Pour être en mesure de manœuvrer rapidement il faut nous installer le plus tôt possible au pied du djebel, à Aïn Si Mazous par exemple.

Il s'est tourné vers Babot et Meyer.

Le commandant du 1er R.C.P. acquiesce d'un signe de tête. Il ne prononce jamais un mot inutile.

— Pas de problème, dit le marin.

Un drôle de marin d'ailleurs. Il a le sens de l'air comme un aviateur, le sens du terrain comme un biffin et à l'occasion le sens de l'humour qui en font le meilleur commandant de D.I.H. d'Algérie.

En quelques minutes, l'affaire est montée. L'escadron qui est déjà arrivé partira en camions (il lui faut des véhicules pour manœuvrer). Les compagnies seront héliportées par le D.I.H.-Marine au fur et à mesure de leur arrivée par avion.

En fin de matinée — un peu avant onze heures — tout le monde est rassemblé, à proximité d'Aïn Si Mazous sur la plateforme des hélicoptères. Les capitaines attendent autour de Meyer. Jean Marie parle à la radio avec le Piper.

— Maintenant c'est à peu près sûr, dit Papa-Whisky. Ils

sont planqués dans la tête de ravin. C'est plein de saloperies, mais ils sont là !

Jean Marie connaît l'endroit. Il y a une petite source, asséchée durant les trois mois d'été, qui entretient une végétation épineuse de maquis : une bonne planque mais une mauvaise position tactique. S'il était seul en chasse avec son bataillon, il se contenterait sans doute de les faire lever, de les faire voler comme une compagnie de perdreaux, pour les fatiguer. Avec les paras, on peut essayer de les prendre au gîte tout de suite... d'autant plus que des reflets fauves dans l'air trop lourd annoncent le vent de sable pour le début de l'après-midi.

— Je crois qu'on peut tenter le coup...

— O.K., dit Meyer. Donnez les ordres directement. Ce sera plus rapide.

Les deux compagnies Clédic et Perret seront héliportées sur deux D.Z. du sommet, balisées par Papa-Whisky, hors de portée des fusils rebelles. Elles convergeront par les hauts vers la tête de ravin où se planque la katiba. L'escadron restera en réserve pour manœuvrer à la demande.

En une demi-heure l'héliportage est terminé. Il faut attendre que Clédic et Perret prennent le contact et la réaction de l'adversaire. Attendre, c'est ce que le capitaine Bizard aime le moins dans un combat. Il s'est contenu dix minutes.

— Vous m'avez fait venir comme figurant ou comme spectateur, demande-t-il d'une voix d'azur, exactement la teinte de bleu azur qu'on observe au cœur d'une tornade.

Dans le silence, le petit haut-parleur du poste crache :

— Gerboise de Papa-Whisky !... ça y est ! Le gibier est débusqué ! Je les vois. Ils descendent l'oued !... Et attention ils se dépêchent !... Négatif, les paras sont encore trop loin pour les accrocher...

Bizard a reçu la communication cinq sur cinq. Un large sourire découvre ses dents... à moins que ce ne soit le rictus du carnassier sous le vent de sa proie.

— A vous de jouer, dit Jean Marie. En camions, vous prenez cette piste devant nous, vers le sud. Vous comptez sur votre gauche les oueds. Au troisième, vous mettez pied à terre et vous le remontez. Vous devriez les rencontrer face à face si vous n'arrivez pas en fanfare... Mais attention...

Alain est parti en courant sans entendre les conseils de prudence.

Depuis un quart d'heure environ, l'escadron Bizard déployé en formation de combat remonte à pied le troisième oued. Il compte un peu moins de 90 hommes, dont 9 officiers ou aspirants. Dans le genre « choc-éclair », on ne fait pas mieux à cette époque dans l'armée

Au même instant, la katiba du Mimouna dévale le même

oued. Elle compte une centaine de moudjahidin aguerris et fanatisés. Ils ont le bidon plein et le moral gonflé. La veille, sur la cote 1313, ils ont abattu une banane et résisté victorieusement à deux ou trois bataillons ennemis, sous un déluge de feu.

Tout à l'heure, alertés par leur chouf, ils ont filé sous le nez des parachutistes. Ils ont assez d'avance pour ne pas être raccrochés. Dans dix minutes, au train où ils courent, ils traverseront la piste qui suit la trouée de l'oued Krarza et s'enfonceront du même élan dans le djebel Groun el Kebch, un labyrinthe, qu'ils connaissent par cœur, de gorges et de vallées profondes tapissées de bouquets de laurier-rose et d'armoise, jalonnées de points d'eau secrets... Le soleil est presque au zénith et dans l'air ils peuvent déjà sentir l'haleine chaude et poussiéreuse du sirocco. Dans une heure, le vent de sable va se lever, interdisant aux avions de tenir l'air et aveuglant leurs poursuivants.

Il leur restait 1 000 à 1 500 mètres à courir pour être sauvés... quand, au détour de l'oued, l'avant-garde de la katiba se heurta aux éclaireurs de l'escadron.

— Premier peloton, débordez par la droite. Deuxième peloton, par la gauche. Les autres suivez-moi !

Et Alain Bizard chargea.

Aux premiers coups de feu répercutés par tous les échos des djebels, Jean Marie se fit transporter par un Sikorsky H 19 sur les lieux du combat. L'accrochage était quasiment terminé. Les paras réduisaient méthodiquement les derniers noyaux de résistance et cassaient du fell allégrement. Cette allégresse dans la démolition ne faisait pas du tout l'affaire de Jean Marie qui voulait des prisonniers, récupérer avant tout des hommes vivants plus que décompter des cadavres. Il s'élança entre les combattants pour sauver les derniers rescapés.

— Non ! Ne tirez pas !... Pas celui-là !... Laissez-le-moi !

Bons princes, les parachutistes voulaient bien épargner les derniers fellouzes, pour faire plaisir à ce commandant, encore qu'ils n'en voyaient pas clairement l'utilité [1]. Grâce à leur indulgence, Jean Marie parvint à ramasser une demi-douzaine de moudjahidin à peu près en bon état.

— Vous leur attachez les mains et les pieds et vous me les chargez dans l'hélicoptère.

A titre de cadeaux-souvenirs les paras embarquèrent aussi une gerbe de fusils récupérés. Ils lui en auraient bien donné davantage si le pilote du H 19 n'avait pas protesté. Avec 6 passagers, à cette altitude et par cette température, son hélicoptère

1. Cette griserie du carnage évoquée par le récit du commandant Jean Marie a été un million de fois décrite depuis qu'il y a des artistes de race humaine. N'est-ce pas ce lyrisme du combat et du meurtre légitimé qu'exaltent déjà les peintures rupestres du Tibesti et l'admirable poète des peintures de Lascaux ? Seuls s'en scandaliseront les jocrisses qui se prenant pour des anges font les bêtes. (Confer Blaise Pascal à ce sujet.)

était déjà à limite de poids autorisé par la puissance du moteur... Et le temps se couvrait rapidement. Il pressa le départ. Jean Marie embarqua dans la soute, avec cinq fellaghas, des armes en vrac et une musette bourrée de documents. On dépouillerait le tout à Bordj de l'Agha.

La visibilité était encore suffisante quand l'hélicoptère franchit la crête du Mimouna. De l'autre côté du djebel, l'air était déjà plein de sable, et un orage s'était amassé sur le plateau de Bordj de l'Agha. Naviguant aux instruments le pilote plongea dans la crasse, se laissa descendre aussi lentement que possible pour prendre le contact à vue avec le sol. Des éclairs rougeoyants explosaient dans le nuage.

— Merde ! s'écria le second pilote. J'ai perdu la liaison radio avec le terrain... Un fusible du poste a dû sauter.

Au sol, la visibilité ne dépassait pas 8 à 10 mètres. L'hélicoptère avançait au pas de l'homme, dans la hamada uniforme, secoué par des bourrasques d'orage sec.

— Mon commandant, appela le premier pilote par l'interphone. Vous qui connaissez le coin, pouvez-vous vous repérer ?

— Je vais essayer. Prenez le cap plein nord.

— Ben... je crois que nous sommes paumés. Dans l'orage, mon compas magnétique déconne...

Jean Marie se pencha par la portière pour observer le sol sous le ventre de l'appareil.

— Vous voyez ce petit oued... Juste sous nos roues ?... Suivez-le ! Nous sommes à 200 mètres du poste. Mais attention, vous devez apercevoir la ligne des peupliers ?...

— Vu ! dit le pilote soulagé. Et il tira sur le manche pour sauter l'obstacle.

Les cimes des peupliers effleurèrent le ventre de l'appareil. Puis, lentement, l'hélicoptère se mit en descente pour prendre la piste d'atterrissage... Quand le sol apparut à cinq ou six mètres, ils n'étaient pas sur le terrain d'aviation, mais dans la hamada. Après cinq longues minutes, il fallut bien reconnaître :

— On s'est encore paumés, dit le pilote. Je vais essayer de virer doucement pour revenir en arrière...

A ce moment, quelque chose l'alerta, son instinct peut-être car, avec les écouteurs sur les oreilles et le bruit du moteur, il ne pouvait rien entendre. Jean Marie se retourna vivement. Un des fellaghas s'était libéré les poignets et se hâtait de détacher ses pieds... Sur le plancher de l'appareil, les fusils éparpillés par les secousses se trouvaient à portée de ses mains... Le pied de Jean Marie le toucha en plein visage en le rejetant en arrière. Comme d'habitude, le commandant n'avait sur lui aucune arme (autre que son poignard... pour le casse-croûte). Il ramassa un fusil et le braqua sur les prisonniers qui s'agitaient. Inutile de crier des ultimatums ou des sommations !

— Qu'est-ce qu'il se passe derrière ? demanda le pilote.
Du poste de pilotage il ne pouvait pas voir la soute.

— Rien ! Une tentative de mutinerie à bord. Mais j'ai la situation en main !

Affirmation optimiste ! Le fusil qui tenait les mutins en respect était-il ou non approvisionné ? En principe, il aurait dû être déchargé mais on avait fait vite pour embarquer et nul ne savait. C'était un peu le jeu de la roulette russe. Jean Marie n'osait pas faire jouer la culasse de peur de démontrer qu'elle était vide. Deux ou trois prisonniers étaient prêts à lui sauter dessus...

— J'ai envie de me poser dans la nature, dit le pilote inquiet. On rentrera à pied ?...

— Surtout pas ! s'écria Jean Marie. Si on touche terre ils me sautent dessus. Continuez à tourner jusqu'à épuisement de carburant !

— Mais ne tirez pas, mon commandant. Mon moteur fonctionne à l'essence à 100 octane et la carrosserie est en tôle de magnésium. Ça flambe comme un flash photo...

Une minute plus tard, une boule rouge troua le nuage ocre juste devant l'hélicoptère perdu. Une fusée !... Ils se posèrent au milieu d'un groupe de mécanos qui les attendaient.

— C'est la vingtième fusée rouge que nous tirons. On vous entend tourner autour du terrain depuis une demi-heure. Vous n'avez donc pas de radio ?

Jean Marie fit conduire les prisonniers au bureau des interprètes. L'un d'eux avait le nez écrasé, une lèvre fendue, du sang sur le menton et la poitrine.

— Ces paras sont vraiment des brutes ! dit le toubib en lui nettoyant ses plaies.

— Ça s'est bien passé ? demanda Moissenet.

Le commandant lui rendit compte des événements et le colonel retrouva d'un coup toute sa vitalité.

— Tu dis qu'elle a été entièrement détruite ?... Mais ça fait au moins une centaine de morts et autant d'armes !...

La machine à faire du papier (l'état-major d'Aumale) ingurgita ses chiffres avec avidité pour les transformer en communiqué ronflant de victoire, qui partit en flash, pour arriver à Alger avant la conférence de presse de cinq heures du soir, l'heure des corridas dans les fêtes espagnoles.

Par tempérament, Moissenet avait été tenté de continuer la chasse à courre, mais ses prudents conseillers le convainquirent de s'en tenir à ce succès qui équilibrait les pertes initiales, en lui laissant, grâce à des astuces comptables, un léger profit. Dans l'après-midi, les gens du duc plièrent bagages et quittèrent si vite Bordj de l'Agha qu'ils en oublièrent de demander au popotier la facture du mess.

Après le dîner avec les officiers du 1er R.C.P. et les marins du D.I.H., Jean Marie s'est rendu au bureau des interprètes pour assister à l'interrogatoire des prisonniers qui se poursuit sans relâche.

Ferrer a organisé le travail. Gonzalès et ses séides questionnent les fellaghas. Haouasch, un nouveau venu chez les interprètes, un pied-noir de Constantine, dépouille les documents de la musette :

— On a trouvé 750 000 francs en billets [1], dit Ferrer.

Bonne affaire pour la caisse noire du bataillon ! Voilà qui va réjouir le bon Pothier.

— C'est tous des enfants de pute, dit Gonzalès. Ils sont pas zianistes et parlent toujours de leur putain de révolution ! Ma parole, ils y croient !

— La katiba est d'obédience F.L.N. Le chef serait Si Haoués, dit Ferrer. Ils ont déjà des responsables politiques dans tous les villages. Nous avons trouvé la liste dans la musette. A Oued Chaïr c'est Boussouf...

— C'est votre copain, coupe joyeusement Gonzalès... Ouais, vous le connaissez bien ! Un grand type qui vient souvent voir le lieutenant Collin à la S.A.S... Mais si ! La semaine dernière vous avez pris le thé avec lui !

Ferrer a aussitôt envoyé une équipe pour arrêter le coupable mais il avait déjà vidé les lieux, avec toute sa famille.

Ces prisonniers, qui parlent de la révolution en réponse à chaque question, ne semblent pas désemparés comme les autres. Ils conservent malgré leurs liens une attitude provocante, le regard chargé de haine chaude, Haouasch s'est plusieurs fois proposé pour les faire parler. Son regard est chargé de la même haine...

— Vous ne connaissez pas cette race, dit-il au commandant. Laissez-moi seul avec l'un d'eux. Moi je les connais bien !

Juif algérien, bachelier de philosophie, une année de licence en droit, Haouasch s'est engagé probablement sur un coup de tête... ou un chagrin d'amour. Il aurait pu bénéficier d'un sursis ou au moins faire le concours d'officier de réserve. En arrivant au bataillon il a demandé à être affecté à une section de combat. Comme il parle et écrit l'arabe, le commandant l'a affecté au bureau des interprètes. Il est le seul à pouvoir traduire un document.

— On a dû déjà te dire que les méthodes que tu proposes

1. Avant de faire cadeau des documents à son ami Jean Marie, Alain Bizard avait pris soins de retirer de la musette la pochette de plastique qui contenait la caisse de la katiba (un million en espèces). Dans sa hâte et tout à la joie d'avoir trouvé le trésor, il n'avait pas pris le temps de regarder au fond.

L'un et l'autre gardèrent le silence pour ne pas avoir à partager l'aubaine. Ils attendirent vingt ans, et le délai de prescription, pour échanger leurs aveux !

sont ici rigoureusement interdites. N'oublie jamais que notre justification première dans cette guerre est de combattre la barbarie terroriste... Continue ton travail de traduction.

Le dernier prisonnier à interroger parle parfaitement le français et semble plus ouvert que les autres.

— Quel est ton nom ? demande le commandant.

— Amar ben Mohammed el Okba, mais on m'appelle Okba. Je suis négociant à Ouled Djellal. Moi, je ne suis pas un moudjahid. Je me suis trouvé là par hasard. Je suis un ami du lieutenant des Affaires musulmanes d'Ouled Djellal et de M. l'administrateur...

— Tu veux une claque dans la gueule ? lui demande gentiment Gonzalès.

— Non, c'est inutile de me donner des gifles, répond Okba sans se troubler le moins du monde. D'abord j'ai horreur de la violence. Si vous me frappez je parlerai tout de suite. Alors autant parler avant. Je ne mens pas, mon commandant. Je suis un peu le conseiller personnel de M. l'administrateur pour les questions concernant la population de la ville. Par exemple, c'est moi qui établis chaque année la liste des invités pour le 14 juillet.

— Il continue..., soupire Gonzalès indigné de ce culot. Je vais lui donner !

— Vous pourrez facilement contrôler mes déclarations, mon commandant. Mais ce que ne sait pas M. l'administrateur c'est que je suis aussi le responsable politico-militaire du réseau F.L.N. de la kasma d'Ouled Djellal... Inutile de chercher mon nom sur la liste. La musette était la mienne. Je n'ai pas inscrit mon nom sur ce papier. J'étais venu pour leur apporter l'argent et je me suis trouvé pris dans la bagarre depuis trois jours. Ce n'est pas du tout mon métier... Si vous voulez, je peux vous donner les noms de mes trois adjoints, je ne connais pas les autres. Mon réseau était très bien cloisonné.

Il était plutôt petit de taille, d'aspect malingre qu'il exagérait encore par son attitude servile. Mais il avait l'esprit prompt et une excellente instruction de base. Il parlait et écrivait aussi bien le français que l'arabe et se proposa pour aider Haouasch à traduire les documents et à les expliquer.

Toutes ses déclarations se révélèrent rigoureusement exactes. Le lieutenant des Affaires musulmanes d'Ouled Djellal était sidéré quand on lui apprit la nouvelle. Il vint à Bordj de l'Agha pour voir de ses yeux et entendre de ses oreilles. Le traître s'excusa sincèrement en lui renouvelant son amitié.

En échange de sa collaboration volontaire, Okba ne demanda qu'une faveur : rester prisonnier à Bordj de l'Agha jusqu'à la fin des événements. Par correction, il attendit d'être seul avec le commandant pour préciser ce qu'il entendait par « fin des événements » :

— Je veux dire jusqu'à l'indépendance de l'Algérie.

XXV

OKBA LE COIFFEUR

Hôpital Bégin. Chambre 433... Novembre 1980.

— Les victoires militaires du C.O.S.A. étaient stupides, dit Jean Marie.

Je ne m'attendais pas à ce coup de boutoir, bien qu'il adorât le genre surprise, paradoxe, contraste voire contradiction, tous aspects des choses qui font ressortir l'absurdité de la condition humaine. Le récit avançait fort logiquement vers la réussite de son commandement, de la pacification dans cette région, en 1957, dont l'histoire a enregistré la réalité... L'étonnement que j'exprimai malgré moi dut le réjouir. Il entreprit la démonstration :

— Vous vous souvenez du 6 mars, quand, dans le djebel Amour, nous avions écrasé les katibas d'Abderrhamane : « la plus belle victoire du C.O.S.A. », avait déclaré Katz. Il y gagna ses étoiles et la presse chanta nos louanges...

« Le lendemain de cette victoire un certain colonel Si Haoués, connu du 2e bureau comme un petit chef de bande d'obédience F.L.N., prit la place vacante de chef de la wilaya 6. Frontiste fanatique, il imposa son idéologie révolutionnaire et ses méthodes terroristes.

« En fait nous avions démantelé la dernière forteresse du M.N.A., le mouvement nationaliste du vieux Messali Hadj, un interlocuteur politique beaucoup plus modéré que les colonels de Tunis qui rivalisaient de violence aux enchères de la révolution. Sans pousser à l'excès mon raisonnement, on pourrait dire que nous avions fait le lit de Boumédienne, l'ennemi juré de l'Occident, au détriment de Ferhat Abbas, l'humaniste libéral ami de la France. Admirable illustration en raccourci de la vanité et de la stupidité des opérations militaires quand elles sont conduites hors d'une ligne politique réaliste.

« Cette politique, le pitoyable système de la IVe République était bien incapable de nous la donner. C'est pourquoi chacun de nous, les centurions engagés dans l'action, fut obligé de se fabriquer sa politique personnelle, de bric et de broc. Ce n'était pas dans nos cordes et les résultats furent... désastreux, même si les intentions étaient bonnes.

« A cet instant critique, l'irruption d'Okba dans ma solitude de Bordj de l'Agha m'aida à prendre conscience des réalités de cette guerre et à adopter, non point une politique, mais une attitude politique dont la seule ambition était de préserver l'avenir. »

***

Au bataillon on l'avait tout de suite surnommé « le lettré » parce qu'il connaissait l'arabe littéraire et parfaitement le français. Il était instruit, cultivé peut-être, sûrement intelligent, de l'intelligence la plus rare, non point celle qui comprend mais celle qui fait comprendre. Dans les tournois dialectiques il était invincible. Ainsi, tout en proclamant son désir de combattre dans les rangs de la harka contre la tyrannie terroriste, il embobina le capitaine Humblot — commandant la C.C.A.S. — pour obtenir l'autorisation d'ouvrir dans le camp un salon de coiffure dont il tirait quelques bénéfices.

Une fois par semaine en moyenne, il prit l'habitude de venir rafraîchir la coupe du commandant, à domicile. Dans la chambre, à l'abri des indiscrétions, il pouvait livrer le fond de sa pensée, aborder des sujets tabous.

Dans le style du coiffeur bavard, il commençait toujours par commenter les nouvelles.

— Il paraît que, hier au soir, vous avez fait un beau doublé de perdreaux. C'est Abdelkader qui me l'a raconté... Vous avez dîné chez lui !

L'ex-commandant de katiba du djebel Amour avait fait venir sa famille et habitait maintenant la maisonnette du moniteur vétérinaire, à deux ou trois kilomètres du bordj, près du barrage sur l'oued Chaïr, où les perdreaux et autres gallinacés du désert venaient boire au crépuscule.

— Il paraît que sa femme est très belle. Vous devez le savoir puisqu'elle vous reçoit dévoilée... Malheureusement elle ne lui a donné que deux filles.

Après avoir chassé une heure ou deux, Jean Marie aimait faire une halte chez Abdelkader — il commandait maintenant une section de harkis. Ils prenaient le thé ensemble assis sur un tapis de haute laine comme sous la rheima. Le commandant avait toujours quelques sucreries dans ses poches et les fillettes — cinq et sept ans — venaient s'asseoir sur ses genoux. Souvent, il partageait le repas de la famille, la schorba et la galette chaude.

La première fois, il avait oublié de prévenir le poste et Pothier, inquiet, avait envoyé le peloton blindé à sa recherche. Maintenant, nul ne s'inquiétait et Jean Marie rentrait à pied, seul dans la nuit limpide de l'Atlas... le calibre douze à la main chargé de chevrotines.

— Oh, je sais bien que vous ne risquez rien, disait Okba comme s'il suivait sa pensée. Sinon, il y a longteemps qu'ils auraient égorgé Abdelkader, sa femme, ses deux filles et vous... Je vous rase la nuque, par cette chaleur c'est plus agréable !... S'ils ne l'ont pas égorgé encore, c'est bien qu'ils doivent avoir une raison !... Mais ne craignez rien ! Envers vous Abdelkader restera loyal, comme moi ! Pour nous, c'est une question d'honneur ! Tant que vous serez là, nous ne déserterons pas [1] !

La semaine suivante, il abordait son propos par l'actualité. Penché à l'oreille du commandant, il avait l'air de lui livrer un secret à mi-voix.

— Il paraît que, cette nuit, une patrouille d'Aïn Rich a intercepté une caravane de contrebandiers de résine.

Jean Marie en avait été informé moins d'une heure auparavant, par un T.O. codé de Longeron. Mais Okba disposait du « téléphone arabe ».

— Cent cinquante kilos de résine !... L'équivalent de vingt à vingt-cinq hectares de forêt détruits !... Parce que vous savez sans doute que les arbres crèvent après avoir été saignés !... Ces nomades sont comme leurs chèvres, des imbéciles qui n'aiment que le désert. Ce sont des Berbères, une race d'esclaves !... Comme d'habitude, bien dégagé derrière les oreilles ?... Moi je n'aime pas les Berbères ! Moi je suis arabe, arabe arabe ! A Ouled Djellal presque tous les sédentaires, artisans, commerçants, propriétaires de palmiers, tous les notables sont arabes...

Il observait une seconde de silence pour exciter l'attention du commandant.

— Nous sommes arabes et F.L.N... C'est la même chose ! Nous sommes les descendants des conquérants du Maghreb, les fils des cavaliers de Sidi Okba. Ma famille, el Okba, descend directement de l'émir, le grand conquérant. Nous autres, Arabes, nous avons su imposer notre civilisation, l'Islam, par le cimeterre. C'est par le sang que nous avons su transformer cette terre païenne en pays musulman.

Mêlant la légende à l'histoire, il racontait la chevauchée de

1. Okba et Abdelkader désertèrent 15 jours après le départ de Jean Marie.

Sidi Okba jusqu'à la mer occidentale, la côte atlantique du Maroc, une épopée à la gloire d'Allah et de son peuple élu, les Arabes... en maniant le rasoir comme un cimeterre.

— Ne bougez pas, sinon je risque de vous couper une oreille !... Par le sang, la conversion est irréversible. L'Algérie est arabe pour toujours. Vous autres, Français, n'avez pas su faire du Maghreb une terre occidentale. Je peux vous dire que vous avez perdu l'Algérie en 1830 exactement, quand vous n'avez pas voulu baptiser les populations par le sabre...

Il frictionnait vigoureusement à l'alcool pur le crâne du commandant en continuant son bavardage :

— Bien sûr, la France des principes de 1789, la France qui a enseigné aux peuples la liberté, l'égalité et la fraternité ne pouvait pas faire cela, je veux dire massacrer les Algériens pour en faire de bons chrétiens. Alors vous êtes restés des étrangers en Algérie, des occupants... Des occupants respectueux des peuples conquis, généreux, bienfaisants même, mais des étrangers occidentaux sur une terre orientale. Nous autres, Arabes et F.L.N. aurions tort de nous en plaindre. C'est grâce à ce respect, à cette sollicitude que vous avez créé la personnalité algérienne, qui n'existait pas au temps de l'Islam. Vous nous avez fait cadeau de la Patrie algérienne !

Les yeux clos pour les protéger des brûlures de l'alcool, Jean Marie enregistrait chaque mot du coiffeur.

— Et l'histoire continue ! Ici, vous êtes la France ! Vous avez la puissance des armes, la force, mais vous dépensez plus d'énergie à soigner les gens, instruire les enfants, protéger les troupeaux, creuser des canaux d'irrigation, comme si vous vouliez gagner le cœur et la reconnaissance des hommes !... A l'école on m'a fait lire *le Voyage de monsieur Perrichon*... C'était un livre de prix ! J'étais le meilleur élève de la classe !... En face de vous, le colonel Si Haoués ! Vous savez que je le connais très bien ! J'étais son subordonné direct en tant que responsable politique de la kasma d'Ouled Djellal ! C'est un véritable guerrier arabe ! Comme Sidi Okba, il convertit les populations par le sang à la révolution, la nouvelle religion... Ou plutôt la rénovation de l'Islam. Lui, il n'hésitera pas à brûler une école, à tuer un toubib, à faire sauter un barrage... Et si vous le gênez, il vous fera assassiner ! Voilà, mon commandant. C'est terminé !

Il lui présentait un miroir à main pour lui faire admirer son travail.

— C'est toujours trois francs... Une misère ! Mais le capitaine Humblot ne veut pas que j'augmente mes prix !... Pourtant, ma coupe vaut bien 3,50 francs ?...

Haoués était pour Jean Marie un adversaire autrement plus coriace que ses prédécesseurs. Ses moudjahidin étaient sans doute moins nombreux — cela tenait à la capacité de ravitaillement et de soutien de la population — mais ils étaient sévèrement sélectionnés, rudement entraînés et soumis à une discipline féroce. La seule sanction était la mort. Ses katibas, fluides, résistantes, aguerries, se déplaçaient constamment pour échapper aux recherches des Français et aux dénonciations. Elles n'acceptaient le combat que sur des terrains choisis, des positions préparées, fortifiées, camouflées. Cette tactique exigeait de chaque combattant une abnégation totale pour tenir seul dans son trou sous le feu, les bombes de l'aviation, les tirs d'artillerie. Il se faisait tuer sur place plutôt que de se rendre. Pour les réduire, il fallait enlever chaque emplacement individuel comme un petit blockhaus. Les forces françaises en avaient les moyens mais au prix de pertes importantes, disproportionnées, que Jean Marie n'était pas disposé à consentir... Il n'avait pas encore trouvé de solution à ce problème.

En contrepartie, l'idéologie du F.L.N., aux relents marxisants et matérialistes, prenait difficilement sur les populations sahariennes restées « zianistes » par sentiment religieux. Le désert favorise la spiritualité. D'Abraham à Mohammed, Dieu a choisi ce lieu pour parler aux hommes. Cela tenait au dépouillement du paysage, à l'austérité de la vie et peut-être à une qualité de la lumière. Les garçons du 584, enfants des métropoles élevés à la lumière artificielle comme les poulets industriels, n'étaient pas insensibles à la beauté des paysages, la pureté de la lumière. Maintes fois Jean Marie avait observé, à l'aube et au crépuscule, cette quiétude qui tombait sur le camp, une trêve dans l'agitation et l'agressivité entre les individus.

Certes, les populations indigènes étaient plutôt favorables à une guérilla nationaliste, disposées à combattre pour une libération. Certainement pas pour mettre en place une tyrannie sanglante, plus injuste et autoritaire que l'administration française, dont le terrorisme de Si Haoués donnait l'image.

Okba avait tort. Au XXᵉ siècle la conversion par le sabre, dans le sang, n'était plus une solution. Treize siècles avaient passé depuis la conquête arabe. Cent trente ans de présence française avaient marqué ce peuple... Le visage d'une France enseignant la Liberté, l'Egalité, la Fraternité était celui que Jean Marie avait voulu montrer, moins par calcul que par instinct. C'était le but de « l'action politique ». Les efforts de tous pour les travaux de paix, le dialogue entretenu par le lieutenant S.A.S., l'attitude du voltigeur traitant son prisonnier comme un camarade malheureux, tout ce qui avait été semé à grains perdus depuis des mois commençait à germer sous terre.

A cent mètres de l'entrée du bordj, le dispensaire et l'école se partagent le même bâtiment : une maisonnette blanche en contrepoint du camp des armes. Ainsi en va-t-il dans « l'ordre classique des choses » décrit jadis par le capitaine de Gaulle dans *Le fil de l'épée* (un ouvrage pratiquement inconnu à cette époque dans l'armée française).

Ce matin, en traversant, pour son inspection, le morceau de désert qui sépare le bordj militaire de l'école, Jean Marie évoque ces pages sur le rôle des armes : « *Les armes furent de tout temps les instruments de la barbarie. Elles ont assuré contre l'esprit le triomphe de la matière et de la plus pesante* »... Il est facile de se réciter ces phrases rythmées comme les vers d'un poème épique... « *Les armes remuent au fond des cœurs la fange des pires instincts. Elles proclament le meurtre, nourrissent la haine, déchaînent la cupidité...* »

La maison du savoir et de la charité transcende les armes qui la protègent... « *Pourtant si Lucifer en a fait cet usage, on les a vues aux mains de l'archange... les lumières qui en ont joui éclairèrent bien souvent le domaine de l'intelligence... elles ont du plus médiocre tiré l'abnégation, donné l'honneur au gredin, la dignité à l'esclave. Portant les idées, traînant les réformes, frayant la voie aux religions, les armes répandirent par l'univers tout ce qui l'a renouvelé, rendu meilleur ou consolé...* »

En face du cantonnement des hommes de guerre, Jean Marie peut voir la file d'attente des consultants du jour, entendre les ânonnements des élèves en classe ou le rire des enfants en récréation. Il les connaît tous, ces écoliers rieurs et graves. Contrairement à son lointain condisciple français, gavé de privilèges et insatiable, l'enfant du Tiers Monde, avide de savoir, aime son école et vénère le Maître. Par respect, le petit nomade pouilleux met son meilleur vêtement pour venir en classe. Dès le petit matin leurs processions enfantines croisent sur la piste ocre les convois guerriers. Les écoliers saluent les soldats avec des cris aigus d'oisillons. A midi, ils se retrouvent compagnons pour partager la même gamelle. Pour avoir connu la faim, les tortures du ventre vide, ces enfants respectent aussi les nourritures terrestres et remercient Dieu.

A 8 heures, M. l'instituteur les attendait sur le seuil. « *Mes gosses courent à moi, écrivait-il dans une lettre à son père, m'entourent, m'embrassent l'épaule droite suivant la coutume arabe. Quelques-uns ont apporté des œufs, d'autres ont dessiné (les petits) un bourricot qu'ils me donnent et que je range avec soin dans mon portefeuille, tandis qu'ils suivent mes gestes avec un tel bonheur dans les yeux que la cérémonie n'est pas une corvée. Je frappe dans mes mains. On rentre en classe...* »

Lorsque le commandant entrait dans la classe, les élèves se

levaient et M. l'instituteur esquissait un garde-à-vous. Jean Marie lui faisait signe de continuer. Il se tenait discrètement dans un angle pour écouter le bon élève réciter sa leçon du jour, ému comme un écolier français devant M. l'inspecteur d'académie.

Rapidement Jean Marie avait espacé ses visites. Le dispensaire et l'école organisés, équipés, protégés, fonctionnaient sans problèmes. Peut-être avait-il l'obscur sentiment que son uniforme était de trop dans la maison blanche. Le toubib était en blouse. Jean-Claude Veber s'habillait en civil. La cachabia en laine de chameau, les naïls, sandales de cuir sahariennes, lui donnaient une silhouette de moine d'un ordre déchaussé, l'humble apparence d'un frère ignorantin du Moyen Age enseignant aux enfants du village dans une salle de l'abbaye à l'ombre du château fort. Dans cette tenue il était plus abordable et les parents d'élèves venaient le voir, se confier à lui, solliciter son conseil...

Sans le savoir, l'instituteur collectait des renseignements militaires non négligeables. Pourtant, pas une fois, le commandant ne lui posa une question. Au contraire, il s'efforça de le tenir hors du cercle de la violence, pour préserver ce visage de la France, idéal et réel, qu'il voulait montrer aux populations.

Jean-Claude Veber se donnait de toute son âme à son apostolat, à ce peuple. Et ce peuple en réponse acceptait son don, lui accordait sa confiance. En avril commençait le temps du Ramadan. Les plus grands de la classe étaient astreints au jeûne. « *Nous sommes onze, les grands et moi, à suivre le Ramadan,* racontait Jean-Claude dans une lettre à son père, *onze à nous soutenir tout le long du jour. La première tentation est celle de la soupe, car les petits mangent et il faut leur distribuer ces plats qui sentent si bon. Encore, si l'on pouvait fumer, mais la cigarette est interdite...* »

Pour venir à Bordj de l'Agha Jean-Claude Veber avait renoncé à faire les E.O.R., refusé une affectation à Alger, une agréable planque dans quelque état-major ou service culturel que lui offraient les relations de sa famille. Visiblement il était heureux. L'intellectuel de la rive gauche « *faisait, à une modeste échelle, l'expérience d'un des grands échanges humains : recevoir la confiance des autres en échange du don de soi* ».

Oui, dans son rôle de frère ignorantin, l'agrégatif de philosophie avait trouvé quelque chose proche du bonheur. Et il consolait sa famille désolée de l'avoir vu abandonner la sécurité d'Alger à la poursuite de ses chimères.

« *Rassure-toi, papa chéri, je ne veux pas mourir... Ici on est isolé de tout. Aux climats esthético-artistiques succède un climat biblique. La mort est toujours là, mais diluée dans la splendeur mauve des djebels, ignorée par manque de journaux et de civils. Autant j'apprenais à Alger à fuir un peuple, autant ici j'apprends à le connaître dans ses fibres les plus intimes... Je n'ai pas perdu mon temps !* »

Ce devait être sa dernière lettre.

Pour les révoltés traqués dans les rochers arides par le voltigeur du bataillon, la situation devenait intolérable. Le peuple, dont ils étaient les guides de droit divin, dont seuls ils pouvaient faire le bonheur, le peuple objet de leur convoitise se détournait d'eux. Il ne leur restait qu'un instrument : la terreur des armes. « *... Point d'erreurs qu'elles n'aient défendues, point d'ignorants qui n'y recourussent, point de brutes qui ne les aient brandies* », écrit le capitaine de Gaulle.

Le 20 avril 1957, Samedi Saint, on s'apprêtait à célébrer la Résurrection du Christ. Au début de la matinée, sur la place du marché d'Aïn Melah, le petit instituteur d'Oued Chaïr, Jean-Claude Veber fut assassiné.

— Qu'allait-il foutre à Aïn Melah ? cria le commandant quand il apprit le meurtre par un message radio.

C'était jour de congé pour les élèves. L'instituteur avait accompagné le lieutenant Collin. Parmi les affaires en cours, on devait négocier, avec le conseil municipal, l'ouverture d'une école « laïque », pour compléter l'école coranique de la mosquée où un marabout, confit en dévotion comme une datte sèche, apprenait aux enfants à réciter mécaniquement les sourates du Coran. Le maire Djellali était certes un homme pieux, mais il voyait bien que ces formules, chantées dans une langue arabe littéraire aussi morte que le latin, ne préparaient guère les enfants à traiter un marché, à dresser un plan d'irrigation, à accueillir le progrès enfin. L'Islam vivait son Quattrocento. Sans perdre son âme, il devait s'ouvrir au progrès, comme la Renaissance chrétienne s'était ouverte aux sciences en son XVe siècle.

— Réponds en flash : « Ne bougez pas. Ne prenez aucune initiative avant mon arrivée », dit le commandant au transmetteur en sautant dans sa jeep.

Moins d'une heure après l'attentat il était à Aïn Melah. Les rues du village, la place du souk étaient vides. Le corps de Jean-Claude Veber avait été déposé dans une salle du dispensaire. Une section accourue d'Aïn Rich montait une garde d'honneur. Le maire était là, avec quelques vieux notables, manifestant plus de peur que de douleur.

— Je veux que tu fasses savoir à la population qu'il n'y aura aucune représaille, aucune sanction collective...

Le commandant Jean Marie expliqua son attitude : « Ils ont commis ce crime pour se venger du village. Sans doute, vous montrez-vous moins coopératifs avec les hors-la-loi. Ils espèrent provoquer ma colère et des représailles qui alimenteraient la haine entre vous et nous. Je ne tomberai pas dans leur piège. Mais je te jure que les vrais coupables seront punis. »

Le commandant avait prouvé qu'il était un homme de parole. En quelques heures les rues retrouvèrent leur animation habituelle. Une grande partie des habitants assistèrent à la cérémonie de lever du corps de l'instituteur. Des parents d'élèves étaient venus d'Oued Chaïr. Les enfants pleuraient leur maître.

Deux semaines plus tard environ, un après-midi torride de mai, M. le maire d'Aïn Melah se présenta à l'entrée du Bordj de l'Agha. C'était la première fois que le prudent Djellali rendait visite au commandant de quartier. Celui-ci le reçut dans la salle d'honneur, lui offrit la « gazouse » pour se rafraîchir. On échangea force salamalecs, des considérations banales sur la chaleur, la sécheresse, les moutons, etc., avant que Djellali abordât l'objet de sa visite.

— On dit que tu as arrêté Mohammed ben Ali et qu'il est ici en prison.

Il s'agissait d'un « ravitailleur » pris en flagrant délit dans le djebel Messaad par une patrouille de routine. M. le maire ne niait pas les faits.

— Il mérite une punition. Qu'Allah le Miséricordieux lui pardonne ! Mais je le connais bien. Il est pauvre. Il a onze enfants à nourrir...

Jean Marie le coupa.

— Cela suffit, si tu t'en portes garant.

Et aussitôt il fit libérer le prisonnier.

Les villageois d'Aïn Melah discutèrent encore quelques jours en grande palabre... Le 13 mai 1957, le maire demanda à son ami le lieutenant Collin si le commandant accepterait d'installer au village un poste militaire pour protéger les habitants... Ils offraient le terrain, une légère hauteur aux lisières nord du village, proche du dispensaire et de la future école.

— Ils sont pressés, dit Collin au commandant. Il y a trois jour, Djellali et quatre de ses amis qui revenaient de la foire d'Aïn Rich, en camionnette, se sont fait tirer par des fellaghas en embuscade sur la piste. En ce moment ils sont ivres de rage contre Si Haoués.

— Je suis d'accord à une condition, dit le commandant. Toute la population nous aidera à construire le poste militaire ! C'est vous-même, l'officier S.A.S., qui allez prendre le commandement de ce poste. Vous aurez sous vos ordres la 1re compagnie, la seule disponible à Bordj de l'Agha. Soyez prêt à partir dans quarante-huit heures.

Le 17 mai, au lendemain d'une opération dans le Messaad où la bande terroriste, avant de s'échapper, avait laissé quelques tués sur le terrain et pour la première fois un prisonnier entre les mains des Français, la 1re compagnie dressa ses tentes sur l'emplacement du futur poste militaire. Une corvée de villageois, désignés par le conseil municipal, avait commencé à bâtir la murette de protection.

Dans la nuit du 21 au 22 mai, un commando de moudjahidin exécuta un raid de représailles sur Aïn Melah, en tirant quelques coups de feu sur les tentes du camp des militaires. Une balle blessa mortellement le soldat Fahy. Toute la population du village assista à la cérémonie funéraire.

La grande traque avait commencé. Dans la chaleur torride de ce mois de mai 1957, le 584ᵉ B.T. poursuivit les assassins de Jean-Claude Veber, la katiba de Si Haoués.

XXVI

L'EVASION DE FERNANE

Hôpital Bégin. Chambre 433. Novembre 1980.

— Vous savez qu'il y a deux sortes de commandement, dit Jean Marie : le commandement-autorité et le commandement-Providence. Le premier se contente de donner des ordres, le second donne en plus les moyens de les exécuter.

« Le général Coche, le commandant du Train en Algérie, était du genre Providence. Vieux fantassin — il avait servi dans les troupes de montagne et dans des unités sahariennes —, il avait une " scandaleuse " prédilection pour le 584e bataillon du Train et une patience angélique envers son jeune chef de corps, jusqu'à lui pardonner, voire le soutenir, dans ce que les autres appelaient ses lubies. Vous vous souvenez de la façon dont j'avais traité son " meilleur capitaine ", Number One...

« Ils s'y mirent à deux, la Providence et le général, pour nous envoyer un O.R. Et pas n'importe quel O.R. Pas un O.R. gabarit. Non merci ! Un O.R. selon mon cœur, un O.R. qui savait tout faire sauf la technique de recherche du renseignement telle qu'elle est prescrite dans les manuels.

« Ils s'y mirent à deux et de la façon dite providentielle, c'est-à-dire suivant une voie insondable. Dès le début du mois de juin, le général (et la Providence) nous détacha un lieutenant, pour la durée des vacances, afin de permettre aux officiers du 584 de prendre quelques jours de permission... »

⁂

Il avait voyagé dans la soute du Nord-Atlas, assis sur des cageots de tomates (très bon marché sur le marché d'Alger). A sa descente d'avion il n'était pas au mieux de sa forme dans sa tenue de toile, tachée et chiffonnée. Ebloui par la lumière, assommé par le soleil, l'adjudant-chef Castagnera [1], « commandant de la base aérienne de Bordj de l'Agha », le scruta un instant et lui conseilla d'aller tout de suite — avant le départ de l'avion et avant même de décharger ses bagages — se présenter au chef de corps.

— Lieutenant Mollet, détaché du C.I.T. 160 au 584ᵉ bataillon du Train.

Il devait avoir dans les trente-cinq ans — trop vieux pour faire un chef de section —, paraissait gauche et timide. Il n'avait bien sûr jamais commandé d'unité d'infanterie et le Centre d'Instruction du Train n° 160 n'avait rien d'une troupe de choc. De plus, ce jour-là, la chaleur était douloureuse dès le matin. Jean Marie avait eu une crise de fièvre, ce qui lui arrivait une fois par semaine depuis quelque temps, qui l'avait tenu éveillé toute la nuit à ressasser dans le brouillard ses soucis, à cauchemarder au sujet de la katiba de Si Haoués... Castagnera avait raison comme toujours, même quand il était saoul. Ce lieutenant n'avait pas besoin de descendre ses bagages...

— J'ai oublié de vous préciser, mon commandant, dit timidement Mollet, que je suis détaché sur ma demande, pour tenir toutes les fonctions que vous voudrez bien me confier. Dans un bataillon d'infanterie, je ne sais rien faire mais je le ferai de mon mieux.

Volontaire !... Ce n'était pas une condition nécessaire, mais suffisante pour entrer au bataillon. A l'examiner de plus près, il y avait peut-être de l'humour sous ce crâne de moineau ébouriffé et dans l'œil un reflet de lumière, la brillance que l'on voit dans l'œil de certain canasson qui révèle à l'usage plus de cœur qu'un pur-sang. Mais qu'en faire ? Pas question de lui confier la vie des voltigeurs d'une section !... Il y avait bien la place du lieutenant Ferrer, officier des transmissions qui secondait le commandant dans les fonctions d'O.R... Mais ce n'était pas raisonnable : il fallait au moins six mois pour former un O.R. « rentable », à condition que le candidat possédât quelques dons pour ce métier. Mollet n'était là que pour trois mois au plus !

— Vous allez prendre tout de suite les fonctions d'O.R. !

Le plus surpris des deux était Jean Marie, de s'entendre prononcer cette décision en dépit du bon sens !

— Je n'ai jamais fait ce métier, mais je suis à vos ordres.

— Excellent ! Si vous m'aviez dit que vous étiez un spécia-

---

1. Nom de fiction, mais personnage authentique.

liste du renseignement, je vous aurais affecté à l'ordinaire. Ce que je vais vous demander n'a que peu de rapport avec les fonctions habituelles de l'O.R. d'un bataillon.

Il ne lui laissa pas le temps de s'installer, de se changer, pas même de se rafraîchir. Devant la carte le commandant lui fit un cours de géographie sur le pays, la population, les tribus nomades et leurs coutumes. Il lui raconta tout ce qu'on savait de l'adversaire depuis le début des événements, lui parla de Si Ziane et de Si Haoués, du M.N.A. et du F.L.N., de leurs rapports et des conséquences... Puis il l'entraîna au pas de course pour visiter les installations : le bureau des interprètes, une annexe isolée du bordj où l'O.R. avait son bureau, le petit bordj particulier de la S.A.S., le campement des trente-cinq partisans de la harka, l'école, le dispensaire, « le cirque du toubib » qui s'apprêtait à partir pour donner une représentation dans un village...

— Vous aurez à commander tout ce fourbi, lui dit le commandant. Commander n'est pas le mot juste. Vous aurez à actionner tous ces moyens disparates, à combiner leurs effets sur la population, à les manipuler avec doigté et en fonction d'une idée primordiale : conquérir la population.

Puis en jeep, sous le grand soleil, il lui fit visiter les environs : le village d'Oued Chaïr, le barrage, le réseau d'irrigation et Ben Saïd dit Léon, un sous-officier de tirailleurs en retraite, choisi par les propriétaires de jardins comme distributeur de l'eau d'irrigation, parce qu'il était impartial, droit et ferme.

— Dans ce pays, en cette saison, l'eau vaut son pesant d'or et sa distribution est la source d'innombrables « chicaïa ». Vous aurez à régler ces procès selon les coutumes locales plus compliquées que le droit français.

Ils visitèrent les installations (toutes neuves) du moniteur vétérinaire qui n'avait jamais été nommé : le bassin pour soigner la gale des moutons. Le nouvel O.R. devrait se renseigner pour savoir comment s'en servir ; le commandant voulait organiser un grand rassemblement des troupeaux de moutons du quartier pour les soigner...

— Résumons-nous clairement. Le métier classique d'O.R. tel qu'il est défini par les règlements : rechercher, collecter, analyser les renseignements sur l'ennemi ne constitue qu'une partie de votre travail et la moins importante... A la limite, je m'en fous !

Ils rentraient vers le poste en roulant lentement. L'air avait un goût rouge de fièvre.

— Le renseignement c'est comme le champignon de Paris. Vous savez que pour le faire pousser, il faut préparer la couche avec du terreau, du fumier de cheval et divers engrais peut-être, l'inséminer avec le blanc du champignon, des moisissures nobles, comme les idées de l'Evangile qui font lever la pâte. Il faut encore tenir cette couche à l'abri de la lumière et la maintenir dans une humidité convenable. Et en plus, pour faire cela il faut un tour de main. Quand la couche est prête on attend que s'accomplissent dans ses profondeurs des réactions chimiques et physiques aussi mystérieuses que la Vie. Puis un jour, brusquement les champignons sortent tous ensemble, jaillissent à foison. Il suffit de cueillir ceux dont on a besoin. Vous avez compris que la couche c'est la population, le blanc de champignon ce sont des idées politiques. Le tour de main c'est votre dévouement, vingt-quatre heures sur vingt-quatre. Le renseignement vous sera fourni par surcroît, comme dit saint Mathieu.

Mollet transpirait. Sa chemise d'uniforme était mouillée.

— Occupez-vous des eaux, du soin aux troupeaux de moutons et aux bergers, démerdez-vous pour trouver des médicaments pour le toubib, des cahiers pour les écoliers, secourez les pauvres, et les familles de fellaghas qui sont sans ressources, sans leur poser de questions, traitez les prisonniers comme vos confrères malheureux, aimez cette population... Vous pensez sans doute que je vous demande d'avoir une vocation de sœur de charité ? Pas du tout, je vous demande bien davantage.

Dans le bureau du chef de corps aux persiennes fermées, la fraîcheur relative sous le toit de terre le fit frissonner. Mollet essuya la sueur qui brûlait ses yeux et salait ses lèvres. Le commandant ne semblait pas transpirer. Il était sec comme un caillou. Dans son visage hâlé, seul les yeux vivaient, le regard brillait de cette fièvre qui avait consumé en lui la moindre parcelle de graisse, le superflu. Il se laissa tomber sur sa chaise.

— Il me reste à vous donner la raison de ce que je vous demande. Vous la connaissez. Nous autres soldats, combattons pour l'Algérie française. La Nation nous le dit, le gouvernement nous l'ordonne.

Pour la première fois, il y avait de l'hésitation dans le ton.

« Mais, en vérité, je ne suis plus sûr... Je ne sais plus ce que signifient exactement les mots de notre mission... Je ne sais pas où aboutira notre combat. » Sans transition le ton redevint autoritaire. « Mais ce que je sais, nom de Dieu ! Ce dont je suis sûr c'est que pour gagner cette guerre nous n'avons pas le choix. Nous devons être des saints... »

Il lui montra, accrochées sur le mur blanc, les photos encadrées des morts du bataillon.

« Ceux-là sont morts par amour... Transmetteur Bernard Quiblier... Maréchal des logis Raoul Guincestre... Instituteur de 2e classe Jean-Claude Veber... Voltigeur de pointe Roger Pruvot... Voltigeur de pointe Bernard Chambraud.

Il énuméra les noms sans la moindre trace d'émotion dans la voix, comme pour une revue d'effectif.

« Si je les ai accrochés là, sous mes yeux, ce n'est pas par goût morbide, ou gloriole macabre. Parce qu'ils ont été tués dans ce combat, ces gars-là nous engagent. Nous ne pouvons plus revenir en arrière... Pour nous autres, soldats de métier, c'est une raison suffisante. »

Il y avait moins de six heures que le lieutenant André Mollet avait quitté sa chambre confortable, l'organisation rassurante du C.I.T. 160, le mess des officiers du centre avec ses ventilateurs, le cinéma du samedi soir, une existence de fonctionnaire bien réglée par des horaires affichés, pondérés entre le travail et les loisirs... pour être propulsé sur une autre planète, une étoile rouge, brûlante comme ce soleil dément, comme ce commandant qui passait de la logique d'une leçon de géographie au délire mystique du malade. Mais il avait été formé à la discipline. Quand le commandant lui dit :

— Soyez un saint, c'est un ordre !

Mollet répondit simplement :

— A vos ordres, mon commandant !

En juin, la grande traque continua. Jean Marie mettait dans cette chasse à la katiba de Si Haoués un acharnement personnel. Malgré la chaleur torride, le bataillon sortait presque chaque jour. Il partait à 1 heure du matin ou à 21 heures pour profiter de la fraîcheur de la nuit. On s'arrêtait de marcher et on faisait la sieste entre 11 heures et 15 heures pour éviter le pire : la déshydratation foudroyante.

— Il faut compter entre 15 et 20 litres d'eau par homme-jour, dit le commandant au médecin lieutenant Ameil quand il l'accueillit au bataillon. Chaque homme porte deux bidons de deux litres, les bons vieux bidons du poilu de 14-18. Malgré tout, en marchant sur ces rochers, un homme se déshydrate en quatre heures. Il faut prévoir un ravitaillement en eau toutes les quatre heures. Quant à vous, munissez-vous de tout ce qu'il faut pour traiter sur place la déshydratation.

Ameil était un bon médecin. Il avait étudié en fac l'insolation et son traitement. Il avait souri parce que le commandant exagérait le danger en parlant de « déshydratation foudroyante ».

Le lendemain même, à 10 heures du matin, sur une crête rocheuse, le toubib qui marchait avec le bataillon tomba en syncope. On l'évacua par hélicoptère et il se rétablit en quarante-huit heures à l'hôpital. Mais il ne souriait plus quand on parlait de déshydratation en quatre heures.

Haoués était enfant du pays. D'après les gendarmes, il avait travaillé à Biskra chez un marchand de dattes. Il connaissait le désert, ses pièges mortels, le soleil meurtrier. Il s'était révélé comme un excellent tactitien de guérilla dans ce pays. Il se déplaçait sans cesse, couvrait 30 km dans une nuit, passait du nord au sud du quartier. Il était difficile de le suivre à la trace. Jamais il ne laissait de témoin derrière lui, n'hésitait pas à égorger de ses mains un suspect, baptisé « traître », qui aurait pu parler, renseigner les Français.

A plusieurs reprises, le bataillon l'avait accroché. Chaque fois Haoués, grâce à son courage, son audace, à la faveur des couverts ou de la nuit, leur avait glissé entre les doigts comme de l'eau. Chaque fois, la katiba laissait un mort ou deux sur le terrain, jamais de prisonnier ; il achevait au besoin ses blessés... Sauf le 15 mai, sur une arête du Messaad, il eut peut-être un instant de faiblesse.

En fouillant le terrain après un accrochage, la 2e compagnie trouva ce jour-là un moudjahid blessé. Incapable de marcher et coupé de ses camarades, l'homme avait caché son fusil et s'était terré dans une anfractuosité de rocher, sur le rebord d'une falaise. Le P.C. du bataillon marchait parallèlement à la « deux », en suivant le pied de cette paroi d'une vingtaine de mètres de hauteur.

— Envoyez-moi le prisonnier, dit le commandant par radio.

Les hommes de la section qui reçurent cet ordre venaient de perdre un camarade, grièvement blessé par « ces fellouzes ». La colère leur inspira de l'humour noir. Ils prirent le commandant au mot et lui « envoyèrent » directement le prisonnier en le balançant du haut de la falaise. Celui-ci tomba sur un arbre, sur le feuillage du seul arbre dans un rayon de 50 mètres, et s'en tira avec quelques égratignures. Gonzalès le ramassa indemne mais se garda bien de raconter l'histoire au commandant. Il aurait été le premier à subir la tornade. Il se contenta de rigoler quand il entendit le commandant lui recommander :

— Faites attention, bande de sauvages ! Vous voyez bien qu'il est blessé ! Portez-le au toubib !

Le fellagha était bien bâti, plutôt grand et large d'épaules. Maigre comme un chacal à la fin de la sécheresse.

— Ce n'est rien, dit le médecin. Juste le muscle touché. Il a une belle estafilade dans la fesse droite, mais dans huit jours, avec quelques points de suture, il n'y paraîtra plus.

Tandis que le toubib le recousait, Gonzalès essaya de l'interroger. Le prisonnier n'ouvrit pas la bouche, même pour donner son nom. Dans sa tenue déchirée, usée, avec ses tennis trouées, il avait encore de la dignité. Le regard ne pliait pas. Il s'était déjà détaché de l'agitation de ce monde, se préparait à mourir stoïquement. Quelque chose comme *la Mort du loup* de Vigny que Jean Marie avait appris par cœur à seize ans, dans sa période romantique.

Il accepta seulement le bidon que lui tendit le commandant mais sans un signe de reconnaissance, comme le dernier verre de cognac.

— C'est un type de la bande à Haoués, grognait Gonzalès.

— Laissez-le-nous quelques heures ! demandait Haouash. La putain de sa mère, on va lui apprendre à être bien élevé ! Sa mère s'est fait niquer par un bourricot mais on va lui apprendre à causer poliment quand on lui pose des questions...

— Ta gueule ! le coupa le commandant. Je t'interdis de t'occuper de ce type... Toubib, c'est toi qui en auras la responsabilité. Je veux que tu l'installes à l'infirmerie, dans un lit, qu'il soit non seulement bien soigné mais nourri à satiété, traité avec la plus grande bienveillance. Et surtout, ne le laissez pas s'évader ! Halfon, s'il le faut, tu le veilleras jour et nuit !

Le médecin lui soignait la fesse. Halfon lui apportait à manger trois fois par jour. Le blessé ne demandait jamais rien et acceptait tout. Après trois jours de ce traitement, il commença à dire merci. Comme il n'avait pas voulu dire son nom, Gonzalès l'avait baptisé « le Mohammed du Fernane » et on prit l'habitude de l'appeler Fernane, le nom du djebel où on l'avait trouvé.

Huit jours après avoir été recousu, il commença à se lever. Il devenait encombrant, les infirmiers ne voulaient pas monter la garde à son chevet. Le toubib le passa en compte au bureau des interprètes qui l'enfermèrent la nuit dans une pièce servant de local de détention. La journée il lui ouvrait la porte pour le faire travailler à de menues corvées : balayer la cour, faire le ménage et la vaisselle... Il prenait ses repas avec l'équipe à Gonzalès et ne dédaignait pas prendre part à la conversation quand elle traitait de femmes ou de bouffe, les sujets dominants.

— Votre Fernane, dit un jour Okba au commandant en lui coupant les cheveux, et avec une moue de désapprobation. Moi, j'aurais pas confiance ! D'abord c'est un Berbère, un fils de chienne ! Un jour il va déserter... Il va s'évader plutôt.

Il y avait toujours un sujet de méditation dans les bavardages du coiffeur...

Le lendemain, lorsque le commandant s'entretint avec Ferrer — Mollet n'était pas encore arrivé et celui-là faisait encore fonction d'O.R. — il lui demanda incidemment.

— A propos, qu'est-ce que vous faites de Fernane ?... Rien de particulier ? Dans ce cas, donnez-le-moi comme ordonnance ! Ahmed ne saura jamais repasser un pantalon.

— Ne prenez pas ce type, conseilla le lieutenant fort logiquement. On ne sait rien de lui. Même pas son nom. Depuis qu'il est prisonnier, il n'a pas lâché un mot, fait un geste qui l'engage tant soit peu. Il ne s'est pas mouillé le moins du monde !

Jean Marie s'en tira par une pirouette :

— Ça tombe bien ! J'ai l'intention de lui faire laver mon linge.

Le lendemain au réveil, Fernane accompagnait Ahmed qui portait le quart de café au commandant. Celui-ci lui donna le linge à laver, lui montra la cantine où il devrait le ranger après l'avoir repassé.

— Tu trouveras le lavoir, au bord de l'oued. C'est derrière le bordj, sous les arbres...

Chaque jour, Fernane s'acquittait consciencieusement de sa tâche. Le soir, Jean Marie trouvait son linge impeccablement repassé, rangé à sa place, sa chambre propre, son lit fait au carré.

Pour s'évader, il choisit un jour où le commandant était en opération. D'après l'enquête, Fernane avait comme chaque matin lavé le linge à l'oued. Il l'avait repassé et rangé. A son retour le commandant avait trouvé sa chambre en ordre. Il ne manquait rien, même pas la monnaie oubliée dans le pantalon à laver et que Fernane avait déposée en pile sur la table.

— Il est parti tranquillement après avoir dîné comme d'habitude avec les interprètes, conclut Ferrer chargé de l'enquête... Un ton plus bas, il ajouta : « Je vous l'avais dit, mon commandant. »

— Exact, reconnut Jean Marie. Je suis le seul coupable.

Ferrer respira. En tant que chef du P.C. d'opération, outre ses fonctions théoriques d'O.R., le lieutenant des transmissions servait aussi de souffre-douleur au chef de corps qui passait sur lui ses humeurs. En apprenant l'évasion de Fernane, il s'était préparé à se faire engueuler. Dans ce cas, le commandant se montrait d'une mauvaise foi monstrueuse, qui ne faisait rire que les autres.

Après l'aveu du commandant, nul n'osa faire allusion à Fernane. Okba lui-même, reniflant quelque duplicité en fin connaisseur, ne dit mot. On l'avait oublié quand le lieutenant Mollet prit ses fonctions.

Celui-ci n'avait guère que son ardeur et cette foi de charbonnier que le commandant lui avait insufflée, au bouche à bouche, mais il se donna de toute son âme à sa mission : répandre le fumier et inséminer la couche de culture pour faire pousser « le champignon-renseignement ».

C'est dans ce but qu'il accompagna le « cirque » du toubib qui donnait ce jour-là sa représentation au misérable hameau d'Aïn Milloud. Parmi la foule des patients s'était présenté un vieillard, fossilisé sous ses loques, qui souffrait d'un flegmon à la gorge. Le toubib ouvrit l'abcès et le nettoya aussi bien qu'il put. Le vieil homme le bénit abondamment et lui demanda de lui donner « la pilule-qui-fait-dormir » parce qu'il souffrait surtout la nuit. Un somnifère ! Une sorte de médicament de luxe que le médecin n'avait pas. A la place, il lui donna des comprimés de sel, qu'il avait en abondance, et en trois couleurs : bleu, blanc, rouge.

— Le soir tu prends deux pilules bleues, après tu dors bien. Le matin deux rouges pour pas avoir mal.

Mollet était scandalisé par cette tromperie. Le bon docteur se justifia :

— D'abord, je fais cela sur ordre formel du commandant : « Quand tu n'as plus de médicament ad hoc, tu n'as qu'à leur donner des comprimés de sel. Si tu mets de la conviction dans ton ordonnance de toubib, je suis sûr que ça devrait leur faire du bien et au pire ça ne leur fera aucun mal. »

Le pauvre vieux avait fait huit ou dix kilomètres à pied pour venir voir le toubib. Il n'avait pas même un bourricot. Bourrelé de remords, en dépit de son esprit de discipline, Mollet s'offrit à le raccompagner chez lui, au puits de Si Melled, où il habitait une mechta isolée avec sa femme, aux trois quarts usée, et deux ou trois chèvres dont ils tiraient tous les deux l'essentiel de leur subsistance.

Quelques jours plus tard, le vieil homme de Si Melled se présenta au bureau de la S.A.S. à Bordj de l'Agha et demanda au secrétaire à voir le « grand-lieutenant-qui-avait-une-jeep », pas le toubib, l'autre. Il avait fait 20 ou 25 kilomètres à pied pour le voir et insista pour lui parler personnellement. C'était le 9 juin, entre 13 et 14 heures, au zénith de la chaleur. Tout le monde dormait hors la garde et le lieutenant Mollet qui reconnut son vieil ami. Celui-ci était pressé. Abrégeant les salamalecs d'usage, il lui déclara tout de go :

— Haoués et sa katiba ont passé cette nuit au puits de Si Melled. Ils ont fait halte chez moi et ont mangé deux chèvres. Moi, je suis trop vieux mais toi tu es juste et tu es fort, je veux que tu les tues, parce qu'il a égorgé mon petit-fils Rabah, celui que tu connais... Rabah ben Abdelkader ben Ali. Tu l'as gardé ici et tu l'as soigné. Tu trouveras Si Haoués dans le djebel Kaifoufa. C'est là qu'ils allaient. Tue-le !

L'interprète devina sans peine que Rabah, le petit-fils du vieux, n'était autre que Fernane.

— Il faut prévenir tout de suite le commandant, dit-il.

A cette heure-là, le commandant était avec le bataillon dans le nord du Messaad, à la recherche de cette katiba. Il faisait la sieste. A 14 heures, le radio le réveilla pour lui communiquer un message en flash. Tout de suite après, le bataillon se remit en marche pour rejoindre la colonne des camions et rentra au bordj.

Le vieux était toujours là. Interrogé par Gonzalès, il donna des précisions qui confirmaient le renseignement.

Le Kaifoufa était un djebel abrupt, une crête rocheuse, à moins de dix kilomètres au sud du bordj. Du sommet, les chouf d'Haoués pouvaient sans difficulté surveiller le poste des Français. La katiba retranchée sur cette position coûterait cher à déloger.

Jean Marie alerta le secteur de Bou-Saâda et demanda des renforts : un D.I.H. et la Légion. On lui envoya en outre trois colonels très excités par la perspective d'une victoire facile, qui prirent en main l'opération avec un optimisme inquiétant.

A huit heures du matin, la compagnie du 584 qui progressait vers le sommet du Kaifoufa, en suivant la ligne de crête, fut prise à parti dans la traversée d'un glacis par des tireurs retranchés et invisibles. Le temps de se mettre à l'abri elle comptait plusieurs blessés. Les colonels manœuvrèrent aussitôt avec les héliportages pour encercler l'ennemi et enlever la position. Avant la fin de la matinée le bataillon dénombrait un mort, le 1re classe Landau, et huit blessés. Un escadron du R.E.C. engagé dans l'attaque avait des pertes en proportion plus lourdes.

Vers 13 heures, délégué par le géné-super, le colonel Gracieux arriva par avion. Il commandait en second la célèbre 10e division parachutiste qui venait de gagner la bataille d'Alger. Ayant jugé de la situation sur place, de l'état de nervosité des colonels, de la fureur du commandant Jean Marie, il télégraphia aussitôt l'ordre d'acheminer par avion le 6e régiment de parachutistes coloniaux, régiment de Bigeard. Mais ce jour-là le célèbre colonel était absent. Son second, fier de l'être et ravi de l'aubaine, s'élança à l'assaut, ou plus précisément lança une compagnie. L'adjudant-chef de section qui le premier déboucha sur le glacis fut abattu d'une balle dans la cuisse. Ce furent les petits tringlots du 584 qui, connaissant les lieux d'expérience, le tirèrent de là pour le mettre à l'abri.

Après cette tentative, le commandant du régiment demanda à réfléchir... tandis que le soleil s'inclinait dangereusement sur son orbite.

Un jeune capitaine du R.E.C. se décida alors. Il rassembla ses légionnaires et donna l'assaut à la montagne, dans le plus pur style de la Légion combattant pour l'honneur. Les moudjahidin n'avaient pas les moyens de les arrêter. Ils laissèrent sur le terrain, tués dans leurs emplacements de combat, une vingtaine de morts. La surprise vint du fait que 14 moudjahidin se rendirent, la plupart aux soldats du 584 moins rapides sur la détente que les légionnaires.

Le soir même, Jean Marie interrogea les prisonniers. Ils étaient épuisés, démoralisés, et parlèrent sans la moindre contrainte, racontant leur épopée héroïque et sanglante.

Haoués était pour eux un chef terrifiant tant par sa résistance, sa bravoure et sa cruauté. Il n'admettait pas la moindre faiblesse de ses hommes.

— Il nous répétait sans cesse que les Français torturaient les prisonniers pour les faire parler et les tuaient ensuite. Il nous disait aussi qu'il valait mieux se suicider que de tomber vivant entre leurs mains...

Et puis, une nuit, alors qu'ils couchaient à la maison forestière du djebel Fernane, Rabah que tout le monde croyait mort était revenu. Ils lui avaient fait fête parce que c'était un chef de section et un des moudjahidin les plus courageux de la katiba. Tout de suite, Haoués l'avait pris à l'écart pour lui parler.

— Le lendemain matin, toute la katiba fut rassemblée pour entendre le récit de Rabah. Il nous raconta que les Français l'avaient longuement torturé, qu'il était resté enfermé dans un silo à grain, mourant de faim et de soif... Mais il était gras et il avait bonne mine. Il était bien habillé et portait des chaussures presque neuves. Haoués a bien vu que personne ne le croyait. Alors il s'est levé, il a accusé Rabah de trahison et l'a égorgé tout de suite sans lui laisser le temps de répondre.

Ces fellaghas étaient des Sahariens. Pourtant ils furent terrifiés par ce meurtre sauvage.

— Rabah était son meilleur ami, dit un prisonnier. Ils avaient pris ensemble le maquis. Quand Rabah a été blessé, au mois de mai, dans le djebel Fernane, nous n'avions pas dormi depuis trois jours. Nous étions épuisés, nous risquions d'être encerclés et pris. Rabah ne pouvait pas marcher. Dans ce cas nous achevions le blessé. Pour Rabah, Haoués lui-même a donné l'ordre de le laisser. Il a dit que Rabah savait comment se cacher, qu'il avait souvent échappé aux Français... On lui a même laissé son fusil.

Après l'assassinat de Rabah, beaucoup de moudjahidin doutaient de leur chef, mais aucun ne songeait à déserter ou à se rendre, jusqu'à ce soir-là, après une journée à cuire au soleil et l'assassinat d'une vieille femme.

L'avant-veille, dans la nuit, la katiba avait traversé le plateau pour aller du Messaad, où les Français la cherchaient, au Kaifoufa. Comme ils le faisaient d'habitude sur cet itinéraire, ils avaient fait halte au puits de Si Melled, chez le grand-père de Rabah qui était un fellagha sûr. Dans la mechta il n'y avait que la vieille et deux chèvres dans le clos d'épine. Le grand-père Ali était parti à la recherche d'une chèvre égarée. La katiba n'avait pas le temps de l'attendre. Elle devait gagner le Kaifoufa avant le jour. Haoués avait tué au couteau la vieille pour l'empêcher de parler et ils avaient emporté les deux chèvres pour les manger dans la montagne.

Ali, le vieil homme de Si Melled, attendait depuis la veille, assis devant la S.A.S., adossé au mur. Il refusait l'hospitalité des Français, la nourriture que lui proposait le lieutenant Mollet. Il acceptait seulement de l'eau. Il attendait que le lieutenant lui annonçât la mort de Si Haoués, l'assassin de son petit-fils. Sa femme était vieille et prête à mourir, mais elle n'avait pas non plus mérité de mourir ignominieusement, égorgée comme une chèvre. Et ce sang criait vengeance.

Haoués n'était pas parmi les cadavres abandonnés sur le rocher du Kaifoufa. Avec une vingtaine de rescapés, il était parvenu à se cacher dans un ravin. Vers 11 heures du soir, dans l'obscurité sans lune, ils réussirent à percer à travers la compagnie parachutiste du capitaine Planet, une des meilleures unités de l'armée.

A l'aube, le vieil Ali attendait toujours, adossé au mur du bordj. Son ami le lieutenant ne vint pas lui annoncer la mort de Si Haoués... Il se laissa porter à l'infirmerie où il mourut quelques heures plus tard simplement en fermant les yeux.

Jean Marie retrouva la trace des restes de la katiba. Haoués était parti vers l'est. Il avait campé une journée au djebel Dokrane et poursuivi sa marche vers l'est, vers un refuge secret d'où il reviendrait un jour après avoir refait ses forces.

C'est probablement dans ce refuge qu'il rédigea un long rapport sur la situation de la wilaya 6 dans l'été 1957. Le courrier qui portait ce document, avec d'autres correspondances, aux colonels de Tunis, fut intercepté au sud des Aurès, à la fin de juillet. Ce ne fut qu'au mois de septembre que le 2e bureau d'Alger, ayant fini de dépouiller les documents saisis, communiqua des extraits du rapport du colonel Haoués au commandant de quartier de Bordj de l'Agha.

XXVII

RAPPORT DU COLONEL SI HAOUES

« Dans les kasmas 38 et 39 la situation est désespérée... », écrit mot pour mot le chef de la wilaya 6. Son rapport est daté des premiers jours de juillet 1957. Il s'adresse aux colonels de Tunis sur un ton à la fois pessimiste et quelque peu agressif comme s'il les tenait, ainsi que la propagande française, pour des « rebelles de palace ». Il leur reproche de l'avoir abandonné dans son combat, de ne pas le ravitailler en armes et munitions, de traiter la wilaya 6 en parent pauvre.

La situation qu'il décrit n'est pas brillante. Au sud, les compagnies sahariennes lui interdisent la pénétration vers le pactole des pétroliers. Dans le djebel Amour, le plus impénétrable maquis de son territoire, depuis le mois de mars, les Français ne cessent de harceler ses maigres effectifs difficilement ravitaillés. Au nord, après le massacre de Melouza, la population est franchement hostile au F.L.N. et ce traître Bellounis trafique avec l'ennemi...

Les kasmas 38 et 39 correspondent, dans l'organisation territoriale de la wilaya, au quartier de Bordj de l'Agha. Lorsque Jean Marie lut la petite phrase « la situation est désespérée », il éprouva un délicieux petit frisson de vanité. Dans ces montagnes où précisément le colonel avait établi son P.C., la guerre avait insensiblement pris l'aspect d'un combat singulier entre les deux hommes. Le colonel Si Haoués reconnaît explicitement sa défaite, provisoire du moins, car il ne manifeste nullement l'intention de rendre les armes. Au contraire, s'il donne les raisons de son échec c'est pour mieux les dominer et préparer sa revanche.

« A Bordj de l'Agha, le commandant français se comporte comme un allié objectif des zianistes,... écrit Haoués. Trompée par sa propagande, la population le suit. Nos ravitailleurs sont arrêtés, nos mousselibin dénoncés, quelques-uns se rendent et travaillent pour les colonialistes... Le village d'Aïn Rich est franchement hostile... »

Jean Marie se souvient de sa première visite, en octobre dernier, un peu plus de huit mois, le village assassiné...

Longeron a imposé son style : portes ouvertes ! Le bordj ne s'enferme plus derrière ses murailles. Les chevaux de frise rouillent dans un coin du désert. La cour centrale, à certaines heures de la journée, prend l'aspect d'un souk. Au pied des couleurs françaises, les habitants viennent discuter des événements locaux, traiter des affaires, ou palabrer. Le « foyer » est transformé en café maure. On y débite du thé et du kawoua, mais aussi l'anisette.

Longeron est un passionné de chasse. Entre deux opérations, il prend son fusil pour aller lever quelques lièvres ou tirer les compagnies de perdrix qui pullulent dans la steppe d'alfa. En rentrant, il descend au village. Il parle assez bien l'arabe pour raconter une histoire de chasse ou soutenir une conversation. Souvent il se laisse inviter par un des notables. Parfois il accepte son hospitalité pour la nuit, s'endort sur une natte, sans souci de sa sécurité, livré à l'honneur de son hôte.

Il a organisé des élections municipales, clandestines puisque le jeu de la démocratie a été interrompu par la loi d'urgence. De toute façon, il a fallu trafiquer un peu l'état civil du maire (condamné à mort par contumace et recherché par la justice), et de ses principaux adjoints (20 ans de travaux forcés). Messaoud, c'est le nom du maire, a tenu le maquis avec Si Ziane. Il était au Touïla. Il ne s'est pas rallié. Quand il a compris la « politique » des Français à Aïn Rich, qu'il a vu le style du capitaine Longeron, il est simplement rentré chez lui, pour continuer à construire l'Algérie avec les militaires français.

Tous les hommes du conseil municipal portent une arme, en infraction avec la loi d'urgence. Mais ici, ils en ont gagné le droit, le privilège de l'homme libre... et ils savent que les tueurs d'Haoués les guettent.

Le commandant de quartier est venu à Aïn Rich pour la mise en place du conseil municipal, élu à l'unanimité. Messaoud lui a fait un discours... en français.

— Le capitaine, il nous a dit comme ça : « Messaoud, tu es français kif kif comme moi... » Alors comme ça, ça va ! Nous on veut avoir l'école pour les garçons. Et peut-être même pour les filles parce que le capitaine il nous dit que les femmes aujourd'hui elles doivent savoir lire !... Moi j'ai lu dans le journal d'Alger, ils parlent intégration et collège unique, assimilation et encore d'autres choses. C'est trop compliqué pour nous. Le capitaine il a raison. Il dit : « Kif kif comme moi !... » Ensemble on fera l'Algérie, pas comme avant, avec ce salaud d'administrateur à Bou-Saâda qui venait seulement pour compter les moutons et nous mettre les impôts... Pas moyen de lui faire arranger la piste de Bou-Saâda... Maintenant pour les autres, les types dans le djebel... t'en fais pas, mon commandant. Nous on a ce qu'il faut pour parler avec eux s'ils viennent nous emmerder...

Il a soulevé le pan de son burnous pour faire voir à l'assistance son ceinturon, l'étui du revolver, et deux grenades F1 accrochées par la cuillère.

Djillali est toujours maire d'Aïn Melah. On ne sait pas très bien quand et comment il a été élu. Haoués fulmine contre lui tout spécialement, contre ce traître qui l'a privé de sa base de ravitaillement. Par deux fois, il a tenté de le faire tuer, mais ce gros porc a de la chance. Les sections du Messaad ont dû évacuer la montagne, ou sont forcées de se déplacer sans cesse pour éviter d'être localisées et aussitôt attaquées.

Avec l'aide de la population le poste militaire est presque terminé. Collin a ouvert une école, rénové la mairie avec les crédits du nouveau sous-préfet — particulièrement satisfait de son inspection à Aïn Melah où il a été accueilli comme un féodal. Les travaux d'extension du réseau d'irrigation piétinent un peu. Ce n'est pas si facile de domestiquer l'eau vive ! Les coups de gueule du commandant n'y peuvent rien !

Le commandant Jean Marie a demandé le secours du service hydrogéologique d'Alger. La région est pittoresque. Ils sont venus à trois techniciens par la ligne régulière Alger-Bordj de l'Agha, le Nord-Atlas de ravitaillement bi-hebdomadaire, pour deux jours de tourisme. Dès la première réunion de travail à Aïn Melah, ils ont annoncé d'entrée qu'ils ne disposaient d'aucun crédit, pas le moindre sou. Avant d'obtenir la première autorisation de dépense, inscrire la dépense au budget, il fallait compter un an de délai au moins.

Ils ont visité les chantiers, remarqué non sans curiosité la coopération entre ces drôles de militaires et ces villageois primitifs, leur maladresse et leurs efforts. Ils ont été émus par ces gens qui n'avaient attendu ni l'autorisation ni les crédits pour entreprendre... Pas même d'avoir établi des plans ! Un relevé topographique coté pour l'écoulement des eaux. Alors ils ont fait des mesures, calculé des cotes, donné des conseils et se sont engagés à établir des plans eux-mêmes. Ils ne pouvaient pas donner de crédits mais ils ont trouvé une astuce administrative pour sortir des matériaux du dépôt des travaux publics de Bou-Saâda : des buses en béton pour la conduite des eaux, des regards pour l'entretien des canaux, du ciment...

La rencontre du commandant avec une autre délégation administrative a été beaucoup moins cordiale. Ils sont venus sans être invités, à trois aussi : un administrateur du budget, chef de la délégation apparemment, un architecte des T.P. et un capitaine de l'état-major du commandement de la gendarmerie.

Tout de suite, ils ont annoncé qu'ils avaient des crédits immédiatement disponibles, une première tranche de 20 millions de francs, et ont étalé sur la table les plans de construction d'une gendarmerie à Aïn Melah. Le chef de la délégation a fait un petit discours dans lequel il a parlé de « la sous-administration des départements algériens » et des plans établis par Paris pour améliorer cette situation qui consiste à placer une brigade de gendarmerie dans chaque village comme Aïn Melah.

Le commandant était venu à cette réunion sans en connaître le motif — le dossier était marqué « secret » en rouge. En fait, cette mesure administrative ne concernait pas le commandement militaire du quartier. Il faisait très chaud. Sous le hâle et la poussière de la piste, les traits de Jean Marie étaient tirés par la fièvre qui l'avait agité durant la nuit. Il écouta l'exposé des faits, puis déclara :

— Tant que je serai vivant et à la tête de ce quartier, vous ne poserez pas la première pierre de cette connerie. Vous pouvez remballer vos plans et votre pognon... 20 millions ! Il y a de quoi transformer ce pays, améliorer la vie de tous les habitants à condition de les dépenser intelligemment ! Ce n'est sûrement pas d'une gendarmerie dont Aïn Melah a besoin ! Si je vous disais ce dont les gens ont besoin vous ne me croiriez pas, vous ne comprendriez pas...

Le commandant avait ce regard brillant qui trahissait sa fièvre, pas seulement une crise de paludisme, mais la passion d'entreprendre. Collin le regarda. Il regrettait un peu les 20 millions, ces crédits si difficiles à arracher à son sous-préfet. Mais il comprenait, non par la raison, par le cœur, la seule approche possible de leur problème.

Il accompagnait le commandant quand celui-ci, au lendemain des élections d'Aïn Rich, a félicité Messaoud et ses conseillers municipaux pour leur succès électoral. Dans son discours, M. le maire avait parlé d' « intégration ». A la fin il avait levé son verre d'anisette — il boit l'alcool en signe de libération et par provocation contre le F.L.N. qui l'interdit — et porté un toast à « l'Algérie française ».

Ces mots traînaient dans tous les discours officiels et les journaux d'Alger. Mais ici, dans ce bled, ils n'avaient pas le même sens. La France qu'ils ont ralliée n'est pas celle des discours ni des éditoriaux de *l'Echo d'Alger*. C'est la France de Longeron, de Collin, du commandant et de ses soldats qui travaillent avec eux à construire « l'Algérie française », française parce qu'elle aura été construite avec l'aide de la France, celle du toubib et de l'instituteur qui leur promet la justice et la liberté.

L'Algérie de demain ils la construisaient ensemble, côte à côte jour après jour, sans suivre une doctrine établie par les experts d'Alger comme cette délégation d'administrateurs. Une Algérie nouvelle qu'ils assemblaient morceau par morceau, tel un puzzle dont ils n'avaient pas le canevas mais qu'ils entrevoyaient par le cœur.

Collin avait deviné ce qui allait se passer quand le commandant, avec son regard fiévreux, avait dit aux membres de la délégation administrative :

— Vous ne comprendrez pas, mais je vais tout de même vous le dire. Ici et aujourd'hui ce n'est pas d'une gendarmerie dont les gens ont besoin. Ils ont besoin d'être compris, ils sont affamés de justice et de dignité. Dans votre budget vous n'avez pas de chapitre pour ce genre de crédit. Alors vous ne pouvez pas nous aider...

L'administrateur des finances avait eu un petit sourire de politesse avec peut-être une pointe de pitié inspirée par la naïveté touchante de ces militaires. Le commandant le prit pour un sourire narquois et pria ces messieurs de bien vouloir quitter rapidement le territoire du quartier. Il les fit escorter jusqu'à Bou-Saâda.

Hôpital Bégin... Vingt-cinq ans plus tard...

— Je les ai mis à la porte, dit Jean Marie... J'avais tort, ce n'était pas si facile pour eux de comprendre. Ils étaient trop haut pour voir... Pour voir et pour comprendre, il fallait se prosterner la face contre terre, regarder à ras de terre ! »

Il me raconta une anecdote banale en forme de parabole.

— Un soir d'avril, je crois, avec Gonzalès, qui était un braconnier merveilleux, nous rentrions de la chasse, à travers la hamada, quand nous avons rencontré ce berger de moutons... un berger biblique !

« Seul dans l'immensité dépouillée, il se tenait debout appuyé sur sa houlette, majestueux dans ses haillons crasseux. Dans la lumière du crépuscule il ressemblait à un prophète de l'Ancien Testament prêchant dans le désert. Autour de lui, éparses, paissaient ses brebis, actives à emmagasiner de quoi ruminer toute la nuit.

« — Mais qu'est-ce qu'elles peuvent bien trouver à manger dans ces cailloux ? demanda le commandant !

« On ne voyait que des pierres et du sable et quelques touffes d'alfa desséchées que les moutons dédaignaient.

« — L'herbe de printemps, répondit le berger. Après les dernières pluies — Allah est le plus miséricordieux ! — l'herbe est abondante et riche. Regarde comme mes moutons sont beaux !

« — Mais je ne vois rien ! s'exclama le commandant !

« — Prosterne-toi la face contre terre, devant Allah le Miséricordieux. Ne crains pas, ajouta le vieil homme pour vaincre l'hésitation de l'infidèle... Maintenant, regarde le désert !

« C'était extraordinaire ! A vue rasante, Jean Marie voyait la hamada verdoyante, pareille à une prairie rase parsemée de cailloux ! En regardant en détail il remarqua qu'un pied de graminée rampante poussait à l'ombre de chaque pierre.

« — Tu peux en manger toi aussi, dit le berger. Goûte cette herbe qu'Allah le plus Grand nous accorde.

« La feuille lancéolée était grasse, craquante sous la dent, savoureuse au palais comme de la doucette —, avec un arôme de sauvagine en plus. Délicieuse ! Les moutons le savaient qui se hâtaient de manger. D'un coup de museau ils écartaient le caillou pour brouter l'herbe.

« De même sur le quartier de Bordj de l'Agha, il fallait écarter le caillou pour trouver l'herbe de printemps, rester terre à terre et regarder à vue rasante pour déceler des indices de changement dans la population et les vertes promesses de troupeaux gras. »

XXVIII

COMITE DE SOLDATS

Le rapport du colonel Si Haoués sur l'état de la wilaya 6, et en particulier des « kasmas 38 et 39 », est daté de juillet. La chaleur au cœur de l'été saharien ralentit le rythme des acteurs et coupe le récit historique. Coïncidence ou aboutissement logique, en regardant de plus près le J.M.O. du 584e B.T., on ne peut ignorer le 17 juillet, le jour où la 2e compagnie, relevée à Ben S'rour par un escadron du R.E.C., rejoint Bordj de l'Agha, réintègre le bataillon. A cette date le 584e B.T. a achevé sa mutation, trouvé sa position d'équilibre. Ses organes sont adaptés à sa fonction, son organisation à sa mission. Une opportunité à saisir pour un historien, qui va lui permettre de faire en quelque sorte le point, un discours — le mot est à la mode — sur l'état du royaume à la veille de la trêve d'été.

En acceptant de détacher la 1re compagnie à Aïn Melah, Jean Marie a fait un choix sans hésiter en prenant un risque d'impasse. Durant deux mois, le poste de Bordj de l'Agha a été tenu, hors le maigre effectif du peloton blindé, par les gens de la C.C.A.S., la compagnie de commandement et des services : secrétaires, cuisiniers, magasiniers, mécaniciens, interprètes, transmetteurs, etc., spécialistes que le commandant désigne sous le vocable de « plumitifs ». Certes, dans l'esprit du bataillon qui exalte le voltigeur, les plumitifs ont assez de cœur et de fierté pour se défendre. Mais il manque d'évidence à la portion centrale du quartier, un élément de réserve et d'intervention rapide. Ce groupement en alerte à dix minutes sera constitué dès le 17 juillet, par le peloton Saillard associé à la 2e compagnie, transformée en compagnie portée en percevant des Dodge 6×6.

Le Dodge 6×6 équipe les compagnies sahariennes. C'est alors

un véhicule tout-chemin particulièrement bien adapté au terrain algérien et surtout au Sud. Dès son arrivée au bataillon, Jean Marie a rêvé d'équiper ses compagnies en Dodge 6×6. Le 584e en opération est transporté par des G.M.C. banalisés d'un groupe de transport, ni plus ni moins que du fret ou du bétail sur pied.

Le Dodge tout-chemin est un engin fort recherché en Algérie. Toutes les demandes du commandant du 584e sont revenues marquées en haut et en biais d'un tampon rouge « Matériel non disponible ».

Et pourtant, lors de ses liaisons à Alger, il lui arrivait de croiser dans les rues de la capitale des Dodge 6×6 qui, visiblement, ne venaient pas du Sahara et n'avaient pas l'air de rouler souvent en tout-terrain.

Jean Marie imagina alors un stratagème.

Un soir il convoqua dans son bureau, porte close, deux sous-officiers de confiance ayant servi dans des C.C.R., les compagnies de circulation routière chargées, entre autres, du contrôle des véhicules militaires.

— Demain matin vous prenez l'avion pour Alger. Vous vous démerdez pour vous procurer à la C.C.R. du corps d'armée, par des copains discrets, les uniformes et le matériel nécessaires. Equipés en police militaire vous vous posterez sur une route à l'entrée d'Alger et contrôlerez les documents de bord de tous les Dodge 6×6 qui passeront. Je veux que vous releviez leur affectation, leur unité, leur mission précise, la date, l'heure, la nature, le nom du chef de voiture...

En une matinée d'embuscade sur une grande route, les deux faux policiers dressèrent la liste d'une trentaine de Dodge 6×6 affectés à des fonctions variées : vaguemestre de Blida, mess de garnison, popote d'un général, etc., aucune ne nécessitant des véhicules de capacité tout-chemin pour rouler sur des routes goudronnées.

Muni de cette liste le commandant en personne se présenta au chef du 4e bureau d'Alger et renouvela sa demande.

— Vous êtes vraiment emmerdant ! lui dit le colonel excédé par sa ténacité. Nous n'avons pas un seul Dodge 6×6 en maintenance. Si vous en trouvez un, je vous le donne !

Le commandant lui tendit alors la liste... Le colonel la lut en silence. Il soupira, l'air las, vaincu... Trois semaines plus tard le 584e percevait à Alger des Dodge 6×6 révisés, de quoi porter toute la 2e compagnie.

Lorsque dans la foulée il demanda que tout le bataillon soit équipé du complément de paquetage saharien : la cachabia, le chèche, les naïls (les sandales en cuir pour marcher dans le sable), l'intendance n'opposa plus de résistance. Cet habillement adapté à la redoutable fraîcheur des nuits et au soleil du jour était un facteur de confort et d'efficacité... Et dans ces attifiaux indigènes, les gars de Paris se trouvaient élégants ! Question de mode !

Malgré les progrès de la sociologie (science à la mode s'il en fût) la mode demeure un des mystères de notre humaine société. Inexplicable engouement des masses pour un être ou un objet que les économistes les plus sérieux n'hésitent pas à exploiter sans vergogne. Jean Marie, libéré de préjugés, n'était pas homme à négliger une telle force.

Le béret kaki, ce rond et populaire couvre-chef dont il coiffa son bataillon au début de l'été 1957, apportait à l'équipement vestimentaire plus qu'un chapeau.

Jean Marie détestait les calots de tradition — la mode des dernières années du conflit mondial — dont la forme peu fonctionnelle et les couleurs gueulardes n'étaient que les résidus (de mauvais goût) des brillants uniformes d'une époque révolue. Il ne s'était jamais résigné pour sa part à coiffer l'horrible bonnet de police du Train, et portait toujours son vieux béret para. Depuis longtemps, il préconisait une coiffure commune pour toute l'armée française : un simple béret kaki, couleur de la terre, l'élément du biffin comme la mer est celui du marin, l'air de l'aviateur. A la tête de ce bataillon aux traditions d'arme pour le moins confuses, il avait peut-être l'occasion de réaliser son idée. Mais les démarches administratives nécessaires pour obtenir ce changement de coiffure eussent exigé des années de travail, de paperasses, de tracasseries et au moins un conseil restreint des ministres, sans avoir l'assurance d'obtenir satisfaction.

Pour ne pas se voir refuser l'autorisation, il décida de ne point la solliciter. Pierre Halfon fut chargé de négocier la fabrication des bérets avec un industriel de Nay, commune des Basses-Pyrénées, capitale du béret basque. Une note de service intérieur rendit le port de la nouvelle coiffure obligatoire. Restait à savoir qui réglerait la facture ?

Depuis le Moyen Age, quand le chevalier fournissait son équipement pour le service du roi, le citoyen français mobilisé n'est pas tenu de payer la moindre partie de son équipement. C'est la moindre des choses, et on imagine mal à notre époque démocratique de remettre en vigueur cette loi féodale. Ce fut pourtant la solution adoptée par le chef de corps du 584e B.T. en l'an de grâce 1957.

On pouvait s'attendre à des protestations « pour le principe ». Magie de l'esprit de corps et de la mode ! Il n'y eut pas le moindre incident. A l'intérieur des compagnies, discrètement, et entre amis, les plus fortunés aidèrent les moins riches et tous portaient fièrement le béret kaki timbré au front de l'insigne de la gerboise qui les différenciait des autres bataillons, la vulgaire piétaille.

Les renforts arrivaient de Paris coiffés de l'affreux calot. Ils gardaient ce bonnet d'âne le temps de leur stage d'entraînement hors les murs. Le jour de leur intronisation, devant le mât aux couleurs, les anciens leur remettaient le béret, marque de leur appartenance à un bataillon pas tout à fait comme les autres.

Premier résultat : les hommes admis à l'honneur de porter le béret soignèrent leur tenue, la firent au besoin retoucher par un tailleur. L'élégance vestimentaire est souvent la marque de l'autre élégance, celle de l'action, dans la geste du combat et la parade.

Les humains ont besoin de symboles concrets pour soutenir leurs idéaux impalpables et se dépasser. Dans ce sens, le modeste béret kaki exaltait l'esprit « voltigeur de pointe » — un mot qu'il affectionnait visiblement — que Jean Marie voulait donner à ce bataillon.

Dans l'infanterie le voltigeur de pointe équivaut au manœuvre non spécialisé à l'usine, le « smigard ». Au 584ᵉ il était au contraire le premier à l'honneur comme il était le premier à marcher au combat.

Le Foyer du soldat fut une occasion de mettre en valeur cette primauté morale.

— Il sera le siège social du Club du voltigeur de pointe, décréta le commandant à Pothier. Outre les fusiliers-voltigeurs du bataillon, seuls en seront membres de droit les chefs de groupe de combat, chefs de section, commandants de compagnie, de combat et le chef de corps, premier voltigeur de pointe du bataillon, à l'exclusion de tout autre grade en fonction. Vous-même, mon cher Pothier, n'en serez point membre.

Le Foyer avait été construit en utilisant des éléments disparates de baraques préfabriquées, et conçu comme un lieu de détente pour les simples soldats et de magasin central. Dans ce pays isolé où la moindre limonade achetée à Bou-Saâda coûtait cinq fois plus cher qu'à Alger, le bazar prit tout de suite la taille d'une entreprise commerciale importante.

Selon le règlement, le foyer était géré sous la responsabilité du chef de corps, assisté du major qui tenait les comptes et d'une commission consultative où étaient représentés les hommes du rang, principaux intéressés. Dès le stade de la décision, le commandant mit en place cette commission en désignant Pierre Halfon, pour son talent de commerçant et ses capacités d'organisateur, et Filène, dit « Fildoux », un métallo de Ménilmontant, tourneur-fraiseur de métier, homme de goût et d'imagination, doué d'une habileté manuelle tenant de la magie. Les deux compères cooptèrent les autres membres. Par l'intermédiaire de cette simple commission, la troupe se passionna pour la construction du foyer, la décoration du saloon, l'organisation du magasin. Les travaux progressèrent avec une surprenante rapidité...

Ce fut l'étincelle !

— Pourquoi ne pas faire désigner les membres de cette commission par le suffrage universel de la troupe ? dit le commandant à son fidèle conseiller.

Pothier eut une sorte de hoquet. Il murmura :

— Un soviet ?

Evidemment cette petite étincelle dans la cervelle du commandant pouvait faire exploser la baraque. En discutant posément on mit sur pied une constitution acceptable. La commission consultative du Foyer était créée. Les membres seraient élus aux suffrages de la troupe — à l'exclusion de tout gradé — à raison de deux députés par section de combat ou unité de même volume. La commission élisait son bureau, à l'exclusion du major, trésorier de droit et responsables des comptes. Elle aurait à connaître de tout ce qui concernait l'organisation et le fonctionnement de l'établissement. Les conclusions des débats et ses propositions seraient portées sur un cahier et présentées au chef de corps lequel, conservant toutes les responsabilités devant la loi et le commandement, gardait les attributions du pouvoir exécutif. Sa signature rendrait exécutoires lesdites propositions et autres initiatives de la commission.

L'élection se déroula sans campagne électorale, dans le meilleur esprit démocratique, un exemple pour les professionnels. En quelques semaines, la commission fit du magasin central du Foyer du 584e B.T. l'entreprise commerciale la plus prospère du Sud algérois. En particulier, elle monta une véritable petite usine à soda et autres boissons gazeuses qui, en cassant les prix, alimenta le marché de Biskra à Djelfa.

Jamais le commandant n'eut à refuser de contresigner une de ses propositions. Au contraire, obéissant à une soudaine inspiration, il confia à la commission le délicat problème de l'information intérieure.

— Pas question de transformer le bataillon en forum politique. La seule attitude tolérable en ce domaine est la mienne : la neutralité respectueuse de toutes les opinions légales... Ceci dit, vous êtes tous des électeurs. A ce titre vous devez rester informés...

Sur les bénéfices du Foyer, ils achetèrent un poste récepteur à larges bandes de fréquences et s'abonnèrent à différentes publications. Un superbe Tableau d'information fut scellé dans un des murs du Foyer. Dans le cadre correspondant : politique, économique, social, religieux, etc., étaient affichés des articles jugés intéressants. Trois ou quatre fois par jour le journal mural publiait en outre une synthèse des émissions d'information des émetteurs français et étrangers.

Le rédacteur en chef de ce journal mural — et le seul — était Lévy, une trouvaille personnelle du commandant.

En février, le bataillon bivouaquait dans les environs de Djelfa, au repos pour vingt-quatre heures entre deux opérations. C'est souvent dans ces heures de détente que survient l'accident, quand l'attention de tous se relâche et celle des sentinelles en particulier. Cette nuit-là — il faisait grand froid —, le commandant s'arracha à la douceur de son sac de couchage pour effectuer une ronde.

Lévy était de garde. Il occupait ce poste avec la même insouciance que dans la guérite du quartier Dupleix. D'abord il s'était emmitouflé contre le froid de telle sorte qu'il était dans l'incapacité d'utiliser son arme en cas de besoin. Pourtant, il perçut clairement le pas d'un homme qui, venant de l'extérieur, le côté dangereux par définition, approchait de son poste. Suivant la consigne, il lança la sommation réglementaire : « Qui vaa làààà ? », d'une voix grelottante. Son devoir accompli, il s'en remit à la Providence et laissa venir l'individu dans l'obscurité, sans le moindre geste de mise en garde.

Il n'opposa pas plus de résistance quand l'ombre suspecte lui sauta à la gorge.

— Tu constates que j'aurais pu t'égorger avant que tu aies pu donner l'alarme !

— C'est que je ne vous avais pas reconnu, mon commandant !

L'ambiguïté de la réponse troubla Jean Marie qui chercha à sonder l'esprit de cette étrange sentinelle. Lévy se présenta fort civilement et convint fort simplement qu'il n'avait aucune disposition pour être guerrier. Affecté à Paris dans un bureau de l'état-major — grâce à ses relations familiales — il avait bien espéré achever au chaud et à l'abri le temps de son service militaire obligatoire, quand, un samedi matin, on l'avait embarqué par surprise pour l'Algérie. Sa constitution physique trahissait l'intellectuel sédentaire et expliquait sa répugnance pour les exercices sportifs, l'effort musculaire et la violence bestiale. Il détenait, entre autres diplômes universitaires, une licence de philosophie et quelques certificats de mathématiques. Dans le civil, il se préparait à la profession d'ingénieur en organisation du travail.

Le commandant l'avait fait sur-le-champ relever de sa faction et bavarda avec lui, auprès d'un feu de camp, une partie de cette nuit. C'était alors qu'il avait eu l'idée de créer un organisme original à coup sûr. Dans un bureau et à la même table, il installa le soldat Lévy, le harki Okba le Lettré et le sous-lieutenant Picandet, dans le civil novice de la compagnie de Jésus. Il leur fournit la Bible, le Coran et les Evangiles, achetés dans des éditions bon marché, en leur donnant ses directives.

— Vous allez discuter ensemble, confronter vos opinions,

opposer vos divergences, vous engueuler ou vous battre... Mission : trouvez-moi des idées ! »

Sur la porte il avait fait clouer une pancarte « Bureau d'action politique intérieure ». Une enseigne qui sonnait haut et clair, comme une provocation et constituait tout un programme.

Le résultat fut particulièrement lumineux. Ils ne trouvèrent pas la moindre idée, pas la plus petite amorce d'intelligence des problèmes que soulevait cette guerre. Ils ne se disputèrent pas le moins du monde. Simplement, ils ne trouvèrent rien à se dire et encore moins à débattre.

Le commandant avait confondu politique et œcuménisme. Ce n'était ni le temps, ni le lieu d'aborder ces problèmes.

Le Bureau d'action politique intérieure intrigua un ou deux visiteurs et dépérit de consomption et d'ennui. Picandet, en bon jésuite, s'éclipsa le premier pour reprendre sa section. Okba n'avait jamais fermé son salon de coiffure. Lévy fut chargé des synthèses d'information et de quelques menus travaux d'organisation des services du corps, où effectivement il réalisa des économies de personnels grâce à quelques astuces.

Par goût de la symétrie, le commandant avait fait clouer une autre pancarte à l'entrée du bureau de l'O.R. : Bureau d'action politique extérieure. Ce fut un réel succès. Ce titre donna à Mollet toutes les audaces pour préparer la couche de culture des champignons. Dans la conquête de la population-objectif qu'il contestait par la violence au colonel Si Haoués, toute action était politique.

Jamais le commandant du quartier de Bordj de l'Agha ne perdit de vue que la pacification était sa mission principale fondamentale, vers laquelle devaient tendre tous les efforts du bataillon. A ce titre, Mollet œuvrait vingt-quatre heures sur vingt-quatre, coordonnant l'activité de tous les services du corps, des cuisines à l'école, de la S.A.S. à l'infirmerie, des raids de commando au traitement des moutons contre les parasites de la laine, qui fut d'ailleurs un de ses succès politiques les plus éclatants.

Pour traiter ces parasites qui dévaluaient la laine des mérinos, l'administration avait fait construire des installations vétérinaires. Une fois par an, les troupeaux auraient dû passer dans un bassin en ciment pour prendre un bain spécial. Mollet se renseigna auprès des services compétents sur la technique à appliquer et se procura les produits nécessaires. Puis il fit savoir qu'un jour donné du début de juillet les troupeaux seraient traités à la demande, gratuitement. Ce premier jour deux ou trois timides bergers, un peu demeurés, se présentèrent avec quelques vieilles brebis... pour tester la sincérité des militaires.

Dépité par cet échec, Mollet persévéra. Il lança des harkis à cheval qui parcoururent les pâturages afin de faire savoir aux bergers que ce traitement était gratuit, anonyme, et ne concernait en rien le fisc. Le troisième jour, des milliers de moutons sortis du désert se pressaient aux alentours du bordj. La musique diffusée par l'ambulance équipée de haut-parleur, le camion cinéma, une buvette vendant à prix coûtant des « gazouzes »... créèrent une ambiance de kermesse, plus nocive pour la cause de Si Haoués qu'un accrochage meurtrier.

Au cœur de l'organisation complexe de l'O.R. se trouvait le bureau des interprètes installé dans l'annexe excentrique du bordj, quelques pièces basses de plafond, aux portes étroites et aux lucarnes grillagées, réparties autour d'une cour intérieure. C'était là qu'étaient interrogés les prisonniers et les suspects par Gonzalès et les autres interprètes tel Haouasch, et leurs aides, des harkis comme Moussa aux regards dépourvus de tendresse...

Sur la porte du bureau des interprètes un avis était inscrit noir sur blanc : « Entrée interdite à toute personne étrangère au service. »

La terre du désert était gorgée de soleil. Sous le vent du sud, les nuits aussi étaient brûlantes.

Une de ces nuits des premiers jours de juillet, le commandant sortit avant l'aube avec trois harkis pour prendre au nid un hors-la-loi en permission. Il avait été dénoncé par ses voisins qu'il avait menacés des pires supplices. Au cours de la courte bagarre pour le maîtriser, Jean Marie s'écorcha l'articulation de l'index droit, contre une dent du prisonnier. Une simple égratignure.

A 6 heures du matin, en rentrant au poste, il se lava les mains et désinfecta son bobo au savon. A 8 heures, le doigt était enflé et douloureux. A 10 heures, la main avait gonflé et l'œdème progressait le long du bras...

Inquiet, le toubib alerta par message radio le médecin commandant Richeux qui arriva une heure après par hélicoptère.

— Tu n'as pas par hasard une bouteille de cognac qui traîne dans un coin ? demanda le docteur à Pierre Halfon qui l'assistait.

Pierre avait toujours ce qu'on lui demandait. Richeux ouvrit la bouteille, lampa d'autorité une bonne goulée avant de la tendre à Jean Marie.

— Vas-y largement. Ça te servira d'anesthésique... Tu fais une infection anaérobie, la gangrène si tu préfères. C'est un cas rarissime maintenant ! Je n'ai pas le temps de t'amener à l'hôpital. Si j'attends, ce soir je devrai t'amputer le doigt. Demain la main ou le bras... Alors on y va ! Accroche-toi aux suspentes !

Il lui débrida la plaie aux ciseaux, l'enveloppa dans un énorme pansement d'ouate imbibée d'alcool à 90°.

— Pour la suite du traitement c'est très simple, dit-il à Halfont. Toutes les heures, tu verses de l'alcool sur le pansement jusqu'à saturation. Dans quarante-huit heures, c'est terminé... Ou alors tu me préviens !

Jean Marie avala un grand coup de cognac.

Il était midi et Richeux resta déjeuner. Il observa Jean Marie, l'interrogea, lui fit avouer ses accès de fièvre fréquents, l'ausculta sous tous les angles.

— C'est peut-être du palud comme tu le prétends ? Mes chers confrères donnent ce nom-là à toutes les fièvres qu'ils ne comprennent pas. Mais ton palud résiste à la nivaquine, si j'en crois ton médecin de bataillon... Ce qui est certain c'est que ton organisme est épuisé. Tu tiens sur les nerfs comme on dit. Ce n'est pas de médicaments dont tu as besoin mais d'un bon repos, au moins un mois, complet. Un changement d'air aurait dit ma grand-mère bretonne qui était guérisseuse... Sinon, avant deux mois je serai obligé de t'hospitaliser et sûrement pour plus d'un mois. Il faut du temps pour reconstituer les réserves nerveuses.

Le 584e B.T. célébra le 14 Juillet par une prise d'armes et un grand méchoui à Bordj de l'Agha auquel furent invités tous les notables de la région, les anciens combattants et quelques « gueules douteuses » aussi. Huit jours après le commandant Jean Marie embarqua à Alger sur un cargo mixte à destination de Palma de Majorque, où il avait donné rendez-vous à sa famille.

Pendant un mois, il s'adonna à la pêche sous-marine et oublia l'Algérie.

XXIX

UNE PARTIE DE CHASSE

Longeron, le capitaine le plus ancien, commandait P.I. (par intérim) le bataillon.

— Surtout ne m'écrivez pas ! avait demandé Jean Marie en prenant l'avion.

Longeron respectait scrupuleusement la consigne. D'abord il détestait écrire, et toute la paperasserie, le travail de bureau. Ensuite il n'aurait rien eu à rapporter. Si Haoués et Jean Marie étaient absents — chacun de leur côté —, le quartier était calme. Sous le grand soleil de Dieu, les douars des monts Ouled Naïl chauffés à blancs paraissaient déserts. La hamada était vide à perte de vue. Les troupeaux de moutons étaient remontés dans le Nord, glaner les épis de blé dur dans les chaumes des hauts plateaux telliens.

La guerre aussi prenait des vacances. Le bataillon flemmardait dans des opérations étriquées, montées par le secteur pour meubler le compte rendu quotidien d'activité, des contrôles de population pareils à des parties de pêche à la ligne, après lesquels il se terrait à l'ombre pour de longues siestes.

Le commandant P.I. n'avait pas voulu quitter sa compagnie et son village pour s'installer au P.C. Chaque jour il se rendait en jeep à Bordj de l'Agha pour signer les pièces du courrier préparées par Pothier. Son fusil de chasse, chargé de petits plombs, à portée de main sur le siège passager, Longeron profitait du voyage pour flâner le long de la piste, prenait le chemin des écoliers à la recherche de gibier. Les bonnes heures pour la chasse étaient celles du petit matin et la fin de la journée.

Ce jour du 18 août, Pothier n'avait rien trouvé à écrire sur le J.M.O., hors les trois lettres R.A.S. Longeron était venu après la sieste. Il repartit aussitôt en emmenant le médecin-lieutenant

Ameil pour une partie de chasse. Ils avaient le temps d'explorer un nouveau terrain, à l'écart de la route directe, derrière le djebel Koraa. Ils suivaient la piste du col de Medjedel qui contournait ce djebel par l'ouest en sinuant mollement entre des mamelons pierreux... Au détour d'une butte, à cinquante mètres devant le capot de la jeep, trois ou quatre hommes armés barraient le chemin. En bordure, une centaine de moudjahidin installaient le bivouac pour la nuit. « Je sentis vraiment mon sang refluer de mon visage, raconta le Dr Ameil. Je devais être livide. J'étais sûr et certain que nous allions être tués. »

Longeron avait stoppé par réflexe. Les fellaghas les attendaient. Ils avaient entendu le moteur de la jeep en approche. Bien campé sur ses jambes au milieu de la piste, se tenait un homme barbu, de forte corpulence, un revolver à la ceinture et qui devait être le chef à en juger aux dorures de ses épaulettes rouges. Les quatre moudjahidin qui l'encadraient pointaient leur fusil sur le véhicule des Français. Les autres avaient interrompu leurs occupations pour regarder. La scène était figée. Le suspense à son point d'équilibre instable...

— On n'a pas le choix, murmura Longeron. Allons-y !

Il n'avait pas marqué plus de deux ou trois secondes de halte. Il roula lentement vers le barrage comme si les hommes allaient s'écarter. Le capot touchait presque le chef barbu quand la jeep s'arrêta.

— *Salam Alek,* lança Longeron d'une voix parfaitement naturelle.

S'il fut étonné du flegme du capitaine français, le chef n'en fit rien voir. Il répondit sur le même ton.

— *Alikoum salam !*

— Qu'est-ce que tu fais ici ? attaqua Longeron... D'abord tu n'as pas le droit de te promener ainsi, avec des armes... Ensuite tu n'as pas choisi le meilleur coin pour bivouaquer... à découvert, dans la plaine, tu risques de te faire prendre à parti par la chasse !

Si Larbi — c'était sous ce nom qu'il était fiché par l'O.R. — était du genre colosse, alternativement brutal ou indulgent. Il avait été un des lieutenants de Si Ziane pour la région d'Ouled Djellal. D'obédience M.N.A. il avait habilement négocié avec le F.L.N. un accord d'alliance ou de coexistence. Mais il savait que le colonel Haoués n'attendait que l'occasion de le liquider...

En homme de guerre, il apprécia l'attitude de l'officier français et éclata de rire.

— Tu ne manques pas d'aplomb, ni de courage, dans la situation où tu te trouves !... Tu dois être le capitaine d'Aïn Rich ? On me l'avait bien dit là-bas. Nous avons des amis communs... Je pense que tu as bien compris que je peux te faire tuer au moindre geste ?...

— *Inch Allah !* répliqua Longeron et il était sincère en remettant son sort à la volonté de Dieu !

Si Larbi ne pouvait faire moins que de se montrer aussi pieux que le Français, de manifester la même courtoisie. L'hospitalité est sacrée.

— As-tu mangé la shorba ? Je suis sûr que tu n'as pas encore dîné. Tu aimes trop la chasse pour abandonner la partie avant la nuit. Nous autres, pauvres fellaghas traqués, nous sommes forcés de dîner de bonne heure. Nous devons éteindre les feux avant la nuit pour ne pas nous faire repérer. Tu vois, nous allions manger. Veux-tu me faire l'honneur de partager mon modeste repas ?

Longeron accepta sans se faire prier, en remerciant son hôte. Si Larbi conduisit ses invités près d'un petit feu de braise, sur lequel achevaient de griller des brochettes de chameaux. Un vieux moudjahid, le cuistot de la katiba, faisait cuire des galettes de froment sur des pierres chauffées à blanc. L'odeur de viande grillée et de pâte chaude était appétissante.

Ameil avait la gorge serrée et l'estomac retourné. N'entendant pas l'arabe, il suivait le mouvement sans comprendre. Longeron fort à l'aise mangea de bon appétit. A la mode du pays, il prenait un morceau de viande avec les doigts, le trempait dans la sauce rouge — un mélange classique d'huile d'olive, de sel et de pili-pili — et l'accompagnait d'une bouchée de galette chaude. De toute évidence, il appréciait le repas, la cuisine du vieux cuistot qui s'en montrait fier et heureux. Pour boire, Si Larbi s'excusa de n'avoir à lui offrir que l'eau tiède de la guerba, au goût de résine. Mais en l'honneur de son hôte il fit faire du thé à la menthe, sacrifiant généreusement sa maigre réserve de sucre.

Lorsque Longeron, à la fin du repas, sortit sa pipe, il tendit sa blague à son hôte...

— C'est du gris... du tabac de troupe !

— Le meilleur pour la pipe, affirma Si Larbi en acceptant la blague. Et ça me rappellera le bon vieux temps, ma jeunesse... Tu sais que j'ai fait l'Italie, la France, l'Allemagne. J'étais sergent au 4e marocain.

Ils évoquèrent leurs souvenirs de campagne, découvrant avec un égal plaisir qu'ils avaient participé aux mêmes affaires : le Garigliano, Cassino, le défilé à Rome, le débarquement en Provence, la traversée du Rhin... Entre gens de tradition on évita les sujets d'actualité.

Ameil avait fini par se laisser gagner par cette ambiance un peu irréelle. Pendant la veillée, des moudjahidin vinrent consulter le toubib. Tout naturellement il soigna quelques plaies et bosses, examina des malades, conseilla des médicaments.

La soirée était belle sous un ciel d'été dans l'Atlas. Elle se prolongea tard. Il était minuit passé quand Longeron commença les remerciements d'usage avant de se lever pour prendre congé.

« Brusquement, je retrouvai mes premières appréhensions, la trouille plus précisément, raconta Ameil. Je ne pouvais pas croire qu'ils accepteraient de nous laisser repartir. »

— *Baraka Allah Oufik !* dit Longeron. Je te dois un excellent repas et une agréable soirée... J'espère que tu voudras bien me faire l'honneur de venir un soir dîner chez moi. Tu connais le chemin. Je serai heureux de te recevoir !

Si Larbi avait le rire tonitruant. La pensée insolite de dîner au poste d'Aïn Rich acheva de le mettre en joie.

— Je retiens ton invitation. Je m'en souviendrai... Peut-être un jour prochain, *inch Allah !...* Peut-être plus tôt qu'on ne croit !... Qui peut connaître la volonté d'Allah !... Si Dieu le veut ! Si Dieu le veut !

Il accompagna les Français à leur jeep et se permit un dernier conseil :

— A l'avenir, sois prudent quand tu vas à la chasse ! Tu pourrais faire de mauvaises rencontres. Il y a dans ces djebels des gens sans éducation ni tradition !

Une semaine environ après cette mémorable soirée, le commandant par intérim du quartier de Bordj de l'Agha était officiellement informé du ralliement du général Bellounis, chef rebelle de la tendance M.N.A. que le F.L.N. avait entrepris d'anéantir. Le massacre des habitants du douar de Melouza, le 28 mai 1957, avait été un épisode sanglant de cette lutte. Depuis cette date, le haut commandement négociait avec Bellounis. Aux termes des accords qui venaient d'être signés, celui-ci obtenait liberté de mouvement dans le quadrilatère Bou-Saâda-Sidi Aïssa-Géryville-Laghouat. Il s'engageait à combattre les forces de l'A.L.N. en échange d'armes et de munitions fournies par l'armée française.

Sur le territoire du général Bellounis, les troupes françaises devaient s'en tenir à des consignes précises. Ne pas entraver la liberté de manœuvre de l'Armée nationale populaire algérienne, A.N.P.A., titre que s'était attribué, avec un drapeau, la bande de Bellounis. Pour éviter des incidents, les garnisons de postes implantés dans ce secteur n'avaient pas le droit de sortir au-delà d'un périmètre de sécurité de deux kilomètres environ. Les contacts et le contrôle des bellounistes seraient exclusivement assurés par des détachements du 11ᵉ bataillon de choc, l'organe exécutif des services secrets français.

Quand Longeron et Ameil avait rencontré Si Larbi et sa katiba, celui-ci remontait vers le Nord pour rallier, ou non — sa décision n'était pas ncore arrêtée — le général Bellounis.

A la fin du mois d'août, Jean Marie passa par Paris avant de rejoindre l'Algérie. Il rencontra Marcel Champeix, sénateur de la Corrèze [1] et secrétaire d'Etat chargé des Affaires algériennes auprès du président du Conseil. Serge Groussard, qui venait d'être démobilisé, le présenta à des personnalités de la presse : Jean-François Brisson, rédacteur en chef du *Figaro*, Serge Bromberger, le grand reporter spécialiste des questions algériennes, Pierre Charpy, directeur de *Paris-Presse*, Jean Lartéguy...

On l'interrogea. Combien de temps faudrait-il encore pour pacifier l'Algérie française ? La question de temps semblait primordiale comme si au-delà d'un certain délai, plus ou moins proche, la politique actuelle ne pourrait être maintenue et serait remise en question. Marcel Champeix — sans partager son idéologie, Jean Marie avait une grande estime pour ce compatriote droit et généreux — lui confia que le président du Conseil avait proposé à tous les chefs de partis de l'Assemblée nationale de signer un accord d'unanimité sur la politique de la France en Algérie. Il s'était heurté à un refus presque unanime. La loi-cadre — les réformes qui devaient ramener la paix — était prête mais n'entrerait en application que trois mois après le rétablissement de l'ordre.

Le temps pesait lourd. Fort loyalement, Guy Mollet et la plupart de ses ministres, Max Lejeune et Robert Lacoste en tête, se maintenaient sur leur étroite ligne « Algérie française ». Mais, déjà, certains de leurs amis ou alliés du Front Républicain, MM. Mitterrand et Mendès France entre autres, paraissaient regretter leurs déclarations initiales (« On ne transige pas quand il s'agit du territoire de la République ») et amorçaient un virage à grand rayon de giration, une demi-volte à main gauche en terme de cavalerie, plus élégant que l'horrible expression du langage politique « retournaient leur veste ».

Déjà sur la gauche, des hommes politiques et des journalistes s'élevaient ouvertement contre la politique du gouvernement, ce qui était en démocratie leur droit le plus élémentaire... autant qu'ils ne passaient pas du côté de l'ennemi. Or il semblait bien que tel était le cas pour certains personnages qui se signalaient par l'outrance de leurs attaques contre « les parachutistes tortionnaires », dont le péché impardonnable avait été de gagner « la bataille d'Alger » contre toute attente.

---

1. *Note de l'auteur :* On a pu le remarquer, le commandant Jean Marie ne laisse pas passer une occasion de s'affirmer corrézien (comme moi-même en vérité), privilège de naissance qu'il place fort au-dessus des péripéties de l'histoire, des contingences et bien entendu des opinions politiques. Les Corréziens de Paris — plus nombreux qu'en Corrèze — couvrent de la droite à la gauche et du haut en bas tous les secteurs du pouvoir, politique, économique, social et constituent de fait une sorte de « mafia » dont l'activité s'exerce strictement pour le bien public, l'honneur de la République et le salut de la France... dans l'intérêt et pour la gloire du Bas-Limousin.

En quelques mois la France politique avait changé d'aspect. On envoyait toujours les garçons du contingent mourir en Algérie, preuve de velléité plus que de volonté, par inertie et faute d'imaginer une autre politique.

A Paris, Jean Marie éprouva un malaise. Où se situait la frontière entre le légitime débat d'idées et la trahison hideuse, celle qui tue le soldat français ? A ses doutes initiaux, ses scrupules, ce court séjour ajouta quelque chose proche de la nausée. A Bordj de l'Agha, loin de « ce climat esthético-politique », au milieu de ses garçons dont il était fier, engagé dans l'action qui l'accaparait, il avait oublié ses doutes. Il repartait troublé.

Le 31 du mois d'août, il débarqua à Alger Maison-Blanche par la Caravelle du soir. Les lieutenants Collin et Mollet l'attendaient au portillon du contrôle de police. L'un et l'autre manifestèrent leur joie de le revoir. Ils paraissaient excités. Dans la voiture qui les conduisait à l'hôtel Saint-Georges ils lui racontèrent l'affaire Bellounis dans le désordre.

— Sur le quartier, le premier contact a été pris le 22 août. Un certain lieutenant Ben Daoud s'est présenté à la porte du poste d'Aïn Melah et a demandé à me voir, raconta Collin. Il venait me prévenir que le bataillon de Si Miloud allait traverser le village, en camions, drapeaux déployés !

— Et deux jours plus tard, le 24 donc, enchaîna Mollet, j'étais seul au barrage en train de contrôler les travaux, quand je fus abordé par ce commandant Si Miloud lui-même, très à l'aise, comme chez lui. Il semble considérer qu'il est le maître sur le quartier...

En se renvoyant la balle ils décrivirent une situation extravagante. Les bellounistes avait pris en main l'ordre et la justice, arrêtaient arbitrairement les paisibles villageois sous l'inculpation de trahison, pour le seul motif qu'ils ne pensaient pas comme eux ou tardaient à rallier la cause du « général commandant en chef de l'Armée nationale populaire algérienne », et « le drapeau de la République algérienne indépendante ».

— Mais le comble, le scandale ! dit Mollet frémissant d'indignation, c'est que depuis trois jours une section du 11e bataillon de choc, commandée par un sous-lieutenant de réserve, campe à Bordj de l'Agha pour nous surveiller et au besoin nous empêcher d'intervenir hors du périmètre de sécurité.

Jean Marie était encore étourdi par son séjour à Paris et le voyage. Il était tard. Un avion était prévu, décollage de Maison-Blanche, 6 heures du matin, pour le ramener à Bordj de l'Agha. Il offrit un verre aux lieutenants en remettant la discussion au lendemain.

Dans sa chambre, il tarda à s'endormir. Il en savait assez

pour imaginer la situation humiliante et difficilement tolérable créée par le ralliement de Bellounis pour le bataillon et le commandant de quartier. Il ne pouvait s'empêcher d'évoquer l'affaire des caodaïstes, en Indochine...

En janvier 1948, on lui avait donné les fonctions d'officier de renseignement du quartier de Gia-Dinh, la grande banlieue de Saigon.

« Sur votre quartier est implanté le premier poste de caodaïstes ralliés, lui avait dit le colonel chef du 3e bureau de Saigon. Ces caodaïstes dépendent directement du général de Latour en personne. Il vous est formellement interdit de vous en occuper. »

Et il s'était fait vertement rappeler à l'ordre pour avoir osé faire une simple visite de courtoisie aux « ralliés du général ».

Un dimanche après-midi, après la sieste, du P.C. du régiment où il avait son bureau, on entendit des coups de feu. Autant qu'on pouvait en juger la fusillade venait du poste caodaïste. Par acquit de conscience, le lieutenant Jean Marie avait téléphoné à l'officier de permanence de l'état-major du général.

« Mêlez-vous de vos oignons, lui avait répondu un capitaine furieux d'avoir été dérangé. »

C'était peut-être le même capitaine qui l'avait rappelé vers dix heures du soir. « Ordre du général. Rassemblez le maximum de moyens disponibles et portez-vous immédiatement chez les caodaïstes... On vous envoie des renforts ! »

A la lueur des torches en bambou, il avait découvert le carnage : des cadavres mutilés, sans tête, éparpillés dans la cour centrale... des blessés râlant le ventre ouvert au coupe-coupe, étripés. Dans la salle à manger, en tas sanglant, tous les « officiers », les cadres caodaïstes hachés par des rafales. Ils avaient été tués dès le début, surpris et trahis par un commando viet-minh « rallié » récemment. Les Viets étaient partis depuis longtemps en emportant toutes les armes et munitions, cadeaux du général à ses partisans favoris !

Il semblait que le général Salan avait trouvé de nouveaux caodaïstes en Algérie... Mais l'histoire ne recommencerait pas !

Avec Jean Marie, les briefings ne duraient jamais bien longtemps. Celui qu'il réunit le matin de son retour à Bordj de l'Agha s'acheva peu après 9 heures. Il avait trouvé les officiers du bataillon un peu démoralisés par cette affaire et — plus discrètement mais d'une façon non moins sensible — humiliés par l'attitude du sous-lieutenant du 11e choc, juste assez respectueusement indifférente pour être méprisante. Il avait par exemple refusé nettement l'invitation de prendre ses repas à la popote, avec des officiers trainglots.

— Au fait, pourquoi n'est-il pas au briefing ? demanda Jean Marie ! Convoquez-moi ce garçon. Je veux le voir tout de suite !

Le recrutement du 11e bataillon de choc, unité très spéciale, était l'objet de soins tout particuliers. Le sous-lieutenant avait une belle carrure d'athlète et concience qu'il était un produit sélectionné. Son garde-à-vous, quand il se présenta au commandant, manquait visiblement de « ferveur », comme aurait dit le général de Lattre.

— De qui dépendez-vous ? Le nom de votre chef direct et le lieu de son P.C. ?

— Du capitaine Rocolle. Actuellement à Djelfa, détaché auprès du colonel Katz... Je suis en liaison permanente avec le P.C.

— Vous allez passer en flash ce message à votre capitaine : « Mon cher Yves, écrivit Jean Marie. Je te demande de mettre sous mes ordres ton détachement de Bordj de l'Agha. Amitié. »

La réponse tomba par retour, adressée au sous-lieutenant : « Mettez-vous immédiatement aux ordres commandant Jean Marie. Signé capitaine Yves Rocolle. »

Le destinataire paraissait encore étonné quand il vint en personne rendre compte au commandant. Son attitude au garde-à-vous manquait toujours de ferveur. D'une voix doucereuse, Jean Marie lui fit rectifier la position, en le priant de la tenir jusqu'à invitation contraire. Puis il lui précisa ce qu'il attendait de son nouveau subordonné.

— Vous prendrez vos repas au mess du bordj, avec les officiers de ce bataillon. Ensuite, vous voudrez bien me rendre compte de toutes vos activités, en particulier celles concernant les bellounistes. A partir de maintenant, toutes décisions à ce sujet seront prises par moi en liaison avec votre patron. Enfin, dans dix minutes, je viendrai inspecter votre section. Tenue de combat. Faites nettoyer votre cantonnement. Vous pouvez disposer.

En sortant, il salua en faisant claquer les talons. Les officiers du 584 témoins de la scène avaient retrouvé le moral.

L'épreuve de force avec les bellounistes eut lieu dès le lendemain, 2 septembre. Le sous-lieutenant des « chocs » avait rendu compte que le bataillon de Si Miloud traverserait le quartier d'ouest en est, drapeau déployé, pour se rendre à Ben S'rour, opérer quelques arrestations de frontistes. Jean Marie convoqua aussitôt ses officiers.

— Demain matin, à l'aube, tout le monde aux postes de combat !

Il expliqua son idée de manœuvre et distribua les rôles.

— Les chocs resteront en alerte au bordj... Mollet, escorté

par le peloton Saillard, vous vous porterez au-devant de la colonne des bellounistes. Vous stopperez le convoi sur la piste, juste à la limite géographique du quartier. A ce moment, Saillard disposera ostensiblement ses engins en arc de cercle autour de la tête du convoi, prêt à ouvrir le feu sur ordre du lieutenant Mollet. Celui-ci s'avancera seul vers le chef de la colonne pour lui transmettre de ma part un ultimatum... verbal.

L'O.R. et le peloton blindé attendent depuis l'aube lorsque vers dix heures, la colonne bellouniste s'annonça par un nuage de poussière. La jeep du commandant Si Miloud dut stopper devant celle de Mollet qui barrait la piste. Les cinq véhicules blindés prirent leur dispositif d'intimidation, toutes les armes convergeant sur le convoi.

— Par ordre du commandant de quartier, j'ai un message pour le chef de ce bataillon...

— C'est moi ! dit Si Miloud en gonflant la poitrine.

— Si vous voulez pénétrer dans ce quartier de Bordj de l'Agha, vous devez immédiatement faire disparaître tous drapeaux, insignes et symboles autres que les couleurs françaises, seules légales sur ce territoire. Vous avez exactement deux minutes, soit pour faire demi-tour et quitter le territoire, soit ranger vos drapeaux. Dans deux minutes, les blindés ont l'ordre de considérer comme ennemi toute troupe arborant un autre symbole que le drapeau tricolore et de la traiter en conséquence. Mes respects, mon commandant !

Le premier moment de surprise passée, Si Miloud commença à protester et chercha à discuter. Mais Mollet s'était retiré de quelques dizaines de mètres. Bien droit sur la piste, il attendait immobile et en silence, pareil à une statue de sel... Si Miloud hurla, hésita, consulta ses adjoints, excités et proférant d'épouvantables menaces...

Une minute et trente secondes. Les drapeaux verts flottaient toujours sur les camions. Mollet consulta sa montre et cria un ordre aux blindés. Curieux, les bellounistes se tournèrent vers lui en cessant leur palabre. Dans le silence, ils entendirent le claquement métallique des mitrailleuses de 12,7, que les tireurs approvisionnaient.

— Et s'ils refusent de faire disparaître les drapeaux ? avait demandé Mollet au commandant.

— Vous tirez sans hésitation, à deux minutes pile ! Tir à tuer. Tout le bataillon sera en alerte et foncera à votre aide. Nous les combattrons jusqu'à destruction complète de la bande ou reddition sans conditions... Bien compris ?

Les traits de Mollet, son regard, toute son attitude reflétaient cette détermination. Les cinq voitures blindées n'avaient pas l'air de faire des exercices à blanc et elles avaient l'avantage du terrain. Ces détails forçaient la conviction. Si Miloud en tout cas ne s'y trompa point. Quinze secondes avant l'expiration de l'ultimatum, quand Mollet leva le bras pour donner l'ordre d'ouvrir le feu, on vit disparaître précipitamment tous les drapeaux et oriflammes de « la République bellouniste ».

— Alors, et maintenant, demanda Miloud, qu'est-ce que je fais ? Je peux continuer ma route ?

— Oui, mais seul ! Votre bataillon restera sur place. Sans bouger, sous la surveillance du peloton blindé prêt à intervenir. Vous, mon capitaine, vous êtes convoqué, seul, à Bordj de l'Agha. Le commandant désire s'entretenir avec vous.

Si Miloud était grand, fort de l'estomac comme les gros mangeurs. Il était fou de rage. En cours de route, il devait méditer sa vengeance. Les supplices raffinés qu'il infligerait à ce commandant « frontiste ». A l'entrée du poste, surprise ! un détachement armé lui rendit les honneurs. Un officier en tenue impeccable lui présenta le détachement, puis s'offrit à l'accompagner. Le commandant vint l'accueillir sur le seuil du P.C., lui souhaita la bienvenue, lui offrit l'eau fraîche, comme à un voyageur du désert. Miloud se gonflait de vanité de minute en minute.

Dans le bureau en tête à tête, le commandant lui tint un langage beaucoup plus ferme :

— Je serai toujours heureux de vous accorder la permission de traverser ce quartier, de bivouaquer au besoin. Mais, en aucun cas, je ne peux tolérer un autre étendard que celui qui flotte sur ce poste. D'autre part je suis responsable de la sécurité des habitants de ce pays et seul habilité à décider d'une arrestation dans le respect des lois de la République. Si vous avez des renseignements concernant un agent du F.L.N., vous voudrez bien me les communiquer. Je prendrai moi-même la décision que je jugerai opportune... Bien entendu, tout détachement qui ne respecterait pas ces consignes sera considéré comme ennemi.

Si Miloud protesta pour la forme et tenta tout de suite de négocier en marchandant. En réalité, ce commandant de l'A.N.A.P. n'était pas — quoi qu'il en dise — un moudjahid, un combattant du maquis. D'abord il était beaucoup trop gras. Haouès était maigre comme Jean Marie. Miloud, dans le civil un honorable commerçant démangé par la politique, avait rallié les bandes de Bellounis ou ce qu'il en restait, à leur sortie du maquis. La plupart des hommes de son bataillon avaient été recrutés depuis le ralliement et beaucoup mobilisés de force. Ils n'avaient jamais combattu ni les Français ni les bandes du F.L.N.

Le commandant Si Miloud se sentait beaucoup plus à l'aise dans les palabres et marchandages que dans un accrochage. Il tenta d'amener le commandant français à discuter sur ce terrain, prêt à trouver un accord. Jean Marie refusa de palabrer.

— Il ne me reste qu'à rapporter tout cela au général Bellounis, dit Milloud sur un ton qui cachait mal la menace.

— Je vous en serai reconnaissant, mon commandant, dit Jean Marie en se levant pour marquer la fin de l'entretien.

A la sortie du P.C., un photographe demanda aux deux chefs de poser pour la postérité. Miloud flatté prit une pose avantageuse. Le détachement de garde lui rendit à nouveau les honneurs et Mollet le raccompagna à son convoi toujours sous la surveillance du peloton Saillard qui transpirait un peu.

Ce jour-là le convoi bellouniste renonça à poursuivre sa mission, fit demi-tour et regagna le Q.G. de Bellounis, dans un village de montagne au nord de Djelfa. Dans l'heure qui suivit, le « général » adressa une solennelle protestation, assortie de menaces, au colonel Katz, qui lui en donna acte, sans désavouer clairement le commandant de Bordj de l'Agha.

Le lendemain à la première heure, Katz débarqua d'un Broussard à Bordj de l'Agha.

— Tu es complètement cinglé, dit-il à Jean Marie, mais tu as de la chance. S'il y avait eu le moindre incident hier matin, Salan t'aurait cassé les reins et moi avec !

Il avait rassuré le général commandant supérieur en lui présentant l'affaire comme une simple opération d'intimidation, pour empêcher les bellounistes de commettre trop d'exactions contre la population.

— Salan n'a pas répondu, dit Katz. Cela veut dire, quand on le connaît, qu'il attend pour voir... Attention au prochain coup !

Si Miloud s'en tint scrupuleusement aux ordres. Chaque fois qu'un de ses détachements avait à transiter ou à opérer sur le quartier, il envoyait la veille un officier pour rendre compte et demander l'autorisation que Jean Marie s'empressait d'accorder courtoisement.

Leurs rapports s'améliorant, il alla jusqu'à leur offrir son aide, pour dépanner leurs véhicules ou les ravitailler éventuellement. Mollet signalait bien quelques mystérieuses disparitions de civils, ici ou là, à Ben S'rour en particulier qui ne relevait plus du quartier. L'enquête discrète de l'O.R. concluait le plus souvent qu'il s'agissait en fait d'authentiques agents de l'appareil du F.L.N., des mousselibin de Si Haoués.

Profitant des désordres provoqués par l'affaire Bellounis, le colonel Si Haoués était revenu dans la région, à la fin du mois d'août, avec une katiba complète, armée de neuf par Tunis. Mollet le suivait à la trace. Selon son habitude, Haoués se déplaçait sans cesse, allant d'un djebel à l'autre, sur des itinéraires jalonnés par des points d'eau, assez rares en cette saison sèche.

Jean Marie ne paraissait pas acharné à le traquer. Il se contentait de lancer quelques opérations sur les cantonnements rebelles, juste pour les tenir en alerte et tâter leur agressivité.

Au cours de deux ou trois accrochages, il put constater que cette katiba se battait fort bien. Elle vendrait cher sa peau quand viendrait le jour de la détruire.

Haoués se trouvait dans le Mimouna, au camp « de la banane », quand un jour Si Miloud demanda l'autorisation de bivouaquer avec tout son bataillon au puits de Si Melled, au pied du djebel. Jean Marie lui accorda bien volontiers l'autorisation et lui souhaita un bon séjour. Tout de suite après, il convoqua Mollet.

— Démerdez-vous pour faire savoir à Haoués que ce gros con de Miloud couchera ce soir à Si Melled. En cas d'accrochage entre M.N.A. et F.L.N., je considérerai cela comme une affaire de famille et n'interviendrai pas.

Vers 11 heures du soir, l'officier de service dans le mirador perçut dans le grand silence des bruits de fusillade caractéristiques d'un combat. Sans le moindre doute, les bellounistes étaient attaqués au bivouac. Le commandant, réveillé, monta au mirador pour écouter les bruits, approuva l'analyse de l'officier de service, et retourna se coucher sans modifier les consignes habituelles. La fusillade se poursuivit plusieurs heures...

Il faisait jour quand un camion bellouniste chargé de blessés arriva à Bordj de l'Agha avec Si Miloud à son bord. Le commandant était indemne mais encore livide de peur. Surpris dans leur premier sommeil, ils avaient été attaqués par ces salauds du F.L.N. et avaient subi de lourdes pertes : au moins une trentaine de tués et davantage de blessés.

Le commandant fit donner les premiers secours aux blessés et envoya sur-le-champ le peloton Saillard et la compagnie portée recueillir les bellounistes en déroute. Presque tous leurs camions étant indisponibles, à la suite de ce combat de nuit, le bataillon Miloud ou ce qu'il en restait — quelques moudjahidin avaient profité des circonstances et de l'obscurité pour déserter — fut rapatrié par les camions du 584ᵉ...

Jean Marie proposa à Miloud de prendre à sa charge la réparation des véhicules récupérables. Il y gagna ainsi une jeep en bon état et un G.M.C. à l'état neuf, cadeaux du général Salan au général Bellounis, pour l'encourager à combattre les bandes du F.L.N.

Avec un coup de peinture et une nouvelle immatriculation, il était difficile de les reconnaître.

Emu par les événements de la nuit autant que par la spontanéité de l'aide apportée par le commandant Jean Marie, Si Miloud le remercia et se porta garant de sa bonne foi après du méfiant Bellounis qui, en connaisseur, flairait la fourberie.

— J'aurai sa peau, jura le général en colère, devant le capitaine Rocolle...

Au contraire, après cette aventure, Si Miloud mesurait mieux les risques du métier et chercha à se rapprocher de Jean Marie. Celui-ci estima qu'il était prêt à lui manger dans la main. Il l'invita à déjeuner et le traita fort bien, en homme de guerre. Rien ne peut faire plus plaisir à un cœur pur de pacifiste ! Au dessert, le Français proposa à son confrère une alliance pour combattre ce « salaud de Si Haoués ». Bien entendu, le commandement unique de la coalition serait assuré par le commandant Jean Marie, responsable du quartier. Miloud, repu de bonne chère et saturé d'aventures guerrières, accepta de prêter ses compagnies. Dès lors Jean Marie les utilisa régulièrement pour chasser les fellaghas du colonel Si Haoués.

— Pour le bilan, demanda Pothier à la suite du premier accrochage, faut-il porter les pertes des bellounistes avec les nôtres ou les chiffrer à part ?

— Vous plaisantez ! dit le commandant. Vous les additionnez avec les pertes des F.L.N., pour le total des pertes de hors-la-loi !

Ce jour-là, les pertes bellounistes représentaient la plus grosse part des pertes dites H.L.L... En somme, un assez beau bilan pour une opération où le 584 n'avait pas eu un blessé.

A l'automne, le général C.S.I.A. fit une tournée d'inspection dans le Sud algérois. Jean Marie fut convoqué à Bou Saâda.

— Lisez cette lettre, lui dit Salan en lui tendant un papier, à l'entête de la République algérienne, commandant en chef de l'A.N.P.A.

En termes vigoureux pleins de ressentiment, le général Bellounis se plaignait des agissements du commandant Jean Marie qui violait ouvertement les accords conclus avec le haut commandement français. Il dénonçait quelques faits troublants et décrétait qu'ils étaient bien la preuve que « le commandant de Bordj de l'Agha était un frontiste », un partisan du F.L.N., un complice de Si Haoués et par conséquent un traître. Et il demandait au général français de prendre « les sanctions les plus sévères contre cet officier félon ».

Le général Salan eut un sourire de magot pour dire :

— Il ne vous manquait plus que cette accusation, car je crois savoir que Si Haoués de son côté vous a traité de zianiste... Faites tout de même attention !

Jean Marie ne comprit pas tout de suite le sens exact du dernier conseil. Salan poursuivit :

— Je crois toutefois que cette expérience peut rapporter des bénéfices, dans la mesure où elle gêne le F.L.N... Je pense qu'il serait bon que vous alliez franchement vous expliquer avec le général Bellounis. Je lui ai écrit en le priant de vous accorder un entretien privé...

Katz lui prêta son hélicoptère pour se rendre au Q.G. du chef de l'A.N.P.A. Il y fut accueilli par le détachement du 11e choc, prévenu par Rocolle qui lui avait donné l'ordre d'escorter le commandant Jean Marie durant tout son séjour au Q.G. bellouniste. Avant de l'introduire dans le bureau du grand chef, Si Miloud entra pour l'annoncer. Devant la porte Jean Marie entendait des hurlements de colère. Le général semblait calmé quand il reçut « le commandant frontiste ». Ce dernier se montra fort humble, et « franc » comme il en avait reçu l'ordre du général Salan. Bellounis était une brute sanguinaire et sanguin de tempérament. En matière de fourberies, c'était un maître. Il feignit de s'apaiser mais ne crut pas un traître mot des explications que lui fournit « franchement » le commandant de Bordj de l'Agha.

Quinze jours plus tard environ, par le plus grand hasard, une patrouille du peloton blindé découvrit une « telerminen » — une énorme mine allemande capable de faire sauter un char de cinquante tonnes — posée au passage obligé d'un petit oued que le commandant Jean Marie empruntait seul et chaque fois qu'il allait chasser le perdreau dans le coin.

— Je ne sais pas qui l'a placée là, dit Mollet, mais je suis bien certain qu'elle était pour vous.

Désamorcée, la mine fut utilisée ailleurs plus tard, par le successeur de Mollet. Une Prairie Renault, ayant à son bord neuf officiers de l'état-major du général Bellounis, fut littéralement pulvérisée par l'explosion d'une telerminen.

Ce fut un des derniers contacts de Jean Marie avec les bellounistes. Peu de temps après, le commandant Si Miloud reçut l'ordre d'évacuer le quartier de Bordj de l'Agha et de l'éviter désormais.

Jean Marie se retrouva seul en face du colonel Si Haoués.

XXX

LA QUESTION

Hôpital Bégin. Chambre 433. Décembre 1980.

— Dans son rapport le colonel Si Haoués vous accuse d'avoir pratiqué la torture à Bordj de l'Agha ?

Sur le bois de Vincennes, le ciel bas portait de la neige. Au début de l'après-midi, le jour mourait déjà. Je ne voulais pas qu'il esquive la « question », c'est pourquoi j'attaquai le premier.

— Il le signale sans émotion, dit Jean Marie. Il en parle pour donner des aliments à la propagande, la campagne contre les tortures qui, à cette époque, s'amplifie de jour en jour dans la presse française. C'est de bonne guerre !

Dans cette lumière crépusculaire j'avais de la peine à distinguer son visage. Je ne pus voir son expression mais le ton était neutre, celui du raisonnement à froid.

— Le terrorisme urbain, les bombes d'Alger, était une tactique réfléchie, planifiée, du F.L.N. Aujourd'hui, c'est un fait historique. Les stratèges du C.C.E. croyaient leur tactique imparable. Liée par les lois, les principes et les circulaires administratives, la police était paralysée et impuissante. En décembre, 122 bombes explosent à Alger, au hasard, faisant des centaines de victimes, du tout-venant, chrétiens et musulmans, femmes et enfants. La police ne peut pas perquisitionner entre le coucher et le lever du soleil. Les membres du C.C.E. tiennent leur réunion la nuit, dans un appartement du centre de la ville. Le poseur de bombes à retardement ne risque rien. Même si par une malchance rare il est arrêté, il s'en tire fort bien devant le tribunal, avec un bon avocat, gratuitement fourni par « le collectif » de Paris.

« Persuadé d'avoir trouvé la bonne tactique " révolutionnaire " — une épithète qui justifie tout et le reste —, le C.C.E. décide de gagner la partie en une dernière offensive. Le 28 janvier, le jour où la question algérienne vient en discussion à l'O.N.U., ils déclencheront une grève illimitée qui devrait normalement, par le jeu exactions-représailles, déboucher sur l'insurrection générale.

« Le 6, Robert Lacoste fait appel à Massu et lui donne carte blanche. Le 7 janvier, la 10e D.P. entre en Alger, pour réprimer le terrorisme. On connaît une méthode classique, utilisée depuis la plus haute Antiquité : les représailles, les otages, vies d'innocents contre vies d'innocents, ou le grand nettoyage, Oradour, le quartier du Vieux-Port à Marseille, des milliers de villages russes, des centaines de villages montagnards au Sud-Viêt-nam, les paillotes incendiées avec les femmes et les enfants.

« Au Viêt-nam, les journalistes disposaient de toutes les preuves nécessaires pour parler de ces centaines de villages martyrs. La plupart du temps, l'unité nord-vietnamienne qui avait brûlé le village et ses habitants signait son œuvre, à titre d'exemple, pour ceux qui refusaient leur idéologie, la Vérité, des « traîtres »... Pourtant l'opinion publique a été mobilisée et hypnotisée par le massacre de My Lai : cent dix civils abattus par un lieutenant de l'*U.S. Army* plus qu'à demi fou, qui au demeurant fut arrêté, jugé et condamné.

« A Alger, les paras français n'utilisent aucune de ces méthodes, n'exercent aucune représaille, ni otages fusillés ni " Oradour ". Ils cherchent les coupables, les instigateurs, les fabricants, les poseurs de bombes pour les punir, pour les tuer comme il est de règle dans une guerre. En février, le nombre des attentats tombe à 39, en mars à 29. Les poseurs de bombes risquent la mort. Dès lors on ne trouve plus de volontaires.

« Le C.C.E. comprend tout de suite qu'il a perdu la bataille. En bon manœuvrier, il contre-attaque sur le flanc découvert des paras français : la propagande politique. La presse se déchaîne contre les tortures, mot abominable, qui va couvrir le reste, les victimes des atrocités F.L.N. Oubliés, les cinquante adolescents tués ou blessés du bal de la Corniche, les enfants mutilés, les douars massacrés, les vieux égorgés, les nez, les lèvres, les oreilles coupées au rasoir etc. Un unique sujet d'intérêt : les paras tortionnaires.

« A Paris les capitaines parachutistes en permission ne comptent plus les filles ravissantes, très " intellectuelles-de-gauche ", libérées, dont le secret désir est de s'envoyer en l'air avec un de ces paras tortionnaires... Voulez-vous des exemples ?...

« La torture repoussante, immonde et bestiale... exerce une attirance immonde, bestiale et secrète. La souffrance infligée à un être vivant, un être humain de préférence, remue au fond de l'âme, du psychisme pour être scientifique, les sédiments de la bestialité primitive, soulève une boue puante qui trouble le liquide le plus clair, de préférence les consciences les plus pures.... »

Jean Marie changea de ton.

— J'ai été torturé deux fois dans ma vie. Je crois que l'on peut ainsi appeler le traitement que j'ai subi. La première fois, en mars 1944, avec un garçon de mon groupe de maquisards je me suis fait prendre stupidement par les S.S. de la célèbre brigade B, spécialiste de la lutte contre les partisans. Ils ne posaient pas de question. Ils matraquaient et fusillaient les jeunes gens soupçonnés d'être maquisards. Nous nous sommes évadés, juste avant d'être abattus...

« La seconde fois, c'était en mai 1954, dix ans plus tard, au Viêt-nam après la chute du camp retranché de Diên-Biên-Phu, une torture beaucoup plus raffinée, une torture d'intellectuel. Le commissaire politique de la colonne des officiers prisonniers en marche vers le camp n° 1 (700 km) avait été surnommé « le Météore ». Il avait sacrifié ses études de médecine pour faire la révolution, c'est-à-dire pour faire le bonheur de son peuple et de tous les peuples du monde, un bonheur paradisiaque dont il avait la recette infaillible parce qu'il détenait la Vérité. Que ne ferait-on pas pour le triomphe de la Vérité ?

« Le Météore était prêt à donner sa vie et celle de tous les prisonniers au besoin. Mais, suivant les directives du chef suprême, il nous appliquait " la politique de clémence du président Ho ". Tous les survivants des camps vietminhs haïssent le mot clémence !

« Après une tentative d'évasion manquée (et stupide) le Météore nous fit attacher, le capitaine de Veyes et moi, selon une technique sophistiquée. D'abord coudes et poignets liés serrés dans le dos. Puis les deux pouces et les majeurs avec un fil très mince. La corde des coudes et des poignets faisait une boucle autour du cou dont le nœud se serrait un peu plus à chaque mouvement des bras, nous étranglait progressivement, impitoyablement, automatiquement. Ainsi troussés il nous fit attacher aux pieds d'un buffle, pour la première nuit du traitement.

« C'était une nuit de maringouins, ces microscopiques bestioles volantes qui éclosent par nuages certaines nuits de mousson et dont chaque morsure équivaut à un coup d'épingle. Après deux heures de maringouins je hurlais de rage... Plus tard j'ai dû continuer à hurler, je ne me souviens plus... ou à geindre en suppliant et je préfère ne plus me souvenir. La seconde nuit, nous étions liés à un pieu près d'une fourmilière, de toutes petites fourmis noires. Depuis cette nuit le contact d'une fourmi sur l'épiderme déclenche une réaction de rejet de tout mon organisme.

« Durant le jour nous étions simplement attachés à un soliveau, un jeune arbre trop flexible pour que nous puissions nous adosser au tronc. Si nous nous laissions tomber sur le sol, il pliait sans rompre et se comportait comme un ressort en nous tirant sur les bras, et les épaules. La troisième nuit, nous étions attachés à un pilon à riz, sous la cagna où dormaient les gardes, dans l'enclos aux cochons ; de petits cochons noirs, plus qu'à demi sauvages, souvent coupés de sanglier, toujours affamés et volontiers carnivores. Nous devions les tenir à distance en leur donnant des coups de pied sur le groin. Ils se maintenaient juste à limite de portée, immobiles, nous fixant de leurs petits yeux de rats, attendant le moment où, épuisés, nous sombrerions dans l'inconscience, pour se ruer sur nous et nous dévorer en commençant par les morceaux les plus accessibles et les plus savoureux : les couilles.

« Nous avions repoussé plusieurs assauts sans les décourager. Nous luttions contre l'épuisement, la perte de conscience. Le capitaine de Veyes priait : " Seigneur pardonnez-leur... Moi je ne peux plus !... " Tout le monde dormait dans le camp, sauf les petits cochons et nous. La lune se dégagea soudain entre deux paquets de nuages de mousson et l'éclaira. Je le vis à deux mètres de nous. Je ne sais pas depuis combien de temps il était là. Il s'était approché sans bruit, en secret. Son casque plat en latanier lui faisait une tête de batracien. Le Météore nous regardait. J'ai vu ses yeux dans le rayon de lune, ils brillaient de jouissance. Le Météore se délectait à nous voir souffrir. Dès qu'il comprit que je l'avais vu, il fit un pas de côté pour se mettre à l'ombre de la cagna. Mais je l'interpellai. J'ai honte de l'avouer aujourd'hui : je le suppliai. Il s'apprêta à se retirer. Avait-il peur de se faire voir par les soldats que ma voix risquait de réveiller ? Avant de partir, il nous cracha sa haine, joyeusement : " Maintenant vous commencez à comprendre !... " Puis il s'enfonça vivement dans les ténèbres, sans le moindre bruit...

« De Veyes m'a dit plus tard que ce fut à ce moment que j'éclatai de rire. Une phrase émergea dans ma tête : " Tortionnaires de tous les pays, unissez-vous ! " Elle avait une musique familière et je la trouvais très drôle, sans parvenir à comprendre pourquoi. Je répétai en riant : " Tortionnaires de tous les pays, unissez-vous !... " »

Il avait presque crié la dernière phrase et quand il se tut brusquement, le silence dans cette chambre trop étroite me parut insupportable. Je cherchais quelque chose à dire... quand Jean Marie reprit son récit sur un ton différent.

« L'histoire de cette nuit des cochons ne s'arrête pas là... Il ne faut pas qu'elle s'arrête là !... Cette nuit-là, nous avons reçu une autre visite, un autre homme vint nous voir, le cuisinier de la colonne, le doyen des gardes, un vieux bonhomme de 45 ou 50 ans. Nous avait-il entendus crier, gémir ou rire ? Il nous demanda pourquoi nous criions. " Nous n'avons pas mangé depuis deux jours... " Les soldats nous donnaient seulement à boire de l'eau dans une calebasse, nous buvions comme les chevaux... Le cuistot partit sans répondre mais revint quelques minutes plus tard en nous apportant une grosse poignée de riz froid. Il nous fit manger avec ses doigts, bouchée par bouchée, du riz cuit à l'eau, sans sel. J'ai rarement mangé quelque chose d'aussi bon. Il s'excusa de ne pas pouvoir nous en donner davantage. " Camarades pour vous, eux tout manger le riz ! " Il avait dû racler le fond de la gamelle, un fût d'essence de deux cents litres qui servait de marmite.

« Tandis qu'il nous donnait la becquée, une sentinelle s'approcha et en vietnamien lui reprocha sa " sensiblerie petite-bourgeoise ". Je ne comprenais pas les paroles mais au ton je devinais le sens. Notre ami le renvoya vertement à sa consigne. Ce vieil homme qui ne portait pas d'arme, peut-être suspect de manquer d'enthousiasme révolutionnaire, eut le courage de braver l'ironie des soldats, les moqueries et peut-être pire, de risquer l'autocritique meurtrière... De Veyes et moi, nous sommes restés dix-huit jours attachés, les coudes dans le dos. Chaque jour le cuistot nous apportait lui-même notre ration de riz, dans un casque lourd. Vous comprenez pourquoi je n'ai jamais désespéré de l'homme ? Pourquoi je reste, en dépit des SS., de la brigade B et des commissaires politiques, un humaniste optimiste ? »

La nuit était tombée. Je me levai pour allumer l'électricité, toutes les lumières de la chambre. Puis je renouvelai ma question :

— Haoués vous accuse dans son rapport d'avoir pratiqué la torture à Bordj de l'Agha ?

— Au 584e bataillon, la torture, dans le sens de la question pratiquée par les tribunaux de justice aux âges obscurs de l'humanité, était formellement interdite. Par principe, bien sûr, car institutionnaliser ces procédés revenait à nier le sens de notre combat. Parce qu'elle était inutile aussi et stupide. Dans la plupart des cas le prisonnier interrogé, démoralisé, soumis à une mise en scène terrifiante, répond aux questions plus ou moins vite, avoue pour peu qu'on lui laisse entrevoir un espoir de salut, donne le renseignement cherché, un renseignement auquel on peut se fier. Au contraire, que vaut un renseignement arraché sous la question ? Le torturé quand il parle raconte n'importe quoi pour cacher sa pensée, avoue ce qu'on lui demande.

« Gonzalès et ses camarades savaient fort bien mettre en scène le désarroi de l'homme interrogé. Et au besoin vaincre ses ultimes hésitations en le " dérouillant " un peu. Cela je ne l'ignorais pas et j'en porte aujourd'hui encore la responsabilité, le péché. Par éducation, par idéal, par conception de mon service, par toutes les fibres de ma peau que le contact d'une fourmi révulse encore, j'ai horreur de la torture, de frapper un homme désarmé, un homme à terre. Pourtant je laissais faire quand je ne commandais pas moi-même la bastonnade. Cela n'allait jamais bien loin. C'était assez et beaucoup trop. C'est pourquoi il était interdit aux jeunes soldats d'entrer dans le bureau des interprètes. Responsable de leur vie, je me considérais aussi responsable de leur âme. Rien n'est plus fragile que l'esprit de l'homme.

« Gonzalès était un ouvrier agricole. Il ressemblait davantage au cuisinier qu'au Météore. Quand un prisonnier refusait de répondre ou biaisait, il disait à un de ses aides, souvent un ancien prisonnier : " Allez ! Donne-lui ! " Et après l'interrogatoire il était capable de partager son repas avec sa " victime ", de la soigner et de la consoler...

« Vis-à-vis de la torture, ma position est simple, sans équivoque. Mais, à la guerre, l'emploi systématique, raisonné de la violence n'est ni pur ni simple. Elle est un mélange d'horreur et de sublime, pleine d'ambiguïté et de contradictions, à l'image des hommes. En chacun de nous il y a le Météore, la bête plus ou moins assoupie, et le " cuisinier ", l'ange. Il faut le savoir pour empêcher la première de sortir de son hibernation. Le Météore était un intellectuel pur, transparent, qui détenait la Vérité. Il ignorait, il niait qu'il y eût en lui un tortionnaire. Il ne se méfiait pas de lui-même comme Gonzalès qui connaissait sa propre bestialité et savait fort bien la contenir. Après la nuit des cochons, durant les quinze jours que nous restâmes encore attachés, le Météore ne revint jamais nous voir, et quand par hasard il nous rencontrait dans la colonne, jamais son regard n'osa croiser le nôtre. Nous connaissions son secret honteux. " Qui veut faire l'ange fait la bête ", cette pensée de Pascal me paraît le meilleur raccourci de la condition humaine. »

Il lui restait quelque chose à dire, à avouer. Je lui laissai le temps...

— Tortionnaire ?... Je l'étais indirectement chaque fois que, dans mon bataillon, un homme désarmé était brutalisé. Une fois je le fus directement, consciemment. Pourtant je n'ai jamais évité de regarder un de mes prisonniers dans les yeux, face à face, comme le commissaire politique du camp n° 1... »

XXXI

LA SAISON DES TUEURS ET DES TORTIONNAIRES

Le 28 septembre 1957, André Mollet était heureux de vivre. Jean Marie le nota incidemment lorsque le lieutenant entra dans son bureau. Il avait perdu la raideur maladroite du premier jour — le geste timide de l'invité qui va renverser son verre de vin sur la nappe blanche. Il évoluait avec l'aisance de l'homme qui a réussi dans son entreprise. De fait, sa « champignonnière » commençait à produire régulièrement. Ce jour-là il avait cueilli un beau « champignon ».

— Haouès a envoyé deux tueurs pour vous abattre, dit-il presque joyeusement. Ils sont déjà en place dans les environs, depuis cette nuit.

Il avait omis un détail, par insouciance ou modestie. Les tueurs avaient l'ordre d'abattre, selon les circonstances, soit le commandant, soit l'officier de renseignement, le lieutenant Mollet.

— Quelle valeur attribuez-vous à votre tuyau ?

— Au moins B/2. Ma source est très sérieuse et j'ai recoupé l'information. J'ai même la description des deux types : vingt à vingt-cinq ans, plutôt grands, des costauds, deux des meilleurs moudjahidin de la katiba. De toute façon, il faut prendre ce renseignement au sérieux.

Ce jour-là était un samedi. Il était 6 heures du soir environ. A cette heure Mollet aurait dû se trouver dans sa confortable chambre du C.I.T. 160, en train de se préparer à passer une agréable soirée, au mess de garnison ou au cinéma...

Suivant la lettre de la note qui l'avait détaché au bataillon, son séjour était terminé depuis une semaine. Pourtant il n'était pas reparti. Il avait signé une demande de mutation au 584e B.T. Le général Coche l'avait aussitôt acceptée pour sa part et transmise à Paris, à la D.P.M.A.T., seule habilitée à prononcer les affectations. Simple affaire de formalité dans ce cas. D'ores et déjà Mollet faisait partie de l'équipe. Il portait le béret frappé de la gerboise... Et il était heureux de vivre.

— On peut peut-être les neutraliser ? demanda le commandant.

L'O.R. a bien pensé à exploiter le renseignement et envisagé diverses hypothèses : contrôle d'identité, bouclage et fouille, etc.

— Je ne sais pas encore où ils se cachent. Ils se méfient de la population, à juste raison d'ailleurs. S'ils restent quarante-huit heures en place, je connaîtrai leur planque. Pour l'instant je crois qu'il ne faut pas bouger. Nous risquons de dévoiler mes informateurs... et tout le monde sait comment Haoués traite les « traîtres ». Pour l'instant, il ne faut rien changer à notre programme.

Le lendemain était un dimanche et un jour de détente décidé par le chef de corps. A 11 heures, il était prévu une prise d'armes, une cérémonie aux couleurs devenue une tradition. Suivrait un apéritif dans la salle d'honneur pour les membres du Club du voltigeur de pointe qui s'étaient distingués ces derniers temps : deux décorés entre autres.

A 8 heures du matin, l'O.R. n'avait pas obtenu de nouvelles précisions au sujet du renseignement. Le commandant demanda sa jeep. Le temps était couvert mais tiède. Il avait revêtu sa cachabia, pour camoufler une mitraillette qu'il tenait sur les genoux, prête à faire feu.

— On va faire un tour dans les environs, dit-il au conducteur en s'installant à la place passager. Tu roules tranquillement, plutôt lentement. Quand on croisera des gens, tu t'arrangeras pour les placer à ma droite, à ma portée.

Ils firent une large randonnée autour du village d'Oued Chaïr, poussèrent au nord jusqu'au pied du Messaad, passèrent devant les mechtas isolées. Jean Marie connaissait au moins de vue la plupart des habitants. Et une paire de tueurs, vingt, vingt-cinq ans, costauds, même déguisés, cela devait se reconnaître au premier coup d'œil...

Ils ne rencontrèrent que peu de gens. Deux ou trois jardiniers en train d'irriguer leur terre, parce que c'était leur tour de recevoir l'eau du barrage. Quelques cultivateurs sur leur bourricot chargé de couffins, en route vers Ben S'rour, pour le marché du lendemain. Point de troupeaux de moutons sur les pâtures... Trop peu de monde peut-être. Mais le commandant ne releva pas ce mince indice. Au contraire, il se laissa imprégner par le calme pastoral d'une matinée de septembre qui sentait déjà l'automne. On ne meurt pas un jour comme celui-ci. Il y a des jours pour tuer et des matins de réconciliation. Un renseignement noté B/2 n'est pas une certitude A/1.

10 h 30. L'O.R. n'était pas dans son bureau, quand le commandant rentra au bordj.

— Il est parti au barrage pour inspecter les travaux, dit Gonzalès occupé à astiquer ses souliers de sortie pour la prise d'armes.

Jean Marie le trouva à mi-chemin sur la berge du canal d'irrigation qu'il faisait curer et colmater. Au sujet des deux types ? R.A.S. En fin d'après-midi, peut-être il saurait quelque chose de plus.

— Dans vingt minutes, c'est la prise d'armes, lança le commandant en remontant dans sa voiture... Je vous ramène ?

— Merci ! j'ai ma jeep un peu plus loin. J'arrive dans cinq minutes, juste le temps de passer au village pour...

En démarrant, le coup d'accélérateur couvrit la fin de la phrase.

La prise d'armes fut parfaite. Tout le monde y participait, sauf les plumitifs, strictement indispensables à la continuité du service : les sentinelles en poste, le sous-officier de quart dans son mirador, l'opérateur radio de permanence, les cuistots bien sûr... Le commandant Jean Marie était assez fier de ses garçons qui mettaient à se présenter davantage que la raideur musculaire exigée par le réglement dans le « présentez-armes », de la ferveur dans cette communion au moment où le clairon sonnait « au drapeau », tandis que montaient les couleurs de France vers le bleu. Car le soleil se mettait de la partie. Sa lumière avait balayé les brumes sales d'un bout de l'horizon à l'autre. La journée était belle.

— Rompez vos rangs !

— La quille vingt dieux !...

Les anciens conservaient pieusement la tradition.

Dans la salle d'honneur, Pothier jetait un dernier coup d'œil méticuleux sur le buffet des apéritifs, les verres, les assiettes de kémia... Jean Marie sortit sur le seuil pour presser les invités de la voix :

— Grouillez-vous un peu, la Voltige !

Sur cette ambiance de joie simple, se greffent les images dramatiques dont Jean Marie a gardé le souvenir.

A cet instant précis, Léon entre en courant dans la cour du bordj et crie : « Ils l'ont tué ! »

Son entrée et son cri ont fait cesser les bruits dans la cour du poste. Dans ce silence, le vieil homme répète :

— Ils m'ont tué mon lieutenant !... Ils m'ont tué mon lieutenant Mollet !, comme s'il voulait s'en persuader.

Tout de suite les hommes de la 2e compagnie se mettent à courir pour prendre leurs équipements et sauter dans leur véhicule. Le médecin bondit dans une jeep en emmenant Léon. Un conducteur du peloton blindé fait démarrer son moteur... Pothier, Testud, Saillard se présentent aux ordres.

— Allons dans mon bureau !

La voix du commandant est étrangement dense, dépourvue d'émotion.

— Suivez-moi bien. Leur coup réussi, ils n'ont eu qu'une idée : courir se mettre à l'abri, soit vers le nord, le Messaad, soit vers le sud, le Mimouna. S'ils sont restés planqués au village nous aurons tout le temps de les trouver.

Sur la carte il montre la manœuvre :

— Nous allons envelopper largement toute cette plaine avec Oued Chaïr pour centre. Il faut absolument les prendre avant qu'ils n'atteignent le djebel. Testud tu prends le nord en fonçant tout de suite aux lisières du Messaad ! Saillard avec ton peloton blindé, idem vers le sud ! Je reste à l'écoute sur la fréquence bataillon.

11 h 45. Il y a moins d'un quart d'heure que le lieutenant Mollet a été abattu. Le dernier Dodge 6×6 de la « deux » croise à l'entrée du bordj la jeep du toubib qui ramène son corps.

— Il respire encore, dit le médecin... Mais c'est la fin. Pas d'espoir. Une rafale dans la poitrine et le ventre...

Le commandant s'est installé aux transmissions, devant le poste. A l'écoute, il suit le mouvement des patrouilles. Reconnaît chaque voix.

Saillard :

— Qu'est-ce que c'est que ce type sur la piste ?

Le chef de voiture :

— C'est rien !

— Tu l'as fouillé ?

— Je le connais. C'est le paysan qui nous vend des œufs. Il va à Ben S'rour sur son bourricot... Il a cinquante ans !

A midi, les cuisiniers distribuent le repas, un menu amélioré. Dans la cour les hommes parlent à voix basse... Le toubib entre dans la salle des transmissions. Il vient annoncer la mort du lieutenant Mollet. Le commandant n'a pas bougé. Il écoute les échanges radio que diffuse le haut-parleur du poste.

— J'aperçois deux hommes à la jumelle. Ils courent vers le nord je crois !

— Donne les coordonnées, demande Testud.

— C'est difficile à dire. Mais vous devez les voir. Ils courent vers vous... à peu près dans l'axe du village... Moi je fonce vers eux. A vous.

Testud appelle Lasquel :

— Attention vers le nord-ouest. On ne les voit plus. Il doit y avoir un petit oued. Remonte-le en le fouillant. Terminé.

Dans la pièce c'est le silence, alourdi encore par le doux grésillement de l'onde porteuse dans le haut-parleur. Puis soudain la voix grave de Testud :

— Je crois que nous les tenons. Deux types, vingt-vingt-cinq ans, bien bâtis. Sous leur djellaba ils sont en tenue de combat, des treillis de l'armée et des pataugas presque neuves. En plus ils ont chacun un P.M., un revolver et des grenades F1. Je vous les envoie directement. A vous.

Le commandant laisse le micro à l'opérateur. A Gonzalès qui est toujours là quand on a besoin de lui, il dit :

— Va chercher Haouasch ! C'est lui qui les interrogera !

Dans la voix du commandant une tonalité a fait hésiter l'interprète. Il y a quelques semaines, le soir où le commandant a ramené les prisonniers du Kaifoufa, Gonzalès lui avait dit : « Il ne faut pas laisser Haouasch interroger tout seul un prisonnier. » Après cette demi-confidence, il avait bien été obligé de raconter toute l'histoire.

C'était l'année dernière, en été, peut-être pour le 14 juillet ou pour le 15 août, en tout cas un jour de fête. La fiancée d'Haouasch avait dix-huit ans. Avec une copine de classe, elles étaient parties faire une balade à vélo, dans la campagne, au sud de Constantine... Le soir, elles n'étaient pas revenues pour aller au bal. La famille avait alerté les militaires. Haouasch et ses copains avaient cherché de leur côté, le long des routes et des chemins... Les militaires avaient retrouvé les corps dix jours plus tard, au bord de la route de Batna, jetés là pendant la nuit. Des corps mutilés, avec des traces de brûlures. Elles avaient été violées, et le dernier les avait forcées au coupe-coupe... Les militaires avaient empêché les parents de voir leurs enfants mais comme il fallait bien les identifier — c'est la loi — on avait montré les corps à Haouasch. Le lendemain, il s'était engagé dans l'armée.

— Gonzalès ! rappelle le commandant, tu diras à Haouasch de prendre une trique... Oui ! Une trique, un bâton tu sais ce que c'est, non ? Dès que les deux types sont arrivés, tu les amènes dans mon bureau !

Gonzalès n'est pas « une gonzesse ». Dans l'armée il a déjà tué des fellaghas sans éprouver la moindre émotion. Pourtant, ce qui se prépare, ce qu'il sent venir, lui fait un peu peur.

12 h 35. Le Dodge 6×6 s'arrête juste devant la porte du P.C. Les gardes ont ligoté les deux prisonniers et les ont fait allonger sur le plancher du véhicule. Ils leur détachent les jambes pour les faire descendre. Gonzalès les pousse à coups de pied au cul dans le bureau du commandant.

Les persiennes sont fermées. Après la chaleur et la lumière du jour, après l'agitation et le bruit de la poursuite, l'ombre, la fraîcheur, l'immobilité et ce silence soutenu créent une ambiance sépulcrale. Les deux prisonniers sont debout au milieu de la pièce, face au bureau, les mains liées dans le dos. Ils n'ont pas l'air terrifiés. Un peu ahuris peut-être. Plutôt incrédules. Ils n'ont pas encore réalisé ce qui leur arrive.

Tout s'est passé si vite, après les longues heures d'attente dans cette maison en ruine dont un pan de mur s'ouvrait sur la place du village. Ils ont guetté deux jours dans l'espoir de voir arriver le commandant. A la fin, c'est le lieutenant qui s'est offert à eux. Ils l'ont vu venir dans sa jeep. Il s'est arrêté à quelques mètres de leur poste. Il était seul, sans arme et sans méfiance... Il est descendu en interpellant un des flâneurs. Le soleil au zénith avait repoussé les habitués en lisière de la place dans l'étroite bande d'ombre. Le lieutenant leur tournait le dos.

Alors, ils sont sortis de leur poste de guet, ont fait quelques mètres à pas rapides et ont tiré toute leur rafale. Le Français est tombé mort avant d'avoir vu ses agresseurs...

Instantanément la place s'est vidée. Le village s'est fermé, s'est mis en boule comme un hérisson sous le nez d'un chacal... Ils ont couru vers le nord par des ruelles désertes, entre deux rangées de façades de pierres hostiles, de portes verrouillées... Ils ont couru à travers la plaine sous le grand soleil, dans la lumière aveuglante, pour couvrir les quatre kilomètres qui les séparaient du djebel... Couru à perdre haleine vers le refuge, comme s'ils avaient été poursuivis. Mais personne ne les poursuivait... Il leur restait mille mètres à courir avant d'atteindre la lisière de la forêt, le groupe de recueil qui les attendait au rendez-vous, les fellaghas qui allaient les acclamer pour leur acte héroïque... quand dans le vent brûlant, ils ont entendu le bruit des moteurs... Ils ont vu des véhicules déboucher en ligne, sur l'horizon proche et rouler vers eux en cahotant sur les cailloux de la hamada. Ils se sont coulés dans un ravinement creusé par les orages, juste assez profond pour échapper à la vue des voitures, en courant pliés en deux.

Au bout du petit oued, les soldats ont surgi devant eux, sur les côtés, les fusils pointés... Ils n'ont pas fait un geste de résistance. La peur au ventre, ils ont levé les bras, laissé tomber leurs armes. Pourtant ils étaient des moudjahidin. Dans la katiba, on disait qu'ils étaient courageux. Ils s'étaient battus plusieurs fois, bravement... Mais à cette heure-là, dans la lumière du soleil, après l'obscurité de ces deux jours de guet-apens et l'ignominie de l'acte, ils n'étaient plus des moudjahidin mais deux assassins arrêtés. Ils ont levé les bras, demandé grâce !

Leurs yeux se sont adaptés à la pénombre. Ils peuvent voir, dans l'angle du bureau, l'homme qui tient dans sa main crispée une cravache vibrante. Dans son visage, ses yeux éteints sont pareils à ceux d'un chacal crevé... Derrière la table : le commandant, celui qu'ils devaient tuer. Ils peuvent l'observer à loisir et leur regard s'accroche à ces yeux, fascinés comme s'ils contemplaient leur propre mort.

— Haouasch ! Tu vas leur dire que je ne les considère pas comme des moudjahidin prisonniers mais comme des assassins. Pour cela, je les tuerai !

Ils ont écouté la traduction, reçu le verdict sans songer un instant à nier pour se défendre.

— Demain à onze heures trente du matin, ils seront fusillés sur la place du village d'Oued Chaïr, devant la population.

Ils accueillent le verdict sans indignation ni peur, avec simplement le même air incrédule.

Pour Jean Marie, la justice a passé. L'antique justice vengeance qui exige le sang pour le sang. L'exécution ne sera qu'une formalité sans valeur, inefficace... Dans la guerre, l'efficacité est une valeur de référence plus importante que la notion de justice. Au nom de l'efficacité Jean Marie serait prêt à leur pardonner tout de suite. Mais c'est en vertu de l'efficacité qu'il doit continuer à les interroger.

Ce qui reste à faire, à régler d'urgence dépasse chacun des hommes présents dans cette salle, bourreaux et victimes qui s'affrontent dans cette pénombre fiévreuse... Jean Marie n'a pas eu le temps d'y réfléchir depuis le meurtre mais il y pense depuis des années et à cette heure il agit par réflexe.

Vengé ou non, Mollet est mort, comme Jean-Claude Veber. Abattus ou non les deux terroristes ont rempli leur mission. Demain, deux autres viendront se mettre en embuscade pour tuer un autre Français : le toubib qui presque chaque jour se rend seul au chevet d'un malade, le nouvel instituteur sans défense au milieu de ses élèves, l'O.R. qui remplacera Mollet, le commandant quand il va chasser au crépuscule ou un simple soldat quand il va chez un fermier des environs pour acheter une douzaine d'œufs. Lorsque chaque Français isolé risquera d'être abattu, les soldats ne sortiront du poste que sur la défensive. La garnison s'enroulera en hérisson, fermera les portes du bordj, se coupera de la population livrée alors corps et âme à l'ennemi qui aura gagné la guerre.

Jean Marie sait qu'il doit agir immédiatement pour neutraliser l'effet de terreur, sinon la population cessera de le renseigner. Pour agir il doit savoir, connaître tous les renseignements que contiennent ces deux hommes, leur arracher la moindre bribe d'information, par tous les moyens, à n'importe quel prix... par la torture !

Quand, cet après-midi de dimanche, Jean Marie commence l'interrogatoire des assassins de Mollet, il ne songe pas au mot et à ce qu'il contient... Pas plus que les deux assassins quand ils ont tiré n'ont pensé à l'ignominie de leur geste, qui a détruit au fond d'eux-mêmes un sentiment fragile : la dignité que la vertu des armes confère au fripon.

— Maintenant, je vais leur poser des questions, dit le commandant. S'ils répondent rapidement et franchement, si les renseignements donnés sont bons, alors je ne les tuerai pas. Je leur en donne ma parole de soldat. S'ils refusent de répondre, s'ils mentent, alors ils seront battus à mort. D'une façon ou de l'autre je leur arracherai les renseignements. Après je les tuerai.

Il n'attend pas de réponse. Il sait déjà que ces deux hommes sont des moudjahidin malgré leur faiblesse. Pour cela, ils vont chercher à se réhabiliter au moins à leurs yeux.

Le commandant ordonne aux interprètes de dévêtir les prisonniers : veste, chemise, pantalon... pour le moment il leur laisse le linge intime, des caleçons douteux. S'il le faut, il leur fera arracher aussi ce dernier rempart de leur pudeur. Puis il les fait mettre à genoux, brutalement...

— Première question. Qui est leur chef ?

Bien sûr il connaît la réponse. Les prisonniers savent qu'ils peuvent répondre sans risque... Ils ne répondront pas parce que dans ce jeu, il n'y a pas de question facile. Pas d'autre alternative que de se taire ou de donner des renseignements à l'ennemi.

— Cogne ! ordonne le commandant à Haouasch !

Sous les coups de cravaches, les deux hommes courbent le dos, cherchent à esquiver... puis ils commencent à geindre sourdement. Mais ils ne faiblissent pas. Entre deux volées, ils se soutiennent du regard... Jean Marie comprend son erreur. Isolé, un homme est beaucoup plus vulnérable !

— Gonzalès, tu prends celui-là et tu vas l'interroger dans ton bureau. Je veux qu'il te raconte toute sa vie, en détail... Et tout de suite !

Il a désigné celui qui était le plus près de la porte. L'autre semble être le plus fort des deux... pourtant il a eu un regard de détresse quand son camarade est sorti de la pièce.

— Dis-lui que son complice va être torturé à mort. Explique-lui qu'il parlera bientôt... Quant à lui, pour lui faire comprendre, pour le mettre en condition, avant de lui poser la moindre question tu vas lui administrer une volée sévère. Cogne !

Haouasch tape à la volée sur le dos, les fesses, les cuisses. Son geste n'est pas régulier comme celui d'un forgeron... Un geste hâtif, fébrile. Il grimace. La haine déforme ses traits. Il est laid.

Une pensée traverse la conscience de Jean Marie : « Est-ce que j'ai le même visage, la même laideur ? »... Une interrogation furtive, à laquelle il ne répond pas.

Le prisonnier se roule par terre, crie, supplie. Jean Marie

n'éprouve pas la moindre parcelle de pitié. Il observe froidement, analyse lucidement l'état du prisonnier pour juger du moment où il sera mûr... Un problème purement technique !

— Attends !... Arrête un instant, on dirait qu'il veut dire quelque chose !

L'homme se traîne sur les genoux, lance hâtivement des mots. Haouasch a du mal à comprendre. Puis il hausse les épaules :

— Il raconte des conneries... Il dit qu'il n'est qu'un simple soldat. Qu'il obéissait seulement... On ne lui disait rien... Il ne connaît pas le nom de son chef...

— Dis-lui que je préfère le silence au mensonge. Cogne !

Haouasch frappe de toutes ses forces. Il transpire à mouiller sa chemise. Dans la pièce close l'odeur de sueur de travail se mêle à l'odeur de sueur de souffrance : un mélange écœurant ! Pourtant Jean Marie n'éprouve pas de nausée... Dans le fond éteint de sa conscience il y a une pensée. S'il pouvait la formuler avec les mots du langage humain elle lui dirait : « Ce soir quand tu seras seul dans ta chambre, seul en face de toi, tu auras honte. Cette nuit, quand tu seras seul en face de Dieu, tu ne pourras pas prier... » Mais il ne formule pas cette pensée. Il ne l'entend pas. Il ne reçoit plus. Elle est là invisible, avec sa masse et son volume, comme une pierre dans un torrent boueux que trahit un léger remous en surface, une onde imperceptible. Il est devenu un personnage abstrait, impossible à atteindre, un personnage de bronze, impossible à toucher... Sa main ne tremble pas quand il allume une cigarette.

Haouasch est le bras qui transmet la souffrance. Jean Marie, le personnage abstrait qui porte ce nom, est le maître de la souffrance.

Haouasch frappe. Il accompagne chaque coup d'une injure. Chaque mot grossit sa haine, forcit le coup... Et le torrent l'emporte. Il frappe en grimaçant des mots de haine, des mots qui s'ordonnent pour raconter une histoire. « Tu te souviens fils de chienne... Sarah était vierge... vierge... vierge... les seins brûlés... brûlés... Le ventre... » Certains mots l'étranglent. Sa bouche écume. Il a des yeux de dément. Il est seul avec sa vengeance. Rien ne compte que sa haine.

— Arrête maintenant !... Haouasch, laisse-le parler !... Haouasch, STOP !

Le commandant a dû crier pour arrêter ce bras qui échappe à sa volonté. Recroquevillé dans un angle de la pièce, le supplicié regarde son bourreau avec des yeux pleins de terreur... Terrifié par ce qu'il ne comprend pas. Il débite des mots rapides.

— Qu'est-ce qu'il dit ?

Haouasch lui fait répéter. Lui-même doit faire un effort pour reprendre pied.

— Il dit que son chef est Haoués.

— Si Haoués... Si Haoués..., murmure le prisonnier en secouant la tête comme s'il voulait encore s'interdire de parler... Si Haoués... Si Haoués...

— Demande-lui où il devait le retrouver après l'assassinat du lieutenant.

Il répond tout de suite.

— A la maison forestière... Celle du djebel Fernane, au sud du massif...

Le commandant connaît l'endroit. Une petite clairière avec les restes incendiés d'une maison où logeait le garde forestier avant les événements. Celui-ci a été une des premières victimes du terrorisme, égorgé une nuit avec des raffinements lui, sa femme et ses quatre gosses. La maison avait été pillée puis incendiée. La piste abandonnée s'était rapidement dégradée, ravinée par les orages, devenue impraticable. Le commandant a fait aménager les tronçons détruits. Aujourd'hui, on peut rouler en camion jusqu'à la maison forestière.

Le peloton Saillard est parti en tête pour ouvrir la route, déblayer au besoin les abattis, les roches qui l'encombrent. La colonne fonce sur sa trace...

Il est à peine 5 heures quand Jean Marie débouche dans la petite clairière. Les lieux sont vides. Evacués depuis trois ou quatre heures. Haoués avait placé des choufs en bordure de la plaine qui ont assisté à la capture des deux tueurs. Il a levé le camp aussitôt.

— Demande-lui où ils sont allés.

Jean Marie s'est adressé à Gonzalès. Les deux prisonniers répondent sans opposer la moindre résistance, mais ils n'osent pas se regarder. Leurs réponses concordent. Ils citent les noms de plusieurs points de regroupement possibles. Haoués ne se confiait jamais à l'avance. Ce sont pour la plupart des lieux-dits ou des noms de code. Certains transparents comme « le camp de l'hélicoptère » dans le djebel Mimouna. Pour les autres, il faut demander des précisions pour les situer sur la carte.

De toute façon, il est trop tard pour lancer la poursuite avant la nuit. La traque reprendra demain, avec tout le bataillon : une chasse méthodique, acharnée.

Les deux prisonniers ne contiennent plus de renseignements urgents. Leur volonté est cassée. Jean Marie sait qu'ils répondront docilement à toutes les questions.

— Détachez-leur les bras, ordonne le commandant.

Gonzalès n'en croit pas ses oreilles. Il hésite...

— Je t'ai dit de les détacher... Et tu leur expliques que je tiens parole. Les renseignements qu'ils ont donnés étaient exacts. Ils ne seront pas tués.

Les tueurs ne manifestent aucun soulagement. Ils regardent leurs poignets libres, jettent des regards soupçonneux autour d'eux, sur Haouasch qui les surveille, la mitraillette à la main...

— On rentre, dit le commandant. Embarquez-moi ces deux types dans ma jeep. Et vous les tenez à l'œil...

En roulant, Jean Marie poursuit l'interrogatoire, sur le ton normal de la conversation. Depuis quand le colonel Si Haoués est-il revenu dans la région ?... Combien sont-ils dans la katiba ? Les noms des chefs de kasmas ?... Quel est leur armement ? Combien d'armes automatiques ? Qui est le mousselibine responsable du ravitaillement à Oued Chaïr ?...

A la sortie du massif, la piste se ramifie. Le commandant fait signe à la colonne de continuer vers le bordj par le chemin direct. Lui-même prend la branche qui conduit au village...

Il est 7 heures du soir. La place est aux trois quarts à l'ombre et grouillante comme un jour de marché. Tous les hommes sont là. Jean Marie reconnaît des habitants d'Aïn Rich, d'Aïn Melah, des hameaux voisins... Le téléphone arabe a fonctionné.

Dans les groupes on discute avec ardeur. Quand paraît la jeep, avec les deux tueurs assis à l'arrière, apparemment libres, il se produit des remous. Dès que la voiture s'arrête, la plupart des hommes poussés par la curiosité s'approchent. Le commandant salue quelques notables. Personne n'ose poser de questions... Puis Léon fend l'attroupement, en jouant des coudes, bousculant les autres. Il porte un treillis militaire et son visage est encore bouleversé. Il regarde les tueurs...

— Non, mon commandant ! Non ! Ce n'est pas juste ! Œil pour œil, dent pour dent. Tu dois les tuer...

Léon prend les autres à témoin. La plupart approuvent...

— Je leur ai promis la vie sauve s'ils me donnaient des renseignements, dit Jean Marie, distinctement pour bien se faire entendre. Ils ont parlé.

Léon est furieux. Il injurie les prisonniers... A bout d'injures, il bégaie et brusquement leur crache au visage, leur crache son mépris, autant parce qu'ils ont assassiné son ami le lieutenant Mollet, lâchement, en tirant dans le dos, que parce qu'ils ont parlé... pour sauver leur peau.

Les prisonniers baissent la tête, s'essuient le visage avec leur manche. Ils ne disent rien... Ils savent que dans quelques heures Haoués sera au courant de leur trahison. Haoués ne pardonnait jamais.

Ils n'avaient même plus l'espoir de s'évader. Ils étaient totalement livrés au commandant.

⁂

Hôpital Bégin. Chambre 433. Décembre 1980.

— Je les ai gardés avec moi, pendant plus d'un mois. Ils me suivaient en opération, portaient mes affaires, préparaient mon cantonnement, aidaient Ahmed pour les repas et répondaient docilement aux questions de Gonzalès. Nous partagions nos rations et plusieurs fois j'ai dormi entre eux deux. Haouasch les surveillait, mais ils ont eu souvent l'occasion de m'assassiner et de s'évader. Ils ne l'ont pas fait. Ils étaient sans volonté, des zombies !

— Que sont-ils devenus ?

— En vérité, je ne savais pas qu'en faire. J'espérais inconsciemment qu'ils auraient le courage de s'évader. Ils ne l'ont pas fait, j'imagine par peur de Si Haoués. Ils savaient le traitement que celui-ci réservait aux traîtres et ils avaient peur... Ils restaient au bordj, rendaient de petits services. Mais les autres harkis, les interprètes, Gonzalès... ne les ont jamais adoptés. Ils ont vécu deux mois dans le bordj, comme des étrangers. De mon côté je ne pouvais oublier l'assassinat de Mollet... Et Okba ne cessait de me mettre en garde contre eux. « Ce sont des tueurs, disait-il. Un jour ils te tueront pour se faire pardonner... Ne les garde pas ! »

« J'ai longuement réfléchi, réfléchi chaque jour un peu. Puis j'ai pris ma décision brusquement. Je les ai fait embarquer dans le convoi de ravitaillement pour Bou-Saâda, avec une lettre d'explication à l'officier de renseignement du R.E.C. qui tenait le 2e bureau du secteur. Celui-ci les a interrogés une dernière fois, sur Haoués et la wilaya 6. Puis il leur a donné un peu d'argent, un mois de solde de supplétifs, et les a fait libérer. Ils ont demandé à s'engager dans le harka du régiment ou le maghzen du sous-préfet. On les a refusés.

« Quelques jours plus tard, des habitants du ksar sont venus prévenir les gendarmes qu'il y avait deux cadavres dans la palmeraie, deux types égorgés, les poignets liés dans le dos, le visage déformé par des coups. Personne ne les connaissait. Des étrangers... Personne ne savait qui les avait tués...

« C'est le capitaine Gallop-Lavallée qui m'a rendu compte de la fin. Il avait remplacé Mollet comme O.R. du bataillon... »

Après une seconde de réflexion, Jean Marie ajouta :

« Croyez-moi, cela aurait été beaucoup plus facile pour moi s'ils avaient été de francs salauds. Ils étaient seulement des hommes, des combattants dévoyés... Le terrorisme dégrade l'homme autant que la torture ! »

XXXII

L'ADIEU AUX ARMES

Hôpital Bégin. Chambre 433. Décembre 1980.

— Je voudrais en finir, dit Jean Marie, achever ce récit très vite comme j'ai quitté mon bataillon et Bordj de l'Agha, sans me retourner.

« Je vous l'ai déjà dit, le 31 du mois d'août 1957, dans la Caravelle du soir Paris-Alger, j'étais troublé. Ce n'était pas le mal de l'air mais une autre forme de nausée, provoquée par mon court séjour à Paris. Trop d'idées ingurgitées par un esprit sobre (ou indigent) ont des effets semblables à trop d'alcool sur un estomac sobre (ou tempérant). Brusquement me remontaient des doutes, comme des renvois aigres. Je les avais oubliés. On ne commande pas à la guerre sans certitude. C'est un des buts de l'esprit de discipline — qui n'a rien à voir avec l'obéissance à la lettre du réglement, refuge des faibles, des lâches, " des figurants de la hiérarchie " — que de vous donner cette force spirituelle, le redoutable pouvoir de vie et de mort sur des hommes, terrifiant pouvoir, strictement de même essence pour le généralissime et pour le caporal-chef d'escouade.

« J'avais une nuit à passer à Alger. Seul avec mes pensées et mes doutes, qu'aurais-je fait ? J'avais bien pensé à me saouler au bar du Saint-George, avec quelques copains dans mon cas. Me purger à l'alcool, un médicament qui a son utilité comme toutes les drogues qui accordent quelques heures de répit au malade sans guérir le mal. Ou après une veillée solitaire dans ma chambre d'hôtel, j'aurais peut-être pris à l'aube la décision de démissionner, de fuir la réalité et mon impuissance ?

« En venant me cueillir à la descente de l'avion, avec cette gerbe de confiance, d'amitié et d'enthousiasme, Mollet et Collin me forçaient — sans le savoir — à surmonter mon découragement et à reprendre le harnais.

« L'avaient-ils pressenti obscurément ? Mollet et Collin ne me laissèrent pas le choix. Je repartis en guerre, " comme en 14 ", disaient les voltigeurs de pointe en abordant un djebel. Commander c'est aussi s'oublier.

« La tumeur maligne qui rongeait secrètement mes certitudes se manifesta à nouveau après l'assassinat de Mollet et ce qui s'ensuivit. Pour sauver l'œuvre du 584e B.T., tant d'efforts et de peines, les sacrifices des morts et la vie d'innocents, j'avais dû me dégrader moi-même en torturant deux soldats victimes eux-mêmes du " terrorisme " dégradant. C'était le temps de l'absurdité bestiale, la négation de l'humanisme pour lequel j'avais accepté de me donner entièrement, en m'engageant à Saint-Cyr un matin de novembre 1941, au temps de " nuit et brouillard " des camps de concentration. S'ouvraient maintenant la saison de Torquemada et l'ère du goulag. " Tortionnaires de tous les pays, unissez-vous ! "

« J'entrai de plain-pied dans une crise de conscience autrement plus dure que mon aimable spleen de l'été 1956 à Djidjelli. J'avais écrit au père de Jean-Claude Veber : " Je donnerais ma démission si je croyais inutiles ces sacrifices qui nous engagent tous. "

« La seule fidélité qui oblige est la fidélité à soi-même, sous peine de décomposition de la personnalité que l'on s'est forgée par la pensée et l'action. " A trente ans un homme est responsable de ses traits ", a osé écrire Paul Valéry. Comment ne serait-il pas responsable de son âme ?

« Je demandai au général Coche de me relever de mon commandement. Le 584e B.T. avait achevé sa croissance. Pour l'instant il marchait bien et le général commandant le Train l'avait décrit comme " le plus beau fleuron de l'arme " (vous pensez bien que je n'oserais pas le citer s'il ne l'avait écrit de sa main !). Il était temps de passer la main à un nouveau chef qui viendrait avec un regard neuf rectifier des erreurs que je ne voyais plus et redonner à ce bataillon un nouvel élan avec des certitudes vierges. Moi, j'avais tout donné. J'étais usé comme un trognon de citron pressé.

« A cette occasion le général Coche me manifesta plus que sa bienveillance habituelle : son amitié.

« — L'arme du Train sera à coup sûr satisfaite de récupérer ce commandement pour un de ses officiers, mais nous vous regretterons... Si vous vouliez changer d'arme

— ce que je ne crois pas — je suis autorisé à vous assurer la perspective d'une brillante carrière dans le Train et, très jeune, les étoiles de général.

« J'acceptai les galons de laine de brigadier d'honneur du Train. Le commandant Vaïsse, un des plus brillants officiers de l'arme, fut désigné pour prendre ma succession. »

A 18 heures, une infirmière vint le chercher pour sa séance de rééducation. Elle m'autorisa à l'accompagner. La salle de kinésithérapie est au sixième étage du bâtiment. La grande baie vitrée s'ouvrait sur Paris éclairé : un firmament clignotant dans une brume légère... des millions de signaux d'âmes en détresse dans l'abîme d'une monstrueuse métropole...

A la fin du traitement, tandis que nous revenions lentement vers la chambre 433, Jean Marie reprit son récit :

— C'est paradoxal mais, en décembre 1957, je n'ai jamais été aussi bien noté par mes supérieurs et Dieu m'est témoin que je ne les avais pas ménagés ! Le général Allard en personne, le commandant du corps d'armée d'Alger, s'inquiéta de ma future affectation. Il me reçut dans son bureau, assisté de son adjoint le bon colonel Thomazo, dit Nez-de-cuir, et me proposa un choix de fonctions et de commandements, tous flatteurs et quelques-uns tentants.

« Je résistai à la tentation avec prudence. Je n'avais pu confier au général mon intention de quitter l'armée ; chargé de famille je devais être réaliste. Avant de faire le saut dans le trou noir de la vie civile, de faire le pas décisif hors de l'avion de l'Armée, je voulais avoir un parachute sur le dos. Autrement dit être certain de percevoir un salaire, le jour où je cesserais de toucher ma solde.

« Je refusai les propositions du général, trop mollement peut-être.

« — Mais enfin, que voulez-vous donc ? s'écria-t-il.

« — Une division !

" Méfiez-vous de votre premier mouvement : c'est le bon ! [1] " J'avais lâché le mot sans réfléchir. Il sortait droit des profondeurs de mon subconscient. Le général me scruta un instant pour savoir si par hasard je ne me moquais pas de lui. Pour le rassurer et me justifier, je m'expliquai :

« — Oui, mon général, aujourd'hui à trente-six ans, en pleine forme, je suis capable de commander et d'entraîner ma division. Je serai encore le premier au sommet d'un djebel. Quand vous me confierez ce commandement j'aurai cinquante ans et des glandes fatiguées. Sans doute assez de connaissance, d'expérience et de prudence pour diriger

1. Talleyrand, bien sûr !

mon entreprise sans risquer la faillite. Mais plus assez d'ardeur et d'amour pour lui communiquer cette petite flamme qui décuplerait son rendement... Cela ne m'intéressera plus !

« Nez-de-cuir n'avait pas encore ouvert la bouche. Il surprit le général et moi-même quand il dit en souriant :

« — Il a raison, le bougre !

« Il attendit que nous nous tournions vers lui pour proposer :

« — Pourquoi ne pas lui donner le secteur de Bou-Saâda ?... Ce serait la solution ?

« Là, je ne suivais plus. Il devait y avoir un problème dont ils avaient discuté ensemble. Le général réfléchit un instant.

« — Ce serait une solution... Il faudrait lui faire donner une lettre de service. Le secteur de Bou-Saâda est une place de colonel plein et il aurait sous ses ordres des officiers beaucoup plus anciens que lui... Mais, en effet, pourquoi ne pas la demander au ministre ? Faites donc la demande ce soir même. Je la signerai.

« La D.P.M.A.T., le bras séculier du ministre en matière de gérance des personnels, répondit par télégramme en refusant fermement " cette fantaisie qui risquait de provoquer des désordres dans la gestion administrative des personnels de l'armée de terre ".

« Je ne vous raconte cette anecdote que pour vous montrer à quel point l'armée refusait de s'adapter à cette guerre qu'on lui imposait et qu'elle subissait en évitant de troubler ses bonnes vieilles routines. Le général commandant supérieur en Algérie n'avait pas le pouvoir de mettre en place l'officier qu'il jugeait le plus compétent. La D.P.M.A.T. conservait jalousement le privilège de prononcer les affectations, en tenant compte bien sûr de l'avis du responsable des opérations, mais en fonction de considérations, pas toutes avouables, qui n'avaient rien à faire dans cette guerre.

« De toute façon on ne demandait pas au général — et aux militaires en général — de gagner la guerre. Qu'ils se contentassent donc de gagner des batailles : la bataille d'Alger, la bataille des frontières, la bataille des routes, etc. Que sert à l'homme de gagner des batailles s'il vient à perdre la guerre ! Il y a 2 500 ans environ que Sun Tzu l'avait écrit. Souvenez-vous : " Remporter cent victoires en cent batailles n'est pas le comble du savoir-faire. " Et encore : " Ceux qui sont experts dans l'art de la guerre soumettent l'armée ennemie sans combat... " Mais deux millénaires et demi, c'était d'évidence un délai insuffisant pour faire comprendre cette vérité élémentaire à un ministre ou à un général français ! ! ! »

Je toussai discrètement... Il comprit tout de suite, soupira et revint à son récit sur un ton sans passion.

— Lorsque Nez-de-cuir me montra confidentiellement le T.O. du ministre en réponse à sa demande, j'avais signé ma demande de congé. Tout était bien ainsi. Je partirais sans regret. A la mi-décembre, j'avais trouvé un parachute. Ce jour-là je rentrais de Paris où, en quarante-huit heures de permission, j'avais rencontré un P.-D.G. qui m'offrait une situation. Je n'avais pas signé mon contrat — peut-être une ultime hésitation. Le monde des affaires, que je confondais bien entendu avec « le civil », à peine entrevu me faisait déjà un peu peur. Rien de plus lâche qu'un guerrier dans le civil !... Mais je me morigénais, me répétais que je ne partais pas en croisade pour sanctifier les pékins, que c'était à moi de m'adapter, que j'avais choisi, qu'il était trop tard...

« En vérité, au moment de sauter, de faire le pas décisif hors de l'avion, le vieux coucou de l'armée me paraissait bien confortable, sûr et amical. J'y laissais le meilleur de ma vie, ma jeunesse et mes amis, les vivants et les morts. Pour ceux-là, c'était un peu comme s'ils mouraient pour la seconde fois... Ne cherchez pas à comprendre, vous êtes un pékin ! Mais surtout ne souriez pas, je serais fort capable de vous mettre ma main sur la gueule ! »

(Là on retrouvait le vrai personnage : le soudard qui sommeille avec un cochon dans l'âme de chaque traîneur de sabre. Je gardai cette pensée pour moi.)

« Dans le couloir de l'état-major d'Alger, je rencontrai Katz. Il était venu pour les affaires Bellounis qu'il supervisait. Naturellement, je lui annonçai mon départ. Il rentrait le lendemain à Laghouat via Djelfa, et m'invita à profiter de son avion.

« — Tu as toujours ta chambre à la résidence. Nous passerons une dernière soirée ensemble. Après-demain, je te ferai reconduire chez toi, par un Broussard ou un hélicoptère.

« C'était pour moi la voie la plus rapide et la plus agréable. J'aimais bien ce vieux pachyderme plus subtil qu'un fennec. A Laghouat, au coin du feu de cheminée, nous évoquerions le bon temps du C.O.S.A. J'acceptai.

« — Je passerai te prendre demain matin à 7 heures précises, devant le 17 de la rue Michelet. Tâche d'être à l'heure, sur le trottoir, pour ne pas nous mettre en retard. J'ai des trucs emmerdants à traiter à Djelfa.

« Ainsi va la vie ! Cet incident futile devait influencer plus que mes projets personnels. »

***

A 7 heures du matin, sur les trottoirs de la rue Michelet, il n'y avait guère que les « fatmas », les femmes de ménage dans leur haïk blanc qui allaient prendre leur service et le commandant en tenue n° 1. La voiture stoppa devant lui. Il ouvrit la portière et s'engouffra tête baissée.

— Je te présente M. Delbecque, conseiller du ministre de la Défense nationale, dit Katz.

Jean Marie releva la tête et entrevit deux civils qui occupaient la banquette. Il fit marche arrière, sans voir la main tendue du pékin, et s'installa à côté du chauffeur, sans dire un mot. Ce matin, il n'était déjà plus militaire et pas encore civil. Libéré de ses « obligations militaires » comme disent les gendarmes et pas encore englué dans les « obligations » du civil qui doit ménager le patron et les clients pour gagner sa pitance. « Dans le commerce, avait l'habitude de dire sa mère, on n'a pas le droit de faire de la politique. » C'était peut-être une des raisons secrètes qui lui avaient fait choisir l'armée où l'obligation des marques extérieures de respect évitent les courbettes souriantes du négociant.

Son silence minéral était déjà de l'insolence vis-à-vis de ce pékin, gonflé de son importance. Comme il était agréable d'exercer sur cette baudruche la pointe de sa liberté toute neuve !

Au pied de l'avion, il retrouva Yves Rocolle, qui lui raconta, avec son humour habituel, les dernières fourberies de Scapin-Bellounis... Il devait y avoir quelques formalités à remplir avant le décollage. Katz était parti à la recherche de l'équipage. Les passagers attendaient. Les deux officiers faisaient bande à part et semblaient s'amuser. M. le conseiller du ministre jugea le moment opportun pour tenter un rapprochement. Il s'avança, la démarche assurée, le menton autoritaire.

— Si vous permettez, mon commandant, il nous a semblé que vous nourrissiez envers nous quelques griefs. Vous avez refusé de nous serrer la main. Votre silence durant le trajet...

Jean Marie s'était à peine détourné pour le regarder en face. Il le coupa :

— Et j'imagine que vous désirez connaître les raisons de mon attitude ? Autant être clair. Le contact des hommes politiques me donne de l'urticaire. Je les tiens responsables de cette guerre pourrie. Vous êtes un homme politique. Alors il serait préférable pour tout le monde que nous n'ayons aucun rapport durant les quelques heures de ce voyage.

Il n'attendait pas de réponse et lui tourna le dos. Yves Rocolle appréciait l'esclandre en connaisseur et se mordait les lèvres pour ne pas rire. Engagé volontaire en 1939, il n'avait pas cessé de faire la guerre depuis ce malheureux été. Passionné d'histoire, il avait écrit de fort belles pages sur « la colère des légions contre Rome »... au temps où Bordj de l'Agha était un camp sur le limes d'Ifrika où les légionnaires de la III Augusta mouraient pour défendre l'Empire, tandis qu'à Rome les sénateurs patriciens s'adonnaient aux jeux stériles des intrigues politiques et aux orgies, donnaient à la plèbe des jeux de cirque et du pain. Les centurions allumaient des feux sur les sommets du limes pour se communiquer leur colère d'un camp à l'autre. Puis était venu le temps de la décadence quand la garde prétorienne faisait et défaisait les empereurs... De fort belles pages qui évoquaient par transparence les jeux politiques de la IVe République. Dix-huit siècles plus tard, les centurions mouraient encore sur le limes, mais ils avaient des postes radio pour communiquer leur colère d'un camp à l'autre.

L'avion fit escale à Djelfa. Katz et Rocolle devaient traiter quelques problèmes avec Bellounis. Un hélicoptère les attendait pour les transporter au quartier général de l'A.N.P.A. Le colonel s'excusa auprès de ses invités en leur promettant de revenir aussi tôt que possible et au plus tard, après déjeuner.

Le temps était froid et humide, avec un ciel chargé comme une langue de malade. Jean Marie retrouva les pilotes du détachement de la chasse, qui l'appuyaient en opération. Il déjeuna à leur popote, un endroit confortable, chaud et amical, sur cette sinistre base.

Au mitan de l'après-midi, le colonel n'était toujours pas de retour. Le pilote de son avion vint trouver le commandant. Il s'adressait à lui à défaut d'une plus haute autorité militaire. La météo de la base annonçait une aggravation avec chute de neige imminente et un Q.G.O. (interdiction de décoller et d'atterrir) indéterminé sur Djelfa.

— Un Q.G.O. qui peut durer plusieurs jours où nous resterons bloqués ici (ce qui n'avait pas l'air de l'enchanter). Je vous propose de décoller tant que nous le pouvons. A Laghouat, la météo est toujours bonne.

La perspective de rester bloqué à Djelfa n'enthousiasmait pas davantage Jean Marie. De Laghouat il pourrait se faire transporter sans difficulté à Bordj de l'Agha, par Broussard ou hélicoptère. Quant au colonel Katz, il était peut-être déjà bloqué chez Bellounis, par la neige ou le plafond trop bas. Il n'était pas abandonné : le 11e choc avait sur place un détachement de liaison avec des moyens de communication et de transport. Avec ou sans l'avion, il resterait toujours bloqué à Djelfa. Jean Marie prit la décision de décoller.

Ce fut le pilote qui souleva la question : Qu'allait-on faire des civils, les deux importantes personnalités invitées du colonel ?

Le commandant les trouva dans la salle d'attente de l'aéroport, une baraque en bois branlante, avec des courants d'air aux quatre vents et un poêle fumeux au milieu. Il leur exposa brièvement la situation en leur laissant le choix : soit attendre le colonel dans ce trou enfumé, soit suivre l'avion à Laghouat où des chambres les attendaient à la Résidence, où la table du colonel était réputée tant pour ses mets que pour ses vins, où enfin la météo leur garantissait de pouvoir décoller le lendemain matin pour regagner Alger suivant leur programme.

Delbecque choisit Laghouat. Il commençait à neiger quand l'avion décolla.

A la Résidence, dont il était un familier, le personnel s'adressa au commandant Jean Marie pour régler les menus problèmes de l'accueil : les chambres à attribuer, le choix du menu, des vins, le plan de table, etc. A défaut du maître de céans, il était l'hôte et son rôle de doublure le contraignait à se montrer courtois envers les invités du colonel. Au Sahara, hospitalité oblige autant que noblesse chez les hussards !

Pendant le repas, l'ambiance se réchauffa un peu. En gens de bonne éducation on évita les sujets de conversation, la guerre et la politique, qui risquaient de congeler l'atmosphère. Le commandant fit servir le café et les alcools dans le petit salon, devant la cheminée où flambaient des bûches de thuya odoriférantes, appréciable bien-être un soir de décembre dans cette grande bâtisse conçue au début du siècle pour résister à la chaleur plus qu'au froid. Les fauteuils étaient confortables, le vieux cognac cordial. Malgré tout, la courtoisie du commandant demeurait plutôt fraîche. Chacun restait sur sa réserve, dans des camps opposés s'ils n'étaient plus en guerre ouverte. Ce fut Delbecque qui, non sans courage, proposa un armistice.

— Je vous étonnerai sans doute, mon commandant, si je vous dis que je comprends votre attitude agressive envers les hommes politiques. Elle traduit votre colère contre « le système », le régime de la IVe République. Sur ce point je peux vous affirmer que nous autres, républicains sociaux, les gaullistes du Parlement, partageons entièrement vos sentiments.

Delbecque était un chtimi de belle prestance. Le menton rond qu'il portait haut, la démarche énergique qui trahissait l'esprit d'entreprise. D'un cheval on aurait dit « un beau modèle » ou qu'il avait « du bec », expression technique qui ne préjuge en rien des qualités réelles : souplesse des allures, puissance sur l'obstacle, loyauté, et ces vertus du caractère qui font dire de lui qu'il a « du cœur ». Il appartenait au parti gaulliste — au temps où de Gaulle avait pris la tête d'un rassemblement. Et comme la plupart des officiers de sa génération, en se défendant d'entrer dans ce rassemblement politique, Jean Marie suivait le général. Il était surtout prêt à monter derrière lui à l'assaut du système, comme un simple biffin de 1914 derrière un saint-cyrien en gants blancs. C'était assez pour le laisser parler.

— Je viens de prendre mes fonctions auprès du ministre. C'est mon premier voyage d'information en Algérie. Je suis là pour me renseigner, pour écouter et pour apprendre. Je vous serais reconnaissant si vous vouliez bien m'expliquer comment vous voyez la situation, me confier vos observations et plus encore vos critiques, en toute liberté.

Depuis qu'il avait décidé de quitter l'armée, Jean Marie avait envisagé de rédiger un rapport de synthèse sur son commandement. Le bataillon tournait rond, sans accaparer tout son temps. A Bordj de l'Agha, le silence, la solitude étaient favorables à la réflexion. Il avait préparé son papier, noté les faits et les idées, esquissé un plan. Son rapport se serait présenté comme l'aboutissement de quinze années d'expérience en « guerre révolutionnaire » ou « contre-révolutionnaire ».

Le dossier était prêt, abandonné dans un tiroir. Il avait renoncé à rédiger ce rapport, paresse d'abord, et aussi parce qu'il savait que cela ne servirait à rien. Qui le lirait ? Le premier scribe du premier échelon de la hiérarchie, pour préserver la quiétude de son patron déjà fort sollicité par les soucis quotidiens, le classerait aussitôt dans les archives, ce marécage où se décolore l'encre des idées oubliées à jamais... Et voilà que ce conseiller personnel du ministre s'offrait à l'écouter, à lui proposer de se faire entendre de l'interlocuteur qui détenait peut-être le pouvoir de faire bouger les choses : le politique !

La soirée était jeune. Quelques diables aussi, vanité et bavardage, le poussant, le cognac du père Katz aidant, il se lança dans un exposé sur la guerre d'Algérie, avec cette liberté toute neuve qui autorisait toutes les audaces.

XXXIII

LA DUPE

Hôpital Bégin. Chambre 433. Décembre 1980.

— Ce rapport au ministre que j'avais renoncé à faire, finalement je l'ai rédigé, un mois plus tard. Vous pouvez le lire si vous voulez [1] ! Il contient, fortement condensées, une partie des idées que je développai devant Delbecque. C'est pour cette raison que je me souviens fort bien de tout ce que je dis durant cette veillée de décembre 1957 à Laghouat dans le petit salon de la Résidence, en buvant le cognac du père Katz.

« L'écriture est serve mais la parole est libre » comme l'a dit l'accusateur au procès de mes amis révoltés. Pour écrire au ministre j'avais mis des gants, travaillé mon style, surveillé mon ton. Devant Delbecque, foin de telles précautions ! La pensée que dans quelques semaines au plus je serais civil, libéré des servitudes et du devoir de réserve, m'aurait suffi à parler sans contrainte... Et tout de suite M. le conseiller se montra fort intéressé par les arguments militaires qui alimentaient ses propres sentiments envers le système, son désir ardent de changer de régime.

« Sur ce dernier point, il avait bien sûr des idées plus avancées que les miennes, cristallisées déjà en intention de manœuvre, mais il jugea sans doute qu'il n'était pas temps de m'ouvrir son cœur autrement que pour m'encourager à lui ouvrir le miens. Je n'avais rien à cacher... C'est pourquoi notre dialogue fut un long monologue.

« Aujourd'hui, je n'ai toujours rien à cacher. »

1. Vous aussi. Vous le trouverez en annexe.

⁂

L'armée française était inadaptée à cette guerre. Ce chapitre était « son cheval de bataille ». Depuis le début, à chaque occasion Jean Marie avait lancé cette accusation. Sans doute la responsabilité fondamentale était-elle politique, autrement dit incombait aux ministres et autres hommes d'Etat. Mais cela n'enlevait point la part de l'armée, le manque d'imagination pitoyable des généraux, la routine stupide de l'état-major, les conneries ! Dans un rapport, ce chapitre aurait été fort bien documenté, peut-être un peu trop technique pour des civils. Il s'efforça de s'en tenir à l'essentiel.

— Ce qu'on demande à l'armée en Algérie est de rétablir l'ordre... à coup de fusil bien sûr puisqu'on ne lui donne pas d'autres moyens. Par délicatesse certains théoriciens militaires appellent cette mission : pacification. C'est déjà mieux ! La pacification des populations est spécialement confiée aux bataillons territoriaux, ceux qui sont effectivement en contact avec la population-objectif, comme le 584ᵉ B.T. On pourrait croire que ces unités chargées de la mission principale sont l'objet de la sollicitude du haut commandement. Nenni ! Point du tout ! un chiffre suffira à vous le démontrer. Vous connaissez le 1ᵉʳ R.C.P., un des régiments de réserve, destiné à venir renforcer à la demande les forces d'un secteur ou d'un quartier. Il compte aujourd'hui sur ses contrôles d'effectifs plus de 60 officiers. Le 584ᵉ B.T., pour un effectif un peu inférieur, en compte 24 dont deux médecins, et parmi les autres bataillons de pacification il n'est pas le plus mal pourvu. Que dire de la qualité ! Dans certains bataillons de quadrillage la moyenne d'âge des capitaines commandant les compagnies de combat est supérieure à quarante-cinq ans. Nous sommes en pleine absurdité !

Le ton était donné et Jean Marie lancé. Il expliqua au pékin ce qu'était le T.E.D.P. 107 qui fixait l'organisation et l'attribution des moyens en hommes et matériels à ces bataillons, les enfants pauvres de l'armée. Tout le monde savait que l'encadrement des bataillons 107 était notoirement insuffisant. A ce sujet il raconta une anecdote. Quelques jours auparavant, à Alger, il avait eu l'occasion de s'entretenir avec le général Duval, chef d'état-major du général C.S.I.A., des problèmes d'un commandant de quartier, disposant d'un bataillon 107.

— Ce T.E.D. est une escroquerie du commandement, avait conclu Jean Marie avec sa passion habituelle. Le responsable, celui qui l'a établi, est un imbécile ou un criminel.

— C'est moi, avait répondu le général avec un demi-sourire. J'étais chef d'état-major de l'inspection de l'infanterie quand nous avons été chargés de l'établir. Les insuffisances de l'encadrement, les défauts d'organisation n'ont pas échappé au général de Linarès, l'inspecteur du moment. Il les a fortement indiqués au ministre et, pour marquer son désaccord, a refusé de le signer, ce qu'il aurait dû faire.

— Faut-il conclure, dit Jean Marie en enchaînant, que l'armée n'a pas les moyens d'encadrer convenablement le contingent ? Selon une évaluation facile à faire, il manquerait environ un millier d'officiers subalternes pour respecter — je ne dis pas pour combler les défauts d'organisation — pour compléter l'encadrement des bataillons de quadrillage qui pourrissent dans leurs postes faute de capitaines ou lieutenants aptes à la marche. Ces mille officiers vous les trouverez facilement du côté de l'Ecole d'état-major, soit en train de préparer le concours dans des affectations douillettes, soit en train d'apprendre la technique des bureaux ou de faire de la science-fiction pour la guerre de demain. Ne cherchons pas ailleurs ! Supprimons cette école de comptables ! Commençons par encadrer les jeunes que la Nation nous confie ! Nous reviendrons plus tard à nos chères études et nos bonnes vieilles manœuvres !

Sur le chapitre de l'adaptation de l'armée à la guerre révolutionnaire, la forme de guerre moderne de la fin du XXe siècle, Jean Marie ne s'en tint pas à ces amuse-gueule. Il développa, succinctement bien sûr, sa thèse sur « la notion de contact », « la population-objectif-ami-ennemi »... tout ce qu'il avait essayé de rassembler non en doctrine — il haïssait le mot même — mais pour en faire les fondements d'une réflexion, d'une sorte de réforme intellectuelle et morale de l'armée.

Les militaires ayant eu leur compte, il était pressé de passer aux civils. Il n'était pas fréquent d'avoir devant soi, à sa disposition, un personnage portant une part de cette responsabilité politique, cause fondamentale de tous les maux, depuis l'Indochine, Biên Biên Phu et le camp n° 1, jusqu'aux stupidités actuelles : Bellounis, l'idée du barrage des frontières, le respect des « sanctuaires » tunisiens et marocains où la rébellion croissait et se multipliait à l'abri... Il attaqua :

— Si l'armée française avait assez d'imagination et de moyens pour s'adapter, elle ne le pourrait pas... par la faute du pouvoir politique...

Les structures d'une force armée doivent s'adapter à une stratégie, comme un outil est fabriqué pour un usage défini. Schématiquement, la stratégie est la politique militaire d'une Nation et il appartient au pouvoir politique de la définir, au commandement militaire de s'y conformer. Or depuis la Toussaint de 1954, le gouvernement français n'avait pas trouvé d'autre politique à proposer à son armée que le slogan « Algérie française »... comme avant les événements.

— Quelle est la cause de la révolte des Algériens, sinon la

situation sociale, économique et politique que contient le slogan « Algérie française » ?... Du moins, dit-il, aux yeux des rebelles, des fellaghas qui se battent, ce qui dans le cas de figure actuel est primordial. Vous voudrez bien en convenir.

En convenir ? Négocier avec les combattants de l'intérieur était admissible, pour le pouvoir politique. Mais le gouvernement s'était interdit de reconnaître l'appareil politique de la révolte, la résistance extérieure, « les rebelles de palace », en trois lettres, le F.L.N.

Jean Marie passa outre à cette contradiction qui ne pouvait trouver de solution que précisément dans une politique cohérente. Il continua sur sa lancée dans son terrain, celui des combats dans les djebels.

— Or, que proposez-vous aux moudjahidin pour ramener l'ordre ? « Algérie française » ! Le retour pur et simple au passé. Les ramener aux ordres, oublier leur combat, leur courage, leurs sacrifices.

Jean Marie songeait à ses conversations avec Okba le coiffeur, ses dîners avec Abdelkader et sa famille dans la petite maison près du barrage où chaque nuit l'ancien chef de katiba, sa jeune femme et ses deux fillettes attendaient les égorgeurs... Il pensait à Moussa, aux harkis, aux deux assassins de Veber et de Mollet que la politique du F.L.N. en choisissant le terrorisme comme tactique avait corrompus... Avec les moudjahidin — un mot qu'il aimait — dès que se taisaient les propagandes et les fusils, lui le soldat s'était toujours entendu... Des millions d'Algériens attendaient une solution de la France. Il était temps que le pouvoir politique imaginât enfin cette solution.

— La preuve est faite depuis l'Indochine. L'impuissance du pouvoir en France est congénitale. La Constitution est incapable de donner au pays un gouvernement capable de diriger une guerre pour en faire une paix.

La solution était de procéder à des réformes de structures. A Paris, dans les couloirs de l'Assemblée nationale et dans les salons, dans les journaux et les bistrots, on ne parlait que de réformer la Constitution de la IVe République. Une large majorité était d'accord sur le principe mais aucune n'était possible à réunir dès lors qu'il s'agissait de voter des mesures concrètes.

— Le système impuissant est impuissant à se réformer, dit Jean Marie ; pour une fois, nous sommes dans la logique des choses... Alors le cercle est fermé, sans issue. Pour débloquer la situation, c'est-à-dire pour ouvrir la voie à la réforme constitutionnelle, qui permettra au gouvernement de concevoir et d'imposer une ligne politique réaliste, à l'armée de s'adapter à cette politique et de mener des opérations utiles, il n'y a qu'un moyen : faire sauter le système comme on fait sauter un rocher qui obstrue la piste !

A ce point du discours M. le conseiller dressa l'oreille. Son intérêt redoubla. Le commandant avait-il un projet, une idée sur la façon de faire sauter le rocher ?

Pour Jean Marie, c'était de la manipulation de nitroglycérine. Mais il avait l'habitude.

— En aucun cas, dit-il avec force, l'explosif ne peut être un coup d'Etat militaire, un pronunciamento ou un quelconque complot. La démocratie en France a dépassé le temps des 18 Brumaire et des 2 Décembre, comme celui des révolutions sanglantes. Les deux phénomènes sont de la même génération et se complètent l'un l'autre. Ce serait un retour vers les âges barbares..., une autre France que mon cœur de saint-cyrien refuse de concevoir. Non ! le problème est avant tout politique. A vous la balle !

Depuis des années, les gaullistes proclamaient avec le Général la nécessité de changer de Constitution. Ils avaient essayé d'atteindre cet objectif en utilisant tous les cheminements possibles de la politique. Delbecque et quelques amis, considérant la dégradation des institutions à l'occasion des guerres coloniales, avaient pensé à chercher dans l'armée en Algérie la solution du problème. C'était un des buts de ce voyage-exploration : prendre le pouls et la température de l'armée.

— Au cours de votre voyage, peut-être entendrez-vous parler de « la colère des légions ». Sur ce sujet voyez mon ami, Yves Rocolle ! Si vous ne changez pas vos mœurs, si vous laissez grossir cette colère, le temps viendra fatalement — dans le sens latin du mot — où un tribun les entraînera au-delà du Rubicon pour défaire et faire les empereurs. Nous sombrerons dans l'absurdité !

— Que faut-il faire ?

— Je ne sais pas, dit Jean Marie... Mais je sais bien qu'aujourd'hui en avion, la Méditerranée n'est guère plus large que le petit ruisseau de Campanie qui protégeait Rome de la colère des légions... Quant à moi, mon hérédité et mes goûts libertaires, mes idées libérales m'interdiront toujours de servir dans une garde prétorienne. Alors, impuissant et las je retourne chez moi, cultiver mon champ. Ma démission est sur le bureau du ministre...

Sur ces entrefaites, le colonel Katz arriva. Bloqué par la neige à Djelfa, il avait fait la route en voiture, sans escorte et de nuit. Il était plus de minuit. Jean Marie décollait à 7 heures du matin pour rejoindre Bordj de l'Agha. C'était une excuse pour se retirer car il sentait bien que Katz désirait s'entretenir en privé avec M. le conseiller du ministre qui faisait ou défaisait les généraux...

De son côté, Delbecque partait à 6 heures pour Alger où il avait des rendez-vous à la fin de la matinée. Les deux hommes ne devaient pas se revoir. Le commandant lui tendit la main.

— Merci pour votre accueil, dit Delbecque sans ironie... Si je peux...

— Au fait, vous pourriez peut-être m'accorder une faveur... en faisant accepter rapidement ma démission par le ministre. Ce n'est qu'une signature !

M. le conseiller s'y engagea et ils se serrèrent la main.

— J'ai réfléchi une partie de la nuit. Notre objectif politique à nous, gaullistes des républicains sociaux, est de faire sauter le système...

Il était 6 heures du matin quand Delbecque avait fait irruption dans la chambre, en lançant cette proclamation. Jean Marie était dans la salle de bains, en train de faire sa toilette, à poil. Ce qui n'empêcha pas M. le conseiller de poursuivre.

— Ma mission confidentielle auprès du ministère est précisément de travailler à cet objectif. Pour cela je constitue une équipe. J'ai besoin d'un officier. Je vous offre une place au cabinet du ministre...

Jean Marie éclata de rire. Delbecque enchaîna :

— Non ! Ne me donnez pas votre réponse maintenant ! Je n'ai pas le temps. La voiture m'attend en bas. Mais nous nous reverrons.

Il sortit comme il était entré.

Durant les trois semaines suivantes, le commandant Jean Marie fut occupé par le passage des consignes au commandant Vaïsse. Le premier télégramme officiel arriva à Bordj de l'Agha avant la Noël. « Chef d'escadron Jean Marie se présentera dans les meilleurs délais au ministre de la Défense nationale. Prière rendre compte sous présent timbre date et heure d'arrivée. » Il était adressé comme il se doit au général C.S.I.A. et transmis à Jean Marie « pour exécution ».

— Qu'est-ce que je réponds ? demanda Pothier.

En vérité, Jean Marie avait complètement oublié la proposition de Delbecque. De toute façon, elle venait trop tard.

— Rien ! dit-il.

Avec le commandant Vaïsse, ils passèrent la nuit de Noël sur les pistes pour rendre visite aux compagnies détachées, à Aïn Rich et Aïn Melah. Jean Marie voulait trinquer une dernière fois avec ses voltigeurs de pointe.

Le 31 décembre, une heure avant le crépuscule, après trois jours de poursuite, le 584 accrocha une fois de plus la katiba de Si Haouès. Le colonel de la wilaya 6 s'échappa une fois encore, grâce à son audace et aussi à l'hésitation du commandant. Jean Marie se sentait las, usé, et manquait de ce qu'il appelait lui-même « la petite flamme » qui, en sport comme au combat, fait « la différence ».

Le Nouvel An le trouva sur ce piton du djebel Fernane encore enneigé, où Haoués avait couché la veille. Ils attendirent 1958 autour d'un feu de camp, assis en cercle les uns près des autres : Gonzalès et Ahmed le berger, Moussa, l'infirmier de 1re classe Pierre Halfon, les transmetteurs et les voltigeurs du groupe de protection. Un peloton du R.E.C. les avait ralliés pour ce dernier combat. Les légionnaires se joignirent à eux pour cette veillée d'adieu aux armes. Les anciens parlèrent longuement de l'Indochine, avec nostalgie, et les jeunes écoutaient ces vieilles histoires avec une sorte de recueillement.

Le 6 janvier au matin, le 584e bataillon du Train se rassembla pour la prise d'armes de passage du commandement. Le général Coche et le colonel Gassiat, commandant l'arme blindée cavalerie d'Algérie, étaient venus d'Alger. Le colonel Katz était là avec une délégation de la 2e C.S.P.L.E. venue de Ghardaïa... Les notables d'Oued Chaïr, les élèves de l'école, cette vieille crapule de Djilalli et ce forban de Messaoud assistèrent aux cérémonies.

A la fin du banquet — la chose que Jean Marie déteste le plus au monde — il y eut des discours et des toasts. Puis sans se faire annoncer, deux bidasses, des 2e classe, entrèrent et déposèrent dans les bras du commandant deux paquets cadeaux : une valise en cuir et un fusil de chasse à la culasse damasquinée. Ils ne dirent pas un mot mais lui laissèrent une carte manuscrite : « De la part des voltigeurs de pointe. » Pour ne pas être en reste, les plumitifs avaient fait broder, pour le lui remettre en souvenir, le fanion du bataillon, avec la modeste Gerboise, pour une fois cousue de fil d'or.

Le commandant Jean Marie pressa le départ.

Au pied de l'avion, ils étaient encore là pour lui dire adieu : les anciens, Pothier, Testud, Longeron, Humblot, l'adjudant-chef du P.C., et le maréchal des logis-chef Pourrez (à peine remis de sa dernière blessure mais qui avait saisi l'occasion de prendre une cuite)... Gonzalès et Ahmed Moussa et Abdelkader qui lui avait amené son cheval (une prise de guerre)... Il y avait aussi pour Jean Marie seul, Fernand et les rappelés du premier cercle, Bernard Quiblier et Raoul Guincestre, Jean-Claude Veber et les autres... formant autour de lui le dernier cercle qui s'ouvrit devant l'avion au décollage.

Tandis qu'il prenait de l'altitude pour passer la chaîne du Messaad, où se tenait quelque part derrière un rocher les choufs de Si Haoués, Jean Marie regardait par le hublot le bordj fauve se fondre impitoyablement dans la plaine ocre... Il sentit un ridicule petit picotement sous les paupières et détourna son visage.

A Maison-Blanche une voiture l'attendait pour le conduire au quartier général du corps d'armée d'Alger, où le général Allard le reçut sur-le-champ.

— Je vous aime bien, Jean Marie, mais on a dû déjà vous le dire, vous êtes un sacré emmerdeur...

Dans la bouche courtoise du général Allard, le mot pesait son poids.

— En quinze jours vous avez reçu exactement sept télégrammes officiels du ministre de la Défense nationale. J'ai moi-même signé la transmission des quatre derniers. Vous n'avez pas daigné répondre à un seul. Chaque jour, le cabinet du ministre m'appelle au téléphone et s'étonne de votre silence, en me soupçonnant de ne pas vous transmettre ses ordres.

Il lui tendit un billet d'avion pour Paris.

— Prenez-le ! Il est gratuit ! Votre place est réservée sur le vol de demain matin. Un officier de mon cabinet vous accompagnera, non pour les honneurs, mais pour s'assurer que vous êtes bien parti. A Paris, à 11 heures précises vous voudrez bien vous présenter au cabinet du ministre, rue Saint-Dominique. J'en ai donné personnellement l'assurance. Alors, si vous n'avez pas de meilleures raisons, faites-le pour moi, s'il vous plaît.

Jean Marie ne trouva pas une raison meilleure.

Pour le recevoir dans son bureau de la rue Saint-Dominique, Delbecque avait fait appel à quelques membres de l'équipe : Neuwirth, Dumont, deux ou trois autres figurants qui étaient là comme observateurs ou témoins.

A Paris, Jean Marie n'avait pas l'aisance insolente du jeune commandant de Laghouat. Il était en terrain inconnu, une forêt sans horizon, un sol recouvert d'humus mou, un marécage avec une faune étrange de batraciens, de reptiles amphibies. Il lui manquait l'espace, la lumière, le vent des monts Ouled Naïl...

Ils le convièrent à déjeuner au mess du ministère pour poursuivre l'entretien. En bon militaire, Jean Marie leur demanda leur plan pour faire sauter le système. Ils n'en avaient pas. Seulement une intention de manœuvre, utiliser les circonstances, se préparer à transformer une crise de gouvernement en crise de régime. Un travail de politiciens. Leur position au ministère leur donnait des moyens d'action dont le parti des républicains sociaux n'aurait pu disposer. C'était la raison pour laquelle, malgré le « conseil » du général interdisant à ses fidèles de collaborer avec la IVe R.F., Chaban avait accepté ce poste.

La mission de Jean Marie serait naturellement de préparer l'armée à l'éventualité d'un changement de régime. On pouvait prévoir l'échéance pour le moins en octobre prochain, quand surviendrait comme chaque année la traditionnelle crise gouvernementale.

Auraient-ils eu un plan précis, Jean Marie eût refusé. Il ne voulait pas participer à un mouvement qui de près ou de loin ressemblerait à un complot. En revanche, il pensait depuis longtemps — et singulièrement depuis la fin de la guerre d'Indochine — que les cadres de l'armée devaient d'une façon ou de l'autre revendiquer le droit à faire entendre leur voix dans la Nation, ni plus ni moins que le syndicat des boueux parisiens.

Sa position auprès du pouvoir exécutif lui offrirait peut-être l'occasion d'œuvrer à l'adaptation de l'armée à sa mission. Il allait enfin pouvoir rédiger son rapport, et le déposer lui-même sur la table du ministre...

Finalement ces gaullistes politiques désintéressés, idéalistes, lui paraissaient plutôt sympathiques.

Il demanda vingt-quatre heures de réflexion. Le temps de prévenir son employeur civil, de solliciter de lui un délai. Quoi qu'il advînt, il avait conscience de s'engager en terrain interdit à un soldat. Après, il quitterait l'armée, par pénitence, pour se racheter à ses yeux. Mais c'était là une affaire strictement personnelle...

Le lendemain au déjeuner, il accepta, en précisant ses conditions :

— Je serai détaché à Alger, comme directeur de l'antenne de la Défense nationale. J'ai besoin d'une liberté de mouvement totale. Pour cela je dois être pourvu d'un ordre de mission permanent du ministre, m'autorisant à pénétrer dans tous les locaux et toutes les unités de l'armée en Algérie, d'utiliser tous les moyens de transport et de communication, sans avoir à en référer au général Salan.

Ils acceptèrent, avec juste ce qu'il fallait de réserve pour s'attirer à la fois sa reconnaissance et sa confiance... mais d'autant plus volontiers que c'était l'emploi qu'ils avaient prévu de lui faire tenir dans leur troupe de comédiens.

« J'entrais dans leur jeu, dit Jean Marie, mais au dénouement je ne respectai pas le texte des dialogues, et voulus changer la chute. Ils me firent sortir de scène, m'enfermment en coulisses, tandis qu'ils recevaient les applaudissements du public... Dès le premier jour je fus leur dupe. »

XXXIV

« REVE D'AMOUR »

Hôpital Bégin. Chambre 433. 15 décembre 1980.

— Je leur en ai voulu longtemps de m'avoir dupé, dit Jean Marie. Nous, nous rêvions. Nous avons rêvé le 13 mai 1958... un « complot » que personne n'a décelé. Les autres, mes « complices » de la rue Saint-Dominique n'ont jamais rêvé. Je leur en ai voulu avec de bonnes et justes raisons si la rancune peut en avoir. Mais ce sont eux qui avaient raison, une raison ni juste ni bonne, simplement raisonnable. Ils étaient des politiciens. La politique est réaliste ou n'est pas. La moraliser est stupide. Souvenez-vous de Carter grossièrement dupé par le gros Brejnev. L'idéaliser est carrément dangereux. Si vous voulez construire une maison de cristal, comme les marxistes, « vous construisez une maison de boue et de sang », a dit Boukovsky, et il sait de quoi il parle !... Donnez le pouvoir à un idéaliste et vous trouvez Pol Pot, la société idéale construite par les Khmers rouges, un goulag d'extermination, un génocide. Au mieux, c'est Allende qui ouvre la voie à Pinochet... La condition humaine est telle que « qui veut faire l'ange fait la bête ».

« Un homme politique doit être réaliste. Et être réaliste c'est être terre à terre, ramper au besoin comme un soldat sous la mitraille... Naturellement, les reptiles venimeux rampent mieux que l'hirondelle ou l'aigle, ou l'ange.

« Nous n'étions ni des hirondelles annonçant un printemps, ni des aigles menaçants, ni des anges gardiens. Nous savions ramper comme des chenilles, pour survivre, pour tuer sans être tués. Nous portions même une tenue camouflée comme les chenilles... »

Ce matin, il sortait de l'hôpital. Il n'était pas très

ingambe mais il marchait seul. Il pouvait se déplacer sans autre secours qu'une canne, la première liberté de l'homme qu'il faut avoir perdue pour en mesurer le prix. Si je rapporte ce détail, c'est qu'il explique peut-être son enthousiasme juvénile, ou infantile. Il refusa mon aide pour boucler son sac, un sac de cuir plus luxueux certes mais guère plus gros que la musette de toile qu'il portait à l'épaule en débarquant d'hélicoptère à Bordj de l'Agha au crépuscule d'un jour d'octobre 1956.

— Elles sont pourtant réalistes les chenilles, dit-il reprenant l'image. Nous étions des chenilles militaires qui, dans les conditions climatiques de l'Algérie du 13 mai 1958, se sont métamorphosées en papillons politiques... C'est exactement cela ! Dans la chaleur des cœurs d'un peuple criant sa fraternité, nous sommes devenus des papillons butinant joyeusement dans le jardin de l'humanisme, sur des fleurs magnifiques, éclatantes de couleurs et de parfums, aux pétales soyeux comme une peau de fille.

Et à ce moment, quoi qu'il en dise, en dépit de son ironie, je suis certain qu'il y croyait encore à son utopie ! J'étais sidéré, et un peu ému, mais je gardai pour moi ma découverte : les utopies sont plus têtues que les faits.

— Nous rêvions une Algérie fraternelle. Ni française ni nouvelle. Fraternelle ! L'épithète suffit à tout dire. Si l'on aime vraiment son prochain, son frère, comment ne pas reconnaître sa dignité, respecter sa liberté, partager avec lui son pain et sa barre de chocolat, en lui faisant le plus gros morceau comme on nous l'apprenait à l'école communale de Brive-la-Gaillarde... dans les temps préhistoriques.

« Nous avons rêvé, le 13 mai 1958, d'une Algérie fraternelle... »

⁂

En disant « nous », vingt ans après, Jean Marie désignait le petit groupe de jeunes officiers, sans fonctions bien définies dans le mouvement, qui occupèrent quelque temps le petit bureau en façade du G.G., adjacent au grand bureau du « balcon », la tribune du Forum.

« Nous, c'était d'abord ses camarades, compagnons du camp n° 1 où ils avaient découvert la guerre révolutionnaire et ses techniques politiques : Alain Bizard, Graziani, Clédic, Henri Guilleminot, Bertrand Desbois ou encore Plantevin et le lieutenant Stepanowitch, et bien d'autres... Avec Jean Marie, qui avait occupé le local comme directeur de l'Antenne, ils n'étaient que trois ou quatre à assumer la permanence et les liaisons. Les autres étaient demeurés à leur poste, dans l'armée. Ils se rencontraient dans ce petit bureau, en marge des hiérarchies, comme ils s'étaient rencontrés sur les autres terrains de combat.

De janvier à mai, Jean Marie avait parcouru l'Algérie, visité un grand nombre d'unités, parlé à beaucoup d'officiers et de sous-officiers. Il n'avait certes pas toujours été accueilli à bras ouverts. En particulier par les généraux — hors Allard et Jouhaux — et les colonels qui à l'exception de deux ou trois, au demeurant fort réservés, avaient refusé de l'écouter ou de l'entendre. Curieusement, les plus vigoureusement opposés se rallièrent avec la même vigueur dès que l'affaire s'avéra « profitable ». On les retrouvera aux barricades et pour quelques-uns dans le putsch, toujours « à côté » des réalités politiques du pays.

Dans la nuit du 13 au 14 mai, Jean Marie reçut plus de deux cents télégrammes, quelques-uns adressés à son nom, de ralliement au mouvement, d'encouragement. Pour autant, ils ne formaient pas un club d'officiers ni quelque autre association. Ils n'étaient qu'un faible pourcentage parmi les cadres, comme le sel dans un saloir à cochon. Mais sans eux les tranches de lard auraient pourri.

Parmi eux, le commandant Khelifa [1], un des officiers algériens internés à la Santé pour avoir osé écrire une lettre au président de la IVe République.

— Je vous le confie, avait dit Chaban-Delmas qui avait obtenu leur libération. J'en ai pris la responsabilité auprès de Bourgès-Maunoury (ministre de l'Intérieur)... Ne le laissez pas s'évader. Vous voyez ce que je veux dire... Qu'on ne le retrouve pas du côté de Tunis !

— Il sera toujours mieux qu'en prison où personne ne sait qu'en faire.

Et Jean Marie l'avait amené à Alger, installé à l'Antenne comme son adjoint.

Dès le soir du 13 mai, on remarquait leurs uniformes dans les salles et les couloirs du G.G., mêlés aux émeutiers. Paul Guérin, le reporter de *Paris-Presse* (et président d'un club de pêcheurs à la ligne), remarqua ces militaires dans le sanctuaire du pouvoir civil et dit à Jean Marie :

— J'ai peur ! Cela sent le fascisme !

Jean Marie le rassura d'un mot.

— On n'est pas fasciste quand on s'est battu comme nous contre les totalitarismes. Quand, comme nous, on rêve d'une armée populaire [2].

Par « nous », Jean Marie pensait aussi à Jacques Chevalier, le maire d'Alger.

---

1. Voir *l'Affaire des officiers algériens* par Abdelkader Rahmani, Ed. du Seuil.
2. *L'Algérie du 13 mai,* par Paul Gérin, Gallimard 1958.

— On ne fera rien de sérieux en Algérie sans Jacques Chevalier, lui avait dit Chaban-Delmas, un jour de confidence.

Chevalier était littéralement vomi par les « ultras ». Ils l'avaient calomnié pour le déconsidérer, dénoncé aux paras pendant la bataille d'Alger comme traître, désigné aux tueurs du contre-terrorisme activiste. Jacques Chevalier faisait front, restait en place parce qu'il représentait non seulement la majorité des électeurs de la ville mais du peuple pied-noir, ceux que les habitants des villas d'El Biar appelaient les « petits Blancs », la famille Hernandez de Bab el Oued, les petits fermiers des hauts plateaux, les petits colons des communes mixtes. Parce que Jacques Chevalier était pied-noir, qu'il était français, qu'il aimait l'Algérie son pays, les « petits Blancs » se reconnaissaient en lui parce qu'ils aimaient avant tout leur terre, la place des Trois-Horloges, le champ de blé dur, le coteau de vigne, le ravin sauvage, leur vraie patrie.

Dès le mois de janvier, Jean Marie avait pris contact avec Chevalier. Aussi discrète qu'elle ait été, leur rencontre avait été jugée provocante par les ultras et les amis de Delbecque eux-mêmes. Pour les camarades de Jean Marie, Chevalier, ancien ministre, jouait un peu le rôle de spécialiste, conseiller politique.

« Nous », ce fut encore ce jeune Algérien qui venait les voir au bureau du G.G. presque chaque soir après le 13 mai. Quel était son nom ? Peu importe, tout le monde savait que son identité était fausse — mais son laissez-passer signé de la D.S.T. était authentique. Tout le monde savait que ce moudjahid, trop bien habillé en civil, descendait du djebel, délégué par ses frères comme observateur d'abord. Puis rapidement, il se joignit à eux, « à nous », pour rêver avec eux d'une Algérie fraternelle. Car il y croyait ! Ils y croyaient les combattants des wilayas dans leur djebel !

— Nous ne comprenons pas très bien ce qui se passe, leur avait dit le jeune fellagha, mais il y a peut-être un espoir ?... Alors, en attendant d'y voir clair, nous arrêtons la guerre.

Et pendant plus d'un mois, dans toute l'Algérie, le 2ᵉ bureau, qui tenait la comptabilité des « exactions des H.L.L. », ne trouva rien à inscrire. Il se trouva des officiers d'état-major pour écrire que les H.L.L. étaient vaincus et des généraux pour croire qu'eux-mêmes étaient vainqueurs... Pauvres fous !

— Nous sommes prêts à venir nous asseoir à la table du Comité de salut public, dit le jeune moudjahid sans nom. Mais pas aux côtés de Sérigny, de Lagaillarde et des ultras... Avec ceux-là, nous les connaissons mieux que vous, il ne peut pas y avoir de dialogue.

— Dépêchez-vous de les chasser, disait Jacques Chevalier... Moi je ne peux pas venir m'asseoir à côté d'eux... Ni mes amis.

Ce Comité de salut public, avec les activistes, les ultras, un général pour président, des officiers désignés par note de service — comme pour une affectation — et les quelques marionnettes en burnous censées représenter neuf dixièmes de la population... ce n'était pas ainsi qu'ils l'avaient rêvé.

Pourtant c'était eux qui lui avaient donné ce nom de « salut public ». Pour les politiques l'expression à la mode était « Comité de vigilance ». Le 17 avril exactement Khelifa, le colonel Thomazo et Jean Marie avaient proposé le mot de « salut public » qui évoquait pour eux la patrie en danger, les volontaires de l'an I, Valmy... toute une imaginerie romantique qui faisait rêver.

Ils avaient rêvé ce Comité de salut public comme une préfiguration de l'Algérie fraternelle et comme l'instrument pour la construire, par les deux communautés, entre civils. L'armée devait se tenir en dehors de la table, comme garant de la réconciliation et arbitre au besoin.

A la tête du Comité, il voyait Soustelle parce qu'il avait la confiance des pieds-noirs et qu'il représentait la légitimité du général de Gaulle. A côté de lui, sur le même rang, le représentant des Algériens musulmans, un représentant authentique. Pas une marionnette en burnous de cérémonie !

Qui ? Ils en avaient discuté des nuits entières avant d'oser sauter le pas. La réponse était un F.L.N., oui un fellagha. Les moudjahidin avaient gagné ce droit, par leur combat, leurs sacrifices, par la vertu des armes, aux yeux des soldats qui les avaient combattus. Admettre cela était une mesure révolutionnaire. Le Comité de salut public était un organisme révolutionnaire. « Les guerres sont toujours des révolutions », avait écrit le capitaine de Gaulle dans *la France et son armée.*

Jacques Chevalier, le politique du groupe, l'admettait pour sa part et le leur conseillait. Les militaires pensèrent alors à Yacef Sââdi parce qu'ils l'avaient sous la main. Il était en prison. Godard, qui l'avait arrêté et avait longuement discuté avec lui, ne rejetait pas cette idée. Ils avaient aussi sous la main Djemila Bouired, l'héroïne de la Casbah. De sa cellule de condamnée à mort elle écrivait à Graziani — son « tortionnaire » d'après le collectif des avocats parisiens — des lettres qui ressemblaient fort à des lettres d'amour. Jacques Chevalier, de son côté, voyait plus loin et plus haut. Si haut qu'il n'osa en parler à Jean Marie que par allusions : « Ferhat Abbas a quitté Tunis pour Genève, lui fit-il remarquer un jour, incidemment. » Ferhat Abbas co-président du C.S.P., pourquoi pas ?

Le soir du 13 mai 1958, qui aurait osé proposer ces noms pour la composition du Comité de salut public, exhiber au balcon du G.G. un terroriste ? Les militaires furent les premiers à capter l'onde de fraternisation, le miracle qui rendait possibles toutes les audaces.

Le 14 mai, à 9 heures du matin, Jean Marie se rendit à la direction de la Sûreté pour retirer l'ordre de levée d'écrou de Yacef Sââdi et Djemila Bouired. Il était accompagné d'un journaliste, qu'il avait pris comme témoin. Godard lui refusa le document avec un sourire contrit. « Je ne peux plus, dit-il, Salan me l'a formellement interdit tout à l'heure. »

La prudence, le calcul, l'intrigue, et aussi la bêtise leur fermaient la voie vers la réconciliation et la paix. Ce fut peut-être à cet instant que Jean Marie subodora la duperie. En dépit de sa promesse, renouvelée dans l'avion Paris-Alger le 13 mai à 2 heures du matin, Delbecque ne fit pas un geste pour le soutenir. Représentant de Soustelle au Comité, chef provisoire du parti gaulliste à Alger, il était pleinement satisfait. Lui et ses équipiers regardaient vers Paris où se jouait le pouvoir, unique objet de leur convoitise, objectif premier de leur entreprise. L'Algérie n'avait été que le détonateur, un prétexte et un moyen. S'il y avait encore un problème algérien on le réglerait plus tard, quand on serait au pouvoir !

Pour Jean Marie et ses papillons rêveurs, l'Algérie était le problème à régler sur l'heure, en priorité, en profitant du miracle, l'incroyable ambiance de fraternité du Forum.

Le 13 mai fut une formidable manifestation de fraternisation. La Fraternité explosa comme un volcan, sans que les sismographes aient enregistré la moindre vibration annonciatrice du séisme.

« Les historiens ont découvert 13 complots du 13 mai, disait Jean Marie. Dommage que la manifestation n'ait pas eu lieu le 24, ils en eussent trouvé deux douzaines ! »

« *Personne n'a fait le 13 mai 1958 !* Ce fut une poussée de fièvre soudaine et imprévisible, une de ces crises qui, périodiquement, embrasent une communauté, un peuple, comme une crise de malaria embrase un organisme. Pour les peuples nul ne connaît la cause, n'a isolé le virus. On ne connaît pas encore l'anatomie de la société humaine et encore moins la pathologie. Nos sociologues sont des guérisseurs qui administrent aux malades des remèdes de bonne femme, des apprentis sorciers ou des charlatans. »

Personne n'a fait le 13 mai. Personne n'a créé les conditions de cette explosion de fraternité, totalement imprévisible au milieu d'une guerre, avec des exactions, des assassinats, des représailles, le terrorisme et les tortures... Une explosion d'amour qui s'enchaîna sur une manifestation de haine. Qui se souvenait le lendemain que la manifestation du 13 mai avait été provoquée par le meurtre délibéré de trois jeunes soldats français reconnus innocents de crime, fusillés à Tunis par pure haine ? Ce fut cette goutte de sang, ce grain de haine, qui servit de catalyseur pour cristalliser la fraternisation du 13 mai. Ce mouvement surprit tout le monde, surtout et avant tous ceux qui en revendiquèrent la paternité... Pauvres fous !

Ce qui est exact est que ces prétendus auteurs s'employèrent tout de suite et avec acharnement à capter l'énergie cinétique du mouvement à leur profit, au profit de leurs intérêts, de leurs ambitions, pour l'argent et le pouvoir, quelques-uns même pour leur gloriette personnelle.

« Nous rêvions, disait Jean Marie. Pas les autres ! Au-dessus du Forum où flambait la fraternité, dans la pénombre fraîche des bureaux du G.G., dans les couloirs obscurs et les arrière-salles, se déroulait une formidable foire d'empoigne, la guerre des gangs, du racket, avec coup bas, intrigues, saloperies, conneries... »

Le 17 mai, la journée de Soustelle le jour où il arriva à Alger, marque l'apogée du mouvement du 13 mai, dans ce qu'il eut de sublime et de mystérieux, comme dans ce qu'il eut de sordide et de secret. Ce jour-là, nombre d'intrigues trouvèrent leur dénouement naturel en trahisons, marchandages, calculs crasseux. Ce jour-là aussi les Algériens de toutes souches et de toutes couches vibrèrent à l'unisson dans la fraternisation.

Dès le matin, le ciel d'une pureté d'azur annonçait une journée brûlante. Vers 9 heures, par téléphone, le général Salan reçut de Pflimlin pouvoir et confiance, tandis qu'il s'engageait à demeurer un féal homme lige de la IVe République et à interdire l'accès de l'Algérie à Soustelle ou toute autre personnalité politique. Quelques minutes après, dans un bureau discret du G.G., Massu, parlant au nom de Salan, faisait comprendre à Delbecque, investi de la confiance de Soustelle et son représentant, que la présence en Algérie de l'ex-gouverneur général ne s'imposait pas... et d'autant moins que Léon Delbecque, de l'avis des généraux, tenait fort bien la place de « tête politique pensante ». Le beau Léon ne résista pas à la tentation. Mais s'il vendit le droit d'aînesse de son patron, ce ne fut pas pour un plat de lentilles !

Il fallait envisager l'hypothèse d'un débarquement-surprise du susdit ex-gouverneur général, comme Biaggi arrivé impromptu de Madrid et qui, précisément, avait annoncé qu'il précédait Soustelle. On convint donc que dans ce cas, et comme dans celui de Biaggi [1], on enverrait le susdit Soustelle séjourner au cœur du désert, en résidence à l'hôtel Andreani d'Adrar, où ses appartements étaient préparés.

Le 17 mai, à treize heures et trois minutes, l'agent du contrôle aérien qui travaillait pour Jean Marie lui téléphona qu'un avion

1. Divertissement. La transportation de Biaggi, à l'hôtel Andreani, avait été confiée au capitaine Graziani. Le pilote de l'avion était également corse. Naturellement, vingt-quatre heures plus tard, le « déporté » était de retour à Alger... où, il vécut confortablement en semi-clandestinité.

venant de Genève, avec quatre V.I.P. à bord, demandait l'autorisation d'atterrir.

— Exigez les noms des V.I.P...

— Le général de Bénouville, MM. de la Tour du Pin, Béraudier... et Soustelle.

— Dès son atterrissage, vous faites parquer l'appareil à l'Escale militaire. Et surtout pas un mot à quiconque !

Jean Marie l'annonça discrètement à Delbecque qui s'en montra bouleversé. Affolé — et peut-être bourrelé de remords — il fonça, sans attendre des précisions, à l'aéroport civil où, bien entendu, il ne trouva personne... Et revint au G.G.

En attendant, Jean Marie se rendit au Q.G. de la rue d'Isly pour prévenir le général Petit qui déjeunait à la table de Salan. Et tandis que dans le bureau du chef d'état-major Petit réfléchissait aux mesures à prendre pour empêcher Soustelle d'être refoulé comme un émigrant clandestin, Salan était prévenu par le chef d'escale — un aviateur — et fonça à Maison-Blanche... avec la ferme intention de rembarquer ces importuns soit vers Genève, soit vers Adrar.

Durant les deux heures qui suivirent se joua une farce avec les personnages traditionnells de la commedia dell'arte : Arlequin, Pantalon, Polichinelle, Stenterello le florentin, etc. Alger dormait. Jean Marie et ses amis connaissant seuls les ficelles de la farce pouvaient seuls apprécier le spectacle. Pour provoquer le dénouement, Jean Marie lâcha l'information par Lagaillarde qui, à cette heure, assurait son tour de permanence au Comité de salut public. Lancée au micro du balcon par la voix de bronze du tribun, la nouvelle arracha la ville à la torpeur de la méridienne. En quelques minutes, on vit la foule remplir le Forum et ses abords. Tous les Algérois sortirent dans la rue.

— Je ne peux rien faire, téléphona Salan à Pflimlin qui insistait pour faire refouler Soustelle. Ils sont un demi-million dans les rues à l'acclamer.

A 16 heures, Soustelle fit une entrée solennelle au palais du Gouvernement général, escorté par toutes les autorités ovationné par un demi-million d'Algérois, un peuple unique hurlant d'une seule voix sa fraternité. Dans son premier discours du balcon, celui en qui la foule voyait le ministre du général de Gaulle, reconnut cette fraternité, à mots mesurés. Arrivant de Suisse, il était encore un peu tiède.

---

1. L'aéroport Alger-Maison-Blanche était fermé au trafic international sur ordre de l'autorité militaire. La garde était alors assurée par l'escadron du 1er R.C.P., commandé (on s'en souvient) par le capitaine Alain Bizard. Ce détail conférait à Jean Marie le monopole, du moins la priorité, des informations du contrôle aérien sur les vols internationaux. Sur son ordre secret, la ligne Genève-Alger était restée « entrebâillée ». A l'annonce qu'un avion de la ligne demandait l'autorisation d'atterrir, Jean Marie éprouva une grande émotion... Ce n'était que Soustelle !

Il faisait une chaleur torride. Soustelle se vit offrir le bureau et le fauteuil de Robert Lacoste. Il s'y vautrait à l'aise, assiégé par une quarantaine de personnes, une majorité d'ultras. Sérigny réglait le tempo. Il fallait absolument faire proclamer par le représentant de De Gaulle la politique d'intégration. Soustelle en était l'inventeur. Avait-il changé d'opinion ou comprit-il la duperie ? Dans l'esprit des ultras, trop brusquement convertis, l'intégration équivalait à assimilation. Rien de plus ambiguë que l'image de cette France unique de « Dunkerque à Tamanrasset » !

Soustelle refusait de prendre ces vessies pour des lanternes de fête. Dans l'ambiance de passion de ce bureau, il en avait quelque mérite. Il argumentait : « l'intégration » c'était mathématiquement, en l'an 2000, la moitié des Français de souche arabe et de religion musulmane. En bref, la France algérienne ! Cette intégration-assimilation n'était pas la politique qui ramènerait l'ordre et la paix dans ce pays ! Soustelle tenait bon quand Jean Marie vint le prier de revenir au balcon pour répondre aux rappels du peuple.

Elle était belle cette foule d'Alger sous ce soleil. Quelle griserie que d'être aimé par cette femelle superbe, ardente, passionnée et qui s'offrait ! De sa compacité fraternelle émanait quelque maléfice, un mystérieux pouvoir de persuasion auquel personne, vraiment personne ne résista. Soustelle, prenant la parole pour la seconde fois, semblait bien décidé à ne pas prononcer le mot « intégration », à ne pas tromper ce peuple qui hurlait son espérance en lui. Il commença à parler, grisé par les émanations enivrantes qui montaient de la foule...

Ce fut à ce moment que Jean Marie la vit pour la première fois, sur la fausse terrasse devant la fenêtre de son bureau. L'aurait-il remarquée parmi les autres habitués si elle n'avait pas eu une jolie silhouette ? Il nota la finesse de la taille, le galbe musclé des jambes, la pureté de trait du profil. Elle portait une jupe de Monoprix, un corsage à quatre sous, pas très net, des espadrilles de corde aux pieds... Mais le soleil ombrait en bleu de nuit les ondulations de sa chevelure. Le charme peut-il se décrire autrement que par ses effets ?... Debout, les bras croisés, fragile et fière, elle observait tour à tour la foule à ses pieds et l'orateur sur le balcon.

— Qui est cette fille ? demanda-t-il à Graziani.

— Laquelle ?... Fatia ? (il avait l'air étonné). Une fille du F.L.N. Une étudiante. Elle travaillait pour un réseau de propagande. Elle est encore plus ou moins en résidence surveillée. Figure-toi que cette garce refuse de croire ce qui se passe sur le Forum ! Je l'ai fait amener ici pour qu'elle voie de ses yeux !... Tu veux lui parler ?

— Oui, présente-moi !

Graziani le regarda en haussant les épaules.

— Fatia, je te présente le commandant Jean Marie.

Elle détourna à peine la tête, fascinée par le spectacle. Comme une moisissure la masse humaine avait envahi le moindre espace à l'exception des murs verticaux. Des grappes débordaient des fenêtres, bordaient les toits, s'accrochaient aux lampadaires... Et la fièvre montait encore. L'orateur était emporté par l'onde brûlante. La foule lui dictait ses paroles. C'est alors qu'il prononça le mot « intégration » et ce fut le délire. Au premier rang, des femmes de la Casbah avaient arraché leur voile et lançaient des youyous frénétiques...

— Qu'est-ce que vous en pensez ?

— Ecœurant !

Elle leva la tête pour le regarder en face.

— Je suis algérienne. Militante du F.L.N. On ne vous l'a pas dit ?

Elle lui offrait, en gage de sincérité, ses yeux immenses et noirs, deux vitrines pleins feux de son âme.

Ce soir-là, ils dînèrent en tête à tête dans un bistrot de Saint-Eugène où l'on mangeait avec les doigts des poissons grillés.

Elle répondit à ses questions comme devant un magistrat instructeur. Elle était étudiante à l'université d'Alger, qui ne comptait guère plus d'une douzaine d'étudiantes indigènes. Les filles de famille riche allaient étudier en France. Elle avait commencé sa pharmacie mais avait dû abandonner avant de terminer son stage de première année.

— Une fille musulmane ne peut pas vendre des suppositoires à un homme. Mon patron m'a mise à la porte. Il perdait sa clientèle arabe. J'avais commencé une licence de lettres pour devenir enseignante, j'ai abandonné pour militer pour l'indépendance de mon pays.

Elle parla sans le moindre complexe de son rôle dans la résistance avec ses camarades de la fac, de Zorah Driss, l'amie de Yacef Sââdi, qui dirigeait son réseau, de « la campagne des terrasses ».

— Chez nous, la rue appartient à l'homme, il y est le maître de droit divin. Mais la femme règne dans la maison et la terrasse lui appartient en exclusivité. C'est son gynécée inviolable et c'est pour cela qu'en dépit des lois divines, du haïk et des grilles aux fenêtres c'est dans le monde musulman qu'il y a le plus de cocus.

Elle avait l'air de s'en réjouir, comme d'une bonne blague.

— Quand nous passions dans les ruelles de la Casbah, les hommes nous lançaient des injures et à l'occasion des pierres. Pour eux, étudiantes dévoilées, nous étions des filles deux fois perdues. Nous réunissions les femmes sur les terrasses, hors de portée des hommes, et nous leur expliquions le sens du mot « Istiqlal » et du combat pour l'indépendance, la libération du pays et de la femme. Le soir au lit elles répétaient la leçon à leur mari. C'est ainsi que nous avons conquis la Casbah !

En dépit de ce qu'elle avait vu et entendu ce jour-là, elle ne croyait pas à la fraternisation.

— C'est un malentendu tragique. Les ultras mènent la danse. Lorsqu'ils parlent intégration ils pensent assimilation : transformer les 10 millions d'Algériens musulmans en 10 millions de Français à part entière. Ainsi sera résolu le problème des différences et seront maintenus leurs privilèges.

Elle ne croyait pas à la sincérité des Européens.

— Il y a moins de trois semaines, *l'Echo d'Alger* critiquait violemment la loi-cadre de Lacoste, refusait le collège unique. Croyez-vous vraiment qu'ils se soient convertis en si peu de temps ?

— Mais vous les avez entendus comme moi, cet après-midi, Européens et musulmans, acclamer d'une seule voix l'intégration !

— Ce qu'ils acclament dans le mot, je parle pour mes compatriotes, c'est l'égalité de traitement. L'égalité quotidienne, dans la rue, dans les magasins, au guichet de la poste. La fatma enveloppée dans son haïk ne sera plus obligée de céder le trottoir à un Européen... Vous ne connaissez pas vos amis. A la fac d'Alger, si je ne cédais pas la rampe de l'escalier ou le passage dans un couloir, à un étudiant européen, la plupart du temps pour ne pas dire toujours, il me bousculait.

L'Algérie fraternelle ? Elle l'aurait accueillie avec des larmes de bonheur. Elle était 100 % algérienne par son sang et 100 % française par sa culture. Mais c'était une utopie romantique.

— L'Algérie peut-elle être autre chose qu'algérienne ?

Pour les partisans de l'Algérie fraternelle, Soustelle représenta l'ultime espoir. Il avait l'étiquette de libéral. Pour tout le monde en Alger, il était l'envoyé du général de Gaulle, le ministre du pouvoir exécutif du nouveau régime. Quarante-huit heures après son arrivée il reçut le commandant Jean Marie en audience.

Celui-ci avait parlé de cette démarche avec Khelifa et les autres. Il commença par la critique, citant des faits qui démontraient que la ligne politique suivie depuis le 13 mai, hors des discours du Forum, était mauvaise.

— Le général Salan a créé au G.G. un bureau de presse et de propagande, confié au colonel Lacheroy, le spécialiste de la guerre psychologique. La première affiche produite par cet organisme était titrée en caractères géants : « Algérie française ». La nouveauté tenait peut-être à ce que, sur les affiches placardées dans les quartiers musulmans, le slogan était écrit en arabe. Or à cause d'un détail du graphisme — que j'ai fait confirmer par des experts — « Algérie française » en arabe comportait une nuance qui signifiait « comme avant ». Dans l'heure qui a suivi l'affichage — je l'ai fait constater au colonel Lacheroy — les habitants de la Casbah, qui chaque jour depuis le 14 mai sont descendus sur le Forum pour crier leur confiance dans une Algérie fraternelle, ont arraché les belles affiches, avec rage.

Il raconta aussi la libération des onze avocats algériens musulmans, arrêtés pendant la bataille d'Alger et internés dans un camp.

— Le gardien-chef les a convoqués dans son bureau. Il leur a donné un costume neuf, et un morceau de savon — c'est le règlement pour les libérations — en leur recommandant de prendre bien soin du premier et d'utiliser le second pour être bien propres, de respecter les règles d'hygiène qu'on leur a apprises au camp. Enfin, de ne pas recommencer et de se montrer bien sages et bien reconnaissants envers la France, notre mère, pour la remercier de ces beaux cadeaux... Imaginez leurs sentiments aujourd'hui !

— Mais que devait-on faire alors ?

Soustelle était arrivé trop tard. Il n'était pas dans le bain.

— Les conduire sur le balcon du G.G., devant la foule de fraternisation du Forum. Leur demander pardon de les avoir injustement internés. L'ambiance de fraternité aurait fait le reste.

Cette fois M. le ministre trouvait le bain trop chaud... Pour arracher la décision, Jean Marie lâcha ce qu'il pensait être une bombe.

— Je peux vous affirmer que les hors-la-loi sont prêts à se joindre au mouvement. On vous a menti à l'état-major, en vous expliquant la situation militaire, quand on vous a dit qu'il n'y avait plus de rebelles parce qu'il n'y avait plus d'exactions ! Les moudjahidin sont toujours dans les djebels. Ils attendent. Je sais aussi qu'ils espèrent...

Pour les rallier il ne fallait pas décevoir cette espérance. La première mesure à prendre par le ministre du général de Gaulle était d'épurer ce Comité de salut public en renvoyant les militaires dans l'armée, et en chassant les ultras qui s'en étaient emparé abusivement, pour permettre l'entrée au Comité des représentants authentiques du peuple algérien. Parmi ceux-ci il fallait admettre les représentants des combattants, des moudjahidin.

Soustelle comprenait fort bien la direction que le commandant et ses camarades désiraient donner à la politique française en Algérie. Encore qu'il émît des réserves sur les mesures exprimées par un militaire en langage militaire... Il y avait des obstacles juridiques à lever, telle la non-reconnaissance du F.L.N., organisation terroriste. Lui-même avait le devoir de considérer toutes les tendances, etc. Il demanda à Jean Marie de lui laisser quelques heures de réflexion et de revenir le lendemain à la même heure.

Le lendemain Jean Marie attendit une demi-heure dans l'antichambre du ministre avant d'être reçu par le chef de cabinet, M. Béraudier. M. le ministre — il s'excusait mais il était en conférence — avait beaucoup réfléchi aux propositions du commandant Jean Marie. Dans l'ensemble, il aurait été plutôt favorable à une direction politique comme la voyait le commandant à quelques nuances près peut-être... Mais le moment n'était pas favorable pour l'appliquer envers et contre tous. D'abord, Salan tenait à garder la main sur tous les Comités de salut public par l'intermédiaire des officiers qu'il y avait placés. Ensuite les ultras tenaient à Alger à peu près tous les moyens : la presse, la radio, l'argent, l'économie du pays à 80 %. Une partie de l'armée, du moins par ses généraux, les suivait. Sans parler du Comité de salut public où ils avaient la majorité... A Alger « Soustelle était un homme seul ». Il avait besoin des moyens détenus par les ultras... et il devait se montrer prudent s'il ne voulait pas être éjecté... Toutefois...

Jean Marie abrégea l'entrevue. Béraudier avait l'air tellement gêné ! Il remonta à l'antenne où Jean Lartéguy l'attendait.

— Qu'est-ce que vous avez ? lui demanda le journaliste.

Il n'avait pas pris conscience qu'il pleurait à froid. Il s'essuya les yeux en riant.

— Soustelle est trop intelligent, pour un caractère trop faible... Fatia a raison ! L'Algérie fraternelle était une sotte utopie. La seule réalité dans ce pays barbare est le coup de pied au cul et la guerre !

Chaque soir, il retrouvait Fatia. Graziani l'avait fait libérer. Elle logeait chez des amis en ville, à l'occasion chez Marie Elbe, journaliste à *l'Echo d'Alger*, qu'elle avait connue au moment de son arrestation. Marie Elbe, pied-noir de bonne souche, recueillait les chiens perdus sans collier. Elle lui avait donné du linge et une robe, Fatia acceptait de dîner dans les restaurants à la mode, au Saint-George même, une des forteresses ultras.

Lorsque le couple entrait, les défenseurs de la place saluaient le commandant avec un clignement d'œil complice, d'un goût douteux, quand ils n'ajoutaient pas un de ces gestes du bras, obscènes, dont ils s'étaient fait une spécialité. Connaissant son rôle dans la réussite du 13-mai, ils le tenaient pour l'un des leurs et dans son dos rigolaient : « Sacré Jean Marie !... Quel gaillard !... Il doit être en train de monter une opération !... Il doit pas s'embêter !... Elle est consommable !... Enfin quand on aime la réglisse ! »

Fatia ne semblait pas voir les gestes, les coups d'œil, ni les personnages. Elle traversait la grande salle de la démarche royale des filles nomades habituées aux longues étapes dans le désert.

Le plus souvent ils déjeunaient d'un sandwich dans le bureau du G.G. ou dînaient à l'Antenne d'un plat préparé par Fatia quand elle lui amenait un de ses « amis », un jeune Algérien musclé et bronzé qui semblait déguisé en civil. Celui-ci, comme les autres, comme Jacques Chevalier, disait :

— Dépêchez-vous ! Nous avons confiance en vous, les militaires. Nous pouvons faire patienter les moudjahidin aussi longtemps qu'il le faudra même si les colonels de Tunis nous pressent de reprendre les opérations ! Mais à condition que nous apercevions une petite lumière au bout du tunnel.

C'était un de ces jeunes hommes qui avaient signalé à Jean Marie l'erreur de l'affiche « Algérie-française-comme-avant ». Il avait esquissé sur le carnet du commandant le dessin d'une autre affiche : un parachutiste et un moudjahid se serrant la main, les armes abandonnées par terre, et pour slogan « Construisons l'Algérie nouvelle ».

— Vous n'avez plus une faute à commettre. Faites sauter les obstacles qui nous empêchent de voir la petite lumière et d'entrer au Comité de salut public.

Jean Marie fit une ultime tentative pour ouvrir le chemin. Après l'abandon de Delbecque, le refus de Soustelle, un matin il prit à part Sérigny, qui, au Comité, jouait le rôle de chef de file des ultras, et lui demanda de démissionner.

— Va-t'en volontairement en expliquant dans ton journal les raisons de ton départ, que tu démissionnes pour laisser entrer au Comité les authentiques représentants de la communauté algérienne. Le dialogue de la réconciliation, que tu souhaites dans tes éditoriaux, pourra alors commencer.

— Mais je suis partisan de ce dialogue. Je suis partisan de l'intégration. J'ai changé. Je te jure que je pense que les Arabes sont nos frères.

Sincère, il l'était. Et ce n'était pas le moindre des miracles du 13 mai ! Il avait même pleuré une seconde sur l'épaule du commandant, ému aux larmes par la générosité de ses propres sentiments.

— C'est exact, avait dit Pierre N... en commentant l'attitude de Sérigny, ce sont nos frères... Nos petits frères et nous leur devons aide et protection, fût-ce contre eux-mêmes. Il faut de l'ordre et de l'autorité dans une famille.

Pierre N... était le trésorier du parti de Delbecque.

La satisfaction était générale. Il se passait quelque chose d'étrange. Les moudjahidin ayant arrêté les opérations, on avait oublié la guerre. Les militaires eux-mêmes se détournaient de l'Algérie, tournaient leur regard vers Paris et pointaient leur collimateur de tir sur le « système » qui s'accrochait au pouvoir. Il fallait lui faire lâcher prise... en lâchant des parachutistes par exemple !

Un matin le colonel Cousteau, le plus brillant des colonels paras, invita Jean Marie à une réunion secrète. Dans une salle de l'état-major d'Alger Sahel, toutes portes closes, sous la bénédiction occulte de Salan, un groupe d'officiers préparait des plans d'opération.

Le chef d'état-major de la 10e D.P. résuma l'idée de manœuvre d'une phrase approuvée par tous.

— Il suffira de faire défiler le régiment de Bigeard sur les Champs-Elysées, drapeau et musique en tête, pour rallier tout le bon peuple à de Gaulle.

Le problème à résoudre était d'arriver à l'Etoile. Dans la région parisienne les pistes d'atterrissage étaient interdites par des camions. On pouvait quand même larguer les paras sur un aéroport.

— Entre Orly et l'Etoile, dit Jean Marie, l'itinéraire direct passe par Malakoff... Quel que soit le terrain de parachutage, il faudra traverser la ceinture rouge !

Ils le regardèrent de travers. Refusant de comprendre. Très loyalement, ils pensaient que de Gaulle accepterait de se voir remettre le pouvoir par Bigeard et ses boys !

Jean Marie était sorti de cette réunion désemparé. Leur rêve s'estompait dans le brouillard de l'incompréhension, une nébuleuse de contradictions... L'insondable infini de l'absurdité !

— Vous autres, les guerriers, manquez de courage, lui dit Fatia. Vous êtes prêts à renoncer à la première difficulté, devant les ultras... Mais en face, moi je trouve les mêmes ! Nous avons aussi nos ultras, des fanatiques sanglants qui ne pensent que haine et guerre...

Elle marqua une pause avant d'ajouter : « Et vous, ils ne vous égorgeront pas ! »

Maintenant c'était elle qui soutenait le rêve, l'Algérie fraternelle, qui lui remontait le moral, l'encourageait à poursuivre le combat.

Autour du commandant, insensiblement le groupe se désagrégeait. L'un après l'autre les capitaines recevaient un avis de mutation qui les envoyait à l'autre bout du pays. Quelques-uns renoncèrent au nom de « l'unité de l'armée et du principe d'obéissance ». Ses « complices de la rue Saint-Dominique » étaient totalement absorbés par le jeu politique et par ce qui se passait à Paris, où le Général avait entamé le processus qui devait « les » conduire au pouvoir. Ils avaient réquisitionné des appartements en ville. Jean Marie ne les voyait plus à l'Antenne. L'Algérie n'avait été qu'un détonateur et le commandant un instrument provisoire.

De son côté, Fatia se sentait isolée. Le jeune moudjahid avait perdu patience ou espoir et regagné sa montagne. Lorsqu'ils se retrouvaient le soir pour dîner, ils avaient l'impression d'être seuls dans la ville.

— Je veux vous montrer ma maison, lui dit-elle un jour. Laissez-moi vous guider. L'itinéraire est assez compliqué.

Après une demi-heure de route à travers la haute ville, ils laissèrent la voiture sur une placette poussiéreuse, dont une partie servait de dépôt d'ordures, pour continuer à pied par un chemin de terre bordé de maisons aux façades de pierres, délabrées et sales.

Le soleil se couchait. Les hommes étaient sortis des maisons pour attendre la brise de mer, chercher un faux semblant de fraîcheur dans cette tranchée de béton chauffé à blanc. Adossés aux murs, dans la poussière épaisse comme un tapis de haute laine, ils regardaient Fatia avec hostilité. Elle traversa la ruelle comme elle traversait la salle à manger du Saint-George, souveraine et indifférente.

Ses parents n'étaient visiblement pas prévenus de cette visite. Le père était en tricot de peau sale, les pieds nus. Il travaillait de nuit comme portier de l'hôpital Maillot et venait de se réveiller de sa sieste. Il s'excusa platement, obséquieusement, avec des courbettes de laquais. La mère arrachée au réduit qui lui servait de cuisine s'essuya les mains à sa longue robe, avant de toucher celle du commandant. Elle ne parlait pas le français et ne suivait pas la conversation. Elle regardait alternativement cet officier en bel uniforme et sa fille... l'amant de sa fille et sa fille objet de sa fierté et de sa honte... Sa terrifiante fille devenue pour elle incompréhensible, hermétique...

Jean Marie était mal à l'aise et cherchait à s'excuser de son intrusion. Au contraire Fatia paraissait tout à fait satisfaite, étrangement fière de montrer sa famille telle qu'elle était. Elle donna un ordre à sa mère pour préparer les verres et sortir la bouteille d'anisette Gras.

Jean Marie amorçait une conversation. De quelle région était le père ?... Du Sud ! Il était né dans la tribu des Ouled Slimane, quelque part sur la piste du troupeau, entre Touggourt et Aumale... A l'âge présumé de 18 ans, il s'était engagé pour cinq ans au 3ᵉ régiment de tirailleurs... Sergent après quinze ans de service, les campagnes de Tunisie, d'Italie, de France et d'Allemagne. Deux blessures et à la fin la médaille militaire et un emploi réservé. Dans l'armée, il avait appris à lire, à écrire, à boire le « pinard » et l'anisette.

Jean Marie évoquait ses souvenirs des Ouled Slimane. Chaque année leurs caravanes traversaient le quartier de Bordj de l'Agha... Des pasteurs nomades comme la tribu d'Abraham, aristocrates du désert qui jamais ne se seraient abaissées à mendier.

— Venez, lui dit Fatia en le prenant par la main. Je veux vous montrer ma chambre.

Une pièce de quatre mètres sur quatre. Les murs chaulés avaient besoin d'un coup de badigeon. Contre une cloison, un coffre à habits, pareil à ceux des filles Ouled Naïl dans un bordel de Bou-Saâda. Dans un angle un matelas à même le plancher, recouvert d'une couverture « indienne ». Et devant la fenêtre une table avec des livres et des dossiers en désordre, poussiéreux...

— Ma chambre... mon bureau... mon lit !

Et elle le fixait, un sourire narquois sur les lèvres.

Jean Marie accepta une anisette. L'eau de la gargoulette était presque fraîche. Avec le père, tandis que Fatia se changeait, ils discutèrent de l'armée, se trouvèrent des souvenirs de guerre communs...

Elle avait mis une robe de toile grège, et des ballerines assorties, qui s'harmonisaient avec le teint sombre de sa peau. Sans la moindre précaution, brutalement, elle interrompit son père qui racontait la traversée du Rhin et mit fin à la visite.

Ce soir-là elle voulut dîner au Saint-George. Dans les jardins de l'hôtel, ils rencontrèrent Jean-François Brisson, le rédacteur en chef du *Figaro*, qui les invita à dîner. Dans la conversation, Fatia se montra cultivée, raisonnable, à la fois réservée et un brin provocante, fort séduisante au demeurant.

Dans la voiture, quand Jean Marie lui demanda comme chaque soir à quelle adresse il devait la déposer — elle logeait au hasard chez ses amis — elle ne répondit pas. Il ralentit pour la regarder en répétant sa question. Elle le fixa droit dans les yeux, lui offrit, comme le premier jour sur la terrasse du G.G., les vitrines pleins feux de son âme.

— Je ne sais pas où coucher. Je n'ai pas de chambre.

Cette nuit-là, ils firent l'amour, sans échanger un mot d'amour, avec l'agressivité qu'ils avaient mis à faire la guerre. Fatia avait choisi l'heure avec la froide détermination de l'intellectuelle engagée. Mais dans le combat, insensiblement, elle laissa tomber son armure pièce par pièce : logique, raison, orgueil, ses idées et sa pudeur...

Au réveil elle ne chercha pas à se reprendre. Ce matin-là était plus beau, ce soleil plus chaud. Le monde avait changé, la lumière était plus généreuse, Dieu plus miséricordieux. Ce qu'ils avaient cru grave leur paraissait léger, et l'important, dérisoire. Ils se complaisaient dans leur condition banale d'amoureux, plaçaient leur orgueil dans leur humilité, exaltaient leur faiblesse dans le rire...

Dans les restaurants à la mode, dans les bureaux du G.G., partout où ils se montraient ensemble, les ultras civils et militaires ne s'y trompèrent point. Ils reconnurent l'amour entre un commandant de l'armée française et... « une mouquère ». Ostensiblement ils se détournaient quand le couple entrait dans un lieu public, pour marquer leur mépris, leur dégoût. « Passe encore de baiser, quand on aime la réglisse ! Mais ça, non ! C'est dégoûtant !... Une forfaiture !... La fin de tout ! »

Ce fut simplement la fin d'une histoire.

Dans l'après-midi du 1er juin, le commandant Jean Marie fut convoqué au cabinet du général commandant supérieur interarmées en Algérie. Le directeur était un colonel aussi neutre qu'un téléphone noir. Il avait à remettre une note de service au commandant directeur de l'Antenne de la Défense nationale à Alger, organe supprimé.

« Le chef de bataillon Jean Marie précédemment affecté à l'Antenne de la Défense nationale suivra un stage au C.P.I.C.G. d'Arzew. Il sera mis en route sur Oran le 2 juin [1]... »

— Je désire voir le général, dit Jean Marie.

— C'est que le général est fort occupé en ce moment...

Jean Marie demanda une feuille de papier et rédigea sur-le-champ une demande de rapport, justifiée ainsi : « Etant donné les matières enseignées à ce stage que j'ai acquises en deux ans de séjour en Algérie, cette décision ne peut se comprendre que comme une mesure d'éloignement, donc une sanction de ma conduite passée ou présente. »

Il n'espérait pas de réponse. Dans ce cas le silence était un aveu.

Quand elle apprit la nouvelle, Fatia ne manifesta ni surprise ni chagrin. Ils dînèrent dans leur chambre de l'Antenne. La location de la villa avait été annulée par le service des logements, sur ordre de Salan. C'était leur dernière nuit dans cette chambre et ils n'en avaient pas connu d'autre. Il la quitta au matin pour obéir. Elle était triste jusqu'au fond de son ventre. Alger en liesse préparait la réception du général de Gaulle en écrivant sur tous les murs : « Algérie française ».

A Arzew le directeur du stage et chef du camp, le lieutenant-colonel Bruce, informa le commandant qu'il ne serait pas astreint à suivre ponctuellement les cours du stage destinés aux officiers subalternes débarquant en Algérie pour la première fois.

Le camp était construit au bord de la mer.

Le lendemain matin, Jean Marie prit son maillot de bain pour aller se baigner dans les rochers. Il suffisait de traverser la route. A la sortie du camp il fut arrêté par le sous-officier chef du poste de garde qui avait reçu des consignes précises à son sujet.

Jean Marie força la porte du colonel. A bout de patience, il exigea des explications. Etait-il en prison ?

— Non. Mais j'ai reçu du général Salan en personne la res-

1. Note n° 448/CSIA/CAB en date du 1er juin 1958. Confidentiel. Personnel des officiers. Signée P.O. Le général de brigade Dulac, chef d'état-major.

ponsabilité de votre garde... Vous ne devez pas quitter Arzew...
Il était plutôt embêté par cette mission de confiance.

— Je vous comprends fort bien. Alors vous avez ma parole, en échange de ma liberté de mouvement. Je vous préviendrai la veille du jour de mon départ.

Le général de Gaulle visitait l'Algérie. De sa cellule monacale, Jean Marie suivait le voyage sur un petit poste radio. Il entendit le discours de Mostaganem quand le Général, malgré lui, contre sa décision maintenue envers et contre tous depuis le début du voyage, cria « Vive l'Algérie française ! ». Il avait lâché pied, submergé par cette puissance psychique de la foule.

A Oran, Jean Lartéguy, qui couvrait le voyage pour son journal, rencontra Delbecque qui pavanait dans la suite du général. Il lui posa la question :

— Pourquoi avez-vous laissé limoger Jean Marie ?

« *Voici sa réponse* », disait Lartéguy dans une lettre à Jean Marie [1].

« *Je l'ai toujours défendu mais la Sécurité militaire a eu vent de ses contacts avec Chevalier, ce qui n'a pas été apprécié de tout le monde et d'autre part il couchait avec une jeune musulmane dont le passé était des plus troubles. Je me suis cependant porté garant de sa personne.* »

La dernière phrase de Delbecque était la plus nauséeuse. Jean Marie imaginait fort bien le beau Léon prononçant cette noble phrase, le menton au bleu, l'œil de velours... « *Je me suis porté garant de sa personne* »... S'il l'eût fait que serait-il advenu ? Le « beau-modèle » se révélait à l'usage du genre « beau-voleur ». C'est le mot technique pour désigner un cheval présentant bien mais qui en course ne tient pas les promesses de son anatomie et accroche l'obstacle à 1,20 m.

En repartant pour Paris, de Gaulle entraîna dans son sillage toute une écume. Les politiciens qui avaient cru rejoindre « la France Libre » en Alger se hâtaient de rentrer en métropole pour partager l'assiette au beurre.

L'Algérie, soudain apaisée, dolente comme une convalescente, reprit son train-train dans la guerre. Le communiqué de l'état-major signala les premières exactions comme des accidents, le fait d'irresponsables ou d'individus isolés... Et puis, peu à peu, on en revint aux bonnes vieilles habitudes : la ration quotidienne de meurtres, assassinats, tueries légales et hors-la-loi !

Un dimanche soir de la mi-juin Jean-Marie s'en alla trouver Bruce, dans sa résidence.

— Je pars demain. Je prends le train à Oran pour Alger, l'Inox du matin...

---

1. Copie en annexe.

— Mais c'est que je n'ai pas d'instructions à votre sujet.

— Demandez-en par téléphone. De toute façon, je pars. Vous pourrez préciser toutefois que je serai à 11 h 30 au cabinet du général Salan.

Jean Marie avait reçu une autre lettre, celle-là transmise d'Alger à Arzew par une chaîne d'amis, dont le dernier chaînon était le colonel Doré, commandant le secteur de Mostaganem. L'auteur, un simple capitaine assez discret pour être resté en cour, lui décrivait avec un humour rafraîchissant par ce temps de canicule l'ambiance de la « camerilla » du « général-gouverneur » le plus féal feudataire du « général-président ».

« L'intégration à la couronne de cette marche d'outre-mer du royaume de France est en cours. Parmi les mesures les plus audacieuses on envisage de supprimer les timbres postaux algériens. Les protestations des philatélistes risquent de retarder cette mesure de deux ou trois ans... »

Le dernier paragraphe n'était pas du tout ironique. « Ton affectation à Reggane est décidée. Dans ton propre intérêt, ceux qui te conservent une certaine estime veulent t'éloigner pour un temps d'Alger et t'éviter les tentations politico-mondaines de Paris. Les autres se sont ralliés à cette solution. Parmi ces derniers, un groupe de super-activistes, secrètement recrutés par un des permanents du parti Delbecque, envisagent sans la moindre pudeur d'organiser un accident, dans le cas où tu refuserais de quitter Alger... Ce n'est pas une hypothèse à écarter sans précaution, tu peux m'en croire. »

A 11 heures et 30 minutes, le commandant Jean Marie, en tenue n° 1, se présenta au chef de cabinet du général Salan, installé au G.G. Plus neutre que jamais le colonel lui annonça son affectation à Reggane et lui signifia qu'il ne pourrait pas être reçu, ce jour-là, par le général Salan.

— Je désire avoir une permission pour la France, avant de rejoindre Reggane.

Le colonel alla chercher la réponse derrière la porte capitonnée du patron.

— Vous ne pouvez pas bénéficier d'une permission pour l'instant... Le colonel Laure réclame d'urgence un adjoint [1]...

A ce point, Jean Marie ne savait que faire. Il avait prévu la réponse sans trop y croire et préparé un plan d'évasion vers la France, à l'aide de faux documents et de vrais amis... Mais il était soldat et il lui répugnait de désobéir dans son seul intérêt. Dans ce bureau, antichambre du nouveau pouvoir en Algérie

1. Le colonel Laure, commandant la base des essais nucléaires de Reggane, n'avait certes pas exigé l'affectation immédiate de Jean Marie !

française, il mesurait la réalité de la situation aux visages allègres des gens qui entraient et sortaient. Quelques-uns le reconnaissaient et lui serraient rapidement la main, comme pour lui montrer qu'ils ne craignaient pas de prendre un petit risque de contagion. D'autres détournaient les yeux dès qu'ils entraient et passaient sans le voir, parfois au prix d'une légère modification de trajectoire.

Indécis, meurtri, écœuré à la nausée, Jean Marie s'attardait par inertie dans ce bureau quand il vit sortir du saint des saints, par la porte capitonnée, le colonel Ducourneau, chef de l'état-major particulier du ministre de la Défense nationale qui, sans la moindre hésitation, l'aborda en lui manifestant une chaleureuse sympathie.

En quelques phrases, Jean Marie l'informa de sa situation. Le colonel comprit à demi-mots.

— Je dois prendre l'avion pour Paris qui décolle dans une heure. Si vous n'avez rien de mieux à faire, accompagnez-moi à l'aéroport...

Durant le trajet, Jean Marie lui raconta ses aventures. Ducourneau prit sur-le-champ sa décision.

— Ce soir, ou demain matin au plus tard, vous recevrez par un officier un ordre de mission signé du ministre, pour rejoindre Paris par le premier avion. En attendant une solution, je vous fais affecter à mon état-major. Salan en sera informé avant ce soir par télégramme...

Il lui restait une nuit à passer à Alger. Des amis lui offraient l'hospitalité dans une villa d'El Biar. Par discrétion et pour dix autres raisons il ne pouvait y recevoir Fatia...

Ils dînèrent au Saint-George. Elle portait sa robe de toile beige. L'élégance ne se mesure pas au luxe. Au bar de l'hôtel et dans les salles à manger, il y avait de nouvelles têtes, journalistes et fonctionnaires du nouveau régime, qui ne partageaient pas les préjugés des vieux clients. Leurs regards, plus ou moins discrets, exprimaient leur admiration pour cette jeune femme de la nouvelle Algérie. Fatia traversa ce glacis sous les feux croisés des hommages masculins et des regards de mépris ou de haine.

Jean Marie avait retrouvé son agressivité naturelle, ce que disaient assez sa démarche et ses regards qui traînaient sur les visages de quelques activistes notoires. Un premier incident bénin l'opposa au maître d'hôtel qui voulait leur donner une table à deux dans un coin discret. Jean Marie s'installa d'autorité au centre, balayant de la main, le carton « réservé », placé a priori.

Le maître d'hôtel, sans perdre son style, présenta la carte au commandant, feignant de ne point voir « la mouquère ». Ostensiblement Jean Maric la laissa tomber par terre. Il ne parvenait point à se dominer... Sa voix vibrait d'une colère prête à exploser après des semaines de contrainte et de refoulement.

— Vous allez présenter la carte à mademoiselle et attendre ses ordres...

Les visages des tables voisines se tournèrent vers lui, curieux et surpris. Le commandant était en civil. Il poursuivit entre les dents :

— Ecoute-moi bien ! Au premier manquement de respect, je te fous ma main sur la gueule !

Le maître d'hôtel le connaissait depuis longtemps, comme il connaissait tous ses clients. Il s'excusa aussitôt avec force assurances, autant par prudence que pour le bien du service et la réputation de l'établissement, un scandale lui aurait de toute façon été nuisible auprès de la direction.

Quand il se fut retiré, Fatia prit la main de Jean Marie, sur la table, un geste que jusqu'à ce jour sa pudeur lui interdisait.

— Je t'en prie ! Ne fais pas d'esclandre pour moi ! j'ai l'habitude des humiliations. C'est une question d'éducation et d'entraînement.

Elle prenait l'incident en souriant. Puis, changeant de ton elle enchaîna :

— Pour toi, cela te soulagerait peut-être, mais n'arrangerait en rien tes problèmes. Ne te trompe pas !

C'était elle qui le protégeait. Ses yeux ne trichaient pas en lui laissant voir qu'elle était invulnérable à ces piqûres. Elle était plus forte que lui, plus déterminée. Durant leur séparation, Fatia s'était reprise en main. Elle s'était libérée de ses passions, avait mis de l'ordre dans ses idées. Pour leur dernière nuit elle se serait donnée, mais elle ne mendierait pas les mots qu'il refusait de prononcer.

Cette nuit-là, ils n'avaient pas une chambre où abriter leur solitude. Ils roulèrent vers l'est, en longeant la côte, jusqu'au-delà du cap Matifou, et du périmètre de sécurité. Au bout d'un chemin de sable ils trouvèrent une dune abandonnée. Avec ses cabanons fermés et ses guinguettes éteintes, ce morceau de côte algérienne, maquillée en bord de Marne et calanque marseillaise, était triste, comme une putain sous la pluie.

Ils restèrent assis côte à côte sur le sommet de la dune.

— Je combattrai jusqu'au bout pour l'indépendance de mon pays. Mais le lendemain de la victoire je partirai... J'irai vivre en France.

Ils n'avaient plus rien à se dire. Jean Marie ne pouvait supporter leurs silences. Alors il lui parla du puits de Si Mezous.

— ... Chez moi, je veux dire à Bordj de l'Agha...

Sur cette dune, l'air était chaud, sans un souffle de vent. La mer de la couleur de la nuit était lisse comme le ciel.

— Au printemps et à l'automne, seuls les troupeaux des

Ouled Slimane viennent s'abreuver au puits, sans troubler le silence, la pureté du paysage. Quand je reviendrai je t'emmènerai à Aïn Si Mezous. C'est ton pays par le sang. Le mien aussi... par amour.

Il avait hésité pour trouver le dernier mot. Elle savait qu'il lui offrait ce dernier mensonge mais elle refusa cette charité. Elle lui dit.

— Ce qu'il y a entre la France et l'Algérie, c'est une histoire d'amour manqué.

A cet instant, il ne trouva pas ses yeux. Elle regardait au-delà de la côte et de ses laideurs tristes, la Méditerranée qui jouait avec le firmament.

Un mirage que l'aurore effaça.

AU LECTEUR

Si vous en êtes arrivé là, c'est que vous n'avez pas votre poste de télé pour directeur de conscience culturelle, que vous faites partie de cette petite secte d'hommes libres qui refusent la manipulation des masses. Par respect je vous dois cette explication : comment on écrit un livre sans le vouloir ?

Dans l'été 1980 une séduisante éditrice — on peut résister à la télé, pas à certaines armes aussi anciennes que la pomme d'Eve — me convainquit d'écrire l'histoire du 584ᵉ B.T. Des historiens tel Yves Courrière, des cinéastes tel Yves Boisset, avaient découvert cette histoire caractéristique de cette guerre d'Algérie dont la France fut longtemps malade. Elle — cette séduisante éditrice — pensait que le récit authentique de l'histoire de ce bataillon, des quelques centaines d'hommes qui le composèrent et de son chef, pouvait constituer un document historique.

Ce n'était pas si facile, pour moi qui avais été profondément marqué par cette aventure, de retrouver et de rapporter objectivement les faits. Notre mémoire est le plus cynique des faux témoins. C'était au propre une mission impossible. Les statistiques militaires prouvent que ces missions réussissent toujours ou presque, parce que ceux qui les accomplissent se sacrifient.

Au moment où je commençai mon enquête, une vieille blessure me contraignit à garder la chambre, 58 jours, allongé sur une planche et l'objet de la sollicitude des médecins, internes, infirmières, et aides soignantes de l'hôpital Bégin.

Que faire dans un lit, immobile comme un lièvre dans son gîte, sinon rêver ?... Et chaque jour ou presque, un « ancien » du bataillon me rendait visite, un ami venait s'asseoir dans la chambre 433, « qui me ressemblait comme un frère », réveillant dans ma mémoire des souvenirs engourdis, avivant des sensations fugitives, des idées provisoires, des sentiments du temps de la guerre.

Un matin de décembre 1980 le professeur médecin-colonel Cristeau — *Baraka Allah oufik !* (que Dieu le bénisse !) — signa ma levée d'écrou. Pour mes premiers pas hors de la chambre 433, je m'exerçai à traverser le parc. Sur la droite du chemin, plus qu'à demi cachée dans les broussailles d'hiver, je la vis pour la première fois : la statue de pierre, grandeur nature, du petit berger arabe. Nous étions dans l'Avent de Noël et j'évoquai avec une étrange précision l'image du Petit Prince nomade venu vers nous du désert glacé à la veille de Noël 1956. A cet instant je compris que je portais en moi ce livre, éclos dans les profondeurs obscures de ma conscience et qui, comme les plantes aquatiques dont parle un certain capitaine de Gaulle, croissent vers la surface pour fleurir car « il faut bien que la lumière existe ».

Il restait à m'asseoir devant ma machine et à l'écrire.

Tout ce que je raconte dans ces pages est authentique... y compris l'invraisemblable que je n'aurais jamais osé écrire dans un roman.

Sans doute un historien méticuleux (je n'ai pas osé écrire « pinailleur ») y trouverait à redire, des faits à rectifier, des erreurs. J'ai oublié des noms sans avoir oublié les visages. Je n'ai pas retrouvé des dates et certains documents originaux sont introuvables dans les archives, non encore classées, du service historique des armées. La sincérité ne suffit pas à l'Histoire.

Malgré tout, beaucoup de personnages de ce livre se reconnaîtront. D'autres ne se verront pas tels que je les présente ; mais ont-ils fait l'effort de revenir en arrière, de se chercher eux-mêmes dans le passé, de regarder le personnage qu'ils étaient il y a plus de vingt ans ?

Cet effort que je leur demande, je l'ai fait pour moi. Pour me retrouver, j'ai fouillé les cartons d'archives de la cave au grenier, dans la poussière de l'histoire, j'ai relu de vieux cahiers d'écoliers où j'avais noté au vol une idée, une sensation passagère, mes sentiments de l'époque. En vérité, je n'étais pas fier de tous les traits du personnage, le chef d'escadron Jean Marie, pas fier de tout ce qu'il a pensé et de tout ce qu'il a fait... Je me vante d'être un humaniste. En dépit de mes désillusions sur cet étrange personnage que je fus, je me devais de le faire revivre tel qu'il était et non tel que je me le figurais en 1980 ou tel que j'aurais souhaité aujourd'hui qu'il eût été jadis.

Mon seul mérite est cette démarche d'honnête homme que je me suis efforcé d'être en toutes circonstances. Et pour le coup je revendique hautement ce mérite et cette honnêteté, qui donne à ce livre la valeur relative d'un témoignage.

Ainsi vont les choses humaines que ces morts oubliés du 584ᵉ bataillon ont gardé le mystérieux pouvoir de nous influencer vingt-cinq ans après avoir disparu et peut-être de nous rendre meilleurs pour peu qu'on en fasse l'effort. Ce livre est d'abord un hommage à ces garçons tués dans une guerre inutile dont le sacrifice nous est encore utile.

Leurs mémoires engagent notre avenir. C'est pourquoi je dédie ce livre aux fils du maréchal des logis Raoul Guincestre tué un jour d'hiver 1957 sur le djebel Meharga.

Au docteur Philippe Guincestre, qui avait deux ans en 1957.

A Jean-Michel Guincestre, né deux mois après la mort de son père, interne des hôpitaux de Paris à 22 ans.

A travers eux aux mères, aux femmes, aux enfants de tous les anciens du 584ᵉ bataillon... et parmi eux, à Jeannette, l'épouse et la mère qui m'a appris que, comme le génie, l'héroïsme peut être aussi une longue patience dans la douleur.

Le chef d'escadrons Jean MARIE
Commandant le 584ᵉ B.T.
P.O. Signé Jean POUGET.

ANNEXES

Annexe I

10e RÉGION MILITAIRE
DIVISION D'ALGER
SUBDIVISION D'AUMALE
S/SECTEUR DE BOU-SAADA
—
228e BATAILLON D'INFANTERIE
ÉTAT-MAJOR

RAPPORT SUR LE MORAL

N° 207/EM/228/CDT/SC.

A. — Généralités

I — *Formation :*

228e Bataillon d'Infanterie. — Changement d'appellation en cours en 584e Bataillon du Train.

II. — *Lieu de stationnement :*

Bordj de l'Agha (NW 75 L 8) état-major du bataillon — 1 compagnie d'Infanterie.

Bordj d'Aïn Rich (NW 52 L 4) 2 compagnies d'Infanterie.

Le bataillon est implanté à 12 km au nord de la limite « administrative » des territoires du Sud et à une altitude légèrement inférieure à 1 000 m.

III. — *Effectifs :*

	THÉORIQUE	EXISTANTS	DÉFICIT
Officiers	17 dont 6 R.	11 dont 2 R.	2
S/Officiers	88 dont 40 R.	52 dont 17 R.	36
Troupe	582	381	201
TOTAL	687	444	239

Le bataillon est organisé suivant le T.E.D.P. 507-107. Dans la réalité, l'application du T.E.D.P. « bâtard » a abouti à la « relève » de tous les chefs des bataillons 507-107 après un temps de commandement plus ou moins long. La liste n'est pas close.

La vérité — qu'il faut bien dévêtir — est qu'un bataillon 507-107 est incommandable et inutilisable autrement que comme « bataillon de garde » dans l'enceinte d'une garnison normale.

IV. — *Cantonnement :*

Le bataillon s'est installé fin septembre dans deux bordj en ruine (Aïn Rich et Oued Chaïr). Dans le courant octobre, tous les personnels ont pu être logés sous tente. Dans la deuxième quinzaine de novembre, des matériaux de construction et deux baraques de 36 places sont parvenues et sont en cours de montage avec de la main-d'œuvre de l'unité non spécialisée. Le climat (altitude 1 000 m) est *rude.* Actuellement (30 novembre et 1er décembre) par un froid variant entre — 1 °C à midi et — 5 °C le matin, bourrasque de neige et vent du nord, la presque totalité du personnel est sous la tente. Les ressources locales en matière de construction, hors la pierre sont nulles.

L'attribution de matériaux faite par la subdivision d'Aumale est importante mais insuffisante en regard des besoins.

V. — *Matériel auto :*

La dotation réalisée en véhicules permettrait au bataillon d'assurer sa subsistance (approvisionnement, ravitaillement, évacuation) si ces véhicules étaient en bon état de marche. Or, l'éloignement de la première Unité du Matériel de support, sa pauvreté de moyens, le manque d'approvisionnement en pièces détachées, l'usure rapide d'un matériel roulant entièrement sur mauvaises pistes et tout-terrain, font que 50 % de ce parc est immobilisé. Une partie du ravitaillement est assuré par parachutages et réquisitions de véhicules civils.

En conséquence, pour un quartier de surveillance de 7 500 km² (150 x 50 km) le 228e B.I. ne peut assurer qu'*exceptionnellement* des transports opérationnels qui paraissent pourtant indispensables.

VI. — *Armement :*

Entièrement en calibre 7,62 ; bon de guerre.

VII. — *Transmission :*

Dotation :
- 1 SCR 284
- 4 ANGR C 9
- 14 SCR 300
- 24 SCR 536

Matériels « d'instruction » ne peuvent être considérés comme bons de guerre ; 50 % est indisponible en permanence.

Cette dotation permet au bataillon d'assurer deux liaisons avec le Sous-Secteur et la liaison en SCR 300 avec l'aviation ; *ne permet en aucun cas des liaisons opérationnelles,* hors les patrouilles à 3 km des Postes. Les deux ANGR C 9 en état de marche assurent le réseau Sous-Secteur.

VIII. — *Habillement :*

Insuffisant et inadapté aux conditions climatiques (voir § II Lieu de stationnement).

IX. — *Ordinaire :*

Convenable. L'approvisionnement en denrées fraîches est assuré deux fois par semaine par parachutage. Un peu de souplesse dans les liaisons administratives (par exemple une liaison directe avec la C.R.A.) permettrait un rendement supérieur de ce coûteux moyen d'approvisionnement.

Cela éviterait peut-être de recevoir, en plein pays d'élevage de moutons, des quartiers de moutons frigorifiés, et en permanence des tomates, seul légume local produit, il est vrai, en faible quantité.

Malgré ces légères imperfections, ce moyen de ravitaillement permet au bataillon de *vivre.* Sans cela, il serait dans l'impossibilité d'assurer son ravitaillement par ses propres moyens.

X. — *Emploi de l'unité :*

Bataillon territorial dans la subdivision d'Aumale, à la disposition opérationnelle du C.O.S.A.

Les paragraphes précédents démontrent suffisamment que les effectifs et les matériels ne permettent de remplir efficacement ni l'une ni l'autre mission.

XI. — *Instruction du personnel :*

Bataillon d'Infanterie dont les effectifs sont à la charge de l'Arme du Train, le 228e B.I. aurait besoin d'une sérieuse période d'instruction, en effet :

0 % de ses personnels a reçu en métropole une instruction Infanterie ;

72 % ont reçu une instruction spécialisée dans l'Arme du Train ;

28 % n'ont reçu aucune instruction militaire.

B. — Moral et état d'esprit

Ce qu'il y a de meilleur dans le bataillon.

Officiers : bon.

Ce paragraphe pourrait s'arrêter là. Il y aurait cependant une analyse sérieuse à faire sur le « Moral » de l'officier français (hors de propos dans ce rapport). Il semble que l'on pourrait soutenir que l'officier n'a pas de « moral ». Chez eux, la force spirituelle ainsi dénommée ne s'entretient pas avec un bon ordinaire, du tabac et un courrier régulier. Elle est la conséquence, lente à éclore et robuste, de la certitude intellectuelle de la valeur de la Cause nationale pour laquelle ils se battent. En d'autres termes la certitude que la politique nationale est bien conduite et stable.

Cette incertitude générale — qu'il faudra bien reconnaître — n'empêche pas les officiers de faire leur devoir. Ils sont les derniers de cette race de serviteurs que le gouvernement peut exploiter jusqu'au dernier globule.

Sous-officiers : bon.

A quelques nuances près, le paragraphe précédent est valable ici.

Les sous-officiers, venant d'une compagnie de Q.G. ou d'un groupe de Transport, affectés sans préavis ou préparation dans un bataillon d'Infanterie subissent évidemment un léger choc moral. Mais le sens de la discipline militaire et la conscience professionnelle des « anciens » (adjudants-chefs et adjudants) remettent instantanément les « jeunes » dans une ambiance saine.

Dans l'ensemble, ils méritent la confiance du commandement.

Troupes :

Le moral des hommes de troupe ne reflète pas celui de la nation comme on pourrait le croire avec quelque raison. Il est inutile d'énumérer les nombreuses causes qui pourraient faire croire que ce moral soit mauvais.

Une constatation s'impose. Contre toute logique, le jeune Français de vingt ans, râleur, gueulard, crasseux, frondeur et ayant une éducation antinationale, fait admirablement son devoir pour peu qu'on lui donne les moyens de le faire : c'est-à-dire un encadrement valable, l'équipement nécessaire, une mission adaptée à ses possibilités.

C. — Conclusion

La conclusion de cette fiche technique sur le 228e B.I. sera brève.

Actuellement, cette unité n'a aucune efficacité réelle. Avec les moyens dont elle dispose, elle assure péniblement sa subsistance.

Cependant, l'essentiel existe : « le Moral ».

En conséquence, il importe qu'une décision ferme de commandement intervienne à bref délai, fixant les conditions d'emploi de ce bataillon :

— ou il conserve la forme 507-107 d'un « Bataillon de Garde » et on le place dans une position où il pourra rendre quelques services ;

— ou il conserve sa mission actuelle et on lui donne les moyens pour la remplir, soit :

— un T.E.D.P. honnête (le 107 par exemple) respectable et respecté ;

— un renforcement en moyens de transport (de l'ordre de 10 G.M.C., 8 Dodges 6 x 6 pneus sable, etc...) ;

— un renforcement en moyens de transmissions (de l'ordre de 10 ANGR C 9).

La situation ayant été ainsi clarifiée, le commandement ne demandera jamais assez aux hommes de cette unité.

A SP. 86 273 le 3 décembre 1956.

Le chef d'escadrons J. POUGET,
commandant le 228e B.I.

Signature.

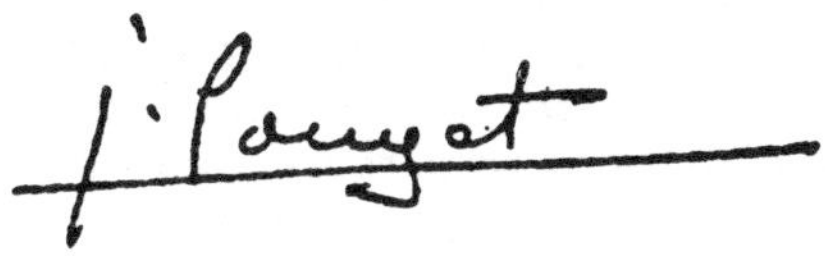

ANNEXE II

SP. 86 273 — Oued Chaïr, le 22 avril 1957.
Chef d'Escadrons J. POUGET

Monsieur,

J'ai le douloureux devoir de vous parler des derniers jours de votre fils Jean-Claude. Je ne vous redirai pas les circonstances de sa mort ; j'ai demandé au lieutenant Collin, officier des Affaires algériennes, avec qui il travaillait directement, de vous les décrire. Je vous dirai simplement la réussite de Jean-Claude dans sa première et dernière responsabilité d'homme.

Il était arrivé en janvier au bataillon, volontaire pour prendre la place d'instituteur bénévole dans cette pauvre école de l'Atlas saharien. Sans illusion ni amertume envers les jeunes de mon pays, je m'attendais à recevoir un « planqué » et le reçus sans sympathie particulière, quoique enchanté d'avoir un candidat pour ce poste.

Or, je découvris très vite, avec étonnement, qu'il était de cette race d'hommes trop rares, pour lesquels pacification ne signifie pas passive lâcheté, mais une action humaine et dynamique.

Il s'imposa à ses chefs et à ses camarades, à ses élèves et à leurs parents par son courage naturel, sa culture, sa simple camaraderie et son affection pour eux, sa tranquille et souriante énergie. Lui-même s'épanouit. Il faisait, à une petite échelle, l'expérience d'un des grands échanges humains : recevoir la confiance des autres en échange du don de soi.

Vous comprenez combien il m'est difficile de trouver les mots pour parler à un père de la mort de son fils. Tous les sentiments que je pourrai exprimer ne peuvent que paraître — et être — hors de proportion avec votre douleur.

Je vous demande cependant de croire qu'en écrivant ma profonde compassion pour votre deuil, je n'use pas seulement d'une formule conventionnelle. Il n'est pas possible d'avoir une foi spirituelle et de ne pas souffrir de la mort d'un garçon de vingt et un ans dont on a un jour deviné la richesse d'âme. Je donnerais ma démission si je croyais inutiles ces sacrifices qui nous engagent tous.

Veuillez, je vous prie, Monsieur, transmettre à Mme Veber, l'expression de mes condoléances très respectueuses et très émues.

RÉPUBLIQUE FRANÇAISE

MINISTÈRE
DE LA
DÉFENSE NATIONALE
ET DES
FORCES ARMÉES

ÉTAT-MAJOR PARTICULIER
14, RUE SAINT-DOMINIQUE
TÉL. : INV. 68-70

ANTENNE D'ALGER

Alger, le 2 juin 1958.

Le Chef d'Escadrons J. Pouget
Directeur de l'antenne Défense Alger

à

Monsieur le Général d'Armée C.S.I.A.

Référence - Note n° 448/CSIA/CAB du 1er juin 1958
Objet - Demande de rapport.

Le 1 juin 1958 à 19h30 le Colonel directeur du cabinet du Général CSIA m'a signifié votre décision m'enjoignant de rejoindre le stage C.P.I.C.G. à Arzew dès la journée du 2 juin.

Etant donné les connaissances des matières enseignées à ce stage que j'ai acquises en deux ans de séjour en Algérie, cette décision ne peut se comprendre que comme une mesure d'éloignement donc une sanction de ma conduite passée ou présente

ANNEXE III

Alger, le 1er juin 1958.

COMMANDEMENT SUPÉRIEUR INTERARMÉES
10e RÉGION MILITAIRE
CABINET DU GÉNÉRAL
—
No 448/CSIA/CAB

CONFIDENTIEL
Personnel des officiers

NOTE

Le chef de bataillon Pouget précédemment affecté à l'antenne de la Défense nationale suivra un stage au C.P.I.C.G. d'Arzew. Il sera mis en route sur Oran le 2 juin. A la suite de ce stage, le commandant Pouget recevra une nouvelle affectation.

Le général d'armée Raoul SALAN,
commandant supérieur interarmées
et commandant la 10e Région militaire.

P.o. le général de brigade Dulac
chef d'état-major.

Signature.

Destinataires :

— M. le chef de bataillon Pouget.
— M. le général chef d'état-major
de la 10e Région militaire.
— M. le colonel chef du 5e bureau
de l'état-major de la 10e R.M.
— M. le lt-colonel chef du bureau du Personnel
de l'état-major de la 10e R.M.

Jean Lartéguy

Mon cher Pouget,

Tout à l'heure je reprends la route et je m'en vais retrouver le pays basque, ma bagnole (qui est effectivement en marmelade), les collines bleues, les bornes blanches et Schoendorffer qui s'arrachait les cheveux... Hier j'ai vu votre femme qui avait l'air aussi affolée qu'une poule naine qui aurait couvé une autruche. Nous avons été ensemble voir Groussard, bu un verre avec Stépanovitch qui était beau comme un sou neuf, émis quelques idées générales saupoudrées d'un peu de scepticisme parisien, avec la Corrèze en contre-champ.

A Oran, avant-hier j'ai vu Delbecque et je lui ai posé assez brutalement la question :

— Pourquoi avez-vous laissé limoger Pouget ?

Voici sa réponse :

— Je l'ai toujours défendu mais la Sécurité militaire a eu vent de ses contacts avec Chevalier, ce qui n'a pas été apprécié de tout le monde et d'autre part il couchait avec une jeune musulmane dont le passé était des plus troubles. Je me suis cependant porté garant de sa personne.

Je lui ai déclaré que j'étais avec vous chez Chevalier, que je connaissais aussi cette jeune personne...

— Le général Petit aussi, m'a-t-il répondu.

Delbecque a d'ailleurs prétendu que le CSP s'était montré des plus réticents avec Petit parce que celui-ci qui devait ramener Soustelle ne l'avait pas fait.

Je l'ai aussitôt pris dans le colimateur de ma machine à écrire. Tâchez donc de venir faire un petit tour en France. Je vous signale que Ducourneau est nommé chef de cabinet de Guillaumat, ministre des Forces armées, et qu'il doit bientôt prendre ses fonctions.

Avec toutes mes amitiés... et merde pour les cons.

J. Lartéguy

Annexe V

REVALORISATION DE L'INFANTERIE

I. — La situation actuelle

L'infanterie supporte les 9/10 des charges de la guerre en Algérie, comme elle a supporté les 9/10 des pertes en Indochine.

Toutes les opérations offensives sont faites par des troupes à pied. Le quadrillage de l'Algérie est assuré 9 fois sur dix par des bataillons à pied. Il ne peut en être autrement. Le terrain et les méthodes de combat des rebelles nécessitent partout de l'Infanterie et une Infanterie rompue à la guérilla et à la guerre psychologique.

Or l'Infanterie ne remplit pas ou insuffisamment ses missions. Le rendement des bataillons (« des troupes de secteur ») est faible, parfois nul et même négatif.

Pour s'en convaincre il n'est besoin que de comparer une unité d'Infanterie de secteur avec une formation de parachutistes travaillant sur le même territoire. Ex : la bataille d'Alger — le barrage tunisien, etc...

Sans espérer faire des bataillons d'Infanterie de ligne — ou d'un groupe d'Artillerie à pied — des unités de même valeur que les paras, il est nécessaire et urgent, il semble possible, une fois la réalité des faits reconnue, de prendre certaines mesures propres à revaloriser ces troupes dont le rôle est déterminant.

II. — Les causes

Elles sont multiples mais on peut en dégager trois principales.

1°) *Organisation.*

Les tableaux d'effectifs ne sont pas pensés et établis en fonction des missions qu'une unité d'Infanterie doit remplir dans une guerre subversive.

Le T.E.D.P. 107, en particulier, sur lequel sont construits quelques deux cents bataillons, ne prévoit pas, ou insuffisamment, les organes de renseignements, d'Action psychologique, voire administrative et politique, pourtant nécessaire pour « tenir un quartier ».

Le souci d'économie qui préside à la conception en fait des outils incomplets, mal adaptés, au rendement faible.

2°) *Encadrement.*

L'encadrement officier et sous-officier est insuffisant en quantité et en qualité. L'instabilité des cadres ajoute encore à cette insuffisance.

Quantité : les tableaux d'effectifs, lorsqu'ils sont respectés, le sont de façon hypocrite. La moitié des officiers et des sous-officiers sont de réserve ou plutôt du contingent (S/Lt, Aspt, Sgt P.D.L.).

Une compagnie para comprend 4, 5 ou 6 officiers d'Active. Une compagnie d'Infanterie rarement plus de 2, alors que le bon chiffre admis depuis deux siècles par toutes les Armées est de 4.

Qualité : la moyenne d'âge des officiers subalternes d'Infanterie se situe à plus de quarante ans, celle des paras autour de trente ans. Une fois partis dans les Parachutistes, à la Légion, aux Tirailleurs, dans les états-majors les meilleurs officiers, il reste dans les unités d'Infanterie une majorité d'officiers sortis du rang, quelques Saint-Maixentais, presque pas de Saint-Cyriens, un ou deux officiers « très bons » faisant leur temps de commandement.

La D.P.M.A.T. a trouvé spirituel d'envoyer dans les unités combattantes des officiers de chancellerie et des adjoints administratifs de corps de troupe.

Les gradés du contingent, au moins pendant la première partie de leur séjour, ne possèdent ni l'instruction, ni l'expérience suffisante.

Stabilité : officiers et sous-officiers du contingent sont « payants » après 6 mois d'instruction et d'adaptation dans leur bataillon sur leur terrain. Pendant ces six mois ils constituent en partie une charge supplémentaire pour les officiers d'active.

Un officier de renseignement de quartier commence « à rendre » au minimum après un an de travail.

Deux ans de stabilité pour les cadres d'active paraissent être le minimum nécessaire. Un an pour les officiers et les gradés du contingent. L'expérience prouve que ces conditions sont rarement remplies.

3°) *Instruction.*

Si les officiers et les sous-officiers sont mal préparés et outillés pour la guerre subversive, le contingent n'est pratiquement pas instruit dans ce sens à son arrivée en Algérie.

Quant à l'instruction classique, le moins que l'on puisse dire c'est qu'elle est généralement sommaire et irrégulière suivant les centres d'instruction [1].

---

1. Un chef de corps, commandant une unité de la 4e D.I.M., a demandé des chevalets de pointage après un premier tir à 30 mètres où les recrues « instruites » en métropole n'avaient pas mis une seule balle dans la cible.

III. — Remèdes

Il y a des remèdes immédiats et qui semblent par conséquent indiscutables. Il y a des remèdes à long terme qui demandent à être pensés, mis au point dans l'ambiance méthodique des états-majors.

Remèdes immédiats

1°) *Organisation.*

Dans l'immédiat, adapter le tableau d'effectifs 107 pour en faire un instrument de guerre subversive.

En tenant compte des conditions réelles de la guerre en Algérie, de la mission générale d'un bataillon qui « tient un quartier »[1] des conclusions d'une expérience empirique de douze ans, il est possible d'avancer :

— une compagnie de F.V. tenant un sous-quartier doit avoir un effectif homologué et réalisé de 200 ;

— l'effectif réalisé d'un bataillon à 3 compagnies est de 900 (+ 10 % de l'effectif théorique) ;

— un bataillon, pour tenir un quartier, doit posséder organiquement des unités de guerre psychologique, une section renseignements, une section action psychologique à l'intérieur du bataillon, une section action psychologique sur les populations du quartier, une harka constituée sur place, davantage de spécialistes locaux que de combattants standards : guides, pisteurs, infirmiers et infirmières A.M.G., propagandistes, agitateurs, etc.

A ces conditions, il sera possible, dans la plupart des cas, de tenir le quartier avec les éléments statiques et de dégager en permanence un bataillon d'intervention à 3 compagnies de F.V. réelles, c'est-à-dire ayant chacune 120 combattants.

2°) *Encadrement.*

a) Dégager un certain nombre de jeunes officiers « d'élite » ou « très bons » (Lt, Cne et jeune Cdt) pour les injecter dans les unités d'Infanterie.

— en les prenant dans les autres armes (A.B.C. — Artillerie — Génie — en particulier) ou subdivisions d'armes (parachutistes en particulier). Si le chiffre ainsi obtenu n'est pas considérable, le choc psychologique risque d'être important ;

— en distrayant du tour de départ outre-mer le maximum d'officiers valables de la Coloniale.

J'en connais qui viennent d'effectuer un séjour outre-mer comme majors de garnisons ou dans un état-major ;

1. Mission qui n'a été jamais définie avec précision.

— en supprimant l'Ecole d'état-major et l'Ecole de guerre : nous reviendrons à la philosophie quand l'Algérie sera sauvée.

Les Ecoles privent l'armée pendant la préparation et le stage (1 à 2 ans pour l'Ecole d'E.M. et 2 à 3 ans pour l'E.S.G.) des jeunes officiers les plus brillants de l'armée française, sans compter les nombreux candidats qui s'y préparent « douillettement » affectés dans un poste tranquille donc inutile.

b) Rajeunir en donnant les commandements à des Lts-Cls ou Cdts et les bataillons à des jeunes Cdts ou à des Cnes. Les officiers âgés, ainsi dégagés, seront versés dans les états-majors ou dans les services.

c) Pour les sous-officiers, faire un effort de recrutement sur ceux du contingent, en augmentant les primes de rengagement dans l'Infanterie.

— Prélever de jeunes sous-officiers sur les autres armes ou services ;
— accorder les échelons 4 ou 3 pour conduite brillante en opérations, c'est un examen qui en vaut un autre.

d) Pour tous les cadres des bataillons — officiers, sous-officiers :
— accorder plus généreusement les récompenses (citations et avancement) ;
— augmenter le taux de la prime de qualification pour titres de guerre ;
— propagande par la presse, la radio pour glorifier « l'Infanterie ». Le voltigeur de pointe, le chef de groupe de combat, le chef de section de voltige, métier noble ;
— instituer un insigne du combattant d'assaut ;
— il serait bon et moral de réserver les citations pour « fait de guerre », et d'instituer, à l'instar de certaines armées étrangères, un ruban distinctif pour la Croix de Guerre de l'armée de terre ;
— rapatriement à 4 ans au lieu de 2. Le climat est bon en Algérie.

3°) *Instruction.*

— Pousser, aussi bien dans les écoles d'officiers et de sous-officiers, que dans les centres d'instruction du contingent, l'instruction guérilla et l'initiation aux méthodes d'action psychologique.
— Jumeler les centres d'instruction de métropole aux divisions d'Algérie dont ils doivent dépendre (inspections, permutations des cadres, etc.).

Ainsi la division gérant son centre d'instruction y affecterait des instructeurs qualifiés.

Remèdes à long terme

Dans le domaine de la revalorisation de l'encadrement, il s'agit d'une *révolution* à entreprendre pour l'Infanterie, mais aussi pour l'armée tout entière. Elle doit s'appliquer au recrutement des cadres et à leur avancement.

1°) *Recrutement.*

Non plus uniquement sur des parchemins, mais sur des tests qui feront ressortir les qualités indispensables pour un gradé et en particulier le caractère, la volonté, l'aptitude au commandement.

2°) *Avancement.*

D'après les résultats obtenus, non pas seulement dans les états-majors et les cabinets, mais aussi et surtout dans le *commandement* de la troupe : ces résultats sont faciles à constater à notre époque.

En temps de guerre au moins, l'avancement devrait se faire uniquement au choix. Un système d'échelon de solde ou de recasement dans les services ou dans le civil pourrait être organisé en compensation pour les officiers ne pouvant accéder aux grades supérieurs.

IV. — Conclusion

Ces idées et suggestions ont été recueillies auprès de nombreux officiers supérieurs et subalternes, de troupe et d'états-majors, qui ont l'expérience de plusieurs années de guerre subversive en Indochine et en Algérie.

Il aurait été facile de s'étendre sur la critique de notre armée « hydrocéphale » aux membres grêles.

Il aurait également été facile d'échafauder des théories et des plannings abstraits pour la construction de l'armée future.

On a préféré insister sur les remèdes immédiats, qui, étant donné les circonstances de la guerre en Algérie, s'apparentent à des mesures de Salut Public [1].

Tout ou partie de ces mesures appliquées, la guerre n'en sera pas gagnée pour autant.

Mais peut-être les militants de base retrouveront-ils la confiance de leurs dirigeants ?

---

1 *Note de l'auteur :* L'expression « Salut Public » apparaît déjà, dans un texte militaire en janvier 1958.

TABLE DES MATIÈRES

ACHEVÉ D'IMPRIMER LE 5 SEPTEMBRE 1982
SUR LES PRESSES DE L'IMPRIMERIE HÉRISSEY
POUR LE COMPTE DE FRANCE LOISIRS
123, BOULEVARD DE GRENELLE, PARIS.

Imprimé en France
Dépôt légal : septembre 1982
N° d'éditeur : 7167 — N° d'imprimeur : 30531